20世纪俄罗斯文学精品书系

反基督：
彼得和阿列克塞

[俄罗斯] 德·梅列日科夫斯基 / 著

刁绍华 赵静男 / 译

北方文艺出版社

图书在版编目（CIP）数据

反基督：彼得和阿列克塞 /（俄罗斯）德·梅列日科夫斯基著；刁绍华 赵静男译 . -- 2 版 . -- 哈尔滨：北方文艺出版社 , 2017.7（2021.5 重印）

ISBN 978-7-5317-3851-0

Ⅰ.①反… Ⅱ.①德…②刁… Ⅲ.①长篇小说 – 俄罗斯 – 现代 Ⅳ.① I512.45

中国版本图书馆 CIP 数据核字（2017）第 089963 号

反基督：彼得和阿列克塞
FANJIDU BIDE HE ALIEKESAI

作　者 /［俄罗斯］德·梅列日科夫斯基	译　者 / 刁绍华　赵静男
责任编辑 / 王金秋　赵　芳	封面设计 / 安　璐　张继星
出版发行 / 北方文艺出版社	邮　编 / 150008
发行电话 /（0451）86825533	经　销 / 新华书店
地　址 / 哈尔滨市南岗区宣庆小区 1 号楼	网　址 / www.bfwy.com
印　刷 / 三河市腾飞印务有限公司	开　本 / 787×1092　1/32
字　数 / 411 千	印　张 / 21.5
版　次 / 2017 年 7 月第 2 版	印　次 / 2021 年 5 月第 2 次印刷
书　号 / ISBN 978-7-5317-3851-0	定　价 / 79.00 元

目 录

第一部 彼得堡的维纳斯

一 / 001

二 / 015

三 / 027

第二部 反基督

一 / 056

二 / 074

三 / 100

四 / 108

第三部 阿列克塞皇太子的日记

一 / 115

二 / 190

三 / 209

第四部 洪　水

　　一 / 212

　　二 / 235

　　三 / 249

　　四 / 266

第五部 一片荒凉

　　一 / 280

　　二 / 286

　　三 / 304

　　四 / 319

　　五 / 327

第六部 皇太子在逃亡中

　　一 / 332

　　二 / 338

　　三 / 349

　　四 / 365

　　五 / 381

六 / 391

七 / 403

第七部　彼得大帝

一 / 409

二 / 415

三 / 418

四 / 421

五 / 427

六 / 434

七 / 439

八 / 445

第八部　变形人

一 / 453

二 / 461

三 / 471

四 / 479

五 / 488

第九部 红死

    一 / 502

    二 / 517

    三 / 527

    四 / 535

    五 / 548

第十部 子与父

    一 / 561

    二 / 574

    三 / 584

    四 / 587

    五 / 591

    六 / 599

    七 / 602

    八 / 607

    九 / 612

    十 / 614

尾声　就要降临的基督

一 / 617

二 / 646

三 / 652

第一部 彼得堡的维纳斯

一

"**反基督**要降临了。他是最后一个魔鬼,还没有到过人世,可是他的徒子徒孙却生了不少——遍布天下。子孙给老子铺路。他们全都干着反基督的勾当。等到一切安排就绪,处处都畅通无阻,反基督便会亲自出马。眼下已经到了大门口——不久就会到达!"

这是一个五十来岁的老者对一个年轻人说的,这位老者穿着破旧的书吏长袍,而年轻人则穿着中国棉布长衫,赤脚穿着布鞋,坐在桌子后面。

"您是从哪儿知道这一切的?"年轻人说,"《圣经》上写得明明白白,没有人知道,连天上的使者都不知道,神子也不知道。可是您却知道……"

他沉默片刻,打个哈欠,又问道:

"你莫非是分裂派教徒不成?"

"我是东正教教徒。"

"到彼得堡来干什么?"

"从莫斯科家里来,带来了收支账,监察官告密说我受贿。"

"你受贿过吗?"

"受过。不是出于强迫或者诈骗,而是由于爱和良心,有人为了奖励我们在衙门里的工作而自愿行贿,多少不拘。"

他说得很随便,看来他实际上真的不认为受贿是罪恶。

"监察官揭发我的罪过,可是并没有拿出任何证据。只是根据包工头们的笔记,包工头们每次行贿数目不多,但已有多年,推算到我的头上为二百一十五卢布,我无力偿还。贫穷,年纪大了,多灾多难,一无所有,成了废物,毫无用处,衙门里的事不能做了——呈请退休。大慈大悲的殿下,发发慈悲吧,可怜可怜我吧,救救我这个孤苦伶仃的老头子吧,让他们免除这笔不合理的债务吧。请您开开恩吧,阿列克塞·彼得罗维奇太子!"

阿列克塞皇太子是几个月以前在彼得堡遇见这个老人的,那是在接神者谢苗和女先知安娜教堂里,在封丹河畔铸铁街的谢列麦捷夫市场附近。皇太子见他很久没有刮脸,胡子花白,觉得这对于在衙门里做事的官员来说非同一般,又注意到他在唱诗班里规规矩矩地念诵圣诗,便问他是什么人,从哪儿来,担任什么官职。老人说他是莫斯科炮兵衙门的书吏,名叫拉里翁·多库金;从莫斯科来,落脚在这座谢苗教堂烤圣饼的女人家中;提到自己的贫困和被告密的事;

而且几乎是一开口就讲到反基督。皇太子觉得这个老头很可怜。他让他到家里来见他,可以给他出出主意,帮衬他些钱。

现在多库金站在他面前,穿着那件破烂不堪的长袍,像个叫花子。这是最常见的书吏中的一个,这种人往往被称作"墨水瓶""衙门誊写员"。他脸上的皱纹坚硬,仿佛是石头刻的,一双暗淡无光的小眼睛露出呆滞而冷漠的神情,灰色的脸庞像他整天抄写的公文那样枯燥乏味;他在衙门里辛辛苦苦地埋头于公文堆里可能已有三十年,出于爱和良心而接受包工头的贿赂,而且也许还搬弄是非,现在竟然异想天开,说什么反基督要下界了。

"莫非是个骗子?"皇太子产生了怀疑,更加仔细地察看他。可是一点儿骗子的迹象也没有,甚至看不到一点狡猾的样子,而这张脸上更多的倒是老实憨厚和孤立无助,阴郁和倔强,就像有些人被某种固执的思想所占据一样。

"我从莫斯科来还要办另外一件事。"老人补充道,好像是笑了。那种固执的思想慢慢地显露到他那副呆滞的面部表情上来。他垂下眼睛,把手伸进怀里摸索起来,从衣袋里子的破洞里面掏出一沓纸来,交给了皇太子。

这是两本很薄的沾满油污的小笔记本,只有通常笔记本四分之一大小,里面用书吏的笔体写满工整的大字。

阿列克塞漫不经心地读起来,可是后来却越来越聚精会神。

一开头是抄录圣父、先知和启示录关于反基督、关于世界末日的言论,然后——向"伟大俄国和整个宇宙的大法师们"呼吁,祈求宽恕他多库金的"狂妄和愚蠢,他没有得到国家的恩准,竟敢出于悲痛和怜悯以及对教会的笃信而写成本文",还祈求在皇上面前为他求情,恳请皇上赦免他并且听听他的陈述。

接下去看来就是多库金的主要思想:

"上帝吩咐人要独立自主。"

最后——是对皇上彼得·阿列克塞耶维奇的指责:

"如今我们皆与上帝的恩赐——独立自主和自由自在的生活所隔绝,也丢掉了房舍和商贸、农耕和手艺以及自己从前的一切行业和古代定下的法律,更有甚者,竟然丢掉了基督教的一切虔诚。从此被赶到他处,从这座城市被赶到另一座城市,悲苦难言,心中愤愤不平。改变了自己的生活习惯和语言以及服饰,剃掉了头发和胡须,把自己的人骂得狗血喷头,使他们名声扫地。我们已经没有善,没有自己的面貌,与别的信仰的人没有区别;完全跟他们同流合污了,习惯了他们的事情,而背弃了自己的基督教约言,荒废了神圣的教堂。对于东方则闭上眼睛:撒腿向西方跑去,走上一条奇怪的未知的道路,毁灭在朦胧之乡。安置外国人,给他们提供一切福祉,使其富贵起来,而让土生土长的自己人忍饥挨饿,受尽折磨,拷打追债,用无法承担的赋税使他们倾家荡产。再说别的就不合适了,比较得体的是把嘴封上。可是看到新耶路撒冷的荒芜和苦难中的人们受着无法忍受的灾祸熬煎,心无比地疼痛!"

"这一切,"结尾说,"都是以我们耶稣基督的名义给我们造成的。噢,隐秘的受难者们,不要害怕,不要绝望,你们要更加善良,以十字架为武器武装起来,去对付反基督的力量!为了上帝而忍耐,尚须稍加忍耐!基督绝不会忘记我们,现在以及永久,任何时候,光荣都属于他。阿门。"

"你为什么写了这个?"皇太子读完笔记本,问道。

"一封同样的信几天前扔在谢苗教堂前的台阶上,"多库金回答道,"可是那封信被人拾去给烧了,没有呈递给皇上,也没有搜查。而这篇请愿书我想要张贴到皇宫附近的三位一体教堂,凡是读到其中写的东西的人都能了解这一点,并且能就此呈报给皇帝陛下。我写这个是为了改邪归正,为了让皇帝陛下有朝一日明白之后能幡然悔改。"

骗子——阿列克塞头脑里又闪过这个念头——不过也可能是个密探!是魔鬼让我跟他联系起来了!

"可是你是否知道,拉里翁,"他说,直接盯着他的眼睛,"你是否知道,关于你这篇可恶至极的造反文章,我无论是作为一个公民还是作为皇太子,都有义务向父皇禀报?根据军法第二十款:凡是辱骂陛下者,皆犯死罪,处以砍头之刑。"

"随你的便,太子。我自己也想要为了基督的言论而受难。"

他说得十分随便,就像方才谈到受贿一样。皇太子更加仔细地观察他。他面前的人是一个普普通通的书吏,衙门誊写员；还是那副冷漠的暗淡无光的眼神，枯燥乏味的面孔。只是眼睛的深处又有什么东西慢慢地蠕动着。

"你发疯了吗，老头儿？想想你是在干些什么呀。你会坐牢的——在那种地方可不会跟你闹着玩：会把你吊起来，还要用火烧你的两肋，就像对付你们的格里什卡·塔里茨基一样。"

塔里茨基是世界末日和基督二次降临的鼓吹者之一，断言皇上彼得·阿列克塞耶维奇是反基督，几年前被处以极刑，用火慢慢烧死了。

"为了得到上帝的救助，我准备贡献出自己的灵魂，"老人说，"即使不是现在，我们早晚都得有一死。应该做善事，带着善事去见上帝，否则我们就不死。"

他说这话时也是非常随便；但是在他那张安详的脸上，在那低沉的话音里流露出一种态度，让人确信这个被控受贿的退役炮兵书吏的确是无所畏惧地准备去死，就是他在请愿书中所提到的那些隐秘的受难者中间的一个。

"不，"皇太子突然决定，"不是骗子，也不是密探，而是个神经错乱者，再不就真的是一个受难者。"

老人垂下头，声音更低地补充说，仿佛是自言自语，忘记了交谈者：

"上帝吩咐人要独立自主。"

阿列克塞一声不响地站了起来，从笔记本里撕下一张纸，在墙角圣像前亮着的神灯上把它点燃，打开炉子通风孔，把那些纸都塞了进去,用火钩子拨拉,让它们烧尽,等到只剩下灰烬时——他走到多库金身边,只见他还站在原地,只是用目光观察着他——皇太子把手放在他的肩上,说道:

"听我说,老头儿。我不会向任何人告发你。看得出,你是个正派的人。我相信你。告诉我,你希望我好吗?"

多库金没有回答,但看了他一眼,这就无须再回答了。

"假如你愿意,那你就抛弃这些糊涂念头!关于造反的信,别再去想——如今不是那种时代。要是别人知道了你到我这儿来过,那我也会倒霉的。你走吧,以后永远也不要再来了。跟任何人都不要谈起我来。假如有人问到,你得守口如瓶。你尽快离开彼得堡。注意,拉里翁,你能记住我的意愿吗?"

"我们怎么会违背你的意愿呢?"多库金说,"上帝做证,我到死都是你的忠实奴仆。"

"关于告密的事,你就别操心了,"阿列克塞继续说,"我向有关部门说一声。你就放心吧,不会叫你退赔的。好了,走吧……不,等一等,把手绢给我。"

多库金递给他一条带格的蓝色大手绢,已经褪色,上面有一些窟窿,像它的主人一样"毫无用处"。皇太子拉开桌子旁边楸木斜面小写字台的抽屉,从里面拿出一些银卢布和铜卢布,没有数,约有二十个——这对于一贫如洗的多库金来说可是一座宝库——用手绢包好,面带温柔的笑容,给了他。

"拿去路上用吧。你一回到莫斯科,就到阿尔汉格尔斯克去举办一次祈祷仪式,抽出一小部分来为上帝奴仆阿列克塞的健康祝福。只是要注意,别说是为皇太子。"

老头儿把钱接过去,但没有表示感谢,也没有走。他像先前那样站着,低垂着头。后来终于抬起眼睛,开始郑重地说起来,这番话大概是事先准备好的:

"就像古时候上帝通过驴腮骨为参孙解渴一样,如今那位上帝难道不会通过我的愚蠢行为赐给你有益的和清凉止渴的东西吗,殿下?"① 可是他突然忍不住了,他的声音哽住了,郑重的讲话中断了,嘴唇发颤,全身抖动,一头扑倒在皇太子的脚下。

"发发慈悲吧,殿下!我们这些极端贫穷的人都是你的奴隶,听我们的吧!请你关心基督教的信仰吧,树立这种信仰和关注它,赐给教会以和平与和谐一致的思想。殿下,你是教会可爱的孩子,是我们的太阳,是俄国的希望!整个世界都愿意被你照亮,遭受迫害的人们将会由于你而高兴!不是你,那又有谁能按照上帝的意旨来帮助我们呢?没有你,亲爱的,我们就完了,全都完了。发发慈悲吧!"

他抱住皇太子的两条腿,亲吻着,失声大哭。皇太子听着,他觉得,他在这绝望的祈求中听到的是所有"被损害者

---

① 据《圣经·旧约》,参孙为以色列的士师,力大无穷,一次与非利士人作战,随手拾起一个驴腮骨,击毙一千个敌人,感到口渴难忍,于是求救于耶和华。神令洼地裂开,涌出泉水,参孙饮后精神复原。本书注释皆为译者所加,以下不另注明。

和愤愤不平者"的祈求——全体人民求助的呼号。

"够了,够了,老头儿,"他说,俯身把他搀起来,"难道我不知道,没有看见?难道我的心不为你们而疼痛?我们的痛苦是一样的。凡是有你们的地方,也就有我。如果上帝保佑我能当上皇上——将会尽一切力量来减轻你们的痛苦。到那时我也不会忘记你:我需要忠实的奴仆。你们暂时忍耐一下,祈求上帝快一些实现这一夙愿——他的神圣意旨表现在一切方面!"

他帮助他站起来。这时,老人异常衰弱而又可怜。只有他的眼睛闪耀着高兴的神色,仿佛是他已经看到俄国得救了。

阿列克塞拥抱他,吻了他的前额。

"再见,拉里翁。上帝保佑我们还能见面,基督与你同在!"

多库金走后,皇太子又坐到安乐椅上,这把椅子很旧,包裹的皮革已经破了,充塞在里面的毛从窟窿里冒出来,但还很绵软和舒适,他通常坐在上面或是打盹或是陷入麻木状态。

皇太子二十五岁。他身材高大,但很瘦削,肩部狭窄,胸部凹陷;脸也很窄,长得出奇,仿佛是被拉长了,下面被削尖了似的,苍老而病态,深黄色的皮肤,像是肾脏有病的人;一张孩子般的小嘴露出凄苦的神情;过度宽大的圆形前额高高地隆起,仿佛是秃头顶,上面长着稀疏而挺直的黑发。修道院的仆役和乡村教堂执事常见有这样的脸。可是当他笑的时候,他的眼睛却流露出聪明和善良。脸立刻就变得年轻和好看了,仿佛是有一种光辉从内里照亮。在这种时刻里,他很像自己的祖父——"最安静的"沙皇阿列克塞·米哈伊洛维奇年轻时的模样。

现在,他穿着一件很脏的长衫,赤脚穿着一双旧布鞋,睡眼惺忪,没有刮脸,头发乱作一团,他很少像是彼得的儿子。昨天狂饮之后醉了,睡了一整天,刚刚起床,已经快到晚上了。通向隔壁房间的门敞开着,可以看见床铺还没有整理,羽绒枕头压皱了,床单脏了。

他坐在办公桌后面,桌子上杂乱地摆着各种器具:数学用具已经生锈,落满灰尘,一个古老的手提香炉已经损坏,一个烟叶研磨器和麻纺的烟口袋放在一起,一个装护发香粉的空盒充作烟灰缸。文件和书籍也是这样杂乱无章:巴隆尼《世界编年史》①阅读笔记上面盖着一堆烟叶;《几何书》(又名《精心的智慧爱好者学习用基数和两脚规测地要术》)的书脊已破损,打开的书页也撕坏了,上面放着一根吃剩下的酸黄瓜;锡盘子里放着一块啃过的骨头,酒杯由于盛过酸橙露酒而发黏,里面有一只苍蝇在挣扎,发出嗡嗡声。深绿色的护墙漆布上绘有花草图案,但已经破旧和肮脏;天花板熏黑了;虽然已是六月末炎热的天气,窗户却没有开,上面的玻璃昏暗;墙壁上,天花板上,窗户的玻璃上——处

---

① 巴隆尼(1538—1607),天主教史学家,其著作原名为《1198年以前教会编年史》。

处都麇集着一团团黑压压的苍蝇,四处乱爬和嗡嗡地飞。

苍蝇在他的头顶上嗡嗡地飞。一团团朦胧模糊的思想,也像苍蝇一样,拥塞在他的头脑里。他想起了昨天的狂饮最后以相互厮打而告终。"土匪"打了"饭桶","饭桶"打了"花花太岁","地狱之父"和"白嘴鸦"跟"火魔"一起摔倒在桌子底下;这些都是皇太子给他的酒友们取的绰号,"为了在家里取乐"。他本人,"罪恶的阿列克塞"——也是绰号——打了一个人,拽他的头发,可是究竟打了谁,却不记得了。当时觉得挺开心,可是现在却觉得很下流和可耻。

头疼得厉害。最好是再喝点儿酸橙露酒,喝得醉醺醺的。但懒得起来,也懒得叫仆人,懒得动。可是现在却该穿衣服了,很瘦的军服穿起来真费劲,还得带上佩剑,戴上沉重的假发,头会因此疼得更加厉害,然后去夏园参加假面舞会,父皇下令人人都得参加,否则要"严厉罚款"。

院子里传来孩子们玩绳圈游戏的声音。因生病而羽毛蓬乱的金丝鸟在窗下笼子里偶尔发出啾啾的哀鸣。那架高高的英国立式自鸣钟——很早以前父亲送的礼物——钟摆发出单调的嘀嗒声。从楼上住人的房间里传来无尽无休的哀怨的曲调,这是阿列克塞的妻子——索非娅·夏洛塔太子妃,沃尔芬比特侯爵之女,在那架古老的德国古钢琴上叮当弹奏出来的。他突然记起了,他昨天喝醉酒时向"土匪"和"花花太岁"谩骂她:"我的老婆是个妖妇,是强加给我的:我一到她那儿去,她就发脾气,不愿意跟我说话。这个德国显贵!"不好,——他想:我喝醉酒时说了许多废话,而过后又非常恨自己……当她几乎是个孩子的时候被迫嫁给了他,她有什么过错?她算得上是什么显贵?她体弱多病,远离亲人,只身一人流落异国他乡,跟他一样不幸。他记起来了,几天之前他们是如何争吵起来的。她叫喊道:"在德国,就是一个最糟糕的鞋匠对待自己的妻子也比您好!"他愤怒地耸了耸肩膀:"那么您就回德国去好啦!""是的,假如我没有……"她说不下去了,哭了起来,指着自己的腹部——她怀孕了。像现在一样,他看到她那双肿胀的浅蓝色的眼睛和夺眶而出的泪水,这泪水流下面颊,洗掉脸上的香粉——这个可怜的女人刚刚故意为了他而擦了香粉,她的脸本来就不美丽,带有生天花留下的疤痕,表情呆板,由于怀孕而消瘦了,更加难看了,很可怜,像孩子似的软弱无力。他本来是爱她的,或者至少是有时怜悯她,对她表现出一种突如其来的和无望的怜悯之情,强烈得令人痛苦和难以忍受。他为什么折磨她?他怎能不羞愧和感到有罪?他为她而对上帝负责。

苍蝇征服了他。斜射的落日红光直接照到窗户上,灼热而刺眼。

他最后移动一下安乐椅,脊背朝着窗户,两眼盯着炉子。这是一个荷兰式大炉子,用俄国瓷砖砌成,各个角上镶嵌着铜钉,前面有刻花的立柱,装饰着凸凹花纹。在白地上用浓重的红绿和深紫色绘有各种稀奇古怪的鸟兽、人物和花草——每幅画的下边用斯拉夫字母写有题词。在血红色的阳光照耀下,颜色更加鲜艳,给人以神秘莫测之感。皇太子以一种难以察觉的好奇心观看这些画和阅读题词已经上千次了。画面是一个弹三角琴的庄稼人,题词是"丰富音乐";画面是一个人坐在椅子上看书,题词为"利用时间充实自己";画面是一朵盛开的郁金香,题词为"香气袭人";画面是一个老头跪在一个美女面前,题词为"老年人不值得爱";画面是一对夫妇坐在树下,题词为"我俩的劝告是有益的";还画有一个坐在伐倒的桦树上的女人、法国演员、中国和日本和尚、狄安娜女神、神话中的巨鸟玛尔科菲亚。

苍蝇还在不停地嗡嗡飞;钟摆滴答滴答地响;金丝鸟啾啾哀鸣;从楼上传来乐曲声,从院子里传来孩子们的叫喊声。耀眼的红色阳光变得柔和和暗淡了。各种颜色的人形活动起来。法国演员跟那个坐在桦树上的女人玩跳背游戏;日本和尚向巨鸟玛尔科菲亚眨眼。一切都乱套了,眼皮发黏。这只黑色的大苍蝇已经不在酒杯里,而是在头脑里嗡嗡嗡地叫,让人心烦,要是没有它,一切都很好,都很平静,一片漆黑,万籁俱静,此外什么都没有。

他突然浑身一抖,清醒过来。"发发慈悲吧,殿下,俄国的希望!"以一种震撼人心的力量在他的耳中响起。他环视一下不整洁的房间和自己——仿佛耀眼的血红色的阳光洒满他的脸,烧灼他的羞耻。"俄国的希望"——说得挺好!酒、梦、慵懒、谎言、肮脏和对父亲永无休止的卑劣的恐惧。

莫非是晚了？莫非是完了？摆脱这一切，逃走！"为基督而受难"，多库金的话又在他的耳中响起。"上帝吩咐人独立自主。"是呀，快一些到他们那儿去，暂时还不算晚！他们，"隐秘的受难者"，在呼唤，在等待着他。

他跳了起来，好像他真的要逃往什么地方，决定要做出一种不可挽回的举动——他在等待着，倾听着，全身都僵住了。

在一片寂静中，自鸣钟敲响了报时声，缓慢，悠扬，悦耳。敲了九下，当最后一下停息之后，门轻轻地开了，老听差伊万·阿芳纳西伊奇·鲍里肖伊把头探进来。

"该走了。穿衣服吗？"他按照自己的习惯嘟哝着，阴郁而愤怒，仿佛是在责骂他。

"不要。我不去了。"阿列克塞说。

"随您的便。可是人人都得去。您父皇又要发火啦。"

"好啦，走吧，走吧。"太子想要把他赶走，可是看到他那副模样，只见他蓬头乱发，跟他一样没有刮脸，睡眼惺忪，突然想起来，昨天他拽的是阿芳纳西伊奇的头发。

皇太子长时间地看着老头，感到莫名其妙，仿佛是他刚刚彻底睡醒。

落在窗户上的落日余晖熄灭了，一切都立即变成灰色，仿佛是一张灰色的蜘蛛网从房间的各个角落撒下来，笼罩住整个屋子。

老听差的头仍然留在门口，仿佛是粘上了，前进不得，后退不能。

"穿衣服吗?"阿芳纳西伊奇更加阴郁地重复说。

阿列克塞绝望地挥了挥手。

"好吧,反正如此,来吧!"

只见老听差的头没有消失,好像是在等待什么,便补充道:

"再喝点儿酸橙露酒,喝醉吗?从昨天开始,头就痛得要裂开了。"

老人没有回答,但看了他一眼,仿佛是想要说:"从昨天开始,头痛得要裂开的不是你!"

只剩下皇太子一个人,慢慢地掰动手指,关节发出噼啪的响声,他伸伸懒腰,打个哈欠。这个绝望的哈欠难以控制,口腔里一阵痉挛,产生了疼痛的感觉,比号叫和号啕都可怕,但是却一股脑儿地解决了一切——羞耻、恐惧、悲伤、渴望悔过、渴望伟大行动、立即去建功立业等等,全都一扫而光。

一个小时之后,皇太子盥洗完毕,刮了脸,醒了酒,穿上德国呢绒的红领绿色制服,佩戴着主易圣容近卫军中尉衔的金丝绶带,乘坐六桨快艇,在涅瓦河上顺流而下,向夏园驶去。

二

1715年6月26日定为维纳斯节,这天在夏园里举行庆祝这尊古代雕像的活动,它是刚刚从罗马运来的,应该安放在涅瓦河畔的长廊里。

"我将有一座最好的花园,比法国国王在凡尔赛的那座还要好。"彼得炫耀说。每当他外出远征,航行海上或到外国去,皇后都会给他捎去关于他的宠儿的消息:"我们的花园出息得相当不错,胜过去年:从皇宫去的那条路几乎都被槭树和橡树的树荫给遮盖住了,我出去的时候,常常觉得遗憾,我心坎上的朋友,不能和您一起散步。""我们的花园变绿了;已经开始发散树脂味"——也就是含有树脂的芽苞的芳香气味。

的确,夏园里的一切都是"严格按计划"修建的,像"举世闻名的凡尔赛花园"一样。树枝修剪得十分整齐,差不多就是用梳子篦着修剪的,花坛皆呈规整的几何形,人工水渠笔直,四角形的池塘里有天鹅戏水,还有人工岛和亭阁,喷泉设计独出心裁,林荫道没有尽头——构成"远景",阔叶树形成高高的围墙,像是庄严的客厅里的壁毯——"劝说人们去散步,有人走累了,立刻就可以找到足够的长凳,一条条林荫曲径和如茵的草地,可供人独处一隅,享受幽静的乐趣"。

可是皇家花园仍然远远不能与凡尔赛花园相比。

暗淡的彼得堡太阳从肥壮的鹿特丹郁金香球根培植出来的只是纤细的花朵。唯有朴素的北方花卉——彼得所喜爱的芳香的小黄菊、多瓣芍药和鲜艳的大丽花——在这里才能自由自在地生长。花费了难以置信的力气用船舶和马车千里迢迢——从波兰、普鲁士、波莫瑞、丹麦、荷兰——运来的树苗，也都枯萎了。异国的土地为它们脆弱的根部所能提供的营养实在太少。然而，"像在凡尔赛一样"，沿着几条主要的林荫路安放了大理石头像——"胸像"和全身雕像。罗马皇帝、希腊哲人、奥林波斯山的男女神祇相互观望，不明白如何来到了这荒凉的北方野人之邦。况且这并不是古代的原作，而只是意大利和德国蹩脚的工匠新的模仿品。男性神祇仿佛是刚刚摘下假发和脱下长袍，女性神祇——摘下镶花边的帽子和脱下筒裙，就好像他们也为自己不完全体面的赤身裸体而感到惊奇，像是装腔作势的骑士和贵妇，在路易十四或奥尔良公爵的宫廷里学会了"法国人的步态和礼仪"。

皇太子阿列克塞在花园侧面一条林荫道上从大池塘往涅瓦河方向走去。和他并肩一瘸一拐地走着一个人，形体可笑，两腿弯曲，穿着一件有些破旧的德国式长袍，头上戴着大假发，面部露出惊慌失措的表情，好像是个睡梦之中突然被喊醒的人。这是武器局的军需主任兼新建的印刷厂厂长，彼得堡市首屈一指的印刷业行家，米哈伊洛·彼得罗维奇·阿甫拉莫夫。

他是教堂执事的儿子，当年还是个十七岁的中学生，正在念日课经和《诗篇》时就到了一条商船上，跟船上运载的焦油、皮革和十名"俄国少年"一起，从喀隆施洛特起航驶往阿姆斯特丹，这十名"俄国少年"是根据彼得的谕旨从"比较机灵的孩子"中间挑选出来去学习航海科学的。

阿甫拉莫夫在荷兰学了一部分几何，但学到更多的是神话，"得到那里居民的褒扬，报纸上提到过他"。他生性不笨，甚至很"机灵"，然而从《诗篇》和日课经跳到奥维德和维吉尔的寓言实在是太突然，竟然被弄糊涂了，惊呆了，此后再也没能醒悟过来。他的思想感情竟然出现了类似于惊厥症的症状——婴儿在睡梦中过分惊吓往往会患上这种惊厥症。从那时起他的脸上便永远留下这种惊慌失措的表情。

"太子殿下，我把你当作上帝，向你吐露，"阿甫拉莫夫用单调的哭丧的声音说，好像蚊子嗡嗡叫，"我们身为基督教徒，却膜拜这些异教的偶像，良心使我感到羞愧……"

"哪些偶像？"

阿甫拉莫夫指了指立在林荫路两旁的大理石雕像。

"父辈和祖辈在家里和出门在外都供奉圣像；我们无耻地供奉这些偶像，为此感到羞愧。上帝的圣像自有其神力；与此相类似，偶像和魔鬼肖像也自有其魔力。我们迄今为止只崇拜唯一的醉酒之神巴克科斯①，结义之神伊瓦什卡·赫梅里尼茨基，这是在和'公爵教皇'举行酗酒大联欢的时候；可是如今却崇拜令人厌恶的维纳斯，准备为这个放荡的女神举行祭祀活动。这种祭祀活动称作假面舞会，并且不认为是罪过，因为据说根本没有神，把他们这些没有灵魂的偶像放在家中和花园里无非是为了装饰而已。最终损害了灵魂，

---

① 古希腊酒神狄俄尼索斯的别号。

人们也就误入迷途,因为这些自古就有的神祇实际上是存在的……"

"你信神吗?"皇太子更加惊奇了。

"我相信圣父的证实,殿下,神实际上是魔鬼,以受难的基督的名义被驱逐出神庙,逃到荒凉黑暗的地方,在那里栖身,装成死人,好像是不曾存在——在一定时间之前。当古代基督教衰败的时候,出现了新的渎神行为,于是这些神祇便复活了,从自己的洞穴里钻出来:就像一切有害的虫豸和毒蛇一样,从蛋壳里爬出来,叮咬人,古代偶像中的魔鬼也正是这样——丢掉自己的假面具,毒害基督教徒的灵魂。你可记得,殿下,圣父伊萨阿基及其梦幻?一些美貌的少男少女,像太阳一样容光焕发,抓住圣者的手,和他一起驰骋,在甜蜜的音乐伴奏下跳舞,使他疲惫不堪,弄得半死不活,咒骂一顿,就消失了。圣者知道了,这些是爱琴和罗马时代的古代神祇——朱比特、墨耳库里乌斯、阿波罗和维纳斯,还有巴克科斯。如今魔鬼又以类似的面貌出现在我们这些罪人这里。我们殷勤地接待他们,戴着丑恶的假面具,跟他们混杂在一起,骑马和跳舞,大家一起拥入最深的地狱,犹如**猪群闯进大海里淹死了**[①],这些愚昧之徒毫不考虑,最可怕的是最龌龊和最黑的埃塞俄比亚人面具竟然是新的外貌美如太阳的白色魔鬼!"

---

① 黑体字为《圣经》中的语句,以下不另注明。

虽然是六月之夜，但花园里几乎昏黑了。天空布满低垂的乌云，令人气闷，预示着大雷雨将至。彩灯还没有点燃，庆祝活动还没有开始。空中没有一丝的风，像是在室内一样。不时地出现闪电，或者说是远处听不见雷声的闪电，随着每一次闪亮，在浅蓝色的亮光中突然闪现出白色的大理石雕像，在林荫路两侧黑绿色的墙幕衬托下更加光辉耀眼，像白色的幽灵一样突然出现了，然后又消失了。

皇太子听了阿甫拉莫夫这番议论之后，已经怀着一种新的感觉来观看这些雕像。"实际上真的，"他想，"就是白色魔鬼！"

听见有人说话的声音。根据其中一个有些嘶哑的不高的声音，以及荷兰陶瓷烟斗里燃烧着的红色火星——这火星的高度显示出吸烟者高大的身材——皇太子认出了父亲。

他迅速拐过林荫路的一角，钻进紫丁香和黄杨木树丛中，走上一条蜿蜒曲折的小径。

好像是一只兔子溜进树丛里，——他立刻想，对自己这种情不自禁的，但毕竟让人屈辱的胆怯举动感到愤恨。

"鬼知道，你在说什么，阿甫拉姆卡！"他继续说，装出一种懊恼的样子，借以掩饰自己的耻辱，"你由于读书太多而头脑麻木了。"

"我说的是真理，殿下，"阿甫拉莫夫并没有生气，只是反驳道，"我在自己身上了解到神的这种不洁净的力量。撒旦怂恿我请求你父皇陛下印刷奥维德和维吉尔的书。其中的一本概述了各种丑恶的神及其乖戾行为,我已经印刷出版了。从那时起我就变傻了,并且贪婪地放荡起来,上帝的力量也就离开了我,于是在梦中便开始出现各种各样的神,尤其是巴克科斯和维纳斯……"

"像什么?"皇太子不无好奇心地问道。

"巴克科斯——就像是异端分子马丁·路德被描写成的红脸德国人,肚子像个啤酒桶。维纳斯起初变成一个放荡的少女,当我住在阿姆斯特丹的时候,跟她发生了淫乱关系:赤裸的身体雪白如玉,嘴唇胭红,眼睛淫荡。后来我在浴室的脱衣间里清醒过来,在那里也就发生了那种令人恶心的事——狡猾的女妖变成大司祭家的使女阿库里卡,她骂我妨碍她洗蒸汽浴,用湿笤帚痛打我的脸,跑到院子里的雪堆上——事情发生在冬天——一头倒下去,借着风势把积雪扬向四面八方。"

"是的,这或许真的就是阿库里卡!"皇太子笑了起来。

阿甫拉莫夫想要反驳,可是突然沉默了。

又听见有人说话的声音,又在黑暗中闪现出血红色的火星。狭窄黑暗的林中曲径又使父子二人走到一起来了,这个地方过于狭窄了,难以躲开。皇太子这时又闪现一个绝望的念头——藏起来,溜走,或者像只兔子那样钻进树丛里。但是已经迟了。彼得从远处看见他了,喊道:

"卓昂!"

"卓昂"在荷兰语里意为"儿子"。他只是在少有的和蔼可亲的时刻才这样称呼他。皇太子更加惊奇的是近来父亲根本不再跟他说话，不仅不说荷兰语，而且也不说俄语。

他走近父亲，摘下帽子，深深地鞠了一躬，先是亲吻了他的长袍衣襟——彼得穿着一件很旧的深绿色的主易圣容近卫军上校军装，红色的衣领和铜制纽扣——然后又亲吻了长满老茧的粗糙的手。

"谢谢，阿寥沙！"彼得说，很久没有听到"阿寥沙"了，阿列克塞的心为之一动。

"谢谢小礼物。——正是在最需要的时候送来了。我的橡木，就是从喀山用木筏流放的那些，在拉多加湖里全被暴风雨给毁了。假如没有你的礼物，那艘新的三桅战舰入秋之前就无法造好。而且这木材——是最好的，跟铁一样坚硬。我很久没有见到过这么好的橡木了。"

皇太子知道，用什么东西都不能像用造船木材那样讨好父亲。他在下城区波列茨克州自己的世袭领地里早就瞒着所有的人，秘密地保留一片上好的林子，并且精心管理，以备他特别需要取得父亲好感时的急需。他了解到海军部不久将需要橡木，便砍伐了森林，用木筏流放到涅瓦河，非常及时地赠送给了父亲。他从前时常有些胆怯地，有时很笨拙地向父亲效些小力，但现在则越来越少，这就是其中之一。况且他也并没有欺骗自己——他深知，即使是这次效力也会跟从前历次一样，很快就会被忘掉，父亲这一次偶然短暂的和蔼可亲，以后将会以更加凶狠的严酷补偿。

可是他的脸毕竟是由于羞怯的兴奋而泛起了红晕,心脏由于愚蠢的希望而剧烈地跳动。他嘟哝着,让人勉强听清,前言不搭后语,诸如"永远高兴为父皇效力",他本来还想要再次亲吻他的手,可是彼得却用双手捧起他的头。一瞬间,皇太子看见了一张熟悉的令人生畏而又可亲的面孔,只见两颊很胖,几乎是肿胀,两撇胡须向上翘起——如小丑所说的,"像是科塔勃雷斯猫"——弯曲得像女人般温柔的嘴唇上现出美丽的微笑;看见了那双明亮的深色大眼睛,也是那么令人生畏,那么可亲,每当他在梦中梦见时,都好像是一个热恋的青年梦见一个美丽女人的眼睛一样;他感觉到了从童年起就很熟悉的气味——这是一种烈性烟草、伏特加、汗酸的混合味,还有一种别的令人厌恶的,兵营里粗野的士兵气味,父亲的办公室——"御书房"里总是发散着这种气味;他感觉到从童年起就很熟悉的刮得不很光洁的下颏,中间有一个小坑,这是这张严峻的脸上既奇怪又令人开心之处;他觉得,也许只不过是在做梦,梦见小的时候父亲把他抱在怀里,他亲吻这个令人开心的小坑,并且兴奋地说:"完全跟祖母一样!"

彼得亲吻儿子的前额,用完全蹩脚的荷兰话说:

"Good bewareù!(让上帝保佑您!)"

用这个荷兰语的"您"来代替"你",不免有些矫揉造作,但是阿列克塞此时却感到很迷人,很亲切。

这一切他都看见了,感觉到了,如在闪电的照耀之下。

闪电熄灭了——一切也就都消失了。彼得已经离开他走了,像平时一样,神经质地耸动着肩膀,头部后仰,走路时像士兵一样有力地挥动着右手,像平时一样迈着快速的步伐,他的同行者们为了跟得上而差不多应该跑步。

阿列克塞还是在那条狭窄的林中小径上,但走向另一侧。阿甫拉莫夫没有落在他的后面。他又谈论起来,但现在所讲的是亚历山大·涅夫斯基修道院的修士大司祭,沙皇的忏悔师费奥多西·雅诺夫斯基,彼得任命他当了"宗教事务行政长官",位居教会首席长官——老朽的宗主教斯捷凡·雅沃尔斯基之上,许多人怀疑他是"路德派",密谋取消供奉圣像、圣骨、斋戒、修士等级、宗主教制和东正教其他一些教规。有些人推测,费奥多西,或者简称费多斯卡,自己幻想当宗主教。

"这位费多斯卡是个地地道道的无神论者,况且竟然胆敢败坏教规,"阿甫拉莫夫说,"他利用皇上的神圣灵魂过于疲劳,骗取他的信任,对他阿谀奉承,狂妄地破坏基督教的传统和法规,爱虚荣和好色使他过着伊壁鸠鲁主义的,甚至下流的生活。他疯狂鼓吹异端邪说,撕掉喀山圣母显灵的圣像上的花环:'圣器执事,拿刀来!'他喊,割断了铁丝,扯下冲压的金质项饰,在众目睽睽之下厚颜无耻装进自己的衣袋里。所有观看的人都哭了,为这种无耻的行径而震惊。他欲壑难填,为非作歹,背弃了上帝,把手稿交给了魔鬼,践踏救世主圣像和创造生命的十字架,他利令智昏，竟然想吐唾沫……"

皇太子没有听阿甫拉莫夫的话。他沉浸在自己的兴奋之情中并且竭力用理性压下如今在他看来是不合乎理性的幼稚的兴奋。他等待着什么呢？他指望着什么呢？与父亲和解吗？有可能和解吗？他本人愿意和解吗？难道他们之间没有发生过不能忘怀和不可饶恕的事吗？他想起了他刚刚还像只兔子似的卑劣而怯懦地躲藏起来；想起了多库金，他反对彼得的暴露性祈求以及许许多多别的更加可怕的无可辩驳的暴露。他起来反对父亲不只为了自己一个人。然而，只需要几句亲切的话，一个微笑——就足以让他的心软化和融化——他已经准备匍匐在父亲的脚下，忘却一切，饶恕一切，自己去祈求饶恕，仿佛他有罪似的；再得到这么一次爱抚，一个微笑，他就准备把自己的灵魂重新交给他。"难道，"阿列克塞几乎是惊恐地想，"难道我就这么爱他？"

阿甫拉莫夫还在不停地说着，好像是个不睡觉的蚊子在耳边嗡嗡地叫。皇太子只听清他最后一段话：

"当圣米特罗芳尼·沃罗涅日斯基在皇宫看见巴克科斯、维纳斯和其他一些神像时，说：'只要皇上不下令推倒这些迷惑老百姓的偶像，我就不进他的家门。'沙皇尊重圣者，下令撤去偶像。这是从前的事。可是如今有谁能向沙皇说真话呢？不会是亵渎神明的费多斯卡吧？他用偶像取代圣像，用圣像创造偶像。唉，我们哪！竟然到了这样的地步，今天，此时此刻，推倒圣母像，在原地树起迎合魔鬼的淫荡的维纳斯像。你的父皇……"

"离开我,傻瓜!"皇太子突然愤怒地叫喊起来,"你们全都离开我!你们叫什么苦,为什么纠缠着我?把你们全都……"他用污言秽语骂了起来。

"你们的事与我何干?我什么都不知道,而且也不想知道!去找你的父皇抱怨吧:他会给你们评理!……"

他们走近什基彼尔广场,来到中央林荫路喷泉旁。这里有很多人。人们在看他们,听他们说话。

阿甫拉莫夫脸色苍白,好像是蹲下并蜷缩成一团,用不知所措的目光看着他——这是一个在睡梦中受到惊吓的婴儿的目光,马上就要患上惊厥症。

阿列克塞很可怜他。

"哎,别害怕,彼得罗维奇,"他带着善意的微笑说,这种微笑不像父亲,而像祖父,"最安静的"阿列克塞·米哈伊洛维奇,"别害怕,我不会出卖的!我知道你爱我……和父皇。只是你先别说些废话……"他的脸上突然出现一个阴影,轻声地补充道:

"即使你是正确的,那又有什么用?谁需要真理?鞭子抽不断斧头。你……就是连我也没有任何人听。"

树木中间亮起了第一批彩灯:有各种颜色的灯笼和油灯,窗户里面和涅瓦河畔带篷无墙的长廊里磨光的廊柱之间都点燃了蜡烛。

如庆祝活动简报中所说的,那里已经"布置就绪,为举行庆典而应有尽有,各个方面都十分丰盛"。

长廊由三个狭长的亭子组成。中间那个主要的亭子——玻璃圆拱,由法国建筑师勒勃隆精心设计,为彼得堡的维纳斯已经准备好体面的位置——大理石基座。

三

"维纳斯已购得,"别克列米舍夫从意大利写信给彼得说,"在罗马评价甚高。与举世闻名之佛罗伦萨者(美迪奇的)无任何不同,甚至优胜于彼者。曾为不知名人士所藏。为建造一新房而挖掘地基时所得。在地下沉睡已两千年矣。长期安放在梵蒂冈教皇花园中。臣对爱好者秘而不宣。唯担心不肯放行。然而,她——已归吾皇陛下所有矣。"

彼得通过自己的代理人萨瓦·拉古金斯基和红衣主教奥托巴尼与教皇克雷蒙特十一世谈判,获准把所购得的雕像运回俄国。教皇很长时间不同意。沙皇曾准备偷运维纳斯。最后,经过多方的外交交涉和巧施阴谋诡计,终于获准。

"船长先生,"彼得写信给雅古仁斯基,"最佳之维纳斯从里窝那启运,陆路抵因斯布鲁克,从该处经多瑙河水路运抵维也纳,须派专人押送,在维也纳汝应接收该货。如汝所知,兹因该雕像在彼处名声显赫,故而在维也纳应特制一带弹簧之马车,用该车更便于运往克拉科夫,而不至于有任何损坏,从克拉科夫则可重行水路运送矣。"

经过海洋与河流,越过山岭和平原,经过城市和荒野,最后又经过贫穷的俄国乡村、浓密的森林和沼泽,到处都按照沙皇的意旨小心翼翼地保护,这位女神或是在波涛中或是在柔软的弹簧上颠簸,关在昏暗的木箱子里,如躺在摇篮中或棺材中,完成了从永恒之城到新建的小镇彼得堡的长途旅行。

当她平安到达之后,沙皇虽然急于看看他期待已久和听说甚多的雕像,但是仍然战胜了焦急的心态,决定在夏园隆重举行维纳斯驾临典礼之前不开箱。

许多舢板、快速帆艇、小艇以及其他"新式船舶"驶近一个直接伸向水中的木制阶梯,停泊在岸边镶着铁环的木桩旁。来宾们下了船,沿着阶梯走向中央长廊,那里在彩灯的照耀下,衣着华丽的人群熙熙攘攘;男士们穿着花花绿绿的绸缎和丝绒长袍,头戴三角帽,腰挂佩剑,脚穿长袜和带扣的高跟皮鞋,戴着角锥形的假发,有黑色的,也有浅黄色的,都不自然地打着精美的发卷;女士们穿着肥大的鲸须圆筒裙——"凡尔赛最新款式"的圆筒裙,梳着长长的发辫——称作"施利福施线",脸上涂着胭脂或贴着俏皮膏,头戴镶着花边的圆帽,头发上插着羽毛,戴着珍珠。但是在这华丽耀眼的人群中也可遇见一些装束朴实的人,穿着粗呢士兵军服,甚至水手装和船长服,脚穿发散着焦油味的长筒皮靴,头戴荷兰船员带护耳的皮帽。

人群给一个奇怪的行进队伍闪开一条路:只见一些体格

健壮的皇家侍从和近卫军士兵用肩扛着一个狭长的很像棺材似的黑色木箱，显得很吃力，被压弯了腰。根据棺材的大小来判断，死者的身材是超人的。木箱放到地板上。

皇上单独一人，没用别人帮助，着手开启木箱。彼得手执木匠工具，运用自如。他很着急，急于把钉子起下来，竟把手划出了血。

全体都聚集在一起，相互拥挤着，跷起脚来，好奇地从肩膀和头部的空隙间观看。

枢秘顾问官彼得·安得烈伊奇·托尔斯泰曾长期生活在意大利，为人学识渊博，而且是位著作家——他在俄国首次翻译了奥维德的《变形记》——此刻正在向周围的太太小姐们讲述维纳斯古代神庙的废墟。

"我路过那不勒斯附近的卡什特里迪拜亚，看见了供奉维纳斯女神的神庙。整座城市都变成了废墟，在这座城市的遗址上长出一片森林。神庙是用宽砖建造的，建筑相当好，带有高大的廊柱。穹隆上画着许多异教的神祇。我在那里还看见了其他一些神庙——狄安娜、墨耳库里乌斯、巴克科斯，万恶的折磨者尼禄在那些地方祭祀这些神祇，由于对这些神的爱而和他们一起下了地狱……"

彼得·安得烈伊奇打开螺钿鼻烟盒——盒盖上画着三只绵羊和一个牧童，他正为一个睡觉的牧女解腰带——他把烟盒拿到美丽的切尔卡斯卡娅公爵夫人面前，自己闻了一点儿，有气无力地叹息着，补充道：

"我在那不勒斯的那段生活至今还记忆犹新,当时我爱上了一个名叫弗朗切斯卡的女公民,她美如天仙,远近闻名。我在她身上花了两万多卢布。那种不道德的行为甚至现在也还不能从我心中抹掉……"

他精通意大利语,讲俄语时也不时加进一些意大利语词:不说"爱上了",而说"伊那莫拉特",不说"女公民",而说"契塔金卡"。

托尔斯泰已年过七十,但看长相却不超过五十岁,因为他体格健壮,精神饱满,朝气蓬勃。他对女士们的殷勤,用沙皇的说法,"胜过爱好维纳斯的年轻人"。人们谈论他时往往用"柔和"一词来形容:柔和绵软的动作,柔和的轻声细语,柔和而温情的微笑,柔和的异常浓密的黑眼眉(况且差不多就是染的),"全身都柔和,但却是个吝啬鬼"。彼得本人平时对待自己的"小鸟"不太谨慎小心,可是却认为"和托尔斯泰打交道时应该怀里揣一块石头"。在这位"优雅而高尚的先生"的良心里,有的不只是黑暗和凶狠,而且甚至是血腥气。然而他善于把结果藏在水里。

最后的几根钉子弯了,木板活动了,掀起盖子,于是箱子打开了。一开始所看见的是一些黄灰色的东西,像是腐烂在棺材里的骸骨。那是刨花、锯屑、毡子、毛絮,为了能起到绵软作用而放进来的。

彼得把这些东西掏出来,用两手翻腾着,终于摸到了大理石的躯体,兴奋地叫了起来:

"这就是,就是她!"

要用铁条把雕像底部和基座连接在一起,为了焊接铁条,已经把锡熔化。建筑师勒勃隆准备好一个类似起重机的东西,上面装有小梯子、绳子和滑轮。可是首先应该用手把雕像从箱子里抬出来。

听差们帮助彼得。其中一人开了一个非同小可的玩笑,竟然去抓"裸体少女"不该触摸的部位,于是沙皇赏了他一记耳光,这立即使所有的人对女神产生了肃然起敬之感。

一片片的毛絮像是一块块灰色的泥土,从光滑的大理石上掉下来。正如两百年前在佛罗伦萨那样,复活的女神从棺材里走出来。绳子绷紧了,滑轮嘎吱吱地响起来。她升起来,越升越高。彼得站在小梯子上,把雕像固定在基座上,用双手抓着她,仿佛是在拥抱她。

"维纳斯在马尔斯的怀中!"古典主义者勒勃隆终于忍不住了。

"这一对真美,"太子妃夏洛塔的一个年轻的宫廷女官兴奋地叫道,"假如我是皇后,会嫉妒的。"

彼得的身材跟雕像一样,也是超人的。他那张正常人的脸跟神的脸在一起也毫不逊色:人是配得上女神的。

她最后又晃动一次,到位了——突然变得一动不动了,直挺挺地牢牢地立在基座上。

这是普剌克西忒勒斯的雕塑:阿佛罗狄忒·阿纳迪俄门——"泡沫所生者",也是乌剌尼亚——天神,古代腓尼基的阿斯塔尔忒,巴比伦的米利塔,始祖母,伟大的哺育者——她把种子撒向天空,使之布满星辰,从乳房流出乳汁,变成"奶路"①。

她在这里跟从前在佛罗伦萨的山冈上是一样的,当年列奥纳多·达·芬奇的一个学生看着她产生了迷信般的惊奇;也像从前在卡帕多基亚古代马萨鲁姆城堡的地下,在荒废了的神庙里一样,她的最后一个崇拜者,身穿黑衣的苍白瘦削的男孩,未来的皇帝——叛教者尤里安向她祈祷。她还是那样纯洁无瑕和贪淫好色,赤身裸体而又不为自己的裸露而羞耻。自从在那里,在佛罗伦萨走出千年的坟墓之日起,她越走越远,从一个世纪到另一个世纪,从一个民族到另一个民族,在任何地方也没有停留下来,直至最后在胜利的进军中到达了地球的最后边缘——极北的斯基泰,再往前除了黑夜和混沌,别无其他。她固定在基座上之后,仿佛是第一次用惊奇而又好奇的目光观看这块新的异国土地,这块平坦的多苔藓的沼泽地带,这座类似于游牧的野蛮人村落的奇怪的城市,这种既非白天又非黑夜的天空,这些类似于地下冥河斯梯克斯黑色的睡意蒙眬的令人生畏的波涛。这个国度不像她在奥林波斯山上天空明亮的故国,而是像遗忘之乡,像昏暗的冥界阿伊得斯那样令人绝望。尽管如此,女神仍然以她惯有的笑容微笑着,犹

---

① 西方称银河为"奶路"。

如太阳如果能照进黑暗的阿伊得斯,也会笑一样。

彼得·安得烈伊奇·托尔斯泰根据女士们的请求,朗诵了自己的一首题为《关于丘比特》的诗,这是一首古代讴歌厄罗斯的阿那克瑞翁体的颂诗:

> 从前,爱神在玫瑰花中
> 没有发现睡觉的蜜蜂,
> 被蜇伤手指,号啕大哭,
> 逃跑了,飞向奥林波斯,
> 找到美丽的女神维纳斯:
> 我完了,母亲,他说,
> 我完了,我就要死去!
> 一条小毒蛇把我咬伤,
> 它长着翅膀,庄稼人
> 把它叫作蜜蜂。
> 维纳斯回答儿子说:
> 既然蜜蜂的蜇刺
> 使你感到如此疼痛,
> 那些被你毒害的人,
> 孩子,我想会更疼!

女士们除了教堂的赞美诗和圣歌之外,不知道有任何俄语诗,因此完全被这首诗所陶醉了。

这首诗适逢其时，因为恰在这时，彼得亲手点燃第一颗焰火，并且把它放飞，这颗焰火是一架飞行器，形如丘比特，带有一个燃烧的火把。丘比特沿着一根看不见的铁丝滑行，从长廊飞向涅瓦河上的渡船，船上放着几块托板，上面有"火捻"，火把点燃了第一块托板上的火捻——钻石色火苗的祭坛上燃起两颗红宝石色的心。其中之一燃起绿宝石色的火苗，形成拉丁字母 P，另一个是 C：Petrus（彼得），Catarina（卡捷琳娜）。两颗心合成一个，出现一行文字："合二为一。"这意味着，女神维纳斯和丘比特祝福彼得和叶卡捷琳娜的婚姻。

又出现了另一个图案——两块透明标语牌，一块上面——海神涅普顿看着在海中刚刚建成的要塞喀琅施洛特——下面是一行文字：Videt et stupescit（"看见并震惊"）。另一块上面——彼得堡，在沼泽和林莽中建成的新城——下面的文字是：Urbs ubi silva fuit（"从前是森林的城市"）。

彼得是焰火的热烈爱好者，经常是亲自掌管一切，向观众解说寓意。

无数颗焰火呼啸着腾空而起，像是一捆捆火的谷穗，直奔天际，在黑暗的天空中散开红蓝绿紫等各种颜色的星星，缓缓地下降，消失。涅瓦河在自己的黑色镜面中映照出来，并且把它们加大了一倍。火的轮子在旋转，火的喷泉火花四溅，曲痕花炮发出咝咝的响声，上下跳动；水球和气球像炸弹爆炸一样，发出震耳欲聋的爆裂声。点燃了火的宫殿，有燃烧着的廊柱、穹隆、楼梯——在如太阳般耀眼的深渊里突然展现出最后一幅画面：一位像巨人神普罗米修斯一样的雕塑师——站在一尊未完工的雕像前，他正在用凿子和锤子雕刻一块大理石；上面用光线画成一只洞悉一切的慧眼，写着一行字：Deo adjuvante（"神助"）。大理石块意味着古代罗斯；未完工的雕像已经显露出女神维纳斯的模样——是新的俄罗斯；雕塑师是彼得。

画不完全成功：雕像过快地燃烧尽了，倒在雕塑师的脚下，毁坏了。结果是雕塑师只是往空中乱敲。锤子散架了，手垂下来，洞悉一切的慧眼暗淡了，仿佛是怀疑地眯缝着，不祥地眨着。

然而，任何人也没有注意到这一点，因为大家都被一个新的景观所吸引。一团团的烟被彩虹般的五彩焰火照亮，烟团中出现一个巨大的怪兽，既不像马，也不像蛇，长着有鳞片的尾巴、带刺儿的鳍和翅膀。它顺着涅瓦河从要塞向夏园漂来。许多条装备有划桨的船用绳缆拖着它。怪兽的背上驮着一个巨大的贝壳，里面坐着涅普顿，他长着白胡子，手执三股钢叉；他的脚下是一些西壬①和特里同②："北方涅普图努斯的特里同们在海上巡逻时，吹着喇叭，把俄国沙

---

① 希腊神话中半鸟半女的海妖，根据《奥德修纪》中的描写，她们居住在客尔刻岛和斯库拉之间，以奇妙的歌声引诱航海者，使其迷而忘返。

② 希腊神话中的海怪，海神波塞冬之子，人首海豚尾，根据波塞冬之命令，吹起手中的法螺时，海上便卷起狂风恶浪。

皇的荣耀传向四面八方",一位观众,海军的修士司祭加甫里伊尔·布仁斯基解释说。怪兽拖着六对封得严严实实的空木桶,每个木桶上都骑着一个"滑稽的红衣主教",为了不至于落入水中,他们都被牢牢地绑在木桶上。他们就这样一对跟着一对地漂动着,响亮地吹着号角。接下去是一个由同样的木桶编成的筏子,拖着一个大啤酒桶,里面放着一把大木勺,巴克科斯神的祭司坐在里面,像是乘坐小船一样。巴克科斯神本人则坐在平坦的桶沿上。

在庄严的乐曲声中,这部庞大的水上机器缓缓地驶近夏园,停靠在中央长廊旁,众神走进长廊。

涅普顿原来是皇上的弄臣,年老的大贵族谢苗·屠格涅夫装扮的;西壬们长着长长的鱼尾,像是拖地长后襟,因此几乎是看不见脚——这是宫廷侍女们装扮的;特里同们——是海军上将阿普拉克欣的马夫们;跟随着巴克科斯的萨梯里①或者潘②由缅希科夫公爵的法国舞蹈教师装扮。这个机灵的法国人蹦蹦跳跳,让人以为他真的像法俄诺斯一样生着山羊蹄子。巴克科斯身穿虎皮,头戴玻璃葡萄花冠,一手拿着香肠,另一只手拿着酒瓶,——由宫廷合唱队指挥科农·卡尔波夫装扮,此人异常肥胖,红光满面。为了更真实可信,一连三天灌得他酩酊大醉,用他的酒友

---

① 希腊神话中狄俄尼索斯的随从,形为半人半羊。
② 希腊神话中的牧神,形为半人半羊,潘的罗马名字为法俄诺斯。

们的说法，科农醉得脸色如红莓苔子，成了活着的伊瓦什卡·赫梅里尼茨基。

众神把维纳斯雕像围起来。巴克科斯由"红衣主教"和"公爵教皇"虔敬地搀扶着，跪在雕像前，向她叩头，他不愧是大辅祭，以如雷般的男低音高呼：

"最贞洁之母维纳斯，恭顺的奴隶伊瓦什卡-巴克科斯，被焚的塞墨勒①所生，令人快活的葡萄汁的榨取者，为你的儿子厄列姆卡－厄罗斯叩首。请你别让他，淘气的厄列姆卡伤害我们——你的人，刺伤他们的心，毁灭他们的灵魂。女神哟，请你大发慈悲吧！"

"红衣主教们"齐声高呼：阿门！

卡尔波夫醉眼蒙眬地唱起祈祷歌《真诚祝愿你》，可是他被及时地制止了。

装扮成"公爵教皇"的老朽的尼基塔·莫伊塞伊奇·卓托夫是皇上小时候的男仆，身为大贵族，曾当过先皇阿列克塞的御前大臣，现在穿着红丝绒和白鼬皮缝制的小丑披风，头戴铁皮的三重冠，上面画着厄列姆卡-厄罗斯猥亵的形象，他把一个用烤肉铁扦做的三脚架放到维纳斯脚下，上面放上一个圆铜盆，里面煮着普通的热糖酒，倒上一些伏特加，用火点燃。几名皇家近卫军士兵用杆子抬来一大桶胡椒酒，

---

① 希腊神话中酒神狄俄尼索斯之母，土地女神，宙斯的情人，误中赫拉之计，被宙斯的霹雳和闪电击成灰烬，宙斯从其腹中取出未出世的狄俄尼索斯。

沉得压弯了杆子。只有在场的神职人员除外，像其他类似的滑稽集会上一样，所有的人，不仅男士，而且女士，甚至未婚的淑女，都应该依次走到桶前，从"公爵教皇"手中接过一个盛满胡椒酒的大木勺，差不多一饮而尽，把剩下的几滴倒在燃烧着的祭坛上；然后男士们一一亲吻维纳斯，由于年龄不同而亲吻的部位也有所不同，年轻者吻手，年老者吻脚；而女士则庄重地向她行下蹲礼，表示"赞美的礼节"。这一切，直到细枝末节，都是事先考虑好的，是皇上本人规定的，执行时一丝不苟，准确无误，否则将会处以"严厉的罚款"，甚至会挨鞭子。前皇后普拉斯科菲娅·费奥多罗芙娜身为彼得的嫂子，他的哥哥前沙皇约安·阿列克塞耶维奇的寡妻，也从大桶里饮了酒，向维纳斯行了礼。她在各个方面都迎合彼得，屈从于一切新事物：不要逆着风吹气。可是这一次，这位受人尊敬的老太太穿着深色的寡妇背心——彼得特准她着老式衣装——当她在这个"无耻的裸体少女"面前行"德国式的"下蹲礼时，她的心像被猫给挠了似的。宁肯躺到地下去，也别看到这一切！她想。皇太子也乖乖地亲吻了维纳斯的手。米哈伊洛·彼得罗维奇·阿甫拉莫夫本想躲起来；可是他被找到了，给强行拖过来；虽然当他把嘴唇贴上这个魔鬼雕像，感到接触的是冰凉的大理石时，浑身发抖，脸色苍白，出了一身冷汗，差一点儿没有昏过去，可是在沙皇的严厉监视下仍然准确无误地履行了仪式，因为他害怕沙皇更甚于怕白色魔鬼。

女神看着这些亵渎神明的装扮的神和这些野蛮人的恶作剧并无愤怒的表情。他们祭祀她和做出亵渎神明的举动都是不由自主的。滑稽的三脚架变成了真正的祭坛,那里燃烧着跟她有亲戚关系的神祇狄俄尼索斯的灵魂,跳动着如蛇芯一般的细小的蓝色火苗。女神被这火焰给照亮,贤明地微笑着。

宴会开始了。桌子的上首,用本地沼泽产的莓草和越橘代替古典的香桃木搭成遮阳篷,巴克科斯骑在酒桶上,大祭司从酒桶里往杯子里斟酒。托尔斯泰面向巴克科斯,朗诵了另一首诗,也是他的手笔——阿那克瑞翁一首诗的译文:

> 巴克科斯,宙斯之子,
> 你迫害思想,却可解忧!
> 当他,美酒的提供者,
> 进入我的头脑时,
> 我就不由得手舞足蹈;
> 每当我喝得酩酊大醉,
> 我都感到愉快;
> 我一边鼓掌一边喝,
> 因维纳斯而心花怒放,
> 于是不停地狂舞。

"从这首诗可以看出,"彼得说,"这个阿那克瑞翁原来是个大酒鬼，是个寻欢作乐之徒。"

按惯例先是举杯祝酒，祝俄国海军强盛，皇上和皇后万寿无疆；然后，修士大司祭费奥多西·雅诺夫基表情严肃地站起来，手中举着酒杯。

虽然他的脸上表现出波兰人的傲慢——他出身于波兰小贵族，虽然佩戴着蓝色的勋绶和宝石小圣像，一面画有皇上肖像，另一面是耶稣受难图——一面镶嵌的宝石比另一面多而且大，虽然如此，费奥多西，用阿甫拉莫夫的说法，本人的样子却很令人惊奇，也就是说，长得瘦小孱弱，或者说是个早产儿。他身材矮小，瘦弱，为人机灵，戴着一顶高大的僧帽，上面缝着长长的黑纱褶子，穿着肥大的倍贝尔袈裟，很像是一只飞翔的大蝙蝠，两只肥大的袖子如伸展开的翅膀。可是当他开玩笑时，尤其是说亵渎神明的话（当他"微醉"时经常是这样）时，一双狡猾的小眼睛闪烁着邪恶的智慧之光，现出肆无忌惮的欢乐神色，蝙蝠的或者早产儿的那张愁苦的脸便几乎是迷人的了。

"我说的不是恭维的话，"他对彼得说，"确实是发自肺腑：通过皇帝陛下的事业，我们从无知的黑暗中走上光荣的舞台，从虚无进入存在，加入了政治民族的社会。你使一切焕然一新，陛下，或者甚至可以说，你重新造就了自己的臣民。俄国从前是什么样的，而现在又是什么样的？我们来看看房子吗？从前是粗糙的茅屋的地方出现了明亮的宫殿，从前是干树枝的地方——如今是繁花似锦的花园。

再看看城市吗？我们现在有的东西，从前在古代手抄本中也没有见到过……"

他又讲了很长时间，讲到法典、自由学说、艺术、海军——"武装的游牧者"，讲到教会的革新和完善。

"而你，"他结束时兴奋地欢呼，以演说家的热情，挥动着肥大的袈裟袖子，像是挥动着黑色的翅膀——他更加像是一只蝙蝠了，"而你，新建的彼得之城，难道不就是你的奠基者崇高的光荣吗？在这里，任何人连想都没曾想到居住，很快就建起了无愧于沙皇宝座的地方。Urbs ubi silva fuit.（从前是森林的城市。）谁能不赞扬这座城市的位置？这个地方之美不仅超过了整个俄国，就是在别的欧洲国家也找不到这样的！这座城市是在乐土上建造的！陛下，你真的是在俄国创造出了最大的奇迹，使俄国'变形'了！"

阿列克塞看着费多斯卡，聚精会神地听着。当他讲到彼得堡的"乐土"时，他的目光和皇太子的目光仿佛是无意之中相遇了一瞬间，皇太子突然感到，或者只是觉得，在这双眼睛的深处闪现出嘲笑的火花。他想起来了，费多斯卡在他面前，当然在没有父亲在场的情况下，是如何经常咒骂这块乐土的，称之为魔鬼的沼泽、鬼地方。况且，皇太子很早就觉得，费多斯卡在嘲笑父亲，几乎是明目张胆，面对面，但非常巧妙，任何人都无法察觉，除了他阿列克塞之外，每逢类似的场合，费多斯卡都迅速地跟他交换眼色，是那么狡猾，仿佛是他的同谋者。

彼得像经常那样，对这些贺词做了简短的答词：

"我十分希望全体人民都能知道上帝为我们所做的事。不应该松劲，而要努力关心上帝放在我们眼前的普遍好处。"

转入平常的谈话之后，为了让外国人也能听得懂，又开始使用荷兰语阐述他非常喜欢的一个思想——不久前从哲学家莱布尼茨①那里听到的——"关于科学循环"的思想："所有的科学和艺术产生在东方和希腊；从那里传到意大利，然后再进入法国、日耳曼，最后经过波兰进入俄国。现在轮到我们了。他们将通过我们而重新回到最早的发源地——东方和希腊，在这个过程中完成一个循环圈。"

"这尊维纳斯像，"彼得在结束时指着维纳斯雕像，已经用俄语，以其特有的矫揉造作说，"这尊维纳斯从希腊来到我们这里。我们这里一切都已经由马尔斯之犁所耕耘和播种。如今我们期待着新的诞生，愿上帝帮助我们！但愿我们的果实能毫不拖延，不会像海枣那样让栽树人看不见。如今维纳斯这位保佑万事如意，家庭和睦，政治和谐的女神，将要为了俄国的光荣而同马尔斯结合。"

"万岁！万岁！伟大的彼得，祖国之父，全俄国的皇帝万岁！"全体高呼，举起盛满匈牙利烈性葡萄酒的酒杯。

"皇帝"这个尊号在欧洲，甚至在俄国也还没有正式宣

---

① 莱布尼茨，全名高特弗里德·威廉·莱布尼茨（1646—1716），德国哲学家和数学家，曾为彼得大帝的改革出过主意。

布——但在这里,在彼得的"小鸟"中间已经采用了。[①]

长廊左翼的女士席上已经把桌子撤下,开始跳舞。谢苗诺夫和主易圣容近卫军的军号、双簧管、定音鼓的声音从夏园的树林后面传来,由于遥远而变得柔和,在这里,在女神的脚下,或许是由于她的魅力,听起来很像是长笛和抒情古提琴的声音——这里是丘比特的王国,羊儿在绵软的草地上吃草,牧童解着牧女的腰带。彼得·安得烈伊奇·托尔斯泰和切尔卡斯卡娅公爵夫人跳着小步舞,在这种乐曲的伴奏下,他用柔和的声音为她吟唱:

> 丘比特,射出你的箭吧。
> 我们已经不是没有伤痛,
> 然而,被爱情之箭射中,
> 即使溃烂也都感到甜蜜,
> 你那金色的爱情之箭
> 让我们人人全都折服。

漂亮的公爵夫人在男舞伴们面前扭捏地屈膝,如小步舞动作所要求的那样,用牧女赫洛娅陶然心醉的微笑来回答年过七十的少年达甫尼斯。[②]

[①] 彼得于1721年正式宣布使用"皇帝"的称号。
[②] 达甫尼斯和赫洛娅是古罗马晚期同名田园传奇的男女主人公。

在黑暗的林荫路上,在亭台里,在夏园所有的僻静角落里,都可听见窃窃私语声、衣裙簌簌声、亲吻声和爱情的叹息声。维纳斯女神已经统治着极北的斯基泰。

像真正的斯基泰人和野蛮人一样,皇上的听差和宫廷侍从们在议论自己的姘妇——宫廷女官、女教师,或者甚至简单地说——"姑娘"们的风流韵事时,往往都是躲在夏宫的橡树林里,远离所有的人,形成特殊的一群,因此任何人也听不见。

有妇女在场,他们都很谦逊和腼腆;可是彼此之间谈起"女人"和"姑娘"来却表现出野兽般的无耻。

"哈蒙托娃姑娘跟主人睡了一夜。"一个人无所谓地宣布说。

哈蒙托娃就是皇后的女官玛丽娅·威廉莫芙娜·哈米尔顿。

"主人是个色鬼,离开姘妇就不能活。"另一个指出。

"她这不是跟第一个男人了,"一个宫廷侍从纠正说,他是个十五岁的孩子,郑重其事地吐了一口唾沫,又抽了一口烟斗,感到恶心,"在跟主人之前,玛什卡跟瓦修哈已经弄大了肚子。"

"可是他们把孩子弄到哪儿去了?"第一个人表示惊奇。

"丈夫不知道老婆在哪儿放荡!"那个孩子得意地笑了,"弟兄们,我老早就在树林子后面亲眼看见维尔卡·蒙索夫跟女主人干风流韵事……"

威廉·蒙斯是皇后的侍从官——"一个劣等的德国人"，但为人机灵，长相也漂亮。

他们彼此坐得更近一些，咬着耳朵相互通报着更有趣的传闻，说不久以前，在这个皇家花园里，清理喷泉管道时，发现一具用宫廷餐巾包裹着的婴儿尸体。

夏园里按照设计有一个法国花园必不可少的所谓"人工石洞"：封丹河岸上一个不大的四角形建筑物，从外观上看相当不雅，很像是荷兰新教教堂，但里面的确很像水下洞穴，装饰着巨型贝壳、珍珠贝、珊瑚、多孔石，有很多喷泉和从大理石樽中潺潺淌出的流水，对于潮湿的彼得堡来说，水丰盛得过分了，但是彼得喜欢。

一些令人尊敬的老人，元老院的元老和大臣们也在这里津津有味地谈论爱情和女人。

"早些年，好的夫妻关系奉行苦行，而如今通奸则被当作某种殷勤而受到推崇，这全是因为那些丈夫毫不介意地看待他们的妻子跟别人做爱，而且还把我们称作愚蠢者，说看重荣誉是我们的弱点。放任女人——你就等着瞧吧，她们就都要骑到我们的脖子上来！"一个年纪最大的老人嘟哝道。

一个稍年轻一些的老头指出，"按照古代习惯，随意对待女性，青年人和未成年的人感到愉快"；"如今爱情变得粗野，几乎难以辨认，开始主宰多情善感的心""嫉妒是爱神的寒热症"。

"美貌的妻子经常都是淫荡的，"一个年纪中等的老头断定说,"当今的轻佻女人的肋骨里当然都有魔鬼安家。她们采取这样的政策,除了风流韵事之外什么事都不想听。一些小姑娘看到她们,也想干风流韵事,可是这些可怜的人儿却不想:她们为此而失去贞操。噢,贪图快乐压倒了做妻子的感情!"

皇后叶卡捷琳娜·阿列克塞耶芙娜走进人工山洞,陪同她的有侍从官蒙斯和宫廷女官——生着狄安娜面孔的高傲的苏格兰女人哈米尔顿。

那个年纪较轻的老头发现皇后在听他们的谈话,便殷勤地承担起保卫妇女的义务。

"真理向我们证实了女性值得尊敬的素质,上帝在创世的最后一天创造了亚当的妻子,要是没有此举,世界就是不完备的。人们证明,女性躯体的构造中集中了整个世界所拥有的一切优秀和美好的东西。除了这些优势之外,还增加了理性的美,我们能够不惊奇她们的优点吗?假如不给她们以应有的尊敬,男人就得向她们表示歉意。即使是在她们哪个方面有某些温柔的弱点,那也应该记住,造就她们的物质也是温柔的……"

那个年纪大的老头只顾摇头。从他的脸色可以看得出,他照旧认为:"虾不是鱼,女人不是人;女人跟魔鬼——分量相等,半斤八两。"

乌云的缝隙里露出一弯银白色的新月,蓝色的天空洒上金黄的光辉,显得发绿,柔和的月光也轻泻在空无一人的林荫路上；喷泉旁修剪成半圆形的树墙前，波摩娜①大理石雕像下面的长椅形草土墩上，孤零零地坐着一个十七岁的少女，身穿玫瑰色塔夫绸鲸须束腰筒裙，上面带有黄色中国小花，梳着时髦的"心花怒放"发型，但却生着一张常见的俄国人的脸型，可以看得出——她不久前来自偏僻的乡下，她是在那里古老庄园的茅草屋中，在婆姨和奶娘中间长大的。

她怯生生地向四周看了看，解开衣服上的两三个纽扣，灵巧地拿出藏在胸部的一个纸卷，这个纸卷还保留着体温的热气，是十九岁的表哥写给她的情书。这位表哥是根据皇上的谕旨从偏僻的乡下直接给选拔到彼得堡，进了海军部的航海学校，几天前跟其他一些高年级学生一起用一艘三桅战舰被送往不是卡的斯，就是里斯本——如他本人所说的，送往天边的鬼地方去了。

在白夜和新月的光辉下，少女阅读情书，字迹很大，虽然是顺行写的，但仍然歪歪斜斜，像是孩子写的：

"我心灵的宝藏和安琪儿纳斯简卡！我希望知道，你为什么没有给我寄来最后一吻。丘比特这个可恶的小偷用箭射穿了我的心。无限的思念——心儿鲜血淋漓。"

此处在字行中间用血代替墨水画了一颗被两支箭射穿的心；红点表示血滴。

再往下是不知从何处抄来的几行诗：

---

① 古罗马神话的果树女神。

> 想一想，我亲爱的欢乐，我们是如何行乐的。
> 你我一起尽情享受了那些令人愉快的情话。
> 如今我已经许许久久没有看到我的欢乐了：
> 你飞来吧，我的小鸽子，我心头的甜蜜！
> 我如能有幸见到你，定会高呼：啊，我亲爱的！
> 我的欢乐，在我面前的可就是你吗？……

读完情书以后，纳斯简卡又精心地把它卷成筒状，藏在衣服下面的胸部，然后低下头，用手帕捂上了脸，手帕上喷洒过"阿摩尔的叹气"牌香水。

当她拿开手帕，看了看天空时，只见乌云像是一头怪兽，张着大嘴，把弯月吞了下去。

少女的睫毛上挂着泪珠，上面闪动着最后的一丝光亮。她看着月亮是如何消失的，轻轻哼着她唯一熟悉的一首情歌（上帝知道是从何处传到她那里的）：

> 我要去花园和葡萄园，
> 心中没有丝毫的欢乐。
> 噢，鸽子没有羽毛飞不起，
> 我离开情郎哥痛苦难熬。
> 我年纪轻轻，泡在泪水里，
> 心上的人儿已经很久不见。

她的周围和她的身上一切都是外来的，非自然的，"凡尔赛式的"——喷泉、波摩娜、树墙、鲸须筒裙、绣有黄色中国小花的玫瑰色塔夫绸、"心花怒放"的发型、"阿摩尔的叹气"牌香水。唯有她本人，她那轻微的痛苦和轻轻的歌声是朴素的，俄国的，跟她当年在祖传庄园的茅屋里一样。

可是附近，在黑暗的林荫路上，在亭台里，在夏园所有的僻静角落里，跟以前一样，照旧可以听见窃窃私语声、衣裙簌簌声、亲吻声和爱情的叹息声。从维纳斯王国里传来小步舞曲的声音，犹如牧童短笛和抒情古提琴的声音，可以听见令人陶然心醉的低吟声：

> 丘比特，射出你的箭吧。
> 我们已经不是没有伤痛，
> 然而，被爱情之箭射中，
> 即使溃烂也都感到甜蜜，
> 你那金色的爱情之箭
> 让我们人人全都折服。
> 丘比特，射出你的箭吧。

长廊里，在沙皇的餐桌上，谈话还在继续。

彼得和僧侣们谈论着爱琴时代的多神教，感到不可理解的是，古希腊人"相当懂得自然规律和数学定理，何以把没有灵魂的偶像称作神并且信奉他们"。

米哈伊洛·彼得罗维奇·阿甫拉莫夫忍耐不住了，谈起最爱谈的话题，开始证明，神祇是存在的，假神是真正的魔鬼。

"你是这样谈论他们的，"彼得感到惊奇，"好像是你亲眼见到过他们似的。"

"不是我，而是别的人，正是亲眼看见了，陛下！"阿甫拉莫夫兴奋地说。

他从衣袋里掏出一个厚厚的皮夹子，翻弄起来，拿出两张发黄的荷兰剪报，译成俄文，读了起来。

"从西班牙报道：某一外国人把一萨梯里带到巴塞罗那，彼为一浑身长毛之庄稼人，形同裹着云杉树皮，长有山羊角和蹄。食面包和牛奶，不能人言，只会羊叫。该怪物吸引众多观众矣。"

第二份剪报说：

"日德兰渔夫捕获一西壬，或称海女。该海怪上身似人，下身似鱼；体浅黄色，目光炯炯有神；头生黑发，指间有皮相连，如鹅蹼。渔夫们拖网上岸十分费力，网皆为其撕破矣。该地居民做一大桶，灌入咸水，将该海女置其中，冀望拯救其性命。关于海怪虽有诸多传说，但本报特刊登此讯，欲使人真正相信该奇异之海怪确已捕获矣。鹿特丹，1714年4月27日"

人们相信印刷的东西，尤其相信外国报纸，因为假如海外也说谎，那还能到哪儿去找真话。许多在场的人相信女水妖、林怪、家鬼、女怪、变形人，不仅相信，而且亲眼见到过。既然存在林妖，为什么就不能存在萨梯里？既然有女水妖，为什么就不能有长着鱼尾巴的海女？既然如此，其他的神，乃至这个维纳斯岂不就是真的可能存在吗？

大家都静下来，不说话了，有一种令人惊恐的东西在这寂静无声中掠过，好像是所有的人都立即感觉到了，正在做着不应该做的事。

阴云密布的天空越来越低，越来越黑。蓝色闪电，或者说是没有雷声的闪电，越来越明亮了。似乎是在这黑暗天空的闪光里反映出来的正是雕像脚下祭坛上仍然燃烧着的蓝色火苗，或者说，在这黑暗的天空中，也像祭坛上翻倒的石樽里一样，乌云后面，也像黑色煤炭后面一样，隐藏着蓝色火苗，有时从那里冲出来，便成为闪电。天上的火和祭坛上的火交相辉映，仿佛是在谈论着人们所不了解的在人间和天上正在发生的一桩骇人听闻的秘密。

皇太子坐在离雕像不远的地方，听过剪报之后，仔细看了看雕像。他觉得很熟悉女神那白色的裸体，好像是他在什么地方见到过，甚至不只是见到过：仿佛是他在那些罪恶的最见不得人的，他自己也感到羞愧的梦境中见到过这个少女的曲线背部和肩部的小坑。他突然想起来了，他在自己的情妇、使女阿芙罗西妮娅的身上见到的正是这样的曲线背部和肩部的小坑。他的头晕了，可能是由于饮酒，也可能是由于炎热和气闷——由于梦魇般的古怪的庆祝活动。他再一次看了看雕像,这白色的裸体处在双重的照耀之中——烟雾缭绕的彩灯和三脚架上的蓝色火苗——他觉得和活的一样,令人恐怖而又诱人,于是他垂下眼睛。难道对于他来说,也跟对于阿甫拉莫夫一样,女神维纳斯有朝一日会成为令人生畏而又令人厌恶的变形人,成为使女阿芙罗西卡?在他的思想中出现一个预兆。

"难怪不了解基督教法规的爱琴人崇拜这些没有灵魂的偶像,"费多斯卡重新提起被读剪报给打断了的话头,"而奇怪的是我们基督教徒并不了解供奉圣像的真正意义,而把圣像纯粹当成偶像进行崇拜!"

开始了彼得所喜欢的一个话题——关于各种虚假的奇迹和预兆,关于僧侣、狂叫症患者、鬼魂附体者、游方僧的骗人把戏,"女人的闲话和男人的长胡须",亦即俄国神甫的迷信。阿列克塞不得不再一次听这些早已熟悉的老掉牙的故事,诸如:关于圣母的衬衫,这是僧侣们从耶路撒冷带回来并且作为礼物送给皇后叶卡捷琳娜·阿列克塞耶芙娜的,据说是不腐烂,放在火中烧不坏,可是经过研究,发现布料是用一种不燃的纤维——石棉纺织而成;关于里弗良德圣女冯·格罗特的圣尸,圣尸的皮肤"好像是精制的猪皮,很有弹性,用手指按下去之后还能恢复原样";关于其他一些用象牙伪造的圣骨,彼得下令把这些东西送进新建的彼得堡珍宝馆,当作"如今已经灭绝了的超级珍品,应该尽心保管"。

"是的,俄国教会中编造了许许多多关于奇迹的骗人鬼话！"费多斯卡好像是很伤心地，但实际上却幸灾乐祸地总结说，并且提到最近一桩骗人的奇迹：彼得堡地区一座很贫穷的教堂宣布说，圣母像流出眼泪，这预示着大难临头，甚至新建的城市要彻底毁灭。彼得从费多斯卡嘴里听到这事之后，立即就到那座教堂去了，察看了圣像，发现了骗局。这发生在不久以前：还没有来得及把圣像送到珍宝馆去，暂时保存在皇上的夏宫里，放在一个不大的荷兰式房子里，就在这座花园，离开长廊只有两步远，在涅瓦河与封丹河的汇合处。

沙皇希望拿来给在座的人见识一下，便令一个听差去把圣像取来。

派去的人回来后，彼得站起来，从桌子旁走到维纳斯雕像前的一个小空场，那里更宽敞一些，他背靠着雕像的大理石基座，手中拿着圣像，详细而精心地讲解"骗人的机关"。大家围拢着他，很拥挤，都跷着脚，从彼此的肩上和头部中间好奇地望去，就像刚才观看开启雕像木箱一样。费多斯卡端着蜡烛。

圣像很古老。脸上的颜色昏暗，几乎是黑的；唯有一双悲伤的大眼睛像是活人的一样，但由于哭泣而眼皮略肿。皇太子从童年起就热爱和尊敬悲苦众生的圣母像。

彼得摘下镶满宝石的金属衣饰，它在第一次检查时就已毁坏。然后拧下新的铜螺丝，这是从背面把一块椴木板固定在圣像上的；中间镶着另一块更小的木板；这块木板在弹簧片上自由活动,用手轻轻一按,便可"出来"和"进去"。他把两块木板都取下来,指着木头上对着圣母眼睛之处凿成的两个小圆洞,里面放着吸足了水分的海绵,水从肉眼难以察觉的小孔中渗出,形成像是眼泪的水滴。

为了更清楚起见,彼得当场做了试验:用水把海绵浸湿,再把它放进小圆洞中,装上木板——泪水就流出来了。

"这就是奇迹眼泪的奥秘,"彼得说,"这个机关并不巧妙!"

他的脸色很平静,他好像是在讲解有趣的"自然游戏"或者珍宝馆里另一件奇异的物品似的。

"是的,编造了许多骗人的鬼玩意儿!……"费多斯卡重复说,轻轻地冷笑着。

所有的人都沉默不语。有人沉闷地呻吟了一声,可能是喝醉了,或者在睡梦中;一些人嘻嘻地笑了,人人都感到奇怪和突然,几乎都惊惧地瞧着他。

阿列克塞早就想要离开。可是他却僵住不动,正像一个人在梦中想要逃跑,两条腿却动弹不得,想要叫喊,可是却喊不出声来。他就是这样僵住不动,看着费多斯卡如何端着蜡烛,彼得那双灵巧的手如何在圣像的木板上挪动,泪水如何在圣母哀伤的脸上流淌,而维纳斯可怕而又诱人的裸体在所有的人头顶上泛着白色。他看着———种类似于极端恶心的厌烦之感涌上他的心头,压迫着他的嗓子。他觉得这种感觉任何时候都不会结束,将保持永远。

突然间,一道耀眼的闪电划破天空,这火的深渊仿佛就在他的头顶迸裂。火焰般的白光比阳光更强烈,洒满玻璃般的天穹,让人难以忍受。几乎是就在这一瞬间,响起一个短促的震耳欲聋的轰隆声,仿佛是天穹迸裂了,塌了下来。

黑暗降临了,闪电过后,四周一片漆黑,伸手不见五指,如在地下一般。在这黑暗中,暴风雨立即呼啸起来,如山崩地裂,雨滴和冰雹噼啪而降。

长廊里乱成一团。女人们尖声叫喊。其中一个好像是歇斯底里大发作,哭叫好像是狂笑。发疯了的人们奔跑着,自己也不知跑向何方,相互碰撞着,摔倒在地,你压着我,我压着你。有人绝望地狂叫道:"显灵者尼科拉!……圣母呀!……发发慈悲吧!……"

彼得扔掉手中的圣像,去寻找皇后。

翻倒了的三脚架的火焰熄灭前最后一次加倍地爆发出更大的蓝色火苗,像是蛇芯子,照亮了女神的脸。在暴风雨中,在黑暗和惊恐中,只有它平静如故。

有人踩到圣像上。阿列克塞弯下腰,想把它拾起来,只听见一棵树轰然倒下。圣像裂成两半。

第二部 反基督

一

> 松木的棺材
> 是为我造的。
> 我将躺在里面，
> 等着吹起号角。

这是一首入棺派分裂教派的歌。他们说："创世七千年之后，基督第二次降临，而假如不降临，我们就把福音书焚烧，别的书也没什么可信的了。"他们每天夜间抛开房子、土地、牲口、财产，到田野和树林里去，身穿白布尸衣，躺到原木凿成的棺材里，给自己做过安魂祈祷，然后就等待着号角声——"迎接基督"。

在涅瓦河和小涅瓦河形成的地角对面，河流的最宽处，加加林码头货场附近，在木筏、驳船、平底船和浮动船中间，停泊着皇太子阿列克塞的橡木筏，这是从下城边区流放到彼得堡给海军部造舰船用的。夏园里举行安放维纳斯雕像庆祝活动的那天夜里,这些木筏中的一张,舵旁坐着一个老船工,虽然这是炎热的季节,他仍然穿着破烂的羊皮袄和树皮鞋。人称他傻子伊万努什卡,认为他傻气或者疯癫。他每天都彻夜不眠,迎接基督,不停地唱着入棺派的那支歌,日复一日,月复一月,年复一年,天天如是,已有三十余年。他坐在漂浮水面的光滑原木上,弓着背,双手抱膝,以期待的心情看着乌云空隙中露出的金黄发绿的天空。他那蓬乱的白发下面射出呆滞的目光,木然的脸上充满惊恐和期望。他慢吞吞地左右摇晃,用拖长的凄凉的声音唱着:

松木的棺材

是为我造的。

我将躺在里面,

等着吹起号角。

天使凿出棺材,

把我给唤醒,

我去接受上帝审判。

通向上帝的路有两条,

宽敞而且漫长。

一条道路——

通向天国,

另一条道路——

通向黑暗的地狱。

"伊万努什卡,过来吃晚饭!"有人从木筏的另一端向他喊道,那里在石头搭的灶膛里燃烧着篝火,上面用三根木棍吊着一口铁锅,煮着鱼汤。伊万努什卡没有听见,继续唱着。纤夫和船工们围火而坐,谈着话。除了他们之外,还有分裂教派长老科尔尼利,他曾从波莫瑞徒步走到伏尔加左岸的凯尔仁涅茨森林传教,鼓吹自焚;他的门徒有莫斯科的逃亡学生吉洪·扎波尔斯基;还有阿斯特拉罕的逃亡炮手阿列克塞·塞米萨仁内伊;海军部逃亡水手,填缝工伊万之子伊万·布德洛夫;书吏拉里翁·多库金;女长老维塔丽娅是云游派教徒,用她自己的话来说,过着鸟儿般的生活,永远四处流浪——她四海"为家",任何地方也不久留,似乎是因此,人称维塔丽娅①;她的永不分离的旅伴基里凯娅·鲍萨娅是个狂叫症患者,"肚子里有魔鬼的魔力";其他一些门徒,来自各行各业,有各种头衔和名分,但也都是"隐姓埋名的人",由于逃避无法承受的捐税、兵役、树条鞭刑、苦役、挖鼻、剃光头、二指拧劲以及别的"反基督的酷刑"而逃亡。

"我太忧愁了!"维塔丽娅说,这个老太婆精神还挺旺盛,行动敏捷,满脸皱纹,但气色红润,如秋天的苹果,扎着头巾。"忧愁什么——我自己也说不清。天气这么阴沉,

---

① 这个名字与俄语动词"居住"同根。

太阳也不像从前那么明亮。"

"最近一个时期,很凄惨:反基督的恐怖遍布世界,因此也就有了忧愁,"科尔尼利解释说,这个精瘦的小老头儿长着普通庄稼汉子的脸,长满麻子,好像是跟瞎子差不多,但实际上眼力极其敏锐,能洞察一切,仿佛是能钻到他人心灵的深处;他头上戴着分裂教派帽,跟僧帽相像,身穿褪色的黑法衣,腰间扎着一条带有皮念珠的皮带;一条苦行僧的枷锁——由铁十字架做成的三普特重的锁链扎进躯体里,每活动一下都发出轻微的响声。

"我也能领悟这一点,科尔尼利神父,"女流浪者继续说,"如今剩下的时间不长了。听说是,再过一些时候,等到第八个一千年中期就是世界末日了,对吗?"

"不,"长老自信地反驳道,"用不了这么长时间……"

"上帝呀,发发慈悲吧!"有人深深地叹息说,"上帝知道,而我们只是知道上帝会发慈悲的!"

大家都沉默了。乌云把天空的空隙遮盖上,天空和涅瓦河都变得黑暗了。闪电开始越来越亮,在每一次浅蓝色的闪光中,彼得保罗要塞浅黄色的细长尖塔都映照到涅瓦河里。五角形的石头棱堡和仿佛是凹陷下去的平坦的河岸以及岸上货仓和军需库等光滑的抹泥建筑物都变黑了。河对岸的远处,透过夏园的树木,闪烁着彩灯的灯火。从凯乌萨里岛,即白桦岛上传来暮春最后的气息——云杉、白桦和山杨的气味。木筏由于有通红的火焰照耀而略略显得发黑,上面坐着一小伙人,在雷雨乌云和黑色的河面中间,孤零零的,好像是被遗弃了,孤悬在两重天际,两重深渊之间。

大家都沉默下来,变得如此寂静,原木下面潺潺的流水声听得清清楚楚,从木筏另一端沿着水面传来伊万努什卡凄凉的歌声,还是那支歌:

> 松木的棺材
> 是为我造的。
> 我将躺在里面,
> 等着吹起号角。

"怎么,小鹰们,"狂叫症患者基里凯娅开始说话了,她还是个年轻的女人,面孔温柔而有光泽,仿佛是蜡制的,但带有冻伤的疤痕——她经常赤着脚走路,甚至是在最严寒的天气——两只脚黑得吓人,像是老树的根,"我不久前在这儿,在彼得堡的小吃市场听说:如今俄国没有皇上,现今的那个皇上不是嫡传,不是俄国种,不是沙皇血统,而是德国人,德国人的儿子,要么就是换来的瑞典人,这可是真的?"

"不是瑞典人,不是德国人,而是个可恶的犹太人,出身于但支派①。"科尔尼利长老宣布说。

---

① 据《圣经·旧约》,但支派为以色列人的一支,十分好战,有时过着无法无天的强盗生活。

"唉，上帝呀，上帝！"又有人深深地叹息说，"你瞧，皇上的家族原来是狂暴好战的！"

争论四起，彼得是个什么人——是德国人，瑞典人，还是犹太人？

"鬼知道他是个什么东西！谁晓得他是妖妇孵出来的还是在潮湿的澡堂子里长出来的，但只是知道，他是个变形人。"逃亡水手布德洛夫认定说。这个青年人三十来岁，脸色很聪明，表情清醒而严肃，当年可能是很漂亮，但在服苦役时前额上留下一道黑疤并且被挖掉鼻子，这损坏了他的相貌。

"老少爷们，我了解，真正了解皇上的一切，"维塔丽娅接过话茬说，"我在凯尔仁涅茨听一个流浪乞讨的女长老说过，莫斯科沃兹涅先斯克修道院的修士们也都这么讲过：我们的沙皇，虔诚的彼得·阿列克塞耶维奇从前到过海外，生活在德国人中间，在德国土地上漫游，也到过玻璃国①，而在德国土地上，掌管这个玻璃国的是一个姑娘，这个姑娘把皇上痛骂一顿，把他放进热锅里，然后又装进带有钉子的木桶，扔进大海里。"

"不对，不是装进木桶，"有人更正说，"而是捆在柱子上。"

"哎，装进木桶也罢，捆在柱子上也罢，反正是失踪

---

① "斯德哥尔摩"在俄语中读音接近玻璃一词，因此老百姓有时把瑞典叫作玻璃国。

了——杳无音信。从海外来了一个出身于但支派的可恶的犹太人，取代皇上的位置，他是个不贞洁的姑娘所生。那个时候，任何人也没有认出他来。他很快到了莫斯科——做一切事都按照犹太人的方式：没有接受宗主教的祝福；没有去朝拜莫斯科显灵圣徒的圣骨，因为他知道——神力不准他这个罪大恶极的人到圣地去；从前那些沙皇的陵寝也没有去祭祀过，因为他们对他来说是外人，他非常憎恨他们。皇上家族中的人，无论是皇后还是太子和公主都不见，害怕他们揭穿他，对他这个罪大恶极的人说：'你不是我们的人，你不是皇上，而是个可恶的犹太人。'新年那天也没有见老百姓，觉得老百姓会像揭穿格里什卡·拉斯特里加那样揭穿他，在各个方面都像拉斯特里加那样行事：不遵守斋戒，不到教堂去，每个星期六也不在浴室洗浴，跟罪恶多端的德国人一起过荒淫的生活，所以如今德国人在莫斯科都成了大人物，现在一个最不中用的德国人也都高于大贵族和宗主教。他，这个可恶的犹太人公开地讨好淫乱的德国人；他饮酒不是为了颂扬上帝，而像酒馆里的酒鬼一样丑恶和伤风败俗，喝醉了就在地上打滚和胡言乱语：对自己的酒友各个加封，称其中一个为宗主教，称另一些为都主教和大主教，而称自己为大辅祭，把一切下流的话跟圣词圣语混杂在一起，扯着大嗓门狂呼乱叫，以此来给自己的德国人开心取乐，甚至还谩骂基督教的一切圣徒和圣物。"

"这也就是先知达尼伊尔所预言的圣地的荒凉！"科尔尼利长老总结说。

人群中七嘴八舌地议论起来：

"被囚禁在苏兹达尔的皇后阿芙多季娅·费奥多罗芙娜说：要坚强，坚持基督教信仰——这不是我的沙皇，而是别人。"

"他想要让皇太子适应他的处境，可是皇太子不听他的。沙皇因此想让他知道，叫他当不上沙皇。"

"噢，上帝呀，上帝！你看这是什么样的命运呀。上帝的安排，父亲攻击儿子，儿子攻击父亲。"

"他算是他的什么父亲！皇太子自己说，他不是我父亲，也不是沙皇。"

"皇上喜欢德国人，而皇太子则不喜欢德国人；他说，给我点时间，我会收拾他们的。有一个德国人来见他，不知对他说了些什么，皇太子就把他身上的衣服烧了，把他本人也烧伤了。这个德国人去找皇上告状，皇上说：你为什么要到他那儿去？只要我还活着，你们就能过好日子。"

"是这样！老百姓都这么说：等我们的皇太子阿列克塞·彼得罗维奇殿下登上皇帝宝座，到那时，我们的皇上彼得·阿列克塞耶维奇就得滚蛋，他的一切也都跟他一起滚蛋！"

"真的，真是这样！"一个欢快的声音肯定地说，"他皇太子的灵魂里燃烧的是古代。"

"他是个寻神的人!"

"俄国的希望!……"

"如今在老百姓中间也流传着许多女人的闲话,不能全信,"伊万·布德洛夫开始说,所有的人都情不自禁地听他那心平气和严肃认真的谈话,"我还得说:他究竟是瑞典人,还是德国人,或者是犹太人——鬼才知道他是个什么东西,可是有一点却是明摆着的,自从他当了沙皇,我们一天好日子也没有见到过,生活沉重,连口气都不能喘。就拿我们这些当差的哥们来说吧:跟瑞典人打仗一打就是十五年,什么地方也没有做过坏事,不惜流血,可是如今却不得安生;夏天和秋天在海上航行,在石头堆里过冬,饿的饿死,冻的冻死。他使全国一贫如洗,有些地方庄稼人那里连头羊都找不到。听说,他头脑聪明,头脑聪明!要是头脑真的聪明,就能判断出人们这种贫困。我们在什么地方看到了他的智慧?颁发了一部民法,建立了元老院。可是有什么好处呢?只是领取很多俸禄。你去问问告状的人,有一起官司不拖拖拉拉,能够直截了当地做出判决吗?有什么可说的!……对待全体老百姓肆无忌惮!这样治理国家,让基督教在我们灵魂中没有丝毫地位,耗尽了最后的生机。上帝怎能忍受这种残酷无情?可是这种事绝不会白白地过去,定会得到报应:或迟或早,终有一天鲜血会淋到他们的头上去!"

一个叫阿莲娜·叶菲莫娃的女人,生着一张很平常和善良的脸,她一直一声不响地听着,这时却突然为沙皇辩解。

"我们不知道该怎么说，"她低声地，仿佛是自言自语地说，"只说一句：让上帝使沙皇信奉我们的基督教信仰！"

可是响起了不满的声音：

"他算是什么沙皇！狗屁沙皇！他已经精疲力竭。昏头昏脑。"

"变成了犹太人，不喝血就不能活。哪天喝够了血，那天就快活；哪天不喝血，那天连面包也吃不下！"

"吸血鬼！把整个世界全吃光了，可是这个酒鬼还嫌不够。"

"让他下地狱吧！"

"你们这些傻瓜，这些狗崽子！"炮手阿列克塞·塞米萨仁内伊突然喊道。这是个身材魁梧的红头发的年轻汉子，生着一张既非野兽般的又非孩子般的面孔。"你们这些傻瓜，为什么不会维护自己的脑袋！因为你们灵魂和肉体都堕落了；你们像是白菜上的蛆一样任人砍杀。我会把他抓过来剁成碎块，把他的身体撕得粉碎！"

阿莲娜·叶菲莫娃只是无力地长出一口气，画个十字；她后来承认，听了这番话，她像是给扔进火堆里。别的人也都惊恐地看着塞米萨仁内伊。可是他的眼睛里充满血丝，凝视着一点，他攥紧拳头，若有所思地轻声补充说，但这轻声比愤恨更让人害怕：

"我感到奇怪的是为什么到现在为止没有人把他弄死。他夜间或早或晚人少的时候外出，有五把刀就可以把他砍成肉泥。"

阿莲娜满脸煞白，想要说什么，但只是无声地动着嘴唇。

"有三次想要杀沙皇，"科尔尼利长老摇着头说，"可是没能杀死：有魔鬼跟随着他，保护他。"

彼季卡·日兹拉是个逃亡的终身义务兵，这个浅色头发的小个子士兵还完全是个孩子，傻头傻脑，枯瘦的脸上表现出病态，他开始发言，匆匆忙忙，结结巴巴，颠三倒四，以抱怨的语气和孩子般嘶哑的声音说："噢，弟兄们哪，弟兄们！"他报告说，用三条船从海外运来给人刺印的刺印器，不让任何人看见，放在科特林岛上，戒备森严，有士兵放哨，不换班。

那是根据彼得的命令给应征士兵刺的特殊记号，沙皇在1712年就此写信给钦命全权将军雅科夫·多尔戈鲁基公爵："至于为应征士兵刺记号一事——亦即用针在其左手上刺成十字形，然后敷以火药揉之。"

"刺过印的人发给面包，没有印记的人不发给面包，就得饿死。噢，弟兄们哪，弟兄们，真可怕呀！……"

"为了填饱肚子，大家都把儿子送去遭罪，然后再向他致敬。"科尔尼利长老证实说。

"有些人已经给刺了印，"彼季卡继续说，"也有我，弟兄们哪，弟兄们，我这个该死的也给刺了……"

他用左手艰难地把无力下垂着的像树皮一样的右手抬起来，凑近光亮处，指给大家看大拇指和食指中间用钢针刺的壮丁官印。

"刺了以后,手就开始枯萎。现在完全枯萎了。先是左手,后来右手也枯萎了:我想要画十字——抬不起手来……"

大家都惊恐地看着他的手,只见那只手像死人的一样,没有血色,上面有一个好像是由天花瘢组成的黑色疤痕。这是官家在人的身上给刺的十字形印记。

"这个印记就是,"科尔尼利长老断定说,"就是反基督的印记。据说是:给他们手上打上印,谁手上有印,他就无权把这手上的十字记号遮盖起来,他的手上虽然没有镣铐,但是等于他起过誓了——这种人是不准翻悔的。"

"噢,弟兄们,弟兄们哪!他们给我做了些什么呀!……我要是早知道,就是死了也不会同意他们。把人给毁了,像是给牲口烙钢印一样,给人刺了印!……"彼季卡颤抖着用嘶哑的声音说,眼泪从他那张孩子般的悲戚的脸上哗哗地流下来。

"我的亲爹呀!"狂叫症患者基里凯娅轻轻地拍着双手,仿佛是被一个突然出现的想法所震惊,"这一切,这一切都只怪一个人:沙皇彼得……"

她没有说完,那个可怕的字眼儿停在嘴边儿上了。

"你以为怎么的?"科尔尼利长老用锐利的专注的目光看了她一眼,"他也就正是……"

"不,别怕。还没有他呢。难道他的预言……"多库金企图反驳。

可是科尔尼利站直了身子,他身上那条铁十字架组成的锁链哗啦地响了，他举起手来，捏着两个指头，慷慨激昂地说道：

"听我说，正教徒们，什么人当皇上，什么人自从1666年夏天开始统治你们，这是个野兽的数字。起初，沙皇阿列克塞·米哈伊洛维奇和宗主教尼康①一起背离了信仰，成了野兽的先驱，在他们之后，沙皇彼得则彻底丢掉了信仰的虔诚，不任命宗主教，把整个教会和神权窃为己有，起来反对我们的主耶稣基督，自己成了教会唯一的首脑，独裁的大牧首。经书里讲到基督时说：**我是第一个也是最后一个**，可是他嫉妒主的至高无上，自封为'彼得一世'。1700年1月1日，在这个古罗马的伊阿努斯②神的新年，玩火娱乐，在盾牌上铭刻上：**我的时代业已到来**。他庆祝波尔塔瓦战争中对瑞典人的胜利时，在教堂唱赞歌之前，宣布自己为基督。在他驾临莫斯科的欢迎仪式上，在凯旋门和游行中，让小孩子们穿上白色衣服，为了颂扬自己，让他们唱赞美歌：**奉主之名而来的，是应当称颂的！奥莎那就在上苍！主将降临吾侪！**就像以色列的孩子们迎接我们的主耶稣基督进入耶路撒冷时，按照神的吩咐，为神子唱赞美歌一样。他给自己加了各种尊号，超过了至高无上的上帝。先知预言：反基督是

---

① 尼康（1605—1681）俄国东正教宗主教，在沙皇阿列克塞·米哈伊洛维奇的支持下进行了一系列的改革，致使教会内部发生分裂。

② 古罗马的时间之神，新年就是祭祀他的节日。

高傲的世界之王，假冒西门－彼得①到了罗马。我们这个彼得是死亡之子，上帝的辱骂者和反对者，亦即反基督，如今到了俄国，也就是第三罗马。如经书中所说：**谄媚者处处模仿神子**，而我们这个谄媚者自我吹嘘说：我是孤儿们的父亲，我给流浪者们提供住所，我给穷人们救助，我为受伤害者解除伤害；为病人和老人建立了医院；为儿童开办了学校；使不懂政治的俄国人民在很短的时间懂得了政治，在一切知识领域中与欧洲人民并驾齐驱；扩大了国家的版图，把丢掉的找了回来，把散失了的集中起来，给被糟蹋的恢复了名誉，使陈旧的焕然一新了，把沉睡的人唤醒，创造了未曾有过的。我——善良，我——温顺，我——仁慈。我是永生的神，力量强大，所有的人都来吧，向我致敬吧，因为我——就是上帝，除我之外，再没有别的上帝了！这头野兽就是这样假仁假义地夸耀自己的善行，经书中说：**这头野兽很可怕，什么都不像**；狡猾的狼就是这样披着羊皮隐蔽起来，捕捉一切，把它吞食。正教徒们，听一听先知的话吧：**走吧，我的人，离开巴比伦吧！**自救吧，因为在城市里活人不会得救，从城市里逃跑吧，受迫害者，正派的人们，逃到森林和荒野里去吧，穷苦的和寻找未来的人们，按照神的指示，躲藏到大山里和山洞中，躲藏到地窖里，因为兄弟们，你们自己会看到，我们正处在无数的灾难之中——反基督要来了，

---

① 耶稣的使徒之一，曾随耶稣外出传道；原名西门，耶稣为他改名彼得。

我们这个时代因他而要结束。阿门！"

他沉默了。闪电耀眼的光辉把他从头到脚全都照亮；在这闪光中观看他这个小老头的人，觉得他是一个巨人；一声沉闷的雷鸣好像发自地下——成了他讲话的回声，充溢着天和地。他沉默了，大家也都默不作声。又是一片寂静，只能听到原木下面潺潺的流水声和从木筏另一端传来的伊万努什卡拖长的悲伤的歌声：

> 棺材呀，我的橡树独木棺，
> 你们是人人永久的住宅。
> 白昼结束，傍晚临近，
> 叶落终究要归根呐，
> 最后的时代已来临。

由于这支歌，寂静变得更加深沉和更加威严。

突然，一声轰鸣，一束焰火腾空而起，在黑暗的夜空中雨点儿般地撒落下彩虹似的繁星；它们映照在涅瓦河里，在它那面黑色的镜子里加大了一倍——也燃起了焰火。燃起了带有透明画面的木牌，转动起火的轮子，火的喷泉火花四溅，从白炽如阳光的火焰中展现出一个个庙宇般的建筑物。维纳斯已经耸立在涅瓦河畔的长廊里，从那里沿着水面传来饮宴者的欢呼声："万岁！万岁！万万岁！伟大的彼得，祖国之子，全俄国的皇帝！"响起了乐曲声。

"兄弟们，这是最后的征兆！"科尔尼利长老兴奋地喊道，伸手指着焰火，"正如圣伊波里特所证明的：人们用不可理解的歌声和不断的欢呼声与激烈的狂叫声来赞颂他这个反基督。光辉，胜过一切的光辉笼罩着他，他本是黑暗的最高长官。他把白天变成黑夜，把黑夜变成白天，把太阳和月亮变成鲜血，把火从天上驱走……"

在燃烧着的宫殿中出现了彼得的形象，像巨人神普罗米修斯一样的俄国雕塑师。

"所有的人都向他顶礼膜拜，"长老结束说，"欢呼：万岁！万岁！万万岁！这头野兽像什么人？谁能跟他战斗？他给了我们天火！"

大家看着焰火都惊呆了。当被彩虹般的五彩焰火所照亮的烟团中出现一个巨大的海怪，长着有鳞片的尾巴、带刺儿的鳍和翅膀，只见它顺着涅瓦河从彼得保罗要塞向夏园飘来——他们觉得，这也就是启示录中所预言的那头从深渊里出来的野兽。他们一分钟一分钟地等待着，以为会看见魔鬼反基督在水中向他们走来而"不湿鞋"，或者在雷电中扇动着火的翅膀向他们飞来，所向披靡。

"噢，弟兄们，弟兄们呀！"彼季卡像一片叶子似的浑身发抖，上下牙齿不停地碰撞，"可怕……我们正在谈论他，可是他不是就在这里，就在近处吗？你们看，我们吓成什么样了！"

"我真不知道你怎么会像女人这样胆小。一根山杨木桩塞进喉咙里，事情也就完了！……"塞米萨仁内伊开始鼓起勇气，可是坐在他身旁的狂叫症患者基里凯娅却突然尖叫一声倒下去，一边叫喊着一边抽搐起来——他也脸色变白，浑身发抖。

基里凯娅是在童年时坐的病。她自己讲过，有一次，继母给她盛了一碗菜汤让她吃，并破口大骂：吞去吧，鬼东西！——打那儿以后过了两个星期，基里凯娅就生病了，听见肚子里有个东西像小狗似的咕咕叫；别的人也都听见了这种咕咕叫声；的确是在她的肚子里——有魔鬼的魔力，用人的舌头和野兽的声音说话。把她关押起来，根据皇上关于狂叫者的谕旨，她受到审讯，挨了笞杖和鞭打。她保证"今后不再狂叫，一旦再犯，必将受重罚，挨鞭打和流放到纺织作坊去终身做工"。可是鞭子并没能把魔鬼赶跑，她照旧继续狂叫。

基里凯娅说："噢，恶心，恶心！……"又哭又笑，狂叫不止，时而像狗，时而像羊，时而像青蛙，时而像猪，或者像别的动物。

木筏上的守夜狗被这种奇怪的声音吵醒，从狗窝里钻出来。这条狗由于饥饿而瘦骨嶙峋，肚皮塌陷，肋骨隆起。站在它旁边的伊万努什卡仿佛什么都没有听见，也没有看见，继续唱自己的。狗扬着头，尾巴夹在后腿中间，向着焰火哀怨地吠着。狗吠和基里凯娅的狂叫汇成一个声音。

往基里凯娅身上泼完水，长老向她俯下身去，念着驱赶魔鬼的咒语，往她的脸上又是吹，又是吐，又是用红色的皮念珠抽打。她终于静下来，像是昏迷了似的，睡着了。

焰火熄灭了。木筏上的篝火也已快要成为灰烬。黑暗降临了。什么也没有发生。反基督没有来。没有什么令人惊惧的。可是悲伤却向他们袭来，比惊惧还令人惊惧。他们照旧坐在木筏上，在这漆黑的天和漆黑的水之间，形成孤零零的一小堆，被遗忘了，犹如孤悬在这两重天际中间的空中。万籁俱静。木筏一动不动。然而，他们却觉得好像是在迅速地飞翔，坠入黑暗——漆黑的无底深渊，那头野鲁的巨口，走向无法逃脱的末日。

在这个漆黑闷热的夜里，唯有蓝色的闪电不时地闪动，从夏园传来小步舞曲柔和的声音，也从维纳斯的王国里传来令人陶然欲醉的爱情的叹息，只听牧童达甫尼斯一边解着牧女赫洛娅的腰带，一边低吟道：

> 丘比特，射出你的箭吧。
> 我们已经不是没有伤痛，
> 然而，被爱情之箭射中，
> 即使溃烂也都感到甜蜜，
> 你那金色的爱情之箭
> 让我们人人全都折服。

二

涅瓦河上，紧挨着皇太子的木筏，停着一艘从阿尔汉格尔斯克开来的大平底船，上面堆放着的陶瓷器皿像一座小山一样。船主是富商普什尼科夫，他是北方沿海的分裂派教徒，在自己的船上窝藏逃亡的隐姓埋名的旧教派人物。船尾甲板下面有一些跟仓房一样的小型木板船舱，农妇阿莲娜·叶菲莫娃就在其中的一个栖身。阿莲娜是个农家女，莫斯科制币匠、圣像破坏运动的拥护者马克西姆·叶列梅耶夫的妻子。圣像破坏运动的主要导师——理发匠福姆卡被焚时，叶列梅耶夫抛下妻子，跑到下游的城市去了。她本人既不是分裂派教徒，也不是东正教徒；捏着两个指头画十字，这是一个长老教她的，那个长老来到她那里，对她说"不要捏着三个指头向上帝祷告"；可是她却到东正教教堂去，向东正教的神职人员忏悔。虽然听到过有关彼得的可怕传闻，但她相信他真的是俄国沙皇，并且喜欢他。她祈求上帝能让她亲眼见见皇帝陛下。于是就来到彼得堡想要看看皇上。她一直有个想法：祈求上帝让沙皇彼得·阿列克塞耶维奇悔过，回到自己父辈的信仰上来，停止对旧教派信徒的迫害，能让那些人也跟东正教教会联合起来。阿莲娜自己专门编了一篇祈祷词，好让不同的信仰联合起来，她本来想要把这篇祈祷词告诉给神父，但是一直没敢这么做，"因为编得不好"。她云游过许多修道院；她在沃兹涅先斯克修道院和喀山圣母教堂为长老们念了六个星期的沙皇颂歌;她自己每天为他叩头两千,或三千。然而这些她还觉得不够,最后,她不顾一切,想出一个办法:让自己的侄儿、十四岁的男孩瓦夏把她编的关于沙皇彼得·阿列克塞耶维奇以及各种信仰联合的祈祷词写了一份,缝在一个小口袋里,挂在小十字架下面,然后交给乌斯宾斯基大教堂的神父,并没有告诉他秘藏的祈祷词。

在木筏上听了那番谈话之后,阿莲娜回到平底船上自己的单人居室,当她想起这天晚上所听到的关于皇上的一切,有生以来第一次产生了怀疑:关于沙皇的种种议论莫非都是真的,能为这种沙皇向上帝祈祷吗?

她在黑暗气闷的板棚里一动不动地躺着,大睁着双眼,一身冷汗,这样躺了很长时间。后来,她终于起来了,点燃一个小蜡头儿,把它放在墙角悬挂在木隔板上悲苦众生的圣母像前(这幅圣母像跟彼得在维纳斯雕像基座前拿给人看的那幅是一样的),跪下,叩了三百个头,开始祈祷,眼含热泪,一边叹息着一边绝望地祷告,祈祷词就是缝在乌斯宾斯基大教堂小十字架底下布袋里的那一篇:

"你听着,神圣的大教堂及其整个二级天使和六翼天使的供桌、先知和祖宗、逢迎者和受难者、福音书和福音书里所有的圣训——全都想想我们的沙皇彼得·阿列克塞耶维奇吧!你听着,神圣的使徒大教堂及其所有的圣像和有灵验的小十字架、所有使徒的书和神灯、枝形大吊灯和蜡烛、供桌罩布和袈裟、砖墙和铁栏、繁茂的树和鲜艳的花!噢,我也祈求美丽的太阳：向天上的沙皇为我们的沙皇彼得·阿列克塞耶维奇祈祷吧！噢，月亮，你这第二盏明灯，和所有的星辰！噢，苍天和云彩！噢，大雷雨的阴云和狂暴的飓风与旋风！噢，天上飞的鸟儿！噢，蓝色的海洋和江河湖泊！向天上的沙皇为我们的沙皇彼得·阿列克塞耶维奇祈祷吧！海里的鱼儿、田野里的牲口和橡树林里的野兽、田野和森林以及地上生长的一切，都向天上的沙皇为我们的沙皇彼得·阿列克塞耶维奇祈祷吧！"

一道木板墙把女人阿莲娜的小单间跟隔壁那间宽敞一些的净室隔开，科尔尼利长老带着他的门徒吉洪住在那里。吉洪在木筏上一言没发，只是听别人谈话，听得比任何人都精神集中。大家散去之后，长老乘一条独木舟上岸去会见其他一些分裂派教徒，和他们谈论将要发生在伏尔加河左岸凯尔仁涅茨森林里的一起集体自焚，将有一千多受迫害的旧教派信徒参加。吉洪独自一人回到那间浮在水上的净室，躺下了，但是也跟隔壁小单间里的女人阿莲娜一样，没能入睡，思索着那天夜里所听到的事。他感觉到，这些思想会决定他今后的前途，将会出现一个时刻，像一把刀一样把他的生活切成两半。"我现在就像是坐在刀刃上，"他自言自语地说，"我倒向哪一边，就向着那一边走去。"

他的过去也跟着未来一起展现在他的眼前。

他出身于扎波尔斯基公爵家族，这个家族以前曾显赫一时，但早已衰败没落。吉洪是个独生子，是这个家族最后的苗裔。父亲曾经是火枪兵的首领,参加了反对彼得的叛乱,站在米洛斯拉夫斯基一边,拥护旧的俄国和旧教派信仰。1698年大搜捕期间,他在主易圣容军团的监狱里受到审讯,在红场的克里姆林宫里被处决。八岁的吉洪成了无父无母的孤儿,由年迈的仆人叶美里扬·帕霍梅奇照管。这个孩子虚弱消瘦;患有癫痫症,不时地发作;他热烈而温情地爱着父亲。老仆担心孩子的健康,隐瞒了父亲之死,对吉洪说,父亲到遥远的萨拉托夫领地办事去了。可是孩子哭了,很伤心,在空荡荡的大房子里游荡,像个幽灵,心里感到了灾难。他终于忍受不住了。有一天,经过长时间的仔细询问之后,从家中逃了出来,想要到克里姆林去,他的伯父住在那里,向他打听父亲的情况。可是当时伯父已经不在人世,他和吉洪的父亲一起被处决了。

孩子在斯帕斯门附近遇到几辆大马车,只见上面满满地装着被处决的火枪兵的尸体,这些半裸的尸体都是随随便便扔到车上去的,像是从屠宰场拉出来的杀死的牲畜。这些尸体是运往义冢去的,也就是一个屠宰坑,把这些尸体跟一切脏东西一起一股脑儿地抛进去:沙皇就是这样下令的。从克里姆林宫城墙上的炮眼里伸出木杆,上面悬挂着无数的尸体,像是"肉样子"——像是阿斯特拉罕咸鱼一捆捆地挂在太阳底下晾晒一样。

沉默无言的老百姓整天聚集在红场上,不敢走到刑场的近处,只能从远处观望。吉洪挤过人群,在宣谕台附近的血坑里看见几根又长又粗的原木,这是用来搭断头台的。死囚们相互拥挤着,有时是三十多人为一批,把头放在那上面,排成一行。那时,沙皇正在宫里饮宴,宴会厅的窗户朝着广场,他身边的一些大贵族、弄臣和宠宦在把人头砍下来。沙皇不满意他们的工作——不熟练的刽子手们的手发抖了——下令把二十名死囚带到他饮宴的餐桌前,在这里亲手把他们处决:在一片欢呼万岁声和乐曲声中,他喝一杯酒,砍一颗头;酒一杯接着一杯地喝,砍头声一声接着一声地响;酒和血流到一起,酒中掺了鲜血。

吉洪也看见了绞刑架,呈十字架形的绞刑架是用来处决火枪兵中的神甫的,打扮成宗主教的弄臣尼基塔·卓托夫亲自把他们绞死;还见到许多车裂刑具,只见车轮上绑着被车裂者的四肢;铁扦和尖木桩上插着半腐烂的头颅:根据沙皇的谕旨,不到完全腐烂,不准把它们摘下。空气充满臭味。乌鸦一群一群地在广场上空盘旋。

孩子仔细观察着一颗头颅。它在透明的蓝天和金色与玫瑰色的浮云衬托下变成了黑色:远处——克里姆林宫里大教堂的圆顶仿佛是在燃烧,闪着红光;传来晚祷的钟声。突然间,吉洪觉得,仿佛一切——天空、教堂的圆顶、他脚下的土地——都在晃动,他本人陷进深渊。那颗插在铁扦上的头颅被挖掉了眼睛,只剩下两个黑洞,他认出那是父亲的头。响起了鼓声。从拐角后面走出一连主易圣容近卫军,押解一些拉着新的牺牲者的大车。死囚们穿着白色尸衣,手执燃着的蜡烛,脸色平静。最前面有一个高个子的人骑着马。他的脸色也很平静,但令人恐怖。

这是彼得。吉洪以前从来没有见到过他,可是现在立刻认了出来。这个孩子觉得,已死的父亲的头颅正在用那双空洞洞的眼窝紧紧盯着沙皇的眼睛。就在这一瞬间,他失去了知觉。要不是一个名叫格里高利·塔里茨基的老人注意到他,他定会被惊恐拥来的人群给踩死。这个老人原来是帕霍梅奇的多年好友,他把吉洪抱起来,带回家。那天夜里,吉洪犯了癫痫,从来没有这么厉害。他勉强活过来。

格里高利·塔里茨基是个默默无闻的人,很穷,靠着抄写古书和手稿为生,他是第一批开始证明彼得是反基督的人中间的一个。后来在大搜捕中指控他"以反对反基督的狂热和值得怀疑的恐惧在老百姓中间用恶毒的语言辱骂皇上"。他写了一部题为《论反基督降临和世界末日》的书,想要把这部手稿付印,并"把这些书无偿地抛到老百姓中间去"。格里高利经常到帕霍梅奇那里去,跟他谈论沙皇——反基督和近期发生的种种事情。科尔尼利长老当时住在莫斯科,也参加了这些谈话。小吉洪听过三个长老谈话,这三个人像三只不祥的乌鸦,黄昏时聚集在一座空房子里,呱呱地叫道:"世界末日快要到了,一个凶残的时代来了,艰难的岁月来了:没有了真正的信仰,没有了石头墙壁,没有了坚实的柱子,基督教的信仰被扭曲了。反基督就在近期内降临:整个大地都将燃烧,并且由于我们无法无天而烧到地下六十肘①深。"他们讲道,看见了"一条令人厌恶的和极其可怕的黑蛇,它在尼康派②教堂举行祈祷仪式时趴在大主教的肩上取代了他们的披肩,一边爬一边咝咝地叫;或者夜间蜷曲在皇宫墙边,把头和嘴伸进皇宫里面,向沙皇耳语"。凄凉的谈话变成更加凄凉的歌声:

> 天上的王基督说:
> 唉,你们,我的子民
> 你们赶快跑进荒原,
> 跑进森林和山洞里。
> 分散开,我可爱的人们,
> 像棕黄色的沙粒一样,
> 像沙粒,像灰烬一样,
> 你们死去,我可爱的人们,
> 你们要是不死而复生,
> 就无法走进天国!

吉洪特别贪婪地听那些关于伏尔加河左岸密林和平原里秘密居民的故事,关于亮峪湖上的隐形城基捷日的故事。

---

① 古代俄国的长度,自肘部至中指尖,约合半米。
② 东正教总教主尼康在教会改革后创建的新教派。

那个地方好像是荒无人迹的森林。可是那里也有教堂和房舍，也有修道院和居民。夏天的夜里，湖面上可以听到钟声，清澈的水中映出教堂的圆顶。那里是真正的人间天国：安宁、寂静、永远快乐；圣父们在那里像百合花一样盛开不衰，像柏树和椰枣一样永远常青，像珍珠一样宝贵，像天上星辰一样永世长存；出自他们嘴中向上帝的不断祈祷，像神香一样芳香，像手提香炉一样卓绝；而每逢夜幕下垂，他们的祈祷有时可以看得见，如火星四射的火柱；光辉明亮，不点蜡烛也可读书写字。主爱他们，像是保护眼珠一样保护他们，伸出自己的手掌把他们遮盖，让别人看不见他们，直到世界终结。他们不知道来自反基督那头野兽的痛苦和悲伤，只是为我们这些罪人日夜忧伤——因为我们和整个俄国都退却了，竟使反基督统治着俄国。通向这个隐形城市只有一条小径，称作拔都路，穿过不见天日的林莽，周围有各种妖魔鬼怪和吓人的毒蛇猛兽，而且任何人都找不到这条小径，唯有上帝亲自引导，才能走向这个安宁的栖身之处。

吉洪听着这些故事，向往到那里去，到茂密的森林和荒原去。他怀着无法形容的悲苦和甜蜜，跟随着帕霍梅奇一遍一遍地重复着关于青年隐者亚瑟王子的古老诗句：

> 美丽的荒原母亲哟！
> 我要穿过森林，越过沼泽，
> 我要翻过高山，钻进洞穴，

> 我，年轻的王子亚瑟，
> 将搭一个小小茅舍，
> 在翠绿的橡树林中游荡，
> 乐得个逍遥自在。
> 布谷鸟儿在林中鸣叫，
> 射出那动人的目光，
> 对我进行谆谆教诲。
> 荒原呀，我的亲娘，
> 你那里有腐烂的倒木——
> 对于我却是天堂的食品，
> 又香又甜，丰美而可口；
> 处处都有冰凉的河水——
> 那是比蜂蜜还甜的饮料。

吉洪从很小的时候起就不时地，尤其是在癫痫病发作前夕，出现一种奇怪的感觉，这种感觉什么都不像，既令人恐惧得无法忍受，同时又很甜蜜，经常都是既新鲜又熟悉。这种感觉里既有恐惧和惊奇，也有回忆——仿佛是对另一个世界的回忆，但更多的是好奇，是希望，希望应该发生的事尽快发生。他从来都没有对任何人说过这种感觉，而且也不会用任何言语来表述这种感觉。后来，当他已经开始思考和认识世界的时候，这种感觉在他身上跟世界末日、第二次降临的思想融为一体。

那三个老人最不祥的呱呱叫声有时也使他漠不关心，而一些偶然的、瞬息间的东西——色彩、声音、气味——却以一种突如其来的力量唤醒了他的这种感觉。他家的房子坐落在莫斯科河南岸麻雀山的山坡上；花园直抵悬崖，从那里可以俯瞰整个莫斯科——只见一堆堆黑色的房子，使人想到砍断的原木，在这一切的上方是克里姆林宫的白石围墙和无数的教堂金色圆顶。吉洪往往站在悬崖上长时间地观望壮丽而又可怕的落日景象，这经常发生在暴风雨的晚秋季节。在死气沉沉的蓝色的、紫色的、黑色的，或者火红色的，好像是被鲜血染成的云彩中，他觉得，时而出现一条巨蛇，把莫斯科盘了起来，时而出现一头长着七只脑袋的怪兽，一个淫荡的女人骑在上面痛饮下流无耻之杯，时而出现天使的大军，在驱赶魔鬼，用火焰击毙它们，结果是天上血流成河，时而出现光辉灿烂的锡安山①，由未来的主率领降临人间的隐形城。某些日常生活琐事也能在他身上唤起这种感觉，例如闻见烟草味；再如看见第一本落到他眼里的根据彼得的谕旨在阿姆斯特丹用新发明的"活字"印刷的俄文书；看见德国人集居区里新开店铺的某些招牌；奇特的假发发型，打着一绺绺可笑的发卷，长得像犹太人的长鬓发，或者像狗耳朵；不久以前还是大胡子的年老的俄国人，刚刚把脸刮光，面部表情异常奇特。八十岁的老爷爷叶列美伊奇住在他们家的果

---

① 《圣经·旧约》中的山冈，位于耶路撒冷的南端，所罗门王曾在山顶建造王宫。

园里养蜂，有一天在城关卡被沙皇的警察抓去，被强行剃掉胡子，长袍也按照一定尺度给剪短，剪到膝盖处。老人回到家，像个孩子似的大哭一场，不久就病倒，最后一命呜呼。吉洪很喜欢这个老头，很可怜他。但是看见胡须被剃掉和衣服被剪短的老人号啕大哭，他却止不住笑，这笑声如此奇怪和不自然，帕霍梅奇吓了一跳，以为他又犯了癫痫。在这笑声中有一种末日的恐怖感。有一年冬天，出现了彗星——拖着大尾巴的星星，如帕霍梅奇所说的。这个孩子早就想要看看这颗怪星，可是却不敢瞅它；故意扭过脸去，眯起眼睛，以便不看见它。可是却偶然间看见了，当时是晚上，帕霍梅奇抱着他去浴室，穿过一条被积雪给封住了的胡同。在胡同尽头，在黑色房子中间，在白雪覆盖的大地上空，在蓝黑色的天际边缘上闪耀着一颗巨大的亮星，稍稍有些倾斜，仿佛是奔向无限广阔的空间。它并不可怕，而是令人亲切，使人觉得可爱，是人所希望的，他看着这颗星，看也看不够。那种熟悉的感觉比任何时候都强烈，使他兴奋和惊恐，心都收缩了。他的整个身躯向着这颗星伸去，好像是刚刚睡醒，脸上露出朦胧的笑容。就在这一瞬间，帕霍梅奇感到他的身体一阵痉挛。从孩子的胸部发出一声叫喊。他的癫痫病第二次发作了。

当他年满十六岁的时候，像其他贵族子弟一样，被送进"数学和航海技艺学校"。学校设在苏哈列夫塔里面，雅科夫·勃留斯将军在那儿从事天象观测，此人被认为是魔法师和巫师:一个在第二市民街卖溃苹果的斜眼女人看见,一个冬夜,勃留斯骑着望远镜从他那个塔顶上直接往月亮飞去。假如不是把孩子们强行拉去,帕霍梅奇说什么也不会让吉洪到那个鬼地方去。

这些贵族青年从自己的庄园给押解到学校,关在里面与外界隔绝,有的已经结婚,三十,甚至四十岁,和真正的孩子同坐一张书桌,同背一本书,书中有一幅图画,画着一个先生用一束树条抽打一个趴在凳子上的学生,文字说明是:每人皆应安心学习。所有的启蒙课本都装饰着这一类的诗句:

> 上帝呀,为这些小树祝福吧,
> 他们靠着树条抽打才能成材。
> 白桦树条能打动小孩子的心,
> 橡木棍棒能使成年人更坚强。

沙皇的谕旨规定:"从近卫军退役兵丁中挑选优秀者,每室配备一人,令其在学习时间手持树条;学生中有胡作非为者,皆应受到鞭打,不论犯过失者出身何种家庭。"

然而,往脑袋里灌输科学——小孩子用树条抽打,成年人用皮鞭和棍棒——可是不管如何,他们都同样学习很糟。他们有时在绝望时刻唱着"巴比伦囚歌"。岁数大的人用不规范的嘶哑的男低音开始唱道:

学校的生活我们受不住，
　　一天之内要挨五次鞭打。

岁数小的人用尖声细气的童高音接着唱：

　　咳，命苦，倒霉！
　　天天都要挨鞭打。

童高音和男低音汇成和谐的大合唱：

　　柳条抽打大腿，
　　板子敲打双手。
　　无缘无故挨嘴巴，
　　脊背剥下一层皮。
　　几何得学好呀，
　　稀菜汤也得喝。
　　咳，命苦，倒霉！
　　天天都要挨鞭打。
　　叫人讨厌的墨水！
　　我们的心被吸干。
　　纸呀，还有笔，
　　把我们全给毁了，
　　要是有个英雄好汉，

就能把学校砸乱。

咳,命苦,倒霉!

天天都要挨鞭打。

要不是有一个姓格留克的教师注意到吉洪,他会学不到很多东西。格留克是柯尼斯堡的德国人,天主教牧师,向一个逃亡的波兰僧侣学会半通不通的俄语,来到俄国教授莫斯科少年,"把他们当成柔软的可以随意捏成任何形状的黏土"。但他很快就失望了,与其说是对这些少年本身,不如说是对俄国的训练方法,"训练他们就像训练茨冈马一样",用鞭子往他们头脑里抽打科学。格留克虽然是个酒鬼,但为人聪明和善良。他忧伤就喝酒,因为不仅俄国人,就连德国人也认为他是个疯子。他绞尽脑汁写文章,给牛顿的《启示录》注解写了注解,根据不久前出版的牛顿的《自然科学的数学原理》所阐述的万有引力定律,用最精确的天文统计数字证明了基督教关于世界末日的预言。

他在自己的学生吉洪身上发现了非凡的数学才华,像爱自己亲儿子一样爱他。

老格留克本人在心灵中也是个孩子。他跟吉洪谈话时,尤其是喝得微醉的时候,把他当成自己唯一的成年知心朋友。给他讲解新的哲学学说和假说,讲到培根的《伟大的复兴》,斯宾诺莎的伦理学,笛卡儿的"旋风",莱布尼茨的单子,但是讲得最振奋人心的则是——哥白尼、开普勒、牛顿的天文发现。这个孩子有许多东西不理解，可是却怀着极大的好奇心来听他讲述各种科学奇迹，犹如听那三个老者讲述隐形城基捷日一样。

帕霍梅奇认为德国人的科学，尤其是那些"星象术""机智术"都是违背神意的。

"可恶的哥白尼，"他说，"跟上帝对抗：把沉重的大地举到空中去。只有他才在梦中看见太阳和星辰不动，而大地旋转，违背《圣经》。神学家都嘲笑他！"

"真正的哲学，"格留克牧师说，"对于信仰不仅有益，而且是需要的。许多神父通过哲学科学而达到完美的境界。自然科学并没有背离基督教的律法；努力研究自然科学的人，也了解上帝，崇奉上帝；关于生物的科学议论会弘扬造物主，如经书中所写的：**天空宣扬主的荣耀。**"

可是吉洪却以其模糊的敏感猜测到，在科学与信仰的这种一致中并非一切都像格留克所想的那么简单，有一些他本人也不明白，尽管他努力去想。难怪老人醉酒后就世界的多元性、宇宙空间的不可思议等问题和自己进行学术争论的末尾，有时竟然忘记学生在场，好像是疲惫不堪，把秃头伏在桌子边上，假发滑向一侧——他觉得头特别沉重，与其说是由于酒劲，不如说是由于那些令人晕头转向的形而上学思想，他低沉地呻吟着，重复着牛顿的一句名言：

"噢，物理学，帮我摆脱开形而上学吧！"

有一次，吉洪——他当时已经十九岁，在学校已经毕业，能流利地阅读拉丁文——偶然打开放在老师桌子上的从荷兰带来的手抄本斯宾诺莎书信集，读了首先映入他的眼帘的几行："在人与上帝的本质中间很少有共同之处，犹如在大犬星座和作为会吠叫的动物的狗之间一样。如果三角形能说话，它就会说，上帝不是别的，不是完美的三角形，而是圆——上帝的本质是最圆的。"另一封信里——谈到圣餐仪式时说："噢，没有头脑的少年！是谁把你们迷惑了，你们竟然遐想，似乎可以把神圣和永恒吞进肚里，神圣和永恒似乎就是在你们的肚子里？你们教会的神秘主义有多么可怕：它们与健康的思想相矛盾。"吉洪合上书，不再读了。他有生以来第一次由于思想而体验到那种感觉——世界末日的恐怖，以前只是由于外在印象才能体验到。

雅科夫·威廉莫维奇·勃留斯在苏哈列夫塔里有个丰富的图书馆和一个办公室，收藏有数学、力学和其他的工具仪器，还有各类实物——动物、昆虫、植物的根、各种矿物、古董复制品、古代钱币、奖章、石雕、面具和国内外的各种奇珍异物。勃留斯委托格留克牧师整理所有的物品和图书并登记造册。吉洪协助他，整天关在图书馆里。

有一次，一个晴朗的夏日傍晚，吉洪在图书馆里坐在带轮子的折叠式移动梯子的最顶端，面部朝墙，梯子从上到下全都摆满了书，他往书脊上贴编号标签，把新的登记账跟旧的进行核对，旧的登记账里错误百出，所有的外文图书的书名全是用俄文字母拼写的。高高的窗户上铅色的窗格里镶着小块圆形玻璃,跟古老的荷兰房子里一样,阳光透过窗户上的玻璃斜射进来,形成一道充满灰尘的光柱,落到一架架闪闪发亮的铜质机器上——有天球、星盘、罗盘、矩尺、两脚规、比例尺、水平尺、望远镜、显微镜,落到各种野生动物和鸟类标本上,落到巨大的猛玛头骨、面目狰狞的中国偶像和爱琴时代诸神美丽的假面具上,落到一排排无尽头的摆满单调的皮面图书的书架上。吉洪喜欢这项工作。在这里,在图书的王国里,舒适而宁静,犹如在森林里或者在被人遗弃的受到阳光宠爱的古老坟地。只有从马路上传来的晚祷钟声,使人想起基捷日的钟声,还可听到从隔壁房间敞开着的门里传来的格留克牧师和勃留斯谈话的声音。他们吃过晚饭以后,坐在那里一边抽烟喝茶,一边闲谈。

吉洪刚刚给一些四开本和八开本的书贴完新的编号,在旧的登记账里编号473的下面写着:"弗朗西斯·培根的哲学,英文,三卷";编号308:"笛卡儿的哲学原理,荷兰文";编号532:"艾萨克·牛顿的自然科学的数学原理"。他把这些书放到书架上,在书架的里边摸到一本躺倒的八开本书,便抽出来,原来是一本很古老的书,被老鼠啃过,编号461,"列奥纳多·达·芬奇论绘画,德文"。这是1582年在阿姆斯特丹第一次出版的德文译本,原文是:*Trattati della pittura*。书中有单幅插页,木刻的达·芬奇像。吉洪仔细观看这张奇怪而陌生的面孔,但同时又仿佛是很熟悉,在一次难忘的梦中见到过,他觉得在空中飞翔的西门 -

玛格大概也正是生着这样一副面孔。

隔壁房间里谈话的声音更响了。勃留斯就什么问题跟格留克争论起来。他们讲的是德语。吉洪在牧师那里学会了这种语言。有些个别的词使他震惊;他好奇地听了起来,手里还拿着达·芬奇的那本书。

"当牛顿写作《启示录》的注释时,他的思想不健全,我尊敬的,您何以看不清这一点?"勃留斯说,"况且就连他本人在 1693 年 9 月 13 日写给本特莱的信中都承认这一点:'我失掉了思想的联系,感觉不到从前那种坚定的理性。'很简单,就是说,垮了。"

"阁下,我倒是希望和牛顿一起发疯,觉得胜过跟其他的两条腿动物在一起!"格留克兴奋地说,从杯子里喝了一大口。

"关于趣味是不能争论的,可爱的牧师,"雅科夫·威廉莫维奇继续说,干笑起来,那笑声激烈,好像木头发出的声音,"可是更有意思的是:就在艾萨克·牛顿先生写作自己的注释的同时,在世界的另一端,具体来说,就是此处,在我们这里,在莫斯科,一些被称为分裂派的狂热教徒却也写自己的《启示录》注释,几乎是跟牛顿得出了同样的结论。等待着世界的末日和第二次降临,他们中间一些人躺进棺材里,给自己唱挽歌,另外一些自焚。他们因此受到迫害,被追逐;可是我却要用哲学家莱布尼茨的话来谈论这些不幸者:'我不喜欢悲剧性事件,希望世界上所有的人都生活得好；至于那些平静地等待着世界末日的人的迷误，我则觉得这种迷误完全是无辜的。'我说，这也就是最有意思的：在这些启示录式的妄想中，西方和东方走到一起来了，最大的开化和最大的愚昧也走到一起来了，这也许确实会使人产生一个想法，世界末日在临近，我们大家都得很快见鬼去！……"

他又笑起来，笑声还是那么激烈，好像木头发出的声音，然后补充一句，但吉洪没有听清，显然是思想很偏激的，因为格留克平时每逢吃完晚饭，总是假发滑向一边，脑袋里轰轰地响，可是现在却突然愤怒地跳了起来，把椅子推向一旁，想要从屋里跑出去。但雅科夫·威廉莫维奇制止住了，说了几句好听的话就使他安静下来。勃留斯是格留克唯一的保护人。他由于格留克无私地热爱科学而喜欢他和尊敬他。然而，他是个怀疑论者，甚至如许多人所断定的那样，是个彻头彻尾的无神论者，因此不能不看见可怜的牧师扮演"天文学界的堂·吉诃德"角色，不能不戏弄他，不能不嘲笑他那部招灾惹祸的《启示录》注释和把科学与信仰的调和。勃留斯认为必须二者选一——要么是要信仰，不要科学；要么是要科学，不要信仰。

雅科夫·威廉莫维奇把格留克的杯子斟满，为了让他开心，开始询问牛顿的《启示录》的详情细节。老头起初不太高兴回答，可是后来却入迷了，于是转述了牛顿在1680年跟朋友们关于彗星的谈话。有一次，人们问牛顿关于彗星的问题,他没有回答,而是翻开自己的《原理》,指着一处,只见那里写着:恒星由于彗星的陨落而恢复。"您为什么关于太阳没有像关于星星那样开诚布公地论述过?""因为太阳跟我们的关系更密切,"牛顿回答道,然后又笑着补充说,"对于那些希望了解的人来说,我说得够多了!"

"彗星陨落到太阳上,就跟飞蛾扑进火里一样,"格留克激动地叫道,"由于这一陨落,太阳的温度就要升高到这种程度,地球上的一切都烧焦!经书中说:**天轰隆地降下,大自然燃烧起来而毁坏,地和地上的一切东西都将烧毁**。到那时,两个预言都将应验——信仰宗教的人的和从事科学的人的。"

"我不想编造假说!"他兴奋地重复着牛顿的伟大名言。

吉洪听着——于是很久以前那三个未卜先知的老者乌鸦般的呱呱声,对于他来说,与科学最精确的结论吻合起来。他闭上眼睛,看见了那条偏僻的被积雪给封住了的胡同以及出现在胡同尽头黑色房子中间白雪覆盖的大地上空蓝黑色天际边缘上的那颗巨大亮星。跟童年一样,那种熟悉的感觉压迫他的心,兴奋和惊恐得使他难以忍受。达·芬奇的书从他手中掉下去,把星盘上的管子碰到地上,发出哐啷的响声。格留克跑过来。他知道吉洪患有癫痫症。看见他在梯子顶上浑身发抖,脸色苍白,便向他奔了过去,一把抱住他,搀扶着他,帮他爬下来。这一次没有发病。勃留斯也过来了。他们关切地询问吉洪。可是他沉默不语:感觉到不能跟任何人谈及此事。

"可怜的孩子!"雅科夫·威廉莫维奇把格留克领到一旁,对他说,"我们的谈话把他吓坏了。他们这里人人都是这样——只想世界末日。我发现,最近一个时期,某种疯狂像传染病一样在他们中间流行。上帝知道,这个不幸的民族最后结果会是如何。"

吉洪离开学校以后,本来应该像所有贵族子弟一样去军队服役。帕霍梅奇逝世了。格留克准备受勃留斯委托去瑞典和英国采购数学器具。他邀请吉洪与他同行,吉洪这时忘记了童年时的恐惧和帕霍梅奇的警告,越加热爱数学,潜心研究。他的身体健康了,癫痫没有复发。早就具有的好奇心吸引他到远方去,到"玻璃国"去,他觉得那个国度几乎是跟隐形城基捷日一样神秘。由于雅科夫·威廉莫维奇的奔波,航海学校的学生扎波里斯基和另外一些"俄国青年"一起根据沙皇谕旨被派往海外深造。他们和格留克一起于1715年6月初抵达彼得堡。吉洪年满二十五岁;他跟皇太子阿列克塞同年,但看起来还像个孩子。几天之后一艘商船从喀琅施洛特起航,他们应该驶往斯德哥尔摩——"玻璃国"的都城。

突然发生变化。彼得堡的面貌完全不同于莫斯科,使吉洪大为震惊。他整天在马路上闲逛,一边观看一边感到惊奇:无尽头的水渠、笔直的大马路、排列整齐的房舍——这些房子都建在打进沼泽地泥淖里的木桩上,排列成行,根据命令,"行列之外不得有任何建筑"——树林中和空地上简陋的抹泥小屋按照楚赫纳人的方式用草皮和树皮篷盖，"普鲁士风格"的宫殿建筑独出心裁，凄凉的驻军营房、仓库、带有荷兰式尖顶和自鸣钟的教堂——所有这一切都平淡无味，庸俗不堪，单调无聊，同时又很像是梦。有时在阴暗的早晨，在肮脏的黄色雾霭中，他觉得整个这座城市与雾一起腾空而起，像梦一样飘散。在基捷日城，存在的东西——看不见，而在这里，在彼得堡则相反，看见的却是没有的；但这两座城市同样都是透明的。于是他重又产生了那种可怕的感觉——末日感，他已经很久没有体验到了。可是这种感觉跟以前一样，没有使他产生兴奋和惊惧，而是以无限的忧伤压迫着他。有一天，他在三位一体广场"四艘三桅战舰"咖啡屋附近遇到一个身穿皮衣的高个子荷兰船长。当年在莫斯科红场宣谕台附近插在铁扦上的父亲的头颅曾经用那对空洞洞的眼窝紧盯着沙皇的眼睛，现在也正是这样——吉洪立刻认出了他：这是彼得。令人生畏的面孔仿佛是向他解释清这座可怕的城市：这个人和这座城市打着同一个印记。

那一天，他也遇到了科尔尼利长老，很高兴，把他当成亲人，以后便寸步不离。他在长老的净室里过夜，在木筏上，在平底船里和那些逃亡的隐姓埋名的人一起度过一个个白天。听他们讲述在遥远的北方，在波莫瑞、奥涅加和奥隆涅茨森林里修行的伟大神父们的生活，科尔尼利长老曾经离开莫斯科在那里住了多年，听他们讲述那里可怕的数千人集体自焚。科尔尼利长老来自那里，现在要到伏尔加河的凯尔仁涅茨去宣传"红死"。

吉洪的学习没有白费。这些人相信的许多事情,他并不相信;他的想法跟他们不一样,但感觉却是相同的。最主要的——末日感——是他和他们共有的。他从来没有对任何人讲过的事,有学问的人中间无一人能够理解,而他们却理解——他们正是靠着这个而生的。他很小的时候从帕霍梅奇那里听到的一切,如今在他的灵魂里突然以新的力量复生了。森林、荒野、隐秘的修行地、"宁静的避难所"重新又强烈地吸引着他。在涅瓦河广阔的水域上,在白夜里,随着荷兰自鸣钟的响声,他又听到了基捷日的钟声。他又怀着悲伤和甜蜜之感一遍又一遍地重复着关于亚瑟王子的诗句:

> 美丽的荒原母亲哟!
> 我要穿过森林,越过沼泽,
> 我要翻过高山,钻进洞穴……

必须做出决定,必须在两条道路中选择一条:一条是永远回到世俗世界去,像所有的人那样生活,为杀害他父亲的那个人服务,这个人也许将要使俄国毁灭;另一条是永远离开世俗世界,当乞丐,流浪者,逃亡的隐姓埋名者中的一员,"不要真正的城市,追求新的未来"。是跟随格留克到西方去——到玻璃国去,还是跟随科尔尼利长老到东方去——到隐形的基捷日城去。他要选择哪一条路,到何处去?他自己还不知道,犹豫不定,迟迟不能做出最后的决定,仿佛是在期待着什么。可是这一天,在木筏上听了关于反基督彼得的谈话之后,他感到不能再拖延了。赴斯德哥尔摩的船明天就起航,科尔尼利长老受到被告密的威胁,明天应该逃离彼得堡。他叫吉洪跟他一起走。

"我现在仿佛是在刀刃上,"他又想,"倒向哪一边,就往那一边去。一边是生,一边是死。一步迈错,第二步已无法挽回。"

然而,他同时又感到没有力量做出决定,两种命运如同死亡绳索的两端合拢在一起,紧紧地勒着他,使他喘不过气来。他站起来,从书架上拿下一本书——《圣伊波里特关于第二次降临的预言》,为了休息一下,什么都不想,在圣像前亮着的神灯的灯光下开始看书中的插画。其中的一幅画着:左面神坛上坐着反基督,身穿主易圣容近卫军的绿军装,红色翻领,铜纽扣,头戴三角帽,腰挎佩剑,脸型很像彼得·阿列克塞耶维奇,一只手指向前方。右侧,在他面前是主易圣容和谢苗诺夫近卫军排成一排向黑暗森林中间的修道院走去。上面是一些修士在带有三个山洞的山顶上祈祷。士兵由蓝色魔鬼率领沿着山坡往上攀登。底下是文字说明:"往山里和洞穴里派遣魔鬼的军队去寻找那些躲开他的人,并把他们带来向他跪拜。"另一幅画上是一些士兵开枪射击被绑着的长老:"倒在魔鬼的枪弹下。"

隔板墙那边的板棚里，女人阿莲娜还在叹息和哭泣，为沙皇彼得向天上沙皇祈祷。吉洪放下书，跪倒在圣像前。可是却不能祈祷。悲伤向他袭来，他还从来没有体验过这种悲伤。燃尽的神灯闪动最后一次，熄灭了。一片黑暗。有一个东西在黑暗中向他爬来，用热乎乎和毛茸茸的大爪子抓住他的喉咙。他喘息起来。出了一身冷汗。他又觉得是在迅速地飞翔，飞向漆黑的无底深渊——那头野兽的大口。"随便，"他想，他的头脑里突然像出现一道耀眼的光辉，闪现一个思想：随便他在两条道路中选择哪一条，走向何方——东方还是西方；这里，那里，东方或西方——都是一个感觉，一个想法：末日很快到来。即使是闪电出现在东方，可是在西方也能看得见，人子就要降临。仿佛是在他身上闪耀着这最后一道闪电。"看哪，我主耶稣！"他惊叫道，就在这一瞬间，在净室的一端，闪现一道可怕的白光，响起震耳欲聋的轰隆声，仿佛是天塌地陷。正是这道闪电吓坏了彼得，他不由得把手中的圣像扔在维纳斯的基座下。女人阿莲娜透过暴风雨的呼啸声和隆隆的雷声听见了令人恐怖的非人的叫喊声：吉洪的癫痫病发作了。

他犯病的时候被人抬出气闷的净室，等到醒来时发现自己躺在船尾。已是清晨。上面是蓝色的天空，下面是白色的雾霭。东方有一颗星透过晨雾在闪闪发亮，这是金星。在彼得堡区凯乌萨尔岛的大贵族街上，在布屠尔林居住的房子穹隆下面，巴克科斯的漆金雕像在晨曦的照耀下，像一颗火红的血红的星在雾中闪耀，仿佛是天上的星和地上的星在交换着神秘的目光。雾霭变成玫瑰色，仿佛给那些白色幽灵的躯体注进了活的血液。涅瓦河畔中央长廊里维纳斯女神的大理石躯体变得温暖了，成为玫瑰色，仿佛是活了。她为太阳发出永恒的微笑，好像是为太阳在这极北的半夜中升起而高兴。女神的躯体也像雾霭一样轻柔，也是玫瑰色的；雾霭——也像女神的躯体一样——成为活的和温暖的。雾霭是她的躯体———切都集中在她的身上，她也在一切之中。

吉洪想起了自己夜里的想法，心中感觉到了平静的决心：不回到格留克牧师那里去了，跟随着科尔尼利长老逃跑。

他所在的这艘平底船被暴风吹动，船尾直抵夜间进行关于反基督的谈话的那个木筏。伊万努什卡已经睡醒，仍然坐在夜间坐的那个地方，还是唱着那支歌。传来乐曲声，或者说只是乐曲的幻影——被雾霭给压低了的小步舞曲的声音：

丘比特，射出你的箭吧。
我们已经不是没有伤痛——

这歌声跟伊万努什卡那凄凉的拖长的歌声汇到一起，他望着东方——那一天开始的地方，向着永恒的西方——白天结束的地方唱道：

棺材呀，我的橡树独木棺，
你们是人人永久的住宅！
白昼结束，傍晚临近，
太阳在西方就要落山，
叶落终究要归根哪，
最后的时代已来临！

三

涅瓦河岸上，悲苦众生教堂附近，紧挨着阿列克塞皇太子府邸，坐落着皇后玛尔法·马特维耶芙娜的府邸，她是彼得同父异母哥哥、前沙皇费奥多尔·阿列克塞耶维奇的寡妻。费奥多尔驾崩时，彼得只有十岁。十八岁的皇后和他一起仅仅过了四个星期的夫妻生活。丈夫死后，她悲痛欲绝，三十三年来一直过着幽禁的生活。闭门不出，不和任何人交往。外界认为她早已谢世。她从自己家的窗中恍惚见到的彼得堡——抹泥的建筑物、按照荷兰和普鲁士风格建造的尖顶教堂、往来航行着快速帆艇的涅瓦河、水渠——这一切，她觉得是一场可怕的和荒诞的梦。她想象自己是住在莫斯科克里姆林宫里，住在绣楼里，往窗外一看就能见到钟王"大伊万"。可是她从来也没有往外看过，因为害怕白天的阳光。她的木屋里永远都是黑暗的，垂挂着窗帘。她在烛光下过日子。永远垂落的帷幕为人们的眼目遮盖住了最后一位莫斯科皇后。"上面"保持着沙皇庄严和奢华的规矩。仆役"没有理由"不得越过门厅。时间在这里停滞了，一切都永远不动——犹如处在"最安静的"沙皇阿列克塞·米哈伊洛维奇那个时代。在她那有病的头脑里编织了一个愚蠢的神话，似乎她的丈夫费奥多尔·阿列克塞耶维奇还活着，住在耶路撒冷，在主的棺椁旁，为俄国祈祷；反基督率领由无数波兰人和德国人组成的军队进攻俄国；俄国已经没有沙皇，现在的沙皇不是真的；他是冒牌皇帝，是变形人，是格里沙·奥特列庇耶夫，逃亡的铸炮工匠，库库耶夫斯克村的德国人；但现在主没有完全怪罪正教徒；费奥多尔才是全俄国唯一的沙皇，贤明的君主，是明亮的太阳，时间一到，他就会率领威严的大军，耀武扬威地返回自己的国家，那些异教徒的军队就会望风而逃，在他面前就像黑夜在太阳面前一样，于是他和自己的皇后一起坐上祖父传下来的宝座，在自己的国家里恢复法统和真理；全体人民拥到他面前，向他鞠躬致敬；反基督及其德国人将被推翻。世界很快就到末日了，基督将第二次降临。这一切都已临近，就在门口。

夏园里举行庆祝维纳斯的活动过后两个星期，玛丽娅公主邀请皇太子阿列克塞到玛尔法皇后的府邸来。他们在这里已经不止一次进行过秘密会见。姑妈向他传达了他母亲的消息，并且转交了她的信件，他的母亲阿芙多季娅·费奥多罗芙娜是彼得的前妻，被废黜的皇后，被他强制剃度为尼，法名叶莲娜,现幽禁在苏兹达尔－波克罗夫斯克女修道院里。

阿列克塞走进玛尔法皇后的府邸,在黑暗的木制通道、门厅和贮藏室里,在楼梯上走了很长时间。处处都散发着焦油、破旧衣物和家什的气味,这些东西好像是长期覆盖着灰尘并已腐烂多年。处处是小净室、仆役室、密室、耳房、仓房。那里面住着上了年纪的大贵族夫人和女儿、仆妇、奶妈、管家、洗衣工、毛皮女工、御前侍臣、疯修士、乞丐、女流浪者、皇上的祈祷者、男女傻子、孤女、百岁女说书人——她们在三弦琴的伴奏下演唱勇士歌谣。一个年老体衰的奴仆身穿褪色的毛纺长袍,蓬乱的白发像是头上长满苔藓,抓住皇太子的衣襟,吻他的手和肩。瞎子、哑巴、瘸子都因年老而须发皆白,追随着他,在黑暗的过道里贴着墙乱挤乱爬,好像潮湿墙缝里的潮虫。迎面遇到的傻子沙梅拉,永远嘻嘻地笑着,跟女傻子曼卡相互揪打。孙杜莉娜·瓦赫拉梅耶芙娜在女大贵族中年纪最大,是皇后所宠爱的,也跟她一样是个疯子,身体肥胖,全身脂肪,像肉冻似的不停地颤动,她一头跪倒在皇太子面前,哼哼唧唧地叫起来,仿佛为死人哭诉一样,向他哭诉着。皇太子感到惊惧,不由得想起了父亲的话:"玛尔法皇后的宫殿由于她的虔诚而成了残疾人、痴呆者、伪君子和骗子们的客栈。"

他走进一间空气新鲜和明亮一些的房间,轻松地喘了口气,他的姑妈,玛丽娅·阿列克塞耶芙娜正在那里等着他。窗户朝着宽阔的涅瓦河,只见河上阳光灿烂,舰船来来往往,只有屋角神龛前的神灯发出微弱的光亮。沿墙摆着长凳。坐在桌子旁的姑妈站了起来，温柔地拥抱了皇太子。玛丽娅·阿列克塞耶芙娜穿着老式衣装，头戴软帽，身穿丧服，即深色小花的毛背心。她的脸不漂亮，苍白而浮肿，像是年老的女尼一样。薄薄的嘴唇露出凶相，聪明的目光锐利而又咄咄逼人，果敢坚毅和威风凛凛的神色使人想到索菲娅公主——"米洛斯拉夫斯基家族凶残的种子"。她跟索菲娅一样，憎恨弟弟及其一切事业，"心里燃烧着古代"。彼得宽恕了她。可是却把她叫作乌鸦，因为她总是向他呱呱乱叫。

公主把母亲从苏兹达尔捎来的信交给了阿列克塞。不久前他曾给母亲写了一封干巴巴的短信："母亲大人，安康！望祈祷时勿忘汝子。"这封信就是对那封便笺的回复。阿列克塞开始辨认这封笔体幼稚难看、文理不通的信，他的心怦怦地跳起来。

"阿列克塞·彼得罗维奇皇太子，安康！吾在痛苦中苟延残喘，汝把吾遗弃，置吾于痛苦中而不顾，忘却吾为生汝养汝之艰辛。汝甚快把吾遗忘。时至今日，吾暗中所为皆为汝也。如若不为汝，已不在世上历尽灾难，受此贫困之煎熬矣。吾生计艰难，痛苦万分！悔于生到世上。不知为何受苦。吾未尝忘记，时时祈求圣母佑汝平安。寄上一圣像，此乃来自喀山圣母教堂之圣物，该教堂根据圣母显灵而建。为汝之健康，吾曾将此圣像悬挂室内，夜间系于吾肩上。吾于五月二十三日做一梦。圣洁之天女皇向其子，上帝吾主祈求将吾之愁苦换为欢乐。吾闻彼言：'汝应器重吾之像，将其送往吾庙，吾给汝以荣耀，佑汝子安康。'亲爱之阿寥申卡，望回函，纵然一行文字，足以止吾哭泣和泪痕满面，吾得以解脱悲苦。怜惜汝母与女奴，望回函！向汝鞠躬。"

等阿列克塞把信读完，玛丽娅公主交给他几件来自修道院的礼物——圣像、修女叶莲娜亲手绣的手帕，还有两只"饮酒用的"椴木杯子。这些可怜的礼品比信更使皇太子感动。

"你把她忘了，"玛丽娅公主说，直盯着他的眼睛，"不给她写信，什么东西也不给她带。"

"我害怕。"皇太子说。

"怕什么？"她激烈地反驳说，两眼的目光好像是把他刺痛，"你就是吃点儿苦头又能怎样？算得了什么！是为了母亲，而不是为了别人……"

他沉默不语。于是她伏在他耳朵上小声讲道，她听来自苏兹达尔修道院的癫僧米哈伊尔·鲍索伊说：那里的人都兴高采烈，不断做梦，看见征兆，听到预言，听到神的声音；诺甫哥罗德的约伯大主教说："你在彼得堡情况会很不妙；只有上帝能解救你；你将看到会发生什么事。"在雅罗斯拉夫城外隐居的维萨里昂长老听到神的启示，说很快就要发生变革："皇上将死，彼得堡将毁灭。"圣德米特里王子向罗斯托夫斯基主教多西菲见到显灵，预言说，将有骚乱，并且很快就会发生。

"很快！很快！"公主结束道，"许多人呼叫：主将报复，定将发生，事情就会到头！"

阿列克塞知道，一旦发生，就意味着父亲死亡。

"记住我的话！"玛丽娅预言道，"彼得堡不会长期是我们的。它将荡然无存！"

她看了看窗外的涅瓦河和散落在绿色沼泽中间的白色房子，幸灾乐祸地重复说：

"荡然无存，荡然无存！陷进烂泥里见鬼去！是毒蘑，一长出来就让它烂掉。异教徒，没有他的立足之地！"

这只老乌鸦呱呱地叫起来。

"无稽之谈，"阿列克塞绝望地挥了挥手，"我们听的预言还少吗？全都是胡诌八扯！"

她本来想要反驳他，可是突然又用那锐利的和咄咄逼人的目光看了他一眼。

"太子，你的脸色怎么如此难看？不舒服吗？喝酒了？"

"是喝酒了。他们强给灌的。前天船舶下水时像个死人似的给抬出来。我宁愿到苦役地去，或者生寒热病，也比在那里好！"

"你该吃点儿药，装出生病的样子，不参加下水仪式，你也知道你父亲的习惯。"

阿列克塞沉默片刻，然后深深地叹口气。

"咳，玛丽尤什卡，玛丽尤什卡，我痛苦呀！……我已经稍许了解自己。要是没有神力相助，人未必一心想……我倒是很高兴躲到什么地方去……躲开一切！"

"你到什么地方能躲开你父亲！他的手很长。到什么地方都找得到。"

"我很后悔，"阿列克塞继续说，"当初没有像基金劝说的那样做，本来应该到法国去，或者投奔恺撒去。在那里我会过得比在这里好，只要是上帝允许。许多我们的人逃跑了，才获救了。可是我却没有办法走开。我不知道我会如何，姑妈，我亲爱的！……我对什么都不感兴趣，只盼望能给我自由，谁也别碰我。或者放我去修道院。我放弃继承皇位，远离一切，安安静静地生活，到自己的乡下去，在那里结束残生！"

"够了，够了，彼得罗维奇！皇上是个凡人，不会长生不死：只要是上帝的意旨——他就得死。人们都说，他患有癫痫症，这种人活不长。但愿能发生事变……我想，不会拖得很晚……听我说，你等着吧，我们有机会唱自己的歌儿。老百姓喜欢你，为你的健康举杯，把你称作俄国的希望！继承皇位非你不可！"

"继承个什么，玛丽尤什卡！我应该剃度为僧，不是现在因为父亲，而是等他死后，我也期望这样：瓦西里·隋斯基剃度之后给捉住了。我的生活很糟……"

"怎么办呢，我的小鹰？忍耐一时，受用终生。忍耐吧，阿寥沙！"

"我忍耐很久了，再也不能忍耐了！"他以不可遏止的激情惊叫道，脸色煞白，"但愿结束这一切！疲惫比死亡还难受……"

他本来还要补充一句，可是却停住了。他低沉地呻吟着："噢，主呀，主呀！"把双手放到桌子上，把脸埋在两只手中，用手指抓着头，好像是由于难以忍受的疼痛而全身蜷缩着。他抽泣着，没有眼泪，全身痉挛地发抖。

玛丽娅公主向他俯下身去，把一只手放到他的肩上；这只手虽然很小，但很坚硬而且很有威风；索菲娅公主的手也正是这样的。

"不要灰心，太子，"她慢慢地说道，外表上平静而温柔，但流露出严厉的神情，"不要让上帝生气，不要抱怨。记住约伯的话：幸福就是寄希望于主，因为如今我们的全部生活和行动都在上帝手中，他给敌人安排的结果有利于我们。上帝跟一个人在一起，他为上帝做什么呢？虽有军队向我进攻，我的心都不跳。主定会奖励我！全都指望基督吧，阿寥申卡，我心爱的朋友：他不容许什么力量进行诱惑。"

她沉默了。皇太子也默不作声，听着这番从童年开始就很熟悉的祈祷用的话语，感到亲切，对放在肩上的那只手感到温暖。

有人敲门。那是孙杜莉娅·瓦赫拉梅耶芙娜来了，她是玛尔法皇后派来请他们的。阿列克塞把头抬起来。他的脸色更加苍白，可是差不多已经平静了。他看了一眼圣像和暗淡的神灯，画个十字，说道：

"你说得对，玛丽尤什卡！让上帝的意志来唤醒一切吧！向圣母和所有的圣者祷告吧！上帝将完成一切并且决定我们的命运,我曾把自己的希望寄托在这里,今后仍然这样。"

"阿门!"公主说。

他们站起来,向皇后的寝宫走去。

四

虽然这天阳光灿烂,可是室内却像夜里一样漆黑,因此点着蜡烛。窗户上都钉着毡子,挂着厚厚的帘幕,一丝光亮也透不进来。浑浊的空气里发散着安息香和大蒜芥酒的气味,放进炉膛里熏香的烟味。屋子里摆满各种家具——小餐柜、柜橱、首饰箱、钱匣、柳条箱、打着镀锡铁带的衣箱、小木匣、柏木箱,里面装着各种皮衣、外衣和白内衣。屋子中央高高地立着皇后的卧榻,上面罩着宝盖,四面挂着大红金线织锦的幔帐,用金线绣着浅色花草,床上放着金线锦缎貂皮被,用白鼬皮镶边。这一切都非常豪华,但已陈旧,腐烂,仿佛是一旦接触到新鲜空气就要化成灰烬。从开着的门可以看见隔壁供着圣像的房间,满屋被圣像前神灯的光辉所照亮,圣像披着金银衣饰,上面镶着宝石。这里还供奉着各种圣物——有十字架、圣母小像、装着圣骨的小匣、安息香、用蜂房盛着的灵蜜和圣水、用小碟装着的决明、用铅器盛着的圣油、用天火点燃的蜡烛、约旦河的沙子、一段烧不坏的灌木、一段幔利橡树①、最纯洁的圣母的乳汁、拉撒路

---

① 据《圣经·旧约》,耶和华在幔利橡树那里向亚伯拉罕显灵。

之石——"基督站在空中",石头用布裹着,"散发出不祥的芳香"——波罗夫的帕弗努季的包脚布、伟大的安提尼的牙齿——能治牙痛,伊万雷帝打死儿子之后从他的财物中拣出据为己有。

玛尔法·马特维耶芙娜皇后坐在卧榻旁一把漆金的安乐椅上,这把椅子像是"沙皇宝座",椅背上刻着双头鹰和"冠形纹章"。虽然绘有锯齿花纹的绿色涂釉炉子烧得很热,可是这个患病的老太婆很怕冷,还穿着花布面的北极狐皮坎肩。盾形帽上的珍珠头饰珠翠垂到她的前额上。脸庞并不衰老,可是却像死人的或石刻的一样;按照莫斯科皇后古老的规矩涂上厚厚一层白粉和胭脂,这张脸的死气似乎就更重了。有活力的唯有那双明亮的眼睛,但是目光却一动也不动,仿佛是什么都看不见;夜间出来觅食的鸟类就是这样观看的。一个矮小的僧侣坐在她脚下的地板上,在讲述着什么。

当皇太子和姑妈走进来的时候,玛尔法·马特维耶芙娜亲切地向他们问候,邀请他们听听这个游方僧的讲述。这是个小老头儿,生着一张孩子般的愉快的脸;他说话的声音也是愉快的,像唱歌一样,很受听。他讲述了自己的流浪生活以及雅典和索洛夫基岛上的隐修生活。将二者加以比较,他认为希腊的修道院比俄国的好。

"那个雅典修道院叫作'圣母之园',圣母在天上经常俯视它,保佑它永远平安。在圣母的神助下,它健壮成长,并且开花结果,果实有内在和外在两种,外在的——是红色的,内在的——拯救灵魂的。每个进入该园的人,都好像是走进天堂的门口,看到它的善和美,不再愿意返回了。那里空气轻柔,山高林密,气候温暖,阳光充沛,生长着各种各样的果树,距离圣地耶路撒冷很近,永远快乐。而索洛夫基岛则凄凉而阴森,冷酷而黑暗,像地狱一样寒冷。岛上有一种有害于灵魂的东西:栖息着许多白色的鸟——海鸥。整个夏季在这里繁殖,生儿育女,在地上筑窠,僧侣们去教堂的路边全是鸟窠。这些鸟给修士们造成很大的麻烦:第一,失去了宁静;第二,每当看见它们打架和戏闹,有时求偶,思想便被俘虏,产生情欲;第三,妻子、少女、女修士常到这个修道院去。而在雅典山上则没有这些诱惑:海鸥不飞来,妻子也不来。唯一的妻子,展翅飞翔的鹰——神圣的教堂——住在那个幸福的修道院里,直至实现主的意旨和他所掌握的时代到来。荣耀永远属于主。阿门。"

他结束了讲述,皇后要求所有的人,甚至包括玛丽娅在内,都离开这间屋子,只让皇太子一个人留下。

她差不多不认识他,不记得他是谁,是她的什么亲属,甚至连他的名字都忘了,只是简单地称他为孙子,然而却很喜欢他,以一种奇怪的同情心怜悯他,仿佛是知道他的命运,尽管连他本人都还不知道。

她长时间地一声不响,只用明亮而又呆滞的目光看着他,那目光好像是蒙上一层薄膜,好像是夜间外出觅食的鸟的目光。然后突然悲哀地笑了,用手轻轻地抚摸着他的面颊和头发。

"你是我可怜的孤儿!没爹,也没妈。没有人能保护。残暴的豺狼要吃掉小羊羔,黑色的乌鸦要啄伤小白鸽。咳,我真可怜你,亲爱的!你是个活不长的人……"

这位末代皇后从古老莫斯科来到这彼得堡,像是个悲戚的幽灵,发出疯狂的呓语,这个温暖宁静的房间里的一切虽然豪华,但已腐烂,时间在这里仿佛停滞了,一股死亡的阴冷与早期童年那种爱抚一起向皇太子袭来。他的心疼痛起来,悲哀而又甜蜜。他吻了那只像死了一般苍白的枯瘦的手,沉甸甸的古老的沙皇戒指从那细长的手指上脱落下来。

她低下头,好像是陷入沉思,摆弄着珊瑚念珠:不洁净的灵魂见到这种珊瑚便要避而逃跑,"因为珊瑚长成十字形"。

"全都乱套了,全都乱套了,糟透了!"她又像是在说梦话,越来越惊惶不安,"你在经书中可读过,孙子:**孩子们,最后的年代了。你们可听见了,即将来临的,已经在世上存在了**。这说的是他,是毁灭之子。他已经来到大门前。很快,很快就进来了。不知我是否能等到,是否能看到,心头的朋友,我的红太阳,贤明的沙皇费奥多尔·阿列克塞耶维奇?哪怕是只看上一眼,看到他如何耀武扬威地回来,跟那些背信弃义的人作战,取得胜利,登上陛下的宝座,全体人民都来向他鞠躬致敬,高呼:奥莎那!主保佑,未来是幸福的!"

她的眼睛几乎是放射出光芒,可是立刻又蒙上从前那种模糊的薄膜,像是火炭覆盖上灰烬。

"不，我等不到了，看不见了！我有罪，激怒了主……咳，心里感觉到不妙。我气闷，孙子，有些气闷。如今总是做一些不吉祥的梦，有预兆的……"

她担心地环视一下，把嘴凑到他的耳朵上，悄悄地说：

"你知道，孙子，前几天我梦见什么了？是在梦中还是在预兆中，我不清楚，但确实他亲自来找我，正是他，而不是别的任何人！"

"谁，皇后？"

"你不明白？听着，我是怎么做的那个梦？也许这样你就能明白。我躺着，仿佛就是在这个床上，好像是在等待着什么。突然间门开了，他走了进来。身材魁梧，粗壮结实，长袍截短了，德国式的；嘴里叼着烟斗，抽着烟；脸上刮得光光的，留着猫胡子。走到我跟前，看着我，不说话。我也不吱声，心想，会怎么的。我开始烦闷起来，无聊，这样无聊——我的死亡……想要画个十字——手抬不起来，念一段祈祷词——舌头动不得。躺着像是死了一样。他抓住我的手，抚摸着。我的脊背上冷一阵热一阵。我看了看圣像，我觉得圣像一会儿变个样儿：好像不是救世主的模样，而是个可恶的德国人，脸又肿又青，跟淹死鬼一样……可是他还在朝着我。你生病了，他说，玛尔法·马特维耶芙娜，病得很厉害。我打发我的御医过来，你愿意吗？你为什么这样看着我？不认识啦？——我说，我怎能不认识你呢？认识。像你这样的人我们见过不少！既然认识，那你说说看，我是什么人?我说,谁都知道你是什么人。你是个德国人,德国人的儿子,士兵,鼓手。他龇牙咧嘴地笑起来,眼珠子朝着我乱转,像一只乖戾的猫。'看来你是发疯了,老太婆,完全疯了!我不是德国人,不是鼓手,我是正式加冕的俄国沙皇,你已故丈夫的同父异母弟弟。'这时我愤恨极了。真想朝他脸上吐口唾沫,向他大叫:你是条狗,是个狗崽子,冒牌皇帝,是格里什卡·奥特列庇耶夫,遭天杀的,这就是你!我想,让他见鬼去吧。我跟他骂什么呢?连吐他都不值得。我这只是在做梦,上帝降灾让我做这种闹鬼的白日梦。吹口气,就消散了,破灭了。我说:'既然你是沙皇,那么你的名字怎么称呼?'他说:'彼得,这是我的名字。'他刚一说了'彼得',我马上就画了个十字。唉,我想,原来就是你呀!等着瞧吧。但愿我不是个傻子,即使不能用嘴,那么在心里,我也要进行神圣的诅咒:'撒旦是敌人!离开我,到荒野去,到密林中去,到地洞中去,到无底的大海里去,到荒山野岭中去,该死的嘴脸!离开我,到地狱去,到阴森的冥界去,到阴间的火海里去。阿门!阿门!阿门!破灭吧!我向你吹气,吐唾沫。'我刚一念完咒语,他就消散了,好像是钻到地底下去了——他没有留下丝毫的踪影,只有一股难闻的烟味。我惊醒了,大叫一声,瓦赫拉梅耶芙娜跑过来,给我身上洒了圣水,熏了乳香。我起来,到祈祷室里去,跪在弗拉赫林的圣母像前,回忆起这一切,仔细思考一阵,也就明白了这是谁。"

皇太子早就明白了,父亲到她这里来过,这不是做梦,而是真事儿。同时也感觉到,这个疯女人的梦呓也感染了他,传给了他。

"这究竟是谁,皇后?"他怀着贪婪而又令人恐怖的好奇心重复道。

"你不明白?还是忘了叶甫列姆在书里说的:'将以西门-彼得的名义出现在世上的高傲之王——反基督。'他的名字——就是彼得。正是他!"

她惊恐地睁大了眼睛,目光盯着他,呼吸困难地向他耳语道:

"正是他。彼得——就是反基督……反基督!"

第三部 阿列克塞皇太子的日记

一

宫廷女官阿伦海姆的日记

1714 年 5 月 1 日

该死的国家,该死的民族!伏特加、鲜血和肮脏。很难说哪一项更多。好像是肮脏更多一些。丹麦国王说得好:"假如莫斯科的大使再来我这里,我就为他们建造一个猪圈,因为凡是他们待过的地方,半年之内由于难闻的臭味而无人愿意居住。"按照一个法国人的说法:"莫斯科人——是柏拉图式的人,是没长羽毛的动物,人的天性具有什么,他们也都有,但除了清洁和理性。"

这些气味难闻的野蛮人,受过洗礼的狗熊,他们由凶残变得可怜,成了欧洲猿猴,但又只承认自己是人,而把其余的人全都当成畜生。尤其是对待我们德国人,他们天生怀有一种无法战胜的憎恨。他们认为自己由于我们的接触而受到玷污。路得教派在他们看来并不比魔鬼好多少。

如果不是对我仁慈的主人和心爱的朋友索菲娅·夏洛塔太子妃殿下的爱、忠诚和义务,我一分钟也不想留在俄国。可是不管发生什么事,我都不会抛弃她!

这部日记我将像平时说话那样来写,也就是说用德语,部分用法语来写。但是有些笑话、谚语、歌词、谕旨、谈话的片段则保留俄文原样,附以译文。

我的父亲——纯日耳曼血统,出身于古老的撒克逊骑士家族。母亲——波兰人。她的前夫是波兰贵族,跟他在俄国生活多年,住在离斯摩棱斯克不远的地方,精通俄语。我在托尔高市波兰王后的宫廷受教育,那里也有许多莫斯科人。我从童年起就听俄国话。说得不好,我不喜欢这种语言,但能听得懂。

有时心情非常沉重,为了能让心里轻松一些,我决定写日记,效仿古代寓言中的那个饶舌家,他不能把自己的秘密泄露给他人,便向沼泽的芦苇倾诉。① 我不希望这些日记有朝一日能公之于众;可是它们要是能让我的伟大导师高特弗里德·莱布尼茨看见,我则非常高兴,因为唯有他的意见对于我来说才比世上的一切都珍贵。

当我正在想着他的时候,接到他的来信。他想要到俄国

---

① 古希腊一则寓言说,国王长着驴耳朵,用头发遮住。理发师为其保守秘密,但是向土坑倾诉,坑中长出芦苇,发出沙沙声,把国王的秘密泄漏出来。

来担任司法部枢秘顾问官,让我打听一下薪俸是多少。我担心他永远也不会得到这份薪俸。

我读他的信既伤心又高兴,差一点儿没有哭起来。我回忆起在萨尔茨达林堡的长廊里和格林豪森的菩提树林荫路上的默默的散步和谈话,树叶中间柔和的微风和喷泉潺潺的流水仿佛是永远唱着我们所喜爱的《高雅的使者》杂志中的一支歌:

> Chantons, dancons, tout est tranquille
> Dans cet agreable séjour.
> Ah, le charmant azile !
> N'y parlons que de jeux, de plaisirs et d'amours.
> 让我们唱吧,跳吧,
> 这愉快的地方多么安静。
> 啊,你这迷人的避难所!
> 我们只谈论欢乐和爱情。

我想起了老师的话:"我也跟您一样,是个斯拉夫人。我们应该高兴在我们的血管里流着斯拉夫人的血液。这个部族必定会有伟大的前途。俄国把欧洲和亚洲连接起来,把东方和西方调和起来。这个国家——像个新的瓦罐,还没有接受他人的气味;像是一张白纸,想要写什么就可以随便往上写;像是一块处女地,可以开垦和首次耕种。俄国如能避免在我们这里已经根深蒂固的那些错误,以后就能使欧洲文明开化。"我当时几乎是相信了。他最后热情地笑着说:"我看来命里注定要当俄国的索伦①,新世界的立法者。控制一个像沙皇这样的人的头脑,促使他为人们造福——这意味着比赢得十次战斗更为重要!"

咳,我可怜的伟大幻想家,您要是能了解和看见我在俄国所了解和看到的一切,那就好了!

就拿现在来说吧,当我在写这篇日记的时候,悲惨的现实却在提醒我,我不是处在被誉为德国凡尔赛的格林豪森甜美的栖身之地,而是处在莫斯科地狱的深处。

窗外传来叫喊声、号叫声和谩骂声:这是我们的邻居娜塔莉娅·阿列克塞耶芙娜公主家的仆人和我们的人在打架。俄国人殴打德国人。咳,我亲眼看见了亚洲与欧洲、东方和西方的联合!

我们的秘书跑来了,一副可怜的样子,浑身发抖,衣服被撕破,满脸血迹。太子妃看见他,差点儿没有昏过去。打发人去找皇太子。可是他正在病中,生的是他常有的病——喝醉了。

5月2日

我们住在太子东宫里,但这只不过是一栋用泥抹的二

---

① 索伦,古希腊著名哲学家,生于公元前7世纪末6世纪初。

层小楼，用瓦篷盖，坐落在涅瓦河岸上。住房十分拥挤，殿下的全体侍从和仆役差不多都安置在邻近的三栋房子里，那是元老院给租赁的。其中的一栋——门窗和炉子全然没有，也没有任何家具。太子妃殿下不得不自己出钱装修并建造了马厩。

房主是个姓吉杰昂诺夫的人，在娜塔莉娅公主那里任职，昨天回来，下令驱逐我们的人，把东西都扔到院子里。然后把太子妃殿下的马匹从马厩里牵出，把自己的马牵进去。太子妃下令拆除马厩，在别处另建。可是当御马司领来工人时，吉杰昂诺夫也派自己的人到那儿去，他们痛打了我们的人，并把他们赶了出来。御马司声称要告到皇上那里去，吉杰昂诺夫笑着回答说："悉听尊便，我会先于你们去告状！"

最糟糕的是，他扬言，他所做的一切都是根据公主的命令。这位公主是个老处女，是世上最凶狠的人。当面讨好，背地里每次提起太子妃殿下的名字，都吐口唾沫，说："呸，这种德国女人！了不起的大人物！她把自己想象成什么人？她得夹起自己的尾巴来！"

就这样，我们的可怜马夫们就住在露天地了。在整座城市里，就是花上一千金卢布也无法给他们找到住处；此处黑暗透顶了。当把这一切报告给沙皇时，他却回答说，等一年以后就有足够的房子了，可是到那时，起码是我们的人已不再需要，因为他们中间大部分都要到另一个世界去了。

要是欧洲知道了我们生活的贫困，谁都不会相信。太子妃的生活费很微薄，而且还不按时发放，经常不够花。况且此地物价昂贵得吓人。在德国花一文钱的东西，在这里要四文。我们对所有的商人都欠了债，他们很快就不再信任我们。不要说我们的仆人，就是我们自己也缺少蜡烛、烧柴和食品储备。别想从沙皇那里得到什么，因为他总是没有空闲。而皇太子又总是喝得酩酊大醉。

"世上充满了痛苦，"太子妃殿下今天对我说，"从童年起，也就是从六岁开始，我就不知道何为高兴，而且不怀疑命运为我的未来准备了更大的不幸……"

她望着远方，仿佛是已经看到这种未来，重复说："我逃脱不掉灾难！"她的表情绝望而又平静，我找不到话来安慰她，只是默默地吻她的手。

炮声响起了，我们得抓紧时间准备去涅瓦河参加娱乐活动——水上大型联欢。

这里立下一种规矩，听见鸣炮，在城市各个边远地区看见升旗，所有的平底船、快帆艇、巡航艇和独桅船皆应在要塞附近集合。不到则罚款。

我们立即乘坐自己的独桅船出发，船上有十名桨手，和其他的船只一起在涅瓦河上航行了很长时间，时而前进，时而后退，始终跟在海军上将的后面，不能落在他的后边，也不能超过他，否则也要被罚款——这里处处都罚款。

小号和圆号奏着乐曲。号声在棱堡响起了回音。

即使是没有这个，我们也还感到悲戚。浅蓝色的冰冷的河水，平滑的河岸，像冰一样的浅蓝色的透明天空，彼得保罗教堂金色尖塔的闪光，大理石基座的涂着黄色的木制教堂，自鸣钟凄凉的打点声——这一切更加重了这种悲戚感，除了这座城市，我在任何地方从来还没有体验过这种悲戚。

然而，这座城市的外观是相当美丽的。沿着下河滨街，河边钉着一排排涂了黑色焦油的木桩，另一侧则是建筑设计独出心裁的粉红色的砖房，与荷兰的新教教堂很相像，尖尖的高塔，高高的房盖上的天窗，有栅栏的巨大门廊。你会以为这是一座真正的城市。可是就在邻近——却是一幢幢用草皮和树皮篷盖的简陋茅屋；再往前——就是烂泥塘和森林，那里还是鹿和狼出没的地方。海边上——是跟荷兰一样的风车磨坊。一切都明亮耀眼而又荒凉凄切。好像是画出来的，劳动者故意做出来的。仿佛是你睡觉时在梦中见到的一个前所未有过的城市。

沙皇带着全家乘坐一条专用的独桅船，他站在舵旁，亲自掌舵。皇后和公主们都穿着帆布短衣和红裙子，头戴漆布宽沿圆帽——一身"荷兰式"打扮——地地道道的萨尔丹女水手。"我要训练我的家庭适应水上生活，"沙皇说，"谁想要和我一起生活，他就得时常到海上去。"

他差不多经常带他们去航行，尤其是天气好的时候，把他们锁在船舱里，专门迎着风浪航行，直到把他们颠簸个好歹的，salvo honore（保持体面），不呕吐——只有如此，他才满意!

我们很害怕,可别去喀琅施洛特。去年参加过类似活动的人一想起来还心有余悸:他们突然遇上暴风雨,差点儿没有沉没,搁浅了,在齐腰深的水中站了数个小时,最后登上一个小岛,生起火,全身一丝不挂——衣服全湿了,不能不脱下——裹着从农民那里弄来的篷雪橇用的粗硬毛毡,这样过了一夜,坐在篝火旁取暖,没有吃的,也没喝的,新的鲁滨孙。

这一次命运对我们很开恩;海军上将的独桅船上红旗降下了,这说明活动结束。我们顺着水渠回家,观看着城市。

这里水渠甚多。"如果上帝延长我的生命,让我健康地活下去,彼得堡将成为第二个阿姆斯特丹!"沙皇吹嘘说,"一切都像荷兰那样"——这是关于城市建设的谕旨中常用的话。

沙皇偏爱直线。凡是直的,整齐的,他才觉得是美的。假如有可能,他也许会用直尺和圆规来建设整个城市。向居民下令"盖房要按直线,任何建筑皆不得超越直线或者离开直线,务必使马路与胡同皆成直线和保持整齐。房子如果越出直线,则毫不留情地拆除之"。

沙皇的骄傲,是无限长、笔直地穿越全市的"涅瓦大街"。它在荒无人烟的沼泽中间完全是荒凉的,但是已经栽植了三四行细小的菩提树,像是一条林荫路。保持高度清洁。每个星期六由瑞典战俘清扫。

这些规划中的街道都是整齐的，如几何线条一般，其中许多几乎没有房子，只是立着路标。另外一些建成的，还可以看出不久前耕地上犁沟的痕迹。

正在建造的房子，虽然用的砖是按照"维特鲁维①的训导"烧制的，但由于仓促和不牢固，有倒塌的危险。人们走在街上，往往胆战心惊：沼泽地的土——过于松软。沙皇的敌人预言说，整座城市有朝一日必定倾倒。

我们的一位同行者，老莱温沃尔德男爵是里弗良迪亚的警察总长，他为人聪明，和蔼可亲，给我们讲了许多关于建造这座城市的趣事。

修筑彼得保罗要塞最早的土堤的时候，需要干土，可是附近并没有干土——这里只有沼泽的烂泥和苔藓。于是想出一个办法——从远处往棱堡运土，用旧袋子装，用粗席包，甚至用衣襟兜。从事这种西西弗式劳动的人，有三分之二死掉了，特别是由于负责供给的那些人肆无忌惮的盗窃和胡作非为，往往一连数个月看不见面包——在这种荒凉的地区有时用钱也买不到。人们仅仅靠着卷心菜和芜菁充饥，患上腹泻和败血症，由于饥饿而浮肿，在类似于兽穴的地窖里冻僵，像苍蝇似的死掉了。只是在快乐岛——Lust-Eiland（多么好听的名字！）上修建一个要塞，就夺去了成千上万移民的生命——他们是从俄国各个角落被强行驱赶到这里来的，就像

---

① 维特鲁维·波里昂（公元前1世纪），古罗马建筑师，著有《论建筑》一书。

赶牲口似的。这个违反自然的城市，或者如沙皇所称呼的，这个"天堂"确实是建在白骨上的，令人畏惧！

这里无论对待活人还是对待死人都是不拘礼节的。我有一次在食品市场一家客栈附近亲眼见到一具工人的尸体用席子卷着，用绳子绑在杆子上，由两个人抬着，而许多用雪橇运往坟场的死尸，则赤身裸体，不举行任何仪式，就埋进坟坑里。穷人每天死得太多，没有时间按照基督教的方式进行安葬。

有一次，我们在涅瓦河上乘船，那是个炎热的夏天，发现蓝色的水面上有一团团的灰色东西：原来是蚊子的尸体——此处的沼泽里蚊子十分多。这都是拉多加湖里滋生的。我们的一个桨手捞了满满的一帽子。

听着莱温沃尔德讲述建设彼得堡的故事，我闭上了眼睛，我觉得，人的尸体仿佛全是灰色的，小小的，无其数，犹如这一团团的蚊子尸体一样，在涅瓦河上漂着，无尽无休——谁都不认识他们，也不会记得他们。

回到家以后，我在自己的斗室里写日记，这间斗室是真正的鸟笼子，在阁楼里，头顶着房盖。

很气闷。我打开窗户。迎面扑来的是春潮、焦油和木屑的气味。涅瓦河岸上有两个木匠，一老一少，在造小船。传来锤子的敲击声和悲戚的歌声，那是那个年轻的木匠慢悠悠地唱的，他不断重复着同一段歌词。就我所能听清的，把这支歌中的某些词句抄录如下：

> 在圣彼得这个城里，
> 在涅瓦这条母亲河上，
> 在闻名的瓦西里岛，
> 年轻的水手把船造。

我望着"人间天堂"黄昏时像冰一样透明而冰冷的绿色天空，听着这如泣如诉的悲戚歌声，我自己也想要哭。

5月3日

今天太子妃殿下去谒见皇后，告吉杰昂诺夫的状，同时请求按时发钱。会见时我在场。

皇后像平时一样和蔼可亲。

"Gzaarische Majestät Euch sehr lieb（皇帝陛下非常喜欢您）。"她用不通的德语对太子妃说。

"皇帝陛下非常喜欢您。他说，这是真的，卡捷琳娜，你的儿媳在体态上和举止上都十分标致。我说，陛下，你喜欢自己的儿媳超过喜欢我。不，他说，而自己却笑了，不超过，但很快也会这样喜欢。说实话，我的儿子配不上这样好的妻子。"

从这番话中我们可以明白，沙皇不很喜欢皇太子。

太子妃殿下几乎是眼里含着泪水，为自己的丈夫求情，皇后答应维护他，表现出亲切的态度，让人相信"她像爱自己的孩子那样爱她，如果对她要是偏心，就不可能爱得这么强烈"。

我不喜欢俄国人的这种肉麻劲,我担心这是刀刃上的蜜糖。

看来,太子妃并没有欺骗自己。有一次,她当着我的面说,皇后"比所有的人都坏"——pire que tout le reste.

今天会见之后,回家时,她说:

"假如我生个儿子,她永远都不会饶恕我。"

我们谈到皇后时,一个平民百姓出身的老女人伏在耳朵上低声说:"她不应当占据皇后位置——因为她的血统不对,她不是俄国人;我们都知道,她是怎样给俘虏来的:她只穿一件衬衣,被带到旗帜下,交给卫兵看守;我们看守的军官给她穿上一件长袍。上帝知道她是什么头衔。据说她曾跟楚赫纳女人一起洗过衣裳。"

今天,太子妃殿下给皇后请安时,我想起了这件事,按照宫廷礼仪,太子妃想要吻她的衣服。的确,她不让这么做——她自己拥抱并亲吻了太子妃。然而,当年伟大的威尔夫家族就王位问题向日耳曼皇帝提出异议时,关于霍亨索伦和哈布斯堡王朝,此地还无人听说过——太子妃作为这个家族的后代,身为沃尔芬比特公主竟然吻一个跟楚赫纳女人一起洗过衣裳的女人的衣服——命运是多么嘲弄人!

5月4日

前几天像夏天一样温暖,可是过去之后,突然又是冬天了。寒冷、刮风、雪加雨。涅瓦河上漂着拉多加湖的浮冰。据说这里6月还下雪。

我们的"东宫"无人照管，荒废到这种程度，房盖上出现了窟窿，今天夜间下大雨，太子妃殿下的卧室里从天棚上往下淌水，幸好没有滴到床上。地板上积了一个水洼。

天棚上绘有寓意性图案：一个燃烧着的祭坛缠着玫瑰花；两侧各有一个丘比特和一枚国徽——俄国的双头鹰以及一匹勃朗施维格马；它们中间是两只握在一起的手，并有一行文字："没有什么能像忠诚那样把高尚者联合起来。"由于潮湿，恰好在祭坛上出现一个黑斑，从许墨奈俄斯①的火炬上往下滴着冰冷的脏水。

我想起了考古学家艾克哈尔特的婚礼致辞，其中论证新郎和新娘系拜占庭皇帝康士坦丁·波尔菲罗德的后裔。这个国家可真好，水滴差一点儿没有落到波尔菲罗德后裔的新婚卧榻上。

5月5日

皇太子终于从房子的另一半过来了，他一直跟我们分开居住，因此有时我们一连几个星期看不到他。进行解释。我从隔壁的房间里全都听到了，太子妃殿下希望我留在这个房间里。

---

① 古希腊的婚姻之神，戴着鲜花项圈，手执火炬。

她就吉杰昂诺夫事件和不按时发钱之事向他诉苦，他耸了耸肩，回答说：

"这与我无关。我也不管您的事！"

然后便责备起来，似乎是她向父亲说了他许多坏话。

"您怎么不知羞耻？"太子妃殿下哭起来，"您应该珍惜自己的声誉！在德国没有哪个鞋匠或裁缝允许自己如此对待妻子……"

"您是在俄国，而不是在德国。"

"这我早就感觉到了。可是假如所允诺的一切都能履行……"

"是谁允诺了？"

"难道不是您和沙皇一起签署了婚约吗？"

"闭嘴！我什么都没有向您允诺过。您很清楚，您是硬塞给我的！"

他跳起来，打翻了坐过的椅子。

我准备跑过去帮助太子妃殿下。我觉得他好像是在殴打她。这时候我是如此憎恨他，甚至想要把他杀了。

"刽子手会为此而奖励您！"太子妃气愤和痛苦得不能自已，不由得大声叫道。

他嘴里下流地骂着，走了出去，砰的一声把门关上。

这个人看来是集中体现了这个国家的全部野蛮和卑鄙，而且这个国家也只有野蛮和卑鄙。有一点我不能肯定，他在最大限度上——是个蠢人呢，或者是个坏蛋？可怜的夏洛塔！——太子妃殿下对我越来越友好，这并非是由于我的功绩，她自己要求我称呼她的名字，——可怜的夏洛塔！当我走过去的时候，她一头扑到我的怀里，很长时间不能说出话来，只是浑身发抖。最后，泣不成声地说：

"我要不是有了身孕，就可以堂堂正正回到德国去，在那里就是啃干面包喝凉水也心甘情愿！我痛苦得几乎要发疯了，不知道该说什么和怎么办。祈求上帝让我坚强起来，别让绝望使我发生什么可怕的事！"

后来她眼含泪水，又补充了一句，流露出来的还是平时那种温顺，她的温顺有时比她的绝望更让我害怕：

"我是家庭的不幸牺牲品，我没有给这个家庭带来丝毫的好处，我自己却痛苦得慢慢死去……"

来人报告说，该赴化装舞会了，否则我们俩还要哭下去。我们咽下泪水，开始化装。这里的习俗就是如此：不管你愿意与否，娱乐活动奉命必须参加。

化装舞会在三位一体广场上露天举行，附近是一家"咖啡屋"，即小饭店。因为这个地方低洼，是沼泽，稀泥总也不干，所以广场的一部分垫上原木，上面铺上木板，形成了木板台，台上拥挤着一群群头戴假面具的人。幸亏天气突然发生变化：风小了，也暖和起来。可是天快黑的时候，河面上起雾了，浓浓的，像牛奶一样白，笼罩着整个广场。许多人，特别是女士们，由于衣装过于单薄而着了凉，打喷嚏和咳嗽。没有药品，给他们喝伏特加。这是由近卫军士兵用双耳木桶抬来的。发绿的晚霞——这里晚些时候，六月份，通宵都有晚霞——照射着白雾，所有的化装者——古代意大利喜剧中的丑角和虚张声势的懦夫、杂技小丑、牧女、希腊神话中的自然女神、中国人、阿拉伯人、狗熊、白鹤、凶龙——在雾中晃动，有的显得很滑稽可笑，有的则像是可怕的幽灵。

就在我们跳舞的平台附近，可以看见一些带有铁扦的木桩，插着被处死的人的头颅，几乎已经腐烂。整座城市本来充满针叶树的树脂味和白桦树春天芽苞的芳香，可是我却闻到了这些头颅难闻的臭味。又像平时一样，觉得好像是在做梦——在这里经常都有这种感觉。

5月6日

不期而然的和解。我向通往太子妃殿下房间的半开着的门走去，不料在镜子里看见她坐在安乐椅上，而皇太子向她俯着身，双手抱着她的头，恭敬而温柔地吻着她的前额。我想要躲起来，可是她也在镜子里看见了我，便向我做了个手势。我明白了，她是在命令我留在隔壁房间。这个可怜的人可能是想要炫耀一下自己的幸福。

"谁说我不爱您，他说谎，是个魔鬼！"皇太子说，我猜想，这是指一种有关太子妃殿下的卑鄙谣言——这里流传着许多有关她的谣言（甚至指责她对丈夫不贞）。"我相信您，知道您善良,而那些编造您的坏话的人,连您的一根小手指都不值……"他询问她的境况,不愉快的事,身体和怀孕情况,表现出极大的关怀,他的话和脸色都充满智慧和善良,在我面前的完全是另外一个人。我想起昨天也是在这间屋子里发生的事,竟然不相信自己的眼睛和耳朵。

他走了以后,只剩下我们两个,夏洛塔对我说:

"真是个好人!他根本不像我们想象的那样。没有任何人了解他。他是多么爱我呀!啊,亲爱的尤丽安娜,只要有爱情——就一切都好,什么都可忍受……等我生下孩子——愿上帝保佑是个儿子——我就会完全幸福了!"

我没有反驳;我没有勇气扫她的兴;她从前很幸福,如今也还幸福。时间会长久吗?可怜的,可怜的人儿!

也许我对皇太子是不公正的?也许他的确"不像我们想象的那样"?

这是一个最猜不透的人。当他没有喝醉的时候,总是关起门来,坐在屋子里读他的古书和抄本;据说是在研究世界史、神学,不仅是俄国的,而且也有天主教的和新教的;好像是把一部德文《圣经》已经读了八遍;或者跟僧侣、游方僧、长老、最下等的人谈话。

费奥多尔·艾瓦尔拉科夫是他的一个侍从,很年轻,不笨,也喜欢读书——他向我借各种书,甚至拉丁文的——有一次,他对我讲了皇太子,我把他的话用俄文写在记事本里,这是莱布尼茨的礼物，我总是带在身上：

"皇太子对僧侣怀着极大的热情，僧侣们对他也是如此；他把他们当成神明加以崇敬；而他们则称他为圣者，并且民间也总是使用这一尊称来称呼他。"

记得，莱布尼茨对我讲过，1711年夏在沃尔芬比特的赫尔卓格城堡，他被介绍给皇太子，跟他进行了长谈，内容是他所喜欢的话题——东方与西方、中国和俄国与欧洲联合的问题——后来通过他的老师居森男爵给他寄来有关中国事务的书简摘抄。莱布尼茨肯定说，跟人们关于他的种种议论相反，皇太子非常聪明；不过他的智慧完全不同于他的父亲。莱布尼茨指出："他也许像他祖父。"

太子妃殿下曾经把柏林皇家科学院致路得维希·鲁道尔弗·沃尔芬比特（夏洛塔的父亲）的信抄件拿给我看过。该信谈到，在俄国将有可能传播真正的基督教文化，"因为皇太子对科学和书籍有特殊的和极大的爱好"。

我也见过1711年柏林科学院一次会议的总结报告，副院长弗里施院士在这份报告中宣称：沙皇的继承人比沙皇本人更爱科学，他登基之后必定给科学以更多的庇护。

奇怪！我今天从镜子里看见他们俩时——好像是在"占卜魔镜"里一样，我觉得这两张脸完全不一样，可是有一点相同——某种悲伤的预感，仿佛他俩都将成为牺牲品，他们二人都将遭受大苦大难。或者也许这只不过是我在昏暗的镜子中一种感觉罢了！

5月8日

我们在海军部参加一艘七炮战舰下水典礼。沙皇像个普通的木匠一样,穿着一件红毛衣,被焦油给弄脏,手中拿着一把斧子,在龙骨下面的支柱中间钻来钻去,查看是否稳妥,而对危险则毫不在意——不久前一条船下水时有两个人被轧死。"我是像挪亚一样在为俄国制造方舟",我不由得想起了沙皇的话。他像下级在上级面前一样,在海军上将面前摘下帽子,问是否应该开始,接到命令以后,用斧子砍了第一下。数百把别的斧子也开始砍支柱;同时从下面抽出支撑船体两侧的木垛中的杆子。船体在涂有润滑油的滑道上开始缓缓下滑,然后像箭似的飞射出去,把滑道上的木板轧得粉碎,摇摇晃晃地在水上漂动起来,在乐曲声、礼炮声和人们的欢呼声中第一次劈开波浪。

我们乘坐小艇到新造的战舰上去。沙皇已经在舰上。他换了一身海军总司令的制服——他现在还兼任这个职务——胸前佩戴一颗金星,肩上斜挎着蓝色的一级安得烈绶带,在接待宾客。他站在甲板上用第一杯酒给这个新生儿洗礼。沙皇发表了演说。下面是我记起来的一些话:

"我们的人民就像是孩子,不采取强制手段,他们就不学习认字,开头很不自在,可是一旦学会了,就表示感谢,从目前的种种事情中可以清楚看到:所有的事情不都是经过强迫才做出来的吗?许多事情已经有了结果,为此而听到了感谢的话。不吃苦中苦,难得甜上甜……"

一个充当弄臣的年老的大贵族恰好站在我的身后,他可能是已经喝醉,伏在身边一个人的耳朵上低声说:"不给甜面包吃,可也别用砖头打脊背!"

沙皇继续说:"我们有欧洲别的开化民族当样板,他们也是从小处着手的。我们也到时候了,该做自己的事了,首先从小处着手,然后会有人不放过大事的。我知道,我个人不可能完成这一切,并且也看不到了,日子一长,就不可靠了,可是我要开个头,在我死后,别人就更容易完成。我们所开始做的,如今也相当可观,相当荣耀了……"

我在欣赏沙皇。他很美。

大家都下到舱里。在毗连的大厅里,女士们跟男士们分开入座,宴会进行时,除了沙皇,任何男人不得到女士这边来。把大厅一分为二的隔墙上有一个小圆窗,挂着红塔夫绸窗帘。我挨着小窗坐下,掀起窗帘,能够看见并且部分听见男人那边发生的事,习惯地把某些事记到记事本里。

长长的桌子摆成马蹄形,上面摆着各种冷餐,有腌制的,也有熏烤的,引起人的食欲。吃的东西都是廉价的,但酒水却很贵重。为了举行类似的庆典,沙皇从个人的财务中支付给海军部一千卢布——用这里的物价来衡量,这是很大一笔钱。大家随便就座,不分职务高低,普通的船员可以和头等高官并肩而坐。在桌子一头,端坐着充当"公爵教皇"的弄臣,由一群"红衣主教"簇拥着。他庄严地宣布:

"祝在座的全体幸福安康!为父神巴克科斯及其子伊

瓦什卡·赫梅里尼茨基,还有酒神,请诸位举杯!巴克科斯将保佑你们喝醉了也头脑清醒!"

"阿门!"沙皇响应说,他在"公爵教皇"帐下履行"大辅祭"之职。

大家轮流来到陛下面前,向他行大鞠躬礼,吻他的手,接过一大勺胡椒酒,一口喝干:这是一种纯酒精,由印度红辣椒浸泡而成。用这种令人生畏的胡椒酒来吓唬恶人歹徒,就足以让他们招供。可是在这里,人人都得喝,甚至女士们也不例外。

大家为全体皇室成员的健康干杯,但是却没提到皇太子及其妃子,尽管他们也都在场。每一次干杯都伴随着礼炮声。炮声隆隆,竟然把窗户上的一块玻璃震碎。

偷偷地往葡萄酒里掺进伏特加,人们醉得更快了。底舱里挤满了人,很气闷。人们脱下坎肩,彼此强行摘下假发。一些人相互拥抱亲吻,另一些人争吵起来,尤其是那些首席大臣和元老院成员们相互揭发贪污受贿、营私舞弊和弄虚作假。

"你养着一个姘妇,她花掉你的钱是你的俸禄的两倍!"一个叫道。

"你可忘了那些装在瓶子里的小松乳菇?"另一个反唇相讥。

所谓"松乳菇"是指金币,机灵的行贿者用瓶罐装着送礼,看上去像是咸蘑菇。

"你给海军部采购麻布时捞了多少?"

"喂,弟兄们,相互责怪个什么劲儿?每个人活着都想吃块甜面包。有罪过的人诚实也罢,有罪过的人是个坏蛋也罢,反正人人都得靠着罪过才能活!"

"贿赂不过是点儿外快。"

"人家有事来求,一点儿不收他的,那也太不近人情了。"

"可是,根据法律……"

"什么是法律?——不过是牵引杆。你想要往哪边去,就往那边搬……"

沙皇聚精会神地听着。他有这样一种习惯:当大家都已经喝醉的时候,便下令在门前设双岗,不准放任何人出去;沙皇海量,不管喝多少,从来不醉,这时故意和自己的近臣争吵,挑逗他们;从醉汉们的对骂中往往能了解到用别的方式所无法了解的事情。谚云:小偷吵架,农民捡到赃物。宴会成了审讯会。

特级公爵缅希科夫跟副首相沙菲罗夫吵起来。公爵把他叫作犹太人。

"我是犹太人,可你是个卖馅饼的——'刚出炉的大馅饼!'"沙菲罗夫驳斥说,"你的父亲用草鞋盛菜汤喝。你是从木桶底下给拉出来的。你这个公爵不值钱——从烂泥里拾来,给戴上个公爵头衔!……"

"你这个东游西逛的犹太佬!我把你用手指甲一弹,你就得彻底完蛋……"

骂了很长时间。俄国人一般来说都是谩骂的能手。这儿的污言秽语在哪儿也听不到。它把空气都污染了。有一句骂人话是最无耻的，但从小孩到大人，人人都使用，把"妈"跟最粗野的字眼儿联系在一起。这叫骂娘。这个民族还认为自己是最虔诚的基督教徒呢！

这些封疆大吏骂得没词儿了，就相互往脸上吐唾沫。大家站成一圈，一边观看，一边笑。诸如此类的交锋在这里是司空见惯的事，最后都是不了了之。

雅科夫·多尔戈鲁基公爵和罗莫达诺夫斯基恺撒公爵打了起来。这两个令人敬重的白发苍苍的老人也骂起娘来，彼此抓住头发，掐住脖子，相互用拳头殴打。他们被拉开以后，就都抽出长剑来。

"喂，不准动手！"沙皇用荷兰语叫道，走到他们跟前，站到他们中间。

大辅祭彼得·米哈伊洛维奇握有"教皇"的指令："遇有吵闹者，可口头劝阻，也可动手制止。"

"我要求决斗！"雅科夫号叫着，"让我当众受到奇耻大辱……"

"同事，"沙皇不赞成，"除了上帝，在哪儿能找到制服恺撒公爵的人呢？连我也不能自主，得服从这位大人的命令。这又算是什么耻辱呢？现在大家都因为巴克科斯而不觉得委屈。喝醉了——打一架，睡醒了——就和解了。"

打架双方都受罚——喝了一杯胡椒酒，后来他俩一块儿倒在桌子底下。

小丑们学鸟叫和马嘶,装作呕吐,不仅彼此往脸上吐唾沫,而且往体面的人脸上吐。一种称作"春天"的特殊合唱模仿林中鸟鸣,从夜莺到红胸鸲的各种鸣叫,声音清脆,传到墙上,响起沉闷的回音。响起粗野的舞曲,歌词几乎都是一些无意义的话,让人想起中世纪的女巫狂欢:

噢,加油呀,加油!
申喷,希瓦尔干!
跳起特列帕卡舞,
且莫可惜鞋后跟!

我们女士这边儿,"公爵女教长"勒热夫斯卡娅是个很会打诨逗趣的老太婆,喝醉酒以后像个真正的巫婆,她撩起裙子下摆,唱了起来,因喝酒过多而声音嘶哑:

奏起来,我的杜宾努什卡!
吹起来吧,我的小风笛!
公爹从炕炉上摔下来,
掉到凿木水槽后面了。
我要是早知道,一定会
把台阶搭得高高的,
把台阶搭得高高的,
宁肯摔碎自己的脑袋。

皇后也醉了，发髻歪了，满脸通红，一个劲儿地冒汗，她看着"公爵女教长"，也手舞足蹈起来，跟着唱："噢，加油呀，加油！"然后像个疯子似的哈哈大笑。一开始喝酒，她就缠着太子妃殿下，劝她喝酒时引用了一些相当奇怪的谚语（俄国人有很多关于饮酒的民谚）："一杯接一杯——可不是一棒子接着一棒子。不灌水，卷心菜也枯萎。就连母鸡都喝酒。"可是发现太子妃不舒服，便产生了怜悯之情，不再纠缠她了，甚至悄悄地给她往酒里掺了些水，并且顺便也给我们这些女官往酒里掺了水，这在这类宴会上被看作是罪大恶极。

拂晓——我们从晚上六点一直坐到早晨四点——皇后多次走到门口叫沙皇出来，问道：

"该回去了吧，我的爷？"

"没关系，卡简卡！明天放一天假。"沙皇回答说。

每逢我掀起帷幕，往男人那边看，都能看到一些新的情况。

有一个人直接从桌子上面迈过去，把一只皮靴掉在盛鱼冻的盘子里。沙皇刚才正是从这盘鱼冻里叉起一块硬塞进首相戈洛甫金的嘴里，尽管他受不了鱼腥味；听差们抓住首相的胳膊腿，他拼命挣扎，满脸通红，气喘吁吁。沙皇把鲍里斯·戈洛甫金当成了汉诺威公使魏伯：跟他亲热，亲他，用一只胳膊搂着他的头，另一只手端着杯子，拿到他嘴边让他喝。然后摘下他的假发，一会儿亲他的后脑勺，一会儿亲他的头顶；抬起他的嘴，亲他的腮。据说，表现这股亲热劲儿的原因是沙皇想要从公使那里套出某种外交秘密。有人胳肢穆欣-普希金的脖子——他非常怕胳肢，可是沙皇偏偏要训练他适应胳肢，结果是使他发出尖叫，像小猪挨了刀子似的。海军上将阿普拉克欣哽咽着放声痛哭。枢秘顾问官托尔斯泰用四条腿在地上爬；后来弄清，他当时醉得并不厉害，故意装成这样，免得再喝。海军中将克留斯的头部被瓶子击伤。缅希科夫公爵像死了一样，躺在地上，脸色发青；给他做了按摩，才使他苏醒过来，而没有死过去：这种狂饮常常死人。沙皇的忏悔师修士大司祭费多斯卡在呕吐。"咳，我的死神！最圣洁的圣母呀！"他哀怨地呻吟着。"公爵教皇"全身倒在桌子上，脸趴在一摊酒里，打起鼾来。

尖叫声、号叫声、打碎餐具声、骂娘声、耳光声不绝于耳，但是任何人都毫不在意。像是在最肮脏的小酒馆里一样，臭气熏天。假如有人从外面新鲜空气中走进来，他立刻就会感到恶心。

我两眼发黑，有时几乎是失去了知觉。觉得人的面孔好像是野兽的脸，而沙皇的面孔比所有的人都可怕——又宽又圆，眼眶有些斜，眼珠大而凸起，胡子两端尖尖的，向上翘起——这是一张巨型猫科动物——老虎的脸。它安详而又使人觉得好笑。目光犀利。只有他一个人没有喝醉，饶有兴味地洞察着这些人最卑劣的秘密，暴露无遗的心灵，这些人在他面前把自己内心的一切都翻倒出来，像在刑讯室里一样，刑具就是酒。

"公爵教皇"被叫醒，从桌子上给抬下来。恺撒公爵在桌子底下也睡醒了。让他们二人面对面跳舞，手拉着手，因为他俩都很难站稳。"公爵教皇"头戴丑角教皇冠，由赤身裸体的巴克科斯给加冕，手里拿着用葡萄藤条做的十字架。恺撒头戴丑角王冠，手执权杖。皇太子完全醉了，像死人一样躺在地板上，处在这两个丑角——两个古代宏伟的幽灵——俄国沙皇和俄国宗主教之间。

后来发生了什么事，我不记得了，而且也不愿意记它——太龌龊了。

邻近的船上敲了亮天的鼓声。我们这里也听见了鼓声：沙皇本人——一个最优秀的鼓手——在敲鼓。这意思是："跟伊瓦什卡·赫梅里尼茨基进行了一场恶战，他击倒了所有的人。"近卫军士兵们抬着烂醉如泥的高官显宦们，像是从战场上抬下阵亡者的尸体。

当我们看到天空时，我们觉得好像是，用一个高级的字眼儿来说，走出了地狱，要是用低级的字眼儿来说，走出了污水坑。

5月9日

今天，沙皇率领一支庞大舰队驶离彼得堡，去跟瑞典人打仗。

5月20日

很久没有写日记了。太子妃殿下在那次饮宴之后就生病了。我一刻也不能离开她。再说有什么可写的？一切都非常凄凉，不愿意说话，也不愿意思考。听其自然吧。

5月25日

我没有错。安宁的时间不长。皇太子和妃子两位殿下之间又发生了嫌隙；又是一连数个星期不见面。他也病了。医生说是肺结核。我认为只不过是伏特加造成的。

6月4日

皇太子过来了，一身旅行的装束，穿一件德国旅行外套，讲了一些毫不相干的事，突然宣布说：

"再见。我去卡尔斯巴德。"

太子妃完全惊慌失措了，竟不知说什么是好，甚至没有问他出去多长时间。我以为他是开玩笑。然而，皇太子离开我们之后，几乎是立刻就跳上驿马车——原来他已经准备好了。据说他真的是到矿泉去疗养。

现在我们只剩下自己了，沙皇和皇太子全都不在。

太子妃殿下的父母可能是听信了此地那些愚蠢的谣言，很生她的气，也不再给她写信了。我们被一切人所遗弃。

7月7日

沙皇写给太子妃殿下的信:

"朕本不欲麻烦汝,亦无意违背个人之良心;然汝夫婿,亦即朕之子出走,令朕不得不防范无羁绊之舌狂吠,彼等善将真理说成谎言。兹因处处流传关于汝怀胎之谣言,为使上帝佑汝平安分娩,应事先采取防范措施,详情由首相大人戈洛甫金伯爵向汝晓谕,务须容彼实施,以封谎言爱好者之口也。"

实施了守护:派来三个女人照料太子妃殿下,这三个女人差不多都是她所不熟悉的:戈洛甫金娜首相夫人、勃留斯将军夫人,还有那个打诨逗趣的女小丑,女教长勒热夫斯卡娅,也就是狂饮那天跳舞的那个。这三个泼妇一刻也不放松地盯着她,"守护"她,或者说得干脆些,就是监视她。

这一切意味着什么呢?他们害怕什么呢?怕什么样的欺骗?莫非会按照那些希望继承皇位的人的阴谋对婴儿进行调换,用男孩调换女孩不成?或者这是皇后的过分恩典?只是到了现在我们才明白,我们是如何受到怀疑和憎恨的。夏洛塔的全部过错即在于她是自己丈夫的妻子。父亲反对儿子。我们夹在他们中间,好像是处在两堆火中间。

夏洛塔给沙皇写了回信:

"儿媳顺从履行陛下谕旨,该三妇之使命为守护吾也,更何况吾从未生过欺骗陛下和太子之意念;唯对此项谕旨甚感奇怪,吾委屈和冤枉。陛下多次应允仁慈与爱怜,当确保吾不受诽谤，视诽谤者为罪人而予以惩处。令人悲痛者实乃吾之嫉妒者与迫害者皆善此阴谋之辈。上帝乃吾身处异邦之希望。吾虽遭人人遗弃，唯上帝能闻吾发自肺腑之叹息而减少吾之苦楚矣！"

7月12日

晨7时，太子妃殿下平安分娩，生下女儿。

皇太子杳无音信。

8月1日

得到消息说俄国人7月27日在冈古特战胜了瑞典人；好像是俘获了以总司令艾伦希尔德为首的整个舰队。钟声和炮声整日不停。这里的人从不吝惜火药，哪怕是取得最微不足道的胜利，俘获了三四条腐朽的划桨战船，也要鸣炮，仿佛是征服了全世界。

9月9日

沙皇回到彼得堡。又是炮声，仿佛是处在被包围的城市里。我们差一点儿被震聋了。无尽无休的庆祝活动，焰火打出自吹自擂的形象：沙皇被歌颂为宇宙的征服者，成了恺撒和亚历山大。举行饮宴，幸亏我们没有参加。听说又都喝得像死猪一样。

9月13日

下雨,泥泞。从窗户看去——只见天空低垂,阴暗,好像是石头的。湿淋淋的乌鸦在光秃秃的树枝上呱呱乱叫。

心烦意乱!

9月19日

我看见太子妃对着太子的一堆旧信哭泣,这是他们结婚以前写给她的。用铅笔打的格上,字母歪歪扭扭,互不连贯。空洞的恭维,彬彬有礼的外交辞令。她对着这些信件哭泣,真可怜!

我们侧面了解到,皇太子住在卡尔斯巴德,incognito(隐姓埋名);入冬前不会回来。

9月20日

为了忘掉自己,不想我们的事,我决定记下有关沙皇的所见所闻。

莱布尼茨说得对:"越多地观察这位皇上的习惯,对他就越加感到惊奇。"

10月1日

我看见沙皇在海军部的锻造作坊里打铁。宫廷仆役们给他打下手,生火,拉风箱,加煤,弄脏了他那用丝绒缝制的绣金长袍。

"瞧——沙皇就是沙皇！没有白吃面包。比纤夫干得都好！"站在这里的一个普通工人说。

沙皇扎着皮围裙，头发用绳子拢着，袖子挽起，露出胳膊上隆起的肌肉，脸被黑烟弄脏。这个身材魁梧的铁匠被锻炉的火光映红，很像地下的巨神提坦。他向烧得发白的铁块击了一锤，火花四射，铁砧颤抖，哐啷一声，仿佛是准备崩裂得粉碎。

"皇上，你想要用马尔斯的铁锻造出新的俄国；锤子受不住，铁砧也受不住！"我想起了一个年老的大贵族的话。

"铁要趁热打，一凉了，就不适于锻造了。"沙皇说。他是俄国的铁匠，趁着铁热的时候锻造俄国。他不知道休息，仿佛是一生都在匆匆忙忙地奔往什么地方。即使是想要休息，但也不能，不能停下。他工作起来像发疯了似的，精力集中得让人难以置信，仿佛是全身永远都绷得很紧，就是这样在耗费着自己的生命。医生们说，他的精力绷断了，他不会活得很久。他不断地用奥隆涅茨铁质矿泉水治疗，可是同时又饮酒，于是治疗只能是有害。

看到他的第一个印象——就是急速。他——就是运动。他不是在走，而是在跑。奥地利恺撒的大使肯斯基伯爵是个相当肥胖的人，曾经让人相信，他宁肯参加几次战斗，也不愿意受到沙皇接见两个小时，因为他虽然大腹便便，整个这段时间都得跟随着沙皇奔跑，结果哪怕是在俄国这种严寒的天气，也得汗流浃背。"时间跟死亡是一样的，"沙皇多次说，

"让时间溜掉,就等于死亡,一去不复返。"

他的天性是火和水。他爱它们,也爱它们所产生的物质:水——和鱼,火——和中世纪的火怪。酷爱放炮,酷爱一切与火有关的实验,酷爱焰火。他总是亲自点燃焰火,往火里钻;我有一次亲眼看见他烧了自己的头发。他说,他要训练国民习惯于战火。但这只是一种借口:他只不过是爱火而已。

他同样也酷爱水。历代莫斯科沙皇都从未看见过大海,他作为他们的后代,小的时候住在克里姆林宫气闷的宫殿里,像是一只关在笼子里的大雁,非常渴望大海。在游戏用的水池里划船。后来他终于到了大海,从此就再也不跟大海分离。他一生大部分时间是在水上度过的。每天午餐后都到三桅战舰上去睡上一觉。当他患病的时候,便索性搬到舰上去住,大海的空气几乎能治好他的病。夏天在彼得戈夫辽阔的花园里,他感到气闷。他在蒙普莱季尔宫的小房里为自己建了一间卧室,因为这座小房濒临芬兰湾,窗户直接朝向大海。彼得堡的监测站整个建在水上,建在涅瓦河口的浅滩上。夏园里的宫殿也两面环水:台阶直接进入水里,就像在阿姆斯特丹和威尼斯一样。有一年冬天,涅瓦河结冻了,宫殿前只剩下周围不过百余步的一小块地方没有结冰,他就乘坐一条小巧的快艇在这里航来航去,好像小水泡里的一只鸭子。河面覆盖上坚冰以后,他下令沿着河岸清理出一块长百步、宽三十步的地方,每天扫去积雪,我亲眼看到他在这个地方乘漂亮的装有橇板的小艇或冰帆滑行。他说:"我们在冰上航行,为的是冬天也不忘掉航海训练。"他甚至在莫斯科过圣诞节,有一次做了一个巨型雪橇,形如真正的帆船,在大街上滑行。皇后经常送给他一些小野鸭和雏雁,他却喜欢把它们放回水中。他为它们的高兴而高兴!仿佛他自己也是一只水鸟。

据说他读了编年史家涅斯托尔关于基辅大公奥列格海上远征察尔格勒①的故事,便第一次开始考虑海洋了。如果真是这样,那么可以说,他在以新的形式重现了古代的事,借用别国的技术实现了本国的目的。从海洋经过陆地再到海洋——这就是俄国的道路。

有时觉得,他的两种彼此矛盾的天性——水与火——在他身上合而为一了,形成一种奇特的素质,我不知道,这种素质是好还是坏,是神力还是魔鬼的力量,但我可以肯定地说,这是一种非人的力量。

古怪的腼腆。我亲自看见他接见外国使节的情形:他在豪华的环境中坐在宝座上,感到窘迫,满脸通红,一个劲儿地冒汗,为了壮胆而不时地吸鼻烟,不知往何处看是好,甚至连皇后的目光也都避开;当仪式结束以后,可以从宝座

---

① 即君士坦丁堡。

上走下来的时候,他兴奋得像个小学生。布兰登堡侯爵夫人曾对我讲过,沙皇初次看见她时——诚然,他当时还非常年轻——竟然转过身去,用双手把脸捂上,像是一个未见过世面的大姑娘,只是重复着一句话:"我不善于言谈"然而,不久就恢复了常态,甚至变得无拘无束,随随便便——希望亲手证实:残酷的束腰衣服使俄国人大为震惊,他们喜欢穿它并非由于天生的苗条,而是由于看重了这种束腰衣服里的鲸须。侯爵夫人指出,"他本来可以更有礼貌一些!"曼特菲尔男爵曾经向我转述过沙皇会见普鲁士王后的情景:"他非常亲切,把手伸给她,事先戴上一副相当脏的手套。晚餐时的举动大大出人意料:没有剔牙,没有打嗝,没有发出不体面的声响。"

他在欧洲旅行时,不准任何人看他,凡是他经过的道路和街道皆必须是空无一人。他在房子里进进出出必定走暗门。夜间参观博物馆。有一次在荷兰,他必须通过一个大厅,可是议会正在里面开会,于是他要求议长下令全体与会者向他背过身去;可是议员们出于对沙皇的尊敬而不肯这样做,他就把假发拉下来,遮住了鼻子,迅速穿过大厅和通道,跑上楼梯。在阿姆斯特丹乘船在运河中航行,看到有一条船载着一些好奇的乘客驶近,他就大发雷霆,操起两个空瓶子,向舵手抛去,险些没有砸破他的颅骨。地地道道的野蛮人。文明的欧洲人外表——骨子里的俄国林中野人。

野蛮人和孩子。况且所有的俄国人——都是孩子。沙皇在他们中间只是装成成年人。在沃尔芬比特附近一个乡村集市上，这位波尔塔瓦的英雄骑在糟透了的旋转木马上，用棍子挑铜圈，像个小男孩似的，玩得非常开心。

孩子们是残忍的。沙皇最喜欢的娱乐活动——就是强迫人做一些违反自然的事：有什么人不能容忍酒、奶油、奶酪、牡蛎、醋，他一遇到适当的机会，便必定强行给他塞满一嘴。胳肢那些害怕胳肢的人。许多人为了讨得他欢心，任凭他捉弄，但故意装出无法忍受的样子。

这种玩笑有时很可怕，尤其是在圣诞节期间狂饮时，即所谓举行庆祝活动时。一位年老的大贵族对我讲过："圣诞节的这种开心取乐叫人受不了，许多人好几天之前就做好种种准备，好像是要死了似的。"把人用绳子捆上，从一个冰窟窿里拉出来，再扔进另一个冰窟窿里去。把人脱光，让他在冰上大头朝下倒立。饮酒时把人灌个半死。

这个人天性古怪，是法俄诺斯①，跟人们开这种玩笑，有时会使人致残，或者无意中要了他的命。

沙皇在莱顿一个解剖室里观看如何用松节油浸泡尸体的肌肉，发现他的一个俄国随从对此极端反感，便抓住他的衣领，把他拉到解剖台前，强迫他用牙齿从尸体上咬下一块肌肉来。

有时很难断定，在这类玩笑中哪些属于孩子的淘气，哪

---

① 罗马神话中的森林和田野之神，相当于古希腊神话中的潘，喜欢恐吓林中行人。

些属于野兽的凶残。

与古怪的腼腆并存的——还有古怪的无耻,尤其是对待妇女。

御医布留蒙特罗斯特说:"我觉得陛下的躯体里有一系列淫欲的恶魔。"他推测,沙皇的"坏血病"来源于另一种久治不愈的疾病,那是他年轻时得的。

用一个新派俄国人的说法,沙皇在"政策上对不良的肉欲行为姑息迁就"。这种过失越多,就会有更多的壮丁——而他需要壮丁。就他个人来说,爱情"只不过是天性的苏醒"。有一次在英国,他送给一个妓女五百畿尼①,这个妓女表示不满足,他就此事对缅希科夫说:"你认为我也跟你一样挥金如土吗?花上五百畿尼,老头子也会尽心尽力地侍奉我;而这个女人侍奉得很不好——你知道她是用什么侍奉的!"

皇后根本不嫉妒。他向她讲述自己的种种历险行为,最后总是亲切地结束道:"你毕竟比所有的都好,卡简卡!"

关于沙皇的勤务人员流传着一些奇特的传闻。雅古仁斯基将军是其中之一,关于他侍奉沙皇的手段难以启齿。美男子列福特,用本地一个和蔼可亲的老者的话来说,跟沙皇"处于最不可告人的爱情纠葛之中",他俩有一个共同的情妇。据说,皇后在与沙皇结合以前曾经是缅希科夫

---

① 英国旧金币,等于21先令。

的情妇，缅希科夫取代了列福特。缅希科夫"出身卑贱"，关于他，沙皇本人有一句名言，说他"受胎于无法无天之中，由恶贯满盈的母亲所生，在为非作歹中结束自己的一生"，就是这个人对沙皇却拥有几乎是难以理解的权势。沙皇有时把他当成一条狗来打他，把他推倒在地，用脚上去乱踩，好像是一切都就此结束；可是过不了很久——两个人又和好如初，相互亲吻。我亲自听见过沙皇称他为自己"亲爱的阿列克萨沙""心上的孩子"，他以同样的方式回报。这个从前在大街上卖馅饼的小贩竟然达到如此厚颜无耻的地步，有一次，诚然是喝醉的时候，对皇太子说："你别想看见皇冠，就像看不见自己的耳朵一样。那是我的！"

10 月 8 日

今天安葬了一个荷兰女商人，她患了水肿。沙皇曾亲手为她做过手术，往出放水。据说她的死因与其说是疾病，不如说是手术。沙皇参加了葬礼和安魂仪式。喝酒寻欢作乐。他自认为是一名了不起的外科医生，随时都携带装着手术器械的箱子。凡是长脓疮或发生肿胀的人，全都竭力隐瞒，免得沙皇给开刀切除。他对解剖怀着病态的好奇，每逢见到尸体，不可能不给开膛破肚，就连自己最亲近的人死后都要给解剖。

他还喜欢拔牙。是在荷兰向广场上的拔牙郎中学的。此处的珍宝馆里收藏着整整一口袋他拔下来的蛀牙。

对痛苦有着厚颜无耻的好奇心和厚颜无耻的慈悲。亲手为自己的少年侍从——那个阿拉伯孩子拉出一条蛔虫。

在这个人身上——力量和弱点结合在一起。这也表现在脸上，一双令人生畏的眼睛，只要是他看你一眼，你就得晕倒在地，但这双眼睛又是最真实的；而薄薄的嘴唇则几乎跟女人的一样，让人感到亲切，同时又挂着狡猾的微笑。圆圆的下颏胖乎乎的，上面有一个小坑。

关于在波尔塔瓦战役中那顶被子弹射穿的宽檐帽，我们的耳朵已经听出了茧子。我毫不怀疑他可能是很勇敢，尤其是在胜利的时候。然而，所有的胜利者都是勇敢的。那么他是否经常都像看上去那样很勇敢呢？

撒克逊的工程师哈拉尔特参加过1700年纳尔瓦远征，他对我讲过，沙皇听说卡尔十二世已经逼近，把指挥全军的大权全都交给德克鲁伊公爵，匆匆忙忙地写了一份非常"荒唐的"谕旨，"勿进攻，勿使骑兵冲锋"，没写日期，也没有盖御玺，而他自己则"心情懊丧地"远走高飞了。

我在被俘的瑞典人彼佩尔伯爵那里见到一枚瑞典人造的纪念章：一面刻着沙皇用自己大炮的火焰取暖，这些大炮的炮弹正射向被围的纳尔瓦，铭文是："彼得站在火旁取暖"——暗示着使徒彼得在该亚法的院子里；另一面是从纳尔瓦逃跑的俄国人，跑在最前面的是彼得，沙皇的皇冠从头上掉下来，长剑扔在一旁，他在用手帕擦眼泪，铭文是：

撤退时痛哭流涕。

就算这些都是谎言，可是为什么关于亚历山大或者恺撒大帝却任何人也不能编造这样的谎言呢？

在普鲁特河远征中发生了一件奇怪的事：在战斗前最危险的时刻里，沙皇准备离开军队，目的是回去求援。即使是没有离开，那也只是因为退路被切断。他写信给元老院说："朕自从戎以来从未遇到如此绝望之境地。"这也差不多就是"撤退时痛哭流涕"。

布留蒙特罗斯特说，医生了解英雄的事，后代是无法知道的，沙皇忍受不住任何肉体上的疼痛。有一次，他患上被认为是致命的重病，他在此期间根本就不像个英雄。

一个颂扬沙皇的俄国人当着我面说："不能想象一个无所畏惧的伟大英雄竟然害怕小小的虫子——蟑螂！"当沙皇在俄国国内旅行时，得建造新房供他住宿用，因为在俄国农村很难找到没有蟑螂的住宅。他还害怕蜘蛛和所有的昆虫。我本人有一次观察到，他看见蟑螂时，吓得脸都变了样，煞白，浑身发抖，仿佛是看见幽灵或者别的超人的怪物似的，看来再待一会儿，他就得像个胆小的女人那样吓昏过去。假如有人像他跟别人开玩笑那样跟他开玩笑——拿半打蟑螂或蜘蛛放到他身上——他恐怕就要吓得当场死去，当然，历史学家们不可能相信，卡尔十二世的战胜者竟然死于蟑螂爪子的接触。

这位伟大的沙皇让所有的人胆战心惊，但是在无害的小虫子面前却如此惊慌失措,这不免叫人感到奇怪。我想起了莱布尼茨的单子学说:与沙皇本性为敌的也许不是昆虫的自然本性,而是其固有的形而上学的本性。我感到他的这种恐惧不仅可笑,而且可怕:我仿佛是窥见了一桩最古老的秘密。

有一位德国学者在此地的珍宝馆里为皇后表演空气唧筒实验,把一只燕子装在玻璃罩里,沙皇看到燕子窒息得摇摇晃晃,扑棱着翅膀,说道:

"够了,别夺掉这个无辜的小鸟的生命;它——不是强盗。"

"我想,它的孩子们在窝里因想它而哭哩!"皇后补充道,然后抓起小鸟,拿到窗前放生了。

彼得是个很重感情的人!这听起来有多么奇怪。可是当皇后用其甜蜜的声音,面带装腔作势的冷笑说:"它的孩子们在窝里因想它而哭哩!"——就是在这一刻里,我在他那温柔的,几乎如女人般的薄嘴唇上,在他那圆鼓鼓的带有一个小坑的下颏上,却感觉到有一种类似于同情心的东西。

岂不知就在这一天,颁布了一项令人毛骨悚然的谕旨:

"皇帝陛下明察,罚做终生苦役之罪犯挖鼻之痕迹不明显;为此,皇帝陛下御令:须挖鼻至骨,苦役犯一旦逃跑,令其无藏身之处,形迹明显而易于捕捉。"

再如海军部管理条例中的一项谕旨:

"凡自杀者,即使已死,也须倒悬示众。"

他残忍吗？这是个问题。

"凡是残忍的人都不是英雄。"这是沙皇的一句箴言，可是我却不很相信：他的这些箴言，都是说给后代的。可是后代终究也会知道，他虽然怜悯燕子，但同时却把姐姐折磨死了，正在折磨妻子，看来又要开始折磨儿子了。

他像看上去那样纯朴吗？这也是个问题。我知道，如今流传许多关于萨亚尔丹的木匠沙皇的逸闻。但是，得承认，听着这些逸闻，我一向感到枯燥无聊：它们都是说教味极浓的，像是对陈腐说教的图解。

"装出来的纯朴。"一个聪明的德国人说。俄国也有一句谚语：纯朴比偷窃还坏。

当然，在未来的时代，所有的学究和小学生都会知道，彼得沙皇由于节俭而自己织补袜子和修理皮鞋。但未必会知道几天前一个俄国商人，建筑木材承包商对我讲的一件事。

"拉多加湖畔堆积着大量橡木方子，都被埋在沙子里腐烂了。可是为了砍伐这些橡木，用鞭子抽打人，把他们吊死。人的血和肉比橡木还不值钱！"

我还可以补充一句：比破袜子还不值钱。

"这是一个很出色的演员！"有人这样说他。必须看到，他违背了滑稽角色的表演规则，亲吻起恺撒公爵的手来：

"请原谅，阁下！我们当船员的可不讲究礼节。"

你看着，竟然不相信自己的眼睛：分不清哪儿是沙皇，哪儿是小丑。

他用各种假面具把自己遮盖起来。"木匠沙皇"岂不也是一种假面具——"荷兰式的假面具"吗？这位新沙皇穿着木匠服装，笼罩着虚假的纯朴，岂不也是照样远离人民，跟那些身着金线锦缎的老沙皇相差无几吗？

"如今的残酷非同昔日可比，"那个商人向我抱怨说，"任何人都不能向沙皇禀报任何事，真实情况到不了沙皇的耳朵里。古代则要简单得多！"

沙皇的忏悔师、修士大司祭费奥多斯有一次在我面前盛赞沙皇的"权术"，似乎是"政治导师们在统治初期都指靠耍手腕"。

我不评价他。我只说我的所见和所闻。人人都视他为英雄，但他作为一个人，却很少有人去看他。我即使是造谣，也会得到原谅的：因为我是个女人。"这个人既好又坏。"有人向我这样评论他。而我还要重复一遍：他比别人好，还是比别人坏，我不知道，可是我有时却觉得，他——不完全是人。

沙皇很信神。他亲自参加教堂唱诗班，像神甫一样熟练地背诵使徒行传和唱圣歌，因为对所有的日课经和祈祷词都背得滚瓜烂熟。还亲自给士兵编祈祷词。

讨论国家和军机大事时，有时会突然仰脸朝天，在胸前画十字，在心灵深处怀着崇敬之情，念着简短的祈祷词："上帝呀，别撤回对我们的仁慈！"或者"啊，主呀，给我们以慈悲吧，如我们所期望你的那样！"

这并非假仁假义。他当然是相信上帝的，如他本人所说的，"寄希望于无坚不摧的主"。然而有时却让人觉得，他的上帝——并非基督教的上帝，而是古代多神教的战神马尔斯或者命运女神涅墨西斯。假如说曾经有过一个人最不像是基督教徒，那就是彼得。基督跟他有什么关系？马尔斯之剑和福音书的百合花之间有什么一致之处？

与信神并存的是渎神。

"公爵教皇"，滑稽大主教胸前不挂圣母小像，而是挂着带铃铛的陶罐；不携带福音书，而备有伏特加；他的十字架是用葡萄藤做的。

沙皇在五年前组织了一次侏儒的滑稽婚礼，在教堂里举行，引起普遍的哈哈大笑；神甫本人笑得喘不过气来，几乎是一句话也说不出来。神秘的气氛使人想起滑稽喜剧。

但这种渎神行为皆为不自觉的，具有孩子气的和古怪的，跟他其余那些恶作剧一样。

我读过一本很有趣的书，这是德国出版的，书名是：《沙皇彼得·阿列克塞耶维奇的宗教趣闻，如今在俄国几乎是根据路德教派的福音书的法约建立宗教信仰的》。

下面摘抄几段：

"我们如果说皇帝陛下把真正的宗教想象为路德教派的信仰,那是不会错的。"

"沙皇废除了宗主教制,按照路德教派的公爵制,宣布自己是最高主教,即俄国教会的宗主教。他从别国旅行归来后,立即与自己国家的神甫们展开辩论,坚信他们在宗教事务中一无所知,为他们建立了学校,令其努力学习,因为以前几乎是不会阅读。"

"如今,俄国人在学校里勤奋学习,从而他们的各种迷信应该是自然而然地消失殆尽,因为这类的事情,除了最愚昧无知的普通老百姓之外,任何人都不会相信了。这些学校的教育体制完全是路德教派式的,用真正的福音书教规教育青少年。修道院受到极大的限制,已经不能像从前那样成为许多游手好闲者的栖身之所,这些人给国家造成沉重的负担和暴乱的危险。如今所有的僧侣皆应学习一些有用的东西,一切皆安排得很好。显灵和圣骨也不再受到以前那样的尊重:在俄国也像在德国一样,开始相信这种事情有许多都是骗人的。"

我知道,皇太子读过这本小书。他应该怀着一种什么样的感情阅读它呢?

沙皇喜欢在皇宫前的夏园橡树林里与神职人员一起一边饮酒一边闲谈,有一次我在那里听见宗教事务长官、修士大司祭费奥多斯议论道:"罗马皇帝,不管是信奉多神教也好，还是信奉基督教也好，都自称是多神教的大司祭，这是很明智的。"由此看来，沙皇就是最高大司祭、首席神甫和宗主教。这位俄国僧侣非常巧妙而高明地证明，根据英国无神论者霍布斯的《列维坦》①，civitatem et ecclesiam eandem rem esse（国家和教会是同一的），这并不意味着国家变成了教会，相反，意味着教会变成了国家。怪兽列维坦吞食了神的教堂，于是教堂丝毫踪影都没有留存下来。这些议论可以看作是僧侣界奉承和谄媚皇上谕旨最有趣的例证。

听说去年，即1714年底，沙皇召集宗教界和世俗界的高官显宦，庄严地宣布，想要由他一人"担任俄国教会长官，将要建立宗教会议，名为圣主教公会"。

沙皇想要沿着亚历山大大帝的足迹远征印度，仿效亚历山大和恺撒，把东方和西方连接起来，建立一个新的世界大帝国——这是俄国沙皇埋在心灵深处的一个最秘密的想法。

费奥多斯当面对皇上说："你是人间的上帝。"这也就意味着：Divus Caecar（神圣的皇帝），皇帝——即上帝。

有一幅寓意画描绘了在波尔塔瓦之役中取得胜利的沙皇，把他画成古代的太阳神阿波罗的形象。

---

① 托马斯·霍布斯（1588—1679），英国哲学家，是功利学派的先驱，《列维坦》（1651）为其代表作。

我听说，元老院对面三位一体教堂旁插在木桩上的头颅是分裂派教徒的头，他们因为把沙皇叫作反基督而被处死。

10月20日

一个年纪很老的残废军需官来到我们的厨房。此人很叫人可怜，好像是一段被虫子给蛀坏了的木头，头部不停地抖动，拖着一条木腿，自称是"仓老鼠"。我用烟草和伏特加招待他。我们谈论俄国的战事。

他不断地笑着，说话像是唱快活的小调："当兵一百年，没有挣到一百个芜菁，吃了一丁点儿就饱，喝点儿水也要醉；用锥子刮脸，用烟取暖；我有三个大夫：伏特加、大蒜和死神。"

他几乎是个孩子的时候就学会了"打鼓的学问"，从亚速海到波尔塔瓦，参加了所有的战役，沙皇赏给他一把榛子和头上一吻，算是嘉奖。

他一讲起沙皇来，仿佛是完全变成另一个人。

今天讲了红庄园附近的战斗。

"我们为了圣母，为了皇帝陛下，为了基督教信仰而勇敢地战斗，一个接着一个地死了。我们以洪亮的声音高呼：'上帝呀，保佑保佑吧！'靠着莫斯科显灵者的祈祷而砍杀了瑞典人的军队，步兵和骑兵。"

他还努力向我转述了沙皇对军队的训话：

"孩子们，我用劳动与汗水养育了你们。国家不能没有你们,就像身体不能没有灵魂一样。你们爱上帝,爱我和祖国——就别吝惜自己的生命……"

他突然用那条木腿跳起来;鼻子更红了,一滴泪水挂在鼻尖上,好像是熟透的李子上的一颗露珠;他挥动着那顶旧帽子,高呼:

"万岁!万岁!伟大的彼得,全俄国的皇帝!"

还没有人当着我的面把沙皇叫作皇帝。不过我并没有吃惊。在这只仓老鼠暗淡无光的眼睛里闪耀着火焰,一股奇怪的凉气流时遍了我的全身,仿佛是古罗马的幽灵出现在我的面前:胜利的旗帜迎风飘扬,一队队铜盔铜甲的军队迈着整齐的步伐,士兵们高呼,向"神圣的恺撒"致敬:Divus Caesar Imperator!

10月23日

我们到三位一体广场的"客栈"去了,这是一长排泥墙瓦盖的房子,带有拱门,由意大利建筑师特莱济那建造,这种房子在维洛那或帕多瓦随处可见。走进一家书店,这是彼得堡第一家,也是唯一的一家书店,是根据沙皇的指示开办的。老板是印刷工瓦西里·叶甫多基莫夫。这里除了斯拉夫文书籍和翻译书籍之外,还出售历书、法令、简报、识字课本、作战计划、沙皇肖像、祝捷张贴画。书籍销售情况不佳。有些书两三年没有卖出一本。销售最好的是历书和关于贿赂的法令。

彼得堡第一家印刷厂的副厂长阿甫拉莫夫也到书店来了,这个人很奇特,但很聪明,他向我们讲了外国书译成俄文的诸多困难。沙皇经常敦促和要求"译书不可慢慢腾腾,而且要明白易懂,使用优美的文体",否则就要受到惩罚,亦即挨鞭打。可是译者们却抱怨说:"德语文体混乱,因此不可能很快;要是遇到晦涩难懂的东西,有时一天连十行也不能明白易懂地翻译出来。"外交部的译员鲍里斯·沃尔科夫翻译《园艺之书》时简直是绝望了,害怕沙皇发怒而割断了自己的血管。

俄国人学习科学并不容易。

这些翻译大部分要付出巨大的劳动、汗水,甚至可以说,还有鲜血——但是任何人也不需要,任何人也不阅读。许多书卖不出,而书店里又无处存放,不久前只好堆放到武器仓库去。洪水泛滥时,全被水泡了。一部分湿了,另一部分和大麻油放在一起,被大麻油所毁,第三部分被老鼠咬坏。

11月14日

我们到剧院去了,这是一栋木头建筑物,被称作"喜剧剧场",距铸铁场不远。晚六点开演。戏票,即入场券是用厚纸做的,在一个专用的小木屋里出售。最后面的座位要四十戈比。观众很少。要是没有宫廷,演员们都得饿死。大厅里,虽然墙上都钉着毡子,但仍然很冷,潮湿,四面透风。点着油脂蜡烛。糟糕透顶的乐队总是跑调。池座里总是有人嗑榛子，发出咔吧咔吧的响声，并且还可听到吵骂声。上演的是《关于唐彼得罗和唐扬娜的喜剧》，这原是法国喜剧《唐璜》德文改编本的俄文译本。演完每一场之后，大幕垂落，把我们留在黑暗之中，这意味着更换布景，这让我的邻座、高级宫廷侍从布兰登施坦大为恼火。他伏在我的耳朵上说：

"鬼知道，这叫什么喜剧！Welch ein Hund von Komedie ist das！"我强忍住没有笑出声来。

唐璜在花园里对他所勾引的那个女人说：

"来吧，我的爱！你回忆一下春天那段欢快的时光，我俩纵情欢乐，没有遇到任何障碍，毫不难为情地品尝爱情之果。我们观看美丽的花朵，让我们的感情充满它那浓郁的芳香。"

我很喜欢那首歌：

> 谁要是不知道爱情，
> 他也就不了解欺骗。
> 爱情往往被称作上帝，
> 但比死亡更让人痛苦。

每一幕之后，都演出幕间滑稽剧，往往以打架结束。

布兰登施坦已经睡着了，有人从他的衣袋里偷走一条丝绸手帕，而从年轻的莱温沃尔德的衣袋里则偷走了银烟盒。

还上演过《达芙妮斯被阿波罗所追求因而化为桂树》①。阿波罗威胁自然女神说:

> 我情不自禁地要把你征服,
> 我也就不再遭受痛苦折磨。

自然女神回答道:

> 既然你明目张胆地胡闹,
> 那就永远休想把我得到。

正在这时,喝醉酒的车夫们在剧院门前打起架来。一些人跑出去镇压,把他们痛打一顿。谢天谢地,传来号叫声和下流的谩骂声,使人无法听清自然女神的台词。

尾声中出现了"机器和飞翔"。

最后,晨星女神福斯佛鲁斯宣布:

> 本戏就此结束:
> 谢谢诸位,晚安!

我们拿到一张手写的戏报,另一个临时性木板房里近日

---

① 达芙妮斯是希腊神话中的自然女神之一,河神忒萨利之女,所变的桂树成了阿波罗的圣树。

上演的剧目:"《关于浮士德博士的喜剧》:花上半个卢布,即可看到意大利木偶,长两俄尺,在舞台上自由行走,表演美妙绝伦,几乎和活人一样。和以前一样,训练有素的马还要登台献艺。"

得承认,我完全没有料到会在彼得堡遇见浮士德,而且是见到他跟训练有素的马同台!

不久前这家剧院上演了莫里哀的《可笑的女才子》。我弄到脚本读过。是奉沙皇之命,由他的一个弄臣,"萨莫耶德人之王"翻译的,可能是翻译时喝醉了,因为全都无法读懂,可怜的莫里哀!在奇异的萨莫耶德人的"货色"里,竟然可以看到白熊婀娜多姿的舞蹈。

11月23日

严寒和刺骨的冷风——一场风暴带来一个琉璃世界。行路人还没有来得及留意,鼻子耳朵已被冻掉,一夜的工夫,在彼得堡和喀琅施洛特中间冻死了七百名工人。

马路上,甚至在市中心,竟然出现了狼群。近几天,在铸铁场附近,也就是距离刚刚演出了达芙妮斯和阿波罗的那家剧院不远,狼群袭击了哨兵,把他扑倒在地,另一个士兵跑来救助,可是立刻被撕碎吃掉。瓦西里岛上,在缅希科夫公爵府邸附近,狼群在大白天光天化日之下吃了一个抱着孩子的妇女。

强盗并不比狼逊色。岗楼、拦路杆、鹿寨、手执"多棱橡木大棒"的哨兵和类似于汉堡的夜间巡逻队看来丝毫也没有让这些窃贼畏首畏尾和裹足不前。每天夜间都发生撬锁盗窃或者凶杀抢劫。

11月30日

刮了一场潮湿的风——全都融化了。泥泞的路上无法通行。沼泽、粪便、臭鱼等臭气熏人。各种流行病——喉咙脓肿、斑疹伤寒和肠伤寒肆虐。

12月4日

又是严寒。结了薄冰。路滑,即使是不怕摔断脖颈,也寸步难行。

整整一个冬天都是这样翻来覆去,变幻莫测。

大自然不仅猖獗,而且似乎是发疯了。

违反自然的城市。科学艺术在这样的地方怎能繁荣!此地民谚云:不求发胖,但图活命。

12月10日

托尔斯泰家举行大型舞会。

镜子、水晶玻璃器皿、香粉、俏皮膏和鲸须筒裙、屈膝礼和鞋跟相碰礼——应有尽有,完全和欧洲的巴黎或伦敦一模一样。

主人——彬彬有礼,学识渊博,在翻译奥维德的《变形记》和《佛罗伦萨大伟人尼科洛·马基雅维利的政治训诫》①。他和我跳小步舞。引用奥维德的话,"恭维"我——把我比作伽拉忒亚②,皮肤白净"如大理石",黑发"如红锆石"。这个老头很让人开心。为人聪明,但却是个滑头。

下面引用马基雅维利的几段语录:

"当幸福降临时,不仅要用手,而且要用嘴去捕捉,把它吞进自己的肚子里。"

"交上好运,如行走在玻璃地板上。"

"压榨过度的香茅产生的不是香味,而是苦味。"

"了解人的智慧和德行——就是伟大的哲学;了解人比背熟许多书还困难。"

听着托尔斯泰高深的谈话——他跟我谈话时而用俄语,时而用意大利语——在柔和的法国小步舞曲的伴奏下,看着衣着华丽几乎毫不逊色于巴黎或伦敦的跳舞的男男女女,我总是不能忘怀刚才来的路上所见到的情景:三位一体广场上元老院前那些插着被处决者的头颅的木桩,那还是五月份开化装舞会时就插在那里的。这些头颅晒干了,又淋湿了,冻了,又化了,如今又冻上了,还没有完全腐烂。一轮皓月从三位一体教堂后面升起,在这红色光辉照耀下,那些头颅显得更加黝黑。一只乌鸦落在一颗头颅上,一边啄着破烂不

---

① 尼科洛·马基雅维利(1469—1527),意大利政治家,此处所说的《政治训诫》是指他的代表作《君主论》。

② 古希腊神话中的海洋女神之一。

堪的皮肤，一边呱呱地叫着。亚细亚压倒了欧罗巴。

沙皇驾临。他情绪不佳。摇着头，耸着肩，使所有的人感到惊恐。他走进跳舞的大厅，感到闷热，想要打开窗户。可是窗户都用钉子在外面钉死了。沙皇下令拿斧子来，带着自己的两个随从动起手来。他跑到外面去，想要看看窗户是用什么给钉死的。最后终于达到了目的，把窗户框拆下来。窗户打开了，但没过很久，外面又开始解冻，刮起了西风。屋子里处处是穿堂风，衣着单薄的女士们和怕冷的老人们不知躲往何处是好。沙皇累了，满头是汗，但很满意，甚至很高兴。

"陛下，"奥地利公使普莱耶尔极会献殷勤，这时说，"您打开一扇通向欧洲的窗户。"

沙皇第一次赴欧洲旅行时，凡是寄回俄国的信函一律加封火漆印，图案是一个年轻的木匠，周围放着造船工具和武器，下面是文字说明：

"吾为学子，请授业于吾。"

沙皇的另一个图形标志是：普罗米修斯从天上返回人间，手执燃烧的火炬。

沙皇说："我要创造出新品种的人。"

从"仓老鼠"的讲述中得知：沙皇希望处处种植橡树，有一次亲手在彼得堡附近沿着彼得戈夫大道播下橡实。发现站在这里的一位大员在嘲笑他的劳动，沙皇愤怒地说道：

"我明白。你认为我活不到这些橡树长大成材。的确。可是你——却是个傻瓜。我是在为别人留下榜样，以便后人也能这样做，以后用这些木材制造舰船。我不是在给自己干活，等到以后，国家就会见到好处。"

他讲述的还有：

根据陛下谕旨，贵族子弟须在莫斯科注册登记，送到苏哈列夫塔去学习航海。但有些贵族却将其子弟送到莫斯科圣像商场后面的斯帕斯修道院去学习拉丁语。皇上听说以后，大发雷霆，怒不可遏，令莫斯科市政长官罗莫达诺夫斯基将斯帕斯修道院所有的贵族子弟一律押送彼得堡，让他们在莫伊卡河上打木桩，以便在上面建造绳缆仓库。海军上将费奥多尔·马特维耶维奇·阿普拉克欣伯爵、缅希科夫特等公爵、雅科夫·多尔戈鲁基公爵以及一些元老不敢烦扰陛下为这些贵族子弟求情，便泪流满面地跪在最仁慈的内助、叶卡捷琳娜·阿列克塞耶芙娜面前，为其求情；但是仍然未能求得陛下息怒。海军上将阿普拉克欣伯爵采取措施自谏：让人密切注视陛下，他去绳缆仓库视察必须进行那些劳动的贵族子弟，禀报说，陛下去仓库了，于是阿普拉克欣也到那些干活的孩子那里去了，摘下绶带，

脱下长袍,跟孩子们一块儿打起桩来。皇上返回的路上看见了海军上将在跟孩子们一起干活,在打桩,便停下来,对伯爵说:

"费奥多尔·马特维耶维奇,你身为海军上将和勋章获得者,为什么也在打桩?"

海军上将就此回答皇上说:

"我的侄子和孙子们都在打桩。而我是个什么样的人?是亲戚,可是我有什么特权?陛下赏给的绶带挂在树上——我没有玷污它。"

皇上听了之后,就回宫了,第二天颁布一道谕旨,解除那些贵族子弟的劳动,派遣他们到外国去学习各种技艺,——他仍然怒气冲冲,这些孩子打过桩之后还逃不脱学习各种技艺。

同情新秩序的俄国人为数不多,其中有一个曾对我讲过沙皇:

"不管看俄国的什么事,它都只是个开头,不管为将来做了什么事,都将成为以后汲取力量的源泉。他更新了一切,甚至可以说,重新造就了一个俄国。"

12月23日

皇太子回来了,跟他出走一样突然。

1715年1月6日

到我们这里来做客的有：莱温沃尔德男爵、奥地利公使普莱耶尔、汉诺威秘书官魏伯、沙皇御医布留蒙特罗斯特。晚餐之后，喝莱茵葡萄酒时，谈论起沙皇建立的新秩序。由于没有任何外人在场，没有任何俄国人在场，谈话无拘无束。

普莱耶尔说："莫斯科人做什么事都得强制，而等沙皇一死，就会跟科学再见！俄国——这个国家凡事都只做个开头，而什么事都不做完。沙皇对它的作用就像烈性酒对铁一样。他用棍棒把科学往自己国民的头脑里打，用俄国谚语来说：棍棒不会说话，却能提供智慧；要想办得快，就打脖子拐。普芬多尔夫①关于这个民族说得对：'奴性的民族奴性地顺从，靠着政权的残酷而受到控制。'亚里士多德论述各个民族的话，也可以用在这个民族上：'自由——就凶恶，奴役——才善良。'真正的文明会唤起对奴役的憎恨。而俄国沙皇就其权力的本性来说，是暴君，他需要的是奴隶。这就是为什么他竭力在民间推广算术、航海术、筑城术以及其他一些低级的实用知识，而从来不准自己的国民得到真正的文明，因为有了真正的文明就会要求自由了。而且他本人也不懂得真正的文明，并且也不喜欢它。他在科学中寻求的只是利益。Perpetuum mobile（永动机）本来是招摇撞骗的

---

① 普芬多尔夫（1631—1694），德国历史学家，著有《欧洲史导论》。

俄耳甫斯①的荒唐杜撰，但他却认为胜过莱布尼茨的整个哲学。他把伊索当成最伟大的哲学家，禁止翻译尤维纳利斯②的作品。他宣布，'著作家凡撰写讽刺作品者，定加严惩不贷'。文明对于俄国沙皇的政权来说，无异于太阳之于雪：阳光不强，雪就闪闪发亮，得意扬扬，而阳光强烈——雪则融化。"

魏伯微微地冷笑着说："怎么知道俄国人把欧洲当成了样板，给了它更多的荣誉，比它应有的还多呢？模仿，任何时候都是危险的：善举不见得比恶行更适合于他。有一个俄国人说得好：'外国的传染性脓疮已经败坏了自古以来就很健康的俄国灵魂和肉体；野蛮的习俗减少了，可是它所留下来的空白却被阿谀奉承和厚颜无耻所填补：旧的智慧过时了，新的又没有获得——我们至死都是傻瓜蛋！'"

莱温沃尔德男爵反驳道："沙皇根本不是欧洲亦步亦趋的学生，像许多人想的那样。有一次，人们当他面赞叹法国的风俗习惯，他说：'接受法国人的技术与科学是件好事；可是巴黎的气味太难闻。'并且以预言家的样子补充说：'这个城市将被臭气熏得死尽灭绝，我觉得很可惜。'我本人没有听见，那是别人转述的他的话，不妨提示给俄国人在欧洲的所有朋友：'我们在几十年之内还需要欧洲，在这之后，

---

① 古希腊宗教的一个教派，各种巫术、咒语占重要地位，成了巫师们骗取钱财的手段。

② 尤维纳利斯（55或60—约127），古罗马的讽刺诗人。

我们就转过身去，背朝着它。'"

庇彼尔特伯爵引用前不久出版的《北方的危机》——这是一本关于俄国与瑞典战争的书，证明"俄国人的胜利预示着世界大乱""俄国的弱小是欧洲安宁的条件"。伯爵也提起莱布尼茨在波尔塔瓦战役之前说的一段话，那时莱布尼茨还是瑞典的朋友："莫斯科将成为第二个土耳其，为新的掠夺开辟道路，将毁灭欧洲的全部文明。"

布留蒙特罗斯特安慰我们说，近年来，伏特加和花柳病以惊人的速度从波兰边境蔓延到白海，用不了一百年就得使俄国成为一片废墟。伏特加和梅毒——这似乎是神明送来的两把剑，可以解救欧洲，使其免遭蛮族新的侵袭。

普莱耶尔总结道："俄国是个泥足巨人。终将要坍倒，粉碎———一无所剩！"

我并不非常喜欢俄国人；可是我的同胞竟然如此憎恨俄国，这毕竟是我所始料不及的。有时使人觉得，这种憎恨里面有一种隐秘的恐惧，好像是我们德国人已经预感到，一个必定要把另一个吃掉：不是我们吃掉他们，就是他们吃掉我们。

1月17日

"您是如何认为的，尤丽安娜女官，我是个什么人，是个傻瓜，还是个恶棍？"

皇太子今天早晨在楼梯上和我相遇，向我问道。

我起初没有懂,以为他喝醉了,想要沉默不语地走过去。可是他却挡住了去路,直接瞪着我的眼睛:

"也还有兴趣知道,谁将把谁吃掉——是我们把你们吃掉,还是你们把我们吃掉?"

这时我才猜到,他读了我的日记。太子妃殿下把我的日记拿去几天,想要读读;可能是皇太子当她不在的时候到她的房间去了,看见日记,就读了。

我惊惶得不知所措,准备钻到地里去。我像是个做了错事的小学生当场被捉住一样,涨红了脸,一直红到头发根,差一点儿哭起来。而他一直看着,一声不响,仿佛是在欣赏我的惊慌失措。最后我做出绝望的努力,再次企图跑掉。可是他抓住了我的手。我吓得完全呆了。

"怎么样,落到我的手里了吧,女官,"他笑了起来,笑得很开心,也很和善,"今后可要倍加小心才是。亏得是我,而不是别人读了,您的舌头好厉害呀,锋利得像是刮脸刀!谁都没能逃脱。无须讳言,您关于我们所讲的,有许多是对的,哎呀,许多是对的!尽管您没有顺着毛摩挲,为了真话也要感谢您。"

他不再笑了,带着明显的笑容,像是同伴对同伴一样,紧紧地握了握我的手,好像是真的向我表示谢意。

这个人真叫人捉摸不透。这些俄国人一般来说都难以捉摸。永远都无法预见到他们将说些什么和做些什么。

我越想,就越发觉得,他们身上有一种东西是我们欧洲人所不理解的,而且永远也不会理解:他们对于我们来说,好像是别的星球上的人。

2月2日

今天晚上当我经过楼下走廊时,皇太子可能是听见了我的脚步声,便呼唤我,让我到餐厅里去,他正单独一个人在昏暗中坐在那里的小壁炉旁,他让我坐到他对面的一把安乐椅上,跟我谈了起来,先是用德语,后来改用俄语,如此亲切,仿佛我们是老朋友似的。我从他那里听到许多有趣的事情。

可是我不能全都记下来:我现在是在俄国,对于我和对于他都不是没有危险的。下面记的只是一些零星的思想。

最使我惊奇的是他根本不像大家想的那样,并不是旧的事物的维护者和新事物的敌人。

他用一句俄国谚语对我说:"任何旧的事物连自己掉毛的地方也说好。在我们俄国,非真理是根深蒂固的,因此不拆除整座破旧的房子,也不检查每一根木头,就休想把古老的腐朽物清除掉……"

沙皇的错误似乎是在于他太急于求成了。

"爸爸做任何事情都想一蹴而就:毛毛糙糙,一艘舰船造好啦。跟这种贪快而出错的人是无法争辩的。譬如说,马马虎虎凑合成一个车轮子,坐上去就赶起来,啊,挺好;回头一看——辐条掉一地。"

2月18日

皇太子有个笔记本,他从《巴隆尼教会和世俗编年史》中摘抄一些记载,如他本人所说,"对自己,对父皇和对别人皆有益的——因为如今不同以前了"。他把笔记本拿给我浏览。从札记中可以看出,他有一个善于钻研和勇于思索的头脑。就一些稀奇古怪的传说,诚然,是天主教的,用括号注明"与希腊的核对""可疑""不十分可信"。

但我觉得最有意思的是把外国的过去与俄国的现在进行比较的那些札记:

"395年夏——阿尔卡迪皇帝令异教徒召集稍许背离正教者。"影射俄国沙皇背离东正教。

"455年夏——瓦连金皇帝因破坏教规和淫乱而被杀。"影射俄国废除宗主教制以及沙皇在其第一个妻子阿芙多季娅·洛普欣娜还活着之际与叶卡捷琳娜结婚。

"514年夏——法国皆着长衣,卡尔卢斯大帝禁止着短装;鼓励长者,抵制短者。"影射俄国换装。

"814年夏——列夫皇帝受一僧侣所诱,加入圣像破坏运动。吾处亦如是。"影射沙皇忏悔师僧侣费多斯卡,据说他建议沙皇废止供奉圣像。

"854年夏——米哈伊尔皇帝玩忽教会秘密。"影射举行酗酒大联欢、滑稽大主教的婚礼以及沙皇其他一些开心取乐活动。

再看看某些思想。

关于教皇的权力:"基督视僧侣一律平等。至于说未经教会允许不可超升——这明显是谎言,因为基督亲自说过:信吾者永生;而这指的并不是罗马教会,当时罗马教会尚不存在,使徒传教尚未到达罗马,许多人已经超升。"

"穆罕默德的造孽行为通过女人而扩大。女人喜欢犯罪。"

所有的学术研究著作关于穆罕默德所说的话都不如这句话有分量,只有大怀疑论者贝尔[①]才配说这种话!

前两天,托尔斯泰谈到皇太子时,带着狡猾的笑容对我说:

"让自己坠入情网——这是最好的方法;需要的时候可以裹上一张最普通的兽皮藏身于兽群里去。"

当时我没懂;现在才开始明白。

一位古代英国作家——名字忘记了——有一部著作,题为《关于丹麦王子哈姆莱特的悲剧》,这位不幸的王子受到敌人的迫害,便装疯卖傻。

俄国的王子难道不可以效仿哈姆莱特吗?不可以"裹上一张最普通的兽皮藏身于兽群里去"吗?

据说,皇太子有一次鼓起勇气,开诚布公地向父亲禀报了老百姓难以忍受的灾难。从那以后便失去了恩宠。

---

① 贝尔(1643—1706),法国哲学家和神学家。

2月23日

他温存地爱自己的小女儿娜塔莎。

今天跟她一起在地板上坐了整整一个早晨,用积木给她搭小房子;四条腿爬行,装成狗、马和狼。扔球,球滚到床和柜橱底下时,他便爬进去拿,弄了一身灰尘和蜘蛛网。把她抱到自己的房间去,抱给所有的人看,问道:

"小姑娘漂亮吗?上哪儿能找出第二个?"

他本人就像个孩子。

娜塔莎非常聪明,超出了她的年龄。假如她想要干什么,别人吓唬她说,要告诉她母亲,她马上就老实了;如果只是简单地劝阻,那她便笑起来,就更淘气了。看到皇太子情绪不好时,便一声不吭,只是聚精会神地望着他;而他向她转过身来,她便哈哈大笑起来,挥动着小手,跟他亲热,完全像个大人。

每当我看到那种亲热劲,便有一种奇怪的感觉:看来这个小小的孩子不仅爱皇太子,而且还可怜他,仿佛是见到了什么,知道他一些别人还不知道的事。奇怪而又可怕的感觉,就像我以前往昏黑的镜子里看她的父亲和母亲一样,产生了某种预感。

"她爱我,我是知道的:她为了我而抛弃了一切。"他有一次这样向我谈了他的夫人。如今我对皇太子更清楚了,他俩在一起很难相处,这一点我不能只责怪他一个人。他俩都是无辜的,但他俩也都有责任。他俩性格不尽相同,都很不幸，但又各有各的不幸。小的痛苦能使人亲近起来，而大的痛苦，则把人分开。

他们像是两个重病患者或重伤员，躺在同一张床上。不能相互帮助；一个人稍稍动一动，就给另一人带来痛苦。

有一些人已经习惯于痛苦了，心灵泡在泪水里，就像鱼在水中一样，没有眼泪，就像鱼到了陆地上一样。他们的思想感情一旦陷入低谷，便永远也不能升华起来，像垂柳的枝条一样。太子妃殿下就是这样一个人。

皇太子有自己的痛苦，很多；每逢到她这里来，又都看见别人的痛苦，而他却爱莫能助。他怜悯她。可是爱情和怜悯并不是一码事。有谁想要被他人所爱，那就得避开怜悯。咳，我知道，根据个人的经验知道，当爱莫能助的时候，仅仅是怜悯，该是多么痛苦！最后，便开始害怕所怜悯的人。

是的，他俩都是无辜的，他俩都是不幸的，除了上帝，任何人都无力帮助他们。可怜的人，可怜的人哪！这将会是什么样的结局，连想都不敢想，可怕，然而最好还是能让结局尽快到来。

3月7日
太子妃殿下又有身孕了。

5月12日
我们到罗日杰斯特温诺来了，此地是皇太子的庄园，位于科波尔斯克县,距彼得堡七十俄里。

我病了很久。都以为我得死。一想到死在俄国,这比死亡本身还可怕。太子妃殿下把我带到这里来,是想让我在清新的空气里休息和康复。

周围都是森林。静悄悄的。只有树木在喧响,还有鸟儿啼鸣。奥列杰日河水流湍急,好像是山中溪水一样,在陡峭的红土崖岸下面淙淙流淌,崖岸顶上,白桦树已吐出新绿,远远望去,如一片雾霭,云杉绿得发黑,像炭一样。

庄园的房舍都是木制的,与普通的茅屋相仿。主楼分为两层,顶上建有高高的阁楼,像莫斯科的古老宫殿一样,尚未完工。毗邻一座小教堂,钟楼里挂着两口小钟,皇太子往往喜欢亲自敲钟。大门旁放着一尊老式的瑞典大炮和一堆球形铸铁炮弹,已经生锈,长满青草和春天的花。这一切合在一起,成为一座地地道道的林中修道院。

主楼里面的墙壁还都是光秃秃的原木,散发着树脂的气味;处处都滴着琥珀色的松脂,好像是滴着眼泪。圣像前点着神灯。明亮,清新,洁净,像青春一样纯洁无瑕。

皇太子喜欢这个地方。他说,真想永远住在这里,一无所求,只要让他得到安宁。

他在书房里读书和写作,在小教堂里祈祷,在花园和菜田里干活,在河边垂钓,在林中漫步。

我现在从自己房间的窗户往外望去,看见了他。他刚才在花畦里掘地,栽种哈勒姆郁金香。他正在拄着铁锹,站在那里休息，仿佛是全身都僵住了，在凝神地倾听着什么。无尽无休的寂静。只是从远处，从很远的森林里传来斧头砍木声，还有布谷鸟咕咕的叫声。他的脸色安详而兴奋。嘴里嘀咕着，低声唱着，可能是在吟诵他喜爱的一篇祈祷词——对自己的同名者、神痴圣阿列克塞的赞颂，或者是圣歌：

"我要终生歌唱主，只要我活着，就歌唱上帝。"

我在任何地方都没看见过像这里的晚霞。今天的落日更是奇怪。整个天空被染成一片血红。血红的云朵像是被鲜血染红的衣裳碎片，散在天际，仿佛是天上刚刚进行过屠杀，或者是可怕的献牲。鲜血从天上流到地上。炭一般黝黑的参差不齐的云杉林间一块块的红色黏土像是斑斑的血迹。

我一边观看，一边感到惊奇，突然间仿佛是从上面这可怕的天空中传来一个声音：

"尤丽安娜女官！尤丽安娜女官！"

这是皇太子在喊我，只见他站在鸽子窝上，双手拿着一根很长的竿子，这里的人用这种竿子驱赶鸽子。他非常喜欢鸽子。

我爬上摇晃着的小梯子，登上平台时，一群白鸽呼啸地飞起，在已经变成玫瑰色的晚霞衬托下，像是白色的雪片，翅膀扇起的风向我们吹来。

我们坐在长椅上，话赶话地争论起来，跟最近一个时期一样，话题是——信仰。

"你们的马丁·路德颁布自己的戒条是迎合世人的空想

和他个人的口味，而不是出自坚定的信仰。你们这些可怜的人喜欢轻松的生活，那个诱惑者说得很轻松，你们也就相信了他，可是却放弃了基督亲自圣传的那条崎岖而艰难的小径。马丁是世上最大的混蛋，在他的戒条里隐藏着最为阴险的害人的毒药……"

我已习惯于俄国人的"彬彬有礼"，听到了也权当耳旁风。用理性的论据和他们争论无异于手执长剑跟手拿橡木棍的人拼搏。可是这一次不知为什么却生气了，一下子把我心中久已沸腾的话全都倾吐出来。

我证明，俄国人自认为优越于所有的基督教民族，而实际上却生活得比异教徒还糟；宣扬爱的信条，却做着最残忍的事，在世界上找不出第二个来；遵守斋戒，却在斋戒期间像牲口似的喝得酩酊大醉；到教堂去做祈祷，却在教堂里骂爹骂娘。他们如此愚昧，关于信仰，我们德国人就连五岁的孩子都比他们成年人，甚至比他们神甫知道得多。半打的俄国人中间未必有一个人能够读出《我们的天上之父》。我曾经提出一个问题：圣三位一体中的第三位是谁？一个虔诚的老太婆就这个问题说，是显灵者尼科拉。的确，那位尼科拉就是地地道道的俄国上帝，因此可以认为他们根本没有另外的上帝。难怪瑞典神学家约翰·鲍特维德1620年在乌普萨拉科学院答辩的论文题目是：《莫斯科人是基督教徒吗？》。

皇太子一直心平气和地听着我——这种平静更让我恼

火，假如不是他制止了我，真不知道我要走到什么地步。

"女官，我早就想要问问您，您本人信仰基督吗？"

"怎么，基督？难道殿下不清楚，我们都是路德派教徒？……"

"我说的不是所有的人，只是阁下。我跟您的老师莱布尼茨已经谈过一次，可是他闪烁其词，模棱两可，让我摸不着头脑，而我当时就认为他并不真正信仰基督。咹，那么，您怎么样？"

他全神贯注地看着我。我垂下眼睛，不知为什么突然想起了我的一切怀疑，与莱布尼茨的争论，形而上学和神学无法解决的矛盾。

"我想，"我也闪烁其词，模棱两可，"基督——是个最公正和最英明的人……"

"不是神子吗？"

"我们大家都是神子……"

"他跟大家都一样？"

我不想说谎——沉默不语。

"哼，原来如此！"他说，脸上露出我从未见过的表情，"你们英明，有力量，诚实，非常可爱。你们无所不有。可是却没有基督。你们要他有什么用？你们自己能拯救自己。而我们却愚蠢，贫穷，一无所有，是醉鬼，臭味难闻，比野蛮人还坏，比牲口还坏，总是无限愁苦。可是基督跟我们在一起，而且将永世常在。我们将靠着他，靠着光明而得救!"

我注意到,他谈论基督跟这里最普通的人——庄稼人谈论基督一样:好像他在他们那里是自己人,是家里人,是跟他们这些庄稼人一样的人。我不知道,这是什么——是最大的骄傲和渎神行为,还是最大的谦虚和虔诚。

我们俩都沉默不语。鸽子又飞起来,在我们二人中间扇动着白色的翅膀,把我们俩连接在一起。

太子妃殿下打发人来找我回去。

我爬下楼顶时回过头来最后一次看了看皇太子。只见他在喂鸽子,鸽子把他包围起来,落在他的手上、肩上和头上。他站在高处,凌驾于仿佛是烧焦了的黝黑的森林之上,在好像是血染的红色天空的衬托下,全身笼罩着白色的翅膀,仿佛是穿着白色衣服。

1715 年 10 月 31 日

现在一切都结束了,我也要结束这份日记。

8 月中旬(我们是在 5 月末从罗日杰斯特温诺返回彼得堡的),太子妃殿下离分娩还有十个星期,在楼梯上摔倒,左胯摔到上面的台阶上。据说她跌倒是一只鞋后跟脱落所致。实际上是她看见喝醉了的皇太子在楼下抱着他的情妇、使女阿芙罗西妮娅亲嘴,便失去了知觉。他早就跟她姘居了,几乎是不回避众人耳目。他从卡尔斯巴德回来以后便让她住到自己的房间里来。我在日记里没有写这件事,担心太子妃殿下读到。

她是否知道呢？即使是知道了，也佯装不知，只要是没有亲眼见到，就不信以为真。一个女奴——竟然成了沃尔芬比特公主、皇帝儿媳的竞争对手！可是正如一个俄国人对我说的那样，"俄国无奇不有"。父亲——跟洗衣女工姘居，儿子——跟女奴。

有些人说，她是个楚赫纳人，跟皇后一样，由士兵俘虏来的；另一些人说，是皇太子的监护人尼基福·维亚节姆斯基公爵的家奴。看来后者更确切一些。

人长得相当漂亮，可是一眼就可以看出，如这里经常说的，"出身卑贱"。高高的身材，火红色的头发，皮肤白嫩；鼻子有些翘起，眼睛大而明亮，眼眶斜而长，像是卡尔梅克人，目光粗野，像是山羊的目光；一般说来，她身上有一种山羊式的野性，很像鲁本斯的《酒神节》中那个半人半羊的女性色情狂。她那张脸让我们女人难为情，男人见了总是要着迷。据说皇太子对她发狂了。她第一次遇到他，好像还是很纯洁的，长时间地抗拒。她根本不喜欢他。威胁和利诱都无济于事。可是有一次狂饮之后，他喝醉了，便向她扑去，上来疯狂劲儿（他和他父亲一样，也常常出现这种疯狂的劲头），殴打她，差一点儿没有把她打死，用刀子威胁着，强占了她。俄国人的兽性，俄国人的龌龊！

正是这个人，曾经像圣徒一样，在罗日杰斯特温诺的森林里为神痴圣阿列克塞唱赞歌，被鸽子所包围，谈过"吾父基督"！况且把这两种极端合在一起——是俄国人特殊的天赋——我们这些愚蠢的德国人，天哪，生来就不能理解。

皇太子本人有一次对我说："我们俄国人在任何方面都不能保持分寸，经常徘徊在边缘上和深渊上面。"

太子妃殿下在楼梯上摔倒之后，感到左侧疼痛。"我的全身都好像是被针扎了似的。"她说。

但总体来看，她心情平静，好像是下了决心，并且知道什么都改变不了她的决心。从此以后再也没有和我谈过皇太子，也没有抱怨命运。只有一次说：

"我认为我的毁灭是不可避免的。希望能尽快结束我的痛苦。除了死，我在人世上已一无所求。这是我获得拯救的唯一道路。"

10月12日平安地生下一个男孩，这就是未来的皇位继承人彼得·阿列克塞耶维奇。分娩后的初期感觉良好。可是向她祝贺，祝愿她身体健康时，她却生气了，要求大家向上帝祈祷，让她快些死去。

"我愿意死，一定会死。"她说，还是带着那种让人可怕的平静决心，一直到最后也没有放弃这种决心。不听医生和接生婆的话，凡是禁止她做的事，她好像是故意去做。第四天，她坐到安乐椅上，让人把她抬到另一个房间去，亲自给婴儿哺乳。那天夜里，她的病情恶化，开始发烧，呕吐，抽搐，腹痛，叫喊起来比分娩时还厉害。

沙皇本人也在患病，听说此事后，派缅希科夫公爵带领四个御医——阿列斯金、波里科拉和布留蒙特罗斯特兄弟前来会诊。他们认为她已处于濒死状态。

劝说她服药，她却把杯子抛到地上，说道：

"别折磨我啦。让我安静地死吧。我不想活。"

死的前一天，把莱温沃尔德男爵召来，向他说出了自己最后一个愿望：让她的亲人，不管是在这里还是在德国，任何人都不要说皇太子的坏话；她死得比她预想的早，满意自己的命运，没有指责任何人。

然后向大家诀别。像母亲似的为我祝福。

最后一天，皇太子一直没有离开她身边。他的脸色很可怕，让人不敢看他。他三次发生休克。她没有跟他说话，好像是没有认出他来。只是临咽气前，当他伏到她的手上时，她才看他，看了很长时间，轻轻地说了些什么；我只听清了：

"很快……很快……见面……"

她走了，仿佛是睡着了。死者的脸是幸福的，活着的时候从来没有过。

根据沙皇谕旨，解剖了遗体。他本人亲自到场。

10 月 27 日出殡。按照宫廷的礼仪，太子妃下葬时是否应该鸣炮致哀，如果应该，那么鸣几响，就这个问题争论了很久。询问了所有的外国使节。沙皇关心鸣炮问题胜过太子妃殿下的整个命运。最后决定不鸣炮。

从家门直到涅瓦河的路上，特意铺了木板，棺材沿着这条木板路抬了出去。沙皇和皇太子走在棺材后面。皇后没有来。她眼看就要分娩。涅瓦河上停着送葬的三桅战舰，缠满黑纱，挂着黑色旗帜。

在哀乐声中缓缓地向彼得保罗大教堂驶去，这座教堂尚未竣工，太子妃的陵寝在建成穹顶之前只好安放在露天地里。雨水淋着活人——也还要淋死人。

灰暗的傍晚，寂静无声。天空像是坟墓的穹隆；涅瓦河像是昏黑的镜子；整个城市笼罩在雾中，仿佛是个幽灵或者是梦境。我在这个可怕的城市里体验到的、看见和听见的一切，我觉得，现在比任何时候都更像是梦。

夜间从大教堂回到太子府吃回丧饭。沙皇在这里交给儿子一封信，我后来得悉，他在信中威胁说，皇太子如不悔改，将被剥夺继承权并遭到父亲的诅咒。

第二天，皇后分娩，生下一个儿子。

俄国的命运在这两个孩子——沙皇的儿子和孙子中间摇摆不定。

11月1日

昨天晚上，我去见皇太子，想要商谈我返回德国的问题。他坐在燃烧着的炉子前，在焚烧文件、信函和手稿。可能是害怕搜查。

他手里拿着一个破旧的皮面笔记本，已经准备投入火中，我至今还感到奇怪，不知从何处突然来了一股勇气，问他这是什么。他把笔记本递给我。我看了一眼，发现这是皇太子的札记，或者说是日记。女人一般都有一种强烈的欲望——好奇心，我个人也是如此，这种好奇心给了我更大的勇气，要求他把这份日记给我读读。

他思索片刻，全神贯注地看着我，突然笑了，我很喜欢他那种亲切的天真的微笑。

"欠债要偿还。我读过您的日记——您也读读我的吧。"

但是他要求我保证任何时候不向任何人谈起这些札记，明天早晨归还给他，以便烧掉。我读了整整一夜。这实际上是一本古代俄国历书，基辅印制的教堂日历。是已故的都主教德米特里·罗斯托夫斯基（民间认为他是圣徒）在1708年送给皇太子的。皇太子在书页的空白处和一些贴上去的插页上记下了自己的想法和自己生活中的事件。

我决定把这本日记抄录一份。

我说话算数：我和皇太子在世时，任何人都不会知道他的札记。但是这些札记也不应该不留任何痕迹地毁灭掉。

父亲和儿子自有上帝来裁判。可是皇太子却受了人们的诽谤。假如这本日记得以传给后代，那就让它来揭露他或者为他辩解吧，最低限度可以澄清事实真相。

二
阿列克塞皇太子的日记

主哇，你以仁慈为本，为皇冠祝福吧。

奉生我者（阿伦海姆注：皇太子这样称呼自己的父皇）之命前来波莫瑞筹集给养，听到一个消息：都主教梁赞斯基·斯捷潘在莫斯科乌斯宾斯基大教堂揭露关于就世俗和宗教事务的告密者的命令以及其他一些违背教规的法律，向百姓呼吁：

"你们不要惊奇，我们不太平的俄国至今还在腥风血雨中动荡。人间的法律离开上帝的戒律有多么遥远。"

元老院的大人们找到都主教，责备他，禁止他煽动老百姓暴乱，损害沙皇的名誉，并且就此事禀报了皇上。

我对梁赞斯基说，他应尽可能跟父皇和解；他们不和，会有什么好处呢？让他主动前去谒见皇上，等到把他关进监狱，可就晚了。

那次布道以前他给我写过信，我也给他写过，虽然不太经常，只是有重要事情才写。可是听到那件事之后，便中止了通信，不去找他，也不让他来见我，因为生我者特别恨他，所以我给他写信是很危险的。听说他已被解除领导职务，这是必然的。

梁赞斯基那次布道时，最后向神痴圣阿列克塞为我这个有罪的奴仆祈祷：

"噢，上帝的仆人！不要忘掉你的同名者皇太子阿列克塞·彼得罗维奇，他是上帝圣训特别热心的捍卫者和你的矢志不渝的追随者。你离家出走，他也浪迹他乡，寄人篱下；

你失掉了奴隶和臣民,朋友和亲人,他也是如此;你是上帝的人,他也是基督的忠实奴仆。啊,我们祈求,上帝的仆人,保佑你的同名者吧,他是我们唯一的希望,把他纳入你的翅膀保护之下吧,像保护眼珠一样保护他吧,让他免遭一切邪恶的伤害!"

奉生我者之命来到外国学习航海术、筑城术、几何和其他科学,非常害怕不忏悔就死去。就此往莫斯科写信给我们的忏悔神父雅科夫:

"吾等身边无神甫,况且无处可寻。恳请阁下在莫斯科觅一僧人,令彼秘密前来,途中隐去神职特征,即剃其胡须,尚须蓄圆头顶,或剃光头后戴假发亦可,着德人衣装。能扮作吾之仆役,亦佳。务必,务必,神父!怜悯吾之灵魂,莫让吾不忏悔而死!吾之需彼不为他事,只为死时之需,尚可供健康者秘密忏悔。该僧如无家室,不计得失,年轻者为最佳,彼扮作此般模样,避开熟人,潜离莫斯科,仿佛失踪矣。然剃须,则无怀疑者矣。必要之时违法亦在所难免,宁可犯小罪,不可不经忏悔而毁坏灵魂。望尽快促成此事,如不办成此事,上帝将对吾等灵魂之惩罚转嫁于汝矣。"

我从外国返回圣彼得堡谒见生我者时,他亲切地接见了我,并且问我是否把所学的都忘光了?我回答说,没有忘,于是他下令把我的绘图拿给他看。可是我害怕他让我当面绘制,因为我并不会画——便想要把右手弄坏,不能用它做任何事,于是把手枪装上火药,用左手拿着,向右手开了一枪,以便让子弹把手掌射穿,然而子弹没有命中,只是火药把手烧伤,而子弹则穿透了我房间的墙,那里至今还看得出来。生我者看见我的手被烧伤,便询问原因,是怎么搞的。我当时对他说了另一套,那不是实话。

军事条例第七章第六十三款:
"凡装病或自己损坏其关节并使其不适于服役者,皆应挖其鼻,尔后流放罚苦役。"

沙皇阿列克塞·米哈伊洛维奇法典第十二章第六条:
"如有子讼父者,则不予审其父,并因彼之诉讼而施以鞭刑,尔后将彼交还其父。"
这非常不公平,尽管子女应服从父母的意志,可是他们并非不会说话的牲口。人的本性不仅仅在于单纯地生养,为父的也应该具有高贵的美德。

听说,生我者不喜欢有人在莫斯科建造房舍,他希望人人都住在彼得堡。

改变全民的习俗是不可能的。
哪个国家想重建习俗,那个国家就不会久长。
俄国人忘掉了自己容器里的水,喝别国的浑水也开始感到香甜。

诺甫哥罗德大主教约伯对我说：

"你在彼得堡境况不佳，我想只有上帝才能拯救你。你能看到你们那里将会发生什么事。"

上帝为我们这些罪人安排一切，但并没有让外国人在我们头顶上横行。

我们患上了媚外症。这种致命的病症——对外国的东西和别的民族的狂热迷恋也传染了我国人民。先知巴录说得对：**你把外国人放进来，他会让你家破人亡。**

德国人大肆鼓吹一种奇谈怪论：谁想要什么事情都不做也能吃到面包，那就去俄国。他们把我们称作蛮族，甚至不把我们当成人，而把我们跟牲口相提并论。拼命为别国人民效劳，就要倒霉，比瘦狗还坏。

他们德国人的某些鬼主意本来是可以制止的。否则只要是姑息迁就，哪怕是置之不理，我们就要倒霉。开始学习德国人的秉性，最后自己养成了傻瓜的秉性。自己贬低我们自己，看不起我们的语言和我们的人民，必定招致人人耻笑。

保持斯拉夫语言的纯洁，清除外国语，这已烟消云散。真不知道，我们究竟为什么一定要使用外国话？莫非是为了炫耀？可是这里的荣耀并不多。有时说起话来，无论是自己还是别人，都不明白。

切莫坐在他人的栅栏下，即使是坐在荨麻上，也要在自己家。山那边的鼓虽好，可是走近一瞧，也跟柳条筐差不多。

德国人在科学上比我们强，可是我们在机智方面，感谢上帝的恩赐，绝不次于他们，他们骂我们也是白费劲儿。我感觉到，上帝创造了我们，我们作为人，不次于他们。

我怀疑这样一种说法：人的全部福祉只在于科学。为什么古代人们学得少，但并不比掌握了很多科学的现代人见到的幸福少？拥有伟大文明，也可能成为一个大吝啬鬼。科学对于堕落的灵魂来说可能是作恶的残暴工具。

我们不爱护人。从贫穷的国民手中专横地征收血泪捐税。想出了名目繁多的苛捐杂税，什么土地捐、人头税、马套税、胡须捐、桥梁捐、蜜蜂税、澡堂税、皮革捐，诸如此类，数不胜数。从一头牛身上要剥两张、三张皮，而一张完整的也得不到。不管怎么逼，也只能到手一堆破烂，而人却越来越消瘦。据说是，别让庄稼人长满一身毛发，要把他剃得精光。这么一来，把全国变成一片废墟。农民变穷——国家也变穷。我们统治者们为了一两个铜板而拼死拼活，而有些地方却把成千上万的卢布扔到水里都不响，没给派上任何用场。

在希律王①的宴会上,吃人肉,喝人血和泪。老爷们吃得胀破了肚皮,还剩下许多,却不给穷苦的农民留下一小块面包。这些人吃得再也咽不下去了,而那些人却饿得肚子咕咕叫。

俄国人已到了山穷水尽的地步。任何人都不让沙皇知道真情。我们的国家完了。

我们俄国人不需要面包:我们相互吃就可以吃饱。

大贵族——是一棵落光了叶子的怕冻的树。大贵族们形成一堵厚厚的墙,把老百姓给沙皇遮住了。

父皇——本是个聪明的人,可是缅希科夫却总是欺骗他。

政府官吏从小到大,全都各怀各自的打算。古时的法规已经陈旧过时,新的又不能贯彻实施。不管颁布多少,又能起什么作用呢?因此一切都一如既往。我想,将来也不会有好处。

奉生我者之命,为了制造小桅战船,我到诺甫哥罗德县去砍伐森林,跟波克罗夫斯克县的农民伊瓦什卡·波索什科夫谈到地方捐税和民情民意,他说:需要从各阶层挑选一些深明事理的人和农民制订一部新的法律全书,向全体人民证明他们享有最自由的权利。上帝在人们中间分配智慧时是按

---

① 据《圣经·旧约》记载,罗马帝国统治犹太人时期的犹太王,公元前73—前4年在位,以残暴著称。

照每个人能力大小而给的,往往通过无知的人来表达自己的意旨和真理。损害他们是有罪的。因此不具有善良的心地并且不倾听自由的民意,就不配当沙皇。

关于沙皇的责任。

不要过分相信自己的智慧,要为人民,为国家,为乡村担忧;要爱基督的小民,给他们以各种保障,关心和维护他们,而对那些大人物和有力量的强者则由法庭监督。弱小者得到保护,残暴者应受到严厉惩处。

假如上帝让我坐上沙皇宝座,就应该牢记这一点。

集会庆祝大受难者叶甫斯塔菲节,都喝醉了。教堂合唱队打着鼓来了。"土匪"给打坏一只眼睛,"花花太岁"给打掉一颗牙。我什么都记不得,勉强走了。喝得酩酊大醉,不省人事。

在罗日杰斯特温诺,我一个人留在家里。时间像流水,一天一天地流逝。除了安宁,什么都没有。

时间在流逝,把人引向死亡——我们的结局越来越近。

我如今已认识到我的时代的腐朽,
不祈求,不畏惧,我期待着死亡。
微醉。

我的配偶（阿伦海姆注：皇太子这样称呼他的夫人夏洛塔妃子）有身孕了。

爱神叶列姆卡，叶列姆卡，你这个不洁的神！我从少年开始就受到许多情欲的折磨。我指责别人罪孽深重，可是我的罪孽却比所有的人更深重。

阿芙罗西妮娅。我认识到自己的不法行为，不隐瞒自己的罪过。主呵，用你的手抓紧我吧！我何时才能去见上帝的面容？我白天黑夜地把泪水往肚里咽，我的灵魂希望死去，接受主的惩罚。圣母报喜教堂的雅科夫神甫是我的忏悔师，我俩狂饮到深夜。不是以德国人的方式，而是以俄国人的方式喝的。灌得够厉害了。

阿芙罗西妮娅！阿芙罗西妮娅！（阿伦海姆注：接下去是不堪入目的骂人话）

喝醉酒时在众人面前公开唱波尔塔瓦祈祷仪式中的一句祈祷诗——"主的十字架的敌人"——指的是涅夫斯基修士大司祭费奥多西。

我对父皇感到奇怪：他为什么喜欢费多斯卡？莫非是因为他在民间传播路德教派的习俗并推行全国？实际上他是个地地道道的无神论者，是主的十字架的敌人！

像他这样的狡猾鬼，我见到的还真不多！他是个政客，并不明目张胆地作恶，可是跟他共事却要谨慎小心，不得公开反对他，已经造成了这种局面：处在他的领导之下，就得口是心非。

你的怜悯之情吞食了我，上帝呀！我担惊受怕，浑身颤抖，基督教在俄国岂不是彻底毁灭了吗！

费多斯卡是异端邪说的头子，他及其追随者们公然明目张胆地开始破坏教会，废止斋戒，指责忏悔和禁欲为无稽之谈，嘲笑弃绝女色和自戕致残，把基督徒苦修苦行的崎岖小径更换成宽阔的坦途。斗胆包天地叫人腐化堕落，不承认任何罪恶，他们的所作所为全都是神圣的，并且用这种狂吠煽动人们胆大妄为和好色淫乱，致使许多人陷入享乐主义的泥潭，大吃大喝，寻欢作乐——死后受不到任何惩罚。

他们把圣像叫作偶像，把教堂唱诗叫作牛吼。拆除小教堂，在那只剩下残垣断壁的地方叫卖烟草，让人们把胡须刮掉。用肮脏的马车拉着显灵的圣像，上面盖着龌龊的席子，嘴里谩骂着，招摇过市。攻击东正教的信仰，但却借口说什么攻击的不是信仰，而是要根除所不需要的，对基督教十分有害的迷信。噢，有多少神职人员在这种伪装之下被毁灭，被免去教职和遭受折磨。不禁要问，为什么？得不到别的回答，只是说：迷信、伪善、假道学没有用。有谁坚持斋戒，就是伪善者，有谁祈祷，就是假道学，有谁供奉圣像，就是伪君子。

他们做这一切都非常狡猾和处心积虑，其目的就是要在俄国消灭东正教和扶植新产生的路德派和加尔文派，取消教会。

谁要是在他们身上闻不到渎神的味道，那他就是嗅觉不灵。

路德教派目前还是一种小疾，可是它会扩展，最后使全身腐烂——到那时该如何是好！

要是能有麦芽汁，我们还可以活到家酿新酒。

更改了教堂敲钟的方式。现在的钟声乱七八糟，犹如催赶人们去救火，敲得人惶惶不安。其他一切也都更改了。圣像不是画在木板上，而是画在画布上，并且照着德国人的模样画。你瞧，救世主基督的圣像完全跟德国人一样，大腹便便，又肥又胖，是出于肉感考虑而画的。喜欢上了肥胖的和富有肉感的，抛弃了低眉垂目。建造教堂不按老的惯例，而把尖顶建成路德派教堂的样子，下令要像路德派弹管风琴那样来敲钟。

咳，咳，可怜的俄国呀！你为什么需要德国人的习俗和作风？

想要废除僧侣制。正在草拟御旨，今后禁止任何人剃度为僧，而修道院里空出来的地方将要派退役士兵前去。

福音书中说：**凡是到我这里来的人，我都不驱赶他们。**

可是他们视《圣经》为废物。

信仰成了精神操练法,犹如军事操练法一样。

既然根据谕旨而强制祈祷,那么这会是什么样的祈祷呢?

"凡乞食者皆应该关押之,施以笞刑,尔后罚做苦役,令彼等不枉食面包。"

这是沙皇的谕旨,而基督的——写在末日审判上的——则是:**我饿了,你们不给我吃的;我渴了,你们不给我喝的;我四处流浪,你们不留我住宿。阿门,我对你们说:既然你们不为我的小兄弟中任何一个人这么做,那么也不会为我这么做。**

在警察的严格监视下,教人谩骂基督。对天上的沙皇——以乞丐的形象出现,施以笞刑,尔后罚做苦役。

全体俄国人民由于精神的饥饿而正在消亡。

播种者不播种,土地荒芜;神甫不爱护,人们则误入歧途。乡村神甫跟种地的庄稼人没有任何差别:庄稼人扶犁,神甫也扶犁。基督徒们像牲口一样地死去。喝醉酒的神甫在祭坛上满口脏话,不停地骂娘。身上的袈裟是金线绣的,可脚上却穿着肮脏的树皮鞋;烤的是黑麦圣饼;把主的世界末日的秘密盛在令人作呕的容器里,跟臭虫、蟋蟀、蟑螂放在一起。

修士们都成了酒鬼和窃贼。

整个僧侣界和神职界都需要大大改善,因为如今很难找到真正的僧侣和神职人员。

我们感到羞耻的是对自己的信仰和教礼教规一窍不通,像哑巴一样地活着。我可以说,在莫斯科,一百个人里面未必有一个人能知道东正教的信仰是什么,上帝是谁,如何向他祈祷,如何执行他的旨意。

我们只在名义上像是基督徒,此外没有任何基督徒的标志。

人人都疯癫了。在信仰的虔诚方面像树叶一样随风摆动。沉醉于各种稀奇古怪的学说,有些人沉湎于罗马的,另一些人迷恋于路德教派的信仰,我们两条腿都瘸了,成了领了洗的偶像崇拜者。抛弃了我们教会的母乳,另去寻找埃及的、外国的、异教的乳汁。我们像是一群被遗弃的瞎眼的小狗,四处乱爬,而爬向何方,谁都不清楚。

理发匠福姆卡是个圣像破坏运动参加者,他在显灵修道院用劈柴刀砍坏显灵者阿列克西都主教的圣像,是因为福姆卡虽然也是上帝的奴仆,但并不崇拜圣像和生机盎然的十字架以及圣骨。他说:圣像和生机盎然的十字架是人用手做的,而圣骨不能保佑他福姆卡一切顺利;他也不承认教会的教条和传说;不相信圣餐真的就是基督的血和肉,而认为那只不过是教堂做的饼和酒而已。

于是梁赞斯基都主教斯捷潘把福姆卡革出教门,对他进行公民处决——在红场上吊在木架上烧死。

元老院的诸位大人把都主教传到彼得堡质问,纵容了异教徒,宣布福姆卡的师傅米季卡·特维列吉诺夫医师作为圣像破坏运动的参加者无罪,而对那位神职人员却大加羞辱,撵出审判大厅,他一边哭着一边走,说道:

"基督哇,我们的救世主!你说过:**既然你们把我赶出来,你们也不会得好**。现在把我赶了出来,但这不是驱赶我,而是驱赶你。你洞察一切,已经看到,他们的审判是不公正的,你审判他们吧!"

都主教从元老院出来,刚一走到广场上,全体在场的人都可怜他,哭了起来。

生我者对梁赞斯基更加恼怒。

教会本来大于人间的沙皇。可是如今沙皇却掌握着教会。

古时候,沙皇得向宗主教敬礼。可是如今,代理宗主教在给沙皇的便笺中却是这样落款的:"陛下的奴隶和踏脚板,温顺的斯捷潘,梁赞的牧人。"

教会的首脑成了皇上垫脚的东西,整个教会则是奴仆。

罗斯托夫斯基都主教德米特里是个圣人,生我者给他喝匈牙利葡萄酒,向他询问宗教事务时,这个圣长老一无所答,只是一个劲儿地为沙皇画十字。就这样竭力避而不答!

圣父们说,不可逆水行舟,鞭子治不好红肿。

圣徒受难者们为了教会是如何不惜流血的?

高级僧侣们都是沙皇的食客——吃人家的,嘴短。

从前的神职人员为全俄国呕心沥血,而如今的高级僧侣们不仅不为皇上分忧,而且甚至都是纵容者,腐蚀沙皇的圣职。

百姓犯罪,沙皇祈祷;沙皇犯罪,百姓却不祈祷。由于皇上犯罪,上帝会处决整个国家。

前几天,那位梁赞的牧人在喝酒的时候对生我者说:"你们当沙皇的,就是人间的神,相当于上帝。"
而"公爵教皇"作为酗酒的弄臣,竟然谩骂神职人员:
"别看我在丑角中是公爵教皇,却不会对沙皇说这样的话吗?上帝比沙皇大。"
沙皇夸奖了弄臣。

那次喝酒时,高级僧侣们谈到教会没有首脑,需要设立宗主教,生我者大发雷霆,把短剑从鞘里抽出,所有的人都吓得哆嗦起来,以为他要攮人,不料他却把剑扎在桌子上,并且叫道:
"给你们的宗主教!宗主教和沙皇——是一体的!"
费多斯卡劝谏生我者说,俄国沙皇从今以后应该尊称为皇帝,也就是像古罗马的恺撒一样。

1709年在莫斯科红场庆祝波尔塔瓦大捷，神职人员建造一个类似古罗马庙宇的建筑物，设有祭坛颂扬俄国战神阿波罗和马尔斯，亦即生我者的美德。在这座古爱琴式的神庙上有一段铭文：

"国家之基础即信仰。"

什么信仰？信仰哪个上帝和哪些神祇？

在那次庆祝活动中举行了颂扬全俄国的赫耳库勒斯①的仪式，象征着生我者杀死许多野兽和人，完成这些功勋之后，乘着伊俄维什神的战车升天，由鹰驾驶，在银河上飞驰——献词是：

"通往奥林波斯之路。"

学士院院长、修士司祭约瑟夫写的小册子里关于这次颂扬仪式写道：

"必须了解，这并非为纪念某一圣徒而建的庙宇或教堂，而是政治的，亦即公民的颂扬。"

费多斯卡劝谏生我者说，圣主教公会作为宗教首脑机关应该在命令中或者在誓词中向俄国人民宣布：

"以君主为自己的元首，因为君主既是祖国之父又是主基督。"

---

① 赫耳库勒斯，即古希腊传说的英雄赫拉克勒斯在古罗马神话中的名字，建立了"十二件奇功"。

人们想要像赞美上帝的光荣和基督的荣耀一样来赞美君主,视他为唯一的永恒的王者之王。正是在罗马法典中可以读到渎神的话:罗马君主即全世界的主。

我们宣扬并且相信,基督才是王者之王和主之主,没有人能成为全世界的主。

耶稣基督是非人手凿出来的石头,从劈不开的山上而来,他击溃和消灭了罗马帝国,把它的泥足打得粉碎。而我们正在建立的,正是上帝所消灭的。这种做法岂不是——与上帝抗衡吗?

看看罗马的历史。恺撒卡里古拉说:"皇帝可以为所欲为。"
不仅仅是罗马的恺撒,一切骗子和无赖,以及四条腿的畜生都可以为所欲为。

巴比伦王纳乌霍多诺索尔说:*朕即神。如若不为神,即成为畜生也。*

普拉斯科维娅·马特维耶芙娜皇后在瓦西里岛上的府邸里住着长老季莫菲·阿尔希佩奇,那里是绝望者的栖息之所,给无望者以希望，给癫狂者以宁静。他了解人的良心。

前几天夜里，我去见他，跟他谈了话。阿尔希佩奇说，反基督是个假皇帝，是个真正的无赖。这个无赖就要来了。

我读了都主教梁赞斯基的《反基督降临的预兆》，由于这个将要降临的无赖而战栗。

在莫斯科，把格里高利·塔里茨基烧死了，因为他在老百姓中间鼓吹反基督降临。塔里茨基是个非常有头脑的人。1711年陪同我从里沃夫到基辅去的龙骑兵上尉瓦西里·列文，还有特级公爵缅希科夫的忏悔师、僧侣列别德卡，还有书吏拉里翁·多库金以及许许多多别的人，都想到了反基督。

人们在森林和荒原里自焚，就是由于害怕反基督。

不受约束——打架；受约束——害怕。我看到，我们处处都处在绝境之中，却不知从何处得到救助。我们一边祈祷，一边胆战心惊。无法无天者横行施虐，遭受损害和冤屈的人们只能向上天号叫，想要引起上帝的愤怒和为之申冤。

无法无天者已经秘密行动起来。时间马上就到了。我们正处在仇恨的山顶上，而又没有信仰。

有一个分裂派教徒把圣礼抛到脚下，用脚乱踩乱踏。

一群蝗虫从留别奇附近飞过,从中午一直飞到午夜,翅膀上写着:**上帝大怒**。

天短而阴暗。老人们说:太阳不像从前那么明亮了。

我们喝得烂醉如泥。上帝会看到,我们酗酒是为了忘却自己。

死亡的恐怖侵袭了我。
结局已来到门口,斧头架在脖子上,致命的大刀悬在头顶上。

癫僧圣谢苗死前对自己的朋友、教堂执事约安说:"普通人和庄稼人心地宽厚和善,他们不损害任何人,自己劳动,不怕流汗,吃自己的面包,他们中间有许多人都是圣徒,我看见他们来到城里领圣餐,他们像纯金一样。"
噢,人们哪,近来的受难者们,如今基督就在你们中间。主爱那些哭泣的人,而你们总是泪流满面;主爱饥饿和口渴的人,而你们缺吃少喝——有些人缺少一半的面包;主爱那些无辜受难的人,而你们的苦难数也数不清——但是有的人灵魂勉勉强强留在肉体里。你们在忍耐中切莫气馁,而要感激基督,他复活之后定会光临你们,而且与你们永不分离。基督现在就在你们中间,并将常在,你们要说:阿门!

三

宫廷女官阿伦海姆的日记

阿列克塞皇太子的日记以这番话结束。他当着我面把日记扔进火里。

1715 年 12 月 31 日

彼得同父异母哥哥费奥多尔·阿列克塞耶维奇沙皇的寡妻，玛尔法·马特维耶芙娜皇后今天逝世了。外国居民以为她早已谢世了：自从她丈夫死后二十多年以来，她一直处于神经错乱状态，像个囚徒似的过着与世隔绝的生活，从来不见任何人。

她的安葬仪式是在黄昏时进行的，非常隆重。出殡时从死者的家到彼得保罗大教堂，越过冰封的涅瓦河，一路上两侧布满燃烧着的火把。她的府邸跟我们毗邻，在悲苦众生教堂附近。两个月以前正是沿着这条路线用送葬的三桅战舰运送太子妃殿下的遗体的。当时安葬第一位外国公主，而现在则是安葬最后一位俄国皇后。

走在最前面的是身披华丽袈裟的神职人员，他们手中拿着蜡烛和手提香炉，唱着送葬歌。棺材是用雪橇运送的。随后走着枢秘顾问官托尔斯泰，他捧着镶满宝石的皇冠。

沙皇在这次送葬仪式上第一次废除了俄国古老的哭丧

习俗：下令严格禁止任何人大声哭泣。

大家都沉默不语地走着。夜静悄悄。只能听到焦油燃烧的噼啪声和雪地上嘎吱嘎吱的脚步声，还有送葬歌声。这种沉默无言的行进充满令人惊恐的气氛。我们走在死者的后面，自己也好像是死人，走向永久的黑暗。也好像是俄国通过她最后一位皇后在安葬旧的俄国，彼得堡，在安葬莫斯科。

皇太子爱死者，把她当成亲生母亲，为她的死而震惊。他认为她的死对于自己来说，对于自己的整个命运来说是一种不祥的预兆。送葬过程中，他好几次伏在我的耳朵上说：

"如今一切全都完了！"

1716年1月1日

明天早晨，我和两位莱温沃尔德男爵一起离开彼得堡，直奔里加，取道但泽回德国。我将永远离开俄国。这是我在皇太子府邸里过的最后一夜。

晚上我去向他告别。根据我们分手时的情景，我觉得，我爱上他了，并且永远都不会忘记他。

"谁知道呢，"他说，"也许我们还能见面。我想要再次到你们欧洲去访问。我喜欢那里。你们那里很好，自由而快乐。"

"为什么把事业停下来，殿下？"

他深深叹了口气：

"我高兴进入天堂,可是因为有罪而进不去。"

接着,他又带着他所特有的善良微笑补充道:

"好吧,愿主保佑您,女官尤丽安娜!请不要记恶,代我向欧洲和您的老师莱布尼茨致意。也许他是对的:上帝保佑,我们不要吃掉彼此,而要相互效力!"

他以兄弟般的情意拥抱和亲吻了我。

我哭了起来。临走时再一次向他转过身去,以诀别的目光看了他一眼,我的心一阵疼痛,好像是又有了那天我在黑暗的镜子里见到夏洛塔和阿列克塞的脸贴在一起时体验到的那种预感——我觉得他俩都是牺牲品,注定要遭受大灾大难。她死了。该轮到他了。

我又想起,在罗日杰斯特温诺的最后一个晚上,他站在房顶上的鸽子笼前,下面是如炭一般漆黑的森林,背后是如血染的红色天空,他全身被白色鸽子翅膀所覆盖,仿佛是穿着白色衣服。他将永远都是这样留在我的记忆中。

我听说,获得了自由的囚徒有时还怀念监狱。我现在对俄国也有类似的感觉。

我用诅咒开始写这份日记,可是要用祝福来结束它。我只说一句,许多欧洲人要是能更好地了解俄国也会这样说:一个神秘莫测的国家,一个神秘莫测的民族!

第四部 洪水

一

当初兴建彼得堡的时候就曾有人提醒过沙皇,这个地方经常洪水泛滥,一向无人居住,十二年前,整个地区,直到尼因山茨,全都被水淹没,类似的灾难差不多是每五年重复一次。涅瓦河口最初的居民不建造坚实的住房,只造小小的茅屋,出现洪水泛滥的预兆时就把茅屋拆毁,用原木和木板扎成木筏,把它捆绑在大树上,而他们自己则爬到杜杰罗夫山顶。可是彼得却觉得这座新的城市就是"人间天堂",正是因为这里河流纵横,湖泊星罗棋布。他本人喜欢水,也指望在这里比任何别的地方都能更快地把自己的国民训练得谙悉水性。

1715年10月末,开始流冰排,下过一场雪之后开始跑雪橇,人们指望着冬季迅速到来。可是突然出现了解冻。一夜的工夫,冰雪消融殆尽。风从海上吹来浓雾,黄蒙蒙的潮气令人感到气闷,人们因此而生病。

一位年老的大贵族写信给莫斯科说:"愿上帝让我离开这糟糕透顶的鬼地方。我真害怕生病。解冻以后就有一股香脂的气味,并且浓雾弥漫,不能到屋子外面去,在这个'人间天堂'里,有许多人由于这种空气而死掉。"

一连刮了九天西南风。涅瓦河水位上涨,泛滥了好几次。

彼得颁布谕旨,令居民把什物搬出地下室,备好船只,把牲畜赶到高地上去。但是每一次洪水泛滥都很快消退了。沙皇觉得谕旨使居民惊慌不安,便根据唯有他一个人才清楚的特殊征兆做出结论,认为不会有大的洪水,于是决定不再留意水位上涨了。

11月6日,海军大臣费奥多尔·马特维耶维奇·阿普拉克欣在官邸举行首届冬季大型舞会,该官邸坐落在河滨街海军部对面,紧挨着冬宫。

前一天夜里河水又上涨了。内行的人预言说,这一次免不了要遭灾。禀报了种种预兆:宫廷里蟑螂从地窖爬上阁楼;老鼠从面粉仓库里跑出来;皇后梦见彼得堡被大火吞没,梦中火灾主洪水。她分娩后尚未完全康复,不能陪同丈夫参加舞会,也请求他不要去。

古谚云:"等着苦难从海上来,灾害从水里来。有水的地方就有灾;皇上也阻止不住洪水。"彼得瞪大了眼睛读着这句恐水的谚语,他和自古以来的恐水症斗争一生,全都白费了。

各个方面都向他发出警告,纠缠他,最后终于让他厌烦了,于是他禁止再谈洪水。警察总监杰维耶尔差一点没有挨一顿棍子。有一个庄稼人预言说,大水将淹没涅瓦河岸上三位一体教堂旁那棵高大的赤杨,把全城的人吓得惶惶不安。彼得下令把赤杨砍倒,就地用皮鞭惩罚那个庄稼人,敲着鼓,"明令告诫"百姓。

舞会开始之前,阿普拉克欣晋见沙皇,奏请准许在主楼里举行舞会,而不在侧楼里,尽管以前常常在那里举行,可是那个把侧楼与主楼连接起来的狭窄玻璃长廊在水位突然上涨时会有危险的:客人们有可能被洪水隔绝,无法通过楼梯到达楼上安全之处。彼得思索片刻,决定坚持己见,在通常举行舞会的侧楼里集会。

谕旨解释说:

"舞会为自由之集会,非但娱乐,况亦工作之需也。

"主人无迎送和款待客人之义务。

"参加舞会时可自由就座、走动和游戏,任何人皆不得干涉或妨碍他人,也不得在伟大双头鹰的荫庇下擅自要求他人遵守起立、迎送等繁文缛节。"

两个房间——一个供就餐和饮酒用,另一个供跳舞用——都很宽敞,但天棚非常低矮。一个房间里的墙壁像荷兰的厨房里一样,铺着蓝色瓷砖,餐具架上摆着锡质餐具,砖铺的地板填充着沙子,彩色瓷砖的大火炉烧得很热。放着三张长桌,其中一张摆着各种小吃——彼得所喜欢的弗棱斯堡牡蛎、渍柠檬、波罗的海鲱鱼。另一张桌子上摆着跳棋和象棋。第三张桌子上放着几袋烟草、装有陶瓷烟斗的筐子和几捆吸烟点火用的松明。油脂蜡烛半明半暗,青烟袅袅。低矮的房间里挤满了人,使人觉得好像是置身于普利茅斯或鹿特丹拥挤的商船货舱里。由于有许多英国和荷兰造船技师在场更加重了这种印象。他们的妻子脸色红润,身体肥胖,仿佛是被磨光过似的,把脚伸在保温器里,一边编织着袜子,一边闲谈,看样子感到是在自己家里一样。

彼得用短陶瓷烟斗抽着克纳斯特烈性烟草,喝着弗林——一种兑有白兰地和柠檬汁的冰糖热啤酒,跟修士大司祭费多斯卡一起下跳棋。

警察总监安东·曼奴伊洛维奇·杰维耶尔胆战心惊地蜷缩着,像一条闯了祸的狗一样,悄悄地走到沙皇面前,他既不像个葡萄牙人也不像个犹太人,长着一张女人般的面孔,露出甜蜜和懦弱的表情,唯独在南方人的脸上有时才能见到这种表情。

"水位在上涨,陛下。"

"涨了多少?"

"两英尺五英寸。"

"风向呢?"

"西南偏西。"

"胡扯!我刚刚亲自测过:西南偏南。"

"换了风向。"杰维耶尔申辩说,那副样子仿佛是他对风向负有责任似的。

"没关系，"彼得断定说，"很快就会减弱。湿度计表明风力在减弱。那恐怕不会出错！"

他相信湿度计准确无误，就像相信任何机械一样。

"陛下！没有什么谕旨吗？"杰维耶尔悲戚地说，"否则本职不知该如何办理。下面非常惊慌。内行的人都说……"

沙皇盯了他一眼。

"我在三位一体大教堂附近已经鞭挞了一个内行的人，你要是不住嘴，也会得到同样的处置。滚吧，傻瓜！"

杰维耶尔更加蜷缩成一团，像一条温顺的巴儿狗要挨棍子打似的，顷刻间消失了。

"你听说这奇怪的钟声是怎么响的，神父？"彼得转向费多斯卡，重新谈起不久前接到的一项禀报来，据说诺甫哥罗德的教堂里每天夜间大钟都不敲自鸣。谣传说，这钟声预示着一场大的灾难。

费多斯卡捋一下稀疏的胡子，摆弄起胸前挂着的双面十字架——一面是基督受难图，另一面是沙皇肖像——斜睨了阿列克塞皇太子一眼，只见他坐在一旁，眯缝着一只眼睛，仿佛是在瞄准，突然间，他那张如蝙蝠般的小脸闪耀起狡黠的光辉。

"钟声不会说话，能给人以什么教益，每个有头脑的人都能做出判断，显然是来自敌人：魔鬼哭泣，是因为它的诱惑已经从俄国人民身上驱逐出去了——从分裂教派和信奉仪式的长老们狂喊乱叫中驱逐出去了，陛下为了改正他们已费尽了心机。"

费多斯卡把谈话引到他所喜欢的题目上来,议论起僧侣制度之害处来。

"僧侣都是些寄生虫。逃避捐税,以便白吃面包。这对社会有什么好处?他们不把自己的社会地位归功于任何人,反而给社会带来麻烦——有一句谚语:剃度为僧的人,从前为人间的皇帝工作,而如今则为天上的皇帝工作。他们在荒原里过着畜生般的生活。有人说,俄国由于气候严寒而不可能有真正的荒原,是否正确姑且不论。"

阿列克塞明白,谈论信奉仪式的教徒——这是往他的菜园里抛石头。

他站起来。彼得看了他一眼,说道:

"坐下。"

皇太子顺从地坐了下来,垂下眼睛——如他自己所感到的,做出"伪善"的样子。

费多斯卡谈兴正浓;沙皇掏出记事本,为将来颁布谕旨而记下札记。费多斯卡受到沙皇这种关注所鼓舞,一个又一个地提出新的措施,似乎是为了改正,但皇太子却觉得实际上是为了在俄国彻底消灭僧侣制度。

"在男子修道院,按规定为退役龙骑兵开办医院以及算术和几何学校;在女子修道院,开办残疾儿童教养院,修女们可为纺织作坊纺织,借此养活自己……"

皇太子尽力不听,可是一些话却传到他的耳朵里,像是威严的叫喊：

"在教堂里出售蜂蜜和油脂必须杜绝。在教堂以外的圣像前点蜡烛，必须严加禁止。小教堂全都拆毁。不准供奉圣骨。不可杜撰任何显灵奇迹。把乞丐关押起来，无情地责以棒刑。"

窗户外面的护板被风吹得抖动起来。室内刮起一阵微风，吹得蜡烛的火苗晃动起来。仿佛是有一种无法估量的敌对力量向门前台阶走来，撞到房子上。阿列克塞在费多斯卡的话里感到了那种邪恶力量，那种来自西方的狂飙。

在第二个供跳舞用的房间里，墙壁上挂着粗毛线织成的墙帷，窗间墙上挂着镜子，烛台上点着蜡烛。乐队在一个不大的平台上用吹奏乐器奏出震耳的乐曲声。天棚上画着寓意画《爱情岛之旅》，天棚低矮，生着胖胖小腿的裸体小爱神差不多碰到人们头顶上的假发。

女士们不跳舞的时候，坐在那里，像是哑巴一样发呆，感到枯燥无味；而跳起舞来，则像是上足了发条的玩偶，跳得很欢，回答问题只是简单的"是"和"不"，听到恭维的话时，羞答答地环顾左右。女儿们好像是缝在母亲的裙子上，片刻不离开她们身边；而在母亲们的脸上好像是写着："宁可把姑娘们抛到水里去也不要把她们带到舞会上来！"

威廉·伊万诺维奇·蒙斯向娜斯简卡说着从一本德国小册子里翻译过来的恭维话，正是这个娜斯简卡爱上一个海军学校的学生，维纳斯节那天在夏园里为一封柔情蜜意的便笺而落泪。蒙斯说：

"经过频繁的观察之后，我终于获得了结识您这位美丽天使的希望，我不能再隐瞒了，而不得不以崇敬的心情向您表白这种希望。我由衷地希望，我尊贵的小姐，您能成为敝人精巧的伴侣，以便敝人能以自己的习俗和愉快的谈话让您称心满意，我尊贵的小姐；但是敝人天生笨拙，因此尚请小姐赏识敝人的耿耿忠心和甘愿效犬马之劳的决心……"

娜斯简卡没有听——那单调的嗡嗡声使她昏昏欲睡。后来她向自己的姑妈抱怨自己的舞伴说："他说俄语也好像不是那个味，我不管怎么费劲，简直是一个词儿也听不懂。"

尤什卡·普罗斯库罗夫本是莫斯科书吏的儿子，但长期生活在巴黎，并且在那里变成了 monsieur Georg'a（乔治先生），如今是法国大使的秘书，衣着举止完全模仿法国人，是一个地地道道的纨绔子弟，风流倜傥，他为女士们演唱一首关于理发师佛里松和妓女铎登的流行歌曲：

> 铎登对佛里松说：
> 好好给我梳头，
> 我要以我的魅力
> 唤起人们的柔情。
> 卷上头发，打扮起来！

他还朗诵了一首关于美妙的巴黎生活的俄文诗：

亲爱的塞纳河畔,美丽的地方,

村夫俗子不敢到那里去,

因为那里一切都高雅异常——

你是为男女众神准备的——

我永远不会忘记这个天堂,

哪怕我是生活在人间!

年老的莫斯科大贵族们都是新风俗的敌人,因此坐得远远的,在炉旁烤火,含沙射影地攀谈着,如猜谜一般:

"阁下,你觉得彼得堡的生活如何?"

"让您和您的生活全都见鬼去吧!小玩意儿,德国的自鸣钟!这里的恭维话和屈膝礼以及舶来的珍馐美味,弄得人眼花缭乱。"

"有什么办法呢,老弟!你飞不到天上去,也钻不到地里去。"

"还没进棺材,就得挺着脖子干。"

"挺着也罢,不挺着也罢,你得把头低下。"

"哎哟,腰好疼啊,两边的腰子都疼,躺也躺不下。"

蒙斯伏在娜斯简卡耳朵上低声吟诵刚刚作的一首诗:

没有爱情,没有情欲,

这样的日子真无聊:

为了品尝爱情的甜蜜,

日日夜夜苦苦思念。

既然不能爱，

为什么要活着？

她突然感到天棚像是发生地震时一样晃动，那些裸体的小爱神直接落到她的头上。她叫了一声，威廉·伊万诺维奇安慰她说：这是风。贴在天棚上的画布在晃动，像是一张被风鼓起的帆。窗外的护板又抖动起来，这一次竟然使所有的人全都惊恐地向四周看去。

但是奏起了波罗乃兹舞曲，成双成对的舞伴们旋转起来——乐曲把风暴压了下去。只有怕冷的老人们在炉边取暖，听到了呼啸的风声，小声耳语着，叹息着，摇着头。他们透过乐曲声听到了风暴呼啸声，觉得更加不祥："等着苦难从海上来，灾害从水里来。"

彼得继续跟费多斯卡谈话，向他了解莫斯科圣像破坏运动参加者理发匠福姆卡和医师米季卡的异端邪说。

这两个异教首领鼓吹自己的邪说时援引沙皇不久前的训令，他们说："如今我们莫斯科，上帝保佑，任何人都可以自由地选择信仰，愿意选择什么就选择什么，愿意信仰什么就信仰什么。"

"按照福姆卡和米季卡的邪说，"费多斯卡说，意味深长地冷笑着，让人无法明白，他是在谴责还是同情异教徒，"正确的信仰是靠着经书和善举而获得的，而不是由于人的奇迹和传说而被认识的。根据使徒的话，所有的信仰都可以救世：在任何民族中从善的人都是上帝所需要的。"

"非常有意思。"彼得指出，僧侣的冷笑也同样反映在沙皇的冷笑中：他俩无须言语就相互明白了。

"他们说，圣像是人手的产物，是人为的偶像，"费多斯卡继续说，"涂了颜色的木板何以能够创造奇迹？把它扔到火里去，让它像普通的木头一样烧掉吧。应该崇奉的不是地上的圣像，而是天上的上帝。是谁给了他们这些上帝的奴仆那么长的耳朵，让他们能从天上听到地上的祈祷？既然用刀子杀死或者用棍子打死了儿子，那么死者的父亲还怎么能爱这刀子或木棍呢？同样，上帝怎么可能爱他儿子被钉死在上面的那棵树？他们问，为什么要如此崇拜圣母呢？她不过是一条装满宝石和珍珠的空口袋，如果把宝石从口袋里倒出来，那么这条口袋还有什么价值和荣耀呢？关于圣餐仪式的神秘性，他们是这样议论的：怎么能到处都把基督分割成小块分发给人们，并且在祈祷仪式上被人吃掉，而在全世界同一个时刻里不知要举行多少祈祷仪式？况且一块面包怎么能通过神甫的祈祷就可变成主的肉体呢？神甫里面什么样的人都有——有酒鬼，有骗子，也有恶人歹徒。这是绝对不可能的。他们说，我们因此才对此表示怀疑：用鼻子一闻，就知道是面包味；血也是这样，根据我们的感官证实，只不过是红葡萄酒而已……"

"我们是正教徒，听异教徒这些胡说八道感到不体面!"沙皇制止了费多斯卡。

他沉默了,但是笑得更加放肆和更幸灾乐祸了。

皇太子抬起眼睛偷偷地看了父亲一眼。他觉得彼得很窘迫:他已经不再笑了,他的脸色严肃,几乎是很气愤,但同时又是无可奈何和不知所措。难道不就是他刚才还承认异教徒的理由很有意思吗?既然接受了理由,怎能不接受其结论呢?禁止是容易做到的,可是如何反驳呢?沙皇很聪明,可是僧侣岂不是更聪明吗?他竟然牵着沙皇的鼻子走,像是一个凶恶的引路人把盲人牵到深坑里。

阿列克塞这样想着,费多斯卡的冷笑已经不再反映到父亲的冷笑里,而是反映到儿子的冷笑里:皇太子和费多斯卡现在也无须说话就相互明白了。

"对于福姆卡和米季卡来说没什么可值得大惊小怪的,"在普遍局促不安的沉默中,米哈伊洛·彼得罗维奇·阿甫拉莫夫突然说道,"奏什么曲,就跳什么舞;牧人往哪儿赶,羊群就往哪儿去……"

狠狠地盯了费多斯卡一眼。他明白了这个眼神,气得说不出话来。

就在这一瞬间,窗外的护板哐啷地响起来——仿佛有数千只手在敲打——然后呼啸起来,好像是号叫和哭泣,最后在远处消失了。那种敌对力量更加威严地向门前台阶走来,撞到房子上。

杰维耶尔每隔一刻钟都要跑到外面去了解水位上涨的

情况。消息不佳。米亚和封丹两条小溪已经出槽。全城处于一片惊慌之中。

安东·曼奴伊洛维奇失去了主宰。不断地走到沙皇面前，注视着他的眼睛，尽量让他察觉到，可是彼得却忙于谈话，根本没有注意到他。杰维耶尔终于忍耐不住，不顾一切地下了决心，凑到沙皇的耳朵上轻声地说：

"陛下，水……"

彼得一声不响地向他转过身来，飞快地，仿佛是不由自主地打了他一记耳光。杰维耶尔什么都没有感觉到，只是觉得很疼——这是习以为常的事。

彼得的"小鸟们"往往说："挨这样的皇上打，感到很荣幸，因为他在打的同一时刻里也赏赐。"

彼得脸色平静，仿佛是什么事情都没发生似的，转向阿甫拉莫夫，问道，为什么至今还没有印刷哈金斯的著作《世界观或关于天体的见解》。

米哈伊洛·彼得罗维奇感到很窘迫，可是立刻就恢复了常态。他直接看着沙皇，果断地回答说：

"这本书是跟上帝最敌对的，不是用墨水写的，而是用地狱的炭写的，唯一简单的处理办法就是付之一炬……"

"它是怎么敌对的？"

"认为地球围绕着太阳旋转，并且存在着许多世界，所有这些世界好像是跟我们地球一样，那上面也有人，有田野、草地、森林和野兽等等，跟我们地球上一样。它巧妙地处处颂扬和肯定自然界，认为那里有着独特的生命。损害造物主和上帝的威望，认为不存在……"

开始了争论。沙皇证明，"哥白尼的天体运行图能够轻而易举地解释各个行星的存在"。

有了沙皇和哥白尼做保护伞，纷纷发表更加大胆的想法。

"如今整个哲学都变得机械了！"海军部顾问官亚历山大·瓦西里耶维奇·基金突然宣布说，"如今都相信，整个世界一直都是那么大，钟一直是那么小，其中的一切都在进行着固定的运动，这取决于原子有序的组合。处处都只有机械……"

"疯狂的无神论议论！孱弱的和不牢固的理性基础！"阿甫拉莫夫惊惧地说，但是没有人听他的。

大家都开始发表自由思想，相互炫耀。

"古代哲学家迪采亚赫说过，人的本质就是肉体，而灵魂只不过是离奇的空洞的名字，不说明任何问题。"副首相沙菲罗夫说。

"通过显微镜观察雄性动物的精子，发现很像青蛙或蝌蚪。"尤什卡·普罗斯库罗夫幸灾乐祸地冷冷一笑，意思很显然：灵魂是没有的。他以巴黎的花花公子为榜样，也有自己的"小哲学"（une petite philosophie），他阐述得十分轻松而且很风流，就像唱理发师之歌"卷上头发，扮起来！"一样。

"据莱布尼茨的意见，我们只不过是会思维的液压机而已。牡蛎比我们愚蠢……"

"胡说,并不比你愚蠢!"有人说,可是尤什卡只管不慌不忙地继续说:

"牡蛎比我们愚蠢,灵魂贴在硬壳上,它不需要五个感官。也许在别的世界上有的动物具有十个或者更多的感官,比我们完善,他们看到牛顿和莱布尼茨会大吃一惊,犹如我们看到猿猴和蜘蛛的行动一样……"

皇太子听着,他觉得,人们的思维在这场谈话中所发生的事就像彼得堡的雪在解冻天气所发生的情况一样:在潮湿的西风吹拂下不断地融化,渗透到泥土里,最后变成稀泥。怀疑一切,否定一切,肆无忌惮地、无拘无束地增长,犹如涅瓦河里的水被风所阻截,将泛滥成灾。

"好啦,又胡扯起来了!"彼得站起来,总结说,"不信仰上帝的人都是疯子,都是天生的傻瓜。明眼人应该根据造物认识造物主。不信神的人使国家蒙受耻辱,无论如何都不能容忍,因为他们破坏法律的基础,效忠政权的誓言则正是建立在这些基础之上的。"

"违背法制的原因,"费多斯卡忍耐不住,插嘴道,"更多是在于兽性的嫉妒,而不在于不信神,因为无神论者也提倡在百姓中间宣扬上帝,否则百姓就会不尊重政权……"

这时,由于风暴的袭击,整座房子都不断地微微颤动。不过大家对这种声音已习以为常,所以没有留意它。沙皇的脸色很平静,他那副沉着的神情使所有的人都安下心来。

有人放出风声说,风向变了,水位有希望很快下降。

"你们可都看到了?"彼得高兴了,说道,"本来就没什么可害怕的。湿度计不会骗人的!"

他到隔壁的大厅去参加跳舞。

凡是沙皇高兴的时候,他都把自己的高兴心情感染给所有的人。他跳舞时忽而跃起,忽而跺脚,忽而屈膝——"腾跃"——神采奕奕,就连最懒的人也都情不自禁地跳了起来。

跳英国对舞时,每个第一对的女舞伴都想出新的动作。切尔卡斯卡娅公爵夫人亲吻了自己的男舞伴彼得·安得烈耶维奇·托尔斯泰,把他的假发拉到鼻子上,所有的舞伴都应该随着她重复这个动作,而男舞伴则像木桩似的,一动不动地站着。开始了嬉闹、哈哈大笑和恶作剧。大家都像小学生一样活跃。彼得比所有的人都快活。

只有老头们仍然坐在角落里,听着呼啸的风声,低声说着话,叹息着,不断地摇头。其中一个人想起了古代圣书中对跳舞的揭露,说道:"女人跳舞,浑身扭动,引诱人们离开上帝,把他们引向地狱。乐极生悲,开心的笑变成了悲痛的哭,跳舞的人被绞死……"

沙皇走到老人们跟前,邀请他们跳舞。他们推托说不会跳,或者患有各种疾病——腰腿疼、气喘、痛风——可是推托也白费,沙皇不听任何理由,坚持让他们跳舞。奏起了格罗斯法尔舞曲。老人们——给他们指派了最活跃的年轻女舞伴——开始时动作艰难,磕磕绊绊,舞步混乱,并且影响别人；可是沙皇威胁说要罚饮几大杯令人恐惧的胡椒酒，于是便蹦得比年轻人还欢。然而一场舞跳下来之后，全都倒在椅子上了，累得半死不活，呼哧呼哧地喘息，呻吟，唉声叹气。

没有来得及休息过来，沙皇又下令开始跳更难的链舞。三十对舞伴用手绢连起来，跟在一个乐手的后面跳——这个乐手是个小驼子，在最前面一边跳一边拉着小提琴。

首先经过侧楼的两个大厅，然后穿过游廊，进入主楼，跳舞的队伍从一个房间到另一个房间，从一个楼梯到另一个楼梯，从一个卧室到另一个卧室，喊叫着，呼啸着，哈哈地笑着，舞遍了整座楼。小驼子在小提琴上拉出嘎吱吱的声音，狂蹦乱跳，扮着鬼脸，好像是在受着小鬼支配。沙皇在紧随他之后的第一对里，其余的人皆尾随沙皇之后，因此他成了领队，好像是在引导着一群缚着的战俘，而身材高大的沙皇本人则由一个矮小的小鬼引导，并受着他的摆布。

返回侧楼的途中，在游廊里看见一些人迎面跑来。那些人挥动着手，惊慌地叫喊着：

"洪水！洪水！洪水！"

前面的几对停下来，后面的由于狂奔而撞到前面的人身上。大家乱成一团。拥挤，跌倒，挣脱捆绑着他们的手绢。男人叫骂。女人号哭。链条挣断了。大部分人和沙皇一起从游廊的出口涌进主楼。另一小部分留在最前面的人离对面侧楼的门较近，便向那里奔去，但是还没来得及跑到游廊中部，一扇护窗板哗啦一声掉下来，玻璃碎片洒落满地，大水咆哮着向窗户里面涌来。这时，一股强大的气流从地窖里冲出，只听轰隆一声，如放炮一般，地板被鼓起来，破裂了。

彼得从游廊的另一端向落在后面的人喊道：

"后撤，撤到侧楼去！我派船来接你们！"

话音没有听清，但看清了手势，于是停了下来。

只有两个人还在被水淹没的地板上乱跑。其中一个是费多斯卡。他差不多就要跑到门口了，沙皇正在那里等着他，可是破裂的地板突然间塌陷下去。费多斯卡掉下去了，开始下沉。一个胖女人，荷兰船长的妻子，拽着裙子下摆，从僧侣的头上跳过去：黑色僧帽的上面闪动着两条套着红袜子的肥胖的腿。沙皇奔过去救他，一把抓住他的肩部，把他拖了上来，像是拉一个小婴儿似的，只见他浑身发抖，挥动着往下淌水的袈裟，像是一只湿淋淋的大蝙蝠在挥动着翅膀。

拉提琴的小驼子跑到游廊的中间，也掉了下去，消失在水中，后来又浮了上来。可是这时中间部分的天棚塌下来，把他压在废墟里。剩下的一群人——有十来个人的样子——看到去主楼的通道已彻底被大水切断，便调头往侧楼奔去，把它当成最后一个避难所。

可是大水已经淹到这里了。只听见波涛在窗下哗哗地响。窗外的护板发出嘎吱吱的响声，马上就可能从折页上脱落下来。水渗进破裂的玻璃缝隙，哗哗地顺着墙壁往下淌，淹没了地板。几乎所有的人都不知所措了。只有彼得·安得烈耶维奇·托尔斯泰和威廉·伊万诺维奇·蒙斯还保持着镇静。他们在墙上发现一个被帷幕遮着的小门。门外有一个小楼梯通向阁楼。大家都向那里跑去。男士们，哪怕是那些最彬彬有礼的，如今面对着死亡，也不再关心女士了，骂她们，推搡她们。每个人都只想自己。

阁楼里漆黑不见五指。在原木、木板、空木桶和木箱中间摸索着前进，终于到达最远的一个角落，这里炉子的烟筒还很暖和并且把风挡住了，于是大家都贴近烟筒，在黑暗中坐着，惊魂未定，呆若木鸡。女士们穿着单薄的舞衣，冻得上牙打下牙。最后，蒙斯决定下去看看能否找到救援。

下面，马夫们走在齐腰深的水里，把在停马场险些淹死的主人家的马匹牵进大厅里。舞会大厅变成了马厩。镜子里映出马的头。撕破的《爱情岛之旅》画布碎片从天棚上垂下，呼啦地抖动着。裸体的小爱神们仿佛是受到死前的惊恐，转来转去。蒙斯给马夫们一些钱。他们给弄来一盏灯笼、一瓶烧酒和几件羊皮袍子。他从他们那里得知，侧楼没有出口，游廊已被冲毁，院子被水淹没，他们也得逃到阁楼上去；本来在等着来船，但是看样子一时是等不到的。后来弄清，沙皇派来的船只没能驶抵侧楼：院子是由很高的栅栏围起来的，唯一的大门被倒塌的房子堵塞。

蒙斯回到阁楼上去找坐在那里的人。灯笼的亮光给他们带来一些鼓舞。男人们都喝了酒。女人们裹上皮袍子。

黑夜无尽无休。他们的脚下，整座楼房由于波涛的冲击而晃动，好像是一条摇摇晃晃的船马上就要沉没。他们的头上,狂风暴雨呼啸着席卷洪水而来,如一群猛兽,奔腾咆哮,如一群巨鸟,掀掉房顶上的瓦片。有时让人觉得,它马上就要掀掉房盖,把一切都席卷而去。在暴风雨声中,他们听到了溺水者的号叫。他们每时每刻都等待着整座城市倒塌下来。

一位女士,丹麦公使夫人由于惊吓而腹中剧痛——她怀着身孕——这个可怜的女人像刀按在脖子上一样号叫。大家担心她可能流产。

尤什卡·普罗斯库罗夫在祈祷:"主哇,显灵者尼科拉!圣徒谢尔基!发发慈悲吧!"不能叫人相信,这就是那个自由思想者,他刚刚还在证明没有灵魂。

米哈伊洛·彼得罗维奇·阿甫拉莫夫也很害怕,但同时又幸灾乐祸。

"跟上帝切莫争论!他的愤怒是公正的。这座城市要从地面上消失,像索多玛①和蛾摩拉②一样。上帝俯视下界,见它已腐化堕落,因为任何一个人都不走正路。于是上帝说:让每个人的结局都展现在我的面前。我将使人间洪水泛滥,消灭地上现存的一切……"

人们听着这些预言,感到新的前所未有的惊恐,仿佛是

---

① 索多玛为约旦河谷的一座古城,因居民作恶淫乱,耶和华派天使将其毁灭。

② 蛾摩拉是西订河谷的五座城池之一,由于居民作恶多端而被耶和华焚毁。

世界末日已经来临。

从天窗里看到,黑黝黝的天空里闪现出火光。在暴风雨的呼啸声中传来了钟声。这是报警的钟声。从下面上来的马夫们说,邻近的海军部里工人住房和绳缆仓库起火了。虽然水近在咫尺,但由于风势很大,这大火就尤其可怕,燃烧着的木头被风吹遍全城,随时都可能从各个角落燃起大火。这座城市将毁于两种自然力之中——同时被焚和被淹。应验了预言:"彼得堡将成为废墟。"

天亮时风暴停息了。头戴假发的男士们,满身灰尘和蜘蛛网,身穿"凡尔赛款式"鲸须架式筒裙的女士们,披着羊皮袍子,脸冻得发青。他们在阴暗的白天,在蒙蒙的灰色中,一个个像是鬼魅。

蒙斯从天窗往外看去,只见城市那边一片汪洋,成了无边无际的泽国。大水汹涌澎湃,仿佛不仅是水面,而且一直到底,都在沸腾和翻滚,好像是架在猛火上的锅里的水一样。这片汪洋的大水就是涅瓦河——好像蛇腹部的皮一样,彩色斑斓,有黄,有黑,掀起白浪,它有些疲惫了,但仍然还很狂暴,在跟大地一样的灰色的低矮的天际下,更加令人惊惧。

波涛席卷着破碎的平底船、倾覆的小船、原木、木板、房盖、整栋房架、连根拔起的大树和动物的尸体。

在这不可一世的自然力中,人和生命的痕迹显得特别渺小。有些地方的水面上露出塔尖、教堂的尖顶和被淹没的房屋的顶盖。

蒙斯在远处彼得保罗要塞对面涅瓦河面上看见几条划桨的大桡战船和独桅帆船。他拾起一根放在阁楼地板上赶鸽子用的长竿子，把娜斯简卡的红头绫子拴在上面，然后把竿子伸出窗外，摇晃起来，打出了求援的信号。有一条船离开了其余的船，穿越涅瓦河，向开办舞会的房子驶来。

沙皇的大桡战船由几条小船护卫。

彼得一整夜没有休息，忙于从水中和火中救人。他像一个普通消防队员那样钻进燃烧着的建筑物里，大火烧焦了他的头发，他险些没有被倾落下来的大木头轧死。他帮助穷人从地下室的住宅里抢救不值钱的家当，站在没腰深的水里，冰凉刺骨，浑身直打哆嗦。他跟所有的人共赴艰险，鼓舞了所有的人。凡是有沙皇出现的地方，干起活来都热火朝天，同心协力，水和火甘拜下风。

皇太子跟父亲同在一条船上，可是每一次想要帮他忙的时候，彼得都拒绝了帮助，好像是出于爱护他。

等到大火熄灭，大水开始消退时，沙皇才想起该回宫看看妻子了，她一整夜都为丈夫担惊受怕。

回家的路上，他想要到夏园去看看洪水对那里的洗劫。

涅瓦河畔的长廊处于半毁状态，但维纳斯完好无损。雕像的基座泡在水中，因此看上去好像是女神直接站在水面上，"泡沫中诞生的"刚从波浪中走出来，不过这波浪可不像从前那样是蓝色的和温顺的，而是威严的，混浊的，如铁一般沉重,是斯梯克斯河①的波涛。

大理石像的脚上有个黑色的东西。彼得用望远镜望去,发现是一个人。原来根据沙皇的谕旨,这个贵重的雕像日夜派士兵站岗守护。这个士兵遇上洪水,又不敢逃跑,便爬上维纳斯的基座,紧紧地抱着她的两条腿,可能是就这样坐了个通宵,冻得全身僵硬,疲惫得半死不活。

沙皇急忙前去营救他。他站在舵旁,驾驶着大桡战船乘风破浪前进。突然迎面掀起一个巨澜,河水铺天盖地地扑到甲板上,船体倾斜,仿佛马上就要倾覆。但彼得是个经验丰富的舵手。他两脚牢牢地站在船尾上,用全身的力量压向舵轮,战胜了狂涛巨澜,用坚强的手驾驶着船只驶往目的地。

皇太子瞧了父亲一眼,突然想起一次"狂饮"时从自己的老师维亚节姆斯基那里听来的话:

"费多斯卡常常和唱诗班一起在你父皇面前唱:**上帝想到何处去,那里的自然力必定被战胜**——诸如此类的诗句,这么唱是为了讨好你的父皇:把他跟上帝相提并论,他很高兴,可是却不考虑,不仅是上帝,而且魔鬼也会战胜自然力:魔鬼也时常创造出奇迹来!"

身材高大的舵手穿着一件普通的船长服和高筒皮靴,头发被风吹散——帽子刚才被风吹掉了——注视着被洪水淹没的城市——他的脸上没有惊惶,没有恐惧,也没有怜惜的表

---

① 古希腊神话中九条冥河之一,水中有毒。

情,而是平静的,坚毅的,仿佛是石头雕刻出来的——的确,在这个人身上确实有一种非人的,超越于人和自然之上的威严而强有力的东西。人可能驯服,风可能平息,波涛可能后退,而城市将永远屹立在他下令兴建的那个地方,因为**自然力是可以战胜的**,只要他想要……

"谁想要?"皇太子问自己,但没敢继续问:"是上帝还是魔鬼?"

几天之后,平时彼得堡的面貌差不多已经掩盖了洪水的痕迹,彼得以诙谐的口吻写信给自己的一个"小鸟":

"上周,西南偏西风刮来一场大水,据说是前所未有过的。我的宫殿里地板上面水深达到二十一英寸,花园里和对面沿街可以自由行船。看着人们爬到屋顶和大树上,真叫人开心,仿佛是在挪亚时代,不仅有男人,而且还有女人。水势虽然很大,但没有造成大的灾害。"

信的下面签署着:*寄自人间天堂*。

二

彼得生病了。洪水期间,他帮助从地下室里抢救穷人的家当时,站在没腰深的水里,着了风寒。起初,他对疾病没有留意,勉强支撑着,可是到了 11 月 25 日便卧床不起了,御医布留蒙特罗斯特宣布说,沙皇的生命处于危险之中。

在这些日子里,决定了阿列克塞的命运。10月28日太子妃出殡那天,彼得从彼得保罗大教堂返回儿子家吃回丧饭的路上交给他一封信,"晓谕吾儿",要求他立即痛改前非,否则他必将大发雷霆并剥夺其继承权。

"我不知该怎么办,"皇太子对其近臣说,"接受贫困,暂且与乞丐为伍,还是躲进修道院去,跟教会执事们相伴,或者远走异国他乡,到一个能接待过路者并且不把他出卖给任何人的国家去?"

"你去当修士吧,"海军部顾问官亚历山大·基金建议说,他很早就是阿列克塞的同党和心腹,"僧帽就是用钉子也固定不到脑袋上:可以摘下来嘛。你会得到安宁的,能摆脱开一切……"

"我把你从你父皇的断头台上解救下来,"瓦西里·多尔戈鲁基公爵说,"现在你应该高兴才是,你的事情糟不到哪儿去。像那种不吉利的信件哪怕是交来一千封,也用不着害怕。也许还会有更糟的事在后头呢。有句古谚说得好:蜗牛虽然走得慢,早晚能达到目的地。这封信并不是不可更改的了……"

"你并不想要继承权,这很好,"尤里·特鲁别茨科伊安慰说,"你想想看,金钱岂不也是不幸的原因吗?……"

皇太子多次跟基金商谈过逃往异国的想法,"留在那里,什么都不干,只是安安静静地住在那里,摆脱开一切"。

"要是能有机会,"基金建议道,"你可以到维也纳去找奥地利恺撒。他不会出卖你。恺撒说过，他会把你当成儿子来接待。要不然就去找教皇，或者到法国宫廷去。就连国王都能在那里得到庇护，至于你嘛，那对于他们来说，更算不得什么大事……"

皇太子听着建议，但对任何一项都下不了决心，于是就一天一天地混日子，"等着上帝的意旨"。

突然一切都变了。彼得之死不仅会威胁到俄国的命运，而且将影响到全世界的命运。这个人昨天还想要去隐居于乞丐中间，可是明天却可能登上皇帝宝座。

一些不期而至的朋友把他包围起来，聚到一起，喊喊喳喳，窃窃私语。

"等着瞧吧，看看会怎么样。"

"抽个签——就应验，应验了——就躲不掉。"

"我们也该唱自己的曲了。"

"老鼠也能把猫拖到坟场去。"

12月1日夜里，沙皇感觉自己不好，让人把忏悔师修士大司祭费多斯卡叫来，举行忏悔和领圣餐仪式。叶卡捷琳娜和缅希科夫一刻也没有离开病人的房间。各国使节、俄国大臣和元老们都在冬宫的内室里过夜。早晨，皇太子前来询问皇上的病情，皇上没有接见他，但是人们，尤其是继母和特级公爵，见到他都突然沉默不语，急忙为他闪开路，对他低三下四地鞠躬，一个个的眼色若有所寻，脸色苍白。阿列克塞根据这种种迹象明白了，他一直觉得非常遥远的，几乎是不可能的事就在眼前了。他的心悬起来了，喘不过气来，他自己也不知道是由于什么——是由于高兴还是由于害怕。

那天晚上，他拜访了基金，单独跟他进行了长谈。基金住在城边上，奥赫金屯对面，离斯莫尔尼宫不远。他从那里往家走。

雪橇在荒凉的松林里和宽阔的街道上飞驰，这街道也同样荒凉，很像是林中通道，只有一排被大雪覆盖的黑暗的木克楞房子隐约可见。看不见月亮，但处处洒满耀眼的月光。天上没有下雪，但地上却被风卷起雪柱，飞扬的雪花像烟雾一样。在这明亮的月夜里，弥漫的风雪在模糊不清的蓝色天空衬托下，好像是杯子里泛起的葡萄酒泡沫。

他深深吸了一口冰冷的空气，感到是一种享受。他心情欢快，仿佛是这弥漫的风雪也在他的心中嬉戏，热烈奔放，像是喝醉了一样，同时也让人心醉。这风雪的后面有月亮，同样，他心情欢快的后面有一个想法，他自己还没有看见这个想法，并且也害怕看见它，但是他却感觉到，他由于这个想法而感到陶醉和欢快，同时也感到恐惧。

房子的窗户上都结满了霜，上面房檐上挂着冰溜子，这些窗户像是白眉毛下面的醉眼，在朦胧的夜色里闪耀着暗淡的灯光。他望着窗户，心中想道："也许是屋里正在为我，**为俄国的希望而干杯畅饮！**"他感到更加欢畅了。

回到家以后，他坐到火炉旁，只见里面的炭火尚旺，他吩咐听差阿芳纳西伊奇准备热糖酒。屋里黑暗，蜡烛还没有拿来。阿列克塞喜欢摸黑。在红黄色的炭火中突然蹿出一股酒精般的浅蓝色火苗。风雪弥漫中的月亮透过结满霜花的窗户把蓝色的光辉洒进屋里，好像是在这光辉的后面也蹿起一股巨大的令人心醉的蓝色火苗。

阿列克塞向阿芳纳西伊奇讲了自己跟基金的谈话：那是一项完整的阴谋计划，假如逃跑，那么等父亲死后——他想这会很快，据说沙皇的病是癫痫，这种人不会长命——他立刻从异国返回俄国：各位大臣和元老——托尔斯泰、戈洛甫金、沙菲罗夫、阿普拉克欣、斯特列什涅夫、多尔戈鲁基兄弟——这些全都是他的朋友，其余的也都会追随他——波兰的鲍乌尔、乌克兰的修士大司祭彼切尔斯基、主力军中的舍列麦捷夫。

"边境直抵欧洲的整个俄国便都是我的啦！"

阿芳纳西伊奇听着，像平时一样，露出倔强而又忧郁的神情：你倒是唱得好听，可是往哪儿坐呀？

"可是缅希科夫呢？"等皇太子说完，他问道。

"把缅希科夫插到铁扦上去。"

老人摇了摇头：

"太子殿下，你为什么说得这么莽撞？要是有人听了去，告了密，可怎么办？你在良心上切莫诅咒公爵，在卧室里切莫诅咒有钱人，因为天上的鸟会禀报……"

"你唠叨个鬼！"皇太子懊丧地把手一挥，但是那种不可遏止的欢快之情仍然不减。

阿芳纳西伊奇生气了：

"我不是唠叨，而是说正经事！等到梦应验了之后再赞扬它。殿下，请你建造几座西班牙式城堡。你不听我们小人物的劝。你轻信别的人，他们会欺骗你的。托尔斯泰是犹大，基金不信神——他们都是叛徒！可要小心呀，殿下，吃他们亏的你可不是第一个……"

"我蔑视所有的人：黎民百姓都拥护我！"皇太子高声说，"等父皇下世之后，我对高级僧侣们悄悄一说，高级僧侣们说给教区的神甫们，教区的神甫们再说给教民。到那时，即使是不愿意，也都会让我当上皇帝！"

老人一声不响地听着，仍然还是露出那种倔强而又忧郁的神情：你倒是唱得好听，可是往哪儿坐呀？

"怎么不吱声？"阿列克塞问道。

"我有什么可说的，太子？你随便吧，说到离开你父皇逃跑，我可不建议这么干。"

"为什么呢？"

"为的是：成功便好，可是失败了，你会向我发怒的。本来就受了你的种种罪。我们愚昧无知，脑瓜皮儿薄……"

"可是，阿芳纳西伊奇，你得留意呀，这事可不能对任何人说。只有你听我说过，再就是基金知道。你要是说出去，别人也不会相信你；把我给关起来，也要拷打你……"

关于拷打，皇太子只不过是说了一句玩笑，他想要刺激一下老人。

"那又怎么样,殿下,等你当上皇帝的时候,你还会这么说话,还会这样办事——用拷打来吓唬你的忠诚仆人吗?"

"别怕,阿芳纳西伊奇!我如果当上皇帝,必定会用荣誉来报答你们大家……只是我当不上皇帝。"他小声补充说。

"会当上,会当上!"老人不赞成地说,深信阿列克塞又会高兴得精神振奋起来。

窗下传来铃铛声、雪橇轧雪声、马嘶鸣声和人说话声。阿列克塞和阿芳纳西伊奇彼此看了一眼:这么晚了,还有谁能来呢?莫非是宫廷,父皇派人来了?

伊万跑进门斗去。这是修士大司祭费多斯卡。皇太子看见他,心想是父皇死了——脸色一下子变得煞白,虽然室内昏暗,修士还是注意到了,为他祝福时略略发出冷笑。

当只剩下他们二人时,费多斯卡在火炉旁皇太子的对面坐下来,一声不响地看了他一眼,仍然是带着那种难以察觉的冷笑,伸出冻僵的手到火上去烤,他那像鸟爪子似的弯曲的手指一会儿伸展,一会儿又弯曲。

"怎么,父皇如何?"皇太子打起精神来,终于开口道。

"不好,"修士深深叹了一口气,"非常不好,我想是不会留在人世了……"

皇太子画了一个十字:

"主的意旨……"

"看人时像是看黎巴嫩的香柏树,"费多斯卡拉长声调说,像在教堂里一样,"看不准——神志不清。他的气一断,就要回归大地了：到那一天，他的一切思维也全都完了……"

可是突然停住了，把那张布满皱纹的小脸凑近皇太子的脸，以讨好的语调，快速地向他窃窃私语：

"上帝等得久，就要打得痛。皇上的病是致命的，由于酗酒和女色过度所得，此外，他想要消灭僧侣制度，对它蓄意侵害，因此这也是上帝对他的报应。只要是对教会专横跋扈，就别想有好事。这算是什么基督教？想要建立土耳其式的信仰，可是就连土耳其人自己都做不到。我们的国家完了！……"

皇太子听着，简直不相信自己的耳朵。他知道费多斯卡什么卑鄙的事都做得出来，可是这番话却万万没有料到。

"可是你们这些高级教士都是俄国教会的管理人员，为什么眼睁睁地看着不管呢？不是你们，那又是谁来维护教会？"他眼睛盯着费多斯卡，说道。

"算啦，太子！我们算是什么管理人员？我们这些高级教士都给扣上夹板了，任凭人往何处牵。不过是些衙役而已，得听从人家的。指望谁，就得为谁唱赞歌。好好歹歹地对付。不是什么高级教士，而是一些窝囊废……"

他低下头，补充说，好像是自言自语——阿列克塞在这个教士低声的话语里听到了永恒的声音：

"我们曾经是雄鹰，可是却成了夜间飞行的家蝙蝠！"

他头戴黑色僧帽，身穿肥袖黑色袈裟，生着一张难看的很尖的小脸，被炉中将要熄灭的红色火光从下面照射着，的确是很像一只大蝙蝠。唯有那双聪明的眼睛里闪耀着的暗淡的目光,才与雄鹰相匹配。

"这话不该你说,也不该我听,教士大人!"皇太子终于忍耐不住,大叫道,"是谁让教会屈服于沙皇的?是谁劝说沙皇向民间灌输路德派习俗,拆毁小教堂,辱骂圣像,消灭教士礼仪的?这一切都是谁允许他干的?……"

突然停住了。修士看着皇太子,目光犀利,让他感到不寒而栗。这一切莫非都是耍手腕,都是圈套?费多斯卡莫非是缅希科夫,或者父皇亲自派来当特务的?

"你可知道,殿下,"费多斯卡开口道,眯缝起一只眼睛,露出无限狡黠的笑容,"你可知道逻辑学中所说的归谬法吗?我所做的正是这个。沙皇向教会进攻,但明目张胆地控制它却不敢,只是悄悄地破坏它,一点点儿地使它腐烂。而照我来说,要毁坏,那就毁坏吧!不管要干什么,那就快点儿干。直截了当的路德教派要比拐弯抹角的东正教好一些,直截了当的无神论要比拐弯抹角的路德教派好一些。越坏,就越好!我就要这样。沙皇开始做的,我把它做完;他在耳边窃窃私语的,我要向百姓大喊大叫。我要用他本人来揭露他:让人人都知道上帝的教会是如何遭到践踏的。处熟了,习惯了——就会爱上的,要是不爱上——那就等到了时候,我们自己从洞里出来。耗子为猫流泪!……"

"巧妙!"皇太子笑起来,几乎是欣赏着费多斯卡在做戏,对他的话一句都不相信,"你可真狡猾,神父,像个小鬼……"

"你别用小鬼来鄙弃我,殿下。小鬼为上帝效力,但并非心甘情愿……"

"你把自己跟小鬼等同起来,教士大人?"

"我是政治家,"教士谦虚地反驳道,"跟狼在一起生活,就得像狼那样嗥叫。不只是政治导师们为我们做出玩弄权术的范例,就是上帝也教我们政治:犹如渔夫用蚯蚓把鱼钩包住一样,主把自己的精神裹在神子的肉体里,把钓竿甩到世界的大海里,使了一个计策,就把敌人魔鬼钓上钩了。多么英明的诡诈!天上的政治!"

"怎么,圣父,你不信仰上帝?"皇太子又盯了他一眼。

"离开教会的政治,殿下,算是什么政治?离开上帝的教会,算是什么教会?**权力不是来自上帝,那又是来自何处**……"

他奇怪地,既不狂妄,也不怯懦地嘻嘻一笑,补充道:

"你本来也很聪明,阿列克塞·彼得罗维奇!比你的父皇聪明。你的父皇虽然也聪明,可是却不了解人——我们时常牵着他的鼻子走。可是你会更好地了解人……亲爱的!……"

突然间,他弯下腰去,吻了皇太子的手,迅速而又灵巧,使得皇太子没来得及把手拿开,他只是浑身一抖。

他虽然感觉到,这个教士的阿谀逢迎,是抹在刀刃上的蜜糖,但是这蜜糖毕竟是甜的。他满脸绯红,为了掩饰窘迫之感,他故作严肃地说:

"你瞧,费多斯卡老兄,切莫疏忽大意!瓦罐常到井里去汲水，总有一天会在井边给打碎。你说，对待父皇像是猫用爪子能把狗熊抓伤，可是狗熊一旦转过身来，就会把你压死——你可就一命呜呼了！……"

费多斯卡的小脸像是牙痛似的皱起来，两只眼睛却睁大了，环视着周围，仿佛是有人站在他的背后一样，窃窃低语起来，跟刚才一样，说得很快，但不连贯，好像是在说谵语：

"噢，亲爱的，噢，真可怕哟！我经常想，我早晚得死在他手上。我年轻的时候跟另一个小贵族一起到了莫斯科，我们被带进宫，得到皇恩，叩见你的伯父约安·阿列克塞耶维奇沙皇，可是等到叩见彼得·阿列克塞耶维奇沙皇时，我是如此害怕，吓得我两腿发颤，站都站不稳，我从那时起就一直盘算着，我早晚得死在这个人手里！……"

他现在还吓得浑身发抖。但是憎恨却比恐惧更有力量。阿列克塞觉得，费多斯卡谈起彼得来好像不是在说谎，或者不完全是在说谎。他在他的想法中看出了自己关于父皇那些最隐秘的危险的想法：

"人们常说，伟大的君主！他伟大在何处？靠着专横残暴的习俗进行统治。用斧头和皮鞭来推行教化。皮鞭起不了多大作用。斧头——虽是铁器——但也并非初次见到：就给两个银币！一直寻找阴谋和暴乱。可是他却看不到，暴乱都是他一手造成的。他本人就是头号的暴徒。杀戮，砍头，可是全都没有用。有多少人被处决，流了多少鲜血！可是劫掠却有增无减。人的良心是捆绑不住的。鲜血不是白水，必定高喊报仇。上帝的愤怒很快,很快就要降到俄国头上,一旦开始内讧,那就从大人到小孩,人人都将看到:无尽无休的动荡不安,人头纷纷落地——咔嚓——咔嚓——咔嚓……"

他用手比画着喉咙,"咔嚓",模仿着斧头的声音。

"到那时,将建成上帝的教会,经过鲜血的洗涤,比雪还白,犹如那个身披阳光的妇人,统治着所有的人……"

阿列克塞看着他的脸,只见恶狠狠的脸已经变形,两眼燃烧着凶恶的火光,他觉得,在他面前的是一个疯子。他想起了大修道院一个修士的话:"费奥多西神父有时心情忧郁,受着魔鬼的折磨,趴到地上,做些什么事,自己也记不得了。"

"我期望什么,就努力去办,"教士最后说,"看来是觉得可怜。上帝在俄国头上:把沙皇处死,对人民施恩。把你给我们派来,你是我们的解救者,是我们教会的太阳,是我们虔诚的皇上,是全俄国的君主阿列克塞·彼得罗维奇,殿下!……"

皇太子惊恐地跳了起来。费多斯卡也站了起来,一头扑到他的脚下,抱住他的双腿号叫起来,激动而坚决地祈求说,仿佛是在威胁:

"开开恩吧,可怜可怜你的奴隶吧!我要把一切,一切的一切全都奉献给你!没有献给你的父亲,我想要当宗主教,可是现在不想当了,我不需要,什么都不需要!……一切——都给你,亲爱的,我的太阳,我心坎上的朋友,光明的阿寥申卡!我爱你!……你当沙皇,同时又当宗主教吧!

你把天上的与人间的集于一身，戴上康士坦丁皇冠，白色僧帽，同时也戴上莫诺马赫皇冠！比人间所有的皇帝都伟大！你是——天下第一，你是——天下唯一！你，也是上帝！……而我是你的奴隶，你的忠犬，你脚下的一条虫。渺小的费多斯卡！殿下，我像拥抱上帝一样抱着你的腿，给你叩头！"

他给他叩头，袈裟的两个肥大袖子伸展开，像是家蝙蝠的两个巨大翅膀，悬挂在胸前的镶嵌宝石刻着沙皇肖像的十字架碰到地上，发出响声。皇太子心中充满了厌恶之情，一股寒气浸透他的全身，仿佛是有一只癞蛤蟆跳到他身上。他要把他推开，打他一记耳光，向他脸上吐唾沫，可是却动弹不得，好像是被噩梦缠身。他觉得，伏在他脚下的并不是无赖，"渺小的费多斯卡"，而是另一个强大而威严的，主宰一切的人——他曾经是只雄鹰并且成了夜间飞行的家蝙蝠，岂不就是那个屈于皇权的教会吗？透过那种厌恶和惊恐，可以看出，他头脑中萦绕着的是对权势狂热的渴求。仿佛是有人用那两只巨大的翅膀把他高高托起，让他看到统治世界的权势和荣耀，并且说：**你要是给我叩头，我就把这一切都赐给你。**

炉中的炭在灰烬下面闪出微弱的火光。酒精般的蓝色火苗更加微弱。窗外风雪弥漫中的蓝色月光已经暗淡。仿佛是有人用暗淡的目光往窗里窥视。玻璃上的霜花闪耀着白光，像是花朵的幽灵。

等皇太子清醒过来时，屋里已经没有任何人了。费多斯卡消失了，仿佛是钻进地里或者消散在空中了。

他胡诌了些什么？他说了些什么谵语？阿列克塞想，好像是从梦中醒来。白色僧帽……莫诺马赫皇冠……发疯了，精神失常了！……他怎么知道父亲要死？从哪儿说起的？有过多少次都以为不能活了，可是上帝大发慈悲……

他突然想起很久以前一次谈话中基金所说的话：

"你父皇的病并不严重。故意举行忏悔和领圣餐仪式，想要让人们看到他病得不轻，这一切都是虚张声势，是在考验你和别的一些人，想看看等他不在时你们会如何。你可知道，有一篇寓言，说的是：老鼠们准备给猫送葬，高兴得又蹦又跳舞，可是猫却突然跳起来，蹿上去一扑——舞也就停了……什么领圣餐，那是他有自己的打算，而不是为了老鼠……"

那番话像一根针一样刺得他心痛，让他感到羞愧和厌恶。可是故意把它当作耳旁风，权当没有听见：他特别欢快，什么都不去想。

"基金是对的！"他现在做出了决定，好像是有一只死人的手压迫他的心，"是的，全都是虚张声势，是欺骗，是政治家的鬼花招，是猫捉弄老鼠。等他一跳起来，就会扑上去……什么都没有。什么都不曾有过。关于自由的一切期望、兴奋和幻想，都只不过是一场梦，一场白日梦，头脑发昏……"

蓝色火苗闪动最后一下，熄灭了。黑暗降临了。只有灰烬下面的炭火眯缝着眼睛，狡黠地眨动着，现出笑容。皇太子感到恐怖。仿佛是费多斯卡还没有走，他还在这里，躲在一个角落里——暂时躲了起来，不声不响，可是马上就会像家蝙蝠那样在他的头上张开黑色的翅膀，不停地扇动，同时伏在他的耳朵上小声说：**我给你统治一切的权力和所有的光荣，因为这权力已经交给了我，我愿意给谁就给谁……**

"阿芳纳西伊奇！"皇太子叫道，"点灯！快点儿点灯！"

老人气哼哼地咳嗽起来，嘟哝着，从热炕上爬下来。

"你有什么可高兴的？"皇太子问自己，近几天来第一次头脑如此清醒，"莫非？……"

阿芳纳西伊奇赤着脚走进来，手里拿着一支蜡烛，上面结了烛花。烛光直接照到阿列克塞的脸上，他由于在黑暗中待了很久而感到光线刺眼。

他的心里好像是也亮堂了：他突然看到了他不愿意看而且不可能看到的东西——父亲死掉的可能性，他因此感到很欢畅。

三

"你可记得，殿下，当年在主易圣容村，我在你的卧室里，在神圣的福音书前是如何问你的：你将来会把我当作你的精神之父，当作上帝的天使和使徒，当作你一切事务的裁判者而加以崇拜吗？你会相信，我这个罪人拥有基督赐给使徒的那种神权吗？我可以利用这种权力约束一切和决定一切吗？你当时回答说：相信。"

这是皇太子的忏悔师、克里姆林宫上斯帕斯大教堂大司祭，雅科夫·伊格纳季耶夫神父对他说的，这位神父是在阿列克塞跟费多斯卡见面以后三个星期从莫斯科来到彼得堡的。

十年前，雅科夫神父对于皇太子来说，无异于宗主教尼康对于他的祖父"最安静的"沙皇阿列克塞·米哈伊洛维奇。孙子履行了祖父的遗训："你们要把神职高高举在自己的头上，对他们言听计从，不可有任何异议；神职高于皇位。"在普遍辱骂和践踏教会的情况下，皇太子却匍匐在温顺的僧侣雅科夫脚下，为此感到甜蜜。他在牧师身上所看到的是主，并且相信，主——是一切首脑之首脑，王者之王。雅科夫神父越是专横，皇太子就越发俯首帖耳，而且越发感到这种俯首帖耳的甜蜜。他所给予精神之父的全部爱，是他所不能给予肉体之父的。那是一种友情，热忱，温柔，犹如恋情一样强烈。他在国外时写信给雅科夫神父说："我真心地以上帝的名义做证，我在整个俄国没有一个像圣父那样的朋友。我本来不想说，可是还得说：愿上帝保佑您健康长寿；可是万一您从此世移居到彼世去，那么我就非常不希望返回俄国了。"

可是突然一切都变了。

雅科夫神父有个女婿，当书吏的彼得·安菲莫夫。根据忏悔师的要求，皇太子录用了安菲莫夫，把自己在下城边区阿拉托尔州的波列茨克领地交给他管理。书吏独断专行，把农民们弄得倾家荡产，几乎酿成暴乱。他们多次向沙皇告状，指责彼季卡是窃贼。可是他却出水一身干,什么事都没有,因为雅科夫神父包庇和维护自己的女婿。最后,农民们听说自己的同乡和老友伊万·阿芳纳西耶维奇给皇太子当听差,便派代表到彼得堡来找他。伊万亲自赴波列茨克领地侦查案情,回来之后禀报说,彼季卡的种种胡作非为和为非作歹皆属事实,而更主要的是,雅科夫神父对这些恶行都一清二楚。这对皇太子是一个严厉的打击。起来维护的不是他自己和自己的农民,而是上帝的教会,他觉得教会通过不称职的牧师而被败坏了声誉。他很长时间不想见到雅科夫神父,隐藏着自己的委屈,默不作声,可是最后终于按捺不住了。

大司祭使用绰号"地狱的神父",跟"土匪""饭桶""花花公子"以及其他一些酒友一起参加皇太子的"酗酒大联欢",这种集会说是"大",但比起父皇的大集会来,只是小巫见大巫。一次小酌时,阿列克塞揭露俄国神甫,称他们为"叛徒犹大""基督的出卖者"。

"等到新的伊里亚先知降临,打断你们的脊梁,巴尔神的祭司们①!"他盯着雅科夫神父的眼睛,叫道。

"你说了不该说的话,太子,"雅科夫严厉地说,"你不应该这样责备和愤恨我们这些微不足道的神的祈祷者……"

"我们了解你们的祈祷,"阿列克塞打断了他,"'主哇,宽恕我吧,放我到贮藏室去吧,帮帮我吧,帮我拿出去

---

① 巴尔为古代闪族的司农业和丰收之神,后又被认为是皇权的保护神;"巴尔神的祭司"喻想发财致富的人。

吧。'我的父皇彼得·阿列克塞耶维奇做对了——主保佑他健康——他减少了你们的毛,剃掉了你们的长胡子!你们这些法利赛人和伪君子,你们还嫌不够,还需要狠毒,粉饰的棺材!……"

雅科夫神父从桌子后面站起来,走到皇太子跟前,严肃地问道:

"你指的是谁,殿下?不是指我们这些温顺的人吗?……"

此时此刻,"上斯帕斯的大司祭,最神圣的神父"很像是尼康宗主教,可是彼得之子却已经不像"最安静的"沙皇阿列克塞·米哈伊洛维奇了。

"也有你,"皇太子回答道,也站了起来,像以前一样紧盯着雅科夫神父,"也有你,神父,不能把你从众人中剔出!你把灵魂出卖给魔鬼了,你寻找耶稣并非为了耶稣,而是为了一小块面包。你摆什么架子?想要当宗主教?老兄,不是那个时候了。酒徒到过圣彼得节还早着哩!你等着瞧吧,主定会把你从祭坛上推下来,你在上斯帕斯大教堂里将会大头朝下,两脚朝上,直接掉到——烂泥里!……"

他又加了几句不堪入耳的骂人话。大家都哈哈大笑起来。雅科夫神父两眼发黑。他也醉了,但与其说是由于喝酒,不如说是由于愤怒。

"闭嘴,阿廖沙!"他喊道,"闭嘴,狗崽子!……"

"既然我是狗崽子,那么你就是公狗!"

雅科夫神父满脸通红,浑身颤抖,把两只手举到皇太子的头上，声嘶力竭地叫喊，他当年在圣母报喜教堂当大辅祭时站在讲经台上就用这种声音诅咒异教徒和离经叛道者：

"我要诅咒！我要诅咒！我要运用我的权力，这是主通过使徒彼得给我的……"

"怎么，教士，别喊坏了嗓子！"皇太子恶意地嘲笑说，"你应该可怜的不是使徒彼得，而是书吏，窃贼，你自己的亲姑爷彼得·安菲莫夫！他就在你身上，通过你而号叫——这个无赖彼季卡，魔鬼彼季卡！……"

雅科夫神父伸出手，给了皇太子一记耳光——"堵住了渎神者的嘴"。

皇太子向他扑过去，一只手抓住他的胡子，另一只手去摸桌子上的刀。阿列克塞两眼射出愤怒的火光，脸色苍白，由于全身抽搐而变形，一瞬间与彼得的脸十分相像，令人毛骨悚然，使人觉得像是来自另一个世界的幽灵。皇太子很少发火，可是一旦发起火来，什么坏事都干得出，现在就是这样一个时刻。

酒友们都跳了起来，向打架的两个人奔过去，抓住他们的胳膊和大腿，费了好大的劲，终于把他们拉开。

这场争吵，像所有的类似争吵一样，最后是不了了之，如通常所说的：谁活一辈子还不兴喝醉，司空见惯的事，喝醉了，打一架，酒醒了，就和解了。他俩也和解了。可是从前那种爱却没有了。尼康在孙子手里倒了，恰如在祖父那个时候一样。

雅科夫神父是皇太子和整个秘密联盟之间的联络人，这个联盟由彼得和彼得堡的敌人组成，进行阴谋活动，他们集聚在失宠的皇后阿芙多季娅的周围，尽管她是被囚禁在苏兹达尔的"修女"。当传来沙皇病危的消息时，雅科夫神父匆匆忙忙赶到彼得堡，他肩负着苏兹达尔委派的使命，因为那里的人都在期待着重大的变革，等待着阿列克塞登基。

可是等到大司祭到达之际，一切都变了。沙皇康复了，非常迅速，要么是他的病愈是个奇迹，要么就是他的病是假装的。基金的预言应验了：老猫跳起来——老鼠停止跳舞，四处逃散，又都躲到洞里去了。彼得达到了目的，了解到皇太子的力量如何，假如他这个皇上真的死掉，将会如何。

阿列克塞得到传闻，知道父亲对他极其恼怒。一定是有特务——不就是费多斯卡吗？——向父皇嘀咕说，皇太子听到父皇的病大为高兴，容光焕发，像过命名日那样兴奋。

所有的人又都立刻把他遗弃了，犹如躲避瘟疫那样躲着他。他又从皇帝宝座上跌到断头台上。他也知道，现在他已得不到宽恕，随时随地都在等待着跟父皇的可怕会见。

但是，憎恨和惊惶却压倒了恐惧。他觉得这场欺骗，"政治权术"，猫的狡猾，装死的鬼把戏，很卑鄙。也想起了父皇的另一项"政治权术"：那封威胁剥夺他的继承权的信函，"晓谕吾儿"，是 1715 年 10 月 22 日太子妃死的那一天交给他的，但落款却是 10 月 11 日，也就是皇后生彼得·阿列克塞耶维奇之子的前一天。当时他没有留心日期的变动。可是现在明白了，这有多么狡猾：父皇生了儿子之后，他就不能不在"晓谕"中提到他，有了新的继承人，就不能威胁他无条件地剥夺其继承权。伪造日期可以赋予违法以合法的形式。

皇太子想起父皇一向喜欢装成公正的人，他不禁苦笑起来。

他本来可以宽恕父皇的一切——所有大的谎言和恶行，唯独不能饶恕这个小小的诡计。皇太子正在这么想的时候，雅科夫神父来了。

阿列克塞正感到很孤独，很高兴他的到来，正如高兴任何一个活人到来一样。但是，大司祭身上的尼康精神太强烈了：感觉到皇太子现在比任何时候都更需要他的帮助，便决定向他提起一次旧的委屈。

"太子殿下，"雅科夫神父继续说，"当年在主易圣容村你在神圣的福音书前给我们的保证，你现在竟然撕毁了，把它当成了儿戏，或者变成了玩笑。你没有把我当成上帝的天使和基督的使徒，当成你一切事务的裁判者，可是你却审判起我们来了，用恶言秽语中伤我们。由于我们的姑爷彼得·安菲莫夫跟波列茨克农民的案件，你给我们家带来了不断的哭声。我是你的精神之父，可是你却拽我的胡子，你既然敬畏上帝，我为什么不应该得到你的仁慈。我尽管有罪而且低贱，但毕竟是主的最圣洁的血和肉的侍奉者。等到第二次降临之日来到的时候，孩子，那时已不再存在私情，我和你在王者之王面前是有账可算的。等到人间的权势疲惫不堪之时,那里就会出现穷人唯一的沙皇……"

皇太子一声不响地抬起眼睛看他,表情不是忧伤,不是绝望,而是无动于衷,像死了一样木然,竟然使雅科夫神父立刻把嘴闭上。他明白了,现在不是算老账的时候。他是个善良的人,阿列克塞爱他像爱自己的亲人一样。

"上帝宽恕,上帝宽恕,"他把话说完,"朋友,你也原谅我这个罪人吧……"然后他看着他的脸,惊惶不安地补充道:

"我给你带来一件礼品,"雅科夫神父欢乐而神秘地微微一笑,"母后的信。我到修道院去了。那边非常高兴,又出现了预兆,都说,很快,很快就会应验……"他从衣袋里掏出一封信。

"不要,"皇太子制止了他,"不要,伊格纳季伊奇!最好是别给我看。有什么用呢?没有这个已经够难过的了。再带来——父皇会知道的。监视我的人很多。你今后别再到修道院去了,也别再给我带信来。不需要……"

雅科夫神父看着他,又是很长时间,全神贯注。到了什么地步了,他想,儿子弃绝了母亲,骨肉之情都没有了!

阿列克塞挥了挥手,把头垂得更低了。

雅科夫神父全都明白了。泪水在老人的眼圈里转来转去。他向皇太子弯下腰,把一只手放在他的手上,另一只抚摸着他的头发,和蔼地小声说,像是对一个生病的小孩说话一样:"你怎么了,我的太阳?你怎么了,我亲爱的?主与你同在!要是心里有什么,别隐瞒,说出来会轻松一些,让我们一起商量商量。我是你的父亲。虽然我罪孽深重,可是也许主会给我智慧……"

皇太子仍然沉默不语,转过身去。可是他突然紧锁眉头,嘴唇哆嗦起来。他低沉地干哭着,趴到雅科夫神父的脚下:

"我痛苦,圣父,痛苦哇!……不知道该怎么办……再也没有力量了……我对父皇……"

他没有把话说完,好像是自己被他想要说的话给吓住了。

"到圣像室里去!快走!到那儿我把一切都告诉你。我想要忏悔。圣父,你在主面前审判我和父皇吧!……"

圣像室是一个紧挨着卧室的小房间,四面墙上挂满镶金嵌银、锁满宝石的古老圣像,这都是沙皇阿列克塞·米哈伊洛维奇的遗产。白昼的光亮一丝也透不到这里来,永不熄灭的神灯在永世的昏暗中半明半暗地亮着。

皇太子跪到读经桌前,桌上放着一本福音书。雅科夫神父披上袈裟,好像是完全换了一副模样,庄严肃穆。他的脸从近处看,是最普通的庄稼人的脸,由于衰老而变得麻木和松弛,可是从远处看,仍然文雅端庄,很像古代圣像上基督的脸。他拿着十字架,说道:

"孩子,基督站在这里,虽然我们看不见,他在接受你的忏悔。别怕羞,也别畏惧,别对我隐瞒,直截了当地说出所做的一切,聆听我们的主耶稣基督的教诲。"

按照忏悔的程序，忏悔者一件件一桩桩说出自己的罪过，然后忏悔师逐个询问，忏悔者一一回答，他便会逐渐地越来越轻松，好像是有一个强有力的人从他的灵魂上一个又一个地拿掉重轭，有一个轻而又轻的人用手轻轻地触动他良心的创伤，它们便愈合了。他感到既甜蜜又恐惧，心里在燃烧，站在他面前的仿佛不是雅科夫神父，而是基督本人。

"告诉我，孩子，你是否有意或无意地杀死过人？"

"我有罪，圣父，"他说得声音极低，勉强可以听见，"不是行动，也不是言语，而是思想。我对父皇……"

又像刚才一样，停住了，好像是自己被自己想要说的话给吓住了。可是那洞察一切的目光却深入到他心灵最隐秘的深处。任何事都不可能瞒过这目光。

他脸色煞白，浑身颤抖，出了一身冷汗，后来经过努力，终于说道：

"父皇有病的时候，我曾经希望他死掉。"

他蜷缩成一团，垂下头，闭上眼睛，以便不看他。他站在他面前，惊呆了，仿佛是在期待着响起如天上的轰雷一般的话语——如世界末日的最后审判中的起诉词或辩护词。

突然间，雅科夫神父发出了所熟悉的普普通通的人的声音：

"上帝宽恕了你，孩子。我们所有的人也全都希望他死。"

皇太子抬起头，睁开眼睛，看见一张熟悉的普普通通的人的脸，丝毫都不让人害怕——一双善良而又有些狡黠的褐色眼睛，周围布满细细的皱纹，胖乎乎的圆脸上长着一个赘疣，上面有三根毛，棕红色的胡须已经花白——他那次喝醉酒打架时拽的正是这部胡须。修士不愧是修士——他泰然自若，好像全然无事似的。可是假如皇太子头上真的响起轰雷，那么他惊讶的程度也许不会大于那句普普通通的话："上帝宽恕了你，孩子。我们所有的人也全都希望他死。"

神甫好像全然无事似的，按照圣礼书的规定，继续询问：

"告诉我，孩子：你是否吃过死牲畜，被压死的，或被狼咬死的，或死于猛禽的牛？你是否违犯过圣规从而变得不洁？或者在大斋节，星期三或星期五吃过奶油或奶酪？"

"圣父！"皇太子说，"我的罪孽深重，上帝知道，深重……"

"可是在斋期吃过荤？"雅科夫神父不安地问。

"我指的不是这个，圣父！我指的是父皇。为什么会是这样？我是他的亲生儿子，亲骨肉。儿子盼望父亲死。盼望别人死的人就是他的杀手。是思想上的凶手。可怕呀，伊格纳季伊奇，可怕。圣父，我对你就像对基督一样进行忏悔。你想想看，帮帮我吧，发发慈悲吧，主哇！……"

雅科夫神父看了了他，起初感到吃惊，后来就生气了。

"反对肉体上的父亲，你可以忏悔，至于反对精神上的父亲，你是否可以把它忘掉？说到精神比肉体重要，那只能是精神之父比肉体之父重要……"

他又滔滔不绝地讲起来，全是按照书本，空空洞洞，归纳起来只是一句话："要把神职高高地举在自己的头上。"

"孩子，你太固执了。像是一只发狂的山羊，向着我咩咩地叫。上帝不会听到你的这种话，因为这不是你说的，而是魔鬼通过你来作践我，魔鬼把你当成一匹瘦马来驾驭，骑在你身上耀武扬威，像是骑着一头猪，据圣父们的预兆，想上哪儿就上哪儿，直到彻底灭亡……"

他说着说着，又扯到波列茨克的农民和自己的女婿彼得·安菲莫夫身上来了。

一种灰蒙蒙的东西像蜘蛛网似的遮住了皇太子的眼睛，使眼皮发黏。站在他面前的这个人的脸仿佛是在雾中膨胀起来，仿佛是从这张脸的后面又出来一张脸，也是很熟悉的：尖尖的红鼻子总是嗅着什么气味，一双瞎乎乎泪汪汪的小眼睛狡黠而又凶恶——这是书吏彼季卡的脸，仿佛是在"上斯帕斯的大司祭，最神圣的神父"那张文雅端庄，很像古代圣像上基督的脸上，混进了窃贼彼季卡、无赖彼季卡那张令人厌恶的脸。这张脸跟主的面容结合在一起，是对神的亵渎，是可怕的。

"吾主耶稣基督宽宏仁慈，以其爱人之心宽恕了你和你的一切罪孽，我的孩子阿列克西斯，"雅科夫神父用法衣上的长巾盖着皇太子的头部，说道，"我作为一个不称职的神甫，运用主给我的权力，宽恕你，并且解脱你的一切罪，为了天父、神子和圣灵，阿门。"

阿列克塞的心里一片空虚，这些话，他听起来，空空洞洞，没有权威，没有不解的秘密，不给人以恐惧。他感到，这里宽恕了，可是那里并没有宽恕；在人间解脱了，可是在天上并没有解脱。

那天天黑之前，雅科夫神父到浴室去洗了个澡。回来以后，坐到壁炉前，跟皇太子面对面地喝起热蜜水来，热气腾腾的红铜锅锃明瓦亮，映出了大司祭那张红铜一般的脸膛。他不慌不忙地一杯接一杯地喝着，不时地用方格大毛巾擦着汗。他在浴室里已经发过汗了，现在喝热蜜水仿佛是在履行某种仪式。他慢酌慢饮，就着酥脆的甜面包圈，那种气魄文雅庄重，跟他祭神时一样，可以看出祖传的遗风，可以听出东正教古老的遗训：一动不动，如大理石柱，毋左歪，毋右斜。

皇太子听着他的议论：洗蒸汽浴时用什么样的笤帚抽打更舒服；浴室里用薄荷还是用小黄菊来熏香最佳；讲述大司祭夫人冬天过尼科拉节时洗蒸汽浴出汗过多，差点儿没有死了。还话赶话地提到圣父们传下来的教诲和训言："心地坦然，才能扬眉吐气；聪明者必不做，把力气看作虫豸；智慧要长，怒气要息……"

说着说着又扯到波列茨克的农民身上来了，当然也少不了谈到彼季卡·安菲莫夫。

皇太子很想睡觉，有时觉得不是他面前的那个人在说话，而是一头牛在反刍，咀嚼一会儿，吐出口哺，然后又无休无止地咀嚼起来。

昏暗更浓重了。外面在解冻，下着肮脏的黄雾。窗户上的白色霜花融化了，滴着水。从窗户可以看见天空，也是肮脏的，瞎乎乎，泪汪汪的，很像书吏彼季卡那双狡黠而卑鄙的小眼睛。

雅科夫神父坐在皇太子的对面，三个星期之前修士大司祭费多斯卡就坐在那个位子上。阿列克塞情不自禁地把这两个神职人员进行比较，他俩一个是新派，一个是旧派。

"不是高级教士，而是两个坏蛋！'我们曾经是雄鹰，可是却成了家蝙蝠。'费多斯教士说过。雅科夫教士也可能说：'我们曾经是雄鹰，可是却成了戴上枷板的牛。'"

费多斯卡的身后是个永远的政治家，是个旧派的魔鬼，雅科夫神父的身后也是个政治家，却是个新派的魔鬼——无赖彼季卡。二者旗鼓相当，新和旧半斤八两。莫非这两个人物，过去的和未来的，身后是一个统一的第三者——整个教会吗？

他看了看肮脏的天空，又看了看大司祭通红的脸。这里和那里都有一种赤裸裸的卑鄙而又卑鄙，永远卑鄙的东西，它无时无刻不在，但毕竟比古怪的梦呓更一目了然。心里一片空虚，寂寞无聊，像死亡一样可怕。

像平时一样，又传来了钟声，由远而近，越来越响亮。

皇太子听着，突然全身都警觉起来。

"有人，"雅科夫神父说，"不是到这儿来的吧？"

传来了马蹄踏在雪水里的啪哒啪哒声、雪橇轧在光秃秃的石头上的嘎吱嘎吱声，然后从门前台阶上传来人语声，接着是门斗里的脚步声。门开了,走进一个身材高大的人,只见他那张好看的脸上显现出一副愚蠢相,是古罗马士兵和俄国傻子伊万努什卡某种奇怪的混合物。这是沙皇的听差,主易圣容近卫军上尉亚历山大·伊万诺维奇·鲁勉采夫。

他交给皇太子一封信。皇太子当即打开读了:

"吾儿。明朝前来冬宫。彼得。"

阿列克塞没有吃惊,也没有感到奇怪,好像是早就料到了这次会见——因此他毫不介意。

那天夜里,皇太子做了一个梦,他时常做这样的梦,跟平时一模一样。

这个梦跟他童年听到的一个故事有关。

大搜捕火枪兵时期,彼得沙皇下令把大贵族伊万·米洛斯拉夫斯基的尸骨挖掘出来,他曾是索菲娅的朋友,主要的叛乱者,死后安葬在斯托普的尼科拉教堂西侧厅里,在那里已经躺了十七年。打开盖的棺材用猪给拉到主易圣容村的刑场,放在那里的断头台下面,上面砍叛乱者的头,鲜血流到死者的尸骨上,然后把尸骨剁成数块,就地埋在刑场拷刑架和断头台底下。谕旨说:"让窃贼们不断增加的血永远淋到窃贼米洛斯拉夫斯基污秽的碎尸上,用圣诗的话来说:**主憎恶嗜血和诡诈的人。**"

阿列克塞在这个梦里起初好像是什么都没有看见,只是听见关于阿寥努什卡妹妹和伊万努什卡哥哥的童话里一支可怕的歌,他童年时祖母,皇太后娜塔丽娅·基里洛芙娜·纳雷什金娜,彼得的母亲时常给他讲这篇童话。伊万努什卡哥哥变成了小山羊,召唤阿寥努什卡妹妹。但是在梦中听到的不是"阿寥努什卡",而是"阿寥申卡"——这两个名字的谐音带有预见性,让人害怕:

> 阿寥申卡,阿寥申卡!
> 熊熊的火烧得正旺,
> 锅里的水翻滚沸腾,
> 他们正在磨刀霍霍,
> 准备要把你杀掉。

后来,他看见一条偏僻而荒凉的街道,正在融化的雪,一排黑色的木桩,斯托普的尼科拉教堂铅灰色的圆顶。清晨像晚上一样昏暗。天边上有一颗巨大的"扫帚星"——彗星,像血一样鲜红。几口奇异的猪,肥胖,浑身没有毛,黑色中间带有粉红色的斑点,拖着一辆小丑用的雪橇。雪橇上放着一具开着盖的棺材。棺材里放着一个滑腻腻的黑色东西,好像是树窟窿里的烂树叶子。教堂的圆顶在彗星的照耀下变成血红色。春天水坑里的薄冰在雪橇的碾轧下发出嘎吱的响声,黑色的泥浆像鲜血一样溅出来。万籁俱静,犹如在世界末日的前夕,天使长吹起号角之前。只有猪咻咻地叫着。有一个灰胡子的小老头,身披褪色的绿袈裟,很像是阿寥沙小时候见到过的圣德米特里·罗斯托夫斯基,伏在他耳朵上小声说:"**主憎恶嗜血和诡诈的人。**"皇太子知道,嗜血的人,正是彼得。

他醒了,像平时做这种梦一样,惊恐万状。窗外已是清晨,但跟晚上一样昏暗。万籁俱静,犹如在世界末日的前夕。

突然听到有人敲门和阿芳纳西伊奇睡意蒙眬的气哼哼的声音:

"起床吧,起床吧,太子!该去见你父皇了!"

阿列克塞想要叫,可是却起不来。他浑身各个器官仿佛都脱落了似的。他觉得自己的躯体是在天上,好像是别人的。他躺在那里像个死人似的,他觉得梦还在继续,他是在梦中醒来的。与此同时,他却听到敲门声和阿芳纳西伊奇的声音:

"到时候了!该去你父皇那儿了!"

祖母用那衰老的颤颤悠悠的声音在他的头上轻轻地唱着那支可怕的歌,好像是羊在咩咩地叫:

> 阿寥申卡,阿寥申卡!
> 熊熊的火烧得正旺,
> 锅里的水翻滚沸腾,
> 他们正在磨刀霍霍,
> 准备要把你杀掉。

四

彼得对阿列克塞说：

"跟瑞典人的战争一开始，咳，吃了大败仗，是由于我们没有掌握战争的技艺，我们痛苦而又有耐心地上完了这所学校，如今应该看到，这个敌人曾经让我们发抖过，可是现在却在我们面前发抖了！我和俄国其他的真正儿子付出了劳动，得到了收获。现在我们根据上帝给我们老祖宗亚当的命令，靠着自己脸上的汗水吃饭。像挪亚当年造方舟一样，我们尽力工作，只有一个想法：让俄国名扬全世界。我看到了上帝给予我们祖国的荣耀，展望未来，高兴的同时也感到悲哀，因为发现你极不适于掌管国家大事……"

阿列克塞登上冬宫的楼梯，走过在沙皇办公室门旁站岗的近卫军士兵身边，像他每次谒见父皇之前一样，体验到一种毫无意义的本能的恐惧。两眼发黑，上牙打下牙，两腿打战；他担心会跌倒。

可是等父皇以平静的声音像背书一样发表起早已准备好的长篇大论以后，阿列克塞便镇静了。他好像是僵住了，他又采取了满不在乎的态度，仿佛父皇不是在跟他谈话，谈的不是他。

皇太子像个士兵一样，笔挺地站着，双手下垂，漫不经心地听着，偷偷地打量着屋子，只是怀着一种冷漠的好奇心。

镟床、木匠工具、星盘、水准仪、罗盘、地球仪和其他一些数学、炮兵、筑城工程器具在这间狭小的房间里摆得满满的,使这个房间很像是船舱。墙壁灰皮剥落,露出黑色的橡木,上面挂着彼得所喜爱的荷兰画师亚当·西洛的海洋风景画,"有益于了解航海术"。所有的物品皇太子从童年起就很熟悉,唤起了他一连串的回忆:荷兰自鸣钟上垫着一张报纸,上面摆着一副大而圆的铁框眼镜,用蓝绸子缠着,免得戴上时擦破鼻梁,紧挨着,一顶白色花条棉布的睡帽,带有一个绿色丝穗,阿寥沙有一次玩耍时由于不经心而给弄掉,可是当时父亲并没发火,而在集中精力起草圣谕,这需要他亲自执笔。

桌子上堆着各种文件,彼得坐在桌子后面一把高背皮椅上,他身边的火炉烧得很热。他穿着一件浅蓝色长袍,皇太子早在波尔塔瓦战役之前就记得它,现在已经穿得很旧并且已经褪色,上面被烟斗烧了一个窟窿,现在用更浅色的布打了一块补丁;红毛线衣上钉着白色骨质纽扣,其中一个破碎了,只剩下一半,他认出了这颗纽扣,便数了起来,不知为什么,每次听父亲那冗长的斥责训话时,他都这么做——那是从下面数第六颗纽扣;里面穿的是一件蓝色粗线毛衣;脚上是已经穿旧的灰色粗毛线袜和旧布鞋。皇太子看了这些细小的物品,他觉得习以为常了,既熟悉又陌生。唯独没有看见父皇的面孔。从窗户往外面望去,只见涅瓦河面铺上一层皑皑的白雪,一缕冬季的黄色阳光从窗子斜射进来,落在他俩的中间,又长又细,尖尖的,像是一把长剑。

这缕阳光把他俩分开，把他俩相互隔开。紧靠着沙皇脚下的地板上照着四方窗框形的太阳影，他的宠物，棕红色的母狗利泽塔蜷曲成一团，正在那里睡觉。

沙皇说话声音平稳而单调，由于咳嗽而有些嘶哑，他好像是念一道写好的谕旨，说道：

"你的无能并非上帝的过错，因为他没有剥夺你的理性，也没有剥夺你结实的体魄，尽管你不是非常结实，但也并非虚弱；最主要的是你对军事业务连听也不想听，可是我们恰恰是由于拥有军事力量才摆脱了对世界的一无所知，并且本来对我们一无所知的世界现在却因此而尊敬我们。我并非教唆人没有合法的理由而好战，可是热爱军事，尽可能地学习和掌握它，这却是治理国家的两项必不可少的事业中的一项，这两项就是治理内务和国防。轻视战争必定造成亡国的后果，希腊帝国的灭亡就是最明显的例证：只讲爱好和平，贪图安宁的生活，从而放下武器，对敌人妥协退让，而敌人却把他们的安宁变成了遭受暴君无尽无休的奴役，他们不就是这么亡国了吗？假如你认为将军们可以根据命令去掌管这一切，那可不成为其理由，因为每个人都用眼睛盯着最高统帅，以便效仿他的榜样：最高统帅爱好什么，他们大家也都爱好什么；他厌恶什么，别人也就不敢热心。况且你一无所好，一无所长，根本不懂军事。不知道你怎么能够掌管军事，对他们的事情一窍不通，怎么能奖优罚劣？你是只雏鹰，就不得不看着人家的脸色行事。你要借口说体质虚弱，受不了军事的艰苦吗？但这也不是理由。我希望你的并不是艰苦，而是爱好，这是任何疾病也不能消除的。你想过没有，许多人并不亲自参战，但有这种爱好，如已故的法国国王路易，他亲自参加战争并不多，可是他有强烈的爱好，因此建立了卓绝的功勋，被称为世界战争的舞台和学校——不只是对战争，也包括对其他事情和工业的爱好，从而使自己的国家名扬四海！我在评价你的时候首先考虑的是第一项。因为我是个人，所以也得死……"

把他们俩隔开的那缕阳光后退了，阿列克塞看到了彼得的脸。这张脸大变样了，自从他最后一次看见父皇以来，过去了仿佛不是一个月，而是许多年；当时彼得风华正茂，血气方刚，如今却成了个老人。于是皇太子明白了，父亲的病不是装出来的，可能他的确是濒临死亡了，当时他是这样想的，大家也都是这样想的。在光秃秃的前额上，头发向前耷拉着，在眼睛下面的眼袋中，在向前翘起的下颏上，在整个蜡黄的浮肿的仿佛是浇铸出来的脸上有一种沉重的呆滞感，仿佛是从死人的脸上拓下来的面具。唯有那双凸起的大眼睛好像是被捉的猛禽，射出火焰般的明亮的光芒，还跟从前一样，保持着青春的朝气，但已显现出无限的疲惫和虚弱，几乎是叫人可怜。

阿列克塞也明白了，虽然他关于父亲的死想过许多，期望和盼望他死，可是从来也没有理解这死亡，好像是不相信父亲真的会死。只是现在才第一次突然相信了。这种感觉很莫名其妙，同时还有一种从未体验过的恐惧，不是为自己，而是为他而恐惧：对于这个人来说，死亡应该是什么？他将怎样死呢？

"因为我是个人，所以也得死，"彼得继续说，"我要把这个根据上天的安排所开始的并且已部分完成的事业留给谁呢？留给跟福音书中那个懒惰的奴隶很相似的，把自己的才华埋进地里，把上帝所赏赐的一切全都抛弃了的人吗？我还要提醒一点，你养成了多少恶习和固执。为了这一点，我骂过你多少回，不仅仅是骂，还打过，况且，你数一数，有多少年不跟你说话了。可是这毫不顶用，一无所成，全都白费力气，一切都付诸东流，你什么事情都不愿意做，只是躲在家里过舒服日子，经常不断地寻欢作乐，况且你那另一半的生活也令人厌恶！你一方面有皇室的高贵血统，可是另一方面却打着渺小的算盘，好像是个最低贱的奴才中间的最低贱者，经常跟那些无用的人鬼混，你从他们那里什么都不能学到，除了作恶和丑事。你用什么来回报父亲对你的养育之恩？你已经长大成人，可是在我遇到难以忍受的悲苦和困难时，你帮助过我吗？丝毫也没有！这是人所共知的。更有甚者，你憎恨我的事业，我做这些事是为了人民，不惜损害自己的健康，而你必然会葬送这些事业！我痛苦地思考了这一切，看出来了，怎么也不能使你变好，于是决定向你宣布最后的遗嘱，并且再稍稍等待一个时期，看看你是否会阳奉阴违。假如不是，那么你就……"

他说到这里咳嗽起来,咳嗽了很长时间,很痛苦,这是他病后遗留下来的。脸色通红,目光发直,前额冒汗,血管涨起。他憋住气了,想要咳嗽出来,但经过一番激烈的努力,仍然白费劲,憋得更厉害了,好像是不会咳嗽的婴儿。这种孩子般的老人举动既可笑又可怕。

利泽塔睡醒了,抬起头,用聪明的目光盯着主人,仿佛很可怜。皇太子也在看着父亲,突然间有个什么尖尖的东西刺痛了他的心,好像是蜇了似的:"狗会可怜,可是我……"

彼得终于咳嗽出来了,吐了一口痰,像平时一样,用不堪入耳的话骂了一句,用手绢擦去脸上的汗和泪,马上接着原先的话茬继续往下说,声音更加嘶哑,但像以前一样平静,不露声色,好像是念一道写好的谕旨一样:

"我再强调一遍,为了让你……"

手绢无意中从他的手里掉到地上,他想要哈腰拾起来,可是阿列克塞制止了他,自己奔过去,拾起来,递给了他。这一微不足道的效劳使他想起他从前对父亲所怀有的那种怯懦的温柔的爱恋。

"爸爸!"他叫了一声,脸上的表情和说话的声音使得彼得盯了他一眼,但立刻就垂下目光,"上帝可以做证,凭良心说,我没有做过任何对不住你的事。我清楚自己的软弱,自己也不希望要继承权,不希望承担力所不及的事。我没有能力!难道我,爸爸……对不住你……噢,主哇!……"

他的话中断了。他无意中抽搐着把双手举起,好像是要抓住头,可是停住了,嘴上露出奇怪的不知所措的微笑,脸色煞白,浑身发抖。他自己也不知道这是怎么回事,只是感到有个什么东西在胸里增长,升起,终于以一种不可遏止的力量冲了出来。只要父亲说出一句话,使一个眼神,做一个手势,儿子就会一头扑到他的脚下,抱住他的双腿,泪流满面地痛哭起来,于是他俩之间那道可怕的墙壁就会倒塌,就会像太阳底下的冰一样,融化殆尽。他就会把一切都解释清楚,他就会找到恰当的话让父亲原谅他,让父亲明白他一生都爱他,只爱他一个人,现在也还是爱,爱得比以前更强烈——他什么都不需要——只是求他允许爱他,为他而死,只希望能有一次机会表示悔改,能像他童年时常常把他抱在怀里那样对他说:"阿寥沙,我亲爱的孩子!"

"丢开你那套孩子气吧!"彼得说,声音粗鲁,但好像是故作粗鲁,而实际上则是窘迫,并且竭力掩饰这种窘迫,"不要寻找任何借口。用行动来向我们证明,说空话,没人相信。经书上说得好:**邪恶之树不可能结出善良之果……**"

彼得避开阿列克塞的目光,向一旁看着,可是他的脸却哆嗦起来,仿佛是透过那死人的面具露出了活人的脸,皇太子十分熟悉这张脸,并且觉得它很亲切。可是彼得控制住了自己的窘迫。他说起话来,脸上的表情又变得死气沉沉,声音也越发强硬和不近情理:

"如今游手好闲之徒太多了。白吃面包而不给上帝、沙皇和祖国做好事的人,像寄生虫一样,只干害人的勾当,败坏一切,而不能给人们带来丝毫好处。使徒说:**不劳者不得食,游手好闲者当受到诅咒。你就是个无所事事的人……**"

阿列克塞几乎是没有听见这些话。可是每个声音都使他的心灵受了伤,刺得他的心灵疼痛难忍,犹如尖刀刺进了他的肉体。这跟杀害是一样的。他想要叫喊,想要制止他,可是感到父亲什么都不会明白,什么都听不进去。他们二人之间又竖起一堵墙,又出现一道鸿沟。父亲每说一句话,都离开他远了一步,越走越远,一去不复返了,就像死人离开了活人一样。

终于停止了疼痛。他又木然了。他又毫不在乎了。只是听着这死人般的声音感到昏昏欲睡,这声音已经不能使他受伤了,只是像一把很钝的锯,在锯他。

为了尽快结束,以便走开,他选择父亲沉默的时刻,说出了一个深思熟虑过的回答,脸上的表情和说话的声音也跟父亲一样,死气沉沉:

"仁慈的父皇!儿臣别无禀报,只恳请陛下鉴于儿臣之无能而撤销儿臣继承俄国皇位之权利,听凭圣上旨意。还要恭请陛下更改初衷,儿臣已看到自己无能和无用,各种疾病缠身,智力和体力衰竭,如儿臣这般腐朽之人,不适于治理黎民。为此,圣上百年之后,儿臣原本没有兄弟,可是感谢上帝,如今已有兄弟,愿上帝保佑他健康——俄国皇位应由他继承。儿臣现在不觊觎皇位并且事先保证,将来也永不觊觎,上帝可为此做证,空口无凭,儿臣准备亲笔写一保证书。

儿臣将子女交给圣上抚养，只为自己恳请死前的衣食。"

沉默起来。在这冬季中午的一片寂静中，只能听到墙上挂钟的钟摆均匀的嘀嗒声。

"你的拒绝只是拖延时间，而不是出自内心！"彼得终于开口了，"既然现在你不害怕而且也不看重父亲的宽恕，那么等我死后你怎能履行自己的保证呢？你立下保证书有什么用，不能相信那一套，因为你心肠太狠。这儿用得上大卫的话：**任何人都说谎**。即使是你自己想要遵守保证，可是那些僧侣、长老却可能使你低头，强迫你留起长胡子，他们游手好闲，但现在还没有捞到好处——你太偏爱他们了。为此，现在，如你所希望的那样，模棱两可，不彻底解决，是不可能的。但两条出路：一是你痛改自己的习气，不阳奉阴违，用自己的行动来取得皇位继承人的地位，因为不这样，你的灵魂就不能得到安宁，尤其是现在，你的健康状况不佳；另一条是你去当僧侣……"

阿列克塞垂下眼睛，沉默不语。他的脸现在也跟彼得的脸一样，好像是从死人脸上拓下来的面具。面具对着面具，二者突然间奇怪地变得非常相像——处于对立中的相似。阿列克塞那张瘦削的长脸仿佛是彼得那张宽大的胖脸反映在凹镜上，奇异地变窄了，拉长了。

彼得也沉默不语。可是他的右腮、嘴角和眼角，整个右半边的脸，迅速地抖动着，抽搐着，逐渐加剧，变成痉挛，并且影响到整个脸、脖颈、肩膀、手和脚。许多人认为他患有处于潜伏期的癫痫,甚至患有精神病,这种痉挛是发病的先兆。阿列克塞在这种时刻里看着父亲不能不产生恐惧。可是现在他却很平静,仿佛是包裹在看不见的厚厚的铁甲里。父亲还会对他怎么处置?杀死?由他去好了。难道他刚才所做的不比杀死他还坏吗?

"你怎么不说话?"彼得突然喊道,用拳头猛击桌子,这一痉挛的动作引起他全身发抖,"当心,阿寥什卡!你以为我不了解你吗?了解,我已经把你看透了!你竟然反到你老子头上来,狗崽子,盼望你亲爹死掉!……表面上一声不响,装成个圣徒,可恶透顶!大概是从僧侣和长老那里学会了这套政治手腕的?难怪救世主吩咐使徒们什么都别怕,而对他们说:可要当心伪善,僧侣的伪善——就是耍花招……"

皇太子低垂的目光中闪耀着恶意的讥笑。他想要问父亲:"晓谕吾儿"中更换日期——10月22日改成10月11日——意味着什么?父皇是从何处学来了这种花招?只有书吏彼季卡,无赖彼季卡,或者"披着神职外衣的狡猾之徒"善于玩弄"天上权术"的费多斯卡才会使用这种鬼把戏。可是他强忍住了,没有问。

"最后再提醒一点,"彼得又以从前那种平静的几乎不动声色的语气说了起来,他用坚强的毅力克制住了痉挛,"你仔细考虑一下各个方面,做出决定以后马上给我答复。否则,你清楚,我定要剥夺你的继承权。譬如说,我的手指上生了坏疽,尽管这是我的身体的一部分,可是难道我不应该把它割掉吗？我对你就是这样，要像是个患了坏疽的肢体一样割掉！你不要以为我这么说只是为了吓唬你：我会真的做得到的。为了人民和祖国，我曾不惜自己的性命，怎么会可惜你这个没用的货呢？宁肯要别人的好的，也不要自己的没用的。我再强调一遍，两条道由你选：要么痛改前非，要么剃度为僧。如果你不照办……"

彼得站了起来，现出了高大的身材。他又痉挛起来，头抖动着，手脚哆嗦着。那张死人面具般的脸扭曲成丑角的脸形，两眼充血，目光呆滞，令人生畏。说话声音如同野兽吼叫。

"你要是不这么办，我就要把你当成恶人歹徒，加以惩处！"

"儿臣希望出家为僧，恳请仁慈的陛下恩准。"皇太子用低沉而坚定的声音说。

他在说谎。彼得知道他在说谎。阿列克塞也清楚，父亲知道。皇太子由于进行报复而心里充满恶意的高兴。他那无限的驯服中却有着无限的倔强。如今儿子比父亲强大，弱者胜过了强者。儿子剃度为僧，对于沙皇有什么好处呢？"僧帽并非用钉子固定在头上，也可以摘下来。"昨天是僧侣，明天就是沙皇。从地里把父亲的尸骨翻腾出来，儿子要侮辱父亲——把一切都毁掉荡平，把俄国葬送。不剃度为僧，那就要把他杀死，消灭，彻底铲除。

"滚吧！"彼得疯狂而又无力地呻吟道。

皇太子抬起眼睛，盯着父亲：像是一只狼崽子看着老狼，龇着牙，竖着毛。二人的目光相遇在一起，好像两把决斗中的长剑——父亲的目光低垂下，好像是长剑碰到坚硬的岩石上，折断了。

他像一头受伤的野兽一样，又吼叫起来，嘴里骂着娘，把两只拳头高举到儿子的头顶，准备奔过去痛打他一顿，把他打死。

突然间，一只温柔而有力的小手落在彼得的肩上。

皇后叶卡捷琳娜·阿列克塞耶芙娜早就在门外窃听了，并从钥匙眼往里面看。卡简卡很好奇。像平时一样，在丈夫最危险的时刻里前来救驾。门无声地开了，她踮着脚从他身后悄悄地走过来。

"彼简卡！亲爱的！"她说，一副温顺的样子，有些可笑，故作姿态，好像是和善的保姆在跟固执的孩子说话，或者看护妇在跟病人说话，"别打扰自己，彼简卡，别让我心里难过，我的太阳。你太累了，又得病倒躺下……太子，你走吧，亲爱的，快走吧，上帝保佑你！你瞧，皇上欠安……"

彼得转过身来，看见了卡简卡平静的几乎是愉快的脸，突然明白过来。举起来的双手像是两条皮鞭，落下来，庞大而沉重的躯体像一棵从根部被砍断的大树，一屁股坐到椅子上。

阿列克塞还像先前那样盯着父亲，弓腰驼背，好像野兽面对野兽时竖起毛一样，慢慢向门口退去，只是到了门槛才突然转过身来，开开门，走了出去。

卡简卡坐到椅子扶手上，抱住彼得的头，把它贴在自己胸前，她那一对乳房正是哺乳的母亲的乳房，又圆又大，绵软得像枕头一样。卡简卡红润的脸上长着一个毛茸茸的小黑痣、好看的小疙瘩和酒窝，两道高高的眉毛，一头黑发精心地卷成发卷，低垂在前额上，一对凸起的眼睛，总是现出笑容，这张脸和彼得那张苍老的蜡黄的病恹恹的脸放在一起，还显得很年轻。她与其说是像皇后，不如说是像德国酒馆里的女招待或者俄国士兵妻子——如沙皇所称呼的，洗衣妇——这个女人一直伴随着"老头子"参加所有的远征，亲手为他"洗洗涮涮"和"缝缝补补"，当他犯心绞痛时，给他做泥敷，用布留蒙特罗斯特的药膏擦肚皮，还给他"催泻"。

近臣们都非常害怕沙皇发怒时那种疯狂劲儿，除了卡简卡，谁都不能缩短他发作的时间。

她用一只手搂着他的头，另一只抚摸着他的头发，不断地说着同一句话："彼简卡，我的太阳，我的心肝！……"她像是一个为病儿唱着催眠曲的母亲，像是一个爱抚着野兽的驯狮女郎。在这种平静的爱抚下，沙皇安静下来，闭着双眼，好像是睡着了。痉挛已经减轻。只有脸上那张死人的面具还不时地抽搐着，好像是丑角在做怪脸。

跟着卡简卡，进来一个猴子，这是一个荷兰船长送给小公主丽赞卡的礼物。淘气的猴子跟在皇后身后，捕捉她的衣服下摆，好像是毫不知羞耻，大胆地要掀起下摆来。可是它看见利泽塔，吓坏了，一下跳到桌子上，又从桌子跳到哥白尼天体仪上，这个小动物把上面的细铜丝压弯，球形的宇宙发出咝咝的响声，后来，它越跳越高，跳到红木玻璃门的英国立式钟的顶上。夕阳的余晖照在钟上，钟摆摆动着，上面的反光犹如闪电。猴子很久没有见到太阳了。它惊奇地看着陌生的冬季苍白的落日，眯缝着眼睛，好像是在努力回忆什么，抽搐着可笑的脸，仿佛是在模仿彼得脸上的抽搐。一个小动物和一个伟大的沙皇——这两张脸都扭曲得如小丑所做的怪脸，相似得惊人。

阿列克塞回到家里。

他有一种好像是一个人被割掉了手或脚的那种感觉：他清醒过来以后，习惯地摸摸原来长着手或脚的那个地方，可是却发现没有了。皇太子感觉到，他心里原来装着对父亲的爱的那个地方，现在已经没有这种爱了。他想起了父亲的话："要像一个患了坏疽的肢体一样割掉！"好像是一切都与爱一起被抽掉了。他身上空空如也——没有期望，没有恐惧，没有悲伤，没有高兴——空虚得很轻松，但也很可怕。

他感到吃惊的是，竟然这么迅速而简单地实现了他的希望：父亲死了。

第五部 一片荒凉

一

"1701年,沙皇到沃罗涅日去建造舰船,他刚一离开莫斯科,出于天意,那里就发生了火灾。克里姆林宫里宫殿起火,木房和砖房里面的一切、教堂、十字架、房盖、圣像壁和圣像全都焚毁殆尽。悬挂在大伊万上的重达八千普特的钟王被烧坏,掉在地上摔破了。乌斯宾斯基大钟也摔碎了,其他一些钟也掉了下来。好像是大地都烧着了。"

这是七十岁的老人,莫斯科圣母报喜大教堂保管祭物的伊万神父对皇太子阿列克塞说的。

彼得病愈以后立即于1716年1月27日到外国去了。皇太子一个人留在彼得堡。没有得到父亲的消息,他"推迟"了最后的决定——为了取得继承权而改正错误还是剃度为僧——像以前一样混日子,听凭上帝的安排。他在彼得堡度过冬天,在罗日杰斯特温诺度过春天和夏天,秋天去莫斯科会见亲属。

临行前一天,即9月10日晚上,他看望了自己的老友——奶娘的丈夫、圣母报喜大教堂保管祭物的神甫,跟他一起去参观火灾之后一片荒凉的老克里姆林宫。

他们在没有尽头的废墟上待了很长时间,逐个查看了被焚的宫殿和房舍。没有被焚的,也没能逃脱时间的劫难,终于毁坏了。许多房子没有了门窗和地板,所以不能进到里面去。墙壁上裂缝纵横。房盖和拱顶坍塌了。阿列克塞没有找到,或者说没有认出他童年住过的房子。

不用说话,他已经猜到了伊万神父的想法:火灾恰恰发生在沙皇开始毁坏古代传统的那一年,是主发怒的征兆。

他们走进一座破旧的家用小教堂,伊万雷帝曾经在这里为被他击毙的儿子祈祷。

透过拱顶上的裂缝可以看到天空,只见它又深又蓝,只有在废墟里才能看见这样的天空。裂缝的两个边沿中间,飘荡着弧形的蜘蛛网,被暴风吹断的十字架悬挂在铁链上,随时都可能掉下来。云母的小窗户全都被风吹落。几只寒鸦飞进窟窿里,它们在拱顶的下面筑了巢穴,它们的粪便弄脏了圣像壁。圣徒黝黑的脸上涂着一道道白色鸟粪的痕迹。一半的圣障已经脱落下来。圣坛前有一个脏水坑。

伊万神父对皇太子讲了这个教堂的神甫,一个百岁老人,曾经长期到衙门去,甚至找皇上请求修缮寺院,"拱顶由于年久失修而千疮百孔,非常危险,有可能给圣餐仪式造成危害"。可是谁都不听。他痛苦而死,教堂也就毁坏了。

受惊的寒鸦不祥地叫着，飞来飞去。从窗户吹进来的穿堂风发出呻吟声和哭泣声。蜘蛛在网上跑起来。有什么东西从圣坛后面飞出来，可能是一只蝙蝠，在皇太子的头顶上盘旋。他感到毛骨悚然。可怜这个被糟践了的教堂。他想起了先知关于圣地一片荒凉的预言。

他们经过"金栅栏"，沿着"红台阶"的前排通道进入多棱宫，这里比别处完整一些。可是在这个从前沙皇接见各国使节的地方，如今却上演新的喜剧和举行丑角婚礼。为了使旧的不影响新的，墙上创世纪题材的壁画用石灰刷掉，用赭石涂抹上"新式"的花纹。

来到一个库房，伊万神父指给皇太子看两具狮子模型。他马上就认出了，因为小的时候常常看见。阿列克塞·米哈伊洛维奇时代放在圆柱宫里的皇帝宝座旁，像活的一样，能吼叫，眼睛会动，嘴能张能合。铜质的躯体上贴着用羊皮仿制的狮子皮。能发出"狮吼"和控制眼嘴活动的机器设在毗邻的仓房里，里面有器械和弹簧。可能是为了修理而移到克里姆林宫，和其他一些废弃物一起被遗忘在这里的仓库中。弹簧断了，毛皮上出现了窟窿，腐烂了的韧皮纤维从肚子里掉出来——当年象征着俄国君主威严的雄狮是何等威风凛凛，如今却显得异常可怜。它们的脸上现出绵羊般的蠢相。

一些被废弃但尚完好的房舍，由各种衙门占据。譬如滨河的报答堂和追荐厅里是弹药局，楼阁里是元老院，饲料库和粮食库里是盐务局、军事部、被服局和远征处，御马厩里是布匹和火药仓库。每个衙门搬来时不仅带来档案、官员、门卫和来此办事的人员，而且带来了戴枷的囚犯，他们成年累月地住在宫廷的仓房里。这些新来的人麇集在这古老的宫殿里，乱跑乱窜，好像是尸体里的蛆虫，把这里糟蹋得乌烟瘴气。

伊万神父对皇太子说："人畜的粪便和垃圾极其严重地危害着皇家的财物和宫中的古传珍宝。这里臭气熏天。金银器皿和皇家的所有财物都受到这种气味的损害——已经变黑。应该清除垃圾，把囚犯解往他处。我们曾多次申请，可是没有理睬我们。"老人悲哀地总结说。

这天是星期日，衙门里空无一人。可是空气中却有一股难闻的气味。随处都可以看见求见者们脊背摩擦墙壁留下的油污、墨迹、下流猥亵的图画和文字。金碧辉煌的古代壁画已经模糊不清，但古代先知们和俄国圣徒们的庄严面孔仍然清晰可见。

克里姆林宫里，宫殿和大教堂附近，秘密大门旁，竟然为公务员和书吏们开了一家酒馆，字号叫"滚子"，由克里姆林山的陡坡而来。它像一棵毒菌，迅速成长起来，多年来一直十分兴旺，尽管明文规定："应立即将该酒馆从克里姆林宫迁出，为保持酒税的收入，可酌情增设数家以取代该酒馆，应选择适当地点，以不伤大雅。"

一个办公楼里异常气闷，臭味扑鼻，皇太子急忙打开窗户。下面"滚子"里挤满了人，传来野兽般的号叫声、跳舞

的跺脚声、三弦琴的铮铮声和醉鬼的小曲:

> 妈妈狂舞时把我生下,
> 在皇上的酒馆里给我施洗,
> 用绿色的葡萄酒为我洗浴。

"这首歌很熟悉,小丑女教长勒热夫斯卡娅在父皇的饮宴上唱过。"

皇太子觉得,"滚子"像是一个张着的大嘴,与这歌声、骂娘声和劣质酒味一起,还有一股令人窒息的臭气向皇宫升起,使他感到恶心,两眼发黑,心里一阵剧痛。

他举目向"金殿"的拱顶望去。只见上面画着天体运行图,有日月星辰、天使和各种"神的用具",基督乘着彩虹车,左手拿着金杯,右手拿着槌子,头戴七角王冠,金绿色的画地上写着题记:"圣父亘古长存的金玉良言通过天之子使动物从无到有,给教会以安宁,给皇帝以胜利。"

下面传来歌声:

> 妈妈狂舞时把我生下,
> 在皇上的酒馆里给我施洗……

皇太子读了太阳上的文字:

太阳归西,夜将至。

这些话在他的心里成了预言:古老莫斯科王国的太阳在楚赫纳人黑暗的沼泽地里,在秋天的泥泞中找到了自己的西方。夜将至——不是漆黑的夜,而是可怕的彼得堡白夜。古老的太阳暗淡无光了。莫诺马赫古老的金冠和披肩由于这新的臭气而变黑。神圣之地夷为一片荒凉。

他仿佛是害怕有看不见的人追捕,急匆匆地跑出皇宫,在通道和楼梯上头也不回,伊万神父由于年迈而腿脚迟缓,几乎是跟不上他。到了广场,来到露天地,皇太子才停住脚步,自由地吸了一口气。这里秋天的空气清洁而凉爽。古代大教堂的白色石头也很清洁,好像新的一样。

伊万神父住在圣母报喜大教堂墙边的一个角落里,即圣徒格奥尔基侧祭坛教堂的净室里,那里有一个低矮的长凳,他常常坐在这里晒太阳,以温暖他那把老骨头。

皇太子疲惫不堪地坐到长凳上。老人回去为他安排住宿。只剩下皇太子一个人。他感到很累,好像是走了几千俄里的路。他想要哭,可是没有眼泪:心在燃烧,泪水仿佛是在烧热的石头上烤干了。落日的余晖如神灯的光亮,照到白色的墙上。大教堂金色的圆顶呈现出红色,好像烧红的炭。天空变成深紫色,像凋谢的紫罗兰花的颜色。白色的尖塔好像是巨大的红色花冠。

响起了钟声,先是在斯帕斯塔楼上,在密室的里兹波洛仁斯克大门上，后来近处和远处的其他尖塔上，都响起了钟声。这拖长的钟声在空中回荡，仿佛是所有的钟彼此呼应，谈论着过去和未来的秘密。古老的撞钟方法——许多小钟为一个雄壮的大钟"伴奏"，奏出一首庄严的教堂乐曲；而新式的荷兰方法，则以急促的"阿姆斯特丹式"流行舞曲相呼应。这新与旧的两种不同声响使皇太子回想起遥远的童年。

他合上眼睛，灵魂陷入恍惚状态，陷入介于梦境和清醒之间的浑浑噩噩之中，其中残留着过去的阴影。犹如阳光透过缝隙射进黑暗的屋子里，白色的墙壁上出现五光十色的阴影，回忆中的种种影像一幕幕地出现在他的眼前。在这一切中占主导地位的是一个令人恐怖的形象——父亲。一个旅人在漆黑的夜里攀上高处，借助于闪电的光亮四下观望，突然看见了所走过的道路，他也是这样，在这可怕的形象照耀下，看见了自己的整个一生。

二

他六岁。古老的轿式御辇虽然外表金碧辉煌，但行驶起来却和普通马车一样笨拙和颠簸，只是里面用天鹅绒装饰，车窗用云母镶嵌，挂着塔夫绸窗帘，他由祖母抱着坐在绵软的羽绒坐垫上，身边围着同样绵软的靠垫和姆妈。他的母亲阿芙多季娅皇后也在这里。她头上扎着镶有珍珠首饰的绣花头巾——那张白皙的圆脸总是让人惊奇,完全像个小姑娘。

他从敞着的车窗往外面观看为庆祝亚速远征而举行的隆重阅兵式。他喜欢军队的整齐队伍、在阳光下熠熠生辉的铜炮、在木板上胡乱涂抹的寓意画:两个被缚着的土耳其人,下面是文字解说:

咳!我们丢掉了亚速海,
也就给自己招来了灾难。

像蓝靛一样的蓝色大海中有一个赤身裸体的人,"被认为是海神涅普图努斯",他骑着一头满身鳞甲的绿色怪兽,手执三股叉:"我祝贺占领亚速,并向您臣服。"他感到特别壮观的是身着罗马戎装的德国学者维尼乌斯,他站在高高的凯旋门上,用一个一俄丈半长的话筒朗诵俄语诗。

主易圣容连的一个炮手在队伍中与普通士兵并排而行,他身穿红领深绿色长袍,头戴三角帽。他的身材比所有的人都魁梧高大,因此从远处就可以看得很清楚。阿寥沙认出了那是父亲。可是他那张脸是那么年轻,差不多还是一张孩子的脸,所以阿寥沙觉得他不是父亲,而是兄长,是一个可亲的伙伴,跟他一样是个男孩。在这辆老式马车里,坐在羽绒坐垫上和跟羽绒坐垫同样绵软的姆妈中间,让人感到气闷。真想要自由自在,在阳光下奔向那个手疾眼快、情绪欢畅的卷发男孩。

父亲也认出了儿子。他俩彼此微笑着，阿寥沙高兴得心怦怦直跳。沙皇走到马车前，把车门打开，几乎是强行把儿子从祖母手里夺走——姆妈们惊叫起来——父亲比母亲更温柔，拥抱他，亲吻他，然后把他高高地举起来，给士兵和百姓们观看，把他放在自己的肩上，驮着他跟队伍一道前进。他俯视着人群的海洋，只见万头攒动，成千上万人的欢呼声，如同欢快的雷声，先是从近处响起，然后在越来越远的地方也都跟着响起来：

"沙皇和太子万岁！万岁！万岁！万万岁！"

阿寥沙感觉到，所有的人都在看他，也都爱他。他既高兴又恐惧。他牢牢地搂住父亲的脖子，信任地紧紧依靠着他，父亲驮着他也小心翼翼，唯恐把他摔下来。他觉得父亲的全部动作——也就是他自己的动作，父亲的全部力量——也就是他自己的力量，他和父亲是一体的。他想要笑，又想要哭。百姓们的欢呼声、隆隆的炮声、响亮的钟声、大教堂的金色圆顶、湛蓝的天空、自由自在的风和灿烂的阳光，一切都如此热烈。感到头晕目眩，喘不过气来——他在飞翔，直奔天空，奔向太阳。

祖母从车窗里探出头来。她的脸上布满皱纹，善良，衰老，阿寥沙感到亲切而又可笑。她在挥手，喊叫，祈求，差一点儿要哭起来：

"彼简卡，彼简卡，我的爹呀！可别伤着阿寥申卡！"

姆妈们又把他放到绵软的床铺上，给他盖上绣金锦缎貂皮被，哄他睡觉，给他挠脚跟，以便让他睡得更香甜，把他包得严严的，裹得紧紧的，免得被风吹着，像是爱护眼珠一样地保护着皇子。他被当成女娇娃，永远被藏在深宫秘闱里。他去教堂时，一路上前簇后拥。把他的衣襟提起，不让任何人看见皇太子，因为按照老规矩，还没有"册封"他为太子：一旦公开宣布，人们就会把他当成"怪物"，纷纷从遥远的四面八方前来观看他。

皇宫里低矮幽静的卧室里很气闷。门窗全都钉上毡子，不透一点儿风。地板上也铺着毡子，"为了保暖和行走舒适"。瓷砖的火炉烧得很热。炉中的燃料里掺有乳香，燃烧起来，全屋充满香气。白天，阳光透过雕花窗上的云母射进室内，呈现出琥珀般的深黄色。处处都燃着神灯。阿寥沙精神倦怠，但感到宁静和舒适。他好像永远都睡意昏昏，而不能醒来。听着那些单调的谈话，他昏昏欲睡。教诲他如何"按照上帝的意旨治家——什物要秘藏，保持清洁，堆放整齐，精心保管，不得污染弄脏，不得让它发霉腐烂，经常锁起来，不要被盗，不得弄坏，善有善报，恶有恶惩"；"如何精心保管零星碎物，如何用粗席捕捞池塘里的鱼，如何用桶贮存咸蘑菇，如何虔诚地信奉不可分割的圣父圣子和圣灵的三位一体"。这些单调的谈话让他昏昏欲睡。当年曾给他的祖父——"最安静的"沙皇阿列克塞·米哈伊洛维奇开心解闷的盲艺人在三弦琴悲凉的琴声伴奏下演唱古代壮士歌谣，听着这些百岁老人讲述神怪故事，他昏昏欲睡。朝圣者，乞食的游方僧讲述朝圣时的见闻,他们讲到雅典山像松塔一样,尖尖的,高耸入云,圣母站在山顶上,用袈裟把山遮盖起来;讲到柱塔僧谢苗让自己的躯体腐烂,蛆虫在溃烂处蠕动;讲到诺甫哥罗德人莫伊斯拉夫在船上从远处看见了人间天国;讲到别的一些神的奇迹和魔鬼的作祟。他听着这些,也昏昏欲睡。阿寥申卡感到寂寞无聊的时候,根据祖母的命令,打诨逗趣的小丑们、流浪四方的卖艺女郎们、卡尔梅克人、阿拉伯人便在他面前翩翩起舞,相互厮打,在地上滚爬,彼此拽头发,擦破皮肤流出血。或者老太太把他抱在怀里,数着他的手指,挨着个数,从大拇指数到小拇指,同时嘴里念念有词:"喜鹊贼煮好一锅粥,跑出家门外,请来客人一大帮,给这个吃了,给那个吃了,轮到最后的,锅里空空的——给了他一个脑壳!"祖母胳肢他,他笑起来,往一边躲。她给他吃油腻的奶制品和煎饼、荸荠、胡桃油炸饼、罂粟籽牛奶烤饼、梨、蜜饯无花果。

"吃吧,阿寥申卡,使劲吃吧,亲爱的!"

每当阿寥沙肚子疼的时候,都来一个女巫医,她用咒语给小孩子治病,用草药治疗胃肠病,把瓦罐放在肚子上,嘴里念着咒语——有病的人常常因此而感到病痛减轻。如果打个嚏喷或者咳嗽一两声,就给喝悬钩子,用酒浸樟脑搓身或者用锦葵给洗蒸汽浴。

只有在最热的天气才带领他到上红花园去散步,登上克里姆林山。这里很像空中花园,是皇宫的延续。这里的一切都是人工的：温室花草、小巧的人工湖、笼养的鸟儿。他望着脚下的莫斯科全景，那里有他从未去过的街道、房顶、塔和钟楼，远处的莫斯科河南区，蓝色的麻雀山，天空上金黄色的云彩。他也感到寂寞无聊。他想要离开宫廷，离开这个玩具般的小树林，到真正的森林里去，到田野里去，到大江大河去，到天涯海角去；他想要逃跑，想要飞走——他羡慕燕子。感到气闷，像是在洗蒸汽浴。温室花草和药用植物——马珠草、香薄荷、艾菊、神香草——香气浓烈。蓝蓝的云朵在飘动。突然来了一片阴影，发散着清香气，掉下雨滴。他把脸和手都让雨淋着，贪婪地接受着那冰冷的水滴。奶娘姆妈们在寻找他：

"阿寥申卡，阿寥申卡！回家吧，孩子！你会把脚弄湿的！"

可是阿寥沙不听，藏到树丛里。发散着薄荷、茴香和泥土味，湿淋淋的草木更绿了，有了光泽，多瓣芍药的花朵红似火。夕阳的余晖切开了乌云，阳光和雨水融汇成一道金色的帷幕。他的脚和衣裳已经湿了。可是他看到大大的雨滴落到水坑里，碎成许多小小的金刚石般的颗粒，他欣赏着，不由得跳起，手舞足蹈起来，在哗哗的雨声中唱起一支欢快的歌，这歌声在水塔的圆顶上萦绕：

雨呀，雨呀，你停下！
我们要去约旦河，

要向上帝祈祷,

要去朝拜基督。

突然间,他头上的乌云仿佛是破裂了,出现耀眼的闪电,响起隆隆的雷声,刮起旋风。他又惊又喜,僵住了,好像是欢庆亚速大捷时坐在父亲的肩上时一样。他想起了那个手疾眼快、情绪欢畅的卷发男孩,他感觉到,他爱他,就像爱这闪电一样。他头晕目眩起来,喘不过气来。他跪到地上,双手伸向漆黑的天空,既害怕又希望闪电来得更猛烈,更光辉耀眼。

可是一双老人颤抖着的手已经把他抱了起来,抱回室内,脱掉衣服,让他躺到床上,用酒浸樟脑给他搓身,给他喝了椴树花汁发汗,用被子把他包得严严的,裹得紧紧的。他又昏昏沉沉地入睡了。他梦见一头栖息在石头山里的怪兽,只见它生着女人脸,蛇喙和能劈开铁的长尾蜥蜴的爪子,人们用号角声捕捉它,它受不住这种声音,耳朵被刺穿而死,血把石头染蓝。他也梦见了天堂里的美人鸟,听见它唱着天堂的歌,它住在东方,住在伊甸园里,向正直的人们宣示幸福,这是主所应允他们的。任何一个人活在世上都不能听见它的歌声,假如听见,就会被它所惑,跟随它而去,一边听着歌,一边死去。阿寥沙觉得他正在跟随着美人鸟而行,听着它那甜蜜的歌声而死,进入永世长眠之乡。

突然间,仿佛是风暴刮进屋里来,吹开了门、帷幕、帐子,掀开阿寥沙的被子,给他带来一股寒气。他睁开眼睛,看见了爸爸的脸。但是他并没有害怕,甚至感到惊讶,好像是他知道并且等待他到来。耳朵里还响着美人鸟唱的天堂的歌,他睡眼惺忪地微笑着,伸出双手,叫道:"爸爸!爸爸!亲爱的!"他跳起来,搂住父亲的脖子。父亲紧紧地抱住他,把他紧紧地贴在自己身上,使他感到疼痛,吻他的脸和脖子,裸露着的双脚,穿着睡衣的温暖的全身。父亲从海外给他带来一个奇特的玩具:带玻璃盖的小木箱里有三个蜡制的德国女人和一个小孩,他们身后是一面小镜子,下面有一个骨柄,摇动骨柄,三个德国女人和那个小孩便会转动并在音乐伴奏下跳舞。阿寥沙很喜欢这个玩具。可是他仅仅看了一眼,就又看起爸爸来,看也看不够。他的脸消瘦了,但他却壮实了,仿佛也长大了。但阿寥沙觉得,虽然他是个大人,但仍然很小,还和从前一样是个手疾眼快、情绪欢畅的卷发男孩。他身上散发着酒和新鲜空气的气味。

"爸爸长出了小胡子。毛茸茸的。刚刚能看出来……"

他好奇地用手指抚摸着父亲上唇上的深色茸毛。

"下颏上一个小坑。跟祖母一模一样!"

他亲吻这个小坑。

"为什么爸爸手上起了茧子?"

"斧头磨的。阿寥申卡,在海外建造舰船了。等你长大以后,我带你去。愿意到海外去吗?"

"愿意。爸爸到哪儿,我就到哪儿。愿意永远跟爸爸在一起……"

"你不想奶奶吗?"

阿寥沙突然在半开着的门口看见了老太太和母亲,只见祖母的脸惊恐不安,母亲的脸煞白,很像死人的脸。她俩从远处看着他,不敢走过来,为他,也为自己画着十字。

"想奶奶!……"阿寥沙说,他感到奇怪的是为什么父亲没有问到母亲。

"你更爱谁,是我还是祖母?"

阿寥沙沉默不语,他难以决定。但是突然更紧地贴到父亲身上,全身发抖,由于怯生生的温情而喘不过气来,伏在他耳朵上低声说:

"我爱爸爸,胜过一切人!……"

……突然间,一切全都消失了——皇宫里的居室、绵软的床铺、母亲、祖母、奶妈。他仿佛是陷进一个漆黑的深坑里,好像是一只小鸟从窠里掉到坚硬的冻土地上。

一个冰冷的大房间,灰色的墙壁光秃秃的,窗子上装着铁栏杆。他现在已经不睡了,他经常都想睡觉,永远也睡不够。很早就把他吵醒了。在浓雾中影影绰绰地看到一排排的兵营、黄色的武器库、带有黑白条纹的岗楼、用泥土修的壁垒、摆成金字塔形的球状炮弹、一排排的炮口,还有覆盖着灰色的融雪的驯鹰场、灰色的天空以及空中飞翔的乌鸦和寒鸦。传来击鼓声和士兵操练的口令声:立正!枪上肩!举枪!向右转!然后是一阵鸣枪声,接着又是击鼓声。

和他在一起的是姑妈，娜塔丽娅·阿列克塞耶芙娜公主，她是个老处女，脸色蜡黄，骨瘦如柴，长长的手指掐起人来特别疼，那双凶恶的眼睛射出刺人的目光，每逢看他时都好像是想要把他吃掉："喂，讨厌鬼，阿芙多季娅的狗崽子！"

只是过了很久，他才知道发生了什么事。沙皇从荷兰回国以后，把自己的妻子，阿芙多季娅皇后流放到苏兹达尔修道院，强行把她剃度为尼，取法名叶莲娜，把儿子从克里姆林宫迁往主易圣容村的行乐宫。行乐宫的隔壁是密探局的刑讯监狱，在那里审讯火枪兵暴乱事件。那里每天都点燃三十多堆篝火，用来拷问叛乱者。

他后来回忆起来的那些事是真的还是梦中所见，他自己也说不清。夜间，他沿着用尖木桩搭成的监狱围墙蹑手蹑脚而行。从院子里传来呻吟声。从木桩的缝隙间射出亮光。他凑过去，从缝隙里看到的是地狱中的景象。

> 熊熊的火烧得正旺，
> 锅里的水翻滚沸腾，
> 他们正在磨刀霍霍，
> 准备要把你杀掉。

把人在火上烤灼；用绳子把人捆上手脚，用力拉绳子，使其关节发出嘎吱的响声；用烧红的铁钳烙人的肋骨，用烧红的针刺指甲缝——"修指甲"。沙皇就在这些刽子手中间。他的脸很可怕，阿寥沙没有认出父亲来：这是他，也不是他——仿佛他会变，这是他的同貌人。他亲自拷问一个主要叛乱者。那个人一直忍受着，沉默不语。他的躯体——好像是血淋淋的牲口胴体，屠夫正在往下剥皮。可是他一直沉默不语，只是两眼直挺挺地盯着沙皇，好像是在讥笑他。

这个濒死的人突然把头抬起来，向沙皇的眼睛吐了一口唾沫：

"给你，狗崽子，反基督！……"

沙皇从刀鞘里抽出匕首，上去刺进他的喉咙。鲜血溅到沙皇的脸上。

阿寥沙一头倒下，失去了知觉。第二天早晨，士兵们在大墙下面的沟沿上发现了他。他病了很久，昏迷地卧床不起。

刚刚病愈，按照父皇的意旨，便出席了莱福特宫供奉巴克科斯神的庆典。阿寥沙穿一件德国式的长袍，后襟用铁丝支撑着，很僵硬，一顶很大的假发压在头上。姑妈穿着华丽的圆筒裙。他俩在一个单独的房间里，来宾们在毗邻的房间里饮宴。一道塔夫绸的帷幕——宫廷监禁的最后一道屏障把他们跟来宾们隔开。但是阿寥沙对一切都看得清清楚楚，一目了然：酗酒大联欢的参加者们拿着的不是圣器，而是啤酒杯；不是福音书，而是打开盖的装着各种酒的书形箱子；香炉里熏的不是神香，而是烟草。戏称"公爵教皇"的最高司祭身穿宗主教袈裟，但已丑角化了，上面绣着骨牌和纸牌，头戴铁皮做的金冠，上面有一个巴克科斯裸体小像，手执权杖，上面装饰着维纳斯的裸体像，他用葡萄藤做的十字架为来宾们祝福。狂饮开始了。丑角们谩骂大贵族，殴打他们，向他们脸上吐唾沫，往他们身上泼酒，拽他们的头发，强行割掉他们的胡须，把他们的胡须一绺一绺地连肉带血地往下拽。饮宴成了刑讯。阿寥沙觉得，这一切仿佛都是他在梦中所见到的。他又不认识父亲了：他会变，这是他的同貌人。

皇太子的监护人，沙皇"最后一个奴隶"尼基什卡·维亚节姆斯基向皇上禀报道："紫袍皇太子阿列克塞·彼得罗维奇殿下业已学完字母，并在很短的期限内掌握了拼读，根据启蒙的惯例，正在学习日课经。"他根据《家训》教诲阿寥沙"如何对待各种圣物：亲吻灵验的圣像和圣骨时不得让嘴唇溅出唾沫并且要憋住气，因为主讨厌我们的臭气；吃圣饼时切当心，勿使饼屑掉到地上，不可像吃面包那样用牙咬下，而应用手掰成小块放进嘴里，并且吃的时候务必心情虔诚而恭顺"。阿寥沙听着这些教诲，想起了尼基什卡那次在莱福特宫里的表现——他喝醉了，跟"公爵教皇"和其他一些丑角一起在无耻的德国女人蒙西哈面前跳着下蹲舞，在口哨声中唱起了酒馆里的小调：

在神甫的草地上，哎呀呀！
我失去了勇气，哎呀呀！

德国学者居森男爵向皇上推荐 Methodus ins tructionis（教

育方法)。"皇上下一道谕旨,为皇太子延请一个师傅,他受这一委托,应使皇太子的学业大大长进。"

"应该经常不懈地在感情和心灵中培养对善的爱,同时也要努力使他在上帝面前对称之为恶的一切产生厌恶与反感,让他看到由此而来的严重后果,并用圣书中和世俗历史中的实例加以证明。学习法语只有一个最佳途径,就是通过日常的交际。还要教给他最实用的地理知识。要他学会使用圆规,懂得几何学的益处,为军事操练、进攻术、跳舞和骑术打下基础。要他学会流畅地使用俄语,也就是写作。凡是邮件到来的日子,须勤奋阅读带有历史信息的法国报纸,同时对他进行政治的和道德的提示,以忒勒马科斯为例对殿下进行教诲,作为未来君主的明鉴和规范,令其受用终生。为了使他对不懈的学习和感情的培养不至于感到枯燥无味,应适当做些游戏。上述各项可在两年内完成,然后立即将殿下带进科学领域深造,不浪费时间,令其认真掌握世界上所有的政治事务;国家的真正利益;一切实用技艺,如筑城术、炮兵术、民用建筑术、航海术等等,使殿下达到不朽之荣光,以慰悦陛下。"

为了执行"谕旨",选中了第一个前来应聘的德国人马丁·马丁诺维奇·内鲍耶尔。他按照《幼学品鉴》(又名《日常行为规范》)来教阿寥沙学习"欧洲礼貌和礼节"规矩。

"最重要者莫过于子女高度尊敬父亲。父母对他们有所吩咐,他们皆应脱帽在手,不得与父母站成一列,而须稍许后退，站在他们后面的一侧，如某些仆人在这种场合一样。行路时遇到迎面的来者，应在三步以外停下，彬彬有礼地脱帽问候。谈论某人时说他很有礼貌，是个恭顺的骑士，这比说他是个傲慢的笨蛋要好得多。不应该靠在桌椅或别的什么东西上，不应该像个躺在地上晒太阳的庄稼人。少年人不应该打响鼻和眨巴眼睛。常常眨巴眼睛，这种行为让人厌恶，同样也不可喧哗，或者大声打喷嚏，这会吓着别人，或者在教堂里吓坏小孩子。要爱护手指甲，但也不能让它很华丽。就餐时要坐得端正，挺直腰身，不得用刀剔牙，而要用牙签儿，并且当你剔牙时要用一只手把嘴遮挡上。吃东西时不得像猪一样发出声来，也不得搔头，因为庄稼人才这么做。少年人相互间应该随时用外语交谈，以便养成一种习惯，能显示出他们与那些无知无识的笨蛋完全不同。"

德国人向皇太子一只耳朵里唱的是一个曲，而俄国人向他另一只耳朵里唱的则是另一个调："阿寥申卡，切莫往右边吐唾沫——守护天使在那边，而要往左边吐——魔鬼在那边。穿鞋时，孩子，切莫先穿左脚后穿右脚——这是罪过。剪下的指甲要用纸包好保存起来，将来可用来攀登锡安山进入天国。"德国人嘲笑俄国人，俄国人嘲笑德国人——阿寥沙不知道该听谁的。"这个傲慢自负的大学生是格但斯克小市民的儿子"，憎恨俄国。他常说："这算是什么语言？这种语言里不可能有修辞和语法。俄国的神甫自己也不能解释清他们在教堂里所诵读的东西。俄语只能给人带来愚昧和

无知!"他经常喝醉,而每逢喝醉时则骂得更凶:

"你们什么都不知道,你们全都是野蛮人!除了狗之外,还是狗!一群无赖!"

俄国人也不甘示弱,给这个德国人起个绰号,叫他"马丁猴",并且禀报沙皇,"他马丁不对太子殿下进行教育,而给他以不良的表率,抵制科学和外国人的礼节"。阿寥沙觉得他的两个老师——俄国人和德国人——都是一样的下流胚。

他常常感到厌烦,有一次夜里竟然梦见马丁·马丁诺维奇真的成了一只有学问的猴子,拿着《幼学品鉴》按照"欧洲礼貌和礼节"规矩做鬼脸。周围站着古代莫斯科沙皇、宗主教和圣徒,他们的面孔都像金殿墙上画的那样。而"马丁猴"则破口大骂他们:"除了狗之外,还是狗!一群无赖!你们什么都不知道,你们全都是野蛮人!"阿寥沙觉得他那张猴脸跟父亲那张由于抽搐而变形的脸很相像,但那不是沙皇,也不是爸爸,而是另一个人,是他的同貌人,令人毛骨悚然。一只毛茸茸的爪子向阿寥沙伸过来,抓住他的手,把他拖走。

他又消失了,这次已经到了天边,一处平坦的海滨,这是一片沼泽地,处处是长着苔藓的塔头墩子和铁锈色的水,天空低矮,仿佛是在地狱里,太阳像是死了一样。这里的一切都雾蒙蒙的,很像是幽灵。他觉得自己也是个幽灵,仿佛是早已经死了,来到这个幽魂的国度。

皇太子十三岁那年参军,在炮兵连里当兵,参加了诺特堡远征。从诺特堡到拉多加，从拉多加到扬堡、科波里耶和纳尔瓦，处处都用辎重车拉着他跟军队同行，其目的是训练他适应军事生活。他几乎还是个孩子，但已经和成年人一样经受着千难万险，饥寒交迫和疲惫不堪。他看到了流血和死亡以及战争的种种恐怖和污秽。他能见到父亲，但都是从远处，而且是一晃而过。每一次看见，他的心都怦怦跳，因为他有一种愚蠢的期望：父亲马上就会走来，叫他过去，跟他亲热一番。哪怕是只说一句话，只看他一眼，阿寥沙便会兴奋起来，就会明白要他干什么。可是父亲却总是没有时间顾及他：他的手里不是拿着长剑就是鹅毛笔，不是两脚规就是斧头。他在跟瑞典人作战，在为彼得堡打下第一批木桩，建造第一批房屋。

仁慈之父皇陛下：

儿臣无时无刻皆想得悉陛下御体状况，特呈请陛下以慈悲为怀，赐函晓谕，此乃吾之最大幸福也。

儿臣阿寥申卡恭请陛下之祝福并为陛下叩首

1703 年 8 月 25 日于彼得堡

信都是在老师的口授下写的，他不能加上任何亲切的字眼儿——不管是用来表示爱抚还是表示抱怨。他孤苦伶仃地成长着，像是被隔在军需仓库的围墙外边，胆战心惊，或者像是被遗弃在水沟边上，无人照料，长成了莠草。

纳尔瓦经过猛攻而被占领。为了庆贺胜利，沙皇进行阅兵，奏着军乐，礼炮轰鸣。皇太子站在队伍前，从远处看见一个身材魁梧的青年容光焕发而又威武雄壮地向着他这边走来。这就是他，是他本人，而不是他的同貌人或者变形人，这是从前那个真正的亲爱的爸爸。孩子的心怦怦地跳起来，他又产生了愚蠢的期望。两个人的目光相遇了，仿佛是一道闪电，使阿寥沙目眩。跑到父亲身边去，搂住他的脖子，拥抱他，亲吻他，由于高兴而哭。

然而，他说话却像击鼓一样，像是发布命令和喊军事口令一样：

"儿子！我带你出来参加远征是为了让你看看我是如何不畏艰险。我是个凡人，早晚总得要死，你要记住，你如果不遵循我的表率，就不会有很多的高兴。为了普遍的幸福，你要不惜一切努力。可是你如果把我的话当作耳旁风，不愿意做我所希望的事，那我就不承认你是我的儿子，我就要祈求上帝惩罚你，不管是在今生还是在来世……"

父亲用两个手指抓起阿寥沙的下颏，盯着他的眼睛。一个阴影掠过彼得的脸。仿佛是他第一次看见儿子：这个脆弱的男孩肩部狭窄，胸部凹陷，目光发直而忧郁——这是他的独生子，皇位的继承人，应该完成他的一切业绩和功勋。这就够了吗？鹰窠里从哪儿来了这个可怜的小寒鸦？他怎么竟然生了这样一个儿子？

阿寥沙蜷缩成一团，好像是猜到了父亲所想的一切，感到自己对他有一种莫名的无限的罪过。他既羞愧又惊惧，准备像个小孩子似的在全军面前大哭起来。但是他努力克制自己，用颤抖的声音嘟囔着背熟的颂词：

"最仁慈的父皇陛下！儿臣如今还太年轻，只能尽力而为，但请陛下相信，儿臣矢志忠于陛下，将不遗余力地仿效陛下的作为和垂范。上帝保佑您万寿无疆，儿臣将永远为如此英明的父皇而骄傲……"

根据马丁·马丁诺维奇的教诲，他"彬彬有礼地脱帽问候，像个恭顺的骑士"，表现出"德国人的礼节"：

"至尊父皇之恭顺奴仆与儿臣。"

但他在这个壮美如神的巨人面前，却感到自己是个渺小的驼子，是只愚蠢的猴子。

父亲把手伸给他。他亲吻了手。泪水从阿寥沙的眼睛里夺眶而出，他觉得父亲对手上的眼泪很厌恶，把手抽了回去。

1704年12月17日，军队在纳瓦尔胜利之后凯旋莫斯科，皇太子穿着主易圣容近卫军服，作为一个普通士兵，荷枪走在队伍里。天气很冷。他几乎是冻僵了。为了暖暖身子，在皇宫里平常的饮宴上平生第一次喝了一大杯伏特加，马上就醉了。天旋地转，两眼发黑。在一片黑暗中，一些红红绿绿的圈圈相互连在一起，迅速地旋转着，他什么都看不见，只是清晰地看见了爸爸的面孔，只见爸爸带着蔑视的讥笑神情看着他。他踉踉跄跄地站起来，向父亲走去，皱着眉头看着他，像是一只被捕获的狼崽，想要说什么，想要做什么，但是突然脸色煞白，有气无力地叫了一声，全身一晃，倒在父亲脚下，像个死人似的。

三

"我老了，耳又聋，眼又花，已经不久于人世了。因此请你解除我的神职吧，让我回到神圣的修道院去过几天安宁的日子。"

伊万神父从净室里出来，又和皇太子并排坐到长凳上，唠叨起来。但皇太子陷入回忆之中，没有听见他那单调的嗡嗡声。

"还得把我那栋破房子，家具什物和没用的破烂卖掉，把住在我这里的两个孤女，没爹没妈的侄女暂时安顿到修道院去。给她们筹集的陪嫁可存到修道院去，我也不白吃修道院的面包，我这个罪人像是福音书里的那个寡妇一样，还有两个美女。我再默默地活上几年，忏悔一生，直到上帝把我从今生带到彼世。我的年纪已经处在死亡的边缘，我父亲活到这个年纪时就撒手而去了……"

皇太子好像是从梦中醒来，发现早已是夜间了。大教堂的白色尖塔变成了蓝色，更像是巨大的天堂百合花。金色的圆顶在深蓝色星空的衬托下现出暗淡的银白色。天上的银河闪着微弱的光辉。微风吹拂,犹如人在睡眠中呼吸那么平静,万籁俱寂,仿佛是长眠的预感从高处降到地面。

伊万神父的嗡嗡声慢慢融入这寂静之中。

"让我回到神圣的修道院去过几天安宁的日子,直到上帝把我从今生带到彼世……"

他又唠叨了很长时间,沉默片刻之后又说起来;走了,又回来叫皇太子去吃晚饭。但是皇太子什么都没有看见,也没有听见。他又合上眼睛,陷入蒙眬状态,在这种介于梦境和清醒之间的状态中主要的是过去的阴影。他的眼前重又出现了往事的回忆——一幅画面接着一幅画面,一个形象接着一个形象,形成一根连绵不断的链条;而高踞于所有这些形象之上的是一个令人恐怖的形象——父亲。一个旅人在漆黑的夜里攀上高处,借助于闪电的光亮四下观望,突然看见了所走过的道路,他也是这样,在这可怕的形象照耀下,看见了自己的整个一生……

他十七岁——从前的莫斯科皇太子们处在这个年龄刚刚"公开册封"立为太子,人们像是观看"怪物"似的从四面八方前来看他们。可是阿寥沙却承担起力不胜任的工作,他从一个城市奔波到另一个城市,为军队采购给养,为海军砍伐和流放木材,建造工事,印刷书籍,铸造大炮,起草命令,征集新兵,搜捕那些因害怕被处死而隐藏起来的贵族少年,对这些差不多跟他一样的孩子"毫不留情地进行体罚",他亲自监督,"不得弄虚作假",然后给父皇写出最精确的报告。

从德国热到防波堤,从防波堤到酗酒,从酗酒到追捕逃亡者,弄得他头昏脑涨。他越是努力多做工作,要求他的也就越多。没有期限,不得休息。像是一匹筋疲力尽的马,累得要死。而且知道,这一切都徒劳无功——"任何人不管做什么事都不能使父皇得到满足"。

同时他还得像个小学生一样学习。"这两个星期我们只攻德语,要牢记变格,然后学习法语和代数。学习一天也不得中断。"

终于积劳成疾。1709年1月,天气很冷,他率领他组建的五个团,从莫斯科到乌克兰苏梅城去支援父皇,参加波尔塔瓦战役,行军途中受了风寒,一头病倒,连续两个星期昏迷不醒——"已经无望,必定死亡"。

早春的一天,阳光灿烂,他苏醒过来。整个房间洒满金色阳光。窗外积雪尚未融化,但房檐下的冰溜已经在滴水。春水在潺潺流淌,云雀在空中发出铜铃般的鸣叫声。阿寥沙看见父亲的脸向他俯下来,还是像从前那样亲切,充满柔情。

"我亲爱的,好一些吗?"

阿寥沙没有力量回答,只是微笑着。

"咴,上帝保佑,上帝保佑!"父亲画十字为他祝福。

"主已经听到了我的祈祷。现在就要好了。"

皇太子后来才知道,在他患病期间,父皇一直没有离开他,放下了一切工作,彻夜不眠。当他病重时,举行了祈祷仪式,许愿建造一座神痴圣阿列克塞教堂。

终于慢慢地开始康复了,这些日子是愉快的。阿寥沙觉得父亲的爱抚像太阳的光和热一样,治好了他的病。他极度虚弱,感到疲惫不堪,整天一动不动地躺在床上,却感到幸福而甜蜜,看着父亲那张普通而又庄严的脸,看着他那双亲切而又令人生畏的明亮的眼睛,看着他那两片女人般的薄嘴唇以及那上面露出的仿佛有些狡黠的美丽笑容,叫人看也看不够。父亲不知道如何来爱抚阿寥沙,怎样才能使他高兴。有一次,送给他一个象牙烟盒,这是他亲手做的,上面刻着一行字:"小玩意儿,但体现了一颗善良的心。"皇太子保存了多年,每一次看到这个烟盒,都有一种灼热而尖利的东西刺痛他的心,这里包含着对父亲无限的怜悯。

另外一次,彼得一声不响地看着儿子的头发,突然窘迫而怯懦地说,仿佛是在请求原谅:

"假如我对你说过或者做过什么伤了你的心的事,那么看在上帝面上,你不要难过。你就原谅吧,阿寥沙。在艰难的生活中,哪怕是一件小小的不愉快的事都会进入心中。而我的生活真是艰苦备尝:没有任何人能跟我一起思考问题。没有一个帮手!……"

阿寥沙像童年那样,双手搂住父亲的脖子,由于羞涩的柔情而浑身发抖,伏在他耳朵上低声说:

"亲爱的爸爸,亲爱的,我爱你,爱你……"

可是随着他的身体逐渐好转,父亲和他越来越疏远。他俩好像是立下了残酷的誓言:既彼此相亲相爱,又相互为敌,暗自相爱，明面上彼此憎恨。

一切又都一如既往：筹集给养，追捕逃犯，铸造大炮，砍伐森林，建造碉堡，从一个城市到另一个城市漂泊不定。又是像一个苦役犯一样，无休无止地工作不停。可是父亲却总是不满意，他总是觉得儿子偷懒："放弃了正经的事，游手好闲"。有时阿寥沙想要提醒他在苏梅发生的事，可是舌头却不打转。

"卓昂！我要派你到德累斯顿去。同时命令你在那里认真地生活，把精力更多地用在学习上，具体地说，要学习语言、几何和筑城术，也要学习一些政治。学完几何和筑城术之后，写封信告诉我。"

在国外，他远离所有的亲人，好像是个放逐者。父亲又把他忘了。等到想起来时，那是要他结婚。未婚妻是沃尔芬比特侯爵之女夏洛塔，但皇太子并不喜欢。他不愿意娶一个外国姑娘。"这个鬼老婆是强加给我的！"他喝醉酒时往往这样骂道。

结婚前，他不得不就陪嫁问题进行丢面子的谈判。沙皇竭力想从德国人手里夺得每一个铜板。

和妻子在一起过了半年之后，他就让她独守空房，开始"新的漂泊"：从斯德丁到梅克伦堡，从梅克伦堡到奥布，从奥布到诺甫哥罗德，从诺甫哥罗德到拉多加——又是无尽无休的劳累和无尽无休的担惊受怕。

每一次和父亲会见前，这种担惊受怕的心情都增强到胆战心惊的程度。皇太子每逢走近父亲办公室的门口,都画着十字,自言自语地小声说:"主哇,你要记住大卫王和他的温顺。"毫无意义地温习学过的航海术课程,他没有能力记住那些野蛮话——一边摸着挂在胸前的护身香囊,这是奶娘送给他的礼物,里面装着掺进蜡的魔力草和一张写着古代咒语的纸片——这能软化父母的心肠,咒语是:

"我生到世上,用铁墙围拢,去见我的亲爹。我的亲爹生气了,打碎我的骨头,揪我的身躯,把我放到脚下踩,喝我的血。太阳明亮,星光灿烂,大海静悄悄,田野一片金黄——世间万物平静安详,但愿我的亲爹每日每时,白天黑夜也都平静安详。"

"唉,没什么可说的,儿子,工事设计得绝妙!"父亲看着儿子递上的图纸,耸着肩膀说,"看来你在国外学到不少东西。"

阿寥沙完全不知所措了,像个小学生要挨鞭子时表示悔改一样。

为了免遭处罚而服了一剂"装病"的良药。

胆战心惊变成了憎恨。

普鲁特远征前,沙皇得了重病——"预料活不成了"。皇太子得悉以后,他的头脑里第一次闪现出父亲可能死掉的念头,伴随着高兴的心情。他对这种高兴感到害怕,想要消除这种心情,可是却做不到。这种感情隐藏在他内心的最深处,像是一头遭受伏击的野兽。

一次饮宴时,沙皇按惯例挑动喝醉酒的人们争吵,以便从相互对骂中了解自己近臣的隐秘思想,皇太子也喝醉了,谈论起国家大事、人民受压迫的状况……

所有的人都沉默起来,甚至连小丑们也停止了喧嚷。沙皇聚精会神地听着。阿寥沙产生一种希望:他在听,要是能明白,会是如何?他想到这里,心怦怦地跳个不停。

"够了,别胡诌八扯啦!"沙皇突然制止了他,露出一种嘲笑,这是阿寥沙所熟悉而且憎恨的,"我看得出,儿子,你对国家的和世俗的事务了解得很尖锐,跟狗熊弹管风琴一样……"

他转过身去,向小丑们做了一个手势。他们又喧嚷起来。缅希科夫公爵也喝醉了,跟其他一些高官显宦们跳起舞来。

皇太子还在说着,声嘶力竭地叫喊着。可是父亲已不再理会他,向着跳舞的人跺脚、鼓掌和打口哨:

嗒嗒,吧吧,哒啦啦,
下起白白的雪花,
灰兔子吓跑啦。
加油呀,加油呀!

他的脸是士兵的脸,很粗野——正是他曾经写过,"我们给敌人留下了好给养,还有不多的婴儿"。

缅希科夫跳舞累得气喘吁吁,突然在皇太子面前停了下来，双手叉腰，露出放肆无礼的讥笑，这笑容反映了沙皇的冷笑。

"咳,皇太子!"特级公爵喊道,按照自己的习惯,把"皇太子"一词说成"王太子"。

"咳,皇太子,你怎么噘起嘴来了?来呀,跟我们一起跳舞!"

阿寥沙脸色煞白,一把抓住长剑,可是立即清醒过来,看也不看他,从牙缝里挤出一个词来:

"贱民!"

"什么?你说什么,狗崽子?……"

皇太子转过身来,盯着他的眼睛,大声说:

"我说:贱民!让贱民瞧一眼,比挨顿骂还糟……"

就在这一瞬间,在阿寥沙面前闪过了父皇那张因抽搐而变形的脸。他狠狠地打了儿子一记耳光,打得他嘴和鼻子流出了血,然后抓住他的喉咙,把他摔倒在地上,掐着他的喉咙,让他喘不过气来。沙皇曾经委派年老的官吏罗莫达诺夫斯基、谢列麦捷夫、多尔戈鲁基兄弟,当他发狂失去控制时,他们可出面制止,这时他们都奔过来,抓住他的胳膊,把他从儿子身上拉开——担心会把他打死。

为了给特级公爵"赔礼道歉",沙皇把皇太子驱逐出去,罚他像小学生那样站在门外,由卫兵看押。那是个冬夜,天气寒冷,风雪弥漫。他只穿一件长袍,没戴帽子。脸上的泪和血很快就冻结了。狂风呼啸,漫天飞雪,仿佛喝醉了似的,狂歌乱舞。通明的窗户里面,年老的女小丑,"公爵女教长"勒热夫斯卡娅也在狂歌乱舞。野蛮的歌声与暴风雪的疯狂呼啸声融为一体:

妈妈狂舞时把我生下,
在皇上的酒馆里给我施洗,
用绿色的葡萄酒给我沐浴。

阿寥沙异常悲痛,他想要在墙上把头撞碎。

突然在黑暗中,有一个人悄悄地从后面向他走来,把一件皮袄披到他的肩上,然后跪到他面前,开始吻他的手,像一条狗在舐似的。这是主易圣容近卫军的一名老兵,是个秘密的分裂派教徒,偶然奉旨看押皇太子。

老人满怀爱怜地盯着他的眼睛,看样子准备为他贡献出自己的灵魂,一边哭一边嘟哝着,好像是在为他祈祷。

"太子殿下,你是我们的红太阳!可怜的孤儿——没爹没娘。天父保佑你。圣母!……"

父亲殴打阿寥沙不止一次了,无缘无故用拳头,事出有因用棍棒。沙皇事事革新,只有打儿子却按老规矩,按照杀子者伊万雷帝的顾问西里维斯特尔的《家训》。

"切莫让子少年时得到权势,在他长大成人之前就打断他的肋骨;用铁器打他,他也不会死,而会更壮实。"

阿寥沙对殴打怀着野兽般的恐惧——"会打死,或者打成残疾"——但是对于精神上的痛苦和耻辱已经习以为常。有时他也产生幸灾乐祸的心情。"好，你就打吧！丢脸的不是我，而是你！"他仿佛是在对父亲说，以一种无限温顺和无限大胆的目光看着他。

然而，父亲可能是猜到了他的想法：他不再殴打他了，而是想出一种更恶毒的办法：根本不再跟他说话。阿寥沙主动跟他说话，他则默不作声，好像是没有听见，对他视而不见。这种沉默持续数个星期，数个月，数年。他随时随地都感觉到了，并且不能容忍的程度与日俱增。这比任何打骂更加叫人屈辱。他觉得这是慢性的杀害——对他的残忍，无论是人还是上帝都不能宽恕。

这种沉默结束了一切。再发展下去，除了黑暗，什么都不会再有了，而在黑暗中则是父皇那张僵死的毫无表情的面孔，如他最后一次所见到的那样，仿佛是石雕的假面具。从这死人般的嘴里说出来的是死人的话语："我要像对待恶人歹徒那样，把坏死的手指割掉！"……

回忆的线索中断了。他清醒过来，睁开眼睛。夜，还是那么寂静；大教堂的白色尖塔还是蓝色的；金色的圆顶在深蓝色星空的衬托下现出暗淡的银白色；天上的银河闪着微弱的光辉。微风吹拂，犹如人在睡眠中呼吸那么平静，万籁俱静，仿佛是长眠的预感从高处降到地面。

皇太子在这一瞬间好像是体验到了自己整个一生的疲倦——脊背、双手和双腿，各个器官都像是散架子了，骨头疲惫得疼痛。

他想要站起来,但是没有力气,只是把双手向天空举起,呻吟着,好像是在呼唤能够回答他的上帝:

"我的上帝呀!我的上帝呀!……"

可是谁也没有回答。地上是沉默,天上也是沉默,好像是天父跟人间的父亲一样,也把他遗弃了。

他用双手捂住脸,把头垂向石凳,哭泣起来,起初声音很小,像是个被遗弃的孩子,哭得很悲戚,后来声音越来越大,越疯狂。他号啕大哭,头撞着石凳,由于气愤、愤怒和惊惧而大声喊叫。他哭泣自己没有父亲——在这哭泣中可以听出殉难者的号叫,儿子向父亲的永久号叫:

"我的上帝呀,我的上帝呀,你为什么遗弃了我?"

突然间,他听到,好像是那个冬夜里被看押时那样,有个人在黑暗中向他走来,弯下腰,拥抱了他。这是圣母报喜教堂保管祭物的伊万神甫。

"你怎么了,亲爱的?主保佑你!谁欺负了我的小太阳?"

"神父!……神父!……"阿寥沙只能发出呻吟声。

老人全都明白了。深深叹了口气,沉默不语,然后绝望地低声说了起来,好像是世世代代的智慧通过他的嘴在说话。

"有什么办法,阿寥申卡?顺从吧,顺从吧,孩子!用皮鞭抽打,治不好红肿。跟沙皇你切莫争辩。天上有上帝,人间有沙皇。对沙皇的意旨不能判断出是非来。皇上只对上帝负责。他对你来说不仅是沙皇,而且是上帝给的父亲……"

"不是父亲,而是个恶人,是个折磨人的人,是个杀人凶手!"阿寥沙喊道,"让他遭诅咒,让他遭诅咒!……"

"太子殿下,切莫触怒上帝,切莫说这种疯话!父亲的权力太大。经书上也说:**要尊敬自己的父亲……**"

皇太子突然间不再哭了,迅速地转过身来,长久地凝视着老人。

"可是经书上另外也还说:**如果不能和睦相处,那就动用火与剑——把儿子跟父亲分开。**你听到了吗,老爹?是主把我跟我父亲分开了!主让我成为生我者心中的火与剑,主让我对他进行审判和处决!我并非为了自己才起来反对他,而是为了教会,为了国家,为了全体基督教的人民!我笃信主!我不屈服,不能顺从他——甚至至死也不能!我和他在世上势不两立!有他没我,有我没他……"

他的脸由于抽搐而变形了,下颌在发抖,眼睛里燃起愤怒之火,他突然间变得跟父亲异常相像。

老人惊恐地看着他,把他当成着了魔的人,给他画了十字,自己也画了十字,摇了摇头,从哆哆嗦嗦的嘴里说出了古训:

"顺从吧,顺从吧,孩子!屈服于父亲吧!……"

好像是克里姆林宫的古老城墙、里面的宫殿、大教堂以及埋葬着祖先的整个大地——这里的一切都在重复说:"顺从吧,顺从吧!"

当皇太子走进圣母报喜教堂保管祭物神甫的房子时，他的妹妹——阿寥沙的奶娘、玛尔法·阿芳纳西耶芙娜老太太看到他的脸色，以为他生病了。当他拒绝吃晚饭，径直走进卧室时，她就越发不安了。老太太想要给他喝椴树花汁并用酒浸樟脑给他搓身。为了让她安心，他喝了中风酒。她亲自安排他睡下，他躺到绵软的床上，他很久没在这种铺着厚厚羽绒褥子的床铺上和枕着羽绒枕头睡觉了。圣像前点着神灯，散发着他所熟悉的干草药、柏树和乳香的气味。老太太的低声细语让他想起童年她讲那些古老童话时的情景：伊万王子和大灰狼的故事啦，红鸡冠的大公鸡的故事啦，树皮鞋、泡泡和干草的故事啦——说的是树皮鞋、泡泡和干草想要一起过河，结果是干草断了，树皮鞋沉了，泡泡越胀越大，最后破裂了——阿寥沙在半睡半醒之中觉得，他好像是个小孩子，在祖母的宫殿里，躺在自己的小床上，坐在他床边的不是玛尔法·阿芳纳西耶芙娜，而是祖母弯腰给他盖被子，把他包得紧紧的，裹得严严的，画着十字，嘴里叨咕着："亲爱的阿寥申卡，睡吧，孩子。"静悄悄。天堂的美人鸟唱着天堂里的歌。他听着这甜蜜的歌声，慢慢进入没有噩梦的长眠之乡，仿佛死了一样。

但是拂晓前，他却做了一个梦：好像是他在克里姆林宫里漫步在红场上，和百姓一起参加庆祝基督进耶路撒冷的活动。那是复活节前的星期日。他身穿沙皇朝服，绣金紫袍，头戴金冠，肩上披着莫纳玛赫披肩，牵着驴的缰绳，骑在驴上的宗主教年纪很大，须发皆白，一身白色装束。可是阿寥沙仔细观看一番，发现他不是个老人，而是个少年，只见他身穿洁白如雪的衣服，脸如太阳——原来是基督。百姓们没有看出来，或者不认识他。所有的人都脸色发灰，泥土色，像死人似的，让人感到可怕。所有的人都默不作声——一片寂静，阿寥沙甚至听到自己的心脏跳动声。天空也很可怕，像死尸一样，是灰色的，仿佛将要发生日食。有一个驼子总是在他的脚下转来转去，只见他头戴三角帽，嘴里叼着一个陶瓷烟斗，抽着荷兰烈性烟草，难闻的烟味直接冲进他的鼻子，只听他咿咿呀呀地说着什么，厚颜无耻地冷笑着，用手指指着前方，只听见从那里传来越来越响和越来越近的轰隆声，犹如雷鸣。阿寥沙看到，这是迎面而来的队伍：酗酒大联欢的大辅祭正是沙皇彼得·阿列克塞耶维奇，他牵的不是驴，而是一头不知其名的野兽，骑在上面的人面色昏暗：阿寥沙无法看清，但觉得他很像是骗子费多斯卡，或者是窃贼彼季卡，无赖彼季卡，只是比这两个人更令人生畏，更令人厌恶；而他们的前面，是一个不知羞耻的裸体姑娘，不是阿芙罗西妮娅就是彼得堡的维纳斯。为了迎接这个队伍，所有的钟全都敲起来，包括被称作钟王的大伊万。百姓们欢呼，好像是在"公爵教皇"尼基塔·索托夫的婚礼上：

"宗主教结婚了！宗主教结婚了！万岁宗主教夫妇！"

他们跪下向野兽、放荡的女人和未来的无赖叩头：

"奥莎那！奥莎那！未来是幸福的！"

阿寥沙被所有的人所遗弃。他单独和基督在一起,在发疯的虫豸中间。野蛮的行进队伍直接朝他们而来,狂喊乱叫,散发着臭气,皇帝的绣金衣服和基督的太阳面孔都因此而变黑。他们拥上来,踩到他们身上,跺着脚,一切都被践踏——在这神圣的地方只剩下一片废墟。

突然间,一切都消失了。他站在一条宽阔而荒凉的河岸上,好像是在从乌克兰到波兰去的大路上。刮着深秋季节的冷风。下着雪加雨,道路泥泞。风把山杨最后的一些叶子吹落。一个衣衫褴褛的乞丐,冻得发僵,脸色发青,在乞讨:"看在基督的面上赏给一个铜板吧!"是个打烙印的犯人。皇太子心想,看着他的手和脚,只见上面长着脓疮,"可能是个逃亡壮丁"。他可怜这个"冻僵的人",想要施舍他不是一个铜板,而是七个荷兰盾。他在梦中回忆起,他当时在旅途开支账中记下:"11月22日——过河摆渡费三个荷兰盾;在一家犹太人小旅馆里住宿五个荷兰盾;施舍一个冻僵的人七个荷兰盾。"他已经把手向乞丐伸去——突然间,一只粗糙的大手放到阿寥沙的肩上,一个关卡哨兵粗野地说:

"因为施舍而罚款五个卢布,而乞丐处以笞杖和挖鼻刑,并流放罗格尔维克。"

"发发慈悲吧,"阿寥沙说,"狐狸有洞穴,鸟儿有窠窝,可是这个人却没有安身之地……"

他仔细瞧瞧这个冻僵的人,发现他的面孔如太阳,这——原来是基督。

四

吾儿!

吾与汝分手之际曾问及汝对众所周知之事的决定,汝对此事经常仅声言,由于自己软弱无能而无力继承皇位,希望最好进修道院;然吾彼时令汝再慎思之,尔后写信告吾汝将做出何种决定,吾已等待七月有余,然汝迄今只字未写。如今(汝已有足够之时间思考),接此信后,速做决定——或此或彼。汝如选择前者,则勿迟于一周前来,汝尚可采取行动。如选择后者,汝当告之何处何时何日(以便吾在良心上得以安宁,此为吾所期望于汝者也)。如选择前者,汝可令该信使带来最后决定,何时从彼得堡启程;如选择后者,则何时进行。吾再次强调,此次汝当最后做出决定,望汝不像平日那样虚度光阴。

信使萨丰诺夫从哥本哈根将信送到圣诞节角,皇太子已从莫斯科来到此地。

他回答父亲说,他立刻前去见他。但是什么决定也没有做出。他觉得,这里不是从二者中间选一——或剃度为僧,或为了继承皇位而痛改前非——而是双重的圈套:剃度为僧,心里想的却是僧帽并非用钉子钉在头上,也就是说,向上帝做出虚伪的誓言——毁坏自己的灵魂；可是为了继承皇位而痛改前非，如父皇所要求的那样，那就需要重新进入母亲腹内，重新降生。

信没有使皇太子痛心，也没有让他害怕。他麻木了，没有感觉，也没有思想，他近来常常有这种状态。他在这种状态中说的和做的一切都如在梦中，自己也不知道下一分钟将要说什么和做什么。心里一片空虚，令人惊恐，说不上是一种绝望的怯懦，也说不上是一种绝望的狂妄。

他启程赴彼得堡，途中在位于悲苦众生教堂附近的家中逗留几天，吩咐听差伊万·阿芳纳西耶维奇·鲍里肖伊"收拾行李，准备携带的物品不同于上一次赴德国时携带的"。

"去见你父皇吗？"

"我要上路。上帝才知道我是去见他还是到别处去。"阿列克塞有气无力地说。

"太子殿下，这别处是什么地方？……"阿芳纳西耶维奇大吃一惊，或者说故作吃惊的样子。

"我想要去看看威尼斯……"皇太子冷笑道，可是立刻又阴郁地补充道，好像是自言自语：

"我并非为了别的，只是要使自己得救……不过，你切莫声张。只有你一人知道此事，再就是基金……"

"我为你保守秘密，"老人回答道，像平时一样忧郁，然而如今在这忧郁的掩盖下却从眼睛中闪现出无限的忠诚，"可是你走之后，我们就要倒霉了。你可要知道，你在做什么……"

"我没有料到父皇会派人送来那样一封信,"皇太子继续说,还是那么昏昏沉沉和有气无力,"我想都没有想到。可是如今我看到,上帝已为我铺设了道路。我还做了个梦,梦见我建造一座教堂,就是说——把路修完。"

他打了个哈欠。

"你们许多人,"阿芳纳西耶维奇说,"都是靠逃跑而得救的。然而俄国以前可是从来没有过这种事,谁都不记得……"

皇太子从家中出来直奔缅希科夫,通知他说,他要去见他父皇。公爵跟他谈话很和蔼,最后问道:

"你把阿芙罗西妮娅留在何处?"

"带她到里加,然后打发她回彼得堡。"皇太子顺口说,几乎是不假思索:他后来对自己这种不负责任的狡猾也大为惊讶。

"为什么打发她走?"公爵说,盯着他的眼睛,"最好是带着她……"

假如皇太子细心,他会吃惊的:缅希科夫不能不知道,皇太子既然希望"为了继承皇位而痛改前非",到"军事教导"营去见父皇就没有必要带着女仆阿芙罗西妮娅。这番话意味着什么?后来基金听说后,劝说皇太子写信给公爵感谢他的建议:"或许你父皇在公爵处发现你这封信,会怀疑他唆使你逃跑的。"

分手时，缅希科夫让他到元老院去领取护照和旅费。

在元老院人人都争先恐后地向他献殷勤，好像是希望暗中表示同情，而明面上又不能承认。缅希科夫给了他一万卢布旅费。元老院的先生们又给了他一万，同时还办好向里加总督借款五千金卢布和两千零钱的手续。任何人也没有问皇太子为什么需要这么大一笔款项，仿佛是一致商定对此保持沉默。

开完会以后，瓦西里·多尔戈鲁基公爵把他拉到一旁。

"去见你父皇？"

"怎么，公爵？"

多尔戈鲁基谨慎地向四周打量一眼，把自己那双老太婆般的厚嘴唇凑近阿列克塞的耳朵，耳语道：

"怎么？是这样：戴上高筒帽，钻出空门槛，你想想是怎么说的——去过也罢，没去过也罢，可是留下了脚印，拿起斧头朝着空处打！……"

沉默一会儿，他又伏在耳朵上低声补充说：

"假如不是皇上的规矩太严，还有皇后，我会第一个改换身份，早就退避三舍了！"

他握了握皇太子的手，老人那双狡猾而善良的眼睛涌出了泪水。

"如果我能在某些方面事先为你效力，那我很高兴为你而献身……"

"公爵，请你不要抛弃我！"阿列克塞说，没有任何感情和思想，只不过是凭着老习惯。

晚上，他得知，沙皇最忠诚的奴仆雅可夫·多尔戈鲁基打发人悄悄地告诉他，切莫去见父皇，"那里给他准备的不是好事"。

第二天早晨，1716年9月26日，皇太子带着阿芙罗西妮娅和她的哥哥，从前的农奴伊万·费奥多罗夫，乘坐驿车离开彼得堡。

他最终也没有决定到何处去。但是带着阿芙罗西妮娅从里加继续前行，声称"奉命秘密赴维也纳缔结反土耳其同盟，应该在那里更名改姓，不让土耳其人知道"。

在利巴亚，他遇到从维也纳回来的基金。

"你给我找到一个什么样的地方？"皇太子问他。

"找到了。你去见奥地利恺撒，他不会出卖你的。恺撒亲自对副首相申波伦说，他要把你当成儿子来接待。"

皇太子问：

"如果父皇派人到但泽找我，那该怎么办？"

"夜里逃走，"基金回答说，"或者只带一个人，把行李和仆人全都抛弃。假如派来两个人，那你就装病，打发一人先走，尔后避开另一个逃走。"

基金发现他犹豫不决，说道：

"太子，你记着：你父皇目前不会让你剃度为僧，尽管他想要这么做。你的朋友们，那些元老，劝说他把你留在自己身边，强制你跟着到处走，好叫你劳累而死，因为你吃不了那种苦头。你父皇说：好，就这么办。缅希科夫公爵对他说，你当修士过得安宁，会长寿。可是我感到奇怪的是为什么不早些把你叫去。也许会是这样：等你到达丹麦以后，你父皇以学习为名，把你送到一艘战舰上，下令舰长跟就近的瑞典战舰开仗，好让他们把你打死，这从哥本哈根可以得到情报。现在是为此才把你叫去，因此你除了逃跑，没有别的任何办法可以自救。你自己往圈套里钻，这比任何牲口都愚蠢！"基金盯着皇太子，最后说道：

"你为什么如此迷迷糊糊，殿下，好像是心不在焉？莫非是不舒服吗？"

"我非常劳累。"皇太子简单地回答道。

他们分手以后，基金突然又返回来，赶上皇太子，盯着他的眼睛，慢吞吞地说，强调着每一个词，在他的话语里能听出一种自信，皇太子虽然态度冷淡，但却感到不寒而栗。

"要是你父皇派人来说服你回去，并且答应宽恕，那你可千万不要回去：他会当众砍掉你的头的。"

离开利巴亚时，阿列克塞像离开彼得堡时一样，还没有做出任何决定，他并且指望无须做出决定，因为在丹泽有父皇派来的人在等着。在丹泽，道路分成两条：一条通往哥本哈根，另一条经过布雷斯劳通往维也纳。没有派来的人。不能再拖延了，必须立即做出决定。晚上，皇太子投宿的旅馆主人过来询问，明天他预订到什么地方去的马车，他漫不经心地看了看他，好像是在想别的事情，然后几乎是无意识地说道：

"去布雷斯劳。"

他对这个词立刻害怕了，因为它决定了他的命运。但一转念，认为明天早晨还可以重新决定。早晨，马车备好，只好坐上去上路了。他把决定推到下一个驿站；到了下一站，又推到奥德河的法兰克福，到了法兰克福，又推到齐宾根，到了齐宾根，又推到格罗森，如此这般，没有尽头。一直往前走，已经不能停下，犹如从陡峭的山坡上往下滑去。那种恐惧的力量原来曾阻止过他，如今却在催促着他往前赶路。越是往前行，这种恐惧就越发增长。他明白，没有什么可害怕的，父亲还不知道他逃跑的事。可是恐惧是盲目的和无意义的。基金给他提供一些假护照。皇太子不得不更名改姓，时而冒充波兰骑士克列缅涅茨基，时而冒充科汉斯基团长，时而冒充巴尔克中尉，时而冒充俄国随军商人。可是他却觉得，旅馆主人、驿站车夫、驿站长，全都知道他是俄国皇太子，是在逃避父亲。夜间投宿时，每逢听到响动和脚步声，都会从睡梦中惊醒并且跳起来。有一次在昏暗的餐厅里吃晚饭，走进一个人，穿着灰色长袍，很像父亲的旅行服，身材也差不多跟父亲一样魁梧，皇太子几乎吓昏过去。到处他都感到有特务。他花钱出手大方，的确使精打细算的德国人产生怀疑，让他们觉得是在跟皇族血统的人物打交道。特快驿站向他提供最好的马匹，车夫赶车全速前进。有一次黄昏时分，他发现后面有一辆马车，他以为是追赶他的。他答应给车夫十个荷兰盾的小费。于是车夫赶车不要命地奔跑。转弯时撞到石头,一个轮子脱落了。不得不停下,人都从马车上下来。后面的人赶了上来。皇太子大吃一惊,想要把一切全都扔下,带着阿芙罗西妮娅步行到树林里躲藏起来。他已经拉住她的手。她好不容易才阻止住他。

过了布雷斯劳以后,他几乎是在任何地方都不再停留。白天黑夜都不休息,一直赶路。不睡,也不吃。他努力想要咽下一小块食品,可是嗓子却一阵痉挛。他想要打会儿瞌睡,可是立刻就会浑身一抖而惊醒,出了一身冷汗。真想马上死掉或者立刻就擒,但愿立即结束这种折磨。

过了五个不眠之夜以后,他终于沉睡起来。

在马车里醒来时是一个清晨,天还没亮。睡眠使他精神振作起来。他差不多是感到精力充沛了。

阿芙罗西妮娅还在他身边睡着。天很冷。他把她裹得暖和些,吻了她一下。他们经过一个不知名的小镇,街道拥挤,两侧高耸着狭窄的楼房,车轮发出隆隆响声。家家的护窗板还关着,可能是还都在睡觉。市政厅前的集市广场中央,几个半人半鱼的海神弓着背,肩上扛着一个贝壳形的喷泉,水从边沿上哗哗地淌下来。大墙的深处,圣母像前燃着一盏神灯。

经过这座城市以后,爬上一道高岗。下了高岗,道路通向开阔的有些慢坡的平原。套着六匹马的马车像是离弦的箭,飞驰起来。车轮在潮湿的泥土上滚动,发出微弱的声响。

下面还笼罩着夜雾,但上面已经放亮。夜雾已经升高,像是夜幕已经拉起,在干枯草茎上留下挂满露珠的游丝,像是珍珠串。展现出蔚蓝的天空。仙鹤的秋季宿营地被曙光照亮,仙鹤相互呼唤着飞起来。平原尽头的山峦闪着蓝光,那是波希米亚山。突然间,一道耀眼的光芒从山峦的后面直接射到皇太子的眼睛。太阳升起了——他的心里也升起了高兴之情,像太阳一样光辉夺目。上帝拯救了他,不是任何人,而是上帝!

他高兴得又笑又哭,仿佛是有生以来第一次看见天空和陆地,太阳和高山。他望着仙鹤,他觉得他也生出了翅膀,他也在飞翔:

"自由了!自由了!"

五

信使萨丰诺夫提前离开彼得堡,向皇上禀报说,皇太子随后就到。可是两个月过去了,他还没有来。沙皇很长时间不相信儿子逃跑——"他往哪儿跑,不敢!"——可是最后终于相信了,于是向各大城市派出密探,并给驻维也纳公使阿甫拉姆·维谢洛夫斯基亲手写了一道御令:"汝当在维也纳、罗马、那不勒斯、米兰、撒丁以及瑞士等处寻找。在何处寻访到吾子栖身之所,待了解确实之后,当追随彼于各地,并立刻通过特派信使致书于朕;而自己则应非常隐秘。"

维谢洛夫斯基经过长期寻访,找到了踪迹。他从维也纳写信给沙皇:"至此地方寻到踪迹。化名为科汉斯基上校者下榻于城外黑鹰旅馆。科尔纳曰,彼以为该旅客乃显赫人物,因彼花钱大方,况且面貌酷似莫斯科沙皇,彼曾于维也纳见过沙皇,可能是其子也。"

彼得大惊。他对"面貌酷似沙皇"这句话感到奇怪,甚至可怕。他从来未曾想到,阿列克塞面貌上像他。

维谢洛夫斯基继续写道:"于该处仅停留一昼夜,雇一马车运走自己的物品,而本人翌日付款后步行离开此地,彼等无从了解该旅客去往何方。该旅客下榻该旅馆期间曾为其妇购得一咖啡色男装,该妇亦戴男帽。"接着,踪迹消失了。"遍寻此地旅馆和驿所乃至暗娼和妓院,然无一处获得准确消息;亦通过暗探寻访,查遍两条通往意大利之驿路——蒂罗尔和卡林西亚:无一能提供消息者也。"

沙皇猜测到,皇太子可能被奥地利恺撒所接待并被他藏匿在自己的领地,于是从阿姆斯特丹给他寄出一封信:

至高无上之恺撒!

本沙皇不得不怀着由衷的悲痛向陛下推心置腹地禀报一起偶然发生之事件,亦即有关吾子阿列克塞之事。彼令本沙皇极度不满,经常违背父皇之教诲,竟然与一姘妇同居。前不久,本沙皇令彼前来吾之驻地,以绝其不应有的生活和与不安分者之交往,然彼接到御旨之后,未带所派去的任何人员,而选青年数人,离开正路,不详隐匿何处,本沙皇迄今不知彼在何处。本沙皇以为彼之所以产生如此堕落念头乃受他人唆使焉。本沙皇身为其父,实感惋惜,唯恐彼因其不良行为而招致无可挽回之损失,更担心彼落入敌人之手,故令吾国驻贵国公使维谢洛夫斯基寻访,并将其带回。彼如隐蔽或公开滞留贵国,特请求陛下令其与该公使一道遣返,为确保安全起见,尚希派贵国军官数人护送。本沙皇对彼将严加管教,令其痛改前非,并因此而对陛下感恩不尽。

　　　　　　　　　　恺撒陛下之忠实兄弟
　　　　　　　　　　　　彼得

同时从侧面通知奥地利恺撒,如他不能自愿交出皇太子,沙皇将视他为叛徒,并"以武力"对付。

有关儿子的每一条消息都使沙皇大受屈辱。欧洲明面上虚伪地表示同情,但暗地里却幸灾乐祸。

维谢洛夫斯基禀报说:"从汉诺威返回此地的某少将去过宫廷,当着梅克伦堡大使之面对卑职公开声言,陛下的疾病纯属悲痛而起,其众所周知的原因之一即皇太子'失踪',用法国人的话说,即:Il est eclipsé(失踪了)。卑职问,如此荒唐消息为何人所传。答曰:消息可靠而真实,听汉诺威诸大臣所言。吾批驳曰:此乃汉诺威宫廷出于私忿之诽谤耳。"维谢洛夫斯基还通报了外国宫廷公开发表的言论:"沙皇对皇太子的叛逃应负有不小的责任,因该皇太子在其父皇面前毫无过错可言,并有理由逃离故国以自救。似乎是皇子彼得·彼得罗维奇诞生后不久,陛下即强制彼做出保证,彼应放弃皇位,并终生退隐修道院。陛下抵达波莫瑞之后,发现彼并未履行保证,未赴修道院,于是陛下又想出另一招数,即招彼赴丹麦,以学习为名,派彼登一战舰,命舰长与近处之瑞典人开仗,借其手将皇太子杀死。为逃脱此灾难,彼被迫而出走矣。"

沙皇还接到报告,说奥地利恺撒已与英王乔治一世签署了秘密和约:"奥地利恺撒由于亲戚关系而同情皇太子的苦难,同时出于皇室对无辜受迫害者的宽宏,为皇太子提供庇护。"问英王,他作为"选帝侯和布劳恩什维格家族的亲戚,是否打算庇护皇太子",同时指出"善良的皇太子的悲惨处境"和"他父亲公开而不间断的残暴,毋庸怀疑的狠毒和诸如此类的俄国人的彬彬有礼"。

儿子成了父亲的审判者。

还将发生什么事?皇太子可能成为敌人手中的工具,点燃俄国内乱之火,掀起整个欧洲战争——上帝知道最后结局如何。

杀死他，杀死他也嫌不够！沙皇愤恨地想。

但是愤恨被另一种迄今未曾体验过的感情所压下：父亲感到儿子可怕。

第六部 皇太子在逃亡中

一

皇太子带着阿芙罗西妮娅月夜在那不勒斯湾里荡舟。

他体验到一种类似音乐所产生的感情：音乐——就在这洒满水面的金色月光之中，它好像是一条从波济里波直到天边的火路；音乐——就在大海的低诉之中，就在这微风吹拂之中，就在这略带咸味的海上清新的空气之中，就在这从岸上索伦托飘来的柑橘和柠檬树的芳香之中，就在这月色朦胧中维苏威火山蔚蓝色的轮廓之中，只见它云雾缭绕，闪耀着红色的光芒，好像是死而复活之后重又死去的诸神的祭坛。

"我的心肝宝贝，多么美好呀！"皇太子低声说。

阿芙罗西妮娅观看这一切十分冷漠，无异于观看涅瓦河和彼得保罗要塞。

"很暖和，水面上也不潮湿。"她回答道，压下要打的哈欠。

他闭上眼睛，想起了维亚节姆斯基在小鄂霍塔府上的前厅；春天黄昏时分斜射的阳光；女仆阿芙罗西卡穿着长长的裙子，从下面掖起来，赤着脚，低低地弯着腰，在擦地板。一个最普通的村姑，小伙子们谈到这类姑娘时只是说，瞧，多么健壮，阿芙罗西卡又白又胖，像个洗得很干净的芜菁。但是他看着她有时想起在彼得戈夫看到的父亲收藏的一幅古老的荷兰绘画——《圣安东尼的诱惑》：隐者面前站着一个裸体的红发女妖，腿上有毛，生着山羊蹄子，像是罗马神话中的森林和田野之神法俄诺斯。阿芙罗西妮娅的脸上——嘴唇非常圆润，鼻子略略向上翘起，明亮的大眼睛蒙着一层薄翳，眼稍微斜而长——有一种山羊的野性和幼稚的无耻。他也想起古书中关于女人魔鬼般的美的箴言：女人是罪恶的渊薮，男人因女人而亡；女人和火是同样的深渊。

这是怎么发生的，他自己也不清楚，但对她几乎是一见钟情，对她的爱是粗野的，温情的，强烈的，如同死亡。

她在那不勒斯湾，也还是当年在小鄂霍塔的小屋里那个阿芙罗西卡，她在这里也还是跟当年过节时与其他仆人一起坐在墙根土台上一样，嗑着榛子（因为没有葵花子），把壳吐到洒满金色月光的波浪里：区别只是身着流行的法国时装，贴着俏皮膏，穿着鲸须架式筒裙，看上去更加妖媚和幼稚无耻。难怪恺撒的那两个护兵和年轻英俊的艾斯捷尔加济伯爵都瞪着眼睛瞧她，后者一直陪伴着皇太子出入圣艾尔摩城堡。阿列克塞厌恶这种男人，他们像苍蝇见了蜂蜜一样，总是把目光盯着她。

"怎么，小伊索，你对这里的生活腻烦了，想要回家吗？"她用懒洋洋的唱歌般的声音对坐在她一旁的那个身材矮小相貌丑陋的人说，他是舰船见习生阿寥什卡·尤罗夫，"小伊索"是开玩笑给他取的绰号。

"阿芙罗西妮娅·费奥多罗芙娜，我们在这里过的日子简直就是灾难。科学是如此玄奥，虽然我们天天拼命地学习科学，可就是弄不懂——不明白，不懂语言，就学不会科学。而在威尼斯，我们吃不饱，饿得要死——一天只给三戈比的伙食，没有吃的，就得喝凉水，没有衣裳穿，光着身子，丢人现眼。我们这些可怜的人要像牲口一样死掉，也没有人管。更糟的是我有病，不能出海。我不是航海的料！要是上帝不发慈悲，我就得死。就是步行，我也高兴回彼得堡去，只是别让我出海。途中可以乞讨，就是不能走海路——这全凭陛下的意旨了。"

"咳，老弟，逃出虎口，又要陷入狼窝：在彼得堡，你要挨皮鞭的，因为你逃学——沙皇禁止这么干。"

"小伊索，你的事情不妙啊！你可怎么办呢？"阿芙罗西妮娅说。

"那么我上哪儿去呢？要么远走高飞，要么到雅典去当僧人……"

阿列克塞怜悯地看了他一眼，情不自禁地把这个逃亡水手的命运跟逃亡皇太子的命运进行比较。

"没关系，老弟，上帝会保佑的，我们会一起太太平平地返回祖国！"他和善地笑着说。

他们驶离洒满金色月光的大海，返回黑黝黝的岸边。山脚下有一座废弃的别墅，这是文艺复兴时期在古代维纳斯神庙的废墟上建造的。

一道破旧的台阶直通大海，台阶两侧耸立着高大的柏树，像是送葬队伍中打火把的人，蓬乱的尖树冠被海风吹弯，永远阴郁地低垂着头。神祇的石像在黑影里泛白，像是幽灵。喷泉的流水也使人觉得是白色的幽灵。桂树下面的萤火虫发着亮光，像是坟头的蜡烛。木兰花的香气使人想起给死人涂抹的香料。一只栖息在别墅里的孔雀被人语声和嘈杂声闹醒，情绪高昂地走下台阶，舒展开尾巴，在月光下像是一把镶嵌着宝石的大扇子。雌孔雀的哀鸣如哭丧妇刺耳的号啕声。泉水从悬崖上顺着头发丝般又细又长的草一滴一滴地落到海里，好像是无声的泪，大概是自然女神在山洞里为自己死去的姊妹们而哭泣。整个这座阴郁的别墅使人想起阴魂居住的乐土，冥界的树林，死而复活之后又死去的诸神的坟墓。

"你相信吗，仁慈的夫人，我已经三年没有洗蒸汽浴了！"小伊索继续抱怨道。

"噢，那新鲜桦树枝条的笤帚，洗完以后再喝上一杯樱桃蜜水！"阿芙罗西妮娅颇有感慨地说。

"一喝这里的酸汤，就想起伏特加来，就要哭！"小伊索哼唧着说。

"能吃上点儿鱼子酱嘛！"阿芙罗西妮娅接过来说。

"还有咸鱼干!"

"别洛焦尔斯克的胡瓜鱼!"

他俩一唱一和,加重了彼此心灵的创伤。

皇太子听着他们说话,望着别墅,不禁笑了起来:这些日常的梦想和幽灵般的现实之间的矛盾真是奇怪。

在海面那条火路上,还有另一条船在划动,在金色月光中留下黑色的印迹。传来曼陀铃和一个女人的歌声:

> Quant è bella fiovenezza,
> Che si fugge tuttavia.
> Chi vuol esser lieto, sia—
> Di doman non c'è certezza.

这是一支情歌,是洛伦佐·美第奇为佛罗伦萨欢庆巴克科斯和阿里阿德涅节而写的。皇太子听着,不明白歌词;但乐曲却使他的心充满忧伤和甜蜜。歌词大意是:

> 啊,青春是如何美丽,
> 但转瞬即逝!唱吧,笑吧,
> 想要幸福者皆能幸福,
> 切莫指望明天。

"哎,太太,唱支俄国歌吧!"小伊索说,甚至想要跪下,但身体一摇晃,差点儿没掉到水里:他站立不稳,因为一直在喝"酸汤",由于不好意思而把酒瓶子藏在衣襟底下。裸着上身晒得黝黑的漂亮的桨手明白了,向阿芙罗西妮娅笑了笑,又向小伊索挤挤眼,把吉他递给他。他像调三弦琴那样调弦。

阿芙罗西妮娅微微一笑,看了看皇太子,突然高声地唱起来,好像是春天黄昏时在小溪旁白桦林里跳环舞时唱的一样。那不勒斯(古称帕耳忒诺佩)的海岸响起了回声:

啊,我的雪橇呀,我崭新的雪橇,
是用槭木做的,上面装着栏杆!

外国歌声里可以听出对过去的无限哀伤:

Chi vuol esser lieto, sia—
Di doman non c'è certezza.
想要幸福者皆能幸福,
切莫指望明天。

而在俄国歌声里则可听出对未来的无限哀伤:

飞吧,我的小鹰,飞得高高的和远远的,
高高的和远远的,飞向故乡!
在那遥远的故乡,住着严厉的爸爸,

他可真够严厉,从不发慈悲。

这两支歌,一支本国的和一支外国的,合而为一了。

皇太子强忍住眼泪。好像是他从来也没有像现在这么爱俄国。但他是以一种新的感情来爱俄国的,他爱全世界,也包括欧洲:他把别的国家当成自己的国家来爱。像这两支歌一样,对祖国的爱和对别国的爱合而为一了。

二

奥地利恺撒为皇太子提供保护,为了瞒住他父亲,让他伪装成一个匈牙利伯爵,用皇太子本人的说法,装成一个囚徒,住在艾伦贝格要塞,这座要塞位于上蒂罗尔山一个高高的悬崖顶上,是一个真正的鹰窠,虽然处于菲森至因斯布鲁克的大道边,但却孤悬一隅,外人无法接近。

恺撒给要塞司令的手谕中说:"接到此信之后,立即为主要人物准备两个房间,安上牢固之门和带有铁栏杆之窗。晓谕士兵及其妻子们,不准离开要塞,违者严惩不贷,甚至处以极刑。主要囚犯如想要和汝谈话,可满足其愿望,其他方面亦该如此,例如:彼如要读书,或者进行其他娱乐活动,甚至想要邀汝一道进午餐或参与某种游戏等等,皆可允之。此外,汝尚可允许彼在室内散步或到要塞院内呼吸新鲜空气,但随时皆须严防彼走脱也。"

阿列克塞在艾伦贝格住了五个月——从 12 月到 4 月。尽管防范甚严，沙皇的暗探，近卫军上尉鲁勉采夫带领三个军官秘密受命不惜一切抓获"要犯"并把他解往梅克伦堡，探听到皇太子住在艾伦贝格的消息，便来到上蒂罗尔，秘密进驻艾伦贝格山下的莱特村。

维谢洛夫斯基公使对恺撒声言："吾皇听到奥地利诸大臣以恺撒之名义回答云，该犯似乎没在恺撒之国土，必将非常恼怒，因为奉派而来的信使已在艾伦贝格见到该犯的下人，证明该犯确实由恺撒豢养。不仅鲁勉采夫上尉，而且全欧洲皆知，皇太子就在恺撒之属地。假如奥地利王子弃绝其父王，到俄国皇上之领土寻求避难，并且被秘密接待，那么恺撒将会如何痛心！"

彼得修书给奥地利恺撒："陛下，您可想象，吾之长子不听吾言，未经吾之允许而出走，接受他人庇护或监管，吾身为其父，实感痛心疾首，绝不能容忍此种状况，故望得到陛下对此之解释。"

皇太子得到通知说，恺撒建议他返回俄国，或继续接受他的保护，但在后种情况下认为有必要将他移往别的更远的地方去，即那不勒斯。同时还让他感觉到，恺撒希望他把自己的下人留在艾伦贝格或者完全把他们打发掉，因为他的父亲在信中提到这些人时深表不满，为了杜绝俄国沙皇进行责难的口实，恺撒不准备保护这些无用人员。这是暗示阿芙罗西妮娅。的确，已故夏洛塔是恺撒皇后的妹妹，以她的名义请求恺撒庇护阿芙罗西妮娅，皇太子确实感到为难，因为早已盛传，他早在其妃在世时就已跟这个"不体面的姑娘"发生了关系。

他宣布，准备去恺撒命令去的地方，准备生活在所吩咐的地方，只求不把他交给他父亲。

4月15日夜里三点，皇太子不顾暗探的监视，以恺撒的一名军官的身份离开艾伦贝格。他只带一名随从人员——装扮成少年侍从模样的阿芙罗西妮娅。

护送皇太子的申鲍伦伯爵禀报说："我们的朝圣者已平安抵达那不勒斯。一有可能，将派秘书前去详细汇报此次旅行令人难以想象的开心情况。我们的少年侍从原来是个女人，但没有正式结婚，看来已失去贞操，因为说是姘妇，是健康所必需的。"申鲍伦伯爵的秘书汇报说："我采用一切可能的手段制止我们的同行者经常无度地酗酒，但枉然。"

他们途经因斯布鲁克、曼图亚、佛罗伦萨、罗马。1717年5月6日抵达那不勒斯，下榻于"三王"旅馆。翌日黄昏，乘坐一辆雇佣的马车出城，到了海滨，然后通过秘密通道进入总督宫，两天之后，又从那里转移到位于那不勒斯城外高山上的圣艾尔摩要塞，此处经过整顿，特别安静。

尽管他在这里也还是个"囚徒"，但已不感到寂寞，不再觉得是在监狱里：大墙越高，要塞的壕沟越深，就越保险，更不易被父亲得悉。

房间的窗户面向大海，还有一条暗道直通海上。他整天在这里消磨时光：他像从前过圣诞节那样喂鸽子，这些从四面八方飞来的鸽子很快就被他驯熟；他阅读历史和哲学书籍，唱赞美诗和圣歌，观看那不勒斯、维苏威火山口上如蓝宝石般的蓝色火焰、卡普里岛，但更多则是观看大海——看也看不够。他觉得好像是第一次看见大海。北方的灰色大海是船舶局和彼得堡海军部的大海，用于商业和军事目的，父亲喜欢那种大海，它不像南方这种蔚蓝色的自由自在的大海。

有阿芙罗西妮娅跟他在一起，当他把父亲忘却的时候，他几乎是幸福的。

尽管费了很大劲，但他终于获准让阿寥什卡·尤罗夫出入圣艾尔摩，当然要受到严格监视。小伊索成了一个不可缺少的人：阿芙罗西妮娅寂寞时能安慰她，跟她一起玩纸牌和下棋，说笑话，讲故事和寓言给她开心取乐，像是真正的伊索。

他最乐意讲的是他在意大利旅行的情形。皇太子也饶有兴味地听他讲，重新体验自己获得的印象。不管小伊索如何想要回俄国，不管他如何怀念俄国的蒸汽浴和伏特加，看来他也跟皇太子一样，爱上了这异国他乡，就像爱自己的故乡一样，用一种新的全世界的爱来把俄国和欧洲合在一起来爱。

"阿尔卑斯的山路险峻难行，"他描绘翻越阿尔卑斯山时的情景说，"路面非常狭窄。一侧是高耸入云的大山，另一侧是万丈深涧，涧底流水湍急，不停地哗哗响，好像是磨坊发出的声音。看着那深不见底的山涧,人会惊恐万分。山顶上终年积雪,因为阳光从来都照射不到……

"山上还是冬季,可是山下已是盛夏季节。道路两边生长着葡萄、柠檬、橙子以及许许多多别的果树,树旁有非常好看的柳条编的小房。你想啊,整个意大利——就是一座大果园,跟天堂一样!3月7日就看见了果实——成熟的柠檬和橙子,更多的是绿的,也有刚结的果和花——都在同一棵树上……

"那边山脚下是个非常美丽的地方,建有一栋房子,称作别墅,真有气派,建筑设计精美。房子周围——是美丽的花园和果园:人们在里边散步和乘凉。花园里栽的树横竖成行,树枝修剪得整整齐齐。花草都栽在花盆里,摆放得很艺术。景致美极啦!那些花园里还有喷泉,流水清澈。路的两侧安放着大理石的男女神像:巴克科斯、维纳斯,还有其他一些异教的神,雕塑得极好,像活的一样。这都是古代的,是从地下挖出来的……"

关于威尼斯,他讲了一些非常奇异的事情,阿芙罗西妮娅很长时间不相信,把威尼斯跟俄国童话里提到的"冰糖城"混淆在一起。

"你瞎说,小伊索!"她笑了,但仍然贪婪地听着。

"整个威尼斯建在海上,大街小巷——都是海水,处处行船。没有马,也没有别的牲口;也没有马车,至于雪橇,根本没有听说过。夏天的空气不好,腐水散发着难闻的气味,就像我们彼得堡的封丹河一样,里面全是垃圾。全城有许多载客的船，叫作'贡多拉'，样式很独特：又长又窄，像是独木舟，船头和船尾都是尖的，船头高高翘起，中间有篷，带着小玻璃窗，挂着织花麻布窗帘；有些'贡多拉'是黑色的，蒙着黑布，很像棺材；桨手——一个在船头，另一个在船尾，站着划桨，同时掌握方向，没有舵，但航行得很好……

"威尼斯的歌剧和喜剧极好，描写技巧极其完美，全世界无论哪里都没有这么美妙的歌剧和喜剧，没有人能写得出来。上演这些歌剧的剧院很大，都是圆形的，称作'意大利剧院'。这些剧院里有许多包厢，共有五排，全都是贴金的。歌剧演的是古代历史的著名英雄和爱琴或罗马时期的神祇，喜欢历史的人都可去剧院看这种戏。许多人看歌剧都戴着假面具，好让别人认不出来。狂欢节，也就是谢肉节期间，人们也都戴着假面具，穿着奇怪的衣服；自由自在地游逛，不受任何限制，可乘坐'贡多拉'，奏乐，跳舞，吃糖和朱古力，喝各种饮料。在威尼斯，人们经常举行娱乐活动，他们不愿意没有娱乐活动，而在娱乐活动中也作孽，戴着假面具聚会，许多妇女和少女拉着外国人的手，跟他们一起放荡，毫无羞耻地寻欢作乐。威尼斯的女人可真漂亮，高高的个头儿，苗条秀丽，打扮整洁，她们不愿意做女红，靠兜风糊口，总是喜欢放荡和寻欢作乐，靠这个挣钱，而没有任何其他营生。许多姑娘住在单独的房子里，不惜犯罪，不知羞耻，把自己当成商品来出卖，而另一些人没有自己的住房，住在专门的街道上，狭小的地下室里，每个地下室都有门通向马路，看到有人过来，每人都极其殷勤地为自己招徕，某人某一天嫖客最多，这就是她最幸运的一天；她们因此也就患上了时髦病，而嫖客们却也很快就把自己的财产挥霍光。宗教界人士指责她们，但并不强制她们改邪归正。在威尼斯治疗时髦病非常昂贵……"

像讲威尼斯的寻欢作乐一样，他饶有兴味地讲了教会的各种奇迹和圣骨。

"我有幸看见一个十字架；这个十字架的玻璃下面安放着基督的一部分圣骨。另一个十字架里放着施洗者的一小部分鼻子。我在巴尔城看见了显灵者尼科拉涂着香膏的圣骨：可以看见他的脚，上面涂着圣油，圣油的样子很像纯净的奶油，任何时候都不会干燥；前来朝拜的人每天都带走许多圣油；但是它从来也不减少，就像泉水似的无尽无休地往外流：全世界都因这种圣油而变得神圣。我还看见过圣徒雅努阿里的血和圣徒受难者拉甫连季的圣骨——安放在水晶棺里，你吻一下水晶，叫人惊奇的是，一股热气便透过水晶冒出来……"

他还描述了科学的奇迹，更加令人惊叹不已。

"帕多瓦学士院里，一些涂着香膏的婴儿，有的是弃儿，有的是从死去的母亲腹中取出的，在玻璃容器里浸泡在酒精中，一千年也不会腐烂。我在那里的图书馆看见过地球仪和天体仪，制造得在数学上极其精确……"

小伊索是个古典派。他觉得中世纪的东西野蛮。他对仿古建筑赞不绝口——认为工整、线条清晰、匀称——他在刚刚兴建的彼得堡就已看得习惯了。

他不喜欢佛罗伦萨。

"房屋非常美,但匀称的不多;佛罗伦萨的房子清一色是现代建筑;有高层的,也有三层、四层的,但建造得很普通,不讲究艺术造型……"

最令他惊叹的是罗马。他讲到罗马时怀着一种虔诚的,几乎是迷信的感情,这座永不衰败的城市给蛮族带来的就是这种感情。

"罗马是个伟大的地方。如今所说的是指罗马的城郊——当年罗马的宏伟难以言表;有些地方是古代的市中心,而现在则是田野,种小麦和葡萄,放牧牛群和其他牲口,这些田野上有很多古代的石头建筑物,由于年代久远已经倒坍,但不难看出当年非常宏伟壮观的风姿和高超的建筑技巧,如今已经没有任何人能建造这样的建筑物了。从山上一直到罗马,可以看到古代建筑物带着过梁的石柱,有些石柱的顶上有水槽,清澈的泉水从山上流淌下来。这些石柱叫作'高架渠',田野则叫作'罗马市郊'。"

皇太子看见过罗马,但只是一闪而过;现在他一边听着,一边回忆——一道"难以言表的宏伟"的阴影从他头上掠过。

"在田野上的罗马废墟中间有一条路通向山洞。当年基督教徒们受到迫害,就躲藏在这些山洞里,如今在那里找到许多受难者的骸骨。某些山洞称作'地下受难所',非常大,据说有地下通道通向大海；另一些通道难以解释。那些'受难所'的近处，有一个小教堂，里面放着巴克科斯的棺材，用斑岩刻成，非常大，但棺材里空空如也。据说古时候里面装着一具不朽的尸体，美丽得无法形容，具有魔法，模样像是巴克科斯。圣徒们把这个异教的尸骨毁掉，在这个地方建造一座教堂……

"后来我到了另外一个地方，叫作'库里济'，古罗马皇帝迫害基督教，折磨信奉基督的人，把这些圣受难者扔给野兽吃掉。那个地方是圆形的——一个庞然大物——上边有十五俄丈；墙壁是石头砌的，那些折磨者在上面观看野兽如何撕咬受难者们。墙根的地下修有暗穴，供豢养野兽用。圣徒伊格纳季就是在一个'库里济'里被野兽给吃掉的；那里的土地都被受难者们的鲜血染红……"

皇太子想起童年时人们对他说的话：全世界唯有俄国才是神圣的土地，而所有其余的民族都是异教徒。还记起了他本人有一次对宫廷女官阿伦海姆说的话："基督只和我们在一起。"可是他现在却想："够了，是这样吗？"假如基督不只是在俄国，也在他们那里，那么整个欧洲岂不也是神圣的土地吗？那个地方的泥土全被受难者们的鲜血染红。这样的土地能是异教徒的吗？

老人们常把莫斯科叫作第三罗马，可是莫斯科与第一个真正的罗马相距甚远，同样，彼得堡处处效仿欧洲，但与欧洲也相距甚远，他如今已经亲眼证实了这一点。

"没听说过莫斯科是怎样开始的,"小伊索说,"西方有许多国家都比莫斯科古老而贞洁……"

他在描述威尼斯狂欢节时最后说了这样一番话,使皇太子铭记在心:

"他们寻欢作乐时从来不彼此猜疑,绝不会有什么人惧怕什么人;每一个人都按照他自己的意志做他所愿意做的事。威尼斯任何时候都有自由,威尼斯人经常都生活得安宁自在,没有恐惧,没有伤害,没有沉重的赋税……"

没有说出来的想法是显而易见的:我们俄国可不是这样,任何人对于自由连提都不敢提。

"欧洲各国人民的秩序特别值得赞扬,"小伊索有一次说,"子女和父母与老师之间没有任何因循守旧的关系,不受他们虐待,即使受他们惩罚,但善意的尖锐的批评多于体罚,注重培养个人意志和勇敢精神。古时候,莫斯科人了解到这一点,根本不把子女送到国外去学习科学,害怕他们了解到外国的信仰和风俗以及自由,放弃自己的信仰,投靠别人,担心回家后失去保证。如今虽然派子女出来学习,但收益甚微,因为科学离开自由,犹如鸟儿离开空气一样,是不可能发展的;而我们那里是用老规矩学新东西:棍子不会说话,却给人以智慧;没有任何方法比扇耳光更奏效的……"

他们二人,一个逃亡的航海学生和一个逃亡的皇太子,朦胧地感觉到,彼得所引进俄国的那个欧洲——数学、航海术、筑城术——还不是全部欧洲,甚至不是它最主要的:真正的欧洲有一种最高的真理,这是沙皇所不了解的。而没有这种真理,即使有一切科学——那么取代莫斯科野蛮行为的也只不过是新的彼得堡的无赖行为。皇太子本人是否想过这种自由,呼吁欧洲来评判他和父亲的是与非呢?

有一次,小伊索讲了《俄国水手瓦西里·科里奥茨基和美丽的佛罗伦萨女王普拉克丽娅的故事》。

听的人或许跟讲的人一样,只是神秘而好奇地听听而已,都不明白这个故事的意思:俄国水手与佛罗伦萨公主结合,后者象征着文艺复兴的春天大地——欧洲自由之花——整个故事寓意着人们尚未知晓的未来俄国与欧洲的结合。

皇太子听了这个故事,想起父亲从荷兰带回来的一幅画:身穿水手服的沙皇拥抱一个健壮的荷兰少女,阿列克塞情不自禁地笑了,心想,这个红发女郎与"像太阳般美丽的"佛罗伦萨女王相距甚远,同样,俄国所学到的欧洲与真正的欧洲也相距甚远。

"你的那个水手大概是没有返回俄国吧?"皇太子问小伊索。

"他在那里什么没见过?"小伊索回答道,突然对俄国表现出冷漠来,他不久前还热烈向往俄国,"到了彼得堡,根据关于逃亡者的命令,他得给剥了皮,给流放到罗格尔维克去,而佛罗伦萨女王——给流放到纺织作坊去,变成一个下贱的女奴!……"

可是阿芙罗西妮娅却突然说:

"哎,你瞧,小伊索——你那个水手却通过科学达到了某种地位,要是逃避学习,跟你一样,他就不可能见到佛罗伦萨公主,就像不能看见自己的耳朵一样。你称赞自由干什么,乌鸦的嘴可是叼不出麻子来。给你们自由——你们就得完全累垮。既然你们这些傻瓜不愿意好好干,怎能不用棍棒教育你们?得感谢沙皇。对于你们就得这样!"

三

> 静静的顿河哟,
> 我们的亲爹河,
> 你给我洗浴吧。
> 潮湿的大地哟,
> 我们的亲娘,
> 你把我掩埋吧。

阿芙罗西妮娅在圣艾尔摩要塞里坐在皇太子房间窗前的桌子旁,一边唱着,一边撕下土色男式坎肩的红塔夫绸里子;她宣布再也不打扮成让人嘲笑的小丑了。

她穿一件很脏的绸睡衣,纽扣已经脱落,赤脚穿着一双已经穿旧的绣银布鞋。她面前放着一个铁皮箱子——里面杂乱无章地放着一些五颜六色的碎布头、带子、扇子、手套、皇太子的情书、用纸包着的熏香、圣长老给的乳香、圣奥诺雷街著名理发师弗里森给的马列沙尔牌香粉、雅典的念珠、巴黎的俏皮膏和唇膏。她一连好几个小时涂脂抹粉,这根本不需要,因为她面孔的颜色本来就很漂亮。

皇太子坐在桌旁写信,准备暗中寄往彼得堡,送给高级僧侣们和元老们。

诸位元老大人阁下:

　　诸位以及百姓对于敝人离开俄国并且下落不明定会疑惑不解。迫使敝人采取此种行动者,并非其他,而实属无奈:父皇经常无缘无故向吾发怒,更有甚者,去年初——几乎强制吾衣黑袈裟,众所周知,敝人无任何过失。然而,大慈大悲之主、安慰苦难众生之圣母助吾解脱,并予以机会令吾逃离可爱之祖国以自救,若非此种情况,吾绝不离开。如今,吾在某一伟大皇帝庇护下平安与健康而生,直至主保佑吾重返俄国,故恳请诸君切莫把吾遗忘。如有人散布流言,企图在百姓中间消除对吾之记忆,声言吾已不在人世云云,恳请诸君切莫相信,并教百姓勿信。上帝保佑,吾将长久活在世上,入棺以前一直衷心祝愿诸位大人与祖国安康。

　　　　　　　　　　　　阿列克塞拜上

他从开着的门向大海望去。北风劲吹,蔚蓝的大海雾气沉沉，汹涌咆哮，白浪滔天，被风鼓满的白帆倾斜着，像是白天鹅。皇太子觉得，这正是俄国民歌所歌颂的蔚蓝的大海，正是英明的奥列格当年率领大军远征君士坦丁堡时经过的那个大海。

他拿出几张叠在一起的纸，上面是他亲手用德文写的幼稚的大字。空白处补写了几句："请勿怪罪吾写得不好，吾不能写得更好。"这是写给奥地利恺撒的一封长信，是一篇声讨父亲的檄文。他早就动手了，不断修改，涂了又写，怎么也不能完成：头脑里想好了的，却不能用语言正确表达出来；思想和语言之间存在着不可逾越的障碍——最主要的思想不能用任何言辞表达出来。

他重新读了某些段落："皇上应拯救吾。吾在父皇面前是无辜的；吾根据上帝教诲，经常听从他，爱他，尊重他。吾深知吾实乃软弱无能者。然缅希科夫如此培养吾者也：未教吾任何本领，经常使吾疏远父皇，视吾如奴仆，如猪狗焉。故意让吾饮酒，由于醉酒和迫害，吾精神萎靡不振。况且，父皇从前对吾甚佳。委吾以治国安邦之重任，一切顺利——彼甚满意。然而，自从吾妃生育子女，而新皇后亦生一子之后，便对吾与吾妃不佳，迫使她如女仆般辛苦操劳，她终于痛苦而亡。皇后勾结缅希科夫煽动父皇反对吾。彼二人凶恶异常，毫无良心，不敬仰上帝。就沙皇个人而言，彼心地善良而公正；然而彼被恶人所包围，况且彼生性暴躁，发怒时残暴异常，自认如上帝对人拥有生杀之权。无辜之血流淌者多矣，彼甚至常常亲自严刑拷打犯人或亲手处决。如皇帝陛下将吾交还父皇，即将吾送往死路矣。即使父皇饶恕，继母和缅希科夫亦将令吾醉死或将吾毒死，否则绝不心安也。强制吾放弃皇位；吾不愿进修道院；吾有足够之智慧，足以胜任管理国家之事。吾以上帝之名义发誓，吾从未想要煽动百姓作乱，尽管这并非难事，因为百姓爱吾，憎恨父皇，由于其皇后不称其位，其宠臣作恶多端，教会和古老习俗被践踏，还由于彼实乃暴君，不吝惜金钱和血汗，实属人民之敌人也……"

"人民之敌人？"皇太子重复一遍，思考片刻，把这句话涂掉：他觉得这说得不对。他深知，父亲爱人民，尽管这种爱有时不免比任何敌对都残酷：吾所爱者，吾亦杀之。少爱一些，反而更好。他也爱儿子。要是不爱，就不会如此折磨他。现在他重读这封信时，跟任何时候一样，他朦胧地感到，他在父亲面前是正确的，但又不完全正确；"不完全正确"和"完全不正确"之间只有一步之差，他责难自己时，经常都情不自禁地迈出这一步。他们二人各有各的真理，而且这两种真理永远互不相容，彼此敌对。必定是其中的一个把另一个消灭。可是，不管是谁取得胜利，有过错的总是胜利者，而败北者——则是正确的。

这一切，他只能说给自己听，而不能说给别人。有谁能理解？有谁能相信？除了上帝，谁能充当儿子和父亲之间的裁判者？

他怀着沉重的感情把信放到一边,暗自希望把它销毁,注意听着阿芙罗西妮娅唱歌,她已经把衣服拆完,在镜子前试贴法国俏皮膏。这轻轻的歌声是在监狱里感到寂寞时唱的,而她是不由自主地唱出来的,好像是小鸟在笼子里啼鸣;她唱着,像呼吸一样,她自己几乎没有注意到是在唱歌。一方面忙于贴法国俏皮膏,另一方面唱着故土的哀伤的歌,皇太子觉得这是一种奇特的矛盾:

> 潮湿的大地哟,
> 我们的亲娘,
> 你把我掩埋吧。
> 松林里的夜莺哟,
> 为我唱支歌吧。
> 树林里的布谷鸟哟,
> 你是我林中的姊妹,
> 为我唱支歌吧。
> 白色的小桦树哟,
> 你如年轻的女人,
> 为我喧响吧。

要塞里的通道上响起沉重的脚步声、哨兵们的呼喊声、打开锁头和门闩声。值勤的军官敲门,报告那不勒斯总督秘书魏因哈特大人驾到,他用俄语把"总督"说成"松督"。

一个胖子低垂着头,气喘吁吁地走进屋来,只见他脸色通红,犹如鲜肉,耷拉着下嘴唇,两只猪眼睛泪汪汪的。像许多狡猾的人一样,他外表很朴实。小伊索说他是个"最肥胖的日耳曼人——最狡猾的骗子"。

魏因哈特带来一箱陈酿法隆和摩泽尔葡萄酒送给皇太子,为了保守机密,当着外人称皇太子为伯爵;送给阿芙罗西妮娅一筐水果和鲜花,吻了她的手——他对女性有特殊的好感。

还转交了来自俄国的信件,并且口头传达了来自维也纳的委托。

"维也纳方面很高兴得悉,伯爵大人贵体健康和事事如意。眼下尚须忍耐一个时期。报告大人一个新消息:皇太子失踪的传闻已经开始在世上广为流传。一些人认为他是由于逃避父亲的凶残而出走;据另一些人的意见,他已被夺去生命;有些人认为他是在途中被凶手杀害的。但任何人都不确切知道他在何处。这是普莱耶尔公使给恺撒的报告的复本,如果伯爵大人有兴趣了解彼得堡就此事说了些什么,可供他阅读。恺撒陛下亲自吩咐:应建议尊敬的皇太子注意保守机密,因为他的父皇返回彼得堡之后,将要进行大规模的明察暗访。"

他伏在皇太子耳朵上低声补充道:

"您尽管放心,殿下!我有最可靠的情报:皇上无论如何都不会抛弃您,一旦您的父皇死去,遇到机会,愿意动用武力帮助您登上皇位……"

"噢,您说哪儿去了!您说哪儿去了!别说了……"皇太子制止了他,心情沉重,跟刚才收起写给恺撒的信时一样,"上帝保佑,不会到那种地步,不会由于我而打仗。我请求的不是这个——只是请求庇护我!而这个则是我不希望的……况且我感激。主会报答恺撒对我的仁慈!"

他让人从送来的箱子里拿出一瓶摩泽尔葡萄酒,打开为恺撒的健康干杯。

他到隔壁的房间里去拿几封所需的信件,回来时见到魏因哈特正在彬彬有礼地向阿芙罗西妮娅解释(与其说是用语言,不如说是用手势),她不该不再穿男装——男装很适合她的脸形:

"小爱神阿穆尔也未必能给自己提供这样的美!"他用法语结束道,他那双猪眼睛射出一种特别的目光盯着她,使皇太子很厌恶。

阿芙罗西妮娅在魏因哈特走进来时就在那件肮脏的睡衣上面披上一件新的华丽的双面塔夫绸男式外衣,而在没经梳理的头发上——戴上一顶昂贵的布拉班特花边帽,抹了香粉,甚至在左侧眉毛上面贴上俏皮膏,正如她在罗马狂欢节广场上见到的一个从巴黎来的少女那样。寂寞的表情从她的脸上消失了,她活跃起来,尽管对法语和德语一窍不通,但未经说话,却已明白了这个日耳曼人关于男装所比画的,她狡黠地笑了,装作脸红了,用衣袖遮起来,像是个村姑。

"这个猪猡！呸，上帝饶恕吧！这下子可找到人卖弄风情了，"皇太子懊恼地看了他俩一眼，"不管是什么人，只要是个新来的，她便觉得好。噢，夏娃的女儿，夏娃的女儿！女人和魔鬼半斤八两……"

魏因哈特走后，他开始读信。

最重要的是普莱耶尔的报告。

"大部分由贵族组成的近卫军和别的军队一起在梅克伦堡达成秘密协议，要杀死沙皇，把皇后及其小皇子和两个公主囚禁到前皇后所在之修道院，解救前皇后，并把皇位交给她的儿子——合法的继承者。"

皇太子一口气喝了两杯摩泽尔葡萄酒，站起来，在室内来回走动，嘴里嘟哝着，挥舞着双手。

阿芙罗西妮娅沉默不语，聚精会神而又木然地盯着皇太子。魏因哈特走后，她的脸上又恢复了平时那种寂寞无聊的表情。

最后，他站到她面前，惊喜地说：

"呶，你不久就能吃上别洛焦尔斯克的胡瓜鱼！好消息。上帝给我们机会，可以高高兴兴地回家了……"

他详细地对她讲述了普莱耶尔的报告；最后一段话是用德语念的，看样子，并不使他高兴：

"彼得堡人人都准备叛乱。人人都抱怨，名门显贵被降到平民百姓的地位，不管什么人都得去当兵和水手，由于建设城市和建造舰船，乡村破产。"

阿芙罗西妮娅默默地听着,脸上还是那样木然和寂寞无聊,只是等他读完时才用她惯有的懒洋洋的拖长的声音问道:

"怎么,阿列克塞·彼得罗维奇,如果把沙皇杀死并且来人接你回去,你就加入叛乱者一伙吗?"

她斜睨了他一眼,假如他不过分地陶醉于自己的想法,或许会大吃一惊,甚至在这个问题里感到暗含着的刺儿。

"不知道,"他思索片刻,回答道,"如果爸爸死后派人来接我,我也许会加入……事先瞎猜什么。听凭上帝的意旨吧!"他仿佛是醒悟过来,"我只是说,阿芙罗西尤什卡,你瞧,上帝怎么办:爸爸做他自己那一套,而上帝则另有安排!"

他兴奋得累了,一头坐到椅子上,又说起来,不看阿芙罗西妮娅,好像是自言自语:

"报纸上有消息说,瑞典舰队向芬兰湾沿岸驶去,运送人员登陆。如果这是真的,那可就糟了:我们彼得堡那里,缅希科夫跟元老们不和。我们的军队主力很远。他们彼此发怒,不会相互帮助——瑞典会给造成巨大的灾难。彼得堡就在身边!我们远征哥本哈根,可别把彼得堡丢了,像亚速海那样。彼得堡不会长久地归我们所有:要么是瑞典给占领去,要么是毁掉。将成为一片废墟,成为一片废墟!"他重复说,好像是在重复着姑妈玛尔法·阿列克塞耶芙娜的诅咒和预言。

"眼下那里很平静——但这种平静并不是无缘无故的。

你看舅舅阿甫拉阿姆·洛普欣是怎么写的：各个阶层的人，从上到下，都在谈论我，要求并且希望拥戴我，莫斯科周围已经动乱起来。伏尔加下游老百姓也动荡起来。有什么可大惊小怪的？事到如今，怎么还能忍耐下去？不会就这么完结的。我想，忍耐不下去，就要有所举动。在梅克伦堡这里会有叛乱，还有瑞典人，恺撒和我！四面八方都将揭竿而起！处处都叛乱，动荡不安。一旦倾覆——就将成为灰烬。地动山摇，哈哈！爸爸可是不妙啊！……"

他有生以来第一次感到自己强而有力，让父亲害怕。当年彼得患病时，在那个值得纪念的夜里，结冰的窗子外面，蓝色的暴风雪仿佛是燃起蓝色火焰，令人陶醉，如今——他又跟那时一样，兴奋得喘不过气来。他继续喝酒，一杯接着一杯地喝，但兴奋的心情比酒更醉人，他自己几乎是没有察觉到这一点，望着蔚蓝的大海，仿佛是这大海也在燃烧着蓝色火焰，也是醉醺醺的而且也醉人。

"德国报纸上说：我的小弟弟彼简卡今年夏天在彼得戈夫差一点儿被雷击毙；妈妈抱着他，他勉强活下来，而护兵则丧命了。这孩子从那时起就日趋衰弱起来——看来要不久于人世了。对他真可说是关怀备至了！可怜的彼简卡！孩子的灵魂在上帝面前是无辜的。主哇，发发慈悲吧，救救他吧！但是，我要说，这是上帝的意旨，是奇迹，是预兆！爸爸怎么还不醒悟呢？可怕，落入永生的上帝手中真可怕！……"

"元老中有谁能拥护你？"阿芙罗西妮娅突然问道，她的眼睛里又闪烁着奇怪的火花,又立刻熄灭了——好像是在帷幕后面蜡烛被拿走了。

"这关你什么事?"皇太子惊奇地看了她一眼,好像是完全把她忘了,只是现在才想起来她在听他说话。

阿芙罗西妮娅不再问了。但是一个难以捕捉的使人生分的阴影在他俩中间掠过。

"虽然并非所有的人都是我的敌人,但是人人都干罪恶勾当,迎合爸爸,因为他们都是胆小鬼,"皇太子继续说,"我不需要任何人。我蔑视所有的人——黎民百姓都拥护我,这就够了!"他把自己所喜欢的那个词又重复一遍,"等我当上沙皇,将要起用所有的老人,而对新人则要根据自己的意旨挑挑选选。要减轻百姓的沉重负担——让他们休养生息。减少一些大贵族的数量,不让他们吃得发胖——我要关心农民,关心弱小的和无依无靠的人们,关心基督的小兄弟。建立教会和地方自治会,由全体人民选举产生:让大家都能向沙皇说真话,让他们无所畏惧,言论自由,沙皇和教会靠着民众的建议和圣灵能随时改正自己的缺点!……"

他说出了这个梦想,而梦想则愈加朦胧模糊,像是神话。突然,一个不祥的想法好像牛虻一样蜇痛了他的心:什么都没有,你是在说谎,山雀吹嘘,并没有把大海点燃。

他觉得,他跟父亲肩并肩,父亲是个巨人,在用铁锻造一个新的俄国——而他只有自己的梦想——是个吹肥皂泡的孩子。他怎能跟爸爸争胜负呢?

可是他立刻就驱逐了这个想法,像是哄赶讨厌的苍蝇一样,摆脱了它:一切都听凭上帝的意旨,就让爸爸打他的铁吧,他做自己的事,而上帝则自有安排;只要上帝愿意——就连铁也会像肥皂泡一样破灭。

他更甜蜜地陷入幻想之中。已经感到自己不是个强者,而是个弱者——但这种软弱令人很愉快——更加温顺地微笑着,醉醺醺地听着大海的喧响,他觉得在这喧响中有一种熟悉的东西,那是很久很久以前的东西——是祖母为他唱的催眠曲,或者是天堂里的美人鸟在唱沙皇的歌儿。

"然后,我要建设国家并减轻人民负担,率领大军和舰队去征讨君士坦丁堡。消灭土耳其人,把斯拉夫人从异教徒的桎梏中解放出来,把十字架立在圣索菲亚大教堂上。召开全球大会,把各国教会联合起来。给全世界以和平,于是各国人民便如潮水一般从世界各个角落涌向神智圣索菲亚的荫庇之下,涌向这神圣的千秋万代的国度,迎接未来的基督……"

阿芙罗西妮娅早就不听他说话了,不断打哈欠,在嘴前画十字,终于站起来,伸伸懒腰,挠挠头。

"我有点儿犯困。午饭以后由于等那个德国人而没有睡足。我要去躺一会儿,彼得罗维奇,行吗?"

"去吧,睡一会儿吧。我也可能来,但得等一会儿——得喂喂鸽子。"

她到隔壁的卧室去了,而皇太子——去了前廊,鸽子已经纷纷飞来，等着通常的喂食。

他抛撒一些面包屑和谷粒，和蔼地轻轻叫着：

"咕，咕，咕。"

像在罗日杰斯特温诺一样，鸽子咕咕地叫着，集聚在他的脚下，在他的头上盘旋，落到他的肩上和胳膊上，把全身都遮盖了，好像是用翅膀给他穿了一身衣服。他从高处远眺大海，在翅膀扇起的风中，他觉得自己也仿佛是在展翅高飞，掠过蓝色大海，飞向无边无际的远方，飞向光辉灿烂如太阳的神智圣索菲亚。

飞翔的感觉很强烈，他觉得心怦怦地跳，头昏目眩。他很害怕。他眯起眼睛，痉挛地用手抓住栏杆：感到他已经不再飞翔，降落下来了。

他迈着不坚定的脚步，走回屋里。阿芙罗西妮娅也匆匆地从卧室里出来，她已经把衣服全脱了，只穿着一件内衣，赤着双脚，爬到椅子上去，点燃圣像前的神灯。这是皇太子所喜爱的悲苦众生圣母像：他无论走到哪里都随身携带，从不离开。

"真是罪过呀！明天是圣母升天节，可我却给忘了。不然圣母就会没有神灯，彼得罗维奇，你读日课经吗？要准备读经台吗？"

每个重大节日前夕，由于没有神甫，他都亲自做弥撒，读日课经和唱圣诗。

"不，黑天前准备好就行。我有些累了，头疼。"

"你还是少喝点酒吧。"

"不是由于喝酒,我想是——由于用脑过度:消息真让人高兴!……"

她点着神灯以后,回到卧室,站到桌子前,从那个日耳曼人送来的水果筐里挑选一个最熟的桃子:她每逢睡前都喜欢吃点儿甜食。

皇太子走到她身边,拥抱了她。

"阿芙罗西尤什卡,我心上的朋友,你不高兴吗?你要当皇后了,而银子……"

"银子"——是婴儿的代号,他想,阿芙罗西妮娅应该生个儿子:她怀孕已经两个多月了。"你是我的金子,儿子就是银子。"他在这柔情蜜意的时刻对她说。

"你当皇后,银子就是继承人,"皇太子继续说,"我们给他取名叫瓦尼奇卡——就是全俄国的至高无上的独尊的大皇帝约安·阿列克塞耶维奇!……"

她从他的怀里轻轻地挣脱出来,回头看看神灯是否正常燃着,咬了一口桃子,最后心平气和地说:

"你只顾开玩笑。我这个女奴往哪儿摆,怎能当上皇后呢?"

"我跟你正式结婚,你就能当上了。爸爸也是这么做的。继母卡捷琳娜·阿列克塞耶芙娜也不是出身于名门宦族——跟楚赫纳女人们一起洗衣裳,只穿着一件衬衣给俘虏了,可是现在却当上皇后了。你阿芙罗西妮娅·费奥多罗芙娜也将要当上皇后，你并不比别人差！……"

他想要把自己的全部感受都告诉她，可是不会表达：他所以爱上她，也许正因为她是个女奴，他虽然是皇族血统——但也是个平平常常的人，不喜欢大贵族的妄自尊大，而喜欢平民百姓。他在给平民百姓当皇帝，以恩报德：平民百姓让他当皇帝，他就要让平民出身的女奴阿芙罗西妮娅当皇后。

她沉默不语，垂下目光，根据她的脸色可以看出来，她只想要睡觉。可是他拥抱她越来越紧，透过一层单薄的衣衫，感觉到了她那裸露的躯体的弹性和清新。她抗拒着，把他的双手推开。他突然绝望地把那件半敞着的只挂在她肩上的内衣往下拽。内衣完全解开了，滑下来，落到她的脚下。

她浑身一丝不挂地站在他的面前，红发闪着金色的光辉。左眼上面的俏皮膏既奇特又诱人。在那长长的吊眼梢里有一种山羊的野性。

"松开，松开，阿寥申卡。羞死人了！……"

可是如果说她觉得害羞，但不厉害：只是略略转过脸去，跟平时一样，露出懒洋洋的仿佛是轻蔑的笑容，像平时一样，冷漠地对待他的爱抚，还是那样无邪，甚至贞洁，尽管她的肚子已经几乎很明显地鼓了起来，说明她有了身孕。在这个时刻里，他觉得她的躯体从他手中滑脱了，融化了，成了幽灵。

"阿芙罗西妮娅！阿芙罗西妮娅！"他低声说着，努力抓住这个幽灵,突然跪在她的面前。

"羞死人了,"她重复着,"这是在过节前。神灯亮着呢……罪过,罪过!"可是立刻又冷漠起来,泰然地把咬过一口的桃子举到嘴边,鲜红的嘴唇半张着,跟水果一样鲜艳。

"是的,罪过,"在他的头脑里一闪,"女人是罪恶的渊薮,我们大家都因她们而死……"

他也不由自主地看了圣像一眼,突然想起,在那个雷雨之夜,在夏园里,也是这样一幅圣像从父亲手里掉到地上,在彼得堡的维纳斯——白色魔鬼的脚下摔得粉碎。

门朝着蓝色的大海敞开着,她的身躯在门的四边形框架衬托下,好像是刚从大海深处泛起的白色浪花泡沫。她一手拿着水果,另一只手下垂着,贞洁地掩盖着那个裸露着的地方,真的像是诞生于大海泡沫中的阿佛罗狄忒。蔚蓝的大海在她的身后嬉戏,沸腾,像是祭神的圣物,大海的喧嚣声好像是众神永恒的笑声。

这正是那个农奴出身的女仆,一个春日的黄昏,在小奥赫塔维亚节姆斯基家里,撩起裙子,弯着腰在擦地板。这是女奴阿芙罗西卡,也是女神阿佛罗狄忒——是二者的合一。

维纳斯,维纳斯,白色魔鬼!皇太子心里想,由于迷信而感到惊恐,准备跳起来逃走。可是这个罪恶的但仍然无邪的躯体像是一朵盛开的花,向他散发着他所熟悉的那种令人销魂但又叫人害怕的香味,他自己也不知道是在干什么——他在她面前更低地垂下身去,吻着她的脚,看着她的眼睛,

像祈祷似的,低声说:

"女王!我的女王!……"

神灯暗淡的光亮在神圣而悲苦的圣母前闪烁着。

四

那不勒斯总督达翁伯爵邀请皇太子于 9 月 26 日晚到他的总督宫去会晤。

近日来,空气中可以感觉到西洛可风的临近,这种风称作焚风,从非洲撒哈拉沙漠深处刮来,带来炽热的黄沙。风暴可能在高空大气层中已经开始肆虐,但下面却是死一般的沉寂。棕榈树和金合欢的叶子一动不动地悬垂着。只有大海掀起没有泡沫的巨浪,浪涛撞到岸边,摔得粉碎,发出隆隆声。远方覆盖着朦胧的雾霭,太阳高悬在无云的天空,暗淡无光,好像是蒙上一层乳白色的烟雾。空气中弥漫着细小的尘埃。这尘埃渗到各处,甚至钻进门窗紧闭的室内,把白纸和书页蒙上一层灰尘,使人觉得刺眼和呛嗓子。天气发闷,越来越闷。自然界就像人体化脓了似的。人和动物辗转不安,心情烦躁。百姓们等待着灾难降临——战争、瘟疫或者维苏威火山喷发。

的确,9 月 23 日夜间,托雷德里格列科、雷济那和波蒂奇的居民感觉到了地震。出现了熔岩。岩浆顺着山坡往下流淌,已经快要到最高处的葡萄园了。为了平息主的愤怒,人们手持蜡烛，低声唱着歌，高声哭喊着，自我谴责——这是在举行忏悔仪式。可是上帝的愤怒并没有平息。维苏威火山白天冒着滚滚黑烟，好像是一座熔铁炉，这浓烟形成长长一片乌云，从卡斯特拉摩尔一直延伸到波济里波，而夜里则火光冲天，像是地狱里的大火，映红了天空。众神的祭坛变成了欧墨尼得斯①的威严的火炬。终于在那不勒斯也听到了地震的隆隆声，好像是地下的雷鸣，仿佛是古代的提坦诸神复活了。全城陷入一片惊慌之中。人们想起了所多玛和蛾摩拉城的末日。夜间，在死一般的寂静中，在窗户的缝隙里，在门底下，或者在炉灶的烟囱里便响起了尖细的呼叫声，好像是被捉到的蚊子在嗡嗡叫：这是西洛可风唱起了自己的歌。这声音越来越大，越来越强，好像是马上就要变成疯狂的怒吼，可是突然间停息了，中断了——又开始了死一般的寂静，更加死气沉沉。仿佛是妖魔鬼怪在天上和地下遥相呼应，决定着世界末日的到来。

皇太子这些天一直感到自己好像生病了。可是医生却安慰他说，这是由于不习惯西洛可风所致，给他开了一种使人兴奋的酸药水，他服了之后确实好了许多。在规定的那天，他准时启程去总督宫会见总督。

在前厅里，值班军官迎接皇太子，转达了达翁总督的歉意，说大人尚须在客厅里稍候几分钟，因为总督有重要

---

① 古希腊神话中的复仇三女神，又名厄里倪厄斯。

的事情不能脱身。

皇太子走进空阔的客厅,只见里面的布置陈设是清一色西班牙式的,很豪华,但给人以阴森的,甚至不祥的感觉:墙上贴着血红色的绸子,乌木雕花的镶金柜橱十分笨重,像口棺材似的,镜子昏暗,好像是只能照出幽灵来。墙上挂着的巨幅宗教画出自古代名家之手:一群罗马士兵像是屠夫,有的焚烧,有的鞭打,有的用刀割,有的用锯锯,有的用其他方法折磨基督教受难者:这使人联想到宗教裁判所的屠杀或刑讯。天棚四边有涡形和贝壳状装饰,中央画着——奥林波斯众神:这是提香和鲁本斯的混合,可以看出文艺复兴晚期的风格——在纤细娇柔中流露出野蛮和粗放:一大堆富有肉感的裸体——肥胖的脊背、鼓起的肚子、劈开的双腿、下垂的女性乳房。这些男女神祇都好像是肥猪的胴体,小爱神则好像是粉红色的小猪崽,奥林波斯山上的诸神都和牲口一样,供基督教屠宰,供宗教裁判所严刑拷打。

皇太子在大厅里来回踱着,过了很长时间,他终于累了,便坐下来。黄昏的黑影爬上了窗户,房间的角落里都笼罩上灰色的影子,好像是蜘蛛结的网。只有托着圆桌碧玉或孔雀石台面的镶金狮子爪和狮身鹰首怪兽闪闪发亮,特别醒目,还有盖着薄纱的吊灯上面垂着的水晶饰物,如挂满露珠的巨大虫茧,晶莹透亮。皇太子觉得西洛可风带来的闷热由于这许许多多肥胖的富于肉感的裸体而加剧,上面——是异教神祇的躯体,下面——是基督教受难者的躯体。他那漫不经心的目光在墙上扫来扫去，落到一幅与众不同的画上，只见它在所有的画中如一个明亮的光点，上面画着：一个裸露着上半身的少女，一头红发，乳房还是童贞的，一双黄色的眼睛异常明亮，脸上泛着无意义的笑容，嘴角微微翘起，眼角细长而稍稍倾斜，这幅肖像里有一种山羊的野性，奇怪而又令人生畏，让人想起少女阿芙罗西卡。突然间，他朦胧地感到，在这笑容和肆虐的西洛可风闷热之间有着某种联系。画并不高明，是伦巴第画派达·芬奇的学生的学生一幅古老绘画的临摹。在这无意义的但仍然神秘莫测的笑容里反映了那不勒斯高贵女公民蒙娜丽莎·乔昆达的最后一夜。

皇太子感到奇怪的是，一向彬彬有礼的总督何以让他等待这么久：魏因哈特到哪里去了，为什么这么寂静——整座宫殿都好像是凝滞了？

他想要站起来，叫人拿蜡烛来。可是他却奇怪地僵住了，仿佛是被墙角上的黑影——蜘蛛结的网给包裹住，缠住了，懒得动，眼皮发黏。他努力睁大眼睛，免得睡过去。可是他仍然睡了一小会儿。当他醒来时，他觉得过了很长时间。

他梦见了可怕的景象，但想不起梦见了什么。只是心里留下一种说不出的沉重感，他感到，在这可怕的梦、那个红发女郎无意义的笑容和西洛可风肆虐的闷热之间有着一种联系。当他睁开眼睛时，在自己面前看到一张苍白的幽灵般的面孔。他很长时间不能明白：这是什么。后来终于明白了，这是他自己的脸在对面墙上昏暗的镜子里的映象，他是坐在镜子对面的椅子上睡着了。在镜子里看到恰好在他身后的门开了，出现一个可怕的景象，这正是他方才在梦中见到的，而又想不起来的那副景象。

门无声地开了。出现蜡烛的光亮和几张面孔。他仍然看着镜子，没有回过身来，但也认出了第一张、第二张、第三张面孔。他跳了起来，转过身，向前伸出双手，希望这只是他在镜子里所看到的，但是他实际上所看到的却正是在镜子里所看到的——无限惊惧的叫声从他的胸中冲了出来：

"他！他！他！"

假如不是魏因哈特从后面搀住皇太子，他定会一头栽倒在地上。

"拿水！拿水来！皇太子病了！"

魏因哈特小心翼翼地扶他坐到安乐椅上。阿列克塞在自己的头上看见了俯下身来的老达翁伯爵那张和善的脸。他抚摸着他的肩膀，让他闻闻酒精。

"放心吧，殿下！为了上帝，放心吧！什么坏事都没发生。最好的消息……"

皇太子喝水，牙齿碰到杯沿上。他两眼紧盯着门，浑身不停地瑟瑟发抖，好像是患了寒热症。

"他们来了几个？"他小声地问达翁伯爵。

"两个，殿下，总共两个。"

"第三个呢？我看见了第三个……"

"您大概是发生了错觉。"

"不对，我看见了他！他在哪里？"

"他是谁？"

"父皇！……"

老人惊奇地看了他一眼。

"这是西洛可风所致，"魏因哈特解释道，"头部有些涌血。常有的事。我今天从一大清早起总觉得有一些蓝色的小兔子在眼前跳来跳去。放放血——马上就好。"

"我看见他了！"皇太子重复说，"以上帝名义起誓，这不是梦！我看见他了，伯爵，就跟现在看见您一样……"

"咳，我的上帝呀，我的上帝！"老人真诚地伤心了，惊叫道，"我要是知道殿下不太舒服，说什么也不会放他们进来……可以把会见再推迟一些时候吗？……"

"不，不必——反正是一样。我想要知道，"皇太子说，"让老人一个人来见我。别让那个和另外一个进来……"

皇太子痉挛地抓住老人的手：

"看在上帝的面上，伯爵，别放那个人进来！……他——是杀人凶手！……您瞧，他是怎样看人的……我知道：他是皇上派来杀我的！"

皇太子的脸上现出惊惧的神色，总督心想："谁了解这些野蛮人，也许是真的？……"他想起了皇上给他手谕中的话：

"安排会见应谨慎，不得让任何一个莫斯科人（彼等皆亡命之徒，无所不为也！）袭击皇太子，不得动他一指，

370

朕不期望发生此类事情。"

"殿下尽管放心，以我的生命和名誉担保，他们绝不会对您做出任何坏事。"

总督向魏因哈特耳语一阵，让他加强警戒。

这时，彼得·安得烈耶维奇·托尔斯泰以最恭敬的样子，低低地弯着腰，蹑手蹑脚地向皇太子走来。

他的同行者亚历山大·伊万诺维奇·鲁勉采夫近卫军上尉是沙皇的侍从，身材魁梧，相貌英俊，既像个罗马军团士兵，又像是俄国傻子伊万努什卡，他根据总督的手势，留在门外的远处。

"最仁慈的皇太子殿下！父皇的御书，"托尔斯泰说，腰弯得更低了，左手几乎触到衣服的下摆，右手送上信件。

皇太子只凭写在信皮上的"儿"字就认出了父亲的笔迹，用颤抖的手拆开信，读了起来：

吾儿！

众所周知，汝蔑视和违背吾之意旨，一向不遵从吾之教诲，最后一次分手之际汝以上帝名义赌咒发誓，借以迷惑吾，此后汝所作所为若何？远走异国他乡，寻求外人庇护，实乃叛徒也！此种行为在吾子中，甚至在吾显赫之国民中闻所未闻。汝令为父者伤心矣，给祖国造成耻辱矣！兹向汝寄出最后一函，要求汝按照吾之意旨行事，托尔斯泰君和鲁勉采夫将向汝转述。汝如惧怕吾,吾则以上帝名义保证,汝如能听吾之言,迅速归来,将不受任何惩罚,吾将对汝表现出最美好之爱。汝如不照此办理,为父者以上帝赋予之权力,永远诅咒汝,吾身为国君,将宣布汝为叛徒和毁父者,上帝将认可吾之所为。汝尚须牢记,吾从未对汝实施暴力;何时采取此举,皆取决于汝。吾欲何为,即可为之。

彼得

皇太子读完信以后,又看了看鲁勉采夫。他鞠了一躬,想要走过来。可是皇太子脸色煞白,浑身发抖,在椅子上欠起身来,说道:

"彼得·安得烈伊奇……彼得·安得烈伊奇……别让他走过来!……不然我就要走……马上就走……伯爵也说不让他……"

鲁勉采夫根据托尔斯泰的手势,站住了,那张英俊但愚蠢的脸上露出莫名其妙的神色。

魏因哈特递过一把椅子。托尔斯泰凑近皇太子,毕恭毕敬地坐到紧边上,弯下腰,用信任的目光看着他,说起话来好像没有发生任何特殊的事,他俩走到一起是为了进行愉快的谈话。

这还是那位优雅的大人先生,枢秘顾问官和善于向女人献殷勤的彼得·安得烈耶维奇·托尔斯泰:毛茸茸的黑眉毛,绵软的目光,亲切的微笑,温柔的说话声——一切都软绵绵的,但是里面却包藏着刺儿。

皇太子记得爸爸有句名言:"托尔斯泰——是个聪明的人,但是跟他谈话时应该怀里揣块石头。"尽管如此,他还是高兴听他说话。这番聪明而又实际的话使他放下心来,解除了他的恐惧,使他回到现实来。在这番话里,一切都和缓了,平息了。好像是可以办得到:既让狼吃饱肚子,又让羊完好无损。他说话时像是一个富有经验的年老的外科医生,让患者相信最难的手术也是轻而易举的,甚至是令人愉快的。

"软硬兼施,可设法规劝,亦可威胁恫吓。"沙皇在手谕中说。假如沙皇能听到他,必定会很满意的。

托尔斯泰在谈话中论证了信里所说的——如果皇太子能够回国,将会得到完全的宽恕和仁慈。

然后他引用了沙皇给他托尔斯泰的手谕中关于与恺撒会谈的原话,而在他的声音里除了原先那种和蔼可亲的语调,还可听出坚决的语气。

"假如恺撒声言吾儿寻求彼之庇护,不能违背其意愿而将其交出,或宣布其他种种借口和稀奇古怪的担心,彼欲评断朕与吾儿之是非,吾等绝无接受之理,汝当告之曰,根据吾国之法律,国民中任何个人皆无权评断父子之是非:为子者理所当然应服从父之意旨。本专制君主无须在任何方面服从恺撒,不可对彼退让,彼应将太子遣返;朕既身为皇帝,又为其生父,根据父母之义务,将会仁慈地接待彼,宽恕其过失,将教诲彼改过自新,奉行朕之意图;彼将取得为父之爱心;彼皇帝陛下如能表现出宽厚,必将荣获上帝之奖赏,亦可得到吾等感激之情;尤其吾儿必将永远对彼感恩不尽,尽管彼如今似一囚徒或恶人羁留彼处,冒名某叛乱者,匈牙利伯爵,有损于朕之名声。如恺撒拒绝,可向彼宣布,吾等视此为断然决裂,定将举世声讨之,为吾等遭受之奇耻大辱而设法报仇雪恨。"

"胡说!"皇太子插嘴道,"父皇绝不会由于我而和恺撒打仗。"

"我想不会打起来,"托尔斯泰表示赞同,"但即使不打仗,恺撒也会把你交出来。他不会得到任何好处,但你住在他的国土上,会给他带来更多的麻烦。他已经履行了对你的诺言,充当了你的庇护者,但你父皇对此也已原谅,既已原谅,恺撒便没有过错,而如果继续收留你,就很可能酿成与沙皇的战争,然而他目前正在同两方面作战。一方面同土耳其人,另一方面又同西班牙人:你大概清楚,西班牙舰队目前正停泊在那不勒斯和撒丁岛之间,准备进攻那不勒斯,而本地贵族密谋欲摆脱恺撒的统治,希望接受西班牙政权。你要是不相信我,可问问总督:他已接到恺撒的手谕,要求他尽一切方法劝你回到父亲身边去,最低限度,不管你到何处去,但必须离开他的国土。如果好言相劝不成,那么皇上准备动用武力把你抢回去,当然,为此而驻军于波兰,以便可以迅速将其调到斯莱济亚冬营地:从那里到恺撒的领地就不远了……"

托尔斯泰更加亲切地看了看皇太子,轻轻地触动他的手,说道:

"太子殿下,听从你父皇的规劝吧,回到父亲身边去吧!沙皇说'朕将宽恕彼,仁慈宽厚地接待彼,保证彼享有充分自由和丰富的物质条件,不受任何迫害和斥责',这是陛下的原话。"

皇太子沉默不语。

"他说,如果他不愿意,就以我的名义向他宣布,他如不听劝说,必将遭到父亲和教会诅咒,我将向全国宣布他为叛徒,让他好好想想,他将过什么样的生活。不要让他以为他很安全:莫非他要永远被囚禁,受到严格看管不成?此生肉体遭受折磨,来世灵魂受磨难。我们不放弃寻求一切办法惩罚他,甚至动用武力迫使恺撒把他交出来。让他好好想想,这会是什么结果。"

托尔斯泰沉默了,等待着回答,可是皇太子也默不作声。最后,他终于抬起眼睛,凝视着托尔斯泰。

"你多大年纪了,彼得·安得烈伊奇?"

"不在女士们面前说,已经年过七十。"老人亲切地笑着说。

"根据经书所说的,七十岁好像是人生的极限。彼得·安得烈伊奇，你一只脚已经迈进棺材里，怎么还干这种事？我还以为你爱我呢……"

"爱，亲爱的，上帝看得见，爱你！直到最后一口气都高兴为你效力。我只有一个想法——就是促成你与父亲和解。这是件神圣的事，人们常说：促成和解的人是幸福的……"

"别撒谎了，老家伙！你以为我不知道，你和鲁勉采夫被派来干什么吗？他是个强盗，对他没什么可大惊小怪的。可是你，安得烈伊奇！……竟然向未来的沙皇和专制君主举起手来！杀人凶手，你们两个都是杀人凶手！你们是爸爸派来杀我的！……"

托尔斯泰惊恐地摊开双手。

"上帝是你的裁判者，皇太子！……"

他的脸上和说话的声音里流露出真诚，不管皇太子如何了解他，仍然想：是否错怪了他，是否伤害了老人？可是他立刻大笑起来——甚至怒气都消失了：这种谎言有一种质朴的，无辜的，差不多是迷惑人的东西，就像女人的狡黠和伟大演员的表演一样。

"咦，你可真狡猾，彼得·安得烈伊奇！但是，老兄，什么样的狡猾也休想把羊诱骗到狼的嘴里去。"

"你说的狼是指你父皇吗？"

"是狼也罢，不是狼也罢，反正我要是落到他的手中——连根骨头都不会剩下！我们俩为什么相互找麻烦？我想你也是知道的……"

"阿列克塞·彼得罗维奇,咳,阿列克塞·彼得罗维奇!你可以不相信我的话,可是陛下的亲笔手书里明明白白地写着:以上帝的名义保证。你听啊,用上帝发誓!难道沙皇会在全欧洲面前违背自己的誓言不成?"

"誓言对他来说算得了什么!"皇太子插嘴道,"即使是他自己不允许这么干,可是费多斯卡也会让他这么干。高级僧侣说话不算数。决策的是宗教会议。俄国的专制君主就是这么回事!世界上只有两个人像神一样——莫斯科沙皇和罗马教皇:想做什么,就做什么……不,安得烈伊奇,别白费口舌了。活着,我决不妥协!"

托尔斯泰从衣袋里掏出金烟盒,上面画着一个牧童正在解睡熟的牧女的腰带,他不慌不忙地用手指所习惯的动作,捏了一点儿鼻烟,低下头,好像是自言自语地、若有所思地说:

"好吧,看来就是如此了。随你的便吧。不听我这个老头子的——也许能听父亲的吧。我想他本人不久也会到这里来。"

"这里是什么地方?……你胡说些什么,老头子?"皇太子说,脸色煞白,回头看看那可怕的门。

托尔斯泰跟先前一样,不慌不忙地把鼻烟塞进一个鼻孔,然后又塞进另一个鼻孔——吸了一下,用手帕抖掉胸前花边上的烟末,说道:

"虽然没让宣布,但是看来反正是一回事儿,说走嘴了。前几天,我接到皇帝陛下的亲笔手书,说他马上要来意大利。他本人到达以后，谁能禁止父子见面？你切莫以为不能这样做，这没有丝毫难处，只要取得沙皇政府允许即可。你自己也很清楚，皇上早就打算赴意大利，如今正是时机，名正言顺。"

他把头垂得更低了，他突然皱起眉头，脸更加苍老了，好像是他想要哭——甚至好像是流出了眼泪。皇太子再一次听到时常听见的话：

"你躲开父皇跑到什么地方去？就是钻到地里去，他到处都能找得到。沙皇的手很长。我为你惋惜呀，阿列克塞·彼得罗维奇，惋惜呀，亲爱的。"

皇太子站起来，又像会见开始时那样浑身颤抖着。

"等一下，彼得·安得烈伊奇。我要对伯爵说两句话。"

他走到总督面前，抓住他的手。

他俩到隔壁房间去了。确信门已锁上，皇太子向他讲了托尔斯泰说的一切，最后用冰冷的双手抓住老人的一只手，问道：

"如果父亲动用武力要我，我还能够指望恺撒的庇护吗？"

"您尽管放心好了，殿下！恺撒有足够的力量保护他所庇护的人，在任何情况下……"

"我知道，伯爵。但我现在并非把您当成恺撒的总督，而是当成一位高尚的绅士，当成一个善良的人。请您说出全部真相，什么都不要瞒着我，看在上帝的面上，伯爵！不要什么政治！请讲真话！……噢，主哇！……您看，我有多么难呀!"

他哭了起来,看了他一眼,好像是被捕获的野兽。老人情不自禁地垂下眼睛。达翁伯爵身材又高又瘦,面孔细长,脸色苍白,和堂吉诃德有些相像,他为人善良,但性格软弱,优柔寡断,具有双重的思想方式,他一方面是个骑士,另一方面又是一个政治家,永远在老派非政治的骑士风度和新派非骑士的政治中间摇摆不定。他可怜皇太子,但同时又担心搅进这个非同小可的事件中去——像是一个桨手被一个落水者抓住一样,胆战心惊。

皇太子跪到他面前。

"我用上帝和一切圣徒的名义祈求恺撒不要抛弃我!我一旦落到父亲手里,会是如何,想起来都害怕。谁都不了解这是个什么样的人……我知道……可怕,可怕!"

老人向他弯下身去,眼里含着泪水。

"请起来,请起来,殿下!我以上帝的名义发誓,对您说的全是真话,没有任何政治考虑:据我的了解,恺撒绝不会把您交给您父皇;这样做,会有损于凯撒的名望,也违背世界公法——是野蛮的标志!"

他拥抱了皇太子,吻他的前额,表现出慈父般的爱抚。

当他们回到客厅时,皇太子的脸煞白,但安详而坚毅。他走到托尔斯泰面前,没有坐下,也没有让他坐下,看来是要他明白,会见就此结束,说道:

"回到父亲那里去是危险的,他发怒时去见他,不无恐惧，因此我不能回去，我将就此写信禀报我的庇护人恺撒陛下。也可能写信给父亲回复他，那将是我最后的答复。现在我什么都不能说，需要认真考虑一下。"

"如果殿下，"托尔斯泰又很和蔼地说，"有什么条件，尽管向我提出来。我想你父皇都能答应。也会允许你和阿芙罗西妮娅结婚。想想吧，亲爱的。早晨比晚上聪明。好吧，我们还有时间再谈谈。这不是最后一次见面……"

"我们没什么好谈的了，彼得·安得烈伊奇，也没有必要再见面。你要在这里待很久吗？"

"听命令。"托尔斯泰轻声地说，看了皇太子一眼，他觉得好像是父亲通过他的眼睛看他，"命令我不带你回去，不能离开此地,假如把你转移到别处——那我也得跟随你去。"

然后他更加小声地补充道：

"你父皇不会放弃你的，一定要得到你，不是活的，就是死的。"

从绵软的爪子里露出了骨头，但立即又藏了起来。他像进来时一样，深深地鞠了一躬，甚至想要吻皇太子的手，但他把手拿开了。

"我是最仁慈的殿下的最忠实的仆人！"

他和鲁勉采夫从进来的那道门走了出去。

皇太子用目光送他们，一动不动地盯着那道门，仿佛是他面前又闪过了令人惊惧的幻觉。

终于坐到椅子上，用手捂住脸，蜷曲着身子，仿佛是背负着可怕的重担。

达翁伯爵把手放到他的肩上,想要说句话安慰他,可是感到无话可说,然后沉默不语地向魏因哈特走去。

"恺撒坚持,"对他耳语道,"让皇太子离开跟他同居的那个女人。我今天没有勇气把这件事告诉他。你找个机会告诉他。"

五

托尔斯泰往维也纳给维谢洛夫斯基公使写信:"吾之事陷入极大困境。处于庇护中之小儿如不感到绝望,彼永不思归也。故望阁下尚须努力,以向彼表明,绝不会为保护彼而动用刀兵,而彼恰恰寄希望于此也。吾等应感激此地总督对吾等之尽心尽力,然而仍不能摧毁彼之冥顽不化与倔强。目前不能多书,吾当去找该畜生,而信使将立即启程矣。"

托尔斯泰曾经不止一次陷入困境,但每次都能化险为夷——出水一身干。他青年时期曾参加火枪兵叛乱——所有人全都被处死了——他却得救了。他五十岁那年位居乌斯秋日纳军事长官要职,却奉召和其他一些"俄国少年"到外国去学习航海术——并且学成归国。他在君士坦丁堡任大使时三次被关进七塔城堡的地牢,但三次都活着出来,因此得到沙皇的赏识。有一次,他的秘书密告他挥霍公款,可是还没来得及把告密信寄出便突然暴亡,而托尔斯泰对此解释说:

"书吏季莫什卡结识了土耳其人,想要成为穆斯林,上帝帮助我识破他的阴谋;我秘密地把他召来,开导他,把他锁在卧室里,而夜间他喝了一杯葡萄酒,很快就死了:上帝就这样解除了他的灾难。"

他曾钻研过《佛罗伦萨大伟人尼科洛·马基雅维里的政治训诫》并把它译成俄文,看来没有白费力气。托尔斯泰自我标榜为俄国的马基雅维里。沙皇谈到他时说:"你的脑袋要不是如此聪明,我早就下令把它砍下来了!"

托尔斯泰眼下担心的是他的聪明脑瓜可别在皇太子的事件中变得愚蠢起来,俄国的马基雅维里——变成傻瓜。他做了所能办到的一切:给皇太子撒下一张严密而结实的网,暗地里散布流言蜚语,说所有的人都希望把皇太子交出来,但又都羞于违背自己的诺言,因此相互推托:恺撒皇后——推托给恺撒,恺撒——推托给首相,首相——推托给总督,总督——推托给秘书。托尔斯泰给了秘书一百六十枚金币贿赂,并且答应还要多给,如果他能让皇太子相信恺撒不会再给他庇护。可是一切努力撞到"冥顽不化与倔强"上全都白费了。

最糟糕的是此行是他本人主动要求的。他常说:"应该知道自己的命运。"他觉得,他的"命运"就是捉住皇太子,这可以保证他在宦海中飞黄腾达,他将因此而获得安得烈绶带和伯爵封号,成为新的托尔斯泰伯爵家族的族长,这是他一生梦寐以求的。

可是如果他两手空空而回，沙皇会怎么说呢？不过他眼下所考虑的却不是绶带和伯爵封号：作为一个真正的行家里手，他忘却了世上的一切，想的只是别让那个畜生跑掉。

与皇太子第一次会见以后过了几天，托尔斯泰坐在"三王"旅馆豪华客房的凉台上喝早朱古力，这家旅馆坐落在那不勒斯最繁华的维亚托雷多大街。他身穿睡衣，没有戴假发，露出秃头顶，只有后脑勺上还残存一些白发，他显得很苍老，甚至是很衰老。他年轻的时候曾把奥维德的《变形记》译成俄文，这本书和他本人的变形器具——化妆品罐子、描眉笔、如焦油般乌黑的卷曲假发——一起放在化妆室里镜子前的小桌上。

心里如猫挠的一般。但是，像平时深思政治事务时一样，他表现出无忧无虑的样子，几乎是轻松自在；只见马路对面凉台上也坐着一位漂亮的女人，淡褐色的脸，黑亮的眼睛，显然是个西班牙女人，用小伊索的说法，她"不愿意做女红，而靠着兜风挣钱"；托尔斯泰跟她挤眉弄眼，彬彬有礼地向她微笑，尽管这微笑让人想起骷髅的微笑；他吟诵着自己模仿阿那克瑞翁的情歌《致少女》：

你看到我的白发，
切莫离我而去，
你身上的美色
焕发着春天的气息，

切莫蔑视我的爱情。

你看看那花环,

它有多么鲜艳,

红色的玫瑰花

与白色的铃兰,

合在一起才匹配!

鲁勉采夫上尉向他讲述自己在那不勒斯的风流艳遇。

用托尔斯泰的说法,鲁勉采夫"生性欢快,对人和蔼可亲,尤其是合群,但他更适于追求幸福,而不善于从事崇高的事业——只有一个好兵的蛮勇"——简单地说,就是个傻瓜蛋。但他并不因此而看不起他,相反,经常听取他的意见,有时甚至听从他——彼得·安得烈伊奇的意见是:"世界就靠着傻瓜而存在。罗马顾问官卡顿说过,聪明人需要傻瓜,胜过傻瓜需要聪明人。"

鲁勉采夫骂一个名叫卡米尔卡的妓女,因为她跟他睡了一个星期,竟然捞去他一百多枚银币。

"此地的妓女对待我们弟兄都是强盗!"

彼得·安得烈耶维奇想起了他自己多年前在那不勒斯的一段艳史;他每逢谈起那段艳史,都重复着同一番话:

"我爱上了弗朗切斯卡夫人,并且终生把她当成自己的情人。我是如此爱她,一刻也离不开她,她两个月花掉了我一千金币。跟她分手时,我非常难过,这种爱情至今也没能从我的心中离去……"

他深深叹了一口气,向对面那个女人莞尔一笑。

"我们那个畜生如何?"他突然漫不经心地问道,好像这是他最后一桩事。

鲁勉采夫向他讲了昨天和航海学生阿寥什卡·尤罗夫,即小伊索的谈话。

托尔斯泰曾经威胁尤罗夫说,要把他抓起来,作为一个逃犯遣返彼得堡。尤罗夫虽然对皇太子忠心耿耿,但却被托尔斯泰的威胁吓破了胆,因此同意充当特务,随时汇报他在皇太子家里听到和看到的一切。鲁勉采夫从小伊索那里得悉了很多有关皇太子对阿芙罗西妮娅过分依恋的情况,这些情报很有意义,对于托尔斯泰来说是至关重要的。

"这个女人在爱情上占有很大优势,夜里寻欢时可主宰他,他在她面前连一声都不敢吭,完全随她摆弄,对她言听计从。他想要跟她结婚,但找不到神甫,否则早就举行婚礼了。"

鲁勉采夫靠着小伊索和魏因哈特的帮助,在皇太子不在时背着他跟阿芙罗西妮娅见了面,他也讲了会见的情形。

"是个了不起的女人,各个方面都是如此——只有头发是红的。外表上看很安静,好像是不能把水搅浑,可是很有胆量——不起波浪的水潭里才栖息着小鬼。"

"你觉得如何,"托尔斯泰突然闪过一个念头,问道,"对爱情可有爱好吗?"

"也就是说,让我们那个畜生戴上绿帽子吗?"鲁勉采夫冷冷一笑,"像所有的女人一样,她会很高兴的。可是找不到人……"

"那就跟你好啦,亚历山大·伊万诺维奇。像你这样的美男子,任何一个女人都求之不得!"托尔斯泰狡黠地挤挤眼睛。

上尉笑起来,扬扬得意地捋捋两撇向上翘起的小胡子,他故意模仿皇上,蓄了这种猫式胡须。

"我有一个卡米尔卡已经够受的了!我怎能对付得了两个?"

"上尉先生,你可知道,歌里是怎么唱的:

  切莫抗拒炎热酷暑:
  你的心里容得下两个姑娘。
  切莫为双份的爱情悲伤,
  可以同时把两个侍奉好;
  丢开第一个,再丢第二个,
  再找上十个——我说也不多。

"大人,你可是真大胆!"鲁勉采夫是个名副其实的侍从,听罢哈哈大笑起来,露出洁白整齐的牙齿,"胡须出现了白的,肋骨里才有鬼主意!"

托尔斯泰用另外一支歌来反驳他:

女人们对我说：

"阿那克瑞翁，你老了。

拿起镜子照照自己，

前额上头发没有了。"

我不知道，头发

长在头上还是已脱落，

但只知道一点——

老年人更需要及时行乐，

切莫虚度年华。

因为死期业已临近。

"听我说，亚历山大·伊万诺维奇，"他继续说，但已不再开玩笑，"你跟卡米尔卡鬼混没有任何好处，最好还是跟这个了不起的女人风流一番。这对事情大有好处。可以给我们的孩子戴上禁锢，叫他哪儿也不能逃，自投罗网。对于我们这些男士来说，没有任何东西比女人更有诱惑力！"

"你这是怎么说的，彼得·安得烈伊奇？你可饶了我吧！我以为你是在开玩笑，可是你却当真了。这种事可是最敏感的。等他当上皇帝，知道了这桩风流艳史——我的脖子也就不够挨斧子砍了……"

"唉，净胡说！阿列克塞·彼得罗维奇当皇帝比登天还难，连点影儿都还没有，可是彼得·阿列克塞耶维奇将要奖赏你,那可是确定无疑的。再说那可不是一般的奖赏!亚历山大·伊万诺维奇,你就给我个面子吧,我永远忘不了你!……"

"可是,大人,这种事我真不知道如何下手?……"

"让我们一起来!事情并不难。我来教你,你只要听我的……"

鲁勉采夫又推托了许久,最后终于同意了,于是托尔斯泰向他讲述了行动计划……

他走了以后,彼得·安得烈耶维奇陷入了沉思,唯有俄国的马基雅维里才配得上进行这种沉思。

他早就朦胧地感到,只有阿芙罗西妮娅一个人才能说服皇太子回去,只要她愿意这么做——夜里的布谷鸟白天也可以咕咕地叫——最低限度,最后的指望——只能寄托在她身上。他给皇上写信说:"皇太子对这个姑娘的爱和关怀是无法描述的。"他也想起了魏因哈特的话:"他最害怕回到父亲那里去,就是因为怕让他离开这个姑娘。我现在想要吓唬吓唬他,就说,假如他不回到父亲那里去,马上就要把这个姑娘带走,虽然我没有命令不能瞎说,可是我们将会看到后果如何。"

托尔斯泰决定立刻去见总督,要求他吩咐皇太子把阿芙罗西妮娅赶走,就说这是恺撒的谕旨。再加上鲁勉采夫的风流韵事——他想道,心中充满希望,心竟然怦怦地跳起来——"维纳斯女神呀,助我一臂之力吧!聪明人在政治上办不到的事,傻瓜在风流韵事上却可以办到。"

他完全兴奋起来了,望着马路对面的那个女人,欢快地唱了起来,这种欢快可不是装出来的:

> 你看看那花环,
> 它有多么鲜艳,
> 红色的玫瑰花
> 与白色的铃兰,
> 合在一起才匹配!

而那个放荡女人用扇子遮住脸,从黑色裙子下边伸出一只好看的小脚,穿着银绣鞋,袜子上用金线绣着羽状花纹,只见她使了个眼色,抿嘴一笑——仿佛是罗马神话中的幸福和机运女神福尔图娜通过这个姑娘的形象,又在向他微笑,保证他成功,稳拿安得烈绶带和伯爵封号,这在他一生中已经有过许多次了。

他站起来,想要进屋去穿衣服,向马路对面给了一个飞吻,彬彬有礼地微微一笑:这好像是一具骷髅朝着放荡的福尔图娜不知羞耻地微笑。

皇太子怀疑小伊索在进行特务活动,跟托尔斯泰和鲁勉采夫保持秘密联系。他把小伊索赶走了,并且不准他再来。

可是,有一次,皇太子突然从外面回来时,在楼梯上遇到了他。小伊索看见皇太子,脸色立刻变得煞白,浑身发抖,好像是一个被捉到的小偷似的。皇太子明白了,他是在偷偷地去找阿芙罗西妮娅,负有秘密使命,于是一把拽住他的衣领,把他推下楼梯。

在他颠簸过程中,从衣袋里掉出一个他精心藏匿的圆铁盒。皇太子拾了起来。这是一个装着法国朱古力饼干的盒子,盖子下面藏着一个纸条,开头是这样写的:

仁慈之阿芙罗西妮娅·费奥多罗芙娜殿下:

敝人之心绝非铁石,降生人世即已怀有最缠绵之感情矣……

结尾是几行诗:

我没有力量熄灭心中之火,
我的心疼痛,何以解脱?
总是分离——离开你寂寞难熬;
不认识你也罢,何必如此痛苦。
你要是拒绝,我就跳进维苏威。

落款只有两个字母:A.P.——"亚历山大·鲁勉采夫"。他找到了勇气不向阿芙罗西妮娅披露这一发现。

就在那一天,魏因哈特通知他说,接到恺撒的谕旨——如果皇太子希望还能得到庇护,就应立即把阿芙罗西妮娅打发走。

实际上没有这样的谕旨。魏因哈特只不过是在履行对托尔斯泰的承诺:"我只是想要吓唬吓唬他,虽然我没有接到谕旨不得瞎说,但是我们将会看到后果如何。"

六

10月1日夜间,西洛可风终于刮了起来。

在圣艾尔摩的高处风暴刮得尤其厉害。

城堡里面,甚至门窗紧闭的室内,风的呼啸声也很强烈,好像是身在遭受风暴袭击的船舱里。在这风暴的呼啸声中——忽而听到狼嗥声,忽而听到婴儿啼哭声,忽而听到万马奔腾的蹄声,忽而听到巨鸟扇动铁的翅膀的声音——大海的狂涛汹涌澎湃,如远处隆隆的炮声。好像是大墙外面一切都坍塌了,世界末日已经来临,笼罩着无边无际的混沌。

皇太子的房间里又潮又冷。但又不能在炉中生火,由于狂风,烟不能从烟囱里冒出去。风吹透了墙壁,因此室内有穿堂风,蜡烛的火苗不停地抖动,熔化的蜡油流淌下来,又凝结成长长的针状。

皇太子在室内快步流星地前后走来走去。他那有棱有角的黑影在白色的墙上晃动,忽而缩短,忽而伸长,顶到天棚上,在墙与天棚衔接处弯曲了。

阿芙罗西妮娅裹着皮袄,屈膝坐在安乐椅上,一声不响地用眼睛盯着他。她的脸色好像很冷漠，只是嘴角略略颤抖着，无意识地动着手指，把皮袄上的一根金丝扣带忽而解开，忽而扣上。

一切都跟一个半月以前他收到令人高兴的消息时那样。

皇太子终于站到她面前，低声说道：

"没办法，亲爱的！准备上路吧。明天到罗马去找教皇。这里的红衣主教告诉我，教皇会为我提供庇护……"

阿芙罗西妮娅耸耸肩。

"别瞎说了，太子！连恺撒都不愿意收留一个不体面的姑娘，更何况教皇。他由于在教会中的地位而不可能。没有军队，怎能谈得上保护，既然你父皇要动用武力来要你。"

"那该怎么办，那该怎么办，阿芙罗西尤什卡？……"他绝望地把两手摊开，"接到恺撒的谕旨，要求立即把你打发走。未必能同意等到明天早晨。说不定要采取强制行动。得逃跑，尽快逃跑！……"

"往哪儿跑？跑到哪儿都得被抓住。说来说去，只有最后一条道——回到你父亲那里去。"

"你也这么说，阿芙罗西妮娅！看来都是托尔斯泰和鲁勉采夫向你吹的风，而你就听得入迷了。"

"彼得·安得烈伊奇希望你好。"

"好！……你想到哪儿去了？你闭嘴吧，女人——头发长，见识短！你以为不会给你上刑吗？甭想。他们可不看你的肚子大小：姑娘在拷刑架上生孩子，这在我们那里可不是新鲜事儿!"

"你父皇不是答应开恩吗?"

"我了解,了解爸爸的开恩。你瞧,他要往哪儿开恩!"他指着自己的后脑勺说,"教皇要是不接待——就去法国,去英国,去找瑞典人,去找土耳其人,去找长着两只角的魔鬼,就是不去找爸爸!你从今以后永远也别向我提起这种事,阿芙罗西妮娅,听见了吗,你别再提!……"

"随你的便好了,太子。可是我不跟你去找教皇。"她小声说。

"怎么不去?你又想出了什么鬼主意?"

"就是不去,"她照旧心平气和地说,盯着他的眼睛,"我已经向彼得·安得烈伊奇说过:不跟皇太子到任何地方去,除非去见他父皇,让他一个人随便到什么地方去好啦,我可不去。"

"你说什么,你说什么,阿芙罗西尤什卡?"他说,脸色煞白,声音突然变了,"基督保佑你,亲爱的!可是难道……噢,主哇!难道我能离开你吗?……"

"随你的便,太子。我可是不去。你也别要求我。"

她把扣套拽了下来,把带子扔到地板上。

"你犯傻了,怎么的?"他叫道,攥紧拳头,突然发怒了,"我硬是要你去,你就得去!你想要自由,太过分了。你忘了自己是什么人吗?"

"以前是什么人,现在还是什么人:是皇帝陛下彼得·阿列克塞耶维奇的忠实女奴。皇上让上哪儿去,我就上哪儿去。我决不违背他的意旨,决不跟你一道去反对父亲。"

"你竟然是这样,这么说!……竟然跟托尔斯泰和鲁勉采夫一个鼻孔出气,他们可是我的敌人呀,是杀人凶手!……你辜负了一切,辜负了我的一片好心,辜负了我的爱情!……你是一条毒蛇!无赖,孬种……"

"你随便骂吧,太子!这顶什么用?我怎么说的,就怎么做。"

他惊恐起来。甚至火气都消了。他浑身无力,疲惫不堪,坐到她身旁的安乐椅上,抓起她的手,紧紧地盯着她的眼睛:

"阿芙罗西尤什卡,亲爱的,我心上的人儿,这是怎么了?主哇!难道是吵架的时候吗?你为什么这样说话?我知道,你不会这么做——在这倒霉的时候,你不会丢下我一个人——你不可怜我,还不可怜'银子'吗?……"

她没有回答,没有看他,也没有动一动——好像是个死人。

"要么就是你不爱我了?"他继续说,这是温柔的祈求,是恋人狡黠的哀求,"那好吧!既然如此,你就走吧。上帝保佑你。我不强留你。但你得告诉我,你是不是不爱我了?……"

她突然站起来,看了他一眼,笑了起来,他惊恐万分,心好像是停止了跳动。

"你以为我爱你吗?当初是你粗暴地侮辱了这个不懂事的姑娘,奸污了她,用刀子逼着,你那时候倒是应该问问我，是不是爱你！……"

"阿芙罗西妮娅，阿芙罗西妮娅，你说些什么呀？你不相信我的话吗？我要跟你结婚，用婚礼来赎罪。现在你就等于是我的妻子了！……"

"我非常感激你的仁慈，殿下！这岂止是仁慈！堂堂的皇太子竟然要跟一个女奴结婚！可是这个傻瓜蛋——却不高兴拥有这种荣耀！我忍受着，忍受着——再也没有力量忍受了！上吊也好，跳河也好，全都是因为你这个讨厌鬼！莫不如当时你就把我杀了，宰了！你说我要当皇后——瞧，你多会哄人。少女的羞耻和自由对我来说不是比你那皇位更宝贵吗？我已经看够了你们的皇族——你们都不要脸，干尽了下流的勾当！你们的宫廷里跟狼窝里一样：相互监视，这个恨不得咬断那个的喉咙。你爸爸——是一头大野兽，你——就是一头小的：大野兽要把小野兽吃掉。你跟他上哪儿讲理去呢？皇上剥夺了你的继承权，做得好。这种人也配当皇帝？到教堂去当个小差事吧，好祈求饶恕罪过，伪君子！把老婆折磨死了，把子女抛弃了，跟一个不合法的女人搞上了，不能离开她！窝囊废,完全是个窝囊废，软弱无能，龌龊不堪！就拿现在来说吧，一个女人指着鼻子破口大骂，可是你却能一声不吭，连个屁都不敢放。唉，真是不知羞耻！你就是一条狗，我把你打个半死，然后只要哄哄，给几句好话——又耷拉着舌头跟在我屁股后跑起来，就像公狗跟在母狗后边一样！你也想要爱情！难道这样的人也有人爱？……"

他看着她,认不出了。她的脸在一头红发的光辉照耀下,叫人感到害怕,但也非常美丽,从来都没有这么好看过。女妖!他想,突然觉得,墙外的风暴——跟她是多么和谐,风暴的怒吼给她愤怒的讲话伴奏:

"你就等着瞧吧,我会让你知道,我是怎样爱你的!我会为这一切而大哭!我自己要走上断头台,可是却不能够为你抵罪!我要把一切都讲给你的父皇——你是如何请求恺撒动用武力向沙皇发动战争,你是如何因军队哗变而幸灾乐祸,你是如何想要加入叛乱的一伙,你是如何盼望父亲死去,你这个恶鬼!我全都禀报,你逃脱不掉了!皇上会给你施加酷刑,用皮鞭抽你,而我将要看热闹,还要问你:我亲爱的阿寥沙,我心上的人儿,你还记得阿芙罗西妮娅是怎么爱你的吗?……你的'银子',等那个狗崽子一生下来,我就亲手掐死……"

他闭上眼睛,堵上耳朵,不看也不听。他觉得,一切都坍塌了,他自己也垮了。突然间,他完全明白了,从来还都没有像现在这么清楚,没救了——不管他怎么挣扎,不管他怎么办——他反正是完了。

等皇太子睁开眼睛时,阿芙罗西妮娅已经不在屋里了。卧室的门关得不严,从门缝里透出一道光亮。他明白了,她在卧室里,于是走过去,往里面看了看。

她正在急急忙忙地收拾东西,包一个包袱,好像是立即就要离开他。包袱很小:衣服不多,只有两三件常穿的连衣裙,那是她自己缝制的,还有一个姑娘用的旧匣子,上面的锁头坏了,盖上画着一只鸟,在叨葡萄串,画面的颜色已经剥落——那是她特别值得纪念的,她当年在维亚节姆斯基府上当使女时就已经用这个匣子积累嫁妆了。凡是他赠送的衣服和别的物品,全都整整齐齐地放在一边,很显然,她不想拿他的礼物。这比她那番恶毒的话更让他伤心。

收拾完毕以后,她坐到桌子前,修了修鹅毛笔,写了起来,写得很慢,很困难,好像是描花一样,一个字母一个字母地写。他踮着脚,走到她身后,弯下身看去,只见前面几行是:

亚历山大·伊万诺维奇:
  皇太子想要去找教皇,我劝说他别去,可他不听,还大发脾气,恳请大人速派人来接我,最好是你亲自来,免得他硬拉我走,我想,没有我,他哪儿都不会去。

地板木块嘎吱吱地响了。阿芙罗西妮娅迅速转过身,惊叫着跳起来。他俩默默地站着,一动不动,脸对着脸,彼此盯着眼睛,好像当年他用刀子威胁着向她扑上去一样。

"你真的要找他去吗?"他嘶哑地小声说。

"我愿意找他——就去找,愿意找别人——就去找。用不着请示你。"

他的脸抽搐着，扭曲了。他一只手抓住她的喉咙，另一只手抓住头发，把她摔倒，动手打了起来，又拖拽，又用脚踩。

"畜生，畜生，畜生！"

她当初装扮成少年侍从时曾佩带匕首，刚才用它从一大张纸上裁下四分之一来写信，现在这把匕首锋利的刀刃在桌子上闪闪发亮。皇太子抓过去，挥动起来。

他体验到一种疯狂的亢奋，犹如当年用暴力占有她时一样，他突然明白了，她一向欺骗他，一次都没有属于他，尽管有时表现出最热烈的柔情蜜意，只有现在把她杀死，他才能真正占有她，以满足自己的渴望。

她没有叫喊，没有呼救，一声不响地挣扎着，敏捷而有耐力，像猫一样。搏斗过程中，他撞到桌子上，放在上面的蜡烛掉下来，熄灭了。屋里立刻陷入黑暗之中。他的眼睛里出现了火轮，在迅速旋转。风暴就在近处，好像是在他的耳边咆哮着，响起了疯狂的笑声。

他突然一抖，仿佛是从沉睡中醒来，刹那间感到，她躺在他的胳膊上，一动不动，好像是死了。他松开那只还抓着她头发的手。她的躯体倒在地板上，发出一个短暂的没有生命的声音。

他惊恐起来，觉得头发竖了起来。

他把匕首远远地抛出去，跑进了隔壁的房间，抓起一个亮着蜡烛的蜡台，回到了卧室，只见她躺在地板上，伸着双臂，脸色煞白，前额上流着血，闭着双眼。他本来想要跑出去呼救,可是他觉得她还在呼吸,于是他就跪下去,弯腰把她给抱起来,小心翼翼地放到床上。

然后在房间里折腾起来,自己也不记得都做了些什么:忽而给她闻酒精,忽而想起羽毛灰可以使休克的人苏醒过来,便寻找鹅毛笔,忽而往她的头上浇水。他忽而伏到她身上哭泣,吻她的手、脚和衣服,呼唤她的名字,用头撞床角,揪自己的头发。

"把她杀死了,杀死了,杀死了,真该死!……"
他又祷告。

"主哇,耶稣,圣母,为了她,把我的灵魂带去吧!……"
他的心收缩得疼痛,他觉得自己马上就要死去。

突然,他发现她睁开了眼睛,只见她看着他,露出奇怪的笑容。

"阿芙罗西妮娅,阿芙罗西妮娅……你怎么样,亲爱的?……是不是去请医生?……"

她继续看着他,一声不响,仍然面带莫名其妙的笑容。

她挣扎着要坐起来。他帮助她坐了起来,突然觉得她用双手搂住他的脖子,把脸紧紧地贴在他的脸上,表现出从未有过的天真的信赖的柔情:

"怎么,吓坏了吧?以为把我杀死了?胡思乱想!女人可不是这么容易打死的。我们像猫一样富有生命力。挨了情人的打——体重就增加!"

"原谅我吧,原谅我吧,亲爱的!……"

她盯着他的眼睛，微笑着，以母亲般的温存抚摸着他的头发。

"咳，你可真是个孩子，我的傻孩子！我看你——完全是个小孩子。对我们女人的脾气一窍不通，什么都不懂。咳，真是个傻瓜，我说不爱，你就信以为真了？过来，我伏在你耳朵上说句话。"

她把嘴凑近他的耳朵上，小声而热烈地说道：

"爱你，爱你，像爱自己的灵魂一样，我的心肝，我的欢乐！在这个世上我怎能没有你，离开你，我怎么活呀？我宁肯让我的灵魂离开肉体。不相信吗？"

"相信，相信！……"他幸福得又是哭，又是笑。

她紧紧地贴在他身上，越来越紧。

"噢，我亲爱的，我的阿宁申卡，你为什么对我这么好？……你想什么，我就想什么，你说什么，我就说什么——你说的话，也就是我想的！我整个人都听凭你的意旨……要说我的苦楚，只有一点：我们当女人的都愚蠢，凶恶，而我更甚。既然上帝让我这个不幸的人生到世上来，那我有什么办法呢？他给了我一颗永不知足的贪婪的心。我看到你爱我，可是我还觉得不够，我还想要什么，自己也说不清。心想，我亲爱的为什么这么安详和温顺，连句顶撞的话都不说，从不发脾气，不教训我这个蠢材？没挨过他一个手指头，没听过他一句斥责的话。常言道：打是亲，骂是爱。莫非是他不爱我？好吧，让我试探一下，气气他，看他会怎么样？……

可是——你原来竟是这样,差一点儿把我杀死!完全像你爸爸。没把我的魂儿吓掉了。好吧,这可是今后的教训,永远牢记,永远爱你,就是这么回事!……"

他仿佛是第一次看见这双燃烧着严肃之火的眼睛,这双半张着的滚烫的嘴唇,这个如蛇一般滑腻的颤动着的躯体。她原来是这样的!他幸福而又惊异地想道。

"你以为我不会亲热吗?"她仿佛是猜到了他的想法,微微一笑,使他热血沸腾,"等着吧,我会更亲热的……但是你得满足我这颗愚蠢的心,按照我的要求去做,好让我知道你是像我爱你一样爱我——至死不变!……噢,我的命根子,我的爱,我的亲亲!你能做到吗,能做到吗?……"

"一切都能做到!上帝在上,世上没有我做不到的事。就是连死我都能去——只要你说一声……"

她不是在耳语,而是在轻轻地叹息:

"回到父亲那里去!……"

又像方才一样,他的心吓得好像是停止了跳动。觉得从那只温柔的手下面伸出了父亲那只钢铁的手,在抓他的心。"她说的不是真心话!"在他的头脑里出现一道闪电,"由她说好了,只要是她爱我就行!"他又心安理得地补充一句。

"我很痛苦,"她继续说,"咳,我要死了,真痛苦——和你非法同居是罪孽呀!我不愿意当个不体面的姑娘,想要在人们和上帝面前当一个正派的妻子!你说:我反正跟你的妻子一样。得了吧,算是哪份妻子呀?野地里举行的婚礼,小鬼给唱的圣歌。我们的儿子,'银子'一出生就是个私生子。你要是回到父亲身边,就能正式结婚。托尔斯泰说:让皇太子向他父皇提出条件——等他回去以后,允许他结婚;他说,你父皇还要为此而高兴呢,只要是皇太子放弃皇位,隐居乡下。跟一个女奴结婚,这和戴上僧帽是一回事——他反正当不成沙皇……我亲爱的,阿寥申卡,我所需要的也正是这样。亲爱的,我最害怕你当沙皇,比什么都怕!你一旦当上沙皇——就顾不上我了。头就晕了。沙皇根本没有时间爱女人。我不愿意当那令人厌恶的皇后,只想永远都当你的爱妻!我的爱——就是我的皇上。我们到乡下去,或者是波列茨科耶,或者是罗日杰斯特温诺,安安静静地过日子,我和你,还有'银子'——什么事情都牵涉不到我们……噢,我的心肝,我的命根子,我的宝贝!……你不能做到吗?还是舍不得皇位?……"

"你问什么,亲爱的,你自己知道——我能做得到……"

"回到父亲那里去?"

"回去。"

他觉得,现在他们二人之间的状况跟从前正好翻转过来了:不是他占有了她,而是她用暴力占有了他;她的亲吻让他受了伤,她的亲热温存——犹如把他杀死了。

突然,她全身僵住了,轻轻地推他,又叹息一声:

"你发誓!"

他像一个要自杀的人在最后一分钟已经举起刀来那样,

犹疑起来。但毕竟还是说了：

"我以上帝的名义发誓！"

她熄灭了蜡烛，拥抱他，表现出无限的柔情蜜意，那么深沉，又那么可怕，犹如死亡一样。

他觉得，她是一个女妖，是一个白色的魔鬼，跟她一起乘着风暴，向黑暗的无底深渊飞去。

他知道，这是走向毁灭，一切都将结束，不过他为这种结果而高兴。

七

第二天，10月3日，托尔斯泰往彼得堡给沙皇写了一封信：

最仁慈之皇帝陛下！

卑职向吾皇禀报，陛下之子，阿列克塞·彼得罗维奇皇太子殿下本日宣布自己之打算：放弃从前一切抗拒，遵从陛下谕旨，将顺从地和吾等一起赴彼得堡谒见陛下，并就此亲笔手书一信上呈陛下，该信交与吾等之时并未加封，特以御用信封装一抄件上呈陛下，原件则留在吾等之处，以防万一丢失。彼提出条件有二：

其一，允许彼居住在彼得堡附近之乡下；其

二，准许彼与现在身边之女结婚。当初吾等为诱使其回归陛下，曾允诺上述条件，非此彼皆不考虑归来。彼最为忧虑者乃吾等代为陛下允诺抵达彼得堡之前与该女结婚。虽国家条件极为严格，臣竟斗胆未得谕旨而允之。

就此，臣欲向陛下陈述一孔之见：

望陛下不加反对，而允之，彼定会将己之处境公之于天下，扬言迫使其出走之原因绝非他故，实仅为该女也；其二，恺撒将会异常恼怒，永远不相信彼矣；其三，可免除彼与大家闺秀结亲之危险，后者不无危险也。如蒙陛下应允各项——恳请赐函晓谕，吾可将此函示之，而非予之也。如陛下认为上述各项不妥，陛下予彼以开恩之希望，此举勿在异邦，而在本国进行之，令彼怀有希望，而莫作他想，无所怀疑。尚恳请陛下就皇子回归一事暂且保守机密，此消息一经传开，亦不无危险，对此反感者可能引诱彼改变其初衷矣（上帝保佑）。另恳请陛下为军队指挥官颁布命令，吾等持此谕旨，可在沿途得到所需之护兵也。

吾等拟于六日，或不晚于七日从那不勒斯启程。然而，皇子欲先赴巴尔瞻仰圣徒尼科拉之圣骨，吾等将与彼同行。山路艰难险阻，虽不耽搁，亦不能早日到达。该女有孕在身，已三月或四月有余,此亦吾等缓慢而行之原因也,因彼而不可急行:太子爱彼,关怀备至,难以描述。

奴才恭顺地向陛下致以崇高敬意。

彼得·托尔斯泰

又及:臣托上帝之福抵达彼得堡之际,称赞意大利已无危险,不会因此而罚酒矣。休言实际旅行,仅赴意大利之打算亦可为陛下和全俄国带来良好之效果矣。

他在给维也纳维谢洛夫斯基公使的信中写道:

"务请保守机密,因担心某一魔鬼会写信给皇太子,恫吓彼,使之拒绝此行。所遇之困难唯有上帝知道!有关吾等之奇迹,不能详尽描述矣。"

彼得·安得烈耶维奇夜间独自一人在"三王"旅馆客房里坐在写字台前的蜡烛下。

写完给皇上的信之后,又把皇太子的信抄录一份,拿起火漆,要把这些都封在一个信封里。可是他又放下了,再一次阅读了皇太子的原信,高兴地深深叹了一口气,打开金烟盒,捏了一捏鼻烟,把它摊在手上,微笑着陷入沉思。

他几乎难以相信自己的幸福。今天早晨他还处于绝望之中,当时收到皇太子一张便笺:"急需与你谈话,此举不无好处。"他不想去见他,"他想用谈话来拖延时间"。

可是突然之间,"冥顽不化的倔强"仿佛不曾有过似的——他全都同意了。

"奇迹,真正的奇迹!除了上帝和圣尼科拉,谁都办不到!……"难怪彼得·安得烈耶维奇特别崇敬尼科拉,指望奇迹创造者的"保佑"。如今他很高兴跟皇太子一起去巴尔。"有理由给有求必应的神明献上一支蜡烛!"当然,除了圣尼科拉,维纳斯女神也帮了忙,这也是他所热心崇拜的:她没让我丢脸,救了我!今天告别时,他吻了阿芙罗西妮娅姑娘的手。不错,吻手算得了什么——他会给她下跪的,就像给维纳斯女神下跪一样。这个姑娘可真有两下子!她是怎样让皇太子进入圈套的!他也并不是个傻瓜,不能不看见自己是往什么上走。问题就在于他太聪明了。托尔斯泰想起了自己的一句名言:"这里需要总筹划,聪明的人容易欺骗,虽然他们见多识广,但对生活中寻常的事却不了解,不知什么是最需要的;人的智慧和习惯——是了不起的哲学,了解人比背熟许多书都困难。"

今天,皇太子无所顾忌,轻松愉快地宣布说,要见他父亲去。他好像是没睡醒或者喝醉了:一直都在笑,笑得可怕,而又叫人可怜。

"咳,可怜的,可怜的!"彼得·安得烈耶维奇难过地摇晃着头,吸了鼻烟,擦去眼里涌出的泪水,这泪水不知是由于鼻烟的缘故还是由于怜悯。"像个没有眼睛的羊羔,显然是得当牺牲品。主哇,帮帮他吧!"

彼得·安得烈耶维奇有一颗善良的心,甚至多情善感。

可是他又立刻安慰自己:"是很可怜,可是没法子,梭子鱼之所以游向大海,就是让鲫鱼不打瞌睡!友谊归友谊,职责归职责。"他托尔斯泰毕竟是在为沙皇和祖国任职,没有丢脸,不愧为尼科拉·马基雅维里的门徒,使自己的宦途生辉:如今幸运之神已经向他走来,将给他的胸前佩戴上安得烈勋章,托尔斯泰家族的子子孙孙都将成为伯爵,他们定会记起彼得·安得烈耶维奇来!眼下,主哇,宽恕你的奴隶吧!

这些思想顽皮而活跃地充满了他的心。他突然感到自己很年轻,仿佛是四十年的光阴倒转回去。好像是他跳起舞来,胳膊和腿上都长出了翅膀,像是罗马的使者之神墨耳库里乌斯。

他拿着火漆在蜡烛的火苗上烤。火苗抖动着,光秃头颅的巨大黑影——他夜间摘下了假发——在墙上不停地跳动,好像是在跳舞,在扮丑角的鬼脸,在狞笑,如同一具骷髅。火漆熔化了,一滴一滴地流淌下来,好像鲜红的血。他轻轻地吟诵起自己所喜欢的一首情歌:

> 丘比特,射出你的箭吧。
> 我们已经不是没有伤痛,
> 然而,被爱情之箭射中,
> 即使溃烂也都感到甜蜜,

> 你那金色的爱情之箭
>
> 让我们人人全都折服。

皇太子给沙皇的信也由托尔斯泰寄去,信中写道:

> 最仁慈之父皇陛下!
>
> 儿臣通过托尔斯泰和鲁勉采夫两位先生收到陛下最仁慈的御书,儿从中——也从彼等之口头传达中——得到父皇陛下之恩德,儿甚感不该随意出走,将返回故国,乞求宽恕;儿将跪在陛下脚下,感激涕零,儿臣罪恶深重,任何惩处皆不为过也,但仍含泪乞求陛下开恩。期望陛下之所允,寄托于陛下之意旨,儿臣近日即将随同陛下所派之使臣一道从那不勒斯启程,回彼得堡叩见陛下。
>
> 无用之奴才和不肖之子
阿列克塞

第七部
彼得大帝

一

彼得很早就起床了。听差一边烧炉子,一边嘟哝说:"小鬼们还没有抡起拳头呢。"11月的早晨,从窗子往外面望去,天还很黑。沙皇头戴睡帽,身穿睡衣,扎着皮围裙,坐在镟床旁,用骨头为彼得保罗大教堂磨制枝形蜡台——他生病时饮用铁质矿泉水而痊愈,为此许了愿;然后又用卡累利亚桦木磨制一个手持葡萄串的小巴克科斯神像——是准备安在酒杯盖上的。他工作起来是那么认真,好像是靠着这种工作养家糊口似的。

四点半钟,办公室秘书来了。沙皇站到楸木斜面写字台前——这个写字台很高,到中等身材的人的脖子——开始口授关于部委机关的谕旨,这些部委机关是根据莱布尼茨的建议,"效仿其他一些政治发达国家的范例"而在俄国建立的。

哲学家莱布尼茨对沙皇说过:"犹如时钟里面一个齿轮靠着另一个齿轮才能转动,一个伟大的国家机器中,一个部委应该带动其他部委运转,如果一切都能安排得大小合适,准确协调,那么生活的指针就必定能向全国指示出幸福的时刻。"

彼得喜欢机械,把国家变成一部机器的想法一直吸引着他。然而,想起来很容易的事,做起来却很困难。

俄国人不懂得而且也不喜欢部委机关,很看不起这些机构,称之为"不为"。沙皇聘用了一些外国学者和"精通法律的人"。他们开展业务活动都通过翻译。这很不方便。于是派遣一批年轻的俄国书吏赴柯尼斯堡学习德语,以便学成之后在部委里工作起来更方便,为了使他们不贪玩而荒废学业,还派出一些督导官。可是督导官们却跟被督导者一起玩耍起来。沙皇下了一道谕旨:"各部委皆应以瑞典的规章制度为基础在各类工作和体制中逐条逐款地拟定规章条例,如瑞典的某些条款不妥或不合吾国国情——可酌情自定之。"然而,并没有酌情,沙皇预感到,新的部委的工作将会跟旧式衙门一样。全都白费力气——他想到我们这里还没有认识到君主制的直接好处,一百年也别指望做到这一点。

听差禀报外交部翻译官瓦西里·科兹洛夫斯基晋见。走进来一个年轻人,只见他脸色苍白,好像是肺结核患者。沙皇在文件堆里翻腾一阵,递给他一篇力学论著的译文手稿——上面用铅笔写着很多批语。

"翻译得很不好,再修改一下。"

"陛下!"科兹洛夫斯基由于怯懦而结巴起来,喃喃地说,"本书作者的风格诡谲,甚难理解,写得概括而晦涩,与其说是供人阅读,不如说是为了炫耀自己的哲理文体。卑职才疏学浅,无法理解。"

沙皇耐心地开导他。

"不用逐字逐句地翻译,而要理解其意思,用自己的话明白易懂地写出来,只要求不出现疏漏而损害原意,而无须追求其风格。不要无益的华丽,也可删除多余的废话,免得浪费时间和减少读者的兴趣。你可不使用崇高的斯拉夫语,而用普通的俄语,别使用崇高文体的词汇,也别写成外交文书那样。你怎么说,就怎么写,很简单。明白吗?"

"是,陛下!"翻译官像一个士兵列队时那样回答,但是他却垂下了头,表现出很犯愁的样子,大概是想起了自己的前任——外交部翻译官鲍里斯·沃尔科夫的命运,此人翻译法文《园艺之书》,绝望之际害怕沙皇发怒,割断了自己的血管。

"好啦,可以走了。加油干。转告阿甫拉莫夫:最近出版的一些新书印刷得不好,不整洁,字体笔画太粗。Б 和 П 两个字母得改正——笔画太粗。装订也不好,主要是由于书脊钉得太紧——书口便张开了。书脊应该钉得宽松。"

科兹洛夫斯基走后,彼得想起了莱布尼茨关于俄国大百科全书的设想,这应该是"集所有学科之大成,史无前例",这位德国哲学家还谈到建立彼得堡科学院的问题,这是个最高学术机关,由以沙皇为首的学者们管理,他说,未来的俄国在科学上会超过欧洲,将率领欧洲前进。

"对于酒徒来说,离彼得节还早哩!"沙皇发出了苦笑。在教育欧洲之前,首先自己得学会说俄语,用俄语写作,印刷和装订图书,造纸。

他口授一道谕旨:

"在各大城市和县城沿街搜集遗弃之废布和碎布,送往圣彼得堡办事机关,可为从事该项搜集者按每俄担四戈比付款。"

这些碎布应该送到造纸厂去。

然后又是一道道的谕旨——关于炼油的,关于编树皮鞋的,关于制鞋软革的:"制鞋软革太不耐穿,因为采用焦油,沾湿后便破损而透水,因此应改用鱼油。"

他看了一下挂在床头的记事石板,那是夜里和石笔一起挂上去的,以便睡醒时想到一些将要发布的谕旨,好随时把一些想法记录下来。那天夜里记了如下一些:

"何处堆放粪便?——不要忘记波斯。——关于粗席问题。"

他让马卡罗夫念念驻波斯公使沃楞斯基的来信。

"此地首领实乃笨伯也,即使在普通百姓中亦难寻觅,更无须言及为王者也。上帝引导该王国走向没落矣。虽然吾国目前忙于与瑞典人作战,然而据卑职所察此处之软弱,吾国无须派遣庞大军队,只需动用一小小军团,便可占领波斯大部,而不费吹灰之力也。目前时机最佳,失不再来矣。"

他答复沃楞斯基时,令他派遣商队顺阿姆河而下,寻找抵达印度的水路,记载沿途情形,绘制地图;同时起草给西藏达赖喇嘛的书信。

能找到通往印度的路,把欧洲和亚洲连接起来,这是彼得早就产生的幻想。

早在二十年前,在北京建成东正教的圣索菲亚教堂。莱布尼茨曾预言道:"沙皇能把中国和欧洲连接起来。"外国外交官们警告过本国君主:"沙皇征服波斯将为建立一个比罗马帝国还要强大的帝国打下基础。"土耳其苏丹说:"沙皇是另一个亚历山大大帝,企图征服全世界。"

彼得拿出世界地图,铺在桌子上,这是他有一次思考俄国的未来命运时自己绘制的;俄国的疆域西面——欧洲,南面——亚洲,从楚克奇角到涅曼河,从阿尔汉格尔斯克到阿拉拉特平原这一广大地区——用大字标着"俄国",跟"亚洲"和"欧洲"一样大的字。他说:"大家把俄国称作国家,都错了,它是半个世界。"

但是,他以习惯的毅力,立即从幻想回到现实中来,从大事转到小事上来。开始口授谕旨——关于粪场的合适地点问题;关于停止使用粗席问题,用毛纺编织袋取代粗席袋装大桡战船用的面包干,用木桶或粗毛编织袋装粮食和咸盐——"务使粗席不再出现";关于训练士兵射击时节约铅弹问题;关于保护森林问题;关于不得制造独木棺问题——"只可用木板制棺";关于为俄国订购英国棺材当作样板问题。

他翻阅记事本,检查一下是否遗忘了什么重要的事。第一页记载道:"*以上帝之名义。*"接下来是各种札记:有时只用两三个词表达复杂的思维进程:

> 应想出某种办法来揭开人的许多秘密。
>
> 试验:如何用硫酸盐扑灭石油大火。如何用硝水煮大麻纤维。购买制作凝冻肠的秘方。
>
> 令庄稼人粗通上帝约法,为此当在教堂里宣读。
>
> 关于弃儿问题,当养育之。
>
> 关于开展捕鲸业问题。
>
> 希腊帝国由于忽视战争而灭亡。
>
> 令寄来法国报纸。
>
> 关于在德国高薪聘请演员问题。
>
> 关于俄国谚语。关于俄文词典。
>
> 关于如何化验矿石的化学奥秘。
>
> 如能懂得自然界法则,了解野兽相互吞食,那么我们为什么还给它们造成这类灾难?
>
> 关于新旧案件,反对无神论者。
>
> 亲自给士兵编祈祷词"伟大、永恒和神圣的上帝呀",等等。

彼得的日记使人想起达·芬奇的笔记。

早六时,他开始穿衣服。穿袜子时,发现一个窟窿。坐下来,拿起针和线团修补。一边思考着如何追随马其顿的亚历山大的足迹开辟通往印度的通道问题,一边织补袜子。

然后就着茴香苹果酒吃了一个小甜面包,抽了一袋烟,便离开皇宫,乘双轮轻便马车去海军部,因为天还黑,车上点着灯笼。

二

海军部大楼的尖顶在雾中被十五座熔铁炉的火光映红。一艘没有完工的战舰裸露着黑色的龙骨,像是一个怪兽的骨架。伸展开的锚链像是一条巨蟒。滑车嘎吱吱地响,锤子叮当地敲,铁声轰隆,焦油滚沸。在火红色的反光中,人们往来如梭,黑影晃动。海军部大楼像是地狱里的锻造作坊。

彼得在巡视。

他在武器局里检查铸铁圆弹和榴弹的直径是否准确无误,只见这些炮弹在带篷的场地里堆放成金字塔形,免得生锈;查看火石枪和火枪里面是否涂了油脂;检查关于大炮的指令是否执行:"应该用镜子查看炮膛里是否光滑,是否有沙眼和毛刺,如发现沙眼,当用手扳钻检查有多深。"

凭着嗅觉分辨海象油的质量,用手摸摸,就能了解船帆布的成色——线纱是否太细,布的质地是否稀疏。他跟工匠们谈起话来就是一个工匠。

"木板要刨得光滑。起码得选用砍伐两年的，时间再长一些，当然更好，因为等到干透时还要缩，而遇到水又要胀……

"钉在船舷上的舱内衬板要用钉子钉透。两端放上衬垫，固定上粗毛布，里面铆平……

"橡木最好用绿色的，看起来有些发蓝，不太好看。用这种橡木造的舰船像铁一样坚硬，燧发枪打不透，连半俄寸都穿不进去……"

在大麻仓库里从货堆中抓起一把大麻，仔细查看，抖一抖，攥一攥，如一个行家。

"舰船上的缆索可是一件大事，至关重要：应该用上等的大麻来做。如果缆索不可靠，舰船可就要遭殃，弄不好，船毁人亡。"

到处都可以听到沙皇愤怒吆喝供应商和包工头的声音：

"我看出来了，在我外出期间，整个事情都一团糟！"

"我不得不花费很大力气来对你们进行整顿，要罚款，甚至要你们的性命也不足惜！"

"你们等着瞧，要狠狠地揍你们，叫你们一时半刻忘不了！"

他不能容忍冗长的谈话。一个外国要人没完没了地大谈特谈鸡毛蒜皮的琐事，他朝他脸上吐了口唾沫，骂了一句娘，就走开了。

他对一个滑头的书吏说：

"你要是不把公文抄完,我可就要往你的脊背上抄了!"

海军部官员诸公张罗着要求提高年俸,他对此批示道:

"不准,对甜食和宦囊的兴趣比对待公务的兴趣还大。"

听说大桡舰队的一些战舰上腌牛肉腐烂了,士兵们一连五个星期只吃清水胡瓜鱼,一千人因此患病不能值勤,他大发脾气,差一点没有扇老舰长耳光,尽管这位舰长德高望重,在冈古特战役中战功卓著。

"今后你如再做这种蠢事,可就别抱怨这么大的年纪也要丢脸!主要的工作比你的脑袋重要一千倍,为什么这样马马虎虎?就是说,你很少阅读军规!这些舰船的军官得吊死,你由于指挥不力也得步他们的后尘!"

但他还是放下了高高举起的手,消了气。

"我从来没有料到你会出这种事。"他小声补充道,这种指责使犯错误的人更难过,沙皇要是打他,也会使他感到比这更轻松一些。

彼得说:"记着,今后不准再有这种残酷的事发生,这在上帝面前比什么罪过都深重。前几天我听说,在彼得堡港务工作中,人们缺少关怀,去年得病的人很多,马路上倒着死人,不仅基督教徒,就连野蛮人见了也于心不忍。你怎么就没有同情心呢?不是牲口,都是基督徒的灵魂。上帝会过问他们的!"

三

彼得乘坐自己的轻便双轮马车沿着河滨去夏宫，这一年他在那里住到深秋，因为冬宫进行改建。

为什么从前回家吃午饭见到卡简卡很高兴，而现在几乎是一种沉重负担？他想起了那些匿名信暗示妻子和德国小白脸侍从官蒙斯之间的关系。

卡简卡一向是沙皇忠诚的妻子和得力的助手，和他共同分担一切困难和危险，作为一个普通女兵，跟随他出征。在普鲁特远征中"像个男人，而不像女人"，拯救了全军。他把她称作自己的"保姆"。一旦离开她，他就感到孤立无援，像个孩子似的，抱怨说："保姆！没人给缝缝补补和洗洗涮涮。"

他俩有时相互嫉妒，但那是开玩笑。"读了你的信，我想了很多。你不让我马上到你那儿去，似乎是为了服药，可是事情明摆着，你找了一个比我年轻的；回信告诉我，是我们俄国人还是德国人？你们这些夏娃的女儿都是这样嘲弄我们老头子的！"她反驳说："我不承认您是老头子，您认为自己是老头子，毫无根据，我相信，女人都很乐意找个这样的老头子。我对您就是如此！我听说，瑞典女王希望跟您风流一番，我对此深信不疑。"

他们分离时，像新婚夫妇那样交换礼物。卡简卡不顾千里迢迢，给他寄匈牙利烈性酒、新腌的酸黄瓜、枸橼、橘子——"因为我们的东西您觉得更好吃。上帝保佑您吃这些东西健康长寿"。

但最贵重的礼物是儿女。除了两个大的,丽赞卡和安努什卡,其他几个生下来都体质衰弱,不久就夭折了。他最喜欢的是最后一个儿子彼简卡,把他叫作"小尖子""彼得堡的主人",宣布他取代阿列克塞为皇位继承人。彼简卡生下来也很衰弱,经常生病,靠着吃药才活下来。沙皇整天为他提心吊胆,怕他死了。卡简卡安慰沙皇说:"我想,我们亲爱的老头子别再外出,明年我还能给你生个'小尖子'。"

在恩恩爱爱的夫妻关系中,还表现出另一种甜蜜——威严的沙皇难得还是个多情种。"我在这里剪了发,把剪下来的头发给你寄去。""完好地收到您那珍贵的头发,得悉您很康健。""我心坎上的人儿,寄给你一朵花,这是你亲手栽的。上帝保佑,这里事事如意,只是盼望你也能到这个郊外的皇宫来,没有你,甚感寂寞。"这是他在雷瓦尔她所喜欢的卡捷琳娜花园写的。信中有一朵干枯的蓝色小花和一张英国剪报,上面说:"去年10月11日,一对夫妇从莫穆特省来到英国,他们结婚已达一百一十年,男的一百二十六岁,女的一百二十五岁。"彼得在信中写道:"这就是说,让上帝保佑我们俩也白头偕老,健康长寿。"

然而,如今在这耆老之年,在这个阴暗的秋天早晨回忆起一起度过的生活,他想到卡简卡有可能背叛他,抛弃了自己这个"老头子",换了一个可恶的德国种的小白脸,他所体验到的不是嫉妒,不是愤怒,而是被"小保姆"遗弃的孩子那种孤独无助之感。

他把缰绳交给听差,佝偻着身体,低下了头。马车行驶在凹凸不平的石头路面上,颠簸得很厉害,他的头摇摇晃晃,好像是由于年老体衰。

涅瓦河岸上的自鸣钟响了十一下。但是清晨的光辉像是垂死者的目光。明亮的白天仿佛永远都不会到来。马蹄在水洼里吧嗒吧嗒地响。车轮底下溅出泥浆。灰色的云彩缓缓地飘动,像是棉絮,越来越低,把彼得保罗要塞的尖塔覆盖上了;灰色的水、灰色的房屋、树木和行人——全都笼罩在雾中,好像是幽灵。

驶过列比里亚日水渠上的木制吊桥,一股潮湿的泥土味和腐烂的树叶味从夏园里扑来,好像是坟墓里的气味——只见工人们正在林荫路上把烂树叶子扫成一堆一堆。乌鸦在光秃秃的椴树上呱呱地叫。传来敲击锤子的声音:这是在钉制长木箱,要把大理石雕像都套起来,免得冬天落上雪和冻坏。看来复活了的众神又都给钉进棺材里安葬了。

眼前出现一座荷兰式的房子:浅黄色的墙壁前立着几根紫色的廊柱,湿淋淋的,显得发黑,铁皮房盖上耸立着一个尖顶,那尊常胜将军格奥尔基的雕像原来是风向器,白色浮雕的画面表现的是海神的诸子和众海洋女神的种种奇迹,密集的窗户和玻璃大门都直接朝着花园。这就是夏宫。

四

夏宫里有一股酸菜汤味。午饭要吃的就是菜汤。彼得喜欢吃菜汤，也喜欢别的普通士兵的食品。

餐厅里的布局和陈设也跟古老的荷兰住房一样：顺墙摆着锃亮的铜餐具，厨房里整齐地铺着瓷砖，有一扇窗户通向餐厅，一道道菜肴从窗户直接送过来，非常迅速——沙皇不喜欢吃饭用很长时间——除了菜汤和米饭，还有弗伦斯堡牡蛎、肉冻、波罗的海鲱鱼、以黄瓜和腌柠檬为配料的炸牛肉、醋拌鸭爪。他喜欢吃酸的和咸的，对甜的则不能受用。正餐后，上来核桃、苹果和林堡的奶酪。饮料是克瓦斯和法国红葡萄酒——艾尔米塔日牌的。只有一个听差侍候他进餐。

像平时一样，午餐时有几位客人应邀在座，他们是：雅科夫·勃留斯、御医布留蒙特罗斯特、一位英国商船船长、宫廷侍从蒙斯和宫廷女官哈米尔顿。彼得邀请蒙斯大大出乎卡简卡意料。可是当她知道之后也邀请了宫廷女官哈米尔顿，也许是为了让丈夫知道，她了解他这个"小情妇"。这就是人称"哈蒙托娃姑娘"的哈米尔顿，她是苏格兰人，看上去很傲慢，整洁，冷冰冰的，犹如狄安娜大理石雕像，当年在夏园喷水池的排水管道里发现一个用宫廷餐巾包裹着的婴儿尸体，人们在私下曾经纷纷议论她。

她吃饭时脸色苍白，没有血色，一直沉默不语。

谈话很不投机，尽管卡简卡做了很大努力。她讲了自己今天做的梦：一只发疯的野兽浑身长着白毛，头戴皇冠，皇冠上插着三支点燃的蜡烛，不停地叫："算账！算账！"

彼得喜欢梦，他自己有时夜里起来用石笔把做的梦记在小石板上。他也讲了自己的梦：他总是梦见水、海上训练、舰船、平底货船，今天梦见船帆和桅杆出了故障。

"唉，亲爱的！你在梦里也不得安生，总是为舰船的事操心！"卡简卡的心软了。

等他闷不作声了，话题转到几艘新造的舰船上来。

"'涅普顿号'是一条非常出色的战船，航速多快，你算算看，在海军里是最好的。'冈古特号'也不错，舵轮很好用，就是桅杆顶太高了，不够结实，遇到小风都得比别的先折断，要是遇到坏天气可怎么办？冯·雷因建造的那条大护卫舰，在您回来之前，我没有让下水，留在岸上怕吹干，我让用木板盖上。"

她谈起舰船就像谈论自己的儿女一样：

"'冈古特号'和'列斯诺伊号'——是两个亲兄弟，一分开就难过；现在一起停泊，看上去真叫人高兴。而购进的那些停在我们自己造的那些对面，名副其实地——是养子，比我们自己的落后，就像养子对待父亲不如亲生儿子一样！……"

彼得不乐意回答，好像是在想别的事情。偷偷地看看她，又看看蒙斯。只见这个英俊的侍从面孔坚硬而光滑，恰如粉色石头雕刻的，一双蓝眼睛犹如松绿石，让人想起瓷人偶。

卡简卡感觉到,"老头子"在观察他俩。但她镇静自若。即使是知道有人告密,她也毫不惊慌失色。只是当她看着丈夫时眼睛里流露出比平时更加妩媚的温情;再就是也许说话过多,一会儿说东,一会儿又说西,好像是在设法吸引住丈夫,他可能会想:"真烦人!"

没等说完舰船,又谈起孩子,说丽赞卡和安努什卡夏天"生天花险些损坏了脸",说"尖子要长最后几颗牙的时候,体质很虚弱"。

"但是托上帝的福,现在已经恢复。第五颗牙顺利地出来了——但愿上帝保佑,其余的那些也都如此!现在只是右眼疼痛。"

彼得又一度活跃了,询问御医有关"尖子"的健康状况。

"殿下的右眼已经好了一些,"御医告诉他,"另一侧的下牙也露头了。现在他让用手指去摸——就是说,臼齿也快出了。"

"将会是个勇敢的将军!"卡简卡插嘴道,"他就乐意玩当兵的游戏,玩起放枪放炮来,总是那么开心。他会说的话就是:爸爸、妈妈、兵!亲爱的,我得请求您保护,您一外出,他就跟我吵闹。我说爸爸外出了,他就不喜欢这句话,但你要是说,爸爸在家,他就特别喜欢和高兴。"她拉长了声音,看着丈夫,脸上故作笑容。

彼得什么都没有回答,但突然瞧了她和蒙斯一眼,大家都很害怕。卡简卡低下头,脸色有些白。哈米尔顿抬起眼睛,微微一笑。谁都不说话了。大家都很害怕。

可是彼得却像没事儿似的,转向雅科夫·勃留斯,谈起天文和牛顿的学说来,讲到太阳里的黑点时,说用望远镜可以看到,但得把离眼睛最近的那个镜片熏黑,还谈到将要发生的日食。他全神贯注于谈话,什么都没有分散他的注意力,直到午餐结束。他在席间曾拿出记事本来,记下:

"向百姓宣布日食的事,让他们不要惊奇,人们事先知道了,到时候就不会大惊小怪。任何人不得制造流言蜚语,借以迷惑百姓。"

彼得终于站起来,走到隔壁房间去了,于是大家都松了一口气。

他在生着火的壁炉前坐到安乐椅上,戴上铁框圆眼镜,抽起烟斗来,浏览着最新的荷兰报纸,用铅笔在边上做上记号,表明这应该翻译出来登在俄国报纸上。他又掏出记事本,记下:

"好的坏的一律照登,发生了什么事,毫不隐瞒。"

云缝里露出太阳微弱而苍白的光辉,像是濒死者的微笑。从窗户照进室内的长方形亮光伸延到壁炉上,红色的火焰变得暗淡了。窗外稀疏的树枝在银灰色天空的衬托下像是它的纹理。一棵盆栽的橘树被花匠们从一个温室移到另一个温室,长得羸弱,怕冻,在阳光下才现出生机,经过修剪的浓绿枝叶上挂着橙色的果实,好像是一些金色的小球。黑色廊柱中间白色大理石的男女神祇雕像还没有钉进棺材里去——也都冻僵了，因为全都赤身裸体——仿佛是急于在阳光下面取得一些温暖。

两个小女孩跑进屋来。大的是九岁的安努什卡——一双黑眼睛，白皙的脸，脸蛋儿红扑扑的，安详而严肃，身体较胖，举起她来有些费劲——彼得把她叫作"大木桶姑娘"。小的是七岁的丽赞卡——浅黄的头发，蓝眼睛，轻快敏捷，像只小鸟，活泼好动，很淘气，懒于学习，只喜欢玩耍、跳舞和唱歌，长相漂亮，好撒娇。

"啊，强盗！"彼得喊了一声，放下报纸，亲切地微笑着，把两只手向她俩伸过去。他拥抱她们，亲吻她们，把她俩抱起来，一只膝上放一个。

丽赞卡把他的眼镜拽下来。她不喜欢这副眼镜，因为他戴着显得苍老——成了老爷爷。然后伏在他的耳朵上悄悄地说起来，把自己很早就有的一个幻想告诉他：

"荷兰船长伊萨·科尼格说，阿姆斯特丹有一种绿色的小猴子，不丁点儿，连胡桃核都能装进去。给我弄一只这种小猴呗，爸爸，亲爱的好爸爸。"

彼得怀疑猴子能否有绿色的，但却一本正经地答应了——重复了三遍：真的——下一次邮班就往阿姆斯特丹写信。丽赞卡便高兴地玩起游戏来：从彼得的烟斗里冒出一串蓝色烟圈，像是珍珠项链，她把手往里伸。

安努什卡讲起了她的宠物——一只养在夏园喷泉里的海豹，她给取名叫米什卡，说它如何聪明和听话。

"爸爸，能不能给米什卡做一个鞍子，像骑马似的在水里骑在它身上？"

"那怎么行，它要是潜进水底去，不就把你淹死了？"彼得反驳说。

他像个孩子似的，跟孩子在一起闲谈，哈哈大笑。

突然间在墙上镜子里面看见了蒙斯和卡简卡。他俩正肩并肩地站在隔壁房间里，用糖喂皇后的宠物——一只几内亚鹦鹉。

"陛下……傻瓜！"鹦鹉尖声尖气地叫着。它学会说"祝陛下健康！"和"鹦鹉傻瓜！"，可是它从来没有把这两句话扯到一起。

蒙斯向皇后弯下身来，几乎是伏在她耳朵上在说什么。卡简卡垂下眼睛，脸上泛起红晕，一边听着一边甜蜜地笑着，忸怩作态，很像《爱情岛之旅》中的牧女。

彼得的脸色立刻阴沉起来。但他照旧亲吻孩子，和蔼地把她俩放下：

"好啦，去吧，小强盗！安努什卡，代我向米什卡致意。"

太阳的光辉暗淡下来。室内昏暗了，潮湿而又阴冷。乌鸦在窗外呱呱地叫。响起了锤子敲击声。那是在给复活了的众神钉棺材，安葬他们。

彼得跟勃留斯下象棋。他一向下得很好，可是今天却心不在焉。第四步就把王后丢了。

"将军！"勃留斯说。

"陛下傻瓜!"鹦鹉叫着。

彼得无意中抬起头来,又在镜子里看见了蒙斯和卡简卡。他俩沉醉于谈话,没有察觉到那只像小鬼似的猴子悄悄地钻到他们身后,伸出一只爪子,做了个鬼脸,掀起卡简卡裙子的下摆。

彼得跳了起来,一只腿碰翻了棋盘,棋子全都掉到地板上。他的脸抽搐起来。烟斗也从嘴里掉到地上,摔碎了,带着火星的烟灰撒落一地。勃留斯也惊恐地跳起来。皇后和蒙斯听见响声,都转过身来。

这时,哈米尔顿走进来。她的动作像是没睡醒似的,仿佛是什么都没有看见,也没有听见。但从沙皇身边经过时,她略略低下头,紧紧地盯着他。她那张漂亮的脸煞白,像死人一样,给人带来一股冷气,她好像就是钉进棺材里去的大理石女神中间的一个。

沙皇用目光一直把她送到门口。然后回过头来,看着勃留斯,看着打翻在地的棋盘,露出抱歉的笑容:

"对不起,雅科夫·威廉莫维奇……无意之中!"

他走出皇宫,乘坐小艇到巡逻艇上去休息。

五

彼得睡眠有毛病,很不踏实。夜间禁止车马,甚至行人从皇宫附近经过。白天在住人的房子里不可能没有动静,因此他到巡逻艇上去睡觉。

他躺下以后感到十分疲倦;可能是醒得太早,又在海军部累着了。他打个哈欠,伸伸懒腰,闭上眼睛,已经入睡了,可是突然浑身一抖,大概是由于突如其来的痛苦。想到皇太子阿列克塞,他感到痛苦。这种想法每时每刻都隐隐地使他疼痛。不过在只身一人的寂静中,有时像是内伤一样,使他感到剧痛。

他尽力想要入睡,可是一点睡意都没有。各种想法不由他做主,钻进头脑中来。

前两天接到托尔斯泰的信,说阿列克塞无论如何也不肯回来。难道他得亲自赴意大利,跟恺撒和英国开战,也许要跟整个欧洲打仗?可是现在正要考虑结束跟瑞典人的战争,得到和平。上帝为什么给了他这样一个儿子来惩罚他?

"押沙龙①的心,押沙龙的心,憎恨父亲的一切事业,希望父亲死掉!……"他双手抱头,低声地呻吟着。

他想起来,儿子是如何在恺撒面前,在全世界面前称他为恶棍、暴君和渎神者,阿列克塞的狐朋狗友,"长胡子们",长老和僧侣们如何骂他彼得是"反基督"。

"混账!"他轻蔑地而又心平气和地想道。没有上帝的帮助,难道他能做出所做的一切吗?上帝知道——他永远跟他在一起,从孩童时代起直到此时此刻。

---

① 《圣经·旧约》中大卫王的第三子,一直与父为敌,发动叛乱,最后战败而死。

他回忆起自己的一生,好像是在自我忏悔,检验着自己的良心。

难道不是上帝在他的心里灌输了学习的愿望吗?他不到十六岁就学会了写作,懂得了加减法,尽管常常出错。但那时他已朦胧地,而稍后则明确地感觉到"拯救俄国的出路——在于科学;其他国家奉行这样的政策,让俄国处于蒙昧状态,在各个方面都愚昧无知"。于是他决定亲自到国外去学习科学。可是莫斯科知道此事之后,——宗主教和大贵族们,皇后和公主们都来见他,把儿子阿寥申卡放到他面前,央求他别到德国去——俄国自古以来从没有过这种事。百姓哭着为他送行,好像是给他送葬一样。可是他仍然走了——完成了前所未有、闻所未闻的事:堂堂的沙皇放下权杖,拿起斧头,当了普通工人。"我作为一个学生,要求老师教我。亲自动手做的,用任何代价也买不到。"上帝赞许了他的努力:他建立了少年游戏兵团,尽管索菲娅轻蔑地称他们为"淘气的马倌",后来却发展成一支威武的军队;他在红花园的池塘里划小舢板,后来却发展成为一支无敌舰队。

和瑞典人的第一次战斗是在纳尔瓦进行的,他吃了败仗。"以前所做的一切都不过是小孩子的游戏,还没有真正的本领。我如今一想到那时,就感激上帝的恩惠,因为遭到那次不幸以后,便不得不克服了懒惰,养成了勤奋刻苦,不分白天黑夜地学习的本领。"那次失败好像是使人绝望了。卡尔吹嘘说:"俄国鬼东西,我们用不着长剑,使用皮鞭子就能把他们消灭干净,更不要说把他们从其国土上赶出去!"假如不是上帝帮助了彼得,他那时就完蛋了。

没有铜制造大炮,他下令熔化大钟造大炮。长老们威胁说——上帝会惩罚的。可是他知道,上帝跟他在一起。没有马,用人拉"被泪水淋湿"的新式大炮。

一切事情都"进展得如家酿的新酒"。对外——进行战争,国内——发生叛乱。阿斯特拉罕、布拉文暴乱。卡尔渡过维斯瓦河和涅曼河,攻占了格罗德诺,两个小时之前彼得才从那里撤退。他天天等待着瑞典人进犯彼得堡或莫斯科,加强了这两个城市的防守,准备迎接围城。可是这时他生病了,"不指望能活下来"。然而,又是——上帝显灵。卡尔出乎他的所料,违背常规,竟然停止前进,掉头转向东南,进攻小俄罗斯。叛乱自消自灭了。"上帝创造了奇迹,以火熄火,让我们得以看到,这一切都非出自人意,而是出于上帝的意旨。"

对瑞典人的头几次胜利。在列斯诺伊战役中,他把手持长矛的哥萨克和卡尔梅克人留作后备,下令:凡是临阵逃跑者,不管是什么人,包括沙皇本人在内,一律斩首。整天战斗在火线上,队列没乱,没有后退一步;火枪由于射击而四次起火,四次把背包和衣袋装满子弹。"我自从服役以来从没见过这种玩具;然而,在暴跳如雷的卡尔眼里,这一次舞蹈跳得可真漂亮!"从此以后,"瑞典人的脖子可就软了"。

波尔塔瓦。他一生中从来也没有像这一天那样感觉到了上帝救助之手。又是——类似于奇迹的幸福。卡尔在前一天被哥萨克的流弹击伤。战斗一打响,一颗炮弹击中了国王的担架,瑞典人以为他被击毙了——队伍就乱套了。彼得看着逃跑的瑞典人,他觉得他长出一对看不见的翅膀;他深知,波尔塔瓦的这一天——就是"俄国复兴的一天",这一天光辉灿烂的太阳——就是整个新俄国的太阳。

"如今彼得堡的基石已安放好。从今以后,我们在彼得堡可以放心大胆地睡觉了"。这座城市是在与大自然的搏斗中,在沼泽和林莽中建起来的——"像是一个孩子美丽地成长着,是一块神圣的土地,是人间乐园,是上帝的天国"——难道不也是上帝的伟大奇迹,上帝对他恩宠的标志吗?这是有目共睹的,将永远伫立在未来世世代代的面前。

可是如今,一切差不多皆已完成的时候,一切又都要倒塌。上帝离开了他,遗弃了他。给了他对外部敌人的胜利,但却伤害了国内人的心,伤害了他的亲骨肉——儿子的心。

儿子的那些同伙虽然不是外国军队,却很可怕——这是国内的无赖、二流子、受贿者和其他的无用之徒麇集而成的大军。彼得最近一次出国仅仅几个月,可是在此期间,一切都吱吱嘎嘎地响起来,晃动起来,犹如一条破船在飓风中搁浅了——他根据所发生的情况看得出,一旦他不在人世,将会如何。

"出现了大规模的盗窃"。关于受贿问题,曾经颁布过许多谕旨,一道接着一道。差不多每一道谕旨都是这样开头的:"此乃朕之最后命令,如有人竟敢对此置若罔闻……"可是随着这最后的谕旨之后,又连续发布其他一些谕旨,除了那些警告之外,还补充说,这已是最后的了。

有时他真是束手无策了。他感到无能为力了。一个人站在所有的人的对立面。他像一头巨兽,却被蚂蚁和蚊虻给咬得要死。

他看出来,靠着强制毫无所得,便采取狡猾的办法:鼓励告密,建立了专门的监察官职务。于是在全国范围内掀起了诬陷和告密之风。"监察官们并不明察暗访,而是游手好闲,相互包庇,因为他们相互勾结,成帮结伙。无赖密告无赖,告密者密告告密者,监察官密告监察官,而最高监察官,看来就是——最大的无赖。"

丑恶的深谷,无底的污水坑,赫拉克勒斯也无法打扫干净的牛圈。像解冻天气一样,处处是烂泥。"古代的腐烂物"浮上水面。全俄国到处臭气熏天——犹如波尔塔瓦战役之后一样,军队立即从那里撤出,因为无数尸体发出的臭气让人窒息。

心里笼罩着黑暗,因为头脑里一片黑暗。不愿意做善举,因为不知何为善举。小贵族和普通百姓像贱民出身的叶列姆和福马一样:叶列姆不教,福马不会。无论颁布什么样的谕旨都无济于事。

老人们说:"我们的脑袋笨,手也不灵,我们百姓中的人都是死木头疙瘩。"

有一次,他从一个荷兰船长那里听到一个古老的传说:船员们在海上看见一个不知名的岛子,便靠岸登岛,燃起篝火做饭;突然地动山摇,岛子沉入水里,他们险些淹死:原来这是一条正在酣睡的鲸鱼的脊背。俄国新的文明岂不就是在《圣经》里的海怪脊背上点燃的火吗?这海怪就是酣睡的麻木不仁的人民。

在罗格尔维克修筑防波堤,真是苦役般的可诅咒的劳动,是西西弗式的;风暴还没来临,花费数年工夫堆起的长堤顷刻之间毁于一旦;又修筑,再次毁掉——如此无尽无休。

有一次,一个聪明的庄稼人对他说:"我们看到了一切,伟大的皇上,你熬尽心血,可是到头来却一无所获,因为支持你的人太少:你把十个人往山顶上拉,可是却有数百万人往山下走——这种事能有什么好处呢?"

"重担,无法承受的重担!……"彼得躺在床上睡不着,痛苦地呻吟着,真的好像是全俄国的负载全都压在他一个人身上。

他重复着摩西对上帝说的话:"你为什么折磨你的奴隶?我为什么没有得到你的恩惠,而你却把全体人民的重担都压在我身上?你对我说:你用双手抱着他吧,就像保姆抱着孩子似的,把他抱到你所允诺的土地去;难道全体人民是我孕育的,难道是我生下的吗?我一个人抱不动全体人民,因为他们对于我来说太沉重了。你这样对待我,不如把我弄死,既然我没有得到你的恩惠,我也不能忍受我的灾难。"

突然间，他又想起了儿子，感觉到，俄国的整个重担就是因循守旧——全都集中在儿子一个人身上。

他最后终于以一种超乎常人的毅力控制住自己，召唤听差进来，他穿上衣服，乘小艇回宫去了，元老们都在那里等着他，他召集他们来研究弄虚作假和贪污受贿问题。

六

缅希科夫公爵、雅科夫和瓦西里·多尔戈鲁基公爵兄弟、谢列麦捷夫、沙菲罗夫、雅古仁斯基、戈洛甫金、阿普拉克欣等人拥挤在镟工室隔壁的小客厅里。

大家都提心吊胆。他们还都记得，两年前，接受贿赂的沃尔康斯基公爵和奥普赫金当众挨了皮鞭，用烧红的铁烙他们的舌头。他们悄悄地传播着一些奇怪的传闻：似乎是一批近卫军军官和别的军职人员被任命为元老们的审判官。

不过在这惊恐的后面也还有希望，雷雨过去之后，一切都将照旧。古代圣贤的箴言使他们得到安慰："哪有在上帝面前没作过孽的，哪有在沙皇面前没犯过罪的？难道所有的人都得给绞死？每个叶尔米什卡都有自己的事。每个人活着都想吃甜面包。有罪过的人正派也罢，有罪过的人是坏蛋也罢，反正人人都得靠着罪过才能活着。"

彼得进来了。他的脸色威严而无表情，只有眼睛射出光辉，左面的嘴角微微地颤动。

他跟任何人都没有寒暄，让大家坐下，马上就开始给元老们训话，这训话看来是事先早已想好了的：

"各位元老先生！我已不止一次颁布命令，并且亲口向诸位讲过我们的玩忽职守和贪图吃喝以及忽视民法的问题，可是我的话没有任何效力，命令全都变成了废纸；我现在最后再强调一遍：所有的法律制定出来，而束之高阁，或者像玩纸牌一样，各取所需，除了我国，这种情况在世界任何地方都没有。这可以导致什么结果呢？看到违法盗窃，很少有人不被其所诱——这样一来，人人都逐渐变得无所畏惧了，便去掠夺他人。上帝的愤怒被置之不顾，这种恣意的变节给国家造成的不仅是一时的灾难，而是彻底的灭亡。因此应该这样来看待受贿者：他们犯了渎职罪，或者把他们称作国家的叛徒……"

他讲话时盯着他们的眼睛。又感到自己软弱了。他的话好像是抛到水里了。这些人面色惊慌，目光低垂，心里只有一个想法："有罪过的人正派也罢，有罪过的人是坏蛋也罢，反正人人都得靠着罪过才能活着。"

"从现在起，任何人都不得居功自傲，吃老本！"彼得最后说，他气得说话声音发抖，"我宣布：凡是窃贼，不管其职位高低，哪怕是元老，也得交军事法庭审判……"

"不可！"雅科夫·多尔戈鲁基公爵开口说道，他是个肥胖的老头，留着长长的白髭，浮肿的脸上灰里透红，一双明亮的眼睛直盯着沙皇，"皇上，不能让士兵审判元老。

这不仅有损于我们的名誉,而且也让全俄国都大丢其脸!"

"雅科夫公爵说得对!"马耳他骑士团骑士鲍里斯·谢列麦捷夫插嘴道,"如今整个欧洲都认为俄国人是正派的绅士。皇上,你为什么要使我们名誉扫地,剥夺骑士称号?并非人人都是窃贼……"

"不是窃贼——是叛徒!"彼得狂暴地喊道,脸都变形了,"你以为我不了解你们吗?了解,老弟,把你们都看透了!我要是现在死了——你就要第一个起来拥戴我的儿子,别看他是个坏蛋!你们所有的人都跟他是一路货!……"

但他又以超人的毅力压下自己的怒气。用目光在人群里搜寻缅希科夫公爵,压低了声音,心平气和地说:

"亚历山大,跟我来!"

他俩一起向镟工室走去。公爵身材矮小而干瘦,看上去很脆弱,但实际上跟铁一样坚硬,像水银一样灵活,瘦削的面孔很招人喜欢,一双聪明的眼睛异常机灵和敏捷,让人想起他小的时候沿街叫卖的情景:"馅饼新出炉的!"——他蜷缩着身子,像是一条马上就要挨打的狗,跟着沙皇钻了进去。

矮小而肥胖的沙菲罗夫呼哧呼哧地喘起来,擦着脸上的汗水。又高又瘦的戈洛甫金像个旗杆,浑身发抖,一边画着十字,一边低声祷告着。雅古仁斯基瘫倒在安乐椅上,哼哼着——他吓得肚子疼起来。

但是,从门里传出沙皇愤怒的声音和缅希科夫单调的抱怨声——尽管听不清说的是什么,大家却渐渐放下心来。一些人甚至幸灾乐祸起来。特级公爵已不是头一回了:他的骨头硬——从小就习惯了沙皇的棍子。他毫不在乎!巧妙地应付一番,就会转危为安!

突然,门后传来响声、叫喊声和号叫声。两扇门都开了,缅希科夫蹿出来。只见他的绣金长袍撕破了,蓝色的安得烈绶带成为碎片,胸前的勋章和奖章飘荡着,用沙皇的头发做的假发——沙皇从前每一次剪发都把剪下的头发赠送给他作为嘉奖——滑向一旁,脸上血淋淋的。沙皇手持明晃晃的匕首,狂叫着追赶他:

"我宰了你,狗崽子!"

"彼简卡!彼简卡!"传来皇后的声音,每到需要的时刻,她总要出现,仿佛是从地下钻出来。

她在门槛上挡着他,锁上镟工室的门,单独一个人和他留在里面,紧紧贴到他的身上,搂着他的脖子。

"放开我,放开我!非宰了他不可!……"他疯狂地叫着。

但她把他抱得越来越紧,重复着说:

"彼简卡!彼简卡!主和你同在,我的心肝!把刀放下,把刀放下,你要惹祸的……"

匕首终于从手中落下。他自己一头坐到椅子上。身体的各个部位都可怕地痉挛着。就像最后一次父子见面时那样,卡简卡坐在椅子扶手上,抱着他的头,贴在自己的胸前,轻轻地抚摸着他的头发，像母亲爱抚病孩一样爱抚着他。在这种爱抚下，他渐渐安静下来。痉挛减轻了。身体还偶尔发抖，但已越来越轻。不再叫喊了，只是哼哼着，呜咽着，但没有眼泪。

"真难呐，难呐，卡简卡！没力气了！……没个人商量商量。没个帮手。全都是一路货！……一个人单枪匹马能行吗？不要说人，就是天使也不行！……负担无法承受！……"

呻吟声越来越小，终于完全停了——他睡着了。

她听着他的呼吸声，觉得很均匀。通常每一次大发脾气之后，他都睡得很熟，怎么都喊不醒他，但卡简卡却没有走开。

她继续用一只手抱着他的头，另一只手好像也是在爱抚他，在他的胸前摸索着，她那敏感的手指觉得长袍侧面的衣袋里有一沓信。迅速地掏出来，翻弄着，发现其中有一封弄脏了的信，可能是暗中投递的，蓝色的信封上封着红蜡，还没有拆开，她猜到了，这正是她在寻找的那封信：是举报她和蒙斯的第二封告密信，比第一封还厉害。蒙斯已经警告过她，说到了这封蓝色的信：他是从喝醉酒的仆役们的谈话中得知的。

卡简卡惊讶的是丈夫没有拆开这封信。莫非是害怕知道真实情况？

她脸色有些发白，咬紧牙关，但并没有失去自控能力，看了看他的脸。只见他睡得很香甜，像是个哭够了的婴儿。

她轻轻地把他的头放在椅子靠背上，解开自己胸前的几个纽扣，把信揉搓几下，放到乳房的下面，然后弯下腰，拾起匕首，把装信的那个衣袋拆开一点，把长袍下摆的底缝也拆开一点，这些开缝处看起来好像是偶然开线造成的，然后又把其余的信重新放进衣袋里。他发现那封蓝色的信丢失了，将会以为是掉到衣服里子里，又从下摆的开缝落到外面丢失了。沙皇的衣服穿旧了，时常出现一些破洞。

卡简卡转眼之间就做完了这一切。然后又抱起彼简卡的头，放在自己的胸前，望着这个熟睡的巨人，抚摸着他，就像母亲哄自己的病儿，或者就像驯兽女郎哄一头狮子似的。

过了一个小时，他睡醒了，精力充沛，情绪饱满，好像是没有发生过任何事。

沙皇的一个侏儒不久前死了。定在那天安葬——要组织一个丑角面具队伍，这是彼得所喜欢的。卡简卡劝说他把安葬推迟到明天，今天哪儿也不要去，在家休息。可是彼得不听，下令击鼓升旗召集人，很紧急，好像是发生了什么重要事情。他穿上衣服，既像丧服，又像化装舞会的衣服，就出发了。

七

关于畸形者

众所周知，人类如同飞禽走兽，有时难免生

出畸形儿，各国皆视之为怪物，数年前曾颁布命令，要求把彼等送来；然而无知者却反对此举，认为畸形儿之降生乃魔鬼实施魔法而中邪之结果，实则绝无可能有此事，因万物之创造者唯有上帝，而非魔鬼也，魔鬼无权创造任何东西——畸形者或有内伤，或由其母怀孕之际受到惊吓所致，此种实例多矣——母受惊吓，必影响婴儿之发育；为此，重申该项命令，特要求：凡有畸形人、畸形禽兽，皆应送交所在城市之长官，付给报酬：每一畸形人——十卢布，每一畸形家畜和野兽——五卢布，每一畸形禽——三卢布，以上指已死者；而活者，一个人——一百卢布，家畜和野兽——十五卢布，禽——七卢布。如遇特别奇特者，尚可多付。如有反对此举者，人人皆可检举之；一经揭发，即罚款，数额为上述款项十分之一，可赏予举报者。上述畸形者，人或动物皆在其列，如死亡，得浸泡酒精，如无酒精，可浸泡普通酒中，但数量应加倍，并盖严，以免腐烂，酒可在药房购买，款项另付。

彼得喜欢自己的侏儒——"丑八怪"，为他举行盛大葬礼。走在最前面的是两人一排的三十名唱圣歌的人——清一色是小男孩。他们的后面——是一个身穿全套法衣、手提香炉的身材矮小的神甫,他是从彼得堡所有的神甫中间挑选的,个子最小。六匹黑色的小马披着拖到地面的黑色覆布,拉着一辆玩具般的灵车,上面放着一个很小的棺材。然后,二十四个男侏儒身穿很长的丧服,戴着黑纱,两人一排,在一个手执权杖的小个子前导的引导下,庄严肃穆地行进,还有相同数目的女性侏儒——身材比前面的更加矮小,后面的是一些高个子的,像是一排管风琴的铜管——有驼子、大肚子、歪嘴子、瘸子、像板凳狗一样的罗圈腿,还有许多别样的畸形人,与其说可笑,不如说可怕。队伍的两侧,与侏儒们并排而行的是身材高大的近卫军和沙皇的随从,他们手持火把和送葬蜡烛。有一个高个子,身穿童服,由两个长着白胡子的侏儒牵着;另一个裹着襁褓,像是个吃奶的婴儿,躺在小车上,由六头经过训练的熊拉着。

沙皇带领自己的将军和元老们走在队伍的最后。他身穿荷兰舰船鼓手服,一直步行,像是在做一件最需要的事似的,认真地敲着鼓。

队伍以及跟在后面的人群沿着涅瓦大街行进,从封丹河木桥一直走到雅玛村,墓地就在那里。人们从窗户观看,也有人从房子里跑到外面来,东正教教徒们出于迷信而感到惊恐,不知应画十字还是应吐唾沫。德国人则说:"除了俄国,任何地方也见不到这种送葬队伍!"

晚上五点钟,很快就黑天了,下着鹅毛大雪。大街两侧各植一排椴树,树枝光秃秃的,低矮的房子盖上落满了雪。

雾更浓重了。在蒙蒙的黄雾中,在火把暗淡的火光照耀下,这支队伍像是梦幻,像是魔鬼的邪祟。

人群虽然害怕,但照样在泥泞中奔跑着,不肯落在后面,小声地喊喊喳喳,相互传播着骇人听闻的传言,说彼得堡出了妖魔。

前几天夜里,巡逻兵在三位一体教堂附近听见教堂西侧大厅里有人跑动的声音,钟楼里有人在木头梯子上跑动,梯子嘎吱吱地响,唱圣诗的神甫第二天早晨去敲钟,发现梯子折断了,撞钟用的绳子缠成四圈。

"除了小鬼,不会是任何人干的。"有些人猜测说。

"不是小鬼,是妖精。"另一些人反驳说。

一个从奥赫塔来卖咸鲱鱼的老太太亲眼看见了女妖精在纺线:

"全身一丝不挂,很瘦,黝黑,头很小,手上戴着顶针,身上长着不知什么东西,像干草似的。"

"莫不是家鬼吧?"有人问道。

"家鬼不住在教堂里。"回答说。

"也许是迷路的吧?他们身上有瘟疫,能传染给牛和狗——因此也伤害人。"

"那是快到春天的时候:家鬼每到春天都脱毛,旧皮往下蜕——他们就兴妖作怪。"

"家鬼也好,小鬼也好,女妖也好——反正是妖魔!"大家都这样认为。

在蒙蒙的黄雾中,在火把暗淡的火光照耀下,巨人和侏儒的影子跳动着,这支队伍本身就是妖魔鬼怪,就是彼得堡的妖魔。

人们相互间还传播着一些更可怕的消息。

芬兰区的一个神甫"为了做出某种疯狂举动",披在身上一张带角的山羊皮,这张山羊皮立刻就长到他身上了,一天夜间就这样把他押赴刑场。铸铁场出现一个魔鬼,样子像是个德国人,龙骑兵的儿子兹瓦雷金把灵魂出卖给他,用血签署了契约。在药铺花园的墓地上挖掘一个坟,用铁锹撬开棺材,拽着死人的两条腿想把他拉出来,但是没能拉得出,人们都吓跑了;第二天早晨,有人看见从坟里伸出两只脚,于是便产生了死人复生的谣言。克隆维尔克要塞附近的鞑靼村里生了一个婴儿,没有鼻子,长了一只角,税卡上生了一头小猪,长着人脸。"生了这些怪物,预示着城里不吉祥!"还有某地出现一只公鸡长着五条腿;拉多加下了一场血雨;大地震动,像公牛一样哞哞叫;天上出现三个太阳。

"必有灾难,必有灾难!"人们异口同声地说。

"彼得堡要遭劫难!"

"不只是彼得堡——整个世界都到了末日!世界末日!反基督!"

人群里有一个小男孩,拉着妈妈的手,听了这些话,突然大哭起来,吓得大喊大叫。这个女人衣衫褴褛,脸相愚钝,可能是个痴呆者,大叫起来,发出一种非人的声音。人们急忙把她拉到附近一个院子里去了。沙皇可不喜欢跟狂叫症患者开玩笑：他能用皮鞭从他们身上驱鬼。"皮鞭比小鬼的尾巴长！"有人向他禀报"迷信活动"，他就这样说。

大臣和元老中间，也有许多人吓坏了。送葬队伍出发之前，沙菲罗夫交给沙皇几封信，这是信使刚从那不勒斯送来的托尔斯泰和皇太子的信。皇上没有拆封，就把信藏进衣袋里，可能是不愿意当着别人面阅读。但是，沙菲罗夫从托尔斯泰给他的短笺中已经得到了这个可怕的消息。这个消息在人群中传遍了：

"皇太子要回来了！"

"彼得·托尔斯泰是个犹大，真会骗人——他可不是第一个挨收拾的。"

"听说，父亲允许他跟阿芙罗西妮娅结婚。"

"结婚？根本不会。别妄想。他得挨刀，而不是结婚！"

"要是上帝保佑，真的结婚呢？"

"在山羊洼举行婚礼,伴郎和媒婆——是斧头和断头台！"

"傻瓜，傻瓜！白白地把自己毁了。"

"小牛犊站在悬崖上！"

"他的脑袋得搬家！"

"赴刑场吧！"

"也许能开恩吧？不是别人，是亲生儿子：虎不吃子。教训一顿，宽恕了！"

"教训已经晚了，小孩子的衣服他已经脱不下来了。"

"小时候没教育，长大了，就无法教育过来！"

"只要你进入我的臼，我就可以用杵把你捣碎——这可是个教训！"

"哄孩子不让他哭，可把奶头塞到他嘴里！"

"我们大家也都得有这一天，吓得魂不附体！"

"糟了，弟兄们，糟了——完蛋了！"

高官显宦群里不停地这样重复着，百姓群里同样也不停地重复着：

"必有灾难！必有灾难！"

沙皇仍然在烂泥里走着，敲着鼓，压过了悲哀的歌："安息吧。你永远活在人们心里。"

雾更浓了。一切都在雾中消散了，融化了，变得透明了——仿佛整座城市，所有的人，所有的房屋，所有的街道，全都随着雾一道腾空而起，飞散了，像梦一样。

八

彼得送葬回来，又马上离开夏宫，独自一人乘小舢板在漆黑的夜中横渡涅瓦河，他没有带桨手，亲自划桨，到达对岸后停靠在一个不大的木制码头上。

这里紧靠河边，离三位一体大教堂不远处，有一座低矮的小房，这是当年兴建彼得堡时由荷兰木匠建造的第一批房子中间的一栋——彼得的第一座皇宫，很像萨阿尔丹海员住的寒酸的小屋一样。在桦树岛荒凉的凯乌萨里沼泽地上，就地取材，砍伐这里生长的松树，搭建而成；墙上用油漆涂成砖形，房盖木板上面铺瓦。

房间低矮而狭窄——共有三间：门斗右侧是办公室，左侧是餐厅，接着是卧室——三间中最小的一间——长四俄尺，宽三俄尺——转身都很困难。陈设虽然简单，但舒适整洁，一色荷兰风格。天棚和墙壁贴着漂白麻布，窗户低矮，但宽敞，窗格上镶着铅制流水槽和小块玻璃，用铁螺丝安着橡木护窗板。门的高度不适合彼得的身材——他得低下头才不至于撞到门框上。

夏宫和冬宫建成以后，这座小房便空闲起来。唯有沙皇想一个人单独过夜，甚至离开卡简卡的时候，他才偶尔住到这里来。

他走进门斗，推醒蒙着毡子酣睡的听差，让他掌灯，走进办公室，锁上门，把蜡烛放到桌子上，他自己坐到椅子上，从衣袋里掏出托尔斯泰、鲁勉采夫和皇太子的信，但并没拆开，好像是犹豫不决。听着三位一体大教堂钟楼上时钟报时声打了九下。最后一下响过之后，恢复了平静，就像当年还没建彼得堡时那么静，那时，这座简陋小房的周围只有无尽头的森林和无法通行的烂泥塘。

终于把信拆开了。他阅读的时候，脸色有些发白，双手颤抖。读完皇太子信中最后一句话："近日即将从那不勒斯启程，回彼得堡叩见陛下。"——他高兴得喘不过气来。不能再读下去了。画了个十字。

这还不是一种兆头，不是上帝显灵吗？他刚刚还泄气了，很绝望，以为上帝把他遗忘了，永远抛弃了他——可是主的手如今又在支持他了。

他又感到自己强而有力，精力充沛，好像年轻了，准备克服任何艰难困苦去建功立业。

然后，他垂下头，望着蜡烛的火焰，陷入沉思。

儿子回来后，如何处置他呢？杀死！——以前他在气头上是这么想的，当时不指望他能回来。可是现在知道他要回来，气也消了，于是他第一次心平气和地问自己：怎么办？

突然想起自己在第一封由托尔斯泰和鲁勉采夫带往那不勒斯的信中说的话："以上帝名义保证，汝如迅速归来，将不受任何惩罚，吾将对汝表现出最美好之爱。"现在儿子相信这个誓言，它倒有了可怕的力量。

可是怎样履行这誓言呢？

宽恕儿子岂不就意味着宽恕其余那些跟他一样的叛徒吗？他们对于沙皇和祖国无恶不作，是些卑劣的小人、受贿者、窃贼、寄生虫、无赖、伪君子、"长胡子"，他们跟他勾结在一起，无法无天，天不怕地不怕，使整个国家走向彻底毁灭。既然父亲在世时儿子如此凌辱他，那么他死后将会如何呢？将会败坏和彻底毁坏一切，毁掉俄国！

不，宁肯违背誓言，也不能宽恕。

就是说，又得审讯，又得严刑拷打，动用火、斧子、断头台和流血吗?

他想起处决火枪兵时的一件事:他骑马到红场去,那天在红场上要有三百多颗人头落地,宗主教拿着圣母像迎面向他走来,请求宽恕火枪兵。沙皇向圣母像行个礼,愤怒地用手把宗主教推开,说道:"你来这儿干什么?我崇敬圣母不比你差。但义务让我施恩于好人,处死恶人。滚吧,老家伙!我知道该怎么办。"

他能够向宗主教回答,可是如何向上帝回答呢?

仿佛是在梦中,他眼前出现宣谕台旁的一根长长的原木,上面放着无数的头颅,后脑勺朝上,面部朝下,头发颜色各异——褐色的、红色的、黑色的、白色的,有卷发,也有秃头。他刚刚喝过酒,有些微醉,跟达尼雷奇和其他一些来宾在一起,手里拿着斧头,挽着袖子,像是一个刽子手,一个接着一个地砍这些头。他累了,客人便从他手中把斧头接过去,轮着班砍。大伙都砍疯了。衣服上溅满了血,地上也是一摊一摊的血,脚踩上去很滑。当他举起斧头正要向一颗头砍去的时候,这颗头不声不响地抬了起来,转过脸来,盯着他的眼睛。这是他,阿寥沙!

"阿寥申卡,我亲爱的孩子!"他眼前又出现另一个梦境——他从国外回来,夜间悄悄溜进太子卧室,俯身在他的小床上,把他在睡梦中抱起来,亲吻他,透过衬衣感觉到了他身体的温暖。

"杀死儿子"——只是现在他才明白这是什么意思。感到这是他一生中最可怕的，最重要的事——重要的程度超过了索菲娅、火枪兵、欧洲、科学、军队、海军、彼得堡、波尔塔瓦；这时要解决的是一个永恒的问题：天平的一端放上他所做的一切伟大善举，另一端放上儿子的鲜血——怎么能知道哪一端的分量重呢？关于他这个违背誓言者、杀子者，欧洲将会说些什么，子孙后代将会说些什么？凡是不了解全部内情的人，都难于辨别他的无辜。可是又有谁能了解一切呢？

一个人尽管是为了祖国的幸福，可是犯下灭亲之罪，在上帝面前能够问心无愧吗？

但怎么办呢？宽恕儿子——就要毁掉俄国，处死他——就要毁掉自己。他觉得永远也无法解决这个矛盾。

况且单独一个人无力解决。可是有谁能帮助他呢？教会？在地上结的得到天上去解；在地上要解决的，天上已经决定了。以前是这么说的。可是现在——教会又在哪里？宗主教在哪里？已经没有了。他自己下令废除了宗主教制度。或者找都主教，"奴才斯焦普卡"吗？他会下跪给皇上叩头。找滑头费多斯卡以及其他一些高级僧侣吗？他们"戴上了缰绳，叫他们往哪儿去，他们就往哪儿去。他对他们说什么，他们就做什么"。他自己就是宗主教，他自己就是教会。他高居万人之上，只处在上帝之下。

你这个混蛋，刚才有什么好高兴的？是的，主的手是向他伸过来了，可是却给他加上一副可怕的重担。可怕呀，落到永生的上帝手里真可怕呀!

好像是他的脚下出现一个万丈深渊,让人感到惊恐,头发都竖了起来。

他用双手捂住了脸。

"离开我吧,主哇!让我的灵魂别再沾上鲜血吧。上帝呀,上帝救救我吧!"

他站起来,走进卧室,只见床头上那盏长明灯发出微弱的光亮,墙角上供着救世主的圣像,这是御用圣像画工西蒙·乌沙科夫的手笔,呈送给沙皇阿列克塞·米哈伊洛维奇的,当年曾在克里姆林宫祭坛的宝盖上面保存。这是一幅古老的拜占庭圣像的俄国摹本:相传耶稣受难时不堪十字架的重负,用绣花巾擦脸上的汗水——脸形便印到上面了。

彼得的母亲娜塔丽娅·基里洛芙娜曾用这幅圣像为儿子祝福,打那时起便一直没离开过他。历次征战和旅行,在舰船上和在皇宫里,当年兴建彼得堡时和在波尔塔瓦战场上——随时随地圣像都和他在一起。

走进卧室以后,他给神灯添了油,挑挑灯捻。火苗更亮了。金质饰衣上,围绕着头戴荆冠的耶稣脸上的钻石闪闪发亮,似泪珠,似红宝石,似血滴。

他跪下开始祈祷。

他对圣像已经习惯了,几乎是不看圣像,平时都是不知不觉地向圣父,而不是向圣子祈祷——不是向被钉在十字架上流血而死的耶稣,而是向在战斗中坚强有力地活着的上帝祈祷，这是个战士，是百战百胜的正义之士——他通过先知之口说自己：**我愤怒时践踏人民，我发狂时压迫他们；他们的鲜血溅到我的袈裟上，我弄脏了自己的衣装。**

可是他抬头看着圣像，想要绕过圣子而向圣父祈祷，却做不到。仿佛是第一次看见头戴荆冠的耶稣悲哀的面孔，并且这张面孔活了，以温和的目光窥视着他的灵魂；儿子和父亲——意味着什么，这是他从童年就开始听到的，但从来也没理解，而现在仿佛是第一次明白了。

他突然想起了一个可怕的古老故事，讲的也是关于儿子和父亲：

"上帝考验亚伯拉罕，对他说：把你唯一的寄托——爱子以撒杀了作为燔祭。亚伯拉罕造了祭坛，把儿子绑起来，放到祭坛上。亚伯拉罕把手擦干净，举刀要杀儿子。"

这只是地上的祭祀，而天上的祭祀则更加可怕——上帝爱和平，不可惜自己唯一的儿子，让他永远流血，儿子的鲜血平息了父亲的愤怒。

他这时体验到一种秘密，这是他最亲近的，最需要的，但也是最可怕的，他连想都不敢想。思前想后，他疲倦了，麻木了。

上帝愿意还是不愿意让他处死儿子？宽恕还是以鲜血来惩罚？假如不只是惩罚他，而且还要惩罚他的子子孙孙——整个俄国，那又将如何？

他趴到地板上，趴了很久，伸着手脚，一动不动，像个死人。

最后,他又抬起头来看圣像,祈祷着,但已经绝望和疯狂,绕过圣子,直接面向圣父:

"让这鲜血落到我的身上吧,让我一个人承担吧!把我处死吧,上帝呀,保佑俄国平安吧!"

第八部 变形人

一

皇太子朝着门口望去,彼得应该从那里走进来。

主易圣容宫差不多跟沙皇在彼得堡的那栋小房一样简陋,小小的客厅里洒满二月的黄色阳光。窗外的景色是皇太子早在童年时代就很熟悉的——白雪皑皑的田野,几只黑色的寒鸦,兵营的灰色大墙,监狱的尖木桩围墙,土堤上堆成金字塔形的圆弹,岗楼旁一动不动的哨兵及其身后明亮的蓝天。几只麻雀在窗台上叽叽喳喳,已经显现出春天的气息。从冰溜子上往下滴答着亮晶晶的水珠,好像是眼泪。快到吃午饭的时间了。飘来卷心菜馅烤饼的香味。钟摆在寂静中发出单调的嘀嗒声。

从意大利返回俄国的一路上,皇太子心情平静,甚至很欢快,不过仿佛是处在半睡半醒或麻木状态之中。他没有完全理解自己发生了什么事,正在把他送往何处并且为了什么。

可是现在,他和托尔斯泰一起坐在客厅里,就像那天夜里在那不勒斯总督宫里一样,如在梦中,惊恐地看着门口——仿佛是从梦中惊醒,开始明白了。也跟当时一样,他全身不停地颤抖,犹如患上了寒热症。他忽而画十字,忽而小声祷告,忽而抓住托尔斯泰的手:

"彼得·安得烈伊奇,噢,彼得·安得烈伊奇,亲爱的,会怎么样?可怕!可怕!"

托尔斯泰用他那惯有的柔和声音安慰他说:

"您尽管放心,殿下!剑不砍有过错人的头。上帝保佑,平平安安,和和睦睦……"

皇太子没有听,而不停地在心里重复着准备好的话,免得忘了:

"父皇,我不能为自己辩解,仅仅眼含热泪请求父皇开恩、宽恕和批评,除了上帝和你对我的恩爱,我已经没有任何期望了,我的一切全都听凭你的处置。"

门外响起了熟悉的脚步声。门开了。彼得走进来。

阿列克塞跳起来,身体一晃,要不是托尔斯泰上去搀住,就可能一头栽倒。

在他面前,好像是变形人瞬息万变,闪过了两张面孔:一张是跟他格格不入的,让他恐惧的脸,犹如死人的面具;另一张是他感到亲切的慈祥的脸,他只在早期童年才记得这张脸。

皇太子走到他面前,想要跪到他的脚下,但彼得向他伸出双手，把他抱住，紧紧贴在自己胸前。

"阿辽沙，你好！啖，上帝保佑，上帝保佑！我们终于见面了。"

阿列克塞感觉到了他所熟悉的刮得光光的胖乎乎的面颊和父亲的气味——烈性烟草和汗酸的混合味，看见了他那双明亮的深色大眼睛，既让人害怕，又让人感到亲切，只见他那两片如女人般的弯曲的薄嘴唇上挂着美丽而又有些狡黠的笑容。他把那番事先准备好的话忘得一干二净，只是喃喃地说：

"原谅我吧，爸爸……"

突然忍不住抽泣起来，一个劲儿地重复着：

"原谅我吧！原谅我吧！……"

顷刻间，他的心融化了，好像是冰掉进火里。

"你说什么，你说什么，阿辽申卡！……"

父亲抚摸着他的头发，亲吻他的前额、嘴唇和眼睛，像母亲一般温柔。

托尔斯泰看着这种温柔劲头，心里想：

"鹞鹰亲吻母鸡，没安好心！"

他根据沙皇的手势走了出去。彼得把儿子领进餐厅。

母狗利泽塔起初吠叫，后来认出了皇太子，不安地向他摆尾，舔他的手。餐桌上摆着两套餐具。听差把所有的菜肴全都端上来之后便退下。只剩下父子二人。彼得斟了两杯茴香酒。

"祝你健康,阿寥沙!"

碰了杯。皇太子双手颤抖,把酒洒了半杯。

彼得为他准备了自己所喜欢的饭食——奶油拌碎葱蒜馅的黑面包。他把面包切成两半,一半给自己,另一半给儿子。

"瞧,你吃外国面包都饿瘦了,"他看着儿子说,"我们给你做些好的吃——你就会胖起来!俄国面包比德国面包有营养。"

用些俏皮话劝他多吃多喝一些:

"一杯接一杯——不会是一棒子接一棒子。没有三个人,盖不起一栋房子。增加三倍——能让客人开心。"

皇太子吃得很少,但酒喝得很多,很快就醉了,与其说是由于喝酒,不如说是由于高兴。

他仍然提心吊胆,不能明白,不相信自己的眼睛和耳朵。可是父亲跟他谈话非常随便而欢快,让人不能不相信。询问他在意大利看见和听见些什么,问到军队和战舰,教皇和恺撒。谈笑风生,不时地开开玩笑,像是同伴对同伴一样。

"你的口味很高哇,"他笑嘻嘻地挤着眼睛,"阿芙罗西妮娅——可是个无可挑剔的姑娘!我要是能倒退十年,恐怕当儿子的就得提防着爸爸,可别戴上绿帽子。看来真是龙生龙,凤生凤。当爹的找了个洗衣婆,当儿子的就找了个擦地板的姑娘:据说阿芙罗西妮娅曾在维亚节姆斯基家擦过地板。那有啥,卡简卡也洗过衣裳嘛……想要结婚吗?"

"爸爸要是允许。"

"我拿你有什么办法呢？既然答应了，恐怕就得允许。"

彼得往水晶杯里斟满红葡萄酒。二人举起来，碰了一下。水晶杯发出响声。葡萄酒在阳光照耀下像鲜血一样红。

"为了祥和和永远友好！"彼得说。

二人都一饮而尽。

皇太子感到头晕了。他好像是在飞翔。心跳得忽快忽慢，仿佛是马上就要裂开，他高兴得马上就要死去。他能记得，能看见，能感觉到的只有一点：父亲爱他。尽管是只有一瞬间，那也由它去好了。假如为了这一瞬间，就得重新经受一生的痛苦，他也会干的。

他想要把一切都说出来，招认一切。

彼得好像是猜到了他的想法，把手放在儿子的手上，温柔地说：

"阿寥沙，讲讲你是怎样逃跑的。"

皇太子感到就要决定他的命运了。自从下决心回到父亲身边那一时刻起，他一直不去想的一切，现在全都恍然大悟。或者是说出一切，出卖同伙，当叛徒；或者守口如瓶，缄默不言，让那个无底深渊，那道厚厚的墙壁重新出现在他和父亲之间——二者必居其一。

他沉默不语，垂下目光，害怕再看父亲的脸，因为那已不再是那张胖乎乎的脸，而是另外一张，跟他格格不入，让他恐惧，犹如死人的面具。最后，他终于站起来，走到父亲面前，双腿跪下。睡在彼得脚下的利泽塔惊醒了，站起来走开了,把地方让给皇太子。他趴在垫子上。真想永远像条狗似的,趴在父亲脚下,看着他的眼睛,等待着爱抚。

"爸爸,我全都说出来,但请你饶恕所有的人,就像饶恕我一样!"他仰起脸,用哀求的目光看着他。

父亲向他弯下腰,双手放到他的肩上,照旧表现出那种温柔。

"听我说,阿寥沙。我不知道他们有什么罪过,怎么谈得上饶恕呢?我代表我个人可以饶恕,但不能代表祖国。上帝要怪罪的。谁要是放过坏人,他也就是做坏事。我只保证一点:凡是你交代的人,我都宽恕;而你要是隐瞒谁的罪过,那就必将严惩。如此说来,你就不是告密者,而是维护自己的朋友。全都说出来,别害怕。我不会伤害任何人。我们一起来商议商议……"

阿列克塞沉默不语。彼得抱住他,把他的头贴在自己身上,深深叹口气,补充道:

"咳,阿寥沙,阿寥沙,你要是能看见我的心,要是能了解我的苦楚,那就好啦!我很痛苦,痛苦哇,儿子!……一个帮手也没有。总是孤军奋战。总是有敌人,总是有坏人。你可怜可怜父亲吧。你做个朋友吧。不愿意,你不爱我?……"

"我爱,爱,亲爱的爸爸!……"皇太子羞怯而温柔地小声说,就像他小时候父亲夜里悄悄走过来,把他在睡梦中抱起来一样,"我全都说,你问吧!……"

他讲了一切，供出了所有的人。

可是等他说完之后，彼得还在等着他说出最主要的来。他一件件、一桩桩地想了所有的事情，可是没有想起任何一件付诸行动的事情，只想起一些言论、传闻和流言蜚语——都是些捕风捉影的事，无据可查，无法侦讯。

皇太子把一切罪过全都揽到自己身上，为所有的人开脱。

"我喝醉酒的时候嘴闭得不严，经常胡说八道，不可能不说一些反叛的话，指望人们保守秘密。"

"除了言论，不曾有过采取行动，煽动百姓作乱的打算吗？或者想要动用武力立你为皇位继承人吗？"

"不曾有过，爸爸，上帝可以做证，没有！全都是空谈。"

"母亲知道你逃跑的事吗？"

"不知道，我想……"

他思索片刻，补充道：

"我真的不清楚。"

他突然沉默了，垂下目光。他想起了罗斯托夫斯基主教多西菲以及母亲所信任的其他几位长老关于彼得堡毁灭、彼得死亡和他的儿子当沙皇的预言。他是否要说出来呢？是否会出卖母亲呢？他的心收缩了，像死亡一样痛苦。他感到不该说。况且爸爸也没有问及。这关他什么事？像他这样的人还害怕女人的胡言乱语？

"全说了吗？你是不是还有什么？"彼得问道。

"还有一点。但怎么说呢，我不知道。可怕……"

他全身贴紧父亲，把脸藏到他的怀里……

"说吧。你会轻松一些的。你应该像真正忏悔那样，让自己的灵魂干干净净。"

"你生病的时候，"皇太子伏在他耳朵上悄悄地说，"我想过，你要是死了，我会高兴。盼望你死……"

彼得轻轻地推开他，盯着他的眼睛，从中看见了在人的眼睛里从没看见过的东西。

"是不是跟别人一起想过我的死？"

"没有，没有，没有！"皇太子惊叫道，脸上和声音里都流露出惊恐，于是父亲相信了。

他俩沉默不语地用同样的目光相互看着。这两张如此不同的脸上却有共同之处。它们像镜子一样，反映出彼此内心的无限深处。

突然，皇太子笑了，这是一种软弱无力的嘲笑，然后简单地说了，声音奇怪而又陌生，仿佛不是他在说话，而是另一个离他很遥远的人在代替他说。

"我知道，爸爸，你或许不能饶恕我。不需要这样。处死我吧，杀了我吧。我自己代替你死，只要你爱我，永远都爱！别让任何人知道。只有你我二人知道。你和我。"

父亲什么也没有回答，用手捂住了脸。

皇太子看着他，好像是在等待着什么。

最后，彼得把手从脸上拿开，又向儿子俯下身去，双手抱住他的头,默默地吻着他的头,皇太子觉得,有生以来第一次在父亲的眼睛里看见了泪水。阿列克塞还想要说什么,可是彼得站起来,迅速地走了。

那天晚上,皇太子新的忏悔师瓦尔拉阿姆神甫来见他。

抵达莫斯科以后,阿列克塞要求让他以前的忏悔师雅科夫·伊格纳季耶夫神甫到他这儿来。可是遭到拒绝,而指派了瓦尔拉阿姆神父。这个小老头看上去,"头脑简单——是一只呆鸟",如托尔斯泰奚落他的那样。可是皇太子也很高兴他来,只要是能够尽快地忏悔就行。在忏悔仪式上,他重复了对父亲说过的一切。又补充了对他所隐瞒的——关于他的母亲、前皇后阿芙多季娅,关于姑妈玛丽娅公主和舅舅阿甫拉阿姆·洛普欣——关于他们的一个共同的愿望,即爸爸"尽快完蛋",也就是快些死掉。

"应该对父皇讲真话。"瓦尔拉阿姆神父说,然后突然慌乱起来,匆匆忙忙地走了。

他们之间出现一种奇怪的、让人害怕的情形,但很短暂,一闪即逝了,皇太子无法知道实际上究竟发生了什么事,或者只不过是他产生了错觉。

二

彼得第一次会见阿列克塞以后又过了一天,1718年2月3日星期一的早晨,各部大臣、元老、将军、高级僧侣以及其他世俗和宗教官员奉命到老克里姆林宫正殿大厅集合，聆听关于褫夺皇太子的皇位继承权和另立彼得·彼得罗维奇为新太子的诏书。

克里姆林宫里，各个广场、通道和楼梯全都有主易圣容近卫军守卫。害怕发生暴乱。

正殿大厅里只保存了老宫殿时期天棚上的绘画——《日月星辰和其他天体运行图》。其余的陈设全是新的：荷兰护墙布、水晶烛台、直靠背椅、狭窄的壁镜。大厅中央悬挂着红绸帷幕，下面是一个带有三级台阶的高台——沙皇宝座——上面放着一把扶手椅，红丝绒覆面，用金线绣着双头鹰和圣彼得的钥匙。

阳光从窗户斜射进来，落到元老们的白色假发和高级僧侣的黑色僧帽上。他们的脸上露出观看处决的人群常有的惊恐和好奇的神色。响起了鼓声。人群活跃起来，向两旁闪开，让出一条通道。沙皇走进来，登上宝座。

两名身材魁梧的主易圣容近卫军手持明晃晃的长剑，把皇太子押上来。

他没戴假发、没带佩剑，穿着普通的黑色衣服，脸色苍白，但镇静自如，若有所思，低着头，不紧不慢地走着。走到宝座前，看见父亲，微微一笑，很有他祖父"最安静的"沙皇阿列克塞的风度。

细高的个子，肩部狭窄，脸形瘦长，光滑稀疏的头发编成几根发辫，既不像乡村教堂执事，也不像圣像上画的神痴阿列克塞；他在这群来自彼得堡的新派人物中间格格不入，与他们相距甚远，好像来自另一个世界，是老莫斯科的幽灵。许多人的脸上透过惊恐和好奇，闪现出对这个幽灵的怜悯。

他在宝座前停下，不知如何是好。

"跪下，跪下，就像教你的那样说。"托尔斯泰从后面跑过来，伏在他耳朵上小声说。

皇太子跪下了，平静而大声地说道：

"最仁慈的父皇陛下！儿臣认识到自己在您面前之罪行，深感愧对为子之父和为臣之君，写了请罪书，已经从那不勒斯上呈陛下，现在再次悔罪：忘记为子和为臣之义务，出逃外国，寻求恺撒之庇护。恳请陛下开恩，予以宽恕。"

他向父亲磕了个头，并非出于宫廷礼节，而是出自内心。

沙皇做了个手势，首相沙菲罗夫开始宣读诏书，这份诏书当天还应在红场上向百姓宣读：

"朕确信，大多数忠诚之国民皆知，朕曾尽心尽力于长子阿列克塞之教育。然而，种种关怀皆未获任何成效，枉费心机，彼对军事和民事皆毫无兴趣，不仅不遵循朕之教导，而且怀恨在心，经常与卑劣无用之徒厮混，养成种种不良恶习。"

阿列克塞几乎是没有听。他用眼睛搜寻父亲的目光。只见他目光呆滞，毫无表情，而且避开了他。

皇太子在心中安慰自己道："佯装如此，政治手腕！现在打也好，骂也好——我知道，他是爱我的！"

沙菲罗夫继续宣读：

"朕已看出彼冥顽不化，胡作非为，于是向彼宣布，彼今后如不秉承朕之意旨，将剥夺彼皇位继承权。予彼以改悔之时间。上帝教诲吾人皆应听从父命，彼却置之于脑后，辜负了为父者种种关怀和良苦用心，继续为非作歹。朕出征丹麦之际，将彼留在圣彼得堡，后寄书于彼，令彼赴哥本哈根参加军事行动，以便于学习，然而，彼身为吾子，不仅未来见朕，反而携一非法同居女人出逃，投靠恺撒庇护。对朕为其父为其君散布种种诽谤中伤，要求恺撒匿藏彼，并要求该恺撒动用武力反对朕，声言彼受朕之折磨，可能将死于朕手云云，从而使朕和吾国在全世界面前蒙受耻辱，人所共知，此种事例实为前所未有也！吾子罪大恶极，本该处以极刑，但朕身为其父，心所不忍，姑且宽恕之，免予惩罚。然而——"

彼得突然打断宣读，用嘶哑而严厉的声音说道：

"我不能留下这样的继承人，他必定将父亲在上帝帮助下所完成的事业毁于一旦，葬送俄国人民的荣耀和声誉——我深知他无力治理国家，因此害怕交给他这一重任，那样做，我必将受到上帝的惩罚！而你……"

彼得的这番话充满愤恨和悲伤，使所有在场的人胆战心惊。他看了皇太子一眼，阿列克塞的心立刻冷了：他明白了，这已不是故意装出来的。

"而你要记着：我虽然宽恕你，但你如果不交代全部罪行，而有所隐瞒，那么后果是显而易见的，到时候可别怪我不讲情面，你就得被处死！"

阿列克塞举起双手，全身向父亲伸去，想要说话，想要叫喊，但只见他又是目光呆滞，毫无表情，而且避开了他。沙皇做了个手势，沙菲罗夫继续宣读：

"朕为国家和忠诚之国民着想，行使父亲之权力，并以专制君主之名义，鉴于吾子阿列克塞之罪行，特褫夺其俄国皇位继承权，甚至吾皇族绝后也在所不惜。兹宣布立另一子彼得为皇位继承者，尽管彼尚年幼，但别无他人。朕身为该子之父，诅咒彼不得寻求皇位继承。朕希吾俄国全体国民认定本诏书所指定之吾子彼得为皇位之合法继承者，并在神坛前以福音书之名义和亲吻十字架之方式宣誓效忠于彼。如有人胆敢违抗此令，仍然认定被废黜之阿列克塞为皇位继承者并帮助彼登上皇位，一律以朕以及国家之叛徒论处。"

沙皇走下宝座，下令在场的人不要等他回来，可直接到乌斯宾斯基大教堂去亲吻十字架。

除了托尔斯泰、沙菲罗夫以及其他几个近臣之外，都向门口拥去，大厅空了，这时彼得对阿列克塞说：

"过来！"

他俩穿过正殿的门廊，走进报答堂的密室，古时莫斯科历代沙皇都曾在这里躲在塔夫绸帷幕后面窃听大臣们的会议。这是一个很小的房间，类似于净室，四壁光秃秃的，小窗上镶着云母片，射进的阳光是琥珀色的，永远像是黄昏时的光线。墙角上供奉的救世主头戴荆冠，脸色黝黑，目光温顺而哀伤,圣像前燃着一盏长明灯。彼得锁上门,走到儿子面前。

又像在那不勒斯梦魇时和几天前在主易圣容宫那样,皇太子浑身不停地瑟瑟发抖,好像患了寒热症似的。但是他仍然抱着一线希望:父亲马上就会拥抱他,爱抚他,说爱他——一切担惊受怕都将永远消失。

"我知道,你爱我!我知道,你爱我!"他在心里肯定地说,像是赌咒一样。可是心却由于恐惧而跳个不停。

他垂下目光,不敢抬起头来,感觉到父亲的严厉目光紧紧盯在他身上。两个人都沉默不语。一片寂静。

"听见了吗?"彼得终于开腔了,"已在全体人民面前宣布,你如有隐瞒,就得去死。"

"听见了,爸爸。"

"你对两天前所说的没有什么补充吗?"

皇太子想起了母亲,可是立刻觉得不能出卖她,哪怕是他可能马上就受到死亡的威胁。"什么都没有了。"仿佛不是他说的,而是别人替他说的。

"怎么能什么都没有呢?"彼得重复道。

阿列克塞沉默不语。

"说!"

皇太子两眼发黑,两腿发软。又好像不是他,而是别人替他说:

"什么都没有。"

"你说谎！"彼得叫道，抓住他的肩膀，抓得很紧，好像骨头都碎了，"你说谎！关于母亲、姑妈、舅舅、罗斯托斯基夫大主教多西菲，他们的窠穴，你都隐瞒了——那是作乱的祸根！……"

"谁告诉你的，爸爸？"皇太子嘟哝着说，他第一次正眼看他。

"不对吗？"父亲看了他一眼。

他的手越来越沉重。突然间，皇太子身子一晃，在这沉重的打击下，一头倒在父亲脚下。

"原谅我！原谅我吧！她是我妈呀！亲生母亲！……"

彼得俯身下去，在他的头上晃动着拳头，嘴里骂着娘。

阿列克塞举起双手，好像是在自卫，免遭这致命的打击，抬起目光，在自己的头上看见这个变形人像几天前一样迅速变形，不过现在是往相反的方向变化，已不再是那张亲切的脸，而是另外一张陌生的令人恐惧的如死人面具般的野兽的脸。

他无力地叫了一声，用手捂上眼睛。

彼得转身要走。可是皇太子听到父亲的这个动作，跪着向他爬去，好像一条正在挨打的狗，仍然匍匐着乞求饶恕——趴在他的脚下，抱住他的双腿，不肯放开。

"别走！别走！最好是杀死我吧！……"

彼得想要把他推开，脱身走掉。可是阿列克塞却紧紧抱住不松手，越来越紧。

这双手痉挛地紧紧抓着不放,彼得感到有一股冰冷的厌恶之感流遍全身,他一生中每逢见到蜘蛛、蟑螂和其他虫豸在蠕动,都会产生这种厌恶的感觉。

"滚,滚,滚开!我杀了你!"他疯狂而又惊惧地吼叫着。

终于费了很大的力气才把他甩掉,推到一旁,朝他脸上踢了一脚。

皇太子呻吟着趴倒在地上,像个死人似的。

彼得跑出屋去,仿佛是逃离了一个吓人的怪物。

大臣们都在正殿里等候他,但他却从他们身边走了过去,他们根据他的脸色明白了,发生了什么不祥的事。

他只是喊了一声:

"到大教堂去。"

说完就走了出去。

一些人跟随着他跑了出去,而另外一些——包括托尔斯泰和沙菲罗夫——则跑向密室去找皇太子。

皇太子跟先前一样,仍然趴在地板上,像个死人似的。

动手扶他起来,想要使他苏醒过来。他的四肢由于痉挛而僵硬,不能弯曲。但这不是休克。他呼吸急促,瞪着双眼。

终于扶着他站起来。想要扶他到隔壁房间去,好让他躺到床上。

他用暗淡无光的眼神环视着周围,仿佛是什么都看不见,嘴里嘟哝着,好像是在竭力回忆:

"怎么回事?……怎么回事?……"

"别怕,别怕,亲爱的!"托尔斯泰安慰他说,"你有病了。摔倒了,可能是摔坏了。但没事儿,很快就会好的。喝点儿水吧。医生马上就来。"

"怎么回事?……怎么回事?……"皇太子无意义地重复着。

"要不要禀报皇上?"托尔斯泰对沙菲罗夫说。

皇太子听见了,转过身来,苍白的脸突然变红了。他浑身颤抖起来,用手拽衬衣领子,好像是呼吸困难。

"哪个皇上?"他在同一时间里又哭又笑,使在场的人感到毛骨悚然。

"哪个皇上?傻瓜,傻瓜!你们难道没有看见?……这不是他!不是皇上,也不是我爸爸,而是个鼓手,是个可恶的犹太人,是格里什卡·奥特列庇耶夫,是个冒牌皇帝,是个变形人!把尖木桩插进他的喉咙去——就完事了!"

御医阿列斯金跑来了。

托尔斯泰站在皇太子身后,先是指着他,然后又指着自己的前额,意思是说:皇太子头脑出了问题。

阿列斯金让皇太子坐到安乐椅上,摸摸他的脉搏,让他闻闻酒精,给他灌了一服镇静剂,想要给他放血,但这时来了个传令兵,说沙皇在大教堂里等着,要求皇太子立刻前去。

"禀报皇上,说殿下不舒服。"托尔斯泰说。

"不必,"皇太子制止了他,好像是从沉睡中醒来,"不必。我马上就来。稍稍休息一会儿,能喝点酒……"

给他拿来匈牙利葡萄酒。他贪婪地喝了。阿列斯金给他的前额敷上用水加醋浸湿的毛巾。

为了让他安静一下,大家都走到一旁去,商议该怎么办。

过了几分钟以后,他说:

"现在没关系了。过去了。走吧。"

大家帮着他站起来,搀着他走了。

从皇宫到大教堂一路上,由于呼吸新鲜空气,他差不多完全好了。

但是当他经过人群时,所有的人都注意到他脸色煞白。

新任命的普斯科夫斯基大主教费奥凡·普罗科波维奇身穿全副法衣,胸前挂着十字架,手拿福音书,站在经障前的讲经台上。沙皇和他并肩站在一起。

阿列克塞登上讲经台,接过沙菲罗夫递给他的一张纸,用勉强可以听见的微弱声音读起来,声音虽小,但人群里鸦雀无声,因此每个词都能听清:

"发誓人在福音书前保证,我由于对父亲和祖国犯下罪行而被褫夺皇位继承权,承认此种处理公正,特向威力无边的上帝发誓保证在各个方面遵从父亲的意旨,永不寻求皇位,不以任何借口觊觎皇位。承认吾弟彼得·彼得罗维奇皇太子为皇位的真正继承人。为此亲吻神圣的十字架,并亲笔签字。"

他亲吻了十字架,然后在逊位书上签字。

就在这同一时刻里,正向百姓们宣读诏书。

三

彼得通过托尔斯泰交给儿子一份"问题要点"。皇太子必须以书面形式回答这些问题。

托尔斯泰建议他不要隐瞒任何事情,因为似乎是沙皇已经知道了一切,只不过是要求他证实一下而已。

"爸爸是从谁那里知道的?"皇太子问道。

托尔斯泰很长时间不想说。可是最后还是给他念了一道谕旨,这暂时还保密,要在建立宗教机关——圣主教公会时才能宣布:

"有人向自己的忏悔神父说出危害国家声誉和安全之罪恶企图时,该神父应立即向有关部门,主易圣容军团或保密局报告。这样做无损于忏悔,该神父不仅不违背福音书之规定,而且是履行基督之教诲:就是你兄弟不听话,你也要揭穿他,向教会报告。主需要了解你兄弟的罪恶,更需要了解危害国君之罪恶阴谋。"

皇太子听了谕旨,从桌子后面站起来——他是单独跟托尔斯泰共进晚餐时谈话的——正如前几天在报答堂的密室里犯病时那样,他那张苍白的脸立刻变红了。皇太子看了托尔斯泰一眼,让托尔斯泰一惊,以为皇太子又犯病了。但这一次却平安无事。皇太子安静下来,好像是陷入了沉思。

他一连好几天没有摆脱这种沉思。有人跟他谈话时,他心不在焉地看着人家,好像是不明白对他说些什么,突然好像是僵住了——用托尔斯泰的说法,成了半死不活的人。但是对所提的问题要点却写了准确答案,肯定了忏悔时所说的一切,尽管预感到这是无益的,父亲什么都不会相信。

阿列克塞明白了,瓦尔拉阿姆神父破坏了忏悔的秘密,他想起了德米特里·罗斯托夫斯基的话:

"如果某一国君或民事法庭逼迫神父说出忏悔者的罪过,并用折磨或死亡来威胁他,那么这个神父就应该去死,戴上痛苦的荆冠,而拒不泄露忏悔的内容。"

他也想起了一个分裂教派长老的话,当年他奉父命到诺甫哥罗德森林去砍伐造小桡战船用的松树时,跟这个长老进行了一次谈话:

"如今在教堂里,在僧侣们的身上,在秘密中,在诵读经文和吟唱圣诗中,在圣像上,在所有的事物中,都没有上帝的恩赐——一切都被收回到天上去了。敬畏上帝的人不到教堂去了。你可知道,你们圣餐礼上的圣饼可像什么东西?你明白我所说的:像是倒在城里街道广场上的死狗。只要领了圣餐,这个人就能获得生命——可怜的人就死了!你们的圣餐可真是万能,跟砒霜或升汞一样——很快就渗进骨髓和大脑里去,魔鬼把灵魂给毒化了——然后你就得下到火焰地狱里,受到火烤,就跟不可救药的罪人该隐一样!"

皇太子当时觉得这些话是胡说八道,可是现在这些话却突然具有了可怕的力量。如果圣地真的一片荒凉——教会脱离了基督，反基督统治那里，将会如何？

但谁是反基督呢？

这时开始了梦魇。

父亲的形象一分为二了：皇太子看见变形人顷刻之间变成两张面孔——一张是亲生父亲的面孔，善良而亲切；另一张——跟他格格不入，让他恐惧，犹如死人的面具——是野兽的面孔。最可怕的是，他不知道这两张面孔中哪一张是真的——是父亲的，还是野兽的？父亲变成了野兽，还是野兽变成了父亲？他惊恐万状，他觉得自己发疯了。

就在这个时候，主易圣容军团的监狱里正在进行着严刑拷打。

宣读诏书的第二天，2月4日，差役向彼得堡和苏兹达尔飞驰，奉命将皇太子供出的那些人押往莫斯科。

在彼得堡捕获了亚历山大·基金、皇太子的听差伊万·阿芳纳西伊奇、他的老师尼基福·维亚节姆斯基以及其他许多人。

基金在押往莫斯科途中企图用镣铐自缢而死，但被发现，没能成功。

审讯时，他在严刑拷打之下，供出瓦西里·多尔戈鲁基公爵是阿列克塞的主要谋士。

瓦西里公爵后来自己说："我在彼得堡是偶然被捕的，押往莫斯科时披枷戴镣，已经完全绝望，昏昏沉沉，被羁押在主易圣容军团,后来押解到总部去见皇帝陛下,看到皇太子有关我的供词不实,非常害怕。"

雅科夫·多尔戈鲁基公爵出面为自己的兄弟说情。

他上书沙皇说:"恳请皇上开恩。臣等虽已年迈,但绝不带着恶人的罪名进入棺材,这不仅过早割断生命之绳,而且辱没美名。卑臣叩请最仁慈的陛下开恩!"

于是怀疑的阴影也落到雅科夫公爵头上。基金供认,多尔戈鲁基公爵建议皇太子不要到哥本哈根见皇上。

彼得没有动这个老头,但对他进行了威胁,雅科夫公爵认为有必要向沙皇提起自己以前的忠心耿耿,最后痛苦地说:"我听说,如今我要得到嘉奖,将被铁扦刺死。"

彼得再一次感到自己孤独。假如雅科夫公爵这样公正的人——也成了叛徒,还能信任谁呢?

格里高利·斯科尔尼亚科夫-皮萨列夫中尉从苏兹达尔把前皇后阿芙多季娅——现在的修女叶莲娜押往莫斯科。她在途中给沙皇写了封信:

> 最仁慈之皇上:
>
> 　　数年前,不记得何年,吾根据自己之许诺,于苏兹达达尔波克罗夫修道院剃度为尼,更名叶莲娜。剃度之后,衣半年修女服;后不愿当修女,故脱之,但仍老老实实在修道院里隐居。吾之退隐已通过格里高利·皮萨列夫禀报圣上矣。如今

吾期待陛下之宽宏大度。向陛下叩首，乞求宽厚，饶恕吾之罪过，勿让吾暴死。吾将一如既往，保证当修女，于修道院中隐居至死，为皇帝陛下向上帝祈祷。

      陛下最卑贱之女奴
     圣上之前妻阿芙多季娅

那个修道院的女长老玛列米雅娜供认：

"我们不能对皇后说，你为什么脱下修女服？她多次说：'这都是我们皇家的事，你们也都知道，皇上为了自己的母亲奖赏给火枪兵什么东西了，而我的儿子已经长大成人！'斯捷潘·格列鲍夫少校在苏兹达尔招募士兵，皇后让他到自己的净室来；两个人锁上门，说悄悄话，打发我回到自己净室去裁衣服，给了几个小钱，让我们去念祈祷词。格列鲍夫胆大包天，我对他说：'你以为怎么的？老百姓会知道的！'皇后为此骂我了一通：'鬼问你啦？你竟然监视起我来了。'别人对我说：'你为什么惹皇后生气？'斯捷潘夜间到她那里去，这是值夜女仆告诉我的，女侏儒阿加菲娅也说：'格列鲍夫经过我们那里，我们连动都不敢动。'"

女长老卡普捷琳娜供认：

"格列鲍夫晚上常到前皇后叶莲娜修女那里去，跟她接吻和拥抱。我遇到这种情况便躲开。我收到过格列鲍夫的情书。"

格列鲍夫本人的供词很简短：

"我跟前皇后有过暧昧关系，跟她发生过淫乱。"

但对别的事则守口如瓶。给他施加了可怕的刑讯：用鞭子抽，用火烧，放在外面冻，打断了肋骨，用钳子夹他身上的肉，把他放到钉子板上，让他赤脚站在尖木桩上，他的双脚溃烂了。可是他忍住了这一切折磨，没有出卖任何人，拒不招供。

前皇后供认："2月21日那天，叶莲娜女长老被带到总部，跟斯捷潘·格列鲍夫对质时说，我和他发生过淫乱，我有罪。亲笔写下此供词——叶莲娜。"

沙皇打算以后在诏书中向百姓公布这个供词。

皇后还供认：

"我之所以脱去修女服，因为多西菲主教谈到圣像显灵说话和其他兆头时预言说，上帝将发怒，百姓将叛乱，皇上不久将死，皇后将和皇太子一起当政。"

多西菲被抓获，宗教会议免去其高级教士之职，把他叫作被免职的神甫杰米德。

多西菲在宗教会议上说："犯了案的只有我一个人。你们看看所有的人心里是怎么想的！你们听听老百姓怎么说的！"

被免职的神甫杰米德在监狱里给吊起来，问他："你为什么希望皇帝陛下快点儿死?"杰米德回答道:"我希望皇太子阿列克塞·彼得罗维奇继位,好让老百姓能轻松一些,缩小彼得堡的建设规模或者完全停建。"

他供出了皇后的弟弟、皇太子的舅舅阿甫拉阿姆·洛普欣。把他也抓起来,在跟杰米德对质时拷问他。洛普欣挨了十五下,杰米德挨了十九下。二人都供认,盼望皇上早死,让皇太子继位。

杰米德还供出了皇上的妹妹玛丽娅公主。

公主说:"等到皇上不在世时,我高兴尽力帮助皇太子关心人民和治理国家。"她还说:"你们这些高级僧侣是干什么的,皇上有妻子活在世上,却让他跟另一个女人结婚?他要么把前皇后召回来,要么死了!"举行向彼得·彼得罗维奇宣誓效忠仪式时,被解职的神甫杰米德从宗教会议来见玛丽娅公主,她说:"皇上这事做得不应该,废黜长子,立幼子为太子,他只有两岁,而长子已经成年了。"

公主本来是缄口不言,可是把她带到狱中跟杰米德对质,她就招认了一切。

审讯持续了两个多月。彼得几乎每一天都亲自到监狱来监督审讯,有时亲自审讯。可是尽管费了九牛二虎之力,但却没有达到主要目的——没有找到所要找的"叛乱祸根"。无论是在皇太子的供词里,还是在其他证人的供词里都没有真凭实据,只有言论,传闻,疯癫女人的胡言乱语,痴呆的老头子和老太婆在修道院角落里的窃窃私语。

彼得有时模模糊糊地感到，最好是放弃这一切，不予理睬，藐视他们——宽恕他们。可是已经无法刹住，预料到了只有一个结局——儿子的死。

整个这段时间，皇太子都被关押在主易圣容宫，戒备森严，与军团总部和监狱为邻。白天黑夜都能听见受刑者的号叫声。最可怕的是跟母亲见面。皇太子听说，父亲亲自用皮鞭抽打她。

皇太子几乎是每天晚上都喝得酩酊大醉，不省人事。御医阿列斯金断定他要得上酒狂病。可是停止喝酒，他又苦闷异常，无法忍受，于是又喝起来。阿列斯金也向皇上报告了威胁着皇太子的病。但彼得回答说：

"喝死才好——他就得有这一天。坏人不得好死！"

然而，近来酒已经不能给皇太子造成忘我状态，而取代可怕现实的是更加可怕的梦境。不仅是在睡梦中，而且清醒时，在光天化日之下，他也受到梦魇的折磨。他过着两种生活——现实的和虚幻的，两者纠缠在一起，混合在一起，因此他分辨不清彼此，不知道哪个是在梦中，哪个是在清醒的时候。

他有时梦见父亲在监狱里殴打母亲；他听见了皮鞭在空中的呼啸声和抽打在裸露着的躯体上的噼啪声；他看见了苍白的躯体上一道道紫青色的鞭痕，他发出比母亲更加可怕的号叫声，倒下了，像个死人似的。

他有时决定为母亲，为自己，为所有的人向父亲报仇，夜间在床上醒来,从枕头下面取出剃刀,只穿一件衬衣就爬起来,悄悄地走在皇宫黑暗的过道上;从睡在门口的听差身上越过去,进入父亲的卧室,向他俯下身去,摸到他的喉咙,割下去,感到他的血是冷的,像是死人的脓血;他惊恐地放下没有能杀死的人,头也不回地逃走了。

他有时想起经书里关于叛徒犹大的话——**自缢而死**,便潜入楼梯底下堆放破烂东西的仓库里,用一个翻倒的空箱子把三条脚的破椅子支起来,爬到上面去,解下天棚上挂灯笼用的绳子,系个绳套,套在自己的脖子上,踢倒椅子之前想要画个十字——可是突然间,不知从何处跳出一只大黑猫,在他的脚下弓起腰,喵喵地叫,向他表示亲热,用两条后腿站起来,把两个前爪子搭在他的肩上——这已经不是一只猫,而是一头巨兽。皇太子在巨兽的脸上看出一张人脸——只见颧骨宽宽的,两只眼睛凸起,胡须向上翘着,像是"科塔勃雷斯猫"。他想要从猫爪中挣脱出去。可是野兽却把他摔倒,跟他嬉耍起来,像是猫耍戏老鼠一样,忽而抓住他,忽而松开他,忽而抚摸他,忽而用爪子挠他。突然用爪子抠住他的心脏。他认出一个人,人们说他:"给野兽鞠个躬说,有谁像这头野兽,有谁能和它厮打?"

四

4月2日是大斋节的第一个星期日,新任命的普斯科夫斯基大主教费奥凡·普罗科波维奇在乌斯宾斯基大教堂主持祈祷仪式。

只准高官显贵进入大教堂。

大教堂穹隆上的圣像本来是金碧辉煌，如今已经熏黑变暗，古时历代沙皇都在这里做祈祷；四根柱子支撑着穹隆，彼得站在一根柱子旁。挨着他，站着阿列克塞。

皇太子望着费奥凡，想起了所听到的有关他的情况。

费奥凡取代了主管宗教事务的行政长官费多斯卡，因为费多斯卡已经老朽，近来经常患"忧郁症"。是费奥凡起草了那道谕旨，规定在忏悔中泄露出来的叛国罪皆得汇报。他还起草了《宗教管理条例》，根据此条例将建立圣主教公会。

皇太子好奇地仔细打量着这位新主教。

他出身于哥萨克，是个小俄罗斯人，年龄三十七八岁，正值血气方刚之时，满面红光，须发浓密油黑。他笑的时候胡子抖动着，很像一只大甲虫。根据这笑容可以断定，他喜欢无伤大雅的拉丁笑话。他虽然道貌岸然，一本正经，但脸上每根线条里都闪烁着非常欢快的扬扬自得的神情：他陶醉于自己的智慧，他就是身穿大主教袈裟的古希腊预言之神西勒尼。他在开诚布公的时刻里常说："噢，头脑，头脑，你狂饮了智慧，何以低垂？"

皇太子感到十分惊讶，如启示录中所说的，这个朝三暮四的人，曾是个合并派教徒，罗马天主教会的效忠者，第一批耶稣会士的门徒，后来又追随新教和无神论哲学，也许他本人就是个无神论者,可是却起草了《宗教管理条例》,决定了俄国教会的命运。

按惯例,大斋节第一个星期日这一天,大教堂的大辅祭对一切异教徒和叛教者,从阿里和格里什卡·奥特列庇耶夫直至玛泽帕,一一进行诅咒。随后,大主教走上讲经台,发表题为《论沙皇的权力和荣誉》的讲演。

这篇讲演论证的是圣主教公会的基石应该是:皇上,他是——教会的首脑。

"民众的导师,使徒保罗大声疾呼:**没有任何权力不是上帝给的;君权来自上帝。反对君权,就是违背上帝的意旨。**说得真好!我还应该说,保罗是皇上派来传教的,因此才竭力开导,一而再地重复:君权来自上帝,来自上帝。请每个人都好好想想:沙皇最忠诚的大臣还能说什么呢?我们还要使这个学说圆满成功,给最高的君权取个名字,使沙皇比身穿紫袍头戴冠冕还要美丽,什么样的名字呢?君主就叫作上帝和基督。权力是上帝给的,沙皇就是上帝在人间的总代表。另一个名字——在古代礼仪中叫作加冕的基督;那时沙皇加冕时施行涂油仪式。使徒保罗说:**奴隶们,听从自己的君主和基督的话吧**。使徒把君主和基督等同起来。但是最使我们惊奇的是他坚定不移地强调一个真理,我们也不能避开:经书教导我们不仅要服从好的君权,而且也要服从不好的君权。人人都知道使徒彼得的话:**敬畏上帝吧,尊敬皇上吧。奴隶们,服从主宰者吧**。先知大卫本人就是王,把扫罗王称作君主。他说：**不管扫罗如何，他毕竟是受命于上帝而为王的，因此就有好的结果。**也可以说：波斯王基尔是个什么人？巴比伦王纳乌霍多诺索尔是个什么人？然而上帝却称他们为受过登基涂油仪式的帝王，用大卫的话来说，也就是君主。罗马恺撒尼禄是个什么人？然而使徒彼得却教导我们服从他，他本来是基督教徒的迫害者，但却是受过登基涂油仪式的帝王，是君主。可是有人还怀疑，他们说：人人都有义务服从沙皇，可是也有例外，那就是神职人员和僧侣。这是毒刺，更是蛇蝎！这是罗马教皇鼓吹的那一套！因为神职人员在百姓中间担任特殊的职务，但是并没有生活在另一个国度里。这只是社会分工不同，犹如军人、医生、商人、工匠等各司其职，神职人员也有自己的职责——那就是为上帝效力，但归根结底还得服从国家政权。在《旧约·圣经》中，担任祭司的利未人在各个方面都服从以色列王。《旧约》时代是如此，那么《新约》时代又为何不是如此呢？因为政权的法则是不变的，是永恒的，开天辟地以来一向如此。"

最后的结论便是：

"俄国的一切人，不仅是世俗的，而且也包括神职的，皆以皇上彼得·阿列克塞耶维奇为至高无上的绝对君主，奉他为自己的首脑和祖国之父，人间的上帝！"

他说最后几句话时声音很高，眼睛看着皇上的脸，把左手伸向大教堂的穹隆，那里基督的圣像本来金碧辉煌，现在已经发黑变暗。

皇太子又大吃一惊。

他想，既然所有的皇上，甚至上帝的背叛者，都是人间的上帝，那么他们中间谁是最伟大的，未来的人间沙皇——反基督吗？

东正教大主教在莫斯科最古老的大教堂里，在沙皇和百姓们面前竟然发表这种亵渎神明的讲话。看来大地应该裂开，把这个渎神者吞进去，让天火把他烧死。

可是一切都很平静。透过斜射的光束和香炉的袅袅青烟，穹隆上巨大的基督圣像仿佛是离开地面，腾空而起，不可企及。

皇太子看了父亲一眼。他也很平静，虔诚地、聚精会神地听着。

费奥凡从中受到鼓舞，最后庄严地说：

"俄国，你尽可无忧无虑！尽可自豪！你尽可耀武扬威！你的城市和乡村都要欢呼雀跃：因为三岁的皇太子，上帝所选中的皇位继承人，彼得·彼得罗维奇如一轮光芒四射的初升太阳，已经在你的地平线上升起！愿彼得二世幸福无疆，定国安邦，万民敬仰！阿门。"

费奥凡的声音刚刚停息，人群中响起另一个声音，虽然不很高亢，但清晰可辨：

"上帝呀，保佑保佑吧，可怜可怜吧，救救最虔诚的皇太子阿列克塞·彼得罗维奇殿下吧，他是俄国皇位唯一真正的继承人！"

人群不约而同地骚动起来，惊呆了。然后又喧嚷起来：

"这是什么人？这是什么人？"

"是个疯子吗？"

"癔病患者，有精神病。"

"卫兵是干什么的？怎么让他进来了？"

"快点儿抓住，别让跑掉——钻到人群里，就找不到了……"

在大教堂遥远的角落里，什么都看不见和听不清，传播着荒唐的谣言：

"暴动！暴动！"

"大火！祭坛起火了！"

"抓住了一个手里拿着刀的人：想要刺杀沙皇！"

惊惶不安越发厉害起来。

彼得没有顾及这些，走到大主教面前，亲吻了十字架，又回到原先的地方，下令把那个"狂喊乱叫的人"带上来。

斯科尔尼亚科夫-皮萨列夫上尉和两名中士押着一个瘦削的小老头向沙皇走来。小老头向沙皇递上一张纸——这是印刷的效忠新皇太子的誓词。下面在留作签名用的空白处写着密密麻麻的字。

彼得看了看这张纸，然后又看了看老头，问道：

"你是什么人？"

"前炮兵书吏拉里翁·多库金。"

站在一旁的皇太子看看他，马上认出来了：这正是

1715年春他在彼得堡谢苗教堂里遇见的多库金，后来在夏园举行维纳斯节庆祝活动那天到家去找过他。

他还是那样：是个人称"墨水瓶"和"衙门誊写员"的普普通通的书吏中间的一个——面部坚硬，如同石头刻的，眼睛暗淡无光，灰色的脸庞如同他在衙门里抄写了三十年的公文一样，后来他因有人告密受贿而被赶了出来。但眼睛深处却跟三年前一样，闪烁着思想的光辉。

多库金也偷偷瞧了皇太子一眼，这个老人脸上坚硬的线条里闪现出一种神色，仿佛是突然使皇太子想起来，多库金当时请求他关心基督教信仰，抱着他的双腿，哭着称他为俄国的希望。

"你不愿意宣誓吗？"彼得平静地说，好像是感到惊讶。

多库金盯着沙皇的眼睛，背诵起他亲手在印刷的纸页上所写的，跟刚才一样，声音并不响亮，但很清晰，整座教堂都能听见：

"皇太子阿列克塞·彼得罗维奇受上帝保护，是全俄国唯一真正的皇位继承人，可是却无辜地被褫夺了继承权，因此我不宣誓，不以神圣的福音书的名义起誓，不亲吻十字架，不承认皇子彼得·彼得罗维奇是真正的皇位继承人。虽然皇上因此会向我大发雷霆，但那就听凭我的上帝，耶稣基督的意旨了。阿门，阿门，阿门。"

彼得更加惊异地看了看他。

"你不知道吗，反对我的意旨——就得死？"

"知道,皇上。正是为此我才来到这里,想要为基督的话而受难。"多库金很从容地答道。

"好,老头,你挺勇敢。等我把你吊起来,看你还唱高调不?……"

多库金沉默不语地举起一只手,画了个很大的十字。

沙皇继续说:"大主教讲了必须服从君权,你可听见了?**君权为上帝所授**。"

"听见了,皇上。任何权力皆为上帝所授,不是上帝所授,就不是权力。这种不虔诚的皇上是反基督,不能把他们称作基督的主,说这话的人得割舌头。"

"你认为我也是反基督吗?"彼得问道,感到有些悲哀,但还是和善地微微一笑,"说真话!"

老人低下头,但马上抬起目光,又瞧了沙皇一眼。

"我认为你是最虔诚的东正教的沙皇,是上帝给涂了圣油而登基的。"他坚决地说。

"既然如此,你就得听从我的,闭上嘴。"

"皇帝陛下!我本来想要闭上嘴,可是不能——我的肚子里有火在燃烧,良心迫使我——我不能容忍……我们要是把嘴闭上,石头也得大喊大叫!"

他跪倒在沙皇脚下。

"皇上,彼得·阿列克塞耶维奇,听听我们穷人吧,我们向你大声疾呼!我们什么都不能改变,你的父母和祖父母以及圣宗主教们都得救了,我们也都想得救归天。为了上帝,你得追寻真理。为了基督的血,你得追寻真理!神圣的教会是你的母亲,你可别毁了她。你别生气,别发火,想想我们的话吧。向自己的人民开恩吧,向皇太子开恩吧!……"

彼得听着,起先很注意,甚至很好奇,好像是努力去理解。可是后来却转过身去,感到无聊,耸耸肩。

"好啦。你的这一套听够了,老头。看来,你们这种傻瓜我处死的和绞死的还太少。你们还有什么不知足的?你们以为我尊敬教会和信奉救世主基督不如你们吗?是谁让你们这些奴隶在上帝和沙皇中间说三道四的?狂妄太甚!……"

多库金站起来,抬头望着大教堂穹隆上暗淡的圣像。一缕阳光从上面射到他身上,在他那白发苍苍的头上形成一个灿烂的光环。

"我们怎敢狂妄,沙皇?"他高呼道,"听我说,陛下!经书上说:人是什么,人子,你记得他吗,你光顾过他吗?你把他贬低了,让他位居于天使之下,你给了他光荣和声誉,让他凌驾于你亲手创造的事业之上,使一切都匍匐在他的脚下。人得独立自主!……"

彼得慢慢地,好像是很费力地把目光从多库金身上移开,临走时转身对站在跟前的托尔斯泰说:

"抓到军团去,严加看管,听候审讯。"

老头被抓住了。他挣扎着,叫喊着,还想要说什么。他被缚起来,给抬走了。

他望着皇太子,继续喊道:"噢,隐秘的受难者们,不要害怕,不要失望。忍耐吧,忍耐不了多久,为了上帝!他已经要降临了,不会很久!快来吧,吾主耶稣!阿门!"

皇太子看着和听着,脸色煞白,浑身发抖。

"就该这样,就该这样!"他想,好像只是现在才明白了自己的一生,好像他的灵魂里一切都翻转过来了:原来感到沉重,如今却长上了翅膀。他知道,他又变得软弱了,悲观绝望了,但也知道,他所明白了的东西绝不会忘记。

他也像多库金那样,抬起目光,望着大教堂穹隆上暗淡的基督圣像。他觉得,这巨大的基督身影在斜射的光芒中,在香炉袅袅的青烟中动了起来,但已不像刚才那样离开地面,而是走下来,从天上下到地上来,这是基督降临了。

他高兴而又惊恐地重复着:

"快来吧,吾主耶稣!阿门!"

五

莫斯科审讯在 3 月 15 日前结束了。沙皇和各位大臣在主易圣容军团总部进行判决,决定了被审讯者们的命运。

前皇后、修女叶莲娜发配老拉多加女子修道院,玛丽娅公主发配施吕瑟尔堡;对二犯严加看管。阿甫拉阿姆·洛普欣暂时解往彼得堡,关押在彼得保罗要塞,等候新的审讯。其余的一律处决。

那天早晨,在红场宣谕台开始行刑。1698年被砍头的那些火枪兵的头颅在二十来年的变迁中一直插在那里的铁扦上,前一天才清除,以便插上新的头颅。

斯捷潘·格列鲍夫被插到尖木桩上。尖木桩穿透后脑勺,露了出来。下面放着一块木板是让他坐着的。为了不让他受冻和继续遭受折磨,给他穿上皮衣,戴上皮帽。三个忏悔神父昼夜轮流看守,看他在死前是否还能交代什么。其中一个禀报说:"格列鲍夫自从插到木桩上起没说一句悔罪的话,只是夜里偷偷地通过修士司祭玛尔凯尔祈求圣塔因降福给他,悄悄地把他带走;接着便于3月16日早晨八点二刻灵魂出窍了。"

前罗斯托夫斯基主教,被解职的神甫杰米德被车裂。据说行刑官弄错了:本该砍头,然后焚尸,但他却把主教给车裂了。

基金也是车裂的。他受的折磨拖延时间很长,时断时续:一只一只地撕掉手脚,行刑持续了一天一夜。最残忍的折磨是:他被紧紧地缚在车轮上,丝毫动弹不得,只是呻吟和号叫,乞求早点儿死去。还有人讲,第三天沙皇从基金身边经过时,弯下身去说:"亚历山大,你是个聪明人。怎么敢干这种事呢?"据说基金竟然回答说:"智慧喜欢自由自在,而你却束缚它。"

第三个被车裂的是前皇后的忏悔师费奥多尔·普斯登内伊,他的罪行是把格列鲍夫跟前皇后撮合在一起。

没有被处死的人，有的挖去鼻子，有的割掉舌头。许多人听说前皇后剃度为尼，但看见她穿着世俗衣装而置之不理，也受到"严厉的笞杖"。

广场上立一白石方柱，高为六肘，两侧钉着铁扦，上面插着被处死者的头颅；石柱顶端有一宽大石板，上面陈列尸体，其中有格列鲍夫，似乎是同谋者们圈子里的人。

行刑时，皇太子必须到场。

最后一个被车裂的是拉里翁·多库金。他被缚在车轮上时说，他有事要向沙皇交代；于是把他从车轮上解下来，押往主易圣容宫。沙皇向他走来时，他已处于死前的昏迷状态，嘴里嘟哝着基督二次降临的呓语。后来好像是苏醒过来，眼睛盯着沙皇，说道：

"皇上，你要是把你的儿子处死，那么鲜血可就会溅到整个皇族上，从一个人的头溅到另一个人的头上，直到最后几代沙皇。你宽恕皇太子吧，向俄国开恩吧！"

彼得没有说什么，就走开了，下令把他的头砍下来。

行刑的第二天，沙皇返回彼得堡的前一天，在主易圣容宫举行"通宵酗酒大联欢"。

在这些流血的日子里，跟当年处决火枪兵以及彼得一生中最艰难的日子里一样，他更热衷于开心取乐。好像是故意要用笑声堵住自己的耳朵。

不久前选定前"圣彼得堡都主教"彼得·伊万诺维奇·布杜林取代已故的尼基塔·卓托夫为新任"公爵教皇"。"模仿父神巴克科斯"的人选是在彼得堡定下来的,"按手仪式"则是在皇太子抵达前在莫斯科举行的。

现在在主易圣容宫为新任"教皇"举行穿法衣和戴法冠的仪式——戏谑模拟宗主教的穿法衣仪式。

沙皇在莫斯科审讯期间找出时间亲自编排和制定仪式程序。

"大联欢"在军团总部和审讯监狱隔壁一个宽敞豪华的邸宅里举行,这栋房子为原木结构,墙壁贴着红色呢绒,室内灯火通明。长条窄桌摆成马蹄形,中间设一个带台阶的高台,上面坐着祭司红衣主教和其他执事人员;丝绒帷幕下面——用酒桶搭成宝座,从上到下挂满玻璃杯和瓶子。

全体到齐以后,管理器具的牧师和大辅祭——由沙皇亲自担任——庄严地搀扶着新当选的"教皇"走进来。拿来两个装着"醉人葡萄酒"的酒瓶一个是镀金的,另一个是镀银的,和两盘菜肴——一盘是黄瓜,另一盘是卷心菜,还有裸体巴克科斯不体面的圣像,——都放在他面前。"公爵教皇"三次向"公爵恺撒"和"红衣主教们"鞠躬,为陛下送上礼物——那两瓶酒和两盘菜肴。

祭司长问"教皇":

"你为何而来,想要干什么?"

"给我们的巴克科斯神穿上袈裟。""教皇"答道。

"如何执行巴克科斯的法律和建立功勋?"

"嗨,我的酒神!早晨天还不亮就起床,有时三更半夜也斟上两三杯,几口就喝光,白天其余的时间也不浪费,肚子像个大酒桶,灌满各种酒,有时喝得右手颤抖,两眼发黑,美味佳肴就是送不到嘴里去。阿门。"

祭司长宣布:

"酒神巴克科斯和你在一起,两眼发黑,浑身哆嗦,东倒西歪,头昏脑涨,你一生中天天如是!"

"红衣大主教们"搀扶着"教皇"登上圣坛,给他披上法衣——这是小丑穿的祭服、披肩和股侧锦章,上面绣着骨牌、纸牌、瓶子、烟斗、裸体的维纳斯和叶列姆卡-厄罗斯。给他脖子上挂的不是圣母小像,而是带铃铛的陶土酒瓶。交给他一个放着玻璃酒杯的盘子和一个葡萄藤做的十字架。给他的头涂上烈性酒,眼睛上各画一个圆圈。

还涂了两只手以及拿杯子的四个手指。

祭司长最后给他的头戴上铁皮的法冠,嘴里唱道:

> 为了所有的酒鬼,
>
> 为了所有的酒杯,
>
> 为了所有的傻瓜,
>
> 为了所有的小丑,
>
> 为了所有的葡萄酒,
>
> 为了所有的啤酒,
>
> 为了所有的木桶,
>
> 为了所有的铁桶,

为了所有的烟草，

为了所有的酒馆——

我们的酒神巴克科斯的住所。

阿门！

大家齐声高呼：

"对！应该！"

然后让"教皇"坐到酒桶搭的宝座上。他的头顶上悬挂着巴克科斯骑着酒桶的银质雕像。"教皇"把它拽下来，就可把酒倒进酒杯里，或者甚至直接倒进嘴里。

所有参加联欢的人员和全体来宾依次走到"教皇"面前，向他行跪拜礼，接受他的"祝福"——用在酒里浸泡过的猪膀胱往头上一击，并且从一只大木勺里喝一口胡椒酒。

祭司们齐声唱道：

"噢，最正派的巴克科斯神，你是化为灰烬的塞墨勒所生，在朱比特的股中长成，是狂欢暴饮的保护神！我们请求你今天和我们一起喝个痛快，一醉方休。还有你，举世闻名的维纳斯……"

接下去，便是一些不堪入耳的话。

大家终于落座。面对着"教皇"而坐的是费奥凡·普罗科波维奇，挨着他的是彼得，费多斯卡也在座，皇太子坐在彼得对面。

沙皇跟费奥凡谈起刚刚得到的消息：数千分裂派教徒在

伏尔加东岸凯尔仁涅茨和黑松林里自焚。祭酒神的歌声和小丑们的叫嚷妨碍谈话。

于是根据沙皇的手势,祭司们中断了酒神祭歌,大家都安静下来,费奥凡的声音打破了这突如其来的寂静:

"噢,这些可恶的疯子,发狂的受难者!他们都强烈地渴望受苦,乐意把自己烧死,英勇地飞进地狱,并且给别人指出这条路。把这些人叫疯子还嫌不够:有一种邪恶,叫不出名字!人人都唾弃他们。"

"怎么办呢?"彼得问道。

"陛下可发布一道训令,说明:并非任何苦难都是上帝所喜欢的。难怪主说:**受迫害者是幸福的,但为真理而受迫害者才是幸福的**。在我们东正教的俄国不可能有为寻求真理而遭受的迫害,不必为此而担心……"

失宠的费多斯卡不怀好意地微微一笑,说:"训令!靠训令未必能把他们开导过来!得打掉这些离经叛道者的下巴!旧约教会中要求杀死不驯服的人,新约更是如此——因为那里有圣像,这里有真理。异教徒死了有益,杀死他们,是他们的福气:活的时间越长,造孽越多,美女越多,腐化堕落者就越多。用手杀死罪人,和诅咒他们死——是一码事。"

"不必,"费奥凡不看费多斯卡,平静地说,"这种严厉手段反而激怒他们,莫如软化受难者的心。对待教会不能恫吓和强制,而应该直接宣传福音书的爱。"

"的确是这样,"彼得表示赞同,"我们不希望强制人的良心,我们很乐意让每个人都关心自己灵魂的幸福。依我说,让他们随便愿意信仰什么就信仰什么,既然不能用理性改造他们,那么当然剑与火也无济于事。由于愚昧而受苦——他们并不会因此而荣耀,国家也不会因此而得到益处。"

"别着急,一步步地来,全都会妥善解决。"费奥凡接过来说。

"然而,"他凑近沙皇跟前,小声说,"让分裂派教徒缴纳双重赋税,更便于把迷途者吸引到神圣教会中来。如果可能,除了分裂,还可寻找他们的明显罪过,进行惩罚——鞭挞和挖鼻,流放到大桡船当划手,这可颁布明文法律,要是没有明显原因,可根据口头谕旨行事……"

彼得没有吱声,只是点点头。沙皇和大主教彼此都明白了。

费多斯卡想要说什么,但没有说,只是阴险地冷冷一笑,扭曲了他那张小脸——那张蝙蝠般的小脸,他全身蜷曲,安静下来,但脸色发青,仿佛是中毒了。他明白,"根据口头谕旨行事"是什么意思。庇季里姆主教被派到凯尔仁涅茨向分裂派教徒宣读训令,不久前向沙皇禀报说:"异常残酷地进行了审讯,甚至把内脏都给挖出来了。"沙皇在谕旨中禁止庇季里姆主教"这种类似于圣徒的功勋"。爱——挂在口头上,而行动上则如分裂派所抱怨的那样,"无言的开导者在监狱里站在拷刑架旁;不是用福音书,而是用皮鞭进行开导,不是像圣徒那样,而是用火来教导"。这也就是费多斯卡本人所鼓吹的"宗教权术政策"。不过费奥凡比他更狡猾,他觉得这支歌已经唱过了。

"这也毫不奇怪,"大主教继续说,声音又高了,在场的人都能听得到,"庄稼人愚蠢,极度无知,误入迷途就疯癫了。而真正让人惊异的则是在高等贵族中间,在沙皇的奴仆中间竟然有一些聪明人,表面上老实温顺,实际上比分裂派还阴险可恶。明面上游手好闲,无所事事,但都坏透了,真是胆大包天,无所不为!这是一些廉价的灵魂,是些毫无用处的人,生来只是享受他人的劳动成果——盗用沙皇的名义,盗用基督的名义!你们吃面包的时候,得问一问:这是哪儿来的?重现了大卫王的故事,瞎子和瘸子掀起暴乱反对他。我们的君主是贤明的,他治理俄国,由于他的努力,大家无忧无虑,荣耀无比,而他自己却过着贫困的生活,受到辱骂。他付出了艰苦的劳动,结果是未老先衰,为了祖国的完整,他损坏了自己的健康,拼命往前奔跑,自己奔向死亡,某些人似乎觉得——他会长寿!噢,这是俄国的悲哀,这是俄国的耻辱!我们得提防着,别让世人这样说我们:沙皇对得起这个国家,可是人民却不配这种沙皇。"

费奥凡不吱声了,彼得却说起来:

"上帝了解我的心和我的良心,我是多么希望祖国幸福。可是敌人却不断地干出伤天害理的事。未必有哪个皇上能像我经受了这么多的灾难和攻击。外国人指责我采用奴隶制度管理国家。可是英国的那套自由在我们这里不合适——不顶用。治理人民,就得了解他们。不熟悉全部内情的人难于分辨我的无辜。唯有上帝才知道真情。他是我的裁判者……"

任何人都没有听沙皇。大家都喝醉了。

他没有把话说完,就不再吱声了,做了个手势——于是祭司们又唱起酒神祭歌,小丑们又叽里呱啦起来——模仿着各种鸟鸣,从夜莺直到红胸鸲,尖声刺耳,连墙壁都响起了回声。

一切都跟历次一样。人们大吃大喝,醉得不省人事。堂堂的高官显宦相互厮打,彼此拽头发,然后又和解了,一起倒在桌子底下。沙霍夫斯基公爵身为犹大开心骑士团的成员,挨一记耳光,得到几个小钱。一个年老的大贵族拒绝喝酒,结果是人们用漏斗往他嘴里灌。"公爵教皇"从宝座的高台上掉下来,摔到坐在下面的人的假发和长袍上。喝醉了的女小丑,"公爵女教长"勒热夫斯卡娅跳着舞,不知羞耻地撩起裙子的下摆,用嘶哑的嗓子唱道:

> 申喷,希瓦尔干!
> 哎,一次,两次,
> 痛痛快快地跳哇!

人们吹着口哨和跺着脚给她伴奏,尘土飞扬:

> 喂,加油!喂,加油!

一切都跟历次一样。可是彼得却感到无聊。他故意尽可能多喝烈性的英国酒——pepper and brandy（胡椒酒和白兰地），本想快些喝醉，可是他却不醉。喝得越多，越是感到无聊。他站起来，坐下，又站起来，在那些倒在地上的烂醉如泥的人中间走来走去，只见这些人一个个横躺竖卧，像是战场上狼藉的尸体，中间没有插足之地。他不禁涌起一种极度恶心的感觉。离开这里，不然就把这帮混蛋全都赶走！

室内臭气熏人，蜡烛将要燃尽，烛光暗淡，这时已射出寒冷的晨曦微光——人的面孔变得更加可怕了，更像野兽的脸或者幽灵怪物。

皇太子醉了。他的脸煞白，如死人一般；稀疏的发辫粘到汗渍渍的额头上；目光呆滞；下嘴唇张着；手里拿着一个斟满酒的杯子，哆哆嗦嗦，但他跟地道的酒鬼一样，尽量不让杯中的酒洒出来。

"酒可不是小麦，洒了便收不起来！"他嘟哝着把酒杯端向嘴边。

他喝了一口，皱了皱眉头，打个嗝，想要吃口腌蘑菇，但蘑菇滑溜溜，用叉子怎么也叉不起来——他便放弃了努力，塞进嘴里一块黑面包，慢慢地嚼了起来。

"我心上的朋友，我喝醉了吗？跟我说真话，我喝醉了吗？"他纠缠着坐在身边的托尔斯泰。

"醉了，醉了！"托尔斯泰同意说。

"就是这样，"皇太子说，舌头很僵硬，"我怕什么？

一杯也没喝的时候,一辈子都不想喝。可是喝上一杯之后,就完了。拿来多少都不拒绝。亏得我不怕醉……"

他像个酒鬼似的,嘻嘻地笑起来,突然看了父亲一眼。

"爸爸,爸爸!你怎么不痛快呢?你过来,我陪着你喝。我给你唱个歌。你就高兴了,不是吗?"

他向父亲笑了,这是以前童年时代那种亲切的笑。

"地地道道的傻瓜,还美滋滋的!处死这样的人,怎能下得手?"彼得想,一种野蛮的可怕的怜悯之情像只野兽,突然啃食起他的心来。

他转过身去,装作听费奥凡说话的样子,大主教正在谈建立圣主教公会的问题。可是彼得什么也没有听见。他终于喊听差过来,吩咐套车,立刻启程赴彼得堡,他在等待的过程中又来回踱了起来,众人皆醉,唯他独醒,他感到无名的苦闷。他自己也没有注意到——仿佛有一种力量彼此吸引着他们——他走到皇太子跟前,坐到他的身边,可是又转过身去,装作忙于跟雅科夫·多尔戈鲁基公爵谈话的样子。

"爸爸,爸爸!"皇太子轻轻地触动一下父亲的手,"你为什么这样不愉快?莫非是他得罪了你?用尖木桩往他喉咙里一插——就完事了……"

"他是谁?"彼得向儿子转过身来。

"我怎么知道他是谁?"皇太子冷冷一笑,笑得很奇怪,彼得感到很可怕,"我只知道,你现在是真的,而那个是冒牌皇帝,是只可恶的野兽,是变形人,鬼知道他是谁?"

"你怎么了?"父亲聚精会神地看着他,"阿列克塞,你还是少喝点儿……"

"喝——是个死,不喝——也是个死,最好是喝醉了死!你也省事:我自己死,就用不着处决了!"他又嘻嘻地笑起来,完全像个傻子,突然唱了起来,声音很轻,好像是从远处传来的:

> 姑娘,我走在草地上,
> 脚步轻轻,走在河岸上,
> 姑娘,我采摘蓝色的花,
> 这是矢车菊的蓝色小花,
> 姑娘,我给你编个花环,
> 姑娘,我去小溪边,
> 把花环抛进溪水里,
> 把心上的人儿思念……

"爸爸,我前两天做个梦,梦见阿芙罗西妮娅夜间坐在旷野雪地上,浑身一丝不挂,很吓人,像个死人似的,在摇晃和哄着一个婴儿睡觉,婴儿也像死了似的,她唱着歌,好像是在哭泣,就是这支歌:

> 我的花环沉下去了,
> 我的心儿受伤了。

> 我的花环被践踏了,
> 我的情人把我遗弃了。

彼得听着——那种野蛮的可怕的怜悯之情,像是一头野兽,又突然啃食起他的心来。

皇太子唱着,哭着。然后把头伏到桌子上,打翻了酒杯——红色的葡萄酒洒在桌布上,像是一摊血——用一只手支撑着头,睡着了。

彼得长时间地看着这张苍白的脸,只见他伏在血一般的红葡萄酒旁,像个死人似的。

听差向沙皇走来,禀报说,车已套好。

彼得站起来,最后看了儿子一眼,弯下身去,亲吻了他的前额。

皇太子没有睁开眼睛,在睡梦中向父亲微笑着,是那么亲切,就跟他童年时睡梦中被他抱在怀里一样。

沙皇走了出去,狂欢暴饮还在继续,任何人也没有察觉到他,他坐上带篷马车,向彼得堡驶去。

第九部 红死

一

分裂教派的"长苔"隐修院坐落在维特卢加森林里。通往这个隐修院的条条道路全都覆盖着无法通行的烂泥塘。夏季只能沿着原木铺成的狭窄小路,穿越白天也跟夜间一样漆黑的密林,才能艰难地走到那里;而冬季——则可乘坐雪橇。

相传奥隆涅茨森林里的隐修院被尼康派教徒所毁,有三个长老跟着显灵的圣母像从托尔乌湖上腾空而起,随着圣母像降落在这个地方,在这里搭了一座小房,开始隐居生活,在丘陵上焚烧树林,用树枝开垦土地,在烧焦的泥土里播下种子。弟兄们纷纷前来投靠。三个长老死于同一天同一个时辰,临终前嘱咐弟兄们说:"孩子们,你们走过很多地方,但找不到这样的地方,就在这里住下吧,我们在这里向上帝祈祷——乌鸦喜鹊在这里煮过粥,这里将会出现一座很大的隐修院。"

预言应验了：密林里出现一座修道院，并且在圣母的保佑下发展繁荣起来，像是天堂的百合花。

隐修院里的人们说："真是奇迹！光明的俄国暗淡了，黑暗的维特卢加却光明了，荒无人烟的地方圣徒云集——像是六翼天使一样，从四面八方飞来。"

鼓吹自焚的科尔尼利长老带着自己的门生吉洪·扎波里斯基——火枪兵之子、逃亡学生——长期在凯尔仁森林和黑松林里游荡，最后在这里住下来。

六月的一天夜间，离"长苔"隐修院不远的地方，在维特卢加的陡峭悬崖顶上，燃着一堆篝火。火光从下面照亮一棵老松树的枝叶和钉在树干上的铜十字架。篝火旁坐着两个人——年轻的女隐修士索菲娅和见习修士吉洪。她是到林子里寻找走失的牦牛的。他被师傅派到一座很远的修道院去给一个苦行修士送信，正从那里回来。他们二人在两条林中小径的交叉点上相遇，已是深夜，隐修院的大门已经上锁，于是他们便决定在篝火旁等到天亮。

索菲娅看着火苗，哼唱起来：

> 天上的王基督说：
> 我亲爱的人们，
> 莫向七首蛇投降，
> 你们可逃进大山，
> 在山洞里燃起大火，

里面放进硫黄，

　　把自己的躯体焚烧。

　　你们为我而受难吧，

　　为了我的基督信仰。

　　我将为此而给你们

　　打开天国的大门，

　　把你们引进天堂，

　　我永远和你们在一起。

　　姑娘看了看吉洪，说道："兄弟，就是这样。谁自焚，谁就能得救。为了神子之爱，人人都该跳进火里！"

　　他没有作声，看着在火焰上面盘旋的飞蛾，只见有一些掉进火里烧死，他不由得想起科尔尼利长老的话："就像蚊虻一样，越是压迫它们，它们就嗡嗡得越加厉害，往眼睛里扑，我们可爱的俄国人也是这样，高兴受难——勇于成群地往火里跳！"

　　"你想什么，兄弟？"姑娘又说起来，"莫非你害怕火？敢作敢为，别怕，蔑视它！在火里遭罪不大——一眨眼的工夫——灵魂就离开了躯体！跳进火里之前有些害怕，可是一跳进去，就什么都忘记了。等你燃烧了，你就会看见基督和天使——他们让你的灵魂超脱躯体，而基督则为你的灵魂祝福，给它以神圣的力量。那时就不会感到沉重，而是像飞升一样，跟着天使一起飞翔，如小鸟儿一样飞来飞去——心情愉快，离开躯体，如同飞出黑牢。在这以前，我哭着唱：主哇，把我的灵魂带出躯体吧。终于哭到了头。黑牢在火里焚毁，灵魂则如珍珠，如纯金，向主飞升而去！……"

她的眼睛里流露出喜悦，她仿佛亲眼见到了所说的。

"吉沙，亲爱的吉申卡，莫非你不愿意红死？或者是害怕？"她温情地小声重复说。

"我怕造孽，索菲尤什卡！自焚是主的意旨吗？上帝让我们这么做吗？不违背上帝的意愿吗？"

"躲到哪儿去？需要！"她扳动着白净而纤细的手指。

"藏到大山里，跑进山洞里，钻进地窖里，都躲不开毒蛇。它用自己的毒汁把大地、水和空气全都毒化了。处处是邪恶，没有一块净土！"

夜静悄悄。繁星如孩子一般纯洁无瑕。一弯残月挂在树梢上面黑黝黝的天空。地上，在笼罩着浓雾的沼泽里，长脚秧鸡在昏昏欲睡中发出啾鸣。松林里弥漫着针叶的树脂芳香。篝火旁风铃草上的铃铛花被红色火焰照成紫色，在秸秆上低垂下来，睡意蒙眬地轻轻摇晃着。飞蛾还在不停地飞舞，飞进火里，焚化了。

吉洪合上眼睛，他觉得眼睛被火烤得发干。他想起一个夏日的中午：在林中空地上，烈日当空，在云杉的芳香里感到有一种混合着乳香的果香味，蜜蜂在三叶草、肺草和粉红色的女娄菜上面飞来飞去；只见空地上立着一个破旧的木十字架，已经快要腐烂，那后面可能是某一位隐士的坟墓。

他吟诵了自己喜欢的一句诗:"美丽的荒野,我的母亲!"主终于让他实现了自己多年的夙愿——让他找到了"风平浪静的避风港"。他双腿跪下,拨开高草,俯身下去,亲吻大地,哭泣着祷告:

> 圣母的神灵呀,我的主宰!
> 潮湿的大地呀,我的母亲!

他举头向天空望去,继续说道:

> 主宰万物的圣母,
> 众生称颂的母亲
> 从天上降临人间!

大地与天空是一体的。他在天上看见了火红的太阳,看见了圣索菲娅的脸,但这是一张人世间的脸,他想要看,但又害怕看。然后他站了起来,向树林里走去。向着何方,走了多久,他都记不得了。最后看见一个湖,一个很小的湖,圆形,像碗一样圆,岸上长着茂密的云杉,像是绿色的屏障,映到平滑如镜的水面上。湖水碧绿,如云杉上的针叶,水面平静,几乎难以察觉出水来,仿佛这是天上的一个深坑落到了地上。隐修女索菲娅坐在水边一块石头上。他认出了她,但又好像是没有认出来。披散开的发辫上挂着一个白睡莲的花环，黑色的修女袈裟向上撩起，两条洁白的腿泡在水里，眼睛好像是醉意蒙眬。她有节奏地摇晃着身子，眼睛望着水面，低声唱着，这支歌好像是圣约翰节之夜围着篝火跳环舞时所唱的古老歌谣，充满着野性：

> 太阳，太阳红红的！
> 噢伊，狄德拉多，噢伊，狄德拉多！
> 花儿，花儿多么可爱！
> 噢伊，狄德拉多，噢伊，狄德拉多！
> 大地，母亲，潮湿的大地！

这支古老的歌谣很像是黄莺在夏日中午雷雨前的寂静中凄凉的哀诉。他屏住呼吸，连动也不敢动，心里想："好像是个女水妖！"他的脚踩响一根枯枝。姑娘回过头来，惊叫一声，从石头上跳起来，向林子里跑去。只有花环掉到水里，水面上泛起涟漪。他惊惧起来，好像是他真的看见了林中妖怪。他回忆着在天上看见的那张人世间的脸，认出那是索菲娅妹妹——看来，他关于潮湿大地母亲的祈祷是亵渎神明的。

他没有向任何人谈起他在湖上所见到的，但是却经常想这件事，不管他如何抗拒这种诱惑，都无法摆脱。有时他最专心致志地祈祷，也难免想起天上这张人世间的脸。

索菲娅跟以前一样，眼睛一刻也不离开篝火，唱着关于

圣基里卡的歌,这个年龄幼小的受难者被暴君玛克西米安给投进熊熊的烈火里:

> 光明的基里卡屹立火中,
> 他唱着关于天使的歌。
> 炉中长出茂密的嫩草,
> 开放出天蓝色的花朵。
> 小孩在花朵上嬉戏,
> 他身穿袈裟光辉灿烂。

吉洪也看着篝火,他觉得仿佛是在火焰的蓝蕊中看见了歌中所说的天堂之花。这花儿湛蓝,如一尘不染的天空,预示着非人世的幸福;但是为了到达这蓝天,就得通过这红色的火——红死。

突然间,索菲娅向他转过身来,把自己的手放在他的手上,把自己的脸贴近他的脸,他感觉到了她那热乎乎的喘气,觉得如亲吻一般热烈,只听她小声说:

"我的兄弟,我亲爱的,让我们一起自焚吧!我一个人害怕,跟你一块儿就香甜!我俩一道去见基督,去举行最后婚宴!……"

她重复着,表现出无限的柔情蜜意:

"一道自焚吧,一道自焚吧!"

她那张苍白的脸上,她那双映出火光的黑眼睛里,又闪现出在湖畔——在圣约翰节篝火歌谣中所出现的那种古老的野性。

"一道自焚吧,一道自焚吧,索菲尤什卡!"他小声说,觉得有一种让人惊恐的力量把他引向她,就像把飞蛾引向火焰一样。

通向悬崖的小径上响起了脚步声。

"耶稣基督,神子呀,饶恕我们这些罪人吧!"传来人语声。

"阿门!"吉洪和索菲娅呼应道。

这是一些云游四方的人。他们在林中迷路了,差点儿没有陷进沼泽里;看见了篝火,就攀登上来。

大家围着篝火坐下。

"亲爱的,到隐修院还很远吗?"

"就在山下,一会儿就到。"吉洪说,他仔细打量着说话人的面孔,认出了维塔丽娅,正是那个"过着鸟儿般的生活",永远四处流浪,四海"为家"的女人,两年前维纳斯节之夜他在阿列克塞皇太子的木筏上见到过她。跟她一起的有永不分离的旅伴,狂叫症患者基里凯娅,逃亡壮丁彼季卡·日兹拉,他的手由于刺了官印——反基督的印记而枯萎了,还有老船工、傻子伊万努什卡,他每天夜里迎接基督,唱着入棺派的歌。

"你们到何处去,教友们?"索菲娅问道。

"我们是行踪不定的人,"维塔丽娅回答说,"在世上飘来荡去，受到异教的迫害，没有自己的城市，我们寻找未来，眼下是从凯尔仁涅茨来。那里进行着疯狂的迫害。彼季里姆是一只凶恶的狼，教会里的毒蝎，把七十七个隐修院给破坏了，把修道院里拯救人的生活给毁了。"

讲起受迫害的情形来。

一位圣长老三次给关在监狱里拷打，用钳子夹断了肋骨，把肚脐拽出来；后来"冬天严寒的天气里给他脱掉衣裳，往头上浇凉水，胡子上淌下的水冻成冰溜子，一直拖到地上；最后用火活活烧死了"。

有些人给戴上铁枷锁："把头、手和脚往一处夹，夹得脊梁骨关节断裂，从嘴、鼻、眼睛和耳朵里流出鲜血。"

有些人被逼着吃"圣餐"，把嘴给塞得满满的。士兵们把一个少年拖到教堂里，放到板凳上，神甫和执事端着碗走过来，执事们按住他的手和脚，掰开嘴，往里硬灌"圣餐"。这个少年吐了出来。一个执事上去一个嘴巴，把下巴给打掉了。这个受难者就死了。

一个妇女想要逃避迫害，在冰上凿个窟窿，先把自己的七个孩子扔进冰下，然后自己也跳了进去。

一个正派的男人一天夜间给自己怀孕的妻子和三个孩子画了十字，等他们睡熟之后，全都给杀了。第二天早晨到衙门去投案，说："我折磨死了自己家人，现在你们再把我折磨死吧，他们因我而受难，我因你们而受难，我们一起到天国里去当受难者。"

许多人为了逃避反基督而自焚。

"做得好。如果秉承上帝的意旨,就会幸福!如果落到反基督的手里,上帝也帮不上忙,忍受不住折磨,谁都无法坚持。莫如在这里跳进火里,免得永远遭罪!"维塔丽娅说。

"让火烧死还是投河淹死,反正得到解脱了!"索菲娅肯定地说。

星光闪烁。天边云缝中已泛出鱼肚白。一条河在无边无际的森林里弯弯曲曲地流淌,河面上泛出铁青色。悬崖下面,紧挨着维特卢加的修道院在昏暗中已经隐约可见,只见它用木桩栅栏围着,很像个古代的林中小镇。木头大门背河而开,门上挂着耶稣受难十字架。栅栏里面——"一群""高脚"木克椤房子,门前有台阶和门楼,房子之间有通道相连,里面有密室,也有明亮的小房间,有夏季住屋,也有晒台,还有瞭望塔,带有如要塞炮眼一样的小窗和两面斜坡的木板房盖;除了弟兄们的净室外,还有各种服务设施——厨房、缝纫房、皮匠房、制鞋房、医务室、文化室、圣像室、客房;还有一座圣母小礼拜堂——也是简单的原木结构,但比别的房子都大,竖着木头十字架,木板房顶,齿状屋檐,毗邻着钟楼,在苍白天空衬托下显得发黑。

传来悠扬哀婉的敲击声,这是敲击木板用来代替晨祷的撞钟——用一根大三棱钉敲击悬挂在牛皮绳上的橡木板;据说挪亚就是用这种声音来召唤动物登上方舟的。这种木头声音传到寂静的森林中来,让人觉得很亲切,但也使他们感到忧伤。

这些云游者画了十字，望着那座神圣的修道院——这是被迫害者最后的栖身之所。

"**神圣的新耶路撒冷，光荣属于你，万能的主哇！**"基里凯娅唱了起来，苍白如蜡的脸上露出兴奋的笑容。

"所有的隐修院都给摧毁了，而这座却没动过！"维塔丽娅说，"显然是天后保佑的结果。《启示录》中说：给了女人两个鹰的翅膀，让她飞往荒原……"

"沙皇的手很长，可是够不到这里。"一个流浪者说。

"这里是最后的俄国！"另一个说。

敲击声停了，又寂静下来。这是一个伟大的沉默时刻，相传——水不出声，天使到来，六翼天使在上帝的神坛前惊恐地拍打翅膀。

傻子伊万努什卡蹲在地上，双手抱膝，直挺挺地望着明亮的东方，唱起他那支永远唱不完的歌：

> 松木的棺材
> 是为我造的。
> 我将躺在里面，
> 等着吹起号角。

又像维纳斯节那天在彼得堡木筏上——他们谈起了近来一段时间，谈起了反基督。

"快了,快了,已经到门口了!"维塔丽娅开始说,"眼下我们还能勉强活着,可是等到反基督来了,连嘴唇都不得动一下,只能在心里装着上帝……"

"痛苦哇!痛苦哇!"狂叫症患者基里凯娅呻吟着。

"顿河的逃亡哥萨克阿维尔卡前几天说,"维塔丽娅继续说,"他在草原看见了预兆:来了三个长老,个头一般高,说的是俄语,听起来像希腊语。问他们:从哪里来,往哪儿去?他们说:从耶路撒冷主的灵寝来,到圣彼得堡去瞧瞧反基督。又问:那里有个什么样的反基督?他们说:他就叫作沙皇彼得·阿列克塞耶维奇——他就是反基督。他要占领君士坦丁堡,召集犹太人,再去攻打耶路撒冷,将在那里为王。犹太人认出了他是真正的反基督。这个时代在他这里也就完结了……"

大家又都默不作声了,好像是在期待着什么。突然间,从黑暗的森林里传来拖长的叫喊声,好像是婴儿哭泣——这可能是夜鸟的长鸣。大家都战栗起来。

"咳,弟兄们哪,弟兄们!"彼季卡·日兹拉磕磕巴巴地说,"可怕……我们叫他反基督,在这树林子里没有吗?……你们瞧,我们慌乱成什么样了……"

"傻瓜,你们这些傻瓜,木头脑袋!"有一个人气哼哼地说,像是熊吼。

大家回头一看,见到一个以前没有留意的流浪者。可能是大家谈话的工夫,他才从森林里出来,坐到远处的阴影里,一直没有吭声。这是个高个子的老者,有些驼背,头发已经花白。由于早晨天色昏暗而看不清他的面容。

"彼得沙皇怎能是反基督,他只是个酒鬼、淫棍!"老者继续说,"难道这是反基督?最后一个小鬼不会乘这种雪橇,他比彼得机灵得多!"

"老爹,"维塔丽娅吓得浑身发抖,但又好奇,"开导开导我们这些蠢人,用真理的光辉把我们的心给照亮吧,你就详细说说:这个魔鬼将怎么下界?"

老者咳嗽一阵,磨蹭一会儿,最后吃力地站起来。他那巨大的身躯很笨拙,像熊一样。一个男孩伸给他一只手,把他领到篝火旁。他穿着一件粗糙的羊皮袄,看样子从来都不脱下来,身上戴着铁链石头枷锁,一块石板在胸前,另一块在背后;头上扣着铁帽;腰上扎着铁链,上面带着一个铁环。吉洪想起了古代苦行者穆罗姆的卡庇顿的生活:腰上有个环,天棚上有个钩,睡觉时把钩子穿进铁环里,身子悬空。

老者坐到一棵松树的根部,脸朝着东方。朝霞把他的脸照亮了。两个眼窝塌陷,看不见眼球——里面溃烂了,充满脓血。他那顶铁帽用钉子从前面钉在头盖骨上,因此刺坏了双眼,他就失明了。整个脸很吓人,但笑容却很天真,令人亲切。

他说了起来,仿佛是用那双失明的眼睛看见了他所说的一切:

"咳,可怜的老少爷们!有什么可害怕的?反基督还没来到,我们看不到,听不见。眼下有了许多先兆,以后还会有。现在正在给他铺路。道路一旦畅通无阻,他便会亲自出马。他是不贞洁的姑娘所生,有撒旦附体。他花言巧语,在各个方面都好像是神子:讲究整洁,遵守斋戒,性情温顺,和蔼可亲;给有病的人治病,给饥饿的人饭吃,给无家可归的人房子住,给受苦的人以安慰。人们纷纷前来见他,拥戴他为王,让他统治人民。他从日出的东方到日落的西方,集中了自己的全部力量;大海布满了白色的船帆,大地覆盖着黑色的盾牌。他说:我要把整个宇宙都抓到自己的手中,像是个鸟巢;把里面的鸟卵据为己有!他创造出伟大的奇迹:移山倒海,在水上行走,如履平地,引来天火,把小鬼扮成光明的天使,让他们变成没有形体的大军,数量无穷;吹号唱歌,呼喊号叫;他本来是黑暗的主宰,却像太阳一样,光芒四射;他忽而上天,忽而入地,荣耀非凡。他入主上帝的神庙,扬言:朕即上帝。人人都向他顶礼膜拜,对他说:你就是上帝,除了你,再没有别的上帝。于是圣地变成一片荒凉。大地哭泣,大海咆哮,苍天不降甘露,云彩不降雨水;大海腐烂发臭,江河干涸,清泉枯竭。人们开始饥饿而死。他们去见反基督,哀求说:给我们些吃的和喝的吧。他却讥笑和漫骂他们。于是人们认清他了,他原来是头野兽。人们想要躲开他,可是无处躲藏。黑暗降临了——灾难不断,眼泪不干。人们看上去跟死人一样,女人成了枯萎的花,男人失去了欲望。集市上遍地是金银——却无一人去捡。他们悲痛欲绝,咬着牙,大骂这个活的上帝。于是天摇地动,人子在天上发出预兆。啊,主要降临了!阿门!阿门!阿门!"

他说完了,那双失明的眼睛盯着东方——天边上一块巨大的乌云洒上血红的和金黄的阳光,任何人还都没有看见的,他却仿佛是看见了。火红色的光束在天际扩散开来,如六翼天使们的翅膀,他们正在跟随着二次降临的基督从天而降。浓密而黑暗的森林上空,出现耀眼的火光,洒向云杉黑黝黝的尖顶,形成一条彩色缤纷的长虹。篝火的光亮在阳光下变得暗淡了。大地、天空、河水、树叶、鸟雀——世间的万物——和人的心都在兴奋地欢呼:啊,降临吧,基督!

吉洪体验到了世界末日的惊恐和兴奋,这是他从童年起就很熟悉的。

索菲娅向着太阳画十字,呼唤着火的洗礼,永恒的太阳——红死。

傻子伊万努什卡照旧蹲在地上,双手抱膝,轻轻地摇晃着身子,望着东方——那白昼开始的地方,为永恒的西方——白昼终结之处而歌唱:

> 棺材呀,我的橡树独木棺,
> 你们是人人永久的住宅。
> 白昼结束,傍晚临近,
> 叶落终究要归根,
> 最后的时代已来临。

二

隐修院里开会讨论阿瓦库姆那些有争议的书信。

这位受苦受难的大司祭就圣三位一体的问题往凯尔仁涅茨寄信给自己的朋友谢尔基长老,落款是:"谢尔基,接受这永恒的福音吧,它并非出自我的笔下,而是上帝手书。"

信中断言:"圣三位一体的本质可分为三个相等的各自独立的部分。圣父、圣子和圣灵作为三位天神,在神坛上各有各的座位。基督单独坐在第四个神坛上,与圣三位一体共同主宰世界。贞女在腹中孕育神子,除了肉体之外,只赋予他精神,并不赋予他身份。"

费奥多尔执事指责阿瓦库姆鼓吹异端邪说。阿瓦库姆的门生奥努弗里长老也指责费奥多尔执事鼓吹异端邪说。费奥多尔的追随者们是"单一实质派",称奥努弗里派为"三实质派",而对方则称"单一实质派"为曲解者。发生了大分裂,"教士之间,憎恨、诽谤和各种各样的仇恨取代了从前那种热烈的爱"。

为了消除教会的纷争,在"长苔"召开这次会议,邀请奥努弗里长老的门生叶罗菲神甫前来答辩,因为他在奥努弗里长老谢世以后成了这个派别的唯一首脑和导师。

集会在戈连杜哈嬷嬷的净室里举行,她的净室位于隐修院墙外的林中空地上。奥努弗里派拒绝在隐修院里辩论,担心动手打起来,他们势必会吃亏,因为,"单一实质派"

的人数多于"三实质派"。

吉洪出席了集会。而科尔尼利长老则没有来,他说:"空口瞎议论个啥,需要的是自焚;在火里才能认识真理。"

净室是一栋茅屋,很宽敞,分成两个部分:侧室很小,供起居用,另一间较大,是祈祷室。沿着原木墙壁钉着一排排搁板,上面摆着基督受难圣像。前面燃着神灯或蜡烛。烛台上挂着熄灭蜡烛用的黑琴鸡尾。墙下摆着长条桌。上面放着许多带有金锁扣的皮面厚书和手抄本;前辈隐修士们最古老的写本都是桦树皮的。

室内很气闷,尽管是中午,但也很昏暗:窗格上贴着不透光的鱼泡,而且护窗板还关着,遮挡住了阳光。只是透过一些缝隙射进一点微光,因此神灯和蜡烛的火光就显得很明亮。散发着蜡油、皮革、汗酸和乳香的混合气味。通向台阶的门开着,从那里往外望去,可以看见阳光灿烂的林中空地和黑黝黝的森林。

叶罗菲神甫站在祈祷室中央的读经台前,被一群身穿黑色袈裟和头戴黑色僧帽的长老团团围住。他举止稳重,脸像圣饼一样洁白而饱满,两只蓝眼睛稍稍有些斜视,带着不同的表情:一只表现出基督教的温顺,另一只则有一种"哲学的傲慢"。他说话的声音和蔼可亲,"如柔和悦耳的春燕"。他穿戴考究:细布袈裟、丝绒僧帽、镶着红宝石的胸前十字架。他那已经花白的金发散发着玫瑰油的芳香。处于贫寒的长老和林中隐士中间,他可以说是一位大贵族或者是尼康派的高级僧侣。

叶罗菲神甫学识渊博,"像喝水一样,吸收了书本中的智慧"。可是他的论敌却说他的智慧不是来自上帝,他似乎是拥有两套学问:一套是明面上的,东正教的——这是给所有的人的;另一套是异端邪说,这是专门给少数人的,其中多为名流和富人。而对普通人和穷人,则用小恩小惠来笼络他们。

"单一实质派"和"三实质派"从早晨一直争论到中午,但毫无结果。叶罗菲神甫始终是闪烁其词——"不着边际地兜圈子"。长老们不管怎样步步紧逼,却不能击溃他。

终于辩论达到高潮,叶罗菲神甫的弟子斯庇里顿突然跳到前面,只见他眼神机灵,皮肤黝黑,头发卷曲,扯着嗓门喊道:

"三位一体并排而坐,圣子在右,圣灵在左,圣父居中。三位天神坐在不同的神坛上,并不藏匿起来,而基督则专门坐在第四个神坛上!"

"你把三位一体之神一分为四了!"长老们惊惧地喊道。

"按照你们的说法,只有一位神?胡说,不是一位,而是三位,三位,三位!"斯庇里顿神甫把手一挥,好像是拿着斧头,砍了下去,"你要是相信三个实体,那么就不是分成三位,而基督则是第四位……"

他讲解实体与实质的区别:圣子作为实质存在于内里,

而作为实体则坐在圣父身旁。

"上帝不是实体,只是实质。假如他是个实体,来到人世,就会把整个宇宙烧毁了,圣母不可能在腹内孕育他——她的肚子也得给烧毁了!"

"噢,你这个堕落者和邪恶之徒,你听听自己的良心吧,好好认识认识主吧,挖掉这种异端邪说的老根吧,住口吧,悔罪吧,亲爱的!"长老们告诫他说,"谁告诉你的,还是你在哪儿看见的:三位天神各自单独就座,而不藏匿起来?天使和天使长们都看不见他,可是你却说:不藏匿起来,坐在那里!说这话的人怎能不烧坏舌头?……"

可是斯庇尔顿却继续说下去,毫不退让:

"三位,三位,就是三位!我就是死了,也说是三位!你就是用火烧毁,也别想把这个想法从我的灵魂中驱逐出去!……"

对方看到拿他毫无办法,便又转向叶罗菲神甫。

"你绕什么弯子?直截了当地说吧:你相信单一实质还是相信三实质?"

叶罗菲神甫沉默不语,只是厌恶地撇撇胡子,表示讥笑。看得出,他自诩学问高深,而看不起这些平民百姓和大老粗。

但是长老们却揪住他不放,火气越来越大——"犹如一群山羊向他冲来"。

"你怎么不吭声?聋了?怎么把耳朵堵上了,装聋作哑吗?"

"死了,飞升了,像个高傲的法老!"

"不愿意跟长老们商讨,厌恶大家,伤了我们的心!"

"离经叛道,蛊惑人心!"

叶罗菲神甫终于忍耐不住,不知不觉地向侧室的门退去,反击道:"你们狂叫什么?坐下!你们不能替我负责。我得救还是不能得救,关你们什么事?你们过你们的日子,我们过我们的日子。我们跟你们井水不犯河水。请各位坐下!"

普罗夫神甫已经白发苍苍,但还很壮实,是个倔强的老者,拿着一根榆木棒子,走到叶罗菲神甫跟前,在他的鼻子底下挥动起来。

"愚蠢的异教徒!城里的法官用这种棒子狠狠地揍你的屁股,那时你再说你信单一实质还是信三实质。要不就随你的便,愿意上哪儿去,就上哪儿去吧⋯⋯"

"安静,弟兄们,看在基督的面上!"响起一个声音,跟别人的声音不大相同,大家都注意地听他。这是米萨伊尔神甫,他是个著名的苦修士,来自很远的修道院——"年纪虽轻,但智慧出众"。"这是干什么,亲爱的弟兄们?莫非是魔鬼在你们身上叫喊,想要煽动兄弟纷争?谁都不寻找活命水来熄灭撒旦的火,而是人人都寻找焦油和干柴要往火堆上放。各位师傅,我在尼康派里面也没有听说过这种兄弟之间的相互仇视!要是让他们知道了,他们就会更加凶狠地折磨我们和杀害我们,而且在上帝面前将是无罪的,而我们则将永远遭受折磨和痛苦。"

大家好像是醒悟了,全都安静下来。

米萨伊尔神甫双腿跪下,首先给全体与会者叩头,然后又单独给叶罗菲神甫叩头。

"请原谅,各位师傅!请原谅,叶罗菲尤什卡,亲爱的兄弟!你聪明过人,闪烁着智慧的光辉。饶恕我们这些孤陋寡闻的人吧,把那些挑战性的书信搁置起来吧,拿出爱来吧!"

他站了起来,想要拥抱叶罗菲神甫。但叶罗菲神甫没有让他拥抱,自己双腿跪下,给米萨伊尔神甫叩头。

"原谅吧,师傅!我算个什么人?一条死狗。我怎能理解你们的神圣教义?你说我闪烁着聪明之光辉。你可是折杀了我!我虽然披着人皮,但无异于生活在粪浆里的生物,相当于一只癞蛤蟆。我不过是头猪,只知填饱自己的肚子。要不是上帝帮助我,我的灵魂就得下地狱。咳,我是个罪人!可是你,米萨伊卢什卡,上帝宽恕你的教训吧……"

米萨伊尔神甫微笑着,再次伸出双手,想要拥抱叶罗菲神甫。可是叶罗菲神甫站起来,把他推开,脸色难看,既傲慢又凶恶,让所有的人都不寒而栗。

"上帝宽恕你的教训吧,"他的声音突然变了,愤怒得发抖,继续说,"你教训我们这些糊涂人,惩罚我们!朋友,还是知道自己的分量为好!飞得高,可别从高处掉下来!这种教训人的派头你是从谁那里学来的,是谁让你充当导师的?如今人人都当起导师来了,可就是没有人听!我们算是倒霉了,生活在这个时代的人都够倒霉的!你连黄嘴丫子还没蜕哩,竟敢往高处攀!我们,说实在的,不愿意听你的那一套。先教训教训你自己吧,请你离开我们。这些导师可真不错!有人拿大棒子威胁,有人用爱来笼络。既然违背了真理,这爱还有什么用!撒旦也爱忠诚于他的人。我们没有吃饱,怎么来爱基督和恨他的仇敌!如果上帝让我去死,我也得跟变节者联合!我洁净,沾在脚上的灰尘也得在你们面前抖掉,经书说得好:宁肯要一个人创造上帝的意旨,也不要一群无法无天者!"

叶罗菲神甫在众人一片混乱之际由自己手下的人保护着钻进侧室里去了。

米萨伊尔神甫走到一边,开始低声祷告,重复着同一句话:

"灾难降临了,灾难降临了,宽恕吧,圣母!"

长老们又叫喊和争论起来,比先前还凶。

"斯庇尔卡,斯庇尔卡,异教徒,你听着:圣子在神坛上坐在圣父右面。好吧,混账小子,别动他,别把他从神坛上推下来,让他掉到圣父的脚下!……"

"可恶,可恶,可恶!该死的!"

"你们都无知!不会解释经书。跟你们这些傻瓜白费口舌!"

大家抢着说话,谁都不听谁的。

现在已经不仅仅是"单一实质派"和"三实质派"在争

论，而且是兄弟和兄弟之间准备掐断彼此的喉咙，而分歧也只不过是些鸡毛蒜皮的琐事，譬如：摇动手提香炉的方式，是十字形的还是连续三次；圣母报喜日和四十受难者忌日可否吃大蒜，神甫举行仪式的前一天是否禁止吃葱；斋戒期坐着可否把一条腿架在另一条腿上；古书中某处应是逗号还是句号，某处的词是"永远"还是"永久"。

"一处小小的误读会导致一个大的异端邪说！"

"因为一个字母得死人！"

"得证明古书里所写的，还得啃基督的祈祷词——就是这么回事！"

"长苔"隐修院里精通经书的乌里扬修士一向少言寡语，性情温顺，可是现在却发狂了似的，满嘴冒沫，两眼充血，太阳穴上的血管也鼓涨起来，他用嘶哑的声音证明说："费季卡，你得明白，基督受难者和彼得不一样：基督——足枷上有一个小翘头，而彼得——则没有小翘头。"

"足枷上有一个小翘头！"费多斯卡扯破嗓子喊。

"没有小翘头！没有小翘头！"乌里扬大叫着。

另一个精通经书的神甫特里菲利跳起来，助他一臂之力，后来追述当时的情景时，说他"像一条离开水的鲈鱼，抻着脖子，瞪着眼睛，全身颤抖，撅着胡子，咬着牙，说话的声音像头公牛，大有不共戴天、势不两立的架势，简直是疯了"。

他并没有论证什么，只是破口大骂。对方也毫不相让，以牙还牙。

开始时人们说的是敬神的话,到最后讲的却是骂人的话了。

"撒旦钻进你的皮囊里去了!……"

"小鬼为了一杯酒而出卖了灵魂!……"

"狗胆包天!连头畜生都不如!……"

"十足的败类,满嘴喷粪,照你说来,圣三位一体好像是……"

"你听着,你听着,三位一体……"

"没什么好听的!收起你的那一套胡说八道吧:狗嘴里吐不出象牙来……"

"我说的是天上的秘密,我有资格说!"

"别胡诌了!闭上你的臭嘴!"

"你们这帮异教徒!遭天杀的!"

维特卢加森林里的集会上所争论的问题,早在十四个世纪以前叛教者尤里安时代就已出现了,拜占庭皇宫里的宗教集会上所争论的几乎也就是这些问题。

吉洪听着,看着——他觉得这不是人们就神的问题展开争论,而是野兽相互撕咬,隐修生活的宁静完全被这些亵渎神明的争论所破坏。

净室的窗外传来叫喊声。戈连杜哈嬷嬷、麦罗庇娅嬷嬷和年老的乌列娅嬷嬷往窗外一看,只见一伙人从修道院那边的树林子里走出来,到了林中空地上。她们想起来,以前有一次在拉里翁屯的凯尔仁涅茨集会时,一些雇佣的自由农、雇工和养蜂人拿着火绳枪、长矛和棍棒,跑到集会的房子里,袭击了长老们。

嬷嬷们害怕再次发生这种事情,便用粗橡木门闩把祈祷室外面的门闩上,这群人便敲起门来:

"开门!开门!"

还喊了些别的。可是负责指挥的戈连杜哈嬷嬷耳朵背,没有听清。而别的嬷嬷则慌得手忙脚乱,只是像母鸡似的咯咯乱叫。祈祷室里面的叫喊声也使她们什么都听不清楚,因为长老们这时什么都不理会,只顾继续争吵。

特里菲利神甫吐了斯庇里顿神甫一口。斯庇里顿神甫抓住特里菲利神甫的胡子,揪掉他的僧帽,想要用铜十字架敲他的秃头顶。可是普罗夫神甫举起榆木棒子,打掉了斯庇里顿神甫手里的十字架。奥努弗里派的壮实汉子阿尔希普卡冲向普罗夫神甫,一拳击中他的太阳穴,老头子一头倒在地上。殴斗起来。仿佛是魔鬼使他们都失去了理智。神灯发出微弱的光亮,从窗户缝隙里射进来一点点阳光,一张张凶恶的脸、攥得紧紧的拳头在这气闷而昏暗的屋子里不停地晃动着,他们用念珠相互抽打眼睛,书籍、锡蜡台和燃烧着的蜡烛等都成了格斗的武器。人们的谩骂声和号叫声以及器物的撞击声不绝于耳。

外面继续敲门和叫喊:

"开门!开门!"

房子由于敲击而震动了:他们在用斧头劈护窗板。

乌列娅嬷嬷脸色煞白,像发面团一样,一屁股坐到地板上,尖叫起来,使人毛骨悚然。护窗板噼里啪啦地掉下来,窗格上的鱼泡破了,隐修院的皮匠米纳神甫把头伸进来,只见他瞪着眼睛,张着嘴,叫道:

"军队,军队来了!你们这帮傻瓜,为什么把门锁上?快点都出来!"

大家全都哑口无言了。有人举着拳头,有人用手指拽着对方的头发,就都这样在原地僵住不动了,好像是一尊尊雕像。

死一般的寂静。只有米萨伊尔神甫一边哭泣一边祈祷:

"灾难降临了,灾难降临了,宽恕吧,圣母!"

等他们清醒过来,便全都向门口奔去,开开门跑到外面。

在林中空地上,从集聚在那里的人群里传来一个可怕的消息:军队带着神甫、见证人和书吏进了林子,已经摧毁了邻近坐落在翁日河畔的"云莓"隐修院,马上就要轮到"长苔"了,不是今天就是明天。

三

吉洪看见科尔尼利长老被一群隐修士、周围村子里的庄稼人、婆娘和孩子所包围。

长老在布道,他说:

"每个正直的人都用不着竖起耳朵来,用不着思考,而要大胆地瞧着火,为了主而受难吧!魔鬼呀,把我的肉体交给你;可是我的灵魂却没有你的份儿!如今,折磨者们给我们准备下了火和柴,泥土和斧头,砍刀和绞架;可是那边——却有天使的歌声和赞美诗,颂扬和欢乐。我们死掉的躯体由于得到圣灵而将复活——就跟婴儿从母亲的腹中诞生一样,我们将从大地母亲中生长出来。先知们离不开苦修,圣徒们都得通过火河——只有我们是自由的:焚毁就是我们的苦修苦行;我们自己跳进火中,这就是我们通过火河。让我们自焚吧,像是祭祀主的蜡烛一样!让我们烤焦吧,像是献给圣三位一体的甜面包一样!让我们为了神子之爱而死吧!红死比太阳还美丽!"

"自焚吧,自焚吧!我们绝不向反基督投降!"人群吼叫起来。

女人和孩子们比男人叫得更响:

"跳进火里去,跳吧!自焚吧!躲开折磨者吧!"

"如今隐修院都烧了,"长老继续说,"以后乡村和城市也要燃烧起来!我自己就想要纵火烧光尼日尼城,让它片瓦不留,我才开心!俄国对不住我们,全国都得燃烧起来!……"

他的两眼燃着可怕的火光,这好像是毁灭世界的那场最后的大火。

他讲完以后,人群在林中空地和树林边缘上散开了。

吉洪和一些人并排走了很长时间，倾听着三三两两的谈话。他觉得大家全都发疯了。

一个庄稼人对另一个庄稼人说：

"天国往你身上落，可是你却拒绝：什么孩子小呀，老婆年轻呀，不想家破人亡呀。可是你活着就能让他们富足吗？不过是条口袋和一个瓦罐，再就是脚上穿的树皮鞋。老婆嘛，她也想要跳进火里。好吧，你给孩子结了亲，给老婆带来安慰。可是以后又会怎么样呢？还不得进棺材吗？焚烧也罢，不焚烧也罢，反正早晚得死！"

一个修士劝说另一个修士：

"为了赎罪——得受十年的惩罚！在哪里吃斋和祈祷？跳进火里，所有的罪孽全都赎了——不用劳动，不用吃斋，就能进入天堂：大火把所有的罪孽全都烧光。等你一烧死，全都摆脱掉了！"

老爷爷呼唤老爷爷：

"伙计，活够了。吃了一肚子芜菁。该到另一个世界去了，好歹能当个小小的受难者！"

小伙子跟姑娘嬉戏：

"我们跳进火里去吧！那个世界有绣金的衣裳、漂亮的皮鞋，核桃、蜂蜜和苹果吃也吃不完。"

"小孩子焚烧也很好，"长老们祝福说，"他们长大了没有造孽，不结婚，也不生育，能永保洁净，不受腐蚀！"

人们讲述着以前一些大规模的自焚事件。

在帕列奥斯特罗夫隐修院，伊格纳季长老率领两千七百人自焚，发生了奇迹：教堂着起火以后，冒过浓烟，伊格纳季神父手里拿着十字架从教堂顶上走出来，随着他之后的是其他长老和许多百姓，他们全都穿着白色衣服，容光焕发，喜气洋洋，一排一排地进入天国，走进天国的大门之后便看不见了。

在普多加墓地教堂，有一千九百二十个人自焚。夜间，巡逻的士兵看见从天上降落一个光芒四射的塔，只见它五彩缤纷，犹如彩虹；从塔的顶端走下三个身披袈裟的男人，像太阳一样金光闪闪，在火堆旁由东往西走；一个人用十字架祝福，另一个人洒圣水，第三个人熏神香，三个人一起低声唱歌，这样走了三趟，然后进到塔里，升天而去。从此以后，每逢普世星期六的前一天夜里，那个地方都燃起蜡烛，响起难以形容的美妙歌声。

而波莫瑞的一个庄稼人则看到另一种奇迹。他生热病，昏迷不起，看见一个旋转的火轮，一些人在轮子里受罪而号叫：这些人不愿意自焚，轻松地活着，为反基督效力；你向全世界宣传，也就人人都自焚了！轮子上一块火掉到他的嘴唇上。这个庄稼人惊醒了，嘴唇烂了。于是他向人们布道：自焚是好事，你瞧，那些不愿意自焚的死人在我的嘴唇上留下了印记。

狂叫症患者基里凯娅坐在草地上，唱着关于女人阿利鲁耶娃的歌。

西律王派遣犹太人寻找和杀害年幼的基督,女人阿利鲁耶娃把他藏起来,而把自己的孩子扔进火炉里。

> 天上的王——基督对她说:
> 啊,阿利鲁耶娃,你是个仁慈妇人,
> 你向我的全体人民转告我的意旨,
> 告诉全体东正教的基督徒,
> 让他们为我而投身于火中,
> 把自己的孩子也都抛进去。

但是也可听到反对自焚的声音:

"亲爱的老少爷们,"米萨伊尔神甫哀求说,"笃信上帝是好事,但得知道分寸!上帝不喜欢随意受苦。基督的道路只有一条:被捉者不需要逃跑,被捉者需要忍耐,他们自己不要急于逃脱。可怜的人们,你们受惊了,要歇口气!"

固执的特里菲利神甫同意温顺的米萨伊尔神甫的意见。

"有劈柴,但不是为了毫无意义地燃烧!你们集合在一起,难道像猪在圈里一样,就是为了自焚不成?"

"哑巴畜生!"叶罗菲神甫嫌恶地耸了耸肩。

戈连杜哈嬷嬷已经自焚过一次,但没有烧死——她被人拖出来,泼了水。她讲述当时的情形,使所有的人产生了畏惧:身体在火里拧劲和支棱着,头和腿像麻绳一样卷起来,血液像瓦罐里的稀粥一样,沸腾、起沫。烧过之后,尸体膨胀得很大，被火烧焦，散发着炸肉的气味；有的看起来很完整，可是不管什么部位，一拽就掉下来。野狗跑来啃那些烧焦的肉，把嘴巴都抹黑了。火场上长时间发散着难闻的臭气，不堵上鼻子，谁都别想从这里经过。有次着火的时候，在火焰的上面看见两个黑鬼，各生着两只蝙蝠翅膀和挥动着的手，只听它们号叫着：我们的，我们的！在那个地方，多年来每天夜里都能听到哭泣声：咳，我们完了，咳，我们完了！

自焚的反对者们终于朝着科尔尼利长老来了：

"为什么你自己不自焚？既然是好事，那么你们这些导师们就应该走在前头！可是你们却把那些听话的人往火里推，为自己的肚子而大发横财。你们这些自焚的鼓吹者都是这样的；好事，好事让给别人，而不留给自己。你们得敬畏上帝，烧死够多的了，也得可怜可怜剩下来的！"

小伙子基留哈是个狂热的自焚派，这时根据长老的手势跳了出来。他挥舞着斧头，用洪亮的声音喊道：

"谁不愿意自焚，拿着斧头站出来——我跟他决斗。谁能把对方砍了，他就是正确的。把我弄死——就是说上帝不喜欢自焚，我要是把他弄死——那么你们就自焚！"

没有任何人接受挑战，基留哈赢了。

科尔尼利长老走到前面来，说道：

"愿意自焚的——站到右面来，不愿意的——到左面去！"

人群分成两半。一半包围了长老；另一半躲到一旁去了。自焚派有八十人，不希望自焚的——有一百左右。

长老为准备死的人画了十字,祈求保佑,然后把目光仰向天空,庄严地说道:

"主哇,为了你,为了你的信仰,为了神子的爱,我们就要死去。我们不吝惜自己,把灵魂奉献给你,不违背自己的洗礼,将接受第二次洗礼——火的洗礼,将要自焚。因为我们憎恨反基督。我们要为你的最纯洁之爱而死!"

"烧起来,烧起来!我们要自焚!"人群又坚定不移地吼叫起来。

吉洪觉得,如果他在这疯狂的人群里继续待下去,他自己也要发疯。

他逃进森林。一直奔跑,直到吼叫声停息下来。一条狭窄的小径把他引到那个熟悉的水潭,周围长满高草,被茂密的云杉所包围,他以前曾在那里向潮湿的大地母亲祈祷。夕阳在漆黑的树顶上熄灭了。天空飘浮着金色的云朵。灌木丛里散发着树脂的清香。万籁俱寂。

他蹲在地上,钻进草丛里,又像当时在圆湖边上那样亲吻着大地,向大地祈祷,仿佛是知道,唯有大地才能拯救他,使他避免疯狂的火——红死:

圣母的神灵呀,我的主宰!
潮湿的大地呀,我的母亲!

他突然感到有人把手放到他的肩上——回头一看,看见了索菲娅。

她向他俯下身来,默默地聚精会神地看着他的脸。

他也沉默不语,仰脸看着她,只见在黑色的隐修士头巾里露出姑娘的脸,在金色天空的衬托下分明地突现出来,犹如金色圣像上女圣徒的脸。这张脸有些苍白,略略现出红晕,嘴唇胭红而清新,恰似一朵含苞欲放的花,天真的深色眼睛如潭水一般深邃——这张脸是如此美丽,让他喘不过气来,好像是他突然受到惊吓。

"你原来在这里,兄弟!"索菲娅终于说道,"长老到处找你,想不出你跑到什么地方去了。哎,起来,走吧,快点走吧!"

她匆匆忙忙,喜气洋洋,好像过节一样。

"不,索菲娅,"他安详而坚决地说,"我哪儿也不去。够了,我够了。看够了,也听够了。我要离开,彻底离开修道院……"

"你不自焚了?"

"不。"

他以祈求的眼神瞧着她。

"索菲尤什卡,小鸽子!你不要听那些疯子的。不要自焚——这不符合主的意旨!大罪过,魔鬼的诱惑!我俩一起走吧,亲爱的!……"

她更低地向他俯下身来,露出狡黠而温柔的微笑,她的脸离他的脸,她的嘴离他的嘴越来越近,他感觉到了她那热乎乎的喘气。

"你哪儿也不能去!"她小声而热烈地说,"我不放你走,亲爱的!……"

她突然用双手抱住他的头,二人的嘴唇合在一起了。

"你怎么,你怎么,小妹妹?可以这样吗?别人会看见的……"

"让他们看见好啦!什么都可以做,火将净化一切。可是你得告诉我,你愿意自焚吗……愿意吗?"她问道,轻轻叹息一声,向他贴得越来越紧。

他没有经过思索,不由自主地回答,发出同样的叹息:

"愿意!"

在黑暗的云杉上,最后的阳光熄灭了,金色的云朵变成灰色,好像是灰烬。空中弥漫着潮湿的芳香。树林把他俩笼罩在自己浓密的阴影里。大地用高草把他俩遮盖住了。

他觉得,树林和青草,大地和天空——全都燃起最后的大火,整个世界将在这场大火中毁灭——这是红死之火。不过他已经不害怕,相信红死比太阳还美丽。

四

隐修院空了。修士们逃散了,好像是蚂蚁从被破坏的蚁穴中逃散一样。

自焚派集聚在一座小教堂里,这座小教堂坐落在隐修院一侧的高岗上,因此军队逼近时,从远处就可以发现。

这是一座木房,用陈年的干燥木材建成,自焚时无法从里面逃脱。窗子小得像是缝隙,门也很狭窄,一个人勉勉强强能走进去。门前台阶和楼梯都坏了。门上装有护板,便于闩门。窗子上顶着粗杆子。然后放上引火物:乱麻、干草、松明、桦树皮;墙上涂了焦油;房子围了一圈特制的木槽,里面盛有火药,还有数俄磅备用,以便最后一刻撒在地板上。房顶上设了两个巡逻哨,不分白天黑夜换班监视迫害者的动静。

人们干起活来很愉快,好像过节一样。孩子们也帮助大人干活。大人像是孩子。大家都很兴奋,好像是喝醉了。彼季卡·日兹拉比所有的人都快活。他干起活来一个顶五个。他的一只手本来由于打上官印——野兽的印记而枯萎了,但如今已有所好转,开始能活动了。

科尔尼利长老奔来奔去,来来往往,像是网上的蜘蛛。他那双眼睛很明亮,像是猫的眼睛,仿佛是在黑暗中能照明——目光严峻而又亲切,具有奇异的魔法:这双眼睛不管是看谁,这个人都会失去自己的意志,在各个方面履行长老的意志。

"好哇,同心协力干哪,孩子们!"他和要死的人开玩笑,"我老了,是个朽木头疙瘩,你们还都年轻,是引火的劈柴;我们直接升天,就像伊里亚先知乘着喷火的车一样!"

一切准备就绪以后,便锁上门。门窗全都钉死,只留一扇最狭窄的小窗户。大家都沉默不语地听着锤子敲击声:仿佛是在他们这些活人的头顶上钉棺材盖似的。

唯有傻子伊万努什卡唱着他那支永远也唱不完的歌:

> 松木的棺材
> 是为我造的。
> 我将躺在里面,
> 等着吹起号角。

长老对那些希望忏悔的人说:

"算了,孩子们!你们有什么好忏悔的?你们如今都跟上帝的天使一样,胜过天使——用大卫的话来说——**我曾说:你们是神**。你们战胜了全部敌对力量。你们的头上没有罪孽的势力。你们已经不会再犯下罪孽了。你们中间即使有人杀死亲生父亲,和母亲通奸——那么现在也圣洁了。火净化一切!"

长老让吉洪诵读约翰启示录,这是在任何教堂的宗教仪式上都不诵读的。

"我又看见一个新天地,因为先前的天地已经过去了。坐宝座的说,看哪,我将一切都更新了。又说,你要写上,因为这些话是可信的,是真实的。他又对我说,都完了。"

吉洪读着,体验到所熟悉的末日感,其深刻的程度是有生以来从没有过的。他觉得,木房的墙壁把他们跟世界,跟生活，跟时间隔绝了，犹如船舱把人跟水隔绝一样：外面，时间还在继续，而在这里却停滞了，结局到了——都完了。

"我看见了……看见了……看见了……噢，亲爱的老少爷们！"狂叫症患者基里凯娅打断了诵读，只见她脸色煞白，脸形扭曲，瞪着双眼，目光呆滞。

"你看见什么了？"长老问道。

"我看见从神那里自天而降的伟大圣城耶路撒冷，如同贵重的宝石，好像碧玉，明如水晶，如同蓝宝石和绿玛瑙。有十二个门——是十二颗珍珠。城墙是纯金的，如同明净的玻璃。不用太阳，因为有神的荣光普照一切。噢，可怕，可怕，老少爷们！……我看见上帝的脸比阳光还明亮……你看他，那就是他！……他向我们走来！……"

听她说的人都觉得，他们看见了她所说的。

夜幕降临了，点上蜡烛，唱起祈祷歌：

"新郎半夜来到，奴隶幸福，他被喊醒。我的灵魂，不要贪睡，不要死去，不要关在天国之外；醒来吧，呼唤吧：圣洁，圣洁，圣洁，上帝，圣母，宽恕我们吧。我的灵魂，醒来吧，把你的蜡烛点燃，对它发光照亮；有一个声音对你说：这是新郎！"

索菲娅挨着吉洪站着，握着他的手。他感觉到她那只手在颤抖，在她的脸上看见了羞涩的欢乐的微笑：新娘在教堂举行婚礼时对新郎就是这样微笑的。被唤起的欢乐充溢着他的灵魂。他现在觉得，他以前的恐惧是魔鬼的诱惑，而上帝的意旨则是红死：**因为要想拯救自己灵魂的人，反而毁灭了灵魂；为我和福音而毁灭自己灵魂的人，反而拯救了灵魂。**

这天夜里等着军队到来。可是军队没有来。早晨到了，随之而来的是——疲劳，像喝醉酒一样，昏昏沉沉。

长老注视着所有的人。有人气馁了，害怕了，他给他们服一种像浆果似的气味好闻的黑色药丸，这可能是用草药制的迷魂剂。他们服下以后，变得迟钝，不再害怕火了，而把它当成天堂的幸福，热衷追求。

为了给自己壮胆，讲了其他一些比自焚更可怕的死法，譬如饥饿死的可怕程度是无法与自焚相比拟的。

加入忌食教派的人给关进一个没有门窗的空房子，里面只放几张木板床。为了不让他们自杀，脱光他们的衣服，收去腰带和十字架。他们是从天棚上给放进屋子里的，而天棚吊得很高，任何人都不能经过天棚从屋里"钻出来"。设有手持木棒的看守。要死的人往往要折磨上三四天，甚至五六天。他们哭叫着乞求说："给点吃的吧！"竟然啃食自己的身体，诅咒上帝。

有一次，二十个人被关进树林子里磨面的仓房——他们吞下石子，感到恶心难忍，便打掉仓房墙上的木板，爬出来；看守用木棒打他们的头，当场击毙二人；然后把门堵上，向长老报告：如何处置他们？长老下令在仓房周围堆放干草，放火焚烧。

"红死要轻松得多：火一烧起来，你就失去了感觉！"

讲的人最后说。

七岁的小姑娘阿库尔卡一直安详地坐在长凳上,注意听,突然浑身抖动,跳起来,扑到母亲的怀里,抓住她的衣襟,哭起来,尖叫道:

"妈妈,妈妈!我们走吧,我们走吧。我不想自焚!……"

母亲哄她,但是她叫的声音越来越大,越来越疯狂:

"我不想自焚!我不想自焚!"

对小姑娘连哄带吓唬,甚至殴打,可是她却继续喊叫,最后脸色发青,叫得闭气了,倒在地板上,抽搐起来。

科尔尼利长老向她俯下身去,给她画十字,用念珠抽打她,念诵驱赶魔鬼的咒语。

"走开,走开,不洁的灵魂!"

全都无济于事。于是他把她抱起来,撬开她的嘴,让她吞服一粒黑色药丸。然后轻轻地抚摸她的头发,伏在她耳朵上小声叨咕着。小姑娘逐渐安静下来,像是睡着了,但是眼睛却睁着,瞳孔放大,目光呆滞,好像是在梦中。吉洪听着长老的低语,只听他在给她讲天国,讲天堂的花园。

"有马林果吗,伯伯?"阿库尔卡问道。

"有,亲爱的,非常大,跟苹果一般大,又香又甜,非常甜。"

小姑娘笑了。看得出,她由于想象天堂里的马林果而流出了口水。长老继续以慈母般的温柔爱抚她,哄她。可是吉洪却在他那双明亮的眼睛里感到有一种疯狂而又渺小的,如蜘蛛一般让人害怕的东西。"好像是蜘蛛在吮吸着苍蝇!"他想。

第二个夜晚降临了,军队还是没有来。

夜里,有一个女长老逃跑了。所有的人都睡熟了,甚至连看守都在酣睡,她爬上看守的瞭望台,想要顺着连在一起的手绢爬下去,可是手绢断了,她跌落到地上,摔伤了,在窗下呻吟了很久。最后终于听不见动静了,可能是爬走了,也可能是过路人把她搀走了。

小教堂里很拥挤。人们胡乱地睡在地板上,男的在右边,女的在左边。然而不知道是梦中的幻觉还是魔鬼作祟——睡到半夜,有一些黑影在黑暗中小心地移动,从右边往左边,从左边往右边。

吉洪醒了,倾听着。夜莺在窗外啼鸣,他在这啼鸣声中听到了月夜,洒满露水的草地的清香,云杉树林的气息,还有自由、温存和大地的幸福。也听到了小教堂里面奇怪的低语声、衣服摩擦声和类似于爱情叹息与亲吻的声音。看来人的敌人是强而有力的:死亡的恐惧还没有熄灭,而罪恶的肉欲之火却燃烧起来。

长老没有入睡。他在祈祷,什么也没有看见,什么也没有听见,即使是看见了,大概也宽恕了自己"可怜的孩子们":

"只有上帝是纯洁无罪的,而人则软弱无力——像泥土一样堕落,也会像天使一样飞升。即使是跟少女或寡妇一起睡觉,也并非放荡之徒;即使是在信仰上迷失了,也并非坏人：不要怪罪我们放荡，而是肉体胆大包天；教会被异教徒所控制，我们就难免在信仰上迷失。"

吉洪想起一个故事，说的是两个长老把一个姑娘架到二十俄里以外的森林里去了，在林子里逼迫她："妹妹，跟我们一块儿来做基督的爱吧。"姑娘说："我怎么跟你们做基督的爱？"他们说："你跟我们交媾——这就是做基督的爱。"姑娘哭起来："你们敬畏上帝吧！"两个长老安慰她："火将使我们净化。"可怜的姑娘固执不从，长老威胁说："你要是还不顺从，就得不到结婚的花冠！"

吉洪突然感到有人拥抱他，紧紧地贴在他身上。这是索菲娅。他也害怕起来。可是他又一想：火会净化一切。透过黑色的隐修士袈裟，也感觉到了贞洁的躯体的温暖和清新，于是贪婪地把嘴唇贴到她的嘴唇上。

在这黑暗的木房里，在这个公共的棺材里，这两个孩子的爱抚是纯洁无瑕的，犹如当年牧童达甫尼斯和牧女赫洛娅在阳光灿烂的莱斯沃斯的爱抚一样。

傻子伊万努什卡蹲在角落里，手里拿着蜡烛，有节奏地摇晃着身体，等待着"雄鸡报晓"，唱着他那支永远唱不完的歌：

> 棺材呀，我的橡树独木棺，
> 你们是人人永久的住宅。

夜莺也在啼鸣，歌唱着自由、温存和大地的幸福。在夜莺的啼鸣里仿佛可以听出对傻子伊万努什卡的棺材之歌温情和狡黠的嘲笑。

吉洪想起了彼得堡的那个白夜，漂浮在涅瓦河水面的木筏上一小群人——他们孤悬在天与河水这两道深渊之间——从夏园顺着水面飘来的令人陶然欲醉的音乐，像是来自维纳斯王国的爱情的亲吻和叹息：

> 丘比特，射出你的箭吧。
> 我们已经不是没有伤痛，
> 然而，被爱情之箭射中，
> 即使溃烂也都感到甜蜜，
> 你那金色的爱情之箭，
> 让我们人人全都折服。

拂晓前，八十岁的老头米涅伊也想要逃出去。但基留哈把他捉住了。他俩厮打起来，米涅伊差点没用斧子把基留哈砍了。老头被捆绑起来，关进仓房里。他在那里大喊大叫，用不堪入耳的恶言秽语谩骂科尔尼利长老。

天亮时，吉洪往窗外看了看，想要知道军队来了没有，但只是看到洒满阳光的空无一人的原野、阴郁而沉寂的云杉和露珠上灿烂的彩虹。针叶的芳香、初升太阳的和煦、蓝天的寂静迎面向他扑来，他觉得木房里所做的一切都是疯狂的噩梦,或者是凶恶的暴行。

又开始了漫长的夏季白天,所有的人都陷入等待的痛苦。

人们受着饥饿的威胁。水和面包不足——只有一袋子燕麦面包干和两筐烤饼。但是教堂酿的红葡萄酒却不少。人们都贪婪地喝酒。有人喝醉了,突然哼哼起欢快的酒馆小调。但它比最狂暴的号叫还可怕。

人们开始抱怨起来。三三两两地走到角落里,相互嘀咕着,用恶意的目光看着长老。要是军队不来将会怎么着?饿死不成?一些人要求打碎门,派人去弄面包;可是在他们的眼神里却看出一个隐秘的想法:逃跑。另一些人要求不等迫害者到来,马上就自焚。还有人在祈祷,但从脸上表情看来,显然是在诅咒神明。也有些人吃了麻醉药丸——长老越来越多地分发这种药丸——说梦呓,忽而哭,忽而笑。一个小伙子麻木了,跑到圣像前,抓起蜡烛,把引火物点燃,好不容易才扑灭。也有些人呆呆地坐着,一连几个小时一声不吭,不敢相互看一眼。

吉洪由于一连几夜不眠和饥饿而虚弱不堪,躺在地板上,索菲娅坐在他身旁,唱着鞭身派教徒的一支悲哀的歌——讲的是在生活中被圣父和圣母遗弃的人的灵魂恰如在黑暗森林中一样孤单:

痛苦呀,我心情痛苦。
忧伤呀,我心情忧伤。

> 我的心儿多么烦闷,
> 我想要到爸爸那去做客。
> 年轻的姑娘去见爸爸,
> 途中要渡过湍急的河流,
> 所有的桥梁全被冲毁,
> 摆渡的人全都离去了,
> 年轻的姑娘只好蹚水。
> 蹚水过河,浑身湿透,
> 在爸爸那里烘烤衣服。
> 心里的苦水如泉涌;
> 我想要到妈妈那去做客,
> 跟亲爱的妈妈见见面,
> 跟亲爱的妈妈谈谈心。

这支歌最后以痛哭结束:

> 圣洁的圣母哟,
> 我的光明,为我们祈求吧!
> 没有你,我的光明,世上罪人多。
> 潮湿的大地呀,我的母亲,
> 你哺育我们,主宰我们!

谁也没有看见他俩。索菲娅把头低垂到吉洪的肩上,把脸贴在他的脸上,他感觉到了她在哭泣。

"咳,我可怜你,真可怜,亲爱的吉洪!"她伏在他耳朵上低语,"我毁了你的灵魂,我真可恶!……你愿意逃跑吗?我能弄到绳子。或者我告诉长老:有一条地道通往树林——他将带你出去……"

吉洪疲惫不堪,沉默不语,只是无精打采地天真地微笑着。

他的头脑里掠过遥远的回忆,仿佛是梦境:最抽象的数学结论——不知为什么他现在感到它们特别严谨而优美,像冰一样清澈透明,正是由于其正确,老格留克时常把数学比作音乐——比作非常和谐美妙的如水晶般晶莹的音乐。他也想起了格留克跟雅科夫·勃留斯关于牛顿的《启示录》注释的争论以及勃留斯激烈的干笑,他的话当时在吉洪的心里引起了预感的惊恐。"就在艾萨克·牛顿先生写作自己的注释的同时,在世界的另一端,具体来说,就是此处,在我们这里,在莫斯科,一些被称之为分裂派的狂热教徒却也写自己的启示录注释,几乎是跟牛顿得出了同样的结论。等待着世界的末日和第二次降临,他们中间一些人躺进棺材里,给自己唱挽歌,另外一些自焚。我说,这也就是最有意思的:在这些启示录式的妄想中,西方和东方走到一起来了,最大的开化和最大的愚昧也走到一起来了,这也许确实会使人产生一个想法:世界末日在临近,我们大家都得很快见鬼去!……"牛顿的预言也就具有了新的严峻的意义。"我不想编造假说！彗星陨落到太阳上，就跟飞蛾扑进火里一样——由于这一陨落，太阳的温度就要升高到这种程度，地球上的一切都烧焦！经书中说：**天轰隆地降下，大自然燃烧起来而毁坏，地和地上的一切东西都将烧毁**。到那时，两个预言都将应验——信仰宗教的人的和从事科学的人的。"他想起了勃留斯图书馆里一本很古老的书，被老鼠啃过，编号461，书名：《列奥纳多·达·芬奇论绘画》（德文）以及书中的单幅插页，木刻的达·芬奇——生着普罗米修斯的脸，或者西门玛格的脸。和这张脸一起，还有另一张脸，也同样可怕——这是他在三位一体广场"四艘三桅战舰"咖啡屋附近遇到一个身穿荷兰船长皮衣的巨人的脸——彼得的脸，他从前曾经憎恨这张脸，如今却突然变得亲切了。这两张脸有共同之处，相反而又相成：一张有敏锐的洞察力，另一张表现出伟大的智慧力量。从这两张脸上向吉洪扑来一种天赐的寒气，犹如从雪山上向一个在山谷里行走而被炎热折磨得精疲力竭的人扑来寒气一样。"噢，物理学，帮我摆脱开形而上学吧！"他想起了格留克喝醉酒时常常向他提到的牛顿的这句名言。这两张脸都指出了摆脱红死的拯救之路——与火的天空相对立的是"大地母亲，潮湿的大地"。

然后一切都混乱了，他也就睡着了。他做了一个梦，仿佛是他在一个童话般的城市上空飞翔，这个城市可能是基捷日，也可能是新耶路撒冷，再不就是"玻璃城"，"明如水晶，如同明净的玻璃"；这个光辉灿烂的城市里有数学、音乐。

他突然醒来。所有的人都忙乱起来,奔跑和叫喊,脸上露出喜悦之情。

"军队,军队来了!"

吉洪向窗外看去,只见远处,在树林边上,围着篝火坐着一群人,他们头戴三角帽,身穿红领铜扣的绿长袍:这是兵。

"军队,军队来了!点火吧,孩子们!上帝和我们在一起!"

五

佩尔斯基上尉接到下城区高级僧侣公会的命令:

"秘密抵达分裂派教徒之居住地,使其不得自焚。彼等如锁在隐修院或小教堂内,军队当日夜包围之,排成战斗队列,保持高度警惕,严密监视之,绝对不准彼等自焚,规劝彼等投降和承认错误,同时使其存有得到宽恕之希望。如能投降,可逐一登记,戴上足枷,务使其途中不得逃亡,连同其财物一道押往尼日尼城。如屡经劝告,仍不服从,照旧固守不出,则可施加压力,尽可能逐一捕获该窃贼,不准其逃散,可强行拘捕之,或令彼等饥饿而亡,但不得流血。彼等如焚其贼穴或小教堂,汝等当以水熄灭之,毁坏门窗,将彼等活着拖出。"

佩尔斯基上尉是个勇敢的老兵,在波尔塔瓦战役中负过伤,认为洗劫隐修院是"长毛僧侣们搬弄是非的臆造",

宁肯冒着猛烈炮火向瑞典人或土耳其人冲锋陷阵，也不愿意跟分裂派教徒纠缠。他们自焚了，却要他负责，并批评他："不准该上尉和其他指挥官有如此不体面之行为，看来彼等得以自焚，皆因惧怕该上尉也。"他解释说："分裂派教徒并非出于惧怕，而是由于自身之冥顽不化才死亡，他们充满可怕的愤怒，对我们完全失去好感，甚至至死也不肯改变自己的信念，不肯接受我们的习俗——他们在其信仰上已根深蒂固，不可救药。"可是上级并没听这种解释，高级僧侣公会要求：

"分裂派教徒自焚是假装的，目的是不缴纳双重赋税，实际上则移居到偏僻的地方躲藏起来，在那里自由自在地为非作歹，因此指挥官应该根据遗骸清点自焚者的数目，然后登记造册，为此，务使骸骨在大火中不化为灰烬。"

但是，上尉认为这有损于军职的尊严，因此没有清点骸骨，于是又受到新的批评。

他决定在"长苔"隐修院要谨慎小心，尽一切可能不让分裂派教徒自焚。

他命令军队在黑天到来之前离开木房远一些，原地不动，他没带武器，只身一人走近小教堂，仔细察看一番，在窗下敲起来，按照分裂教派的方式做祈祷：

"耶稣基督，神子，宽恕我们吧！"

没有人回答。木房里昏黑，寂静无声，像在棺材里一样。周围不见一个人影。树梢发出沉闷的响声。刮起了清凉的夜风。如果点着火，可就糟了！上尉想道，又敲起来，重复说：

"耶稣基督，神子，宽恕我们吧！"

还是寂静无声：只有长脚秧鸡在沼泽地里发出啾鸣，还有远处传来犬吠声。一颗流星如一条火线，划破漆黑的夜空，迸裂成火星。他突然感到恐怖起来，仿佛他真的是在敲击死人的棺材。

"耶稣基督，神子，宽恕我们吧！"他第三次祈祷。

窗上的护板动了。从狭窄的缝隙里射出灯光。窗户终于慢慢打开了，科尔尼利长老探出头来。

"要干什么？你们是什么人，为何来到这里？"

"我们奉皇帝陛下彼得·阿列克塞耶维奇之命，前来开导你们：你们要自报身份，何种出身、职业和籍贯，何时来到森林，带着什么证件离开家的，根据何人批准住在此处，持有何种证明文件？如果对东正教教会及其秘密有什么怀疑，你们可提出书面材料，并派出代表与教会长官谈判，不必有什么恐惧和愤怒……"

"我们是农民和城市平民，以耶稣基督的名义集聚到这里，带着自己的妻子儿女，做安魂祈祷，"长老平静而庄严地回答道，"我们想要为旧的信仰自焚而死，我们不会向你们这些迫害者投降，因为你们信奉新的信仰。如果有人愿意得到拯救，他可以跟我们一道自焚：我们马上就要去见基督。"

"够了，老兄！"上尉客气地反驳说，"主与你们同在，你们丢掉自焚的狂妄企图吧,各自回自己家去,谁也不会动你们一个手指头。像从前一样在自己的村子里过兴旺的日子。只是要缴纳双重赋税……"

"咴,上尉,你去对小孩伢子说这种话吧,我们老早就已知道这种骗人的鬼话:顺着胡子往下流,可是吃不到嘴里。"

"我以名誉发誓,一个人也不抓,不动一个手指!"佩尔斯基大声说。

他说的是真话:他的确决定放所有的人回去,如果他们投降,尽管这是违背命令的,他自己也担惊受怕。

"我们扯着嗓子喊个什么劲儿,嗓子得喊哑的!"他善意地笑着补充道,"你瞧,窗户这么高,说话听不清。老头,这么办吧;你让人竖下一条皮带,我爬上去,你们帮我从窗户钻进去,当然不是这扇窗户,我从另一扇,宽一些的,钻进去。我只是一个人,你们人很多,有什么可害怕的?我们聊聊,上帝保佑,会达成协议的……"

"跟你们有什么好谈的?我们都是穷人和乞丐,跟你们这样的人怎能争个胜负?"长老冷笑着,看来是因自己的权势和力量而扬扬自得,"我们和你们之间的鸿沟太深了,"他又庄重地总结说,"自愿焚毁的人不可能到你们那里去,只能到我们这里来……你走吧。上尉,不然你瞧,我们马上就要自焚了!"

小窗户啪的一声关上了。又开始了寂静。只有风在树梢上呼啸地响,还有长脚秧鸡在沼泽地里啾鸣。

佩尔斯基回到士兵那里去了,下令每人喝一碗酒,说道:

"我们不跟他们动武。他们那里男人很少,全都是婆娘和孩子。我们把门打碎,不用武器,赤手空拳地把他们一一抓起来。"

士兵们准备了绳子、斧头、梯子、水桶,并且装了许多桶水,好用来灭火,还准备了带铁钩的长杆子,用来从火里往外拖人。天终于完全黑了,他们便向小教堂进发,先是从树林边缘包抄过去,然后在空地上的草莽中间匍匐前进,好像是猎人在围捕野兽。

到达木房跟前以后,他们竖起梯子。木房里面漆黑而又寂静无声,犹如在棺材里一样。

突然一扇小窗户开了,长老喊道:

"你们都走开!火药一爆炸,飞出的木头会打着你们!"

"投降吧!"上尉喊道,"我们肯定会攻打下来!你们看,我们有火枪和手枪……"

"你们有手枪,可是我们有基督的木棒!"小教堂里有人回答说。

军队的后排里出现一个挂着十字架的神甫,开始宣读大主教的命令:

"有人非法受难,他就是最邪恶的人:他通过受难而毁掉自己在人世的生活,同时永远都无法逃避痛苦……"

从窗户里伸出一支古老的火绳枪枪筒,响起一声空枪:

开枪不是为了击毙什么人,而是为了吓唬迫害者。

神甫躲到士兵们的背后去了。长老朝着他挥动拳头,异常愤怒地喊道:

"地狱里的黑鬼!所多姆大火的余孽!你们这些疯狗,先待一会儿,别离开我——我向你们中间的好人说说关于我们的主耶稣基督的话!他很快就要降临,用自己的舌剑跟你们开战,将推翻皇位,让野狗吃掉你们的尸骨,就像吃掉耶洗别的尸骨①一样。我们用这里的火自焚,你们在那里将因永恒之火而永远燃烧!你们锻造了许多剑,造成了骇人听闻的痛苦,发明了最可怕的杀人方法,可是我们的快乐是最甜蜜的!……孩子们,点火吧!上帝和我们在一起!"

从窗户飞出裤子、上衣、皮袄、衬衣和外衣:

"你们拣去吧,迫害者们!拈阄分这些衣服吧。②我们什么都不需要。赤条条地来到人世,还要一丝不挂地奉献给主!……"

"你们可怜可怜自己的孩子吧,该死的!"上尉绝望地喊道。

小教堂里传出轻轻的歌声,如同送葬的歌声。

"钻进去,砍碎门窗,弟兄们!"佩尔斯基下令说。

---

① 耶洗别,《圣经·旧约》中西顿王谒巴力之女,以色列王亚哈之妻,引诱他犯罪,她的名字寓意为"罪孽"。

② 据《圣经·新约》记载,彼拉多的士兵奉命把耶稣钉死在十字架上,拈阄分他的衣服。

木房里面一切都准备好了。放上了引火物。乱麻、干草、松明、桦树皮,堆放了许多堆。圣像前的蜡烛插在枝形蜡台上很不牢固,稍一振动,就会掉到装有火药的木槽里:经常都是故意这样做的,为的是让自焚尽量不像是自杀。让一些十来岁的孩子坐在长凳上:把他们的衣服用钉子固定上,免得他们挣脱;手脚用绳子捆绑上,免得他们挣扎;嘴用手绢给扎上,免得他们叫喊。地板上的陶罐里烧起乳香,大约有三俄磅,为的是让孩子们先于成年人窒息而死,看不见自焚时的恐怖场面。

一个妇女刚刚生下一个女婴。把她放在木板床上,以便为她举行火的洗礼。

人们脱得光光的,穿上新的白衬衣,头上戴上布冠,上面用红墨水画着八角十字架,然后排成排,跪下,手里拿着蜡烛,以便用点燃的明灯迎接新郎。

长老举起双手,高声祈祷:

"主哇,看看我们这些不称职的奴隶吧!我们软弱无力,为此不能落到迫害者的手里。你看看这群羔羊吧,他们追随你这善良的牧人,躲避反基督这只凶恶的狼!你发发慈悲吧,救救他们吧,用自己的命运引导他们吧,让他们遭受火的苦难吧。宽恕我们吧,主哇,宽恕我们吧。我们这些罪人不明白任何事理,只能向你,我们的主宰,祈祷:宽恕我们吧!我们为了你的最纯洁之爱而死!"

所有的人异口同声地跟随他重复着——这向上帝发出的

哀号可怜而又可怕：

"我们为了你的最纯洁之爱而死！"

就在这同一时刻里，士兵们在佩尔斯基的指挥下从四面八方把小教堂围住，爬上梯子，砍木房墙上的原木、窗上的粗杆子和门上的护板。

墙在抖动。蜡烛掉下来，但都没有落到装有火药的木槽里。于是根据长老的手势，基留哈抓起圣母像前一束燃着的蜡烛，直接扔到火药里，自己跳开了。火药爆炸了。引火物燃起来。火苗蹿上墙壁和木梁。浓烟先是白色的，然后变黑，弥漫了整座小教堂。大火似乎是熄灭了；只有红色的火舌从烟中冲出来，发出咝咝的声音，好像蛇芯——忽而向着人们伸去，舔着他们，忽而又跳开，仿佛是在嬉戏。

传出狂叫声。透过被烧者的号叫声和火焰的轰鸣声，响起欢快的歌声：

"新郎半夜来到。"

火突然燃得旺了，吉洪失去了知觉，可是过了两三分钟，他却看见了小教堂里发生的一切，并且永远记住了。

长老抱起新生婴儿，给她施洗："以圣父、圣子和圣灵的名义！"然后把她扔进火里——她成了火的第一个祭物。

傻子伊万努什卡把双手向火里伸去，好像是在迎接主的降临，他已经等待了一生。

狂叫症患者基里凯娅身上的衬衣成了灰烬，头发燃烧起来，给她的头上戴上一顶火的花冠；她没有感觉到疼痛，麻木了，大睁着双眼，仿佛是在火中看见了伟大的城，圣耶路撒冷从天而降。

彼季卡·日兹拉大头朝下钻进火里，好像是一个欢乐的游泳者跳进水里。

吉洪在这火的可怕闪光中也感觉到了欢快和醉人的东西。他想起了一首歌：

> 炉中长出茂密的嫩草，
> 开放出天蓝色的花朵。

好像是他在火的透明的蓝色心脏中看见了天堂之花。蓝得如万里无云的蓝天，预示着非人世的幸福；但是得越过红色的火——红死，才能达到这蓝天。

包围的士兵砍下了两三根原木。浓烟冲到空处来。士兵们伸进长木杆，开始往外拖燃烧着的人，往他们身上浇水。百岁的老妈妈费奥杜丽娅是被拖着两腿给拽出来的，把她那最见不得人的地方暴露无遗。女长老维塔丽娅也爬了出来，可是立即断气了：她的全身由于烧灼而布满水泡。斯庇尔顿神甫被拖出来以后掏出藏在怀里的刀，自刎了。他又活了四个小时，不停地捏着两个手指画十字，漫骂尼康派教徒，据上尉在报告中所说，"很高兴，因为他得以在自己身上造成致命伤"。

另外一些人烧伤不重，自己从墙洞里钻出来，掉到地上，一个压一个、顺着尸体堆往上爬，像是爬楼梯一样，朝着士兵们喊：

"我们要烧死了，要烧死了！救命呀，弟兄们！……"

脸上原先那种天使般的兴奋表情变成了野兽般的惊恐。

一些人想要逃出来，而留在里面的人则竭力制止他们。米赫伊老爹双手牢牢抓着墙洞的边缘，想要跳出去，但是十七岁的孙子却用斧子砍他的手，于是老爹掉到火里去了。一个母亲从火堆里钻出来，她的小儿子紧跟着她，可是父亲却拽住他的双腿，把他的头往原木上撞。隐修院一个大腹便便的修士倒在一摊燃烧着的焦油里，抽搐着又蹦又跳，好像是在跳舞，"像是煎锅里的鲫鱼！"吉洪惊恐地笑着想，闭上眼睛，不想看。

他由于炎热和烟呛而喘不上气来。血红的田野上紫色的铃铛花向他低垂下来，发出哀怨。他感觉到索菲娅在拥抱他，紧紧地贴在他身上。她那贞洁的躯体如这夜间开放的花朵，透过她的衬衣，散发出清新，在这火的炎热中是最后的清新。

透过濒死者的号叫声，可以听到活着的人的声音：

"看哪，新郎来了……"

"我的新郎，我所钟爱的基督！"索菲娅伏在吉洪的耳朵上低声说。他觉得，在他躯体里燃烧着的火比红死的火更强有力。他俩一起倒下去了，好像是新郎和新娘拥抱在一起倒在新婚的卧榻上。生着火眼和长着火的翅膀的妻子把他带进火的深渊。

火势灼人,士兵们不得不向后退去。有两个人已被烧着。一个掉进木房里烧死了。

上尉叫骂着:

"混蛋,一群可恶的混蛋!跟瑞典人和土耳其人打仗,也比对付这群王八蛋容易!"

但是老头的脸色比他当年受伤躺在波尔塔瓦战场上更苍白。

风刮得更紧了,火借风势,火焰越来越高,发出雷鸣般的轰隆声。燃烧着的木炭被卷起,像是一只只火鸟。整座小教堂好像一个燃烧着的大火炉,在这个炉子里面,如同在地狱之火里面,一堆躯体在乱滚乱爬,有的痉挛着,有的蜷缩着,有的已经躺倒。躯体上的皮肤破裂了,血水发出咝咝响声,油脂沸腾。可以闻到肉烤焦的臭味。

突然,房梁落下来,房盖塌了。火柱直冲天际,像是一盏巨大的明灯。

红色的火焰把天和地全都照亮,仿佛这真的是一场最后的大火,要把整个世界毁灭掉。

吉洪在森林里洒满露水的清新的草地上苏醒过来。

他后来得知,就在他失去知觉的最后一刻,长老和基留哈抬起他,奔向小教堂的祭坛,神座底下有一个小门通往地下一条任何人都不知道的秘密通道,他们下到地下的秘密通道,走进森林最茂密的地方,迫害者们无法找到他们。

几乎所有的自焚导师都是这样做的：把别人烧死之后，自己和最亲近的门徒则逃之夭夭，以便重新进行布道。

吉洪很久没有苏醒过来；长老和基留哈给他泼了很多水；他们以为他要死掉。可是他身上的烧伤并不严重。

他终于苏醒过来了，问道：

"索菲娅在哪儿？"

长老用他那明亮而亲切的目光看了他一眼：

"别动，孩子，不要为你的小妹妹——新娘悲伤！她那最纯洁的灵魂和其他的圣受难者一起到了天国。"

他仰脸朝天，深受感动地露出喜悦之情，画了十字：

"上帝的奴隶自愿烧死，永垂不朽！安息吧，亲爱的，直到普遍复活之时，为我们祈祷吧，当我们的时刻到来之际，我们在这里也将为主饮尽自己的一杯。但现在时间还没到，还得为基督而工作……"他转向吉洪，"孩子，你经历了火的考验，为和平而死了，又为基督而复活了。你第二次获得了生命，不要为自己，要为主而生。佩带上光明的武器，成为耶稣基督的战士，当一个红死的宣传者，跟我们这些罪人一样！"

他又带着几乎是欢快之情补充道：

"我们要到大洋去散散心，到波莫瑞地区去。要在那里点燃火！我们应该更勇敢，烧死更多的可爱的父老兄弟。上帝相信我们，会帮助我们的。整个俄国都将燃烧起来，随着俄国之后——将是整个宇宙。"

吉洪沉默不语，闭着眼睛。长老以为他又昏迷了，走进一个土窑去准备治疗烧伤的草药。

吉洪一个人留在那里，翻过身来，脊背朝天，天上仍然燃烧着血红色的大火，他把脸俯向大地。

土地的潮气减轻了灼伤的疼痛，他觉得大地听到了他的祈祷，把他从红死的大火中拯救出来，他又从大地的腹中走了出来，像是一个新生的婴儿，像是一个复活的死人。他拥抱大地，亲吻大地，觉得她是有生命的，哭泣着祷告说：

圣母的神灵呀，我的主宰！
潮湿的大地呀，我的母亲！

几天以后，当长老准备上路的时候，吉洪离开他逃跑了。

他明白了，旧的教会并不比新的教会好，于是决定回到世界去，寻找真正的教会，直到找到为止。

第十部 子与父

一

自从皇太子了解到沙皇破坏忏悔秘密的谕旨以后，教会对于他来说就不再是教会了。既然主允许践踏教会，就是说，他背离了教会，他想。

莫斯科大刑讯结束以后，彼得于圣母报喜日前一天，即3月24日返回彼得堡。他又埋头建造他的"乐园"、海军舰队，组建各种部委机关和忙于其他事务，非常热心，许多人以为刑讯就此结束，事情已经完全过去了。然而，皇太子却跟其他一些戴枷囚犯一起从莫斯科押解到彼得堡，关押在紧挨着冬宫的一座特殊的房子里。他被当成囚犯拘禁在这里：不准外出，不准会见任何人。散布出消息说，他被关押是考虑让他不再无度地酗酒。

基督受难周到了。

皇太子有生以来第一次没有斋戒。派神甫来劝说他，但他拒不听从他们：他觉得这些人都是密探。

4月13日是复活节。在三位一体大教堂举行晨祷，这座教堂是当年兴建彼得堡时建造的，原木结构，规模很小，里面昏暗，像是一座乡村教堂。皇上、皇后、全体大臣和元老都出席了。皇太子本来不想去，可是奉沙皇之命把他强行拉了去。

半明半暗的教堂里，在基督"棺椁"旁，唱起了复活节赞美诗，好像唱送葬歌一样：

"你被钉在十字架上，飞升了，万物恸哭。你赤条条地挂在树上，太阳看见了，遮盖了自己的光芒，星辰也隐去了自己的光辉。"

神甫们从祭坛里走出来，还都穿着黑色袈裟，抬起"棺椁"，放进祭坛里，关上圣障——"安葬了"主。

唱起最后一支祈祷歌：

"当你死了的时候，不朽的还活着。"

寂静无声了。

突然间，人群骚动起来，好像是在急匆匆地准备做什么事。人们彼此点燃蜡烛。整个教堂被明亮安详的光辉照亮。在这明亮的悄然无声中，有的是对兴高采烈的期待。

阿列克塞从站在一旁的"叛徒犹大"彼得·安得烈耶维奇·托尔斯泰的蜡烛上点燃了自己的蜡烛。柔和的烛光使皇太子想起了他从前做复活节晨祷时所感觉到的一切。可是现在他却压制着这种感觉，他不想有这种感觉，害怕它，他漫无目的地看着站在他前面的缅希科夫公爵的脊背，尽力只关注蜡烛,别让蜡油滴到这个人脊背上的金丝刺绣上去,而别的什么都不去想。

从圣障里面传来执事的喊声:

"救世主基督,你复活了,天使们在天上歌唱。"

圣障打开了,两个唱诗班都唱起来:

"我们在地上以纯洁的心把你赞颂。"

神甫们从祭坛里走出来,已经穿上鲜艳的复活节袈裟,复活节游行的队伍出发了。

大教堂的钟声响了,别的教堂的钟声也与它相呼应,钟声连续不停,彼得保罗要塞也响起隆隆的礼炮声。

游行队伍走出教堂。外面的大门关上了,教堂空了,又恢复了平静。

皇太子一动不动地站着,垂下头,毫无目的地注视着自己的前面,但尽力什么都不看,什么都不听,什么都不想。

外面响起了都主教斯捷凡那苍老无力的声音:

"光荣永远,现在和将来,世世代代都属于神圣的、单一的、生机盎然的和不可分割的三位一体。"

响起了欢呼声:

"基督死而复活了。"

这声音开始时很低沉,仿佛是从远处传来的,但后来越来越响亮,越来越近,越来越欢快。终于,教堂的大门开了,吵吵嚷嚷地拥进一群人,响起了歌声,犹如胜利的欢呼声,震撼着天和地:

"基督死而复活了,用死亡战胜了死亡,赐给躺在棺材里的人以生命。"

这歌声洋溢着欢乐,任何东西都抵挡不住它。仿佛是就要出现奇迹——世界所期待于造物主的一切马上就要实现。

皇太子脸色煞白,两手发抖,手中的蜡烛差一点儿没有掉到地上。他不断地抗拒。但是一种受不住的欢乐之情却从心中升起,终于从胸中冲出来。在它面前,整个生活、一切痛苦和死亡都显得微不足道了。

他难以控制,哭起来,为了掩饰住眼泪,他走出教堂,来到门前的台阶上。

四月之夜明亮而寂静。空气中散发着融雪、潮湿的树皮和尚未开放的芽苞的气味。教堂周围人山人海,下面黑暗的广场上亮着蜡烛,像是天上的繁星落到地上,而上面漆黑的天上繁星闪烁,像是地上的蜡烛升到天上。几片浮云飘动,像是天使的翅膀。涅瓦河上流着冰排。浮冰相互撞击着,破碎了,发出欢快的轰隆声,融进隆隆的钟声里。好像是地上和天上都在唱着:基督复活了。

沙皇做完日祷之后,来到门前的台阶上,跟所有的人互吻三次表示祝贺,他亲吻的不仅有大臣和元老,而且有宫廷里的差役,直到烧炉工和厨师。

皇太子从远处看着父亲,不敢走到近处去。彼得看见了儿子,自己来到他跟前。

"基督复活了,阿寥沙!"父亲说,露出从前那种善良可亲的笑容。

"真的复活了,爸爸!"

他俩互吻了三次。

阿列克塞接触到父亲刮得精光的有些浮肿的面颊和绵软的嘴唇,感觉到了他所熟悉的气味。突然间,又像是童年常有的那样,心怦怦地跳起来,喘不上气来,产生一种愚蠢的希望:也许会宽恕,开恩吧!

彼得身材高大,几乎是亲吻所有的人时都得弯下腰来。他的脖颈和脊背疼痛。他躲开围拢来的人群,躲到祭坛后面去了。

早晨六点,天已经亮了,人们从教堂转移到元老院,这是一栋很长的抹泥的低矮建筑物,像是兵营,也坐落在广场上,紧挨着教堂。在拥挤的会见厅里,准备好圆柱形大甜面包、甜奶渣糕、彩蛋、葡萄酒和伏特加等开斋的食品。

雅科夫·多尔戈鲁基在元老院门前台阶上赶上皇太子,伏在他耳朵上低声说,阿芙罗西妮娅这几天就要到彼得堡来,上帝保佑,她很健康,但已到了妊娠后期,眼看着就要分娩。

皇太子在门厅里遇见皇后。卡简卡肩上斜挎着蓝色的安得烈绶带,胸前佩戴着钻石金星奖章,身穿豪华的白色花缎筒裙,上面绣着镶嵌珍珠和金刚石的双头鹰,涂粉的脸上微微泛出红星,显得格外年轻和美丽。作为一个善良的主妇,她迎接来宾时,尽力做出笑容,但这微笑不免单调而造作。

她也对皇太子微微一笑。他吻了她的手。她亲吻了他三次表示祝贺,跟他交换了彩蛋,想要走开,可是他却突然跪下,看着她,眼神古怪,使她不由得往后退去。

"母后,开开恩吧!你求求爸爸允许我跟阿芙罗西妮娅结婚吧……此外,我一无所求了,上帝做证,什么都不再需要了!我想,我不会活得很久……但愿能摆脱开一切,安静地死去……开开恩吧,母后,看在这愉快节日的分上!……"

他又看了她一眼,她感到不寒而栗。突然,她皱起眉头来。她哭了。卡简卡喜欢哭,而且善于哭:难怪俄国人说她的眼睛长在潮湿的地方,而外国人则说每逢她哭的时候,虽然你知道是怎么回事,可是仍然会大为感动,就像"上演《安德洛玛刻》一样"。可是这一次,她哭得却很真诚:她的确是可怜皇太子。

她向他俯下身去,亲吻了他的头。他透过衣服看见了白皙的丰满的乳房和上面两个美丽的暗色斑点。他根据这两个斑点明白了,将会一事无成。

"噢,我可怜的孩子,真可怜!我能不为你高兴吗,阿寥申卡!……可是有什么用呢?难道他能听吗?但愿情况不至于更糟……"

她迅速转过头去——看看是否有人偷听——然后把嘴唇凑近他的耳朵,急匆匆地小声对他说道:

"你的情况不妙啊,孩子,很糟糕,要是能逃走,那就扔下一切,逃吧。"

托尔斯泰走进来。皇后离开皇太子，偷偷地用剔花手帕擦掉眼泪，然后向托尔斯泰转过身来，脸上又露出先前那种愉快的笑容，问他是否看见皇上在何处，为什么不去开斋。

从隔壁大厅的门里走出一个骨瘦如柴的高个子日耳曼女人，只见她虽然身穿节日盛装，但并不风雅，长着一张长长的狭窄的马脸，这个老处女就是东弗里斯兰公主，已故夏洛塔的侍从长，现在是两个孤儿的教师。她走路时表现出一种果敢、傲慢的神气，所有的人都不由自主地为她让路。她一只手抱着小彼佳，另一只手领着四岁的娜塔莎。

皇太子好不容易才认出自己的子女来——他很久没有见到他们了。

"向你们的爸爸问好，小姐！"这个日耳曼女人推着娜塔莎，女儿看来也没有认出爸爸来。彼佳开始时好奇地盯着他，后来却转过脸去，挥动着小手，号哭起来。

"娜塔莎，娜塔莎，女儿！"皇太子向她伸出双手。

她向他抬起那双阴郁的完全跟妈妈一样的浅蓝色大眼睛，突然笑了，奔过去搂住他的脖子。

彼得走进来。他看了看孩子们，气哼哼地用德语对那位公主说：

"你为什么要把他们带到这儿来？此处不是他们待的地方。快走吧！"

那个日耳曼女人看了看沙皇，她那双善良的眼睛里闪烁着不满的神情。她本来想要说什么，可是看见皇太子顺从地从手中松开了娜塔莎,便耸耸肩膀,气哼哼地把还在号哭着的彼佳一晃,气哼哼地抓起小姑娘的手,一声不响地向门口走去,像进来时一样,表现出傲慢的神气。

娜塔莎一边走,一边回过头来看父亲,他觉得她的目光很像夏洛塔:这个孩子的目光里也跟母亲的目光一样,有一种默默的绝望。皇太子觉得今后永远也看不见自己的孩子了,感到一阵心酸。

大家入座。沙皇坐在费奥凡·普罗科波维奇和斯捷凡·雅沃尔斯基中间。他们对面是"公爵教皇"带着全体弄臣。他们已经履行过开斋仪式,于是开始了胡闹。

对于沙皇来说,这是一个双重节日:复活节和涅瓦河解冻。他考虑着一些新的舰船下水,愉快地从窗子往外望去,只见宽阔的蓝色水面上流动着白色冰块,在早晨的阳光照耀下如一只只白天鹅。

开始了关于宗教事务的话题。

"我们的宗主教很快就能准备好吗?"彼得问费奥凡。

"很快,皇上,袈裟就要缝好了。"他回答道。

"我的帽子可是准备好了!"沙皇笑着说。

所说的"宗主教"指的是圣主教公会;"袈裟"就是《宗教管理条例》,普罗科波维奇正在起草;"帽子"就是关于建立圣主教公会的谕旨。

费奥凡谈起新设立的机构的好处,这时,他脸上的每个线条里都流露出非常兴奋的神采,洋溢着自得的神情:有时仿佛是他在嘲笑自己所说的话。

"这个机构比单独一个治理者具有更自由的精神。最重要的是：由于有了这样的教会管理机构，国家就不必担心暴乱了。因为黎民百姓并不明白宗教权力与专制君权有什么区别，但是威慑于大牧首的威严和荣耀，以为这种治理者便是第二个君主，其权力相当或者大于专制君主。如果二者之间出现分歧，他们更听从宗教权力，而不听从世俗政权，敢于反抗世俗政权，安慰自己说，拥护上帝，不会弄脏自己的手，甚至去厮杀流血，也会变得圣洁。很难说，这会造成什么灾难。只消看看尤斯季尼安时代君士坦丁堡的历史，就能看出许多东西来。教皇把罗马帝国的政权分成两份，不仅自己窃取了大部分，而且把其他国家几乎弄到灭亡的边缘，他也不是用别的方法取胜的。无须提起我国从前的一些失误！在这样的教会管理机构里就不会有这类灾难。民众温顺，绝不期望摆脱教会而暴乱。最后，这样的教会管理机构将像是一座宗教管理学校，任何人都能在这里学到宗教政策。因此，靠着上帝的帮助，俄国很快就能摆脱宗教事务上的愚昧，而且将来有希望更好……"

这位高级教士直接盯着沙皇的眼睛，露出竭力讨好的微笑，但这种微笑同时又是狡黠的，几乎又是狂妄的，他最后庄严地说：

"你是彼得，是磐石，我要把我的教会建造在这磐石上。"

大家全都沉默不语了。只有"酗酒大联欢"的成员还在哇啦哇啦地叫，还有老实正派的雅科夫·多尔戈鲁基公爵独自嘟哝着，但谁都没有听见他说的话：

"恺撒的物当归给恺撒，上帝的物当归给上帝。"

"神父，你是怎么看的？"沙皇转过头来对斯捷凡说。

普罗科波维奇讲话的时候，斯捷凡低头坐着，闭着眼睛，好像是在打瞌睡，他那没有血色的苍老的脸好像是死人的。可是彼得却觉得这张脸上有一种东西是他最害怕和最憎恨的——消极反抗。老人听到沙皇的声音，浑身一抖，好像是睡醒了，小声说：

"陛下，这种大事，我怎能插嘴！我老了，愚钝。让年轻人说吧，我们听着……"

他把头垂得更低了，更加小声地说：

"在河里不可能逆水而游。"

"老头儿，你总是诉苦，愁眉不展！"沙皇懊丧地耸耸肩，"你要干什么？直截了当地说吧！"

斯捷凡看了沙皇一眼，突然全身蜷缩，流露出这样一种神情，已经只有温顺，而没有任何反叛，于是滔滔不绝地说了起来，说得很快，很悲戚，急急忙忙，仿佛是害怕沙皇不把他的话听完：

"最仁慈的皇上！你让我安宁一些吧，让我保持沉默吧。我为上帝服务和劳动是有目共睹的，其中有一部分也是为了陛下，我为此付出了全部精力和健康，耗费了整个生命。现在眼睛花了，腿脚不灵了，关节炎使手指弯了，结石把我折磨苦了。然而，我虽然遭受这些灾难，但是唯一值得安慰的却是皇上的仁慈和祖国的幸福，个人的所有痛苦都因这种蜜糖而变得甜蜜。可是如今我看到你的脸色却厌恶我，也不像从前那么亲切了。主哇，哪里来的这种变化呀？……"

彼得早就不听了：他忙于观看"公爵女教长"勒热夫斯卡娅的舞蹈，只见她蹲下去轮换着向前伸出两条腿，喝醉酒的小丑们唱歌为她伴奏：

奏起来，我的杜宾努什卡！
吹起来吧，我的小风笛！

"放我到顿河修道院去吧，或者到别的地方去，听凭陛下的意旨。"斯捷凡继续"诉苦"。

"如果你对我的远去有什么怀疑，如果我想图谋不轨，就让我不得好死。彼得堡也罢，莫斯科也罢，梁赞也罢，处处都有你的专制君权管辖我，躲不开它，而且为什么要躲避呢？**我往哪里去躲避你的灵魂，我往哪里去躲避你的面容？……**"

歌声悠扬：

奏起来，我的杜宾努什卡！
吹起来吧，我的小风笛！
公爹从炕炉上摔下来，

掉到整木水槽后面了。
我要是早知道，一定会
把台阶搭得高高的，
把台阶搭得高高的，
宁肯摔碎自己的脑袋。

沙皇跺着脚，打着口哨：

噢，加油！噢，加油！

皇太子看着斯捷凡。二人的目光相遇了。老人沉默了，仿佛是突然醒悟过来，觉得不好意思了。他垂下目光，低下头，两滴泪水顺着脸上的皱纹滚落下来。他的脸又跟死人的脸一样了。

而费奥凡则满面红光，像是古希腊的魔神西勒尼，冷笑着。皇太子不由自主地把这两张脸进行比较。一张是教会的过去，另一张则是教会的未来。

低矮而狭窄的大厅里很气闷。彼得下令把窗户打开。

涅瓦河上，正像流冰排时常有的那样，刮起了来自拉多加湖的寒风。春天突然变成了秋天。夜里如同天使翅膀一般的浮云，重了，成为灰色，变得粗糙了，像是一块块大鹅卵石；太阳暗淡苍白了，好像是个结核病患者。

邻近的广场上，客栈里，过了克罗维尔克再往前，食品

市场和旧货市场上有许许多多酒馆,从那里传来嘈杂的人声,如同野兽的吼叫声。有个地方在打架,有人号叫道:

"狠狠地揍他,他福马肥胖得很!"

沉闷的钟声与这酒鬼的号叫声一起冲进窗户里来,好像也醉了,粗野而又放肆无礼。

元老院前广场中央,污水坑上面漂着复活节彩蛋的壳,一旁站着一个庄稼汉,只穿一件衬衣——别的衣服可能是换酒喝了——摇摇晃晃,好像是在思索着,是否要倒进水坑里,一边不体面地叫骂着,一边打着嗝,声音十分响亮,整个广场都能听得见。另一个人已经倒进水沟里,伸出两条赤裸的腿,绝望地挣扎着。尽管警察十分严厉,但这一天却拿酒鬼们毫无办法:他们随处倒在马路上,像是狼藉战场上的尸体。整座城市都是酒馆。

沙皇带着大臣们在元老院里开斋,这里也是个酒馆;这里也在胡言乱语,人们相互谩骂和彼此厮打。

"公爵教皇"的滑稽合唱与高级僧侣的唱诗班在比赛:看谁唱得好。一些人唱道:

基督死而复活了。

另一些人继续唱道:

奏起来,我的杜宾努什卡!

吹起来吧，我的小风笛！

皇太子想起了神圣之夜、神圣的欢乐，很动感情，期待着出现奇迹——他觉得他从天上跌落到污泥里，犹如那个醉鬼跌进水沟里一样。只要这样开始，就能这样结束。什么奇迹也没有，将来也不会有，圣地里只有一片荒凉。

二

彼得喜欢彼得戈夫，其程度不次于"乐园"。他每年都在那里度夏，亲自监督建造"令人赏心悦目的花园、菜畦、瀑布和喷泉"。

"要使一个瀑布水流四溅，"沙皇指示说，"另一个水流平缓，像一面镜子似的落到地上；做几个小瀑布，形成一个水的金字塔；最大的一个瀑布上前方，安放一组雕塑：赫拉克勒斯斗九首怪蛇许得拉，从蛇的头部往外淌水；还要有海神涅普顿，让他驾驭一辆由四匹海马拉的车，马的嘴里也往外淌水，台阶上安放特里同，让他们吹奏号角，进行各种水上游戏。让人把每一个喷泉都绘成设计图，其余的好去处，也要像法国和罗马花园那样，绘成图。"

彼得戈夫正值五月的白夜。海滨的水面平滑如镜。贝壳形的云朵泛着玫瑰色的光辉，把蓝天染成绿色，黑色的云杉和黄色的宫墙在这个背景的衬托下显得格外分明。宫殿昏暗的窗户如一只只瞎了的眼睛，反射出永不熄灭的晚霞凄凉的光辉。这个世界上的一切都好像是苍白的，暗淡的；绿色的草木变成灰色，犹如灰烬，花朵仿佛凋谢了，褪了颜色。花园里空无一人，寂静无声。喷泉在睡眠。只有长着苔藓的瀑布台阶以及人工岩洞拱顶的多孔石上，往下滴答着水珠，好像一滴滴眼泪。起雾了，无数的大理石神像——全体复活了的奥林波斯众神，在雾中泛白，好像是幽灵。在这极北的大地边缘，在北海之滨，白夜如同冥界的黑昼，业已死去的埃拉多斯①苍白的幽灵流露出无限悲哀。他们好像是复活之后又已第二次死去，今后不再会复活了。

皇上的"开心宫"——一栋荷兰式的砖房紧靠着海滨，花园里的树木修剪得整整齐齐。这里也是空无一人，寂静无声。只有一个窗户亮着：沙皇的办公室里点燃着蜡烛。

彼得和阿列克塞面对面地坐在办公桌前。在烛光和晚霞的双重照耀下，他们的脸色跟这白夜一样，是苍白的。

沙皇返回彼得堡以后首次审讯儿子。

皇太子平静地回答着，仿佛是在父亲面前已不再感到害怕，只感到疲劳和无聊。

"世俗官员和宗教界人士中间，有谁了解你的反叛打算，你对他们说了些什么，他们对你说了些什么？"

"我再什么都不知道了。"阿列克塞回答道，这已是第

---

① 古希腊人对其国家的自称，后来一度成为希腊国家的正式名称。

一百次了。

"可说过这样一类的话,诸如:我蔑视所有的人——黎民百姓都拥护我?"

"也许喝醉酒时说过。全都记不得了。我喝醉的时候总是胡说八道,嘴上不戴笼头,和同伙们在一起不可能不说些反叛的话,所以有可能向人胡诌一些这类的话。爸爸,你自己也知道,谁都可能喝醉过……这都是没有意义的胡扯!"

他看了父亲一眼,露出一种古怪的冷笑,让彼得感到不寒而栗,觉得在他面前的仿佛是个疯子。

彼得在文件堆里翻腾一阵,从里面取出一份来,拿给皇太子看。

"这可是你亲笔写的?"

"是我写的。"

那是在那不勒斯写的一封信的草稿,是写给高级僧侣和元老们的,要求他们不要遗弃他。

"可是自愿写的?"

"不是自愿。是申鲍伦伯爵的秘书凯勒逼着写的。他说,'因为有消息说你死了,就得写,要是不写,我们就不再收留你'——没有结果,我没写完。"

彼得指着信中的一处,那里有这样一句话:

"现在请诸位现在不要遗弃我。"

"现在"一词重复了两次,都抹去了。

"'现在'指的是什么时候,为什么后来又抹掉了?"

"不记得了。"皇太子回答道,脸色煞白。

他知道,这个抹掉的"*现在*"是唯一的关键,能揭开他思想的秘密,能让人了解他在叛乱、父亲的死、谋杀他等方面的想法。

"真的是被迫写的吗?"

"真的。"

彼得站起来,走进隔壁房间,唤来听差,吩咐几句,然后回来了,重新坐到椅子上,把皇太子最后的供词记录下来。

门外传来脚步声。门开了。阿列克塞轻轻地叫了一声,好像是要失去知觉。阿芙罗西妮娅出现在门口。

他自从离开那不勒斯一直没有见到过她。她的肚子已经不再隆起。可能是在要塞里分娩了,她抵达彼得堡以后立刻就被关押在那里,这是他从雅科夫·多尔戈鲁基那里了解到的。

"'银子'在何处?"皇太子思忖着,他浑身颤抖,准备向她奔过去,可是见到父亲的严厉目光,便僵住了,只能用眼睛去看她。可是她并没有看他,好像是根本就没有见到他。彼得和蔼地对她说:

"皇太子说,给高级僧侣和元老们的信不是自愿写的,是恺撒手下的人强迫他写的,费奥多罗芙娜,这是真的吗?"

"不对,"她平静地回答道,"是他一个人写的,他写的时候没有任何外国人在场,只有我和皇太子。他告诉我,他在写信,要暗中寄往彼得堡,高级僧侣和元老们能互相传阅。"

"阿芙罗西妮娅,阿芙罗西尤什卡……你说些什么呀?……"皇太子惊恐地嘟哝着。

"她不知道,她忘记了,我想她是记混了,"他转向父亲,又流露出那种古怪的冷笑,让彼得感到不寒而栗,"我当时寄给首相秘书的是进攻贝尔格莱德的计划,而不是那封信……"

"正是那封信,皇太子。你是当着我的面封上的。我能忘吗?我亲眼看见了。"她照旧心平气和地说,可是突然看了他一眼,那目光跟三年前在维雅节姆斯基府上他醉醺醺地挥动着刀子扑上去强奸她时一样。

他根据这目光明白了,她把他出卖了。

"儿子,"彼得说,"我想你看出来了,这可是事关重大。如果说那些信是你自愿写的,很显然,你不仅在思想上有叛乱的打算,而且阴谋付诸行动。可是你在以前的供词中却隐瞒了这一切,这并非由于忘记了,而是有意的,打算将来东山再起。然而,我们在上帝面前不愿意让自己的良心不洁净,不想轻信重刑之下的口供。我最后一次问你,你是自愿写的,是真的吗?"

皇太子沉默不语。

"我很可怜你,费奥多罗芙娜,"彼得说,"可是没法子。我得动刑。"

阿列克塞看看父亲,又看看阿芙罗西妮娅,明白了,如果他皇太子拒不承认，她就逃脱不掉受刑。

"是真的，"他低声说，勉强可闻，刚一说完，恐惧就立刻消失了，他又感到毫不在乎了。

彼得的眼睛闪烁着高兴的光芒。

"'现在'这个词是什么意思？"

"意思是：为了让百姓中间有更多的人拥护我，需要求助于报刊，公布梅克伦堡叛乱的消息。可是后来，我觉得不好，就抹掉了……"

"就是说，你高兴发生叛乱？"

皇太子没有回答。

"既然高兴，"彼得仿佛是听到了回答，继续说道，"那么我想，就不会没有打算：是不是要直接加入叛乱的一伙？"

"如果派人来找我，我就去。我想在你死后就会派人来的，为此……"

他停顿下来，脸色更加煞白，最后费力地说：

"为此，想要谋杀你，而为了把你活着推翻，我没想……"

"活着是在什么时候？"彼得急忙小声问道，盯着儿子的眼睛。

"如果有力量，活着也可能。"阿列克塞也小声回答道。

"凡是你知道的，全都说出来。"彼得又转向阿芙罗西妮娅。

"皇太子一直热衷于继承皇位，"她开口说，速度很快，语气坚定，好像是在复述背得很熟的话，"他的出走似乎是由于皇上想方设法不让他活。他听说你的小皇子彼得·彼得罗维奇生病了，就对我说：'你瞧，爸爸做他自己的那一套，而上帝则做自己的一套！'他把希望寄托在元老们身上，说：'我要把老的都撤掉，按照自己的意愿挑选一批新的。'每当听到什么兆头，或者在报纸上读到彼得堡很平静，他便说，这种兆头和平静可不是无缘无故的：'不是父亲得死，就是要发生叛乱……'"

她又说了很久，提到连他自己都不记得的一些话，揭露了连他自己都没有察觉到的内心秘密。

"托尔斯泰先生到了那不勒斯之后，皇太子想要脱离恺撒的庇护，去投奔罗马教皇，可是我制止了他。"阿芙罗西妮娅最后说。

"全都属实吗？"彼得问儿子。

"属实！"

"好，费奥多罗芙娜，你可以走啦。谢谢你！"

沙皇把手伸给她。她吻了他的手，转过身去想走。

"亲爱的！亲爱的！"皇太子又突然全身向她探去，嘟哝着，好像是说梦呓，自己也记不清说了些什么，"再见，阿芙罗西尤什卡！……也许我们再也不能见面了。主和你同在！……"

她什么都没回答，也没有回头看看。

"你为什么这样对待我？……"他小声补充道，没有斥责，只是感到无限惊奇，然后用双手把脸捂上，听见她走出以后门关上了。

彼得装作阅读文件的样子，偷偷地看了儿子一眼，好像是在等待着什么。

这是深夜最寂静的时刻，但像白天一样明亮，所以这寂静就显得更深沉了。

皇太子突然把手从脸上拿开。脸色吓人。

"婴儿在哪儿？……婴儿在哪儿？……"他说，眼睛盯着父亲，眼神呆滞，射出光芒，"把他怎么处理了？"

"什么婴儿？"彼得没有立刻明白过来。

皇太子指了指阿芙罗西妮娅走出去的门。

"死了，"彼得说，没有看儿子，"生下来就是死胎。"

"你说谎！"阿列克塞叫喊起来，举起双手，好像是在威胁父亲，"给弄死的，是给弄死的！……给掐死了，再不就是像狗崽子似的给扔到水里了！……他是个无辜的婴儿，为什么连他也不放过？……是个男孩，对吧？"

"是男孩。"

"要是上帝能让我登上皇位，"阿列克塞若有所思地继续说，仿佛是在自言自语，"会让他当上皇位继承人……想要给他取名为伊万……约安·阿列克塞耶维奇沙皇……尸体，尸体在哪儿？……扔到什么地方去了？……你说！……"

彼得默不作声。

皇太子抓住自己的头发。他的脸扭曲了，变得通红。

他想起了沙皇的一种习惯：把死婴用酒精泡上，与别的

"畸形者"一起放在珍宝馆里收藏。

"在瓶子里,在瓶子里,泡在酒精中!……俄国沙皇的继承人像条青蛙,给泡在酒精里了!"他突然哈哈大笑起来,这笑声如此古怪,彼得感到不寒而栗。他又想:疯子!他感到一阵厌恶和惊恐,就像他每逢见到蜘蛛、蟑螂和其他爬虫所体验到的那样。

可是就在这一瞬间,惊恐变成了愤怒:他觉得儿子在嘲弄他,故意装疯卖傻,以便隐瞒自己的恶行。

"你还有什么事?"他重又开始审讯,仿佛是并没有察觉到皇太子所发生的情况。

皇太子停止大笑了,很突然,跟他开始笑时一样,他把头靠在椅子靠背上,脸色煞白而消瘦,像个死人。他默默无言地看着父亲,目光呆滞。

"既然你曾寄希望于黎民百姓,"彼得继续说,抬高了声音,竭力保持镇静,"你是否派人到百姓中间去进行煽动,或者你是否听见过有什么人谈到百姓要叛乱?"

阿列克塞沉默不语。

"回答!"彼得喊道,他的脸痉挛地抽搐着。

阿列克塞的脸也抽动一下。他竭力咬紧嘴唇,说道:

"全都说过了。再没什么可说的了。"

彼得用拳头敲了一下桌子,跳了起来。

"放肆!……"

皇太子也站起来,盯着父亲。一瞬间,他们俩又彼此相像起来，几乎是一模一样。

"你吓唬什么，爸爸？"阿列克塞小声说，"我不怕你，什么都不怕。你已经得到了我的一切，全都给毁了，灵魂和肉体。再没什么可怕的了。除非是杀了。那又怎样，杀吧！我不在乎。"

不慌不忙的冷笑使他的嘴唇扭曲了。彼得在这冷笑里感到了无限的轻蔑。

他像一头受伤的野兽，吼叫起来，向儿子扑过去，抓住他的喉咙，把他按倒在地，勒他的脖子，用脚踩他，用棒子打他，同时继续发出非人的吼叫声。

皇宫里的人都醒了，忙碌起来，东跑西颠，但是没有任何人敢到沙皇这里来。人们只是脸色苍白，画着十字，走到门前，偷听从里面传出来的可怕声音：好像是那里有一头野兽在吃一个人。

皇后在上宫里睡觉。她被唤醒了。她没有穿好衣服，便急匆匆地赶到这里，但是也不敢走进去。

只是等到寂静下来之后，她才开开门，先往里面瞧了一眼，然后蹑手蹑脚地走进来，悄悄地站到丈夫的背后。

皇太子躺在地板上，失去了知觉，沙皇坐在安乐椅上，也休克了。

打发人把御医布留蒙特罗斯特请来。皇后担心沙皇把儿子打死了，但御医却让她放心。皇太子被打得很重，但是伤势并不危险。他很快就苏醒过来，并且很平静。

沙皇的情况却比儿子要糟。差不多就是把他抬到卧室去的，他痉挛得很厉害，布留蒙特罗斯特担心他会瘫痪。

但是，他上午情况好转，晚上已经起床了，不顾卡简卡的苦苦哀求和御医的警告，下令备船，到彼得堡去了。皇太子也给押送去了，用的是另一条带篷的小艇。

翌日，5月14日，向百姓宣读了关于皇太子的第二道诏书，说皇上应允宽恕儿子，"彼如能真心悔罪，毫无隐瞒；然而彼却践踏父皇之仁慈，隐瞒借助外国势力或通过叛乱而篡夺皇位之企图，故不可宽恕矣"。

当日，指派最高法庭审理皇太子的叛国罪行。

过了一个月，6月14日，皇太子被押解到彼得保罗要塞的驻军地，关进特鲁别茨科伊炮台。

三

致诸位都主教、大主教、主教以及其他至圣者：

吾子反对吾等，实属举世罕见之罪行，诸君对此已早有所闻，吾身为其父同时身为其君，对彼拥有足够之权力，尤其根据俄国法律（在父与子之间充当裁判者，完全可以为私人报仇），本可无须与他人商议而按照自己之意旨，对其罪行进行惩处，然而吾敬畏上帝，唯恐造孽，因为当事者迷，犹如医生不知自己之病情也：彼虽医道高明，也难于治本人之疾，而延请他人；故吾将个人之病委托于诸君，担心死亡而祈求诸君为之医治。吾如亲自医治，难免误诊。吾曾以上帝之名义发誓，在书信中应允宽怨吾子，后又口头肯定之，彼如能真实说出自己之罪过。然而，彼却隐瞒最重要之事和阴谋掀起叛乱以反对吾身为其父和身为其君之企图，吾牢记上帝之言，遇到此类事情当询问神职，如《第二法规》第十七章所言，盼望诸位至圣者身为上帝圣言之导师根据《圣经》教诲吾，依照押沙龙的先例，按照神律，吾子之罪恶企图该受到何种惩罚。恳请诸君在书中签名，以使吾在本案中不受良心之折磨。诸君皆为神训之遵守者、基督之忠实牧人和祖国之祝福者，吾寄厚望于汝等，并以上帝与神圣教会之名义恳求诸君坦诚而秉公决断。

彼得

各位高级僧侣回信说：

本案归世俗法庭裁决，而非宗教法庭也，最高掌权者无须由国民裁决，可根据自己之考虑行事，不必与下级商议，然而陛下既然吩咐，吾等于《圣经》中找到几处，与此几无先例之可怕案件相似,兹禀报陛下。

接下去便摘抄了《旧约》和《新约》,最后重申:

> 本案非由吾等裁决;何人能令吾充当审判吾等主宰者之法官焉?手足只能听从头脑之教诲并受其主宰,岂能教训头脑乎?况且吾等之法庭实乃灵魂法庭也,而无涉血肉之躯;宗教法庭所拥有者乃精神之剑,而非铁剑之权力。然而吾等以应有之顺从,关注至高无上君主之议论以及皇上之所作所为,兹伏呈如下:彼如根据其罪恶之程度,欲惩处该堕落者,可循《旧约》之先例;如欲宽恕,则有基督之垂范,彼接纳其浪子并予以仁慈。简言之:**王的心在上帝手中**。选择上帝之手所伸向之处。

签名的有:
温顺之斯捷凡,梁赞斯基都主教
温顺之费奥凡,普斯科夫斯基大主教
还有四位大主教、两位希腊都主教,斯塔甫罗波尔斯基和菲凡德斯基、四位修士大司祭,其中包括费多斯卡,以及两位修士司祭——他们都是即将成立的圣主教公会的成员。
神父们对于皇上的主要问题——宽恕儿子的誓言问题却

根本没有答复。

彼得阅读这篇议论时，体验到一种可怕的感觉：好像是他想要依靠的东西，如朽木一般，在他脚下坍塌了。

他达到了他所希望的，但也许是太好了：教会完全服从沙皇，仿佛根本不存在似的；整个教会就是他本人。

而皇太子就这篇议论则苦笑着说：

"这些温顺者比小鬼还狡猾！还没有建成宗教机关，但已学会了宗教政治。"

他再一次感到，教会对于他来说已不是教会了，他想起了基督的话："你是彼得，是磐石，我要把我的教会建造在这磐石上。"

"你年少的时候，自己系上带子，随意往来；但年老的时候，你要伸出手来，别人给你系上带子，并带你到你不愿意去的地方。"

四

最高法庭第一次会议定于6月17日在元老院的会见厅举行。

法官有各部大臣、元老、将军、督军、近卫军和海军大尉、少校、上尉、中尉、少尉、军事专员、新设的各部委长官、大贵族、御前大臣、御前侍臣——文职和军职官员总共一百二十七人——显贵们说，鱼鳖虾蟹全都上来了。有些人甚至目不识丁，因此不能在判决书上签字。

法官们在三位一体教堂向圣灵做了午祷，祈求上帝在这个难于审理的案件中予以帮助，然后从教堂来到元老院。

大厅里门窗全都敞开，不仅为了空气新鲜——这一天天气炎热，雷雨将至，而且也为了让法庭做出全民性的样子来。然而却戒备森严，邻近的街道上设置了障碍物，用拦路杆封闭了交通——一营御林军荷枪实弹在广场上站岗，不准"卑贱的百姓"通行。

四名军官手持明晃晃的长剑，把囚犯皇太子从要塞押来。

会见厅里，一排排铺着红呢的长桌，摆成四方形，桌旁坐着法官。这里本来摆着皇帝的宝座，但是沙皇并没有坐到那儿去，而是坐到法官席上首的一把普通扶手椅上，跟皇太子面对面，好像是原告和被告一样。

宣布开庭以后，彼得站起来，说道：

"各位元老先生以及其他各位法官！我请求诸位认真审理本案，切莫忧心忡忡，也不要迎合讨好，绝对不必担心本案如从轻发落会使我反感，我以上帝的名义发誓！也不要考虑诸位是在审判我的儿子，因为我是一国之君而对审理有所影响；不要看人，而要面对真理，不要损害自己的和我的灵魂，让我们的良心在可怕的末日审判时能保持纯洁，并使祖国免遭灾难。"

副首相沙菲罗夫宣读起诉书，一一列举了皇太子的所有罪行，其中既有以前宣布过的，也有新发现的，亦即他在第一次刑讯中所隐瞒的。

"你承认自己有罪吗?"缅希科夫公爵问皇太子,他被任命为审判长。

所有的人都以为皇太子会像以前在莫斯科大殿里那样,跪倒在地,哭泣着乞求宽恕。可是他却站了起来,以安详的目光环视一下法庭,于是大家明白了,这回可不会是那样了。

"我是否有罪,不应该由你们来审判我,唯有上帝才能审判我,"他开口道,大厅里立刻寂静下来;连呼吸声都能听得见,"没有自由的意志,怎能真实地审判呢?而你们的意志又在哪里?你们都是皇上的奴才——眼睛盯着他的嘴:他怎么吩咐,你们就怎么说。法庭只是有其名,而无其实——无法无天和专横暴虐!你们都知道一则寓言吗?说的是羊羔和狼是怎样打官司的。而你们的法庭就是狼的法庭。不管真理如何在我这一边,你们反正都要审判我。但是,假如不是你们,而是全体俄国人民来审判我和爸爸的是与非,那么那个法庭就会和这里大不一样。我曾可怜过人民。彼得是个沉重的庞然大物——在他的重压之下,人们连气都喘不过来。有多少人被杀死了,流了多少血!大地在呻吟。你们难道没有看见,没有听见?……有什么好说的!你们算是什么元老——只不过是沙皇的奴才而已,卑鄙下流,全都卑鄙下流,无一例外!……"

气愤的嘟哝声压过了皇太子最后的一些话。但是任何人也不敢制止他。大家全都注视着沙皇,等着看他说什么。

可是沙皇却默不作声。在他那呆滞的,仿佛变成石头的脸上,没有一块肌肉在动。只有那双眼睛睁得很大,燃烧着火光,盯着皇太子的眼睛。

"你怎么不说话,爸爸?"他突然朝着父亲说,露出无情的冷笑,"你听到真理觉得很不习惯吧?你下令把我的脑袋砍掉,我就一句话也不说了。既然你想要审判,那么喜欢也罢,不喜欢也罢,你就得听着!当初你诱骗我从恺撒的庇护中回来,不是以上帝的名义发誓宽恕一切吗?可是如今誓言在哪里?你在全欧洲面前丢尽了脸面!堂堂的俄国专制君主原来是个背叛誓言者,是个撒谎者!"

"不能让他说!侮辱陛下!精神失常了!押下去!"人声鼎沸起来。

缅希科夫跑到沙皇面前,伏在他耳朵上说了几句。可是沙皇却沉默不语,好像是什么都没有看见,什么都没有听见,只是发呆,像是个木桩,他那张死人般的脸如同泥雕的。

"你是第一个把儿子的鲜血,把俄国沙皇的鲜血洒到断头台上的!"皇太子又说了起来,好像是他已经不再是代表个人在讲话:他的话听起来如同预言,"这鲜血从一个头上溅到另一个头上,直到最后一个沙皇,我们整个家族都将在鲜血中毁灭。上帝由于你而将惩罚俄国!……"

彼得慢慢地动了一下,很艰难,付出了难以置信的努力,好像是要摆脱一副可怕的重担而站起来;最后终于站了起来,脸由于痉挛得很厉害而变形了——仿佛是泥雕的脸获得

了生命——嘴唇张开了,从喉咙里冲出来受压抑的嘶哑声音:

"闭嘴,闭嘴……我诅咒你!"

"你诅咒我?"皇太子狂怒地叫喊着,向沙皇扑过去,向他的头上举起双手。

所有的人全都惊呆了。好像是他要殴打父亲,或者要向他脸上吐唾沫。

"你诅咒?……我还要诅咒你哩……你这个恶鬼,杀人凶手、野兽、反基督!……你要受到诅咒,受到诅咒,受到诅咒!……"

彼得一头栽倒在椅子上,向前伸着双手,好像是在躲开儿子而自卫。

所有的人全都跳起来。出现了混乱,如同发生火灾或者凶杀一样。一些人去关闭门窗;另一些人从大厅里往外逃;还有一些人把皇太子包围起来,把他从父亲身旁拖开;也有一些人急急忙忙地去帮助沙皇。他犯病了。癫痫发作了,就像一个月以前在彼得戈夫那样。法庭宣布休会。

可是那天夜里,最高法庭又开会了,决定对皇太子施加刑讯。

五

刑讯被告的程序是这样的:

为了对罪犯进行刑讯,设有专门地点,称作拷刑室,围以木栏，搭有篷盖，刑讯时有法官、秘书和记录供词的书吏在场。

拷刑室内设有拷刑架，由三根木桩构成，其中两根埋入地里，第三根横架在上部。

确定了时间之后，刽子手来到拷刑室，带着刑具，即枷锁，上面缚着一根长绳，还有鞭子和皮带。

法官们到达拷刑室之后，刽子手把长绳挂到拷刑架的横梁上，把受刑者的双手背过去，夹在枷锁里，在辅助人员帮助下把他吊起来，使受刑者离开地面，背着双手悬在空中；然后用皮带捆绑双腿，再捆在拷刑架的一根柱子上；他被抻起来，一边用皮鞭抽打，一边审问他的罪行，该犯所说的一切皆记录在案。

6月19日上午，皇太子被押到拷刑室，他还不知道法庭的判决。

刽子手康德拉什卡·鸠军走过来，说：

"脱衣服！"

他仍然还没有明白。

康德拉什卡把一只手放在他的肩上。皇太子回头看看他，这才明白了，但好像是并没有害怕。他的心里空空的。他觉得自己如在梦中；他的耳朵里响起早先那支梦中的歌：

> 熊熊的火烧得正旺，
> 锅里的水翻滚沸腾，

他们正在磨刀霍霍，

准备要把你宰杀。

"吊起来！"彼得对刽子手说。

皇太子被吊在拷刑架上。抽了他二十五鞭子。

过了三天，沙皇派托尔斯泰去提问皇太子：

"你今天下午去一趟，向他提出下列问题，记下供词，不是为了刑讯，而是为了了解情况：

"第一，他不听我的话，丝毫不愿意做有益的事，明知不应该这样，是罪过，可原因是什么？

"第二，为什么无所畏惧，不害怕惩罚？

"第三，为什么想通过另一种途径，而不是通过听话来取得皇位继承权？"

托尔斯泰走进关押皇太子的特鲁别茨科伊炮台监狱时，他正躺在木板床上。布留蒙特罗斯特在给他包扎，检查脊背上的鞭伤，解下旧的绷带，换上敷药的新绷带。御医受命尽快把他的伤势治愈，以便进行下一次刑讯。

皇太子在发烧，说着谵语：

"费奥多尔·弗兰佐维奇！费奥多尔·弗兰佐维奇！快把它赶走，赶走，看在基督的分上……你瞧，它在喵喵地叫，这个可恶的东西，表示亲热，可是然后就要蹿到胸上来，要把你掐死，用爪子把心抠出来……"

他突然清醒了，看了托尔斯泰一眼：

"你要干什么?"

"从你父皇那里来。"

"又要刑讯?……"

"不,不,彼得罗维奇!别害怕。不是刑讯,只是想了解情况……"

"我已经一无所知了,一无所知,一无所知!"皇太子呻吟起来,躺在那里翻来覆去,"离开我吧!把我杀死吧,只求别再折磨我了!如果不想杀死,那就给些毒药,或者给一把剃刀,我自己来……只求快点儿,快点儿,快点儿……"

"你这说哪儿去啦,皇太子!上帝与你同在,"托尔斯泰以柔和的目光看着他,用柔和的声音小声说,"上帝保佑,一切都会好起来的。反复研磨,多出面粉。别吵别闹。平平安安,和和睦睦。人生在世,什么事情都可能发生。都是些日常琐事。上帝忍耐了,这样吩咐我们嘛。难道你以为我不可怜你吗,亲爱的?……"

他掏出那个永不离身的绘着阿尔卡吉亚牧童和牧女的烟盒,闻了一捏鼻烟,抹去了眼泪。

"噢,可怜,我的心肝,真可怜你,甘愿把灵魂贡献给你!……"

向他弯下身去,快速而小声地补充道:

"信不信由你,我一向希望你好,现在也还是希望……"

皇太子瞪着双眼,目光直挺挺地盯着他,他突然哽住了,没有把话说完。皇太子慢慢地从枕头上抬起头来:

"叛徒犹大！这就是你所说的好！"他向托尔斯泰的脸上吐了一口唾沫，低沉地呻吟着——可能是绷带脱落了——趴在床上。

御医奔过来急救，向托尔斯泰喊道：

"您离开吧，让他安静一会儿，否则我对一切后果概不负责！"

皇太子又说起谵语来：

"你瞧，目不转睛……两只大眼睛像是蜡烛，胡子支棱着，跟爸爸的一样……去，去！……费奥多尔·弗兰佐维奇！费奥多尔·弗兰佐维奇！快把它赶走，赶走，看在基督的分上……"

布留蒙特罗斯特给他闻了酒精，在头上敷了冰。

他最后终于又苏醒过来，看了托尔斯泰一眼，已经不带丝毫的愤怒，看来是忘了所受的侮辱。

"彼得·安得烈伊奇，我知道你的心很善良。做个朋友吧，为自己而向上帝祷告吧。你求求爸爸准许我跟阿芙罗西妮娅见上一面吧……"

托尔斯泰小心翼翼地把嘴唇挨到他那只缠着绷带的手上，由衷地流出了眼泪，因此声音颤抖地说：

"我一定请求，一定请求，亲爱的，你要怎么的，我全都照办！可是我们还是得想法按照问题要点逐一地回答。问题并不多，总共只有三点……"

他读了沙皇手书的问题。

皇太子疲惫地合上了眼睛。

"有什么好回答的,安得烈伊奇?我全都说了,上帝做证,全都说了。头脑里没有话,也没有思想。完全麻木了……"

"没关系,没关系,老弟!"托尔斯泰很着急,移动了桌子,拿出纸、笔和墨水,"我来说给你,你只是写就行……"

"他能写字吗?"托尔斯泰对御医说,看了他一眼,御医在这目光中看到了沙皇的坚决目光。

布留蒙特罗斯特耸耸肩,暗自思忖道:野人!然后从皇太子的右手上解下绷带。

托尔斯泰口述。皇太子艰难地写着,字迹歪歪斜斜,停顿好几次;由于虚弱而感到头晕,笔从手中掉下来。于是布留蒙特罗斯特给他服了兴奋剂。但是托尔斯泰的话却比兴奋剂更起作用:

"你会和阿芙罗西尤什卡见面的。也可能彻底宽恕,允许结婚!写吧,写吧,亲爱的!"

于是皇太子又写了起来。

1718年6月22日,按照托尔斯泰先生所提问题要点,回答如下:

第一,我不听父亲的话,是因为我自幼便和妈妈以及使女们一起生活,除了室内的娱乐,什么都没有学到,再就是学会了诉苦,我本来天生就好诉苦。我父亲关心的是让我学到皇子应该了解的事情，让我学习德语和其他科学，但我对此非常反感，毫无兴趣，因此非常懒惰，只是混日子。父亲当时常常外出征战，不在我身边，而我身边的人看到我只喜欢诉苦以及跟僧侣和平民百姓谈话，常常去找他们喝酒，他们不仅不禁止我做这一切，而且自己也和我一起这么做。让我疏远了父亲，也渐渐离开了父亲的军务和其他事业，而且他的为人也让我十分反感。

第二，说到我无所畏惧，不听父亲的话而不怕受到惩罚，这并非他故，而仅仅由于我的坏脾气。我自己由衷地承认这一点，我虽然惧怕他，但这并非儿子对老子的那种惧怕。

第三，至于我为什么想通过另一种途径，而不是通过听话来取得皇位继承权，这一点任何人都能很容易判断出来，既然我离开了笔直的大道，在任何事情上都不愿意遵从父亲的意旨，那么除了像我所做的那样，亦即希望借助外国势力来夺取皇位继承权，还能通过别的什么办法呢？如能达到这种地步，恺撒开始付诸行动，如对我所允诺的那样，用武力为我夺取俄国皇位，那么我则会不惜一切去夺取皇位，具体地说，如果恺撒希望俄国军队帮助他反对某个敌人，或者希望得到大笔金钱，那么我就会按照他的意旨去做，还会赏给他的大臣和将军们大量礼物。而他的军队既然帮助我夺取俄国皇位,那么我就要提供给养,总而言之,我将不惜一切,只求实现我的意愿。

　　　　　　　　　　　　阿列克塞

签了名之后,他突然醒悟过来,如梦方醒,明白了自己在做什么,不禁惊恐起来。他想要叫喊说,这是谎言,想要把纸抓过来撕碎。可是舌头和手脚都被捆绑住了,好像一个被活埋的人,什么都能听见,什么都能感觉到,可是却动弹不得,犹如在噩梦之中。手脚动弹不得,嘴里说不出话来,他眼巴巴地看着托尔斯泰把那张纸叠起来,装进衣袋里。

这份最新的供词于6月24日在元老院宣读,最高法庭根据它做出如下判决:

　　吾等,如下签名者,大臣、元老以及军职与文职官员,经过认真审理,根据基督教徒之良心,按照《圣经·旧约》和《圣经·新约》之教诲,根据福音书和使徒、圣父和教会导师之圣训,依照罗马、希腊恺撒和其他基督教国君之条款以及俄国之法律,毫无任何争议,一致同意做出如下判决:前皇太子阿列克塞阴谋叛乱,反对其父皇,多年以来一直图谋篡夺国家之皇位,在其父皇健在之时不仅企图通过叛乱,而且妄图借助外国恺撒及其军队颠覆整个国家，特此将其判处死刑。

六

当天，对他又进行了刑讯。抽了十五鞭子，没等结束就把他从拷刑架上解下来，因为布留蒙特罗斯特宣称，皇太子有可能死于皮鞭下。

夜里，他的病情恶化，看守军官害怕了，跑去报告要塞司令，说皇太子要死了，可别让他不经忏悔就死去。司令派驻军神甫玛特菲去给他举行忏悔仪式。可是他不愿意去，哀求司令说：

"别让我去啦，大人！我不习惯做这种事。这是皇家的事，很可怕。要负责任的——躲也躲不掉。我有老婆和儿女……开开恩吧！"

司令答应一切责任全由他承担，于是玛特菲神甫便勉勉强强去了。

皇太子处于昏迷状态，认不出人来，说着谵语。

他突然睁开眼睛，盯着玛特菲神甫。

"你是什么人？"

"驻军神甫玛特菲。派我来给你做忏悔。"

"忏悔？……可是神甫，为什么你长着牛头？……你瞧，脸上全是毛，头上有角……"

玛特菲神甫沉默不语，垂下目光。

"怎么样，太子殿下，做忏悔好不好？"他终于说，畏葸地希望他不拒绝。

"神甫，沙皇有令，凡是忏悔时暴露出来的背叛或暴乱，你们忏悔师皆得向保密局报告，你可知道吗？"

"知道，殿下。"

"如果我向你泄露什么，你会报告吗？"

"有什么法子呢，太子？我们由不得自己……有妻儿老小……"玛特菲嘟哝着说，心里想：瞧吧，真糟糕！

"滚，滚，滚，离开我，牛头！"皇太子气愤地叫喊，"俄国沙皇的奴才！下流坯，全都是下流坯，无一例外！曾经是雄鹰，可是却成了戴轭的牛！把教会出卖给反基督了！我要不经忏悔而死，不领你的圣餐！……蛇的血，撒旦的肉……"

玛特菲神甫惊恐地向后退去。他的手哆嗦起来，差点儿没把盛圣餐的碗掉到地上。

皇太子看着这只碗，重复着分裂派长老的话：

"你可知道，你们的圣饼可像什么东西？像是倒在城里街道广场上的死狗！只要领了圣餐——这个人就能获得生命：你们的圣餐可真是万能——是砒霜，要不就是升汞；很快就渗进骨髓和大脑里去，一直渗进灵魂——然后你就在火焰地狱里休息吧，在地狱之火里呻吟吧，就跟不可救药的罪人该隐一样……你们想要毒死我，我可不干！"

玛特菲神甫逃跑了。

一只变形的黑猫跳到皇太子的脖子上，要掐死他，用爪子挠他的心。

"我的上帝呀,我的上帝呀,你为什么离弃我?"他受着濒死的折磨,呻吟着,躺在那里翻来覆去。

他突然感到,床上,刚刚玛特菲神甫坐过的那个地方,如今坐着另一个人。他睁开眼睛看去。

这是一个须发皆白的小老头。他低着头,皇太子看不清他的脸。老头既不像圣母报喜大教堂保管祭物的神甫伊万,也不像百岁的养蜂爷爷,阿列克塞曾经有一次在下城区森林的深处遇见过他,他当时坐在自己蜂场的蜂箱中间晒太阳,他白发苍苍,浑身散发着蜂蜜和蜂蜡味;他的名字也叫伊万。

"你是伊万神甫?还是老爷爷?"皇太子问道。

"伊万,伊万——正是我!"老头亲切地说,微笑着,他说话的声音很低,像是蜜蜂的嗡嗡声,或者远处传来的祈祷钟声。皇太子听着这声音,感到既恐惧又甜蜜。他竭力想看清老头的脸,却不能看清。

"别害怕,别害怕,孩子,别害怕,亲爱的,"他说,声音更低了,更亲切了,"主派我来看你,他自己很快也将随我而来。"

老头抬起头来。皇太子这才看清了,只见他的脸很年轻,认出了他是雷子约翰。[①]

"基督复活了,阿寥申卡!"

[①] 耶稣的使徒,西庇太之子,耶稣给他及其兄弟雅各起名叫半尼其,意即"雷子"。

"真的复活了！"皇太子回答道，一股兴高采烈之情充溢了他的灵魂，好像是复活节那天在三位一体大教堂做晨祷时一样。

约翰手里拿着的好像是太阳：那是盛着血和肉的圣餐碗。

"为了圣父、圣子和圣灵。"

他给皇太子领了圣餐。太阳进入他的体内，他感到没有悲伤，没有恐惧，没有疼痛，没有死亡，只有永生，永恒的太阳——基督。

七

第二天早晨，布留蒙特罗斯特检查病人时，大吃一惊：竟然不发烧了，伤口愈合了；病情好转得如此突然，简直是奇迹。

"哎，上帝保佑，上帝保佑，"这个日耳曼人高兴了，"这回可以长命百岁了！"

皇太子一整天都感觉很好；安详的高兴表情一直没有从他的脸上消失。

中午向他宣读了死刑判决书。

他听的时候心情平静，画个十字，询问哪一天行刑。回答他说，日子还没有定下来。

送来了午饭。他吃得很有胃口。后来他要求把窗户打开。

天气晴朗，阳光灿烂，好像是春日。随风飘来水和草的气味。窗下，要塞的墙缝里长着蒲公英，开着黄色的花。

他向窗外看了很久：只见小燕子欢快地叫着，飞来飞去；从监狱的铁窗往上望去，只见天空那么碧蓝，那么深邃，他自由的时候从来都没有见到过。

傍晚的时候，夕阳照亮了皇太子床头的白墙。他觉得在这白光里见到了那个须发皆白的小老头，只见他的脸很年轻，微笑着，手里端着圣餐碗，像太阳一样。他看着他，慢慢睡着了，已经很久没有睡得这么安详，这么香甜了。

第二天是6月26日，星期四，早晨八点钟，沙皇、缅希科夫、托尔斯泰、多尔戈鲁基、沙菲罗夫、阿普拉克欣以及其他几个大臣来到驻军拷刑室。皇太子十分虚弱，把他从囚室抬到拷刑室。

又问他："你还有什么要交代的？有没有诬陷谁，有没有袒护谁？"可是他已经什么都不回答了。

把他吊到拷刑架上。打了他多少鞭子，谁都不清楚——打的时候没有数。

打了头几鞭子之后，他突然不出声了，不再呻吟，不再哎呀地叫了，只是四肢绷紧，僵直，好像是麻木了。他的目光明亮，脸色安详，但不知为什么，就连对痛苦最熟视无睹的人在这种安详中也都感到一种惊恐。

"不能再打了，陛下！"布留蒙特罗斯特伏在沙皇耳朵上说，"可能死掉。而且毫无用处。他已经什么都感觉不到了：

昏厥……"

"什么?"沙皇惊奇地看了御医一眼。

"昏厥——这是一种状态……"御医开始用德语解释。

"你自己就是昏厥,傻瓜!"彼得打断他,转过身去。

刽子手为了歇口气而停顿了片刻。

"为什么闲着?打!"沙皇叫道。

刽子手又打起来。可是沙皇却觉得他故意不使劲打,可怜皇太子。彼得觉得周围所有的人脸上都露出可怜和愤愤不平来。

"打,打!"他跳起来,愤怒地跺着脚;所有的人都惊恐地看着他:好像是他发疯了,"对你说,使出全副力量来打!你不会打了吗?"

"我一直在打呢。还怎么打?"康德拉什卡暗自嘟哝着,又停了下来,"我们这是俄国人的打法,没有向德国人学过。我们是东正教徒。灵魂要长久承受罪孽吗?打死了也不难。你瞧,只剩下一点儿气了。我想,不是畜生,也是基督徒!"

沙皇向刽子手奔过去。

"等着瞧,龟儿子,我剥了你的皮,你就学会了!"

"好吧,皇上,你就教教吧——随你的便!"他阴郁地皱着眉头看了沙皇一眼。

彼得从刽子手的手里夺过皮鞭。大家都向沙皇奔过来,想要制止他,但为时已晚。他竭尽全力,向儿子抽去。打的技巧并不高明,但很可怕,有可能打断骨头。

皇太子向父亲转过脸来，看了他一眼，仿佛是想要说什么，他的目光使彼得想起了一幅古老圣像上头戴荆冠的圣容的目光，他当初曾在这幅圣像前越过圣子单独向圣父祈祷，并且惊恐地战栗着想道：这是什么意思——子与父？又跟在那里一样，好像是在他的脚下出现一道万丈深渊，从里面吹出一股寒气，他的头发竖了起来。

他克制着惊恐，再一次举起皮鞭，但是感到手指上有黏糊糊的血，这是沾到皮鞭上的，于是他厌恶地把皮鞭扔掉。

大家向皇太子围拢上来，把他从拷刑架上解下，放到地上。

彼得走到儿子身边。

皇太子躺在那里，耷拉着头，半张着嘴，仿佛是在微笑，脸上容光焕发，纯洁而年轻，像是一个十五岁的孩子。他像从前那样看着父亲，好像是想要说什么。

彼得跪到地上，向儿子弯下身去，抱起他的头。

"没关系，没关系，亲爱的！"

父亲把嘴唇贴到他的嘴唇上。但他已经绵软无力了，头在他的手里耷拉下来；眼睛发黑，目光暗淡了。

彼得站起来，身体摇晃着。

"会死吗？"他问御医。

"也许会活到夜里。"他回答说。大家跑到沙皇跟前，把他领出拷刑室。

彼得突然全身瘫软，变得温顺起来，像小孩子那样听话：

往哪儿领他，他就往哪儿走，让他做什么，他就做什么。

在拷刑室的门厅里，托尔斯泰发现沙皇双手沾满鲜血，便让拿洗手盆来。他乖乖地洗了手。水变成粉色。

他被领出要塞，被扶上船，拉回皇宫。

托尔斯泰和缅希科夫寸步不离沙皇。为了吸引他的注意力，让他开心，谈些无关的事情。他平静地听着，回答很得要领。发布指示，签署文件。但是过后却记不起做了些什么，仿佛是在梦中，在昏迷中度过了这段时间。关于儿子，他自己没有谈起过，好像是完全把他忘了。

终于到了晚上六点，托尔斯泰和缅希科夫接到报告，说皇太子处于濒死状态，他们必须就此事提醒给皇上。沙皇无精打采地听着，好像是不明白说的是什么。然而，他毕竟又上了船，到要塞去了。

皇太子从拷刑室给抬回囚室，放到原先的地方。他再也没有苏醒过来。

皇上和大臣们来到濒死者的房间。听说他还没有领过圣餐，便忙活起来，露出惊惶的神色。

打发人去请大教堂的大司祭格奥尔基神甫。他气喘吁吁地跑来了，跟大家一样，也很惊惶，急忙取出备用的圣餐，举行了无言的忏悔仪式，做了祈祷，让人把死者的头抬起来，把圣餐碗和勺子端到他的唇边。但是，他闭着双唇，牙关很紧。领圣餐的金碗碰到牙齿上，在格奥尔基神甫哆哆嗦嗦的手中发出响声。白布上滴上了血滴。所有的人脸上都现出惊惧的神色。

突然间,彼得那张无感觉的脸上闪现出一个愤怒的想法。

他走到神甫跟前,说道:

"放下吧!不必了。"

沙皇觉得死者在向他微笑,这是最后的微笑。

跟昨天的同一时刻一样,也是在同一个地方,即皇太子的床头,夕阳照亮了白墙。那个须发皆白的小老头手里端着圣餐碗,像太阳一样。

阳光熄灭了。皇太子长出了一口气,好像孩子睡眠时出气那样。

御医摸摸他的手,伏在缅希科夫的耳朵上说了几句。后者画了个十字,庄严地宣布道:"皇太子阿列克塞·彼得罗维奇殿下逝世了。"

所有的人都跪下,除了沙皇。他一动不动。他的脸比死者的脸更像死人的。

八

"俄国的一切将要以可怕的暴乱而结束,专制君主制也将随之覆灭,因为千百万人为了反对沙皇而向上帝号叫。"汉诺威驻彼得堡公使魏伯报告皇太子之死的消息时写到。

"皇太子并非如此间断言的那样,不是死于中风,而是死于利剑或者斧头，"奥地利皇帝的公使普莱耶尔报告说，"他死的那一天，任何人都不准到要塞去，没到晚上便锁上了大门。一个荷兰木匠在大教堂一座新塔里干活，留在那里过夜而没被发觉，他傍晚时在拷刑室近处从上面看见一些人，并把此事讲给了在荷兰公使馆当接生婆的岳母。皇太子的遗体安放在一具用很糟的木板钉的普通棺材里；头部覆盖着，可是颈部却缠着白布，像刮脸时那样。"

荷兰公使雅科夫·德比给总参谋部打报告说，皇太子死于血管破裂，并说彼得堡担心叛乱。

公使们的信件在邮局被拆开，呈送给沙皇。雅科夫·德比被逮捕，带到使馆司，受到"不公平的"审讯。在彼得保罗尖塔里干活的那个荷兰木匠及其当接生婆的岳母也被关押起来。

为了批驳这些谣言，以沙皇的名义寄给俄国各驻外公使一份由沙菲罗夫、托尔斯泰和缅希科夫起草的关于皇太子之死的通报：

"依据法庭对吾子之判决书，吾身为其父，一方面为该法庭之仁慈功勋，另一方面为其真诚关心国家之完整与未来安全而折服，故不可不对艰巨而重要之本案重申自己之判决。然而，万能之上帝通过自己之意旨和公正之审判，已为吾以及吾家解除疑虑矣，为国家解除危险与耻辱矣，昨日（写于6月27日）剪除吾子阿列克塞之生命，宣读判决书并揭露该犯反对吾与整个国家之诸多罪行之际，彼突发昏厥。虽后来神志复归清醒,并根据基督教之义务履行忏悔与领圣餐仪式,唤吾至彼身边,吾见到彼之懊悔,遂与在场之大臣及元老至其身边,彼真心承认和忏悔反对吾之一切罪行,泪流满面,悔恨交加,请求吾之宽恕,吾根据基督教徒和父母之责任而予以宽恕矣。彼于6月26日午后六时许结束其基督教徒之生命。"

皇太子死后第二天,6月27日,正值波尔塔瓦战役九周年纪念日,像往年一样举行庆祝活动:要塞上升起黄色黑鹰御旗,在三位一体大教堂举行祈祷仪式,鸣放礼炮,在邮政局举行饮宴,而夜间在夏园涅瓦河畔的长廊里,在彼得堡的维纳斯脚下,恰如简报中所说的,热闹非凡,柔和的乐曲声如同从维纳斯王国里传来的爱情叹息声:

丘比特,射出你的箭吧。
我们已经不是没有伤痛……

那天夜里,皇太子的遗体放进棺材里,从监狱的囚室移到要塞司令府邸附近的一栋空木房里。

第二天早晨抬到三位一体大教堂,"各阶层的人,只要是希望,皆允许到皇太子的灵堂去瞻仰遗容和向遗体告别"。

6月29日是星期天,又是节日——沙皇的命名日。又举行祈祷仪式,鸣放礼炮,钟声齐鸣,在夏宫举行午宴;晚上,人们来到海军部,庆祝新造的三桅战舰"老橡树号"下水;

在舰船上举行例行的饮宴；夜里放焰火，又是热闹非凡。

6月30日是星期一，举行皇太子葬礼。安魂弥撒庄严肃穆。进行祈祷的有梁赞斯基都主教斯捷凡、普斯科夫斯基大主教费奥凡，还有六名高级僧侣、两名巴勒斯坦都主教、修士大司祭、大司祭、修士司祭、大辅祭和八名教区神甫。出席的有皇帝、皇后、各部大臣、元老、全体军政要职。数不胜数的人围在教堂外面。

棺材覆盖着黑色丝绒，安放在灵柩台上，上面罩着绣金白锦缎，由四名主易圣容军团御林军中士守灵，他们手执出鞘的长剑。

许多高官显宦昨天饮酒过多，还都感到头疼，耳朵里还在响着小丑们的歌声：

　　妈妈狂舞时把我生下，
　　在皇上的酒馆里给我施洗。

在这个晴朗的夏日，棺材上蜡烛的暗淡火光和安魂歌低沉的声音显得特别阴森：

"基督哇，让你的奴仆的灵魂安息吧，莫悲伤，莫叹息，生命是永恒的。"

教堂执事悲戚地呼应着：

"我们还要祈祷，让上帝的奴仆阿列克塞的灵魂安息吧，让他的一切罪孽，自觉的和不自觉的，皆得到宽恕吧。"

唱诗班麻木地号叫着：

"*安魂的歌声似恸哭：哈利路亚！*"

人群中突然有人号啕大哭起来，唱起最后一首歌时，整座教堂都战栗起来：

"*无言地，屏息地看着我，来吧，所有爱我的人，最后一次亲吻我吧。*"

第一个走过来向遗体告别的是都主教斯捷凡。这个老人勉强支撑着，由两个大辅祭搀扶着。他吻了皇太子的手和头，然后弯下身去，长时间地看着他的脸。斯捷凡在他身上埋葬了他所爱的一切——莫斯科的整个古代、宗主教制、古代教会的自由与宏伟以及自己的最后希望——"俄国的希望"。

宗教界人士之后，沙皇登上灵柩台的台阶。他的脸还是跟死人的一样，近来他天天都是这样。他看着儿子的脸。

这张脸容光焕发而又年轻，仿佛是死后更加容光焕发和年轻了。嘴上的微笑似乎是在说：一切都很好，一切方面全凭上帝的意旨。

彼得那张一动不动的脸经过可怕的努力之后，也在动，仿佛是慢慢在绽裂，最后终于绽开了——这张死人的脸获得了生命，好像是被死者的脸所照亮，也容光焕发了。

彼得向儿子弯下身去，把嘴唇贴到他那冰凉的嘴唇上。然后，他仰脸望天——所有的人都看见他哭了——他画个十字，说道：

"一切方面全凭上帝的意旨。"

他现在知道了,儿子将在上帝的法庭上为他辩护,在那里向他解释他在这里所不能理解的问题:子与父,这是什么意思?

九

跟向外国宫廷宣布的一样,向百姓也宣布说,皇太子死于中风。

可是老百姓不相信。一些人说,他是被父亲打死的。另一些人摇头表示怀疑:"这个案子处理得太快了!"还有些人直接断言,放进棺材里的不是皇太子,而是一个御林军中士的尸体,他的脸长得很像皇太子,皇太子似乎还活着,逃跑了,不是跑到伏尔加河左岸的隐修院,就是跑到草原哥萨克村镇(那里是"自由之地")去藏起来了。

过了几年以后,布祖鲁克河畔的哥萨克镇雅缅斯卡亚来了一个叫季莫菲·"劳动者"的人,看样子像是一个乞食的流浪汉,问他是什么人,来自何处,他回答道:

"从云中来,从空气中来。我的父亲是拐棍,母亲是讨饭袋。人们叫我'劳动者',因为我在为上帝的伟大事业而劳动。"

可是他在暗地里谈到自己却说:

"我不是庄稼人,也不是庄稼人的儿子:我是鹰,是鹰的儿子,我就得当一头鹰!我——是皇太子阿列克塞·彼得罗维奇。我的脊背上有一个十字架,胯上有一把胎带来的刀……"

别的人谈论他说:

"他不是一个普通人,他有朝一日一跺脚,整个大地都得震动!……"

他在各个村镇暗中撒下揭帖,上面写着:

"上帝保佑我们幸福!我,阿列克塞·彼得罗维奇皇太子在寻找祖先的法律,把你们哥萨克当成靠山,就像石墙一样,你们维护旧的信仰和平民百姓,就像祖先那个时代一样。穷人们,船夫们,无家无业的流浪汉们,不管在什么地方,不管是白天还是黑夜,只要听到我的声音,你们就马上来见我!"

"劳动者"走遍草原,召集逃亡的自由民,答应开辟一个城市,那里有圣母、福音书和十字架,也有马其顿王亚历山大的旗帜;他作为阿列克塞·彼得罗维奇皇太子将在这些旗帜下当皇帝;那时世界末日将来到,反基督将降临;他皇太子将与全部敌对力量,与反基督战斗。

"劳动者"被抓住了,他是个冒名顶替的皇太子,受到严刑拷打,最后被砍了头。

可是老百姓依旧相信,真正的皇太子阿列克塞·彼得罗维奇没有死,只要是他的时刻一到,他就会出现,坐上父亲的宝座,处死大贵族,给百姓以仁慈。

对于老百姓来说,他死后也还照样是"俄国的希望"。

十

结束对皇太子的刑讯以后,彼得于8月8日率领一支由二十二艘战船组成的舰队从彼得堡扬帆起航,前往雷瓦尔。沙皇的旗舰是新造的三桅战舰"老橡树号",这是不久前在海军部造船厂下水的,装有九十门大炮,是第一艘根据沙皇的设计图纸建造的战舰,没有依靠外国人帮助,全部采用俄国木材,由俄国工匠制造的。

驶离芬兰湾进入波罗的海以后的一天晚上,彼得站在船尾掌舵。

这是个阴雨的晚上。乌云密布,像铁一样沉重,低垂在也像铁一样沉重的黑色波涛上空。

颠簸摇晃得很厉害。白色的浪峰铺天盖地而来,好像是狂怒的幽灵举起煞白的手臂,扑打在船舷上,瓢泼般的咸水倾泻到所有站在甲板上的人身上,而掌舵的沙皇尤甚。他的衣服湿透了,冰凉的潮气渗透了全身,寒风抽打着他的脸。可是,像平时航行在海上一样,他感到自己精神旺盛,精力充沛,情绪愉快。他注视着昏黑的远方,用手坚定地操纵着舵轮。三桅战舰巨大的船体由于波涛的冲击而颤抖,但是"老橡树号"结实牢固,服从舵手的指挥,就像一匹好马听从骑手的驾驭一样,舰船从一个浪峰攀上另一个浪峰,有时陷下去,仿佛是潜入白色的深渊里,似乎浮不上来了,可是每一次都耀武扬威地冲了出来。

彼得在想着儿子。他第一次想过去的一切——心情十分悲伤,但却毫无恐惧,毫无痛苦和绝望,像在整个一生中一样,他在这里也感到了"最高命运"的意旨。他想起了儿子在元老们面前说的话:"彼得是个沉重的庞然大物——在他的重压之下,人们连气都喘不过来。大地在呻吟!"

有什么法子呢?彼得想。铁砧在锤子的敲击下可能也要呻吟。他身为沙皇就是主手中的铁锤,在锻造俄国。他通过可怕的敲击唤醒了俄国。假如不是他,俄国至今还在酣睡不醒。

皇太子要是活着,会发生什么事呢?

早晚有一天,他要当上皇帝,那就会把政权交还给僧侣、长老和"长胡子",而这些人就会离开欧洲,退回到亚洲去,熄灭文明之火——俄国也就毁灭了。

"要有风暴!"荷兰老船长走到沙皇面前,说道。

沙皇什么也没有回答,继续注视着远方。

天很快黑了。乌云越来越低,垂落到黑色的波涛上。

突然间,在天边的云缝中射出了阳光,仿佛是从伤口中溅出的鲜血。铁一般的乌云和铁一般的波涛被鲜血染红。这血的海洋奇异而又令人恐怖。

鲜血!鲜血!彼得想道,又想起了儿子的预言:

"你是第一个把儿子的鲜血,把俄国沙皇的鲜血洒到断头台上的——这鲜血从一个头上溅到另一个头上,直到最后一个沙皇,我们整个家族都将在鲜血中毁灭。上帝由于你而将惩罚俄国!"

"不,主哇!"彼得又像从前在那幅古老的圣像前,在头戴荆冠的圣容面前那样,越过圣子而单独向牺牲了儿子的圣父祈祷,"惩罚我吧,上帝,可怜可怜俄国吧!"

"要有风暴!"老船长重复着,以为沙皇没有听清,"我早就对陛下说了——最好是返航……"

"别害怕,"彼得微笑着回答,"我们的新船结实:经得起暴风雨。上帝与我们同在!"

舵手坚定地操纵着战舰在铁与血的波涛中向未知的远方驶去。

太阳落了,黑暗降临了,暴风雨呼啸而来。

尾声 就要降临的基督

一

"我们的信仰不是真正的——没有必要维护它。噢,我要是能找到一种真正的信仰,即使为它粉身碎骨也心甘!"

这是一个云游四方的人说的话,他经历过各种信仰,但是任何一种也没有接受。吉洪为逃避红死而逃出维特卢加森林以后,长期四处流浪,时常想起这句话。

一个深秋,他落脚在下城彼切尔修道院休息,抄写古书,有一天,修士尼科季姆神甫单独跟他谈论信仰时说:

"我知道你要干什么,孩子。莫斯科住着一些聪明的人。他们有活命的水。喝了那种水以后,一辈子都不感到口渴。你找他们去吧。要是运气好,他们会向你展示伟大的秘密……"

"什么秘密?"吉洪急切地问道。

"你不要着急,亲爱的,"修士语气严厉,但又很亲切地说,"忙中出错,易招人笑。如果你坚决要洞悉那个秘密,你就得接受沉默的考验。不管你看到什么,听到什么,你都得保持沉默,缄口不谈。**我不能把秘密泄露给你的敌人,不准像犹大那样的亲吻**。你懂得吗?"

"我懂,神父!我要像个死人一样,永远保持沉默……"

"那好吧。"尼科季姆神甫继续说,"我为你给商人帕尔芬·帕拉蒙内奇·萨菲扬尼科夫写封信,他是做面粉生意的。代我向他问候,带给他一点儿小小的礼品,一小桶渍的凯尔仁云莓果。我俩是多年的老朋友。他会接待你的。你在算账方面很拿手,他的店铺里正需要这样的人……你是马上就启程呢,还是等到开春?眼看就要入冬了。你的衣裳太单薄。冻坏了可怎么办?"

"马上就走,神父,马上!"

"那好,上帝保佑你,孩子!"

尼科季姆神甫祝福吉洪一路平安,交给他一封信,让他先看看:

帕尔芬·帕拉蒙内奇仁兄足下,托基督之福:

兹介绍少年吉洪投奔兄处。彼靠硬面包无以果腹,欲食酥软之甜饼。望兄赐食以饥者。遥祝兄安好,主赐福众生。

温顺者尼科季姆神甫

入冬下过第一场雪之后,吉洪便乘马卡里耶夫运鱼的雪橇出发去莫斯科了。

萨菲扬尼科夫的面粉店坐落在第三市民街和小苏哈列夫广场的拐角。

这里接待了吉洪,但是对尼科季姆神甫的推荐信却半信半疑。为了考验他,分配他给管院子的人当下手,干粗活。可是后来看到他机灵而又勤奋并且能写会算,便把他调到店铺里面来,让他管账。

店铺毕竟是店铺。买货,卖货,谈到的都是亏损和盈利。有时也谈些别的事情,但都是躲在角落里小声嘀咕。

装卸工米季卡老实憨厚,膀大腰粗,但头脑笨抽,有一天,他身上沾满面粉,背上驮着大袋子,在吉洪面前唱起一首很奇怪的歌:

在我们神圣的俄国,
在光荣的石城莫斯科,
在第三市民街上——
不是落下两个太阳,
而是两位客人光临:
伊万·季莫菲耶维奇
向尊贵的有钱的客人
达尼洛·费里波维奇
鞠躬致敬,对他说:

欢迎，欢迎大驾光临，

阁下到来，寒舍生辉，

我们要对您殷勤款待。

请讲讲你最近一个时期，

你那可怕的上帝审判，

我将洗耳恭听。

"米佳，米佳，达尼洛·费里波维奇和伊万·季莫菲耶维奇都是什么人？"吉洪问道。

米季卡感到突如其来，停下来，被沉重的大袋子压弯了腰，惊奇地瞪着两眼：

"你不知道万军之主①和基督吗？"

"怎么，万军之主和基督怎么到第三市民街上了？……"吉洪更加惊奇地看着他。

可是米季卡仿佛是突然醒悟过来，一边走一边嘟哝着：

"知道得多，老得快……"

此后不久，米季卡伤了腰——可能是驮大袋子时受了内伤。他整天躺在地下室的小屋里，不断地呻吟。吉洪常去看望病人，给他喝鼠尾草酊，用樟脑和其他一些从一个熟悉的德国药剂师那里弄来的草药搓腰。因为地下室潮湿，他便把米季卡搬到仓库上面来，让他跟自己一起住在二楼一个

---

① 犹太教中上帝耶和华的称号之一。

明亮的小房间里。米季卡心地善良。他对吉洪产生了好感，跟他谈话更坦诚了。

吉洪从这些谈话以及他在他面前唱的那些歌中了解到，在阿列克塞·米哈伊洛维奇统治初期，穆罗姆县老橡树区叶戈里耶夫教区米哈伊里察和鲍贝尼诺两个村子附近，在一大群人面前，万军之主在众天使和天使长，基路伯和六翼天使的簇拥下，乘着火车，隆隆而降，落到戈罗季那山上。众天使飞回天上去，而主却留在地上了，驻进逃亡士兵达尼洛·费里波维奇的纯洁肉体，宣布代役租农民伊万·季莫菲耶维奇为自己的独生子耶稣基督。于是他们便化作乞丐，云游四方。

为了逃避迫害者，他们忍饥受冻，躲藏在猪圈、牲畜防疫坑和草垛里。有一天，一个婆娘把他俩藏在牲口棚的地下室里。一个小牛犊在地板上撒了泡尿——"地板下面尿湿了，"达尼洛·费里波维奇看见了，对伊万·季莫菲耶维奇说，"会把你淋湿的！"可是他却回答道："但愿别把沙皇淋湿！"

他们晚年住在莫斯科第三市民街一栋称作锡安寺的专门房子里。他俩在这里逝世，飞升到天上去了。

伊万·季莫菲耶维奇死后跟在他之前一样，"发现了"许多乞丐："因为主不喜欢住在任何地方，只喜欢住在人的最纯洁的肉体里，如经书所说的：**你们就是神的殿堂**。当一切死亡的时候，上帝生下基督，基督在一个肉体里结束功勋，而在另一些肉体里则开始。"

"就是说，有许多乞丐？"吉洪问道。

"圣灵只有一个，但肉体却有许多。"米季卡回答道。

"现在也有吗？"吉洪继续问道，他预感到了秘密，心突然收缩了。

米季卡默默地点点头。

"他在哪里？"

"你别问了，不许说的。如果你有运气，自己会看到……"米季卡沉默了，仿佛是嘴里含了水。

"我不能把秘密泄露给你的敌人。" 吉洪想起来了。

过了几天以后，一个晚上，他坐在店铺里算账。

这是星期六晚上。买卖结束了。可是新送来几车货，装卸工们从车上往下搬运大袋子。门开着，一股寒气冲进屋里来，外面雪地上响着脚步声，传来晚祷的钟声。晴朗的紫色天空金光闪闪，把均匀的玫瑰色光线洒在第三市民街上黑色木房白雪覆盖的房顶上。店铺里很黑暗，只有房间的深处，在堆放到天棚的面袋子中间，在显灵者尼科拉的圣像前，一盏神灯在闪闪发亮。

帕尔芬·帕拉蒙内奇·萨菲扬尼科夫是个肥胖的老头，白胡子，红鼻子，很像是圣诞老人，他正在和掌柜叶美里扬·列季沃伊——驼背，红须，秃头，面孔丑陋，但很聪明，使人想起古代森林和田野之神法俄诺斯的面具——一起喝热蜜水，一边喝着，一边听吉洪讲伏尔加左岸长老们的生活。

"叶美里扬·伊万诺维奇，你是怎么想的，根据古书或新书上说的，应该拯救灵魂吗？"吉洪问道。

"从前俄国有个人,名叫达尼洛·费里波维奇,"叶美里扬笑着说道,"好读书,读呀,读呀,全都读完了,他一看,好处不多——便把书都装进口袋扔到伏尔加河里去了。无论是古书还是新书。没有拯救灵魂的方法,而唯一需要的——一本金书,一本活的书,一本深奥的书——这就是圣灵!"

最后一句话他是唱的,调子跟米季卡唱的那古怪的歌一样。

"这本书在哪里?"吉洪怯懦而又急迫地追问。

"在那儿,你瞧!"

他从开着的门向天空指去。

"这就是给你的书!阳光就是金笔,上帝用它在书中书写永恒生活的话。等你把这些话读完了,你就能洞悉天上的秘密和地上的秘密……"

叶美里扬聚精会神地看着他,吉洪突然间觉得这目光很可怕,仿佛是他看透了一潭无底的透明的深水。

而叶美里扬跟老板交换了眼神,就沉默不语了。

"如此说来,无论是旧教会中还是新教会中都没有拯救灵魂的方法吗?"吉洪急急忙忙地说,担心他像米季卡那样守口如瓶。

"你们的教会算什么?"叶美里扬蔑视地耸了耸肩膀,"蚂蚁穴,犹太教教堂,推推搡搡的犹太人!小偷把圈砍了,把牛偷走了。我们这里的神赐僵化了。曾经是火,却成了你们圣像上和神甫袈裟上的宝石和黄金。上帝的圣言也僵化了，成了硬邦邦的面包干——嚼也嚼不动，把牙硌碎了！"

他凑到吉洪耳边，小声补充道：

"有一种真正的教会，新的，秘密的，是个明亮的屋子，用柏树、黄檗树和茴香搭成的，叫锡安厅！吃的不是硬邦邦的面包干，而是刚出炉的馅饼，又热乎又酥软——先知嘴里说出来的活生生的话；那里有天堂的欢乐、圣灵的啤酒，教堂唱的就是它：来吧，喝上一杯新的啤酒，这是不朽的源泉，从基督的棺椁里淌出来的。"

"那种啤酒没说的！人不用嘴来喝，就醉了。"帕尔芬·帕拉蒙内奇大声说，突然把目光转向天棚，突然尖声尖气地唱起来：

上帝酿造啤酒，

圣灵给调制原料……

列季沃伊和米季卡接着唱，用脚打着拍子，抖着肩膀，他们好像是要跳舞。三个人的眼睛全都醉醺醺的：

上帝酿造啤酒，

圣灵给调制原料。

圣母亲自往杯里斟，

跟上帝共度时光；

圣洁的天使给送来，

基路伯给众人分发。

吉洪觉得他听到了数不胜数的跺脚声，急速跳舞的声音，在这歌声里有一种醉人的古怪东西，扣人心弦，让人听也听不够，想要无尽无休地听下去。

但是，这三个人突然间停下了，跟开始时一样突然。

叶美里扬开始检查账簿。米季卡扛起放下的大袋子，扛着走了。帕尔芬·帕拉蒙内奇用手抹抹脸，好像是往下擦什么，然后站起来，打个哈欠，伸伸懒腰，在嘴上画个十字，像每天晚上那样，用老板常有的那种声音说道：

"好啦，伙计们，吃晚饭去！菜汤和粥要凉了。"

店铺又像个店铺了——好像是什么都没有发生似的。

吉洪清醒过来，也站起来，可是突然间，好像有一种力量把他抛到地板上——他浑身颤抖，脸色苍白，一头跪到地上，伸出双手，叫道：

"师傅们，亲爱的！可怜可怜吧，开开恩吧！我再也没有力量了，我的灵魂希望进入主的殿堂，已经精疲力竭了！接受我加入你们的神圣交往吧！为我揭开你们的伟大秘密吧！……"

"你瞧，多么灵敏呀！"叶美里扬看着他，露出狡黠的微笑，"老弟，讲起故事来很快，干起事来可不那么快呀。首先得问'天父'。也许你很幸运。可是现在你还是吃蘑菇馅饼吧，而且得守口如瓶——你得知道，要缄口不言，保持沉默。"

大家都吃晚饭去了,好像什么都没发生似的。

无论是这一天还是第二天,都没有谈起任何秘密来。吉洪提起来,大家都默默无言,以怀疑的目光看着他。仿佛是一道幕布在他面前刚刚揭起来,马上又落下了。可是他所看见的却不能忘记了。

他六神无主,好像丢了魂似的,听人家说话,却听不明白,回答问题驴唇不对马嘴,算账经常出错。老板骂他。吉洪很害怕被赶出店铺去。

可是整整过了一个星期,星期六晚上很晚的时候,他一个人坐在自己房间里,突然米季卡闯进来。

"走吧!"他急急忙忙地、高兴地宣布说。

"到哪儿去?"

"到'天父'那里去做客。"

吉洪不能细问,匆匆忙忙穿好衣服,下了楼,在台阶前看见了老板的雪橇。叶美里扬和帕尔芬·帕拉蒙内奇裹着皮大衣,已经坐在上面。吉洪坐到他们的脚下,米季卡坐到驭座上,他们便在夜间空无一人的马路上驰骋起来。夜色明亮,静悄悄。月亮从贝母云的鳞片中间露出来。他们在冰上穿过莫斯科河,在莫斯科河南岸一些偏僻的胡同里拐来转去,花了很长时间。终于在茫茫的雪原上,在朦胧的月色中显现出顿河修道院模糊的轮廓——粉色的大墙、白色的雉堞和尖塔。

他们在顿河街和沙别尔街的路口从雪橇上爬下来。米季卡把雪橇赶进院子,把马匹留在那里,一个人回来了。大家沿着漫长而弯曲的被积雪埋没的栅栏步行。拐进一个雪深没膝的死胡同。走到一个大门前,见两扇门上各钉着一个铁环,便敲了起来。没有马上给他们开门,首先盘问,是什么人,从哪儿来的。门里是个很大的院子,有很多设施。但是除了看门的老头之外,不见一个人影——既没有看见灯光,也没听见犬吠——仿佛是荒无人烟。穿过院子以后,他们走上一条踩得很光的狭窄小径,两边是高高的雪堆,这里很荒凉,不是荒地,就是菜园。第二道大门没有上锁,进去以后,是一个果园,苹果树和樱桃树上挂着白雪,好像是春天开的花。万籁俱寂,仿佛是远离人寰。果园的尽头有一栋很大的木房。他们登上台阶,敲门,里面有回应了。一个年轻人把门打开,只见他脸色阴郁,头戴僧帽,身穿长袍,像是修道院的仆役。宽敞的门厅里,墙上挂着,箱子和板凳上放着许多外衣,有男式的,也有女式的,有普通的皮袄,有华丽的皮大衣,有老式的俄国皮帽,也有新式的德国三角帽,还有僧帽。

他们进屋脱掉皮衣以后,列季沃伊连续三遍问吉洪:

"你愿意领悟上帝的秘密吗,孩子?"

吉洪也回答了三遍:

"愿意。"

叶美里扬用手帕把他的眼睛蒙上,领着他的手。

他们在没有尽头的通道里走了很久,时而登上楼梯,时而爬下楼梯。

最后终于停下，叶美里扬命令吉洪脱光衣服，给他身上穿上一件白色麻布衬衣，脚上穿上毛线袜子，没有穿鞋，念了《启示录》中的一段话：

"凡得胜的，必这样穿白衣。"

然后继续往前走。最后一个楼梯很陡，吉洪必须双手抓着走在前面的米季卡的肩膀，才不至于跌倒。

迎面扑来一股潮湿的泥土味，好像是从地窖或地下室里冲出来的。最后一道门开了，他们走进一间烧得很热的正厅，听到悄悄的人语声和沙沙的脚步声，知道室内有许多人。叶美里扬吩咐吉洪跪下，叩三个头，伏在他耳朵上说了几句话，让他跟着他重复三遍：

"我以我的灵魂、上帝及其可怕的审判发誓，将忍受皮鞭和火，斧头和断头台，一切痛苦和死亡，绝不背离神圣的信仰，所看到和听到的皆不外传，就连亲爹和忏悔神父也不告诉。**我不能把秘密泄露给你的敌人，不准像犹大那样的亲吻。**阿门。"

他做完以后，让他坐到长凳上，给他解下蒙着眼睛的手帕。

他看到一个很大的低矮的房间：墙角上挂着圣像，圣像前点着许多蜡烛，白色的石灰墙上由于潮湿而有许多深色的斑点，有的地方甚至从天棚上往下淌水，水流最后渗进刷着黑油的木板缝隙里。好像在澡堂里一样气闷。空气里弥漫着水蒸气，在蜡烛火苗的周围形成模糊的五彩光环。

沿着墙边摆着一排长凳,一边坐着男人,另一边坐着女人,全都穿着同样的长长的白衣,看样子是直接穿在裸体上的,脚上穿着毛线袜,没有穿鞋。

"天后!天后!"响起了幸福的低语声。

门开了,走进一个身材秀丽的高个女人,她穿着黑色衣服,头上扎着白头巾。所有的人全都起立,向她鞠躬。

"阿库琳娜·莫凯耶芙娜,天母,天后!"米季卡小声告诉吉洪。

这个女人走到圣像前,坐在圣像下面,她也像是一尊圣像。所有的人轮流走到她面前,向她鞠躬,亲吻她的膝盖,好像是在吻圣像。

叶美里扬把吉洪领到她面前,说道:

"请天母给施洗!新加入的……"

吉洪跪下,抬起眼睛看她,只见她的皮肤是淡褐色的,年纪已经不小了,四十来岁,眼圈像是用炭描过似的,周围有一些细小的皱纹,眼眉又黑又浓,上唇上面长着一撮黑绒毛。好像茨冈人或者切尔克斯人,他想。可是当她用那双黑色大眼睛看他的时候,他突然明白了,她是多么美丽。

"天母"用蜡烛为他画了三次十字,几乎是挨到了他的前额、胸部和肩部。

"为了圣父、圣子和圣灵,用圣灵的圣火给上帝的奴仆吉洪施洗了!"

然后,她用轻盈而迅速的动作(看来是早就习惯了的)

解开了自己的衣服,他看见了她的整个躯体,只见色泽红润,像个十七岁少女那样年轻,略呈黄褐色,仿佛是象牙雕刻的。

列季沃伊从后面推他,伏在他耳朵上小声说:

"去亲吻这神圣的肚子和最洁净的乳头!"

吉洪窘迫得垂下目光。

"别害怕,孩子!"阿库琳娜亲切地说,他觉得好像是听到了母亲、姐妹和情人合在一起的声音。

他也想起了,当年他在密林里的圆湖畔亲吻大地,望着天空时的感觉,他觉得大地和天空是一体的,他哭泣着祷告:

圣母的神灵呀,我的主宰!
潮湿的大地呀,我的母亲!

他幸福地亲吻了这个美丽的躯体三次,犹如亲吻圣像一般。一股可怕的气味向他扑来;她的嘴唇上闪过狡黠的微笑——由于这种气味,由于这种微笑,他感到不寒而栗。

可是合上衣服以后,她坐在他面前又是那样庄严肃穆,神圣得如一尊圣像。

当吉洪跟着叶美里扬回到原来的位置上时,全体齐声唱起来,像在教堂里一样,缓慢而凄凉:

主呀,把耶稣基督给我们吧,
上帝呀,把神子给我们吧,

还有圣灵,安慰者!

停了片刻,然后重新开始,但已是另一个曲调了,欢快,急速,好像是舞曲,一边拍手,一边跺脚——大家的眼睛都醉了:

> 在我们顿河岸上,
> 救世主就在家里,
> 带着众天使,带着天使长,
> 带着基路伯,
> 带着六翼天使,
> 带着天上的力量。

突然,从长凳上跳起一个仪表优雅的瘦老头,就像圣谢尔基·拉多涅日斯基的圣像上所画的那样,跑到屋子中间,旋转起来。

然后,一个十四岁的姑娘也跳起来,只见她差不多还是个孩子,但已有了身孕,瘦得像根芦苇,细长的脖子像根花茎,她转起圈来从容不迫,像只浮在水上的天鹅。

"傻女玛丽尤什卡,"叶美里扬指着她告诉吉洪,"是个哑巴,不会说话,只是哞哞叫,可是一旦圣灵附体,就会像夜莺一样唱歌!"

姑娘用童音唱着,像银铃一样清脆:

> 小鸟们，别再待着啦，
> 到时候了，我们该飞啦，
> 飞出古堡，飞出牢房，
> 飞出囚禁我们的监狱。

她挥舞着双手，像是两只白色的翅膀。

帕尔芬·帕拉蒙内奇离开长凳，像是被旋风吹卷起来，跑到玛丽尤什卡面前，抓起她的手，便跟她一起旋转起来，犹如一头白熊跟白雪公主一起旋转。吉洪若不是亲眼所见，永远也不会相信这个大块头能够跳得如此轻盈自如。他旋转着，像是只陀螺，同时用尖声细气的假嗓子唱了起来：

> 救世主在七重天上
> 风驰电掣般飞奔，
> 哎呀呀，我的小亲亲！
> 基督穿着小皮鞋，
> 那可是羊皮做的，
> 做得可真够精细！

有越来越多的新人开始旋转起来。

一个装着木头假腿的人跳得也不比别人差，吉洪后来得知，这是退役上尉斯穆雷根，参加亚速远征时受的伤。

上了岁数的霍万斯卡娅公爵夫人满头白色卷发，令人尊敬，身材矮小而肥胖，旋转起来像个球。和她并排而跳的是身材细长的鞋匠师傅雅什卡·布尔达耶夫，只见他连蹦带跳，高高扬起胳膊和踢腿，忽而弯腰，忽而挺腹，正像那只叫作"大长腿"的折了腿的大蚊子，同时叫喊着：

舞起来，跳起来，
登上锡安山！……

这时，几乎所有的人都在跳舞，不仅跳单人舞和双人舞，而且排成排——跳"长蛇""拧劲""十字""大卫的船""花和带"。

"这些不同的旋转花样，"叶美里扬向吉洪解释说，"表现的是天使和大天使们在上帝神坛周围飞翔时的舞蹈，挥动手臂表示天使扇动翅膀。天和地是一体的：天上有山，地上也有。"

舞蹈越来越急速，室内像是刮起了旋风，仿佛不是人们在跳舞，而是有一种力量使他们急速旋转，看不清他们的面孔，只见头发在头上竖起来，衣服鼓成圆筒，人变成旋转着的白柱。旋转的时候，一些人打口哨，另一些人咯咯叫，疯狂喊叫，也仿佛不是他们，而是有人替他们喊叫：

附体了！附体了！

圣灵,圣洁的圣灵

来吧,来吧!呜!

大家都倒在地板上了,痉挛着,嘴冒白沫,像是魂附体了,而且大部分人说着令人费解的预言。有些人精疲力竭,脸红得像红布或者白得像白布,汗流如注,用毛巾擦拭,衣服湿透,拧出水来,地板上积成一摊摊的水,这种出汗叫作"再生浴"。几乎还没来得及歇过气,又跳了起来。

突然,大家都一下子停下来,匍匐在地。开始了死一般的寂静,跟刚才"天后"走进来时一样,响起了最幸福的低语声:

"天王!天王!"

走进来一个三十来岁的人,身穿白色长衣,用半透明的布做的,因此躯体清晰可见,他长着一张女人的脸,跟阿库琳娜·莫凯耶芙娜一样,也不像俄国人,但更加美丽非凡。

"是什么人?"吉洪问躺在他身旁的米季卡。

"基督天父!"他回答道。

吉洪后来听说,这就是逃亡哥萨克阿维尔扬卡·别斯帕雷,他的父亲是扎波罗日人,母亲是个被俘的希腊人。

"天父"走到"天母"跟前,她爬起来,毕恭毕敬地站在他面前,他跟她"欢喜",拥抱她,三次吻了嘴唇。

然后,他走到屋子中央,登上一个用木板做的跟井盖一样的圆形小高台。

大家庄严而洪亮地唱起来：

七重天打开了，
金车隆隆响起来，
是金车，也是火车——
圣灵在驰骋。
拉车的白马不简单，
马尾是珍珠的，
鼻孔里喷着火，
眼睛是宝石。
附体了！附体了！
圣灵，圣洁的圣灵，
来吧，来吧！呜！

"天父"给"孩子们"祝福——又开始了旋转，更加疯狂，在两条不动的界线中间——"天母"站在最边上，"天父"站在旋转的圆圈中央。"天父"偶尔缓慢地挥挥手，他每挥动一下，舞蹈都更加急速。发出非人话的叫喊声：

"艾瓦－艾沃！艾瓦－艾沃！"

吉洪想起来了，他曾在保塞尼亚斯的旅行记古拉丁语注释中读过，古希腊酒神的男女祭司迎接狄俄倪索斯时就发出单调的叫喊："艾瓦－艾沃！"可是已死的神祇的这些秘密究竟是怎样奇妙地从圣山客泰戎的顶峰如同随着地下水一样渗透到莫斯科河南岸这个偏僻的地下室里来的呢?

他看着这舞蹈的白色旋风,竟然失去了知觉。时间停滞了。一切都消失了。各种颜色汇成一种白色——仿佛是一群白色的鸟飞向白色的深渊。什么都不存在了——他自己也不存在了。只有白色的深渊,只有白色的死亡。

等他清醒过来时,叶美里扬抓着他的手说:

"我们走吧!"

虽然白天的光线射不到地下室里来,可是吉洪却感觉到了早晨。快要燃尽的蜡烛冒着黑烟。气闷难忍,臭味扑鼻。地板上一摊摊的汗水用破布擦去了。娱神活动结束了。"天王"和"天后"走了。一些人摇摇晃晃,扶着墙壁,挤到出口,犹如睡意蒙眬的苍蝇一样,往外爬。另一些瘫倒在地上,酣睡起来,好像是休克了。还有一些人坐在长凳上,低垂着头,脸上露出恶心的神情,好像是喝醉了。仿佛是白色的鸟掉到地上,摔得半死。

吉洪从这天起开始参加所有的娱神活动。米季卡教会他跳舞。起初不好意思,可是后来就习惯了,喜欢上了舞蹈,没有它就不能活。

在娱神活动中,向他展现出越来越多的新的秘密。

可是有时他觉得,最主要和最可怕的秘密却瞒着他。他根据所见所闻猜测到了,弟兄和姊妹们过着杂交生活。

"我们都是不娶妻的基路伯,生活在火的纯洁之中,"他们说,"兄弟和姊妹做爱,这是基督的爱,是真诚的,因此不是淫乱,而教会的婚姻才是淫乱,是丑恶的。丈夫和妻子是撒旦,是罪恶的巢穴;而子女则是余孽,是可恶的狗崽子!"

不忠的丈夫所生的孩子,被母亲给抛弃到澡堂里,或者亲手给掐死。

有一天,米季卡老实地向吉洪宣布,他跟两个亲姊妹睡觉,她俩是新圣女修道院的修女;而叶美里扬·伊万诺维奇是先知和师傅,所以有十三个女人和姑娘。

"哪个到他那儿去做忏悔,他就跟哪个睡。"

吉洪听了这种自供,心情很不安,好几天都躲着列季沃伊,不敢正眼看他。

他发现了这种窘迫,便亲切地跟吉洪单独进行一次谈话:

"听我说,孩子,我向你披露一个大秘密!如果你想要活,那么为了主,你就不仅要弄死自己的肉体,还要弄死自己的灵魂、理智和良心。摆脱一切规矩和法律,一切善事和斋戒,节制和贞洁。就连神圣也要放弃。你故步自封起来,犹如是钻进坟墓里一样。于是你成为一个死人,可是这个神秘的死人会复活过来,圣灵附到你身上来,你不管怎样生活,不管做什么,就都不会失去他了……"

列季沃伊那张丑陋的脸——法俄诺斯的面具——露出狂妄和狡猾的表情,吉洪感到害怕:他无法知道,在他面前的是个什么人——是先知还是疯子?

"你迷恋我们所做的——人们所说的淫乱吗？"他更加亲切地说，"我们知道，我们的许多事情不符合你们做人的正派。可是我们该怎么办呢？我们自己做不了主。圣灵操纵着我们，我们那种疯狂的生活就是上帝的不可企及的道路。我要说说我自己：当我跟女人或姑娘性交时，良心绝对不谴责我，而且心里沸腾着愉快和甜蜜，难以言表。假如天使从天而降，对我说：叶美里扬，你生活得不对！那我也不会听。我的上帝认为我无罪，而你们算是什么人，竟然审判我？你们知道我的罪孽，但并不知道上帝对我的仁慈。你们说：你忏悔吧！可是我却说，没有什么可忏悔的。达到了目的的人，对所经过的事就不再需要了。你们的正派对于我们有什么用处？要是把我们打入地狱，我们的灵魂在那里也能得到拯救；要是送我们到天堂去，我们在那里也遇不到更多的快乐。我们在圣灵的深渊里像是石头掉到海洋一样沉没了。可是我们瞒着外人：为此，我们胡闹一阵，好让他们完全不知道……就是这样，亲爱的！"

叶美里扬看着吉洪的眼睛，轻薄地微微一笑。吉洪听了师傅这番话以后，体验到了跟跳旋转舞时一样的感觉：仿佛是他在飞翔，但不知飞往何方，是往上飞向上帝，还是往下飞向魔鬼。

受难周的一次娱神活动要结束的时候，"天母"分发给每人一把柳条和用布带缠着的圣辫。弟兄们把衬衣脱到腰部，姊妹们后面脱到腰部，前面脱到乳房，然后转起圈来，

用树条和圣辫抽打自己,一些人高声唱着歌:

> 大家快来娱神呀,
> 不要吝惜肉体!
> 大家快来祭神呀!
> 对玛尔法不必可怜!

另外一些人低声吹着口哨:

> 鞭笞呀,鞭笞,
> 我在寻找基督!

还用裹着破布的铁球——像是古代的投石器——打自己;用刀割,流出了血,看着"天父",呼叫着:

"艾瓦-艾沃!艾瓦-艾沃!"

吉洪用圣辫抽打自己,他觉得阿库琳娜·莫凯耶芙娜在看着他,只看他一个人,在这亲切的目光下,他打得越痛,就越发感到甜蜜。整个身躯都甜蜜得融化了,犹如蜡遇到火烤一样,他想要在"天母"面前融化掉,燃烧尽,犹如蜡烛在圣像前一样。

突然,蜡烛一支接着一支熄灭了,好像是被舞蹈的旋风给熄灭的。全都熄灭了,一片黑暗——跟当年红死的前夜在自焚派的木房里一样,可以听到低语声、衣服摩擦声、亲吻声和爱情的叹息声。肉体和肉体纠缠在一起了，好像是有一个巨大的躯体长着许多肢体，在黑暗中蠕动。有一双贪婪的手向吉洪伸来，抓住了他，把他按倒在地。

"吉申卡，吉申卡，我可爱的情郎，我亲爱的小基督！"他听到这热烈的低语声，认出了"天母"。

他觉得，好像是一些巨大的虫子、公的和母的蜘蛛盘成一团，在这可怕的淫欲中彼此吞食着。

他推开"天母"，跳起来，想要逃跑。可是每跑一步，都踩到赤条条的躯体上，他踉踉跄跄，绊倒了，又跳起来。可是那双贪婪的手又把他抓住，不知羞耻地爱抚着他。他软弱无力，觉得马上就要精疲力竭了，陷进这个可怕的躯体里，好像陷进热乎乎的烂泥潭里——可是一切都翻转过来，上边变成下边，下边变成上边——在最后的惊恐中出现了最后的亢奋。

他用尽全部力量，终于挣脱出来，奔到门口，抓住门的拉手，可是打不开门：门上了锁。他瘫倒在地板上。这里的躯体比房间中央少，他得到了片刻安宁。

突然间，又有一双瘦小的好像是孩子的手摸到了他。听到傻女玛丽尤什卡结结巴巴的声音，她想要说什么，但说不出来。他最后总算明白了几个词儿：

"走，走……我……带你……出去……"她嘟哝着，抓住他的手。他在她的手里摸到了钥匙，于是跟着她走了。

墙根底下躯体比较少，她沿着墙根把他领到屋角的圣像前。她低下头，也强制他弯下腰，掀起基督受难十字架前的锦缎帘幕，摸到一个犹如地窖口似的小门，打开以后像只蝎虎似的，灵巧地钻了出去，然后又帮助他爬过去。他们从地下通道来到一个吉洪所熟悉的楼梯。爬上去之后，走进更衣用的大房间。月光把窗户照得通亮。墙上挂着许多娱神用的白衣，在月光下很像是幽灵。

当吉洪呼吸到新鲜空气，从窗户看见晶莹的白雪和天上的繁星时，一股欢快之情充满了他的心，他很久没有清醒过来，只是攥着玛丽尤什卡那双瘦小的孩子般的手。

只是现在他才注意到她的腹部已经不再隆起了，大概是她生了一个男孩，取名叫"小基督"，因为是在圣灵的天启下受胎于"天父"的："不是来自血肉，不是出于肉欲，不是出于男人的欲望，而是生于神。"

玛丽尤什卡让吉洪坐到长凳上，自己也和他并排坐下，又想要说什么，但是费劲的程度是难以想象的，却一句话也没说出来，只听见哼哼的叫声，他不管怎么仔细听，什么都没有听明白。最后，她相信他不会听明白，便不再说了，并且哭起来。他拥抱她，把她的头搂在自己怀里，轻轻地抚摸她的头发，这浅色的头发很柔软，在月光下好像亚麻。她浑身发抖，他觉得，他的手里好像是一只捕获的小鸟在挣扎。

最后，她抬起眼睛看他，只见这双泪汪汪的深灰色的大眼睛犹如沾满露珠的矢车菊，她笑了，眼里照旧含着泪水，警觉起来，好像是伸着细长的花茎般的脖子在听，突然用孩子般的清脆的声音——她在娱神活动中就是用这种银铃般的声音唱歌的——伏在他耳朵上低语,或者说是在唱——她立刻不再磕巴了,在这半低语半唱歌的倾诉中,每个词儿都说得清清楚楚:

"噢,吉申卡,噢,吉申卡,救救我吧!他们要杀死,杀死伊万努什卡!……"

"哪个伊万努什卡!……"

"我的儿子,我的可怜的孩子……"

"为什么要杀?"吉洪产生了怀疑,觉得她的话是谵语。

"要用活人的血领圣餐,"玛丽尤什卡说,紧紧地贴在他身上,表现出极度惊恐,"据说是'小基督'正是为了这个才生下来的,无罪的羔羊摆到桌子上,供人食用。说这个孩子不是活人,只是幻影,是圣像,肉体不腐烂——不知痛苦,也不死……他们全都说谎,可恶的!我知道,吉申卡,我的孩子是活人。他不是小基督,而是伊万努什卡……我的亲生儿子!我谁也不给,宁可自己坠入地狱绝不把他献给神……吉申卡,噢,吉申卡,救救我吧!……"

她的话又听不明白了。她终于沉默不语了,把头垂到他的肩上,好像是失去了知觉,也好像是睡着了。

早晨开始了。门外响起脚步声。玛丽尤什卡全身一抖,准备逃跑。他俩分手时相互画了十字,吉洪答应保护伊万努什卡。

"傻子!"他安慰自己说,"自己也不知道说了些什么。

也许是出现了幻觉。"

受难周星期四决定举行娱神活动。根据一些模糊的暗示，吉洪猜测到，这次娱神活动中将举行一项大的神秘仪式。难道就是玛丽尤什卡所说的吗？他惊惧地想道。他寻找她，想要商议怎么办，可是她却失踪了。也许是故意把她藏匿起来了。他陷入麻木状态。他几乎是不能想将会发生什么事。如果不是玛丽尤什卡，他会立刻逃跑。

受难周星期四的半夜，跟平时一样，出发去参加娱神活动。

当吉洪走进锡安厅，环视一下集会的人群时，他觉得所有的人都像他一样，也都处于麻木状态。好像是身不由己地做着一切。

"天母"没有来。

"天父"走进来了。他的脸像死人一样苍白，但异常美丽，让他想起在雅科夫·勃留斯搜集的古董中看到的石刻巴克斯－狄俄倪索斯神像。

娱神活动开始了。舞蹈的白色旋风从来还没有如此疯狂地旋转过。好像是一群受惊的白鸟，飞向白色的深渊。

为了不引起怀疑，吉洪也在跳舞。但是努力不沉醉于舞蹈中。他时常走出人群，坐到长凳上，装出休息的样子，观察着所有的人，心里想着伊万努什卡。

人们已经进入狂暴状态，已经不是好声地叫喊着："附体了！"

吉洪不管如何抗拒，还是感到软弱无力，失去了自控能力。他坐在长凳上，痉挛地用两手抓着凳子，以便不至于在这越来越快的疯狂的旋风中挣脱逃走。突然间，他也狂叫起来——他也魂附体了，腾空而起，旋转起来。

发出最后一声可怕的号叫：

"艾瓦－艾沃！"

所有的人都突然停下来，匍匐在地，好像是受到雷声的惊吓，双手捂着脸。白色的衬衣覆盖在地板上，好像是白色的翅膀。

"看哪，羔羊，没有人世的罪孽，送来了，放在桌子上，供人食用。"——在寂静无声中从地下响起"天母"的声音，低沉而神秘，仿佛是"大地母亲，潮湿的大地"说的。

"天后"从那里走了出来，手里端着一个如圣水盆似的银盆，里面在白布上躺着一个赤条条的婴儿。他在睡觉，可能是给他灌了催眠的草药。盆的底座上固定一根细木杆，上面点着许多蜡烛，火苗跟盆沿一齐，明亮的烛光照在婴儿的身上。好像是他躺在火红色花冠的睡莲花里。

"天后"把盆交给"天王"，嘴里念念有词：

"把你的子献给你，为了所有的人。"

"天王"三次给婴儿画了十字，为之祝福。

"为了圣父、圣子和圣灵。"

然后把他抱在手上，向他举起刀来。

吉洪像所有的人一样，趴在地上，双手捂着脸。但他用一只眼睛透过手指缝隙偷偷地看,看见了一切。他觉得婴儿的躯体如太阳一般光芒四射,这不是伊万努什卡,而是神秘的羔羊,他的名字从创世以来就记在被杀的名册上了,向他举起刀的那个人的脸恰如上帝的脸。他极其惊恐地等待着,极其强烈地希望刀能刺进白白的躯体并流出鲜红的血。到那时一切都将完成,一切都将翻转过来——在最后的惊恐中将出现最后的亢奋。

突然,婴儿哭了起来。"天父"笑了——由于这一笑,上帝的脸变成了野兽的脸。

"野兽,魔鬼,反基督!……"吉洪的头脑里闪现一个念头。一种突如其来的可怕的痛苦使他的心收缩起来。但是就在这同一瞬间——仿佛是有人把他唤醒——他从梦魇中清醒过来。他跳了起来,向阿维尔扬卡扑去,抓住他的手,制止了刀的下落。

所有的人全都跳了起来,向吉洪奔过去,假如不是响起了轰隆隆的敲门声,定会把他撕得粉碎。门,从外面给打破了。两扇门都活动了,脱落下来,玛丽尤什卡冲进屋里,而紧随她之后的是一些身穿绿色长袍,头戴三角帽的人,他们手里拿着明晃晃的战刀:这是兵。吉洪觉得他们是上帝的天使。

他的眼睛里昏黑了。他感觉到肩上很沉重,他伸手去摸,摸到黏糊糊热乎乎的东西:这是血;可能是他被推倒的时候被刀砍伤了。

他闭上眼睛,看见了燃烧着的木房蹿出的红色火苗,红死。白色的鸟在红色的火苗里飞舞。他想:白死比红死还可怕。接着便失去了知觉。

二

异教徒案件由新成立的圣主教公会审理。

法庭判处逃亡哥萨克阿维尔扬卡·别斯帕雷及其亲姐姐阿库琳娜车裂,其余诸犯鞭笞、挖鼻,男犯流放苦役,女犯发配纺织场和关进修道院监狱。

吉洪由于受伤险些没有死在监狱医院里,从前的保护人雅科夫·威廉莫维奇·勃留斯把他营救出来。他把吉洪带回自己家,治愈了他的伤,在诺甫哥罗德斯式大主教费奥凡·普罗科波维奇面前为他求情。费奥凡对吉洪颇感同情,希望通过他表现出牧人对迷途羔羊的仁慈,这是他所宣传的:"对待教会的敌人应该采取宽厚和克制态度,而不应该像有些人那样采用激烈的言辞和进行排斥。"他还想要使吉洪脱离异端邪说,投入东正教教会的怀抱,从而给其他异教徒和分裂派教徒树立一个榜样。

费奥凡免除了他的鞭刑和流放,让他在自己身边进行悔过,并把他带回彼得堡。

彼得堡的主教会馆坐落在卡尔波夫卡河的药铺岛上茂密的森林中。房子的底层是图书馆。费奥凡发现吉洪对书籍的爱好,便委派他整理图书。图书馆的窗户直接朝着森林,由于天气炎热而经常开着,林中的寂静和藏书室的幽静融成一体,树叶的沙沙声和翻动书页的沙沙声谐调一致。不时响起啄木鸟的嘟嘟声和布谷鸟的咕咕声。偶尔可以看见一对犄角陡直的驼鹿跑到林中空地上来,它们是从当年还是完全荒无人烟的彼得罗夫岛被赶到这里来的。绿树掩映的室内,光线暗淡。空气清新,环境舒适。吉洪整天关在这里,钻到书中度时光。他觉得好像又回到了雅科夫·勃留斯的图书馆,四年的流浪生活只是一场梦。

费奥凡对他很好。没有急于让他回到东正教教会的怀抱,只是让他阅读几本德文的(由于没有俄文的)教义问答,空闲时间跟他谈谈读过的书,根据希腊-俄国教会的学说订正新教的错误。其余的时间让他自由支配,随便干什么都可以。

吉洪又研究起数学来。他在冷静的理性中休息,摆脱开疯狂之火,红死和白死的噩梦。

他也重读了笛卡儿、莱布尼茨、斯宾诺莎等哲学家的著作。想起了格留克牧师的话:"真正的哲学,如果浅尝辄止,会引导人离开上帝;如果深入地钻进去,则把人引向上帝。"

上帝对于笛卡儿来说是物质的第一推动力。宇宙是机器。没有爱,没有秘密,没有生命——除了理性之外,什么都没有,理性反映在各个世界里,犹如光线反映在透明的冰晶中。吉洪对于这死的上帝感到可怕。

"自然界充满生命，"莱布尼茨在其《单子论》中断言道，"我可以证明，任何运动的原因都是精神，而精神就是活的单子，单子则由理念组成，就像中心由角组成一样。"单子由上帝所规定的和谐结合成一个整体。"世界就是上帝的时钟。"又是机器取代了生活，力学取代了上帝——吉洪想，他又感到可怕了。

但是斯宾诺莎比所有的人都可怕，因为他比所有的人都说得明白。他说出了别人所不能说的。"断言上帝体现在人身上——如此荒唐，犹如断言圆吸收了三角形或四边形的本质一样。**言语成了肉体**——这是东方人说的话，对于理性来说不可能有任何意义。基督教区别于其他宗教的不是信仰，不是爱，不是圣灵的某些天赐，而仅仅是把奇迹当成了自己的基础，亦即愚昧是一切邪恶之根源，从而把信仰变成了迷信。"斯宾诺莎暴露了所有的新派哲学家的一个隐秘思想：要么与基督在一起，反对理性，要么与理性在一起，反对基督。

有一天，吉洪跟费奥凡谈起斯宾诺莎来。

"这种哲学的基础显然是最愚蠢的，"大主教以轻蔑的嘲笑口吻说，"斯宾诺莎用最秽亵的矛盾编织成一套空论，只用美丽而傲慢的言辞来掩盖自己的愚蠢……"

这种谩骂并没有使吉洪心服口服，也没有使他安心。

他在外国神学家的著作中也没有得到帮助，他们跟俄国大主教反驳斯宾诺莎一样，批判新的和旧的哲学家时十分轻率。

费奥凡有时让吉洪抄写圣主教公会的文件。《宗教管理条例》的誓词中有一段话使他震惊:"我宣誓:奉全俄国的君主,我们最仁慈的皇帝为一切宗教机关的最高裁判者。"皇帝成了教会的首脑,皇帝取代了基督。

"用来称呼国家的巨兽列维坦,是人为之作和人为的人。"他想起了英国哲学家霍布斯的《列维坦》一书中的话,这位哲学家也断言,教会应该是国家的一部分,巨兽列维坦,即庞大机器的部件——国家岂不就是《启示录》中所说的按照野兽神的形象所创造的野兽像吗?这个死的上帝的死的教会不禁向吉洪扑来一股理性的寒气,对于他来说也跟疯狂的火,跟红死和白死的人一样,成了致命的。

已经定下了日子,要在三位一体大教堂给吉洪举行敷膏油仪式,这将标志他回到东正教教会的怀抱。

头一天的夜里,一些客人到卡尔波夫主教会馆来进晚餐。

费奥凡在他用拉丁文写的书信中把这种集会叫作风雅之夜,这就是其中的一次。人们一边吃着大主教的腌制和熏烤食品,喝着管家神甫盖拉西姆久负盛名的啤酒,一边谈论着哲学,自然事物和自然法则,多数情况下气氛是自由的,甚至如某些人所说的,是"无神论的"。

吉洪站在连接图书馆和餐厅的玻璃长廊里,从远处听他们谈话。

"聪明人之间不可能发生信仰问题的纷争,因为他人的信仰完全与聪明人无关,他根本不在乎——是路德派,加尔文派，还是多神教，他不是看信仰，而是看行动和习俗。"勃留斯说，"不应该打听一个好人的信仰和祖籍，就跟不应该询问如何酿造好的葡萄酒一样。"费奥凡表示赞同。

"禁止哲学的人不是愚昧之徒，就是阴险的僧侣。"矿务局长瓦西里·尼基季奇·塔季谢夫指出。

学识渊博的修士司祭玛尔凯尔证明说，许多圣徒传就其真实性来说都是很贫乏的。

"很多都是骗人的，很多都是骗人的！"他重复着费多斯卡的名言。

"我们这个时代没有奇迹。"布留蒙特罗斯特医生同意修士司祭的意见。

"前几天，"彼得·安得烈耶维奇·托尔斯泰冷笑着说，"我有机会到一位朋友家去，在那里看见了两个士官。他俩争论起来：一个肯定上帝的存在，另一个否定上帝的存在。否定的人说：'这点儿小事有什么可磨牙的，上帝是没有的！'我插嘴问道：'是谁告诉你的，没有上帝？''伊万诺夫少尉昨天在客栈说的！''可算是找到地方了！'"

大家都笑了，他们感到很开心。

可是吉洪却觉得很可怕。

他觉得，这些人开始走上一条行不通的道路，迟早有一天要使俄国走到欧洲已经达到的地步：要么与基督在一起，反对理性；要么与理性在一起，反对基督。

他回到图书馆。坐在窗前，身旁是一垛堆放得整整齐齐的书墙，这些书清一色是皮封面的，他看了看黑色的云杉上方的白色夜空，只见它空空荡荡，死气沉沉，叫人害怕，于是他想起了斯宾诺莎的话：

"上帝和人之间的共同点很少，犹如大犬星座和作为会吠叫的动物的狗之间一样。人能够爱上帝，可是上帝却不能爱人。"

好像是在那死气沉沉的天空上有一个不能爱人的死的上帝。说根本就没有上帝岂不是更好。也许是没有吧？他想，感到惊惧，就像不久前，当伊万努什卡哭起来，而向他举起刀的阿维尔扬卡却笑起来的时候那样。吉洪跪下了，开始祈祷，望着天空，只重复着一个词："主哇！主哇！主哇！"

可是天空一片寂静，心里也是一片寂静。无尽无休的寂静，无尽无休的恐惧。

突然间，在这最寂静的深处，有人回应了，说了该怎么办。

吉洪站起来，走进自己的净室，从床底下把行李拖出来，从中拣出自己破旧的旅行法衣、皮腰带、念珠、僧帽、索菲娅赠送的神智索菲娅圣像，脱下长袍和其余的德国衣服，穿上从行李中拣出来的衣服，挎上背包，拿起一根棍子，画个十字，神不知鬼不觉地从房子里走出来，进入森林。

第二天早晨，到了该到教堂去举行敷油膏仪式的时候，开始寻找吉洪。找了很久，可是没有找到。他失踪了，毫无踪影。

三

相传使徒安得烈·彼尔沃兹万内从基辅来到诺甫哥罗德，在拉多加湖上乘单桅帆船到了瓦拉阿姆岛，在这里竖起一个石头十字架。俄国接受东正教很久以前，有两位圣僧，谢尔基和盖尔曼从东方国家来到瓦拉阿姆，在这里建立了修道院。

从那时起，基督的信仰便在这荒凉的北方燃烧起来，犹如神灯在深更半夜的黑暗中。

瑞典人占领拉多加以后多次毁掉瓦拉阿姆修道院。1611年毁坏得尤为严重，片瓦未存。这个岛子整整荒芜了一百年。1715年，彼得沙皇下令恢复这座古老的修道院。在埋葬圣显灵者谢尔基和盖尔曼的圣骨的地方建了一座木结构的小教堂，命名为主易圣容教堂，还修了几间简陋的净室，从基里尔－别洛焦尔斯基修道院移来一些圣像。基督信仰的神灯重新点燃起来，有预言说，这神灯直到第二次降临都不会熄灭。

吉洪是跟一位云游派长老一起从彼得堡逃出来的。

云游派教导人们说，东正教徒要想逃脱反基督而得救，必须从城市跑到城市，从乡村跑到乡村，一直跑到大地的最后边缘。那个长老邀请吉洪到奥邦国去，这个未知的国度据说是在别洛沃季耶的七十个岛屿上，位于戈格和玛戈格的背面，在天边上太阳升起的地方，那里有一百七十座讲亚速语的教堂，牢固地保存着旧的信仰。"如果上帝赐福给我们，十年就能走到。"长老安慰说。

吉洪不很相信奥邦国，但是却跟着这个云游派教徒走了，因为他并不在乎到何处去和跟着什么人去。

他们乘木筏到了拉多加湖。在这里换乘单桅船——这是一种简陋的湖上小船，向谢尔多鲍里驶去。在湖上遇到暴风雨。在风浪中漂流了很久，差一点儿没有葬身湖底。最后终于抵达瓦拉阿姆修道院的隐修湾。早晨，暴风雨停了，但是得修船。

吉洪在岛上游荡起来。

整座岛子都是花岗岩的。岸边有陡峭的悬崖高悬在水面上。树根无法牢固地扎进花岗岩上面的一层薄土里，因此树木低矮。但是苔藓却很茂盛，好像是蜘蛛网一样，把云杉覆满，一片一片地挂在松树干上。

天气炎热，雾气沉沉。乳白色的天空上影影绰绰地露出些微的蔚蓝色。湖水平滑如镜，天水相连，分不清哪里是水，哪里是天；仿佛天就是湖，湖也就是天。死一般的寂静，甚至鸟儿也都沉默了。这神圣的荒野，这严峻而又温情的天堂，给人的心灵带来一种非人世的寂静，永恒的安宁。

吉洪想起他在长苔森林里唱过的一首歌：

> 美丽的荒原母亲哟！
> 我要穿过森林，越过沼泽，

我要翻过高山，钻进洞穴……

他也想起了一位瓦拉阿姆修士对他所说的：

"我们这里有神赐！哪怕是你在树林里待上三天，你都不会遇到野兽和恶人。上帝就是你，你就是上帝！"

他走了很久，离开修道院很远了，最后迷路了。天黑了。他担心单桅船不等他回去就起航。为了瞭望一下四周，他登上一座高山。山坡上长满茂密的云杉。山顶是一块圆形空地，长着紫红色的帚石南。中央立着一个黑色的石柱。

吉洪走累了。他看见空地边上在云杉中间有一个岩洞，好像是由绵软的苔藓铺成的卧榻，于是他躺在那里睡着了。

醒来的时候已是夜间。几乎是跟白天一样明亮。但更加寂静了。岛子的岸边清晰地映照在平滑如镜的湖水中，直到云杉尖顶上最后一个枝杈都能看得一清二楚，仿佛是下面还有另一个岛屿跟上面的完全一样，只是颠倒过来了——这两个岛屿孤悬在两重天际中间。在空地中央的石头上，跪着一个长老，是吉洪所不认识的——可能是住在荒山里的苦行僧。他的黑色身影在金粉色的天空映衬下一动不动，仿佛是用他跪着的那块石头雕成的。他的脸上显露出祈祷时的兴奋，吉洪在人的脸上从来没见到过这种神情。他觉得，周围的这种寂静来自这种祈祷，紫红色的帚石南的芳香也是为了这种祈祷而发散出来的，直接升向金粉色的天空，如手提香炉中的袅袅青烟。

他不敢喘气，不敢动，长时间地望着这个做祈祷的人，自己也跟他一起祈祷，沉浸在祈祷的无限甜蜜之中，仿佛是失去了知觉——他又睡着了。

等他醒来时太阳已经升起。

石头上已不见人影了。吉洪走过去，在茂密的罂石南中间看见一条依稀可辨的小径，他顺着这条小径下到峭壁环绕的谷底灌木林中央，有一个水潭，周围长着高草。潭中的水看不见流动，却能听见哗哗的响声，如小儿的咿呀学语声。

水边上站着一个苦行僧，正是吉洪夜里看见的那一个，只见他正用手里的面包喂一头母驼鹿，身边站着一头很好玩的小幼畜。

吉洪看着，简直不相信自己的眼睛。他知道，驼鹿是很怕人的，尤其是刚刚产仔的母鹿。他觉得，他看到了人和兽一起生活在天堂里那些时日的秘密。

母鹿吃完面包以后开始舔长老的手。他给母鹿画了一个十字，亲吻了它那毛茸茸的前额，亲切地小声说：

"主与你同在，母亲！"

突然间，母鹿惊恐地四下张望，猛然一跳，带着幼崽跑了，逃进峡谷深处——或许是嗅出了吉洪的气味——只有沙沙声和轰隆声响彻林中。

他走近长老：

"给我祝福吧，神父！"

长老画了个十字为他祝福，安详而又亲切，跟刚才给那头兽祝福一样。

"主与你同在,孩子。你叫什么?"

"吉洪。"

"吉申卡,好个安详的名字。上帝从何处把你带来的?这个地方都是树林子,荒无人烟,世俗的百姓很少有人来——我们只是偶尔才能看到上帝的旅人。"

"我们从拉多加湖到谢尔多鲍里去,"吉洪回答道,"暴风雨把单桅船吹到岛子上来。我昨天到林子里去,迷路了。"

"在林子里过夜的吗?"

"是在林子里。"

"有面包吗?我想你饿了吧?"

吉洪随身携带的一块面包昨天晚上已吃光,现在觉得饿了。

"好吧,我们到净室里去,吉申卡。上帝送来什么,我就给你吃什么。"

这个苦行僧名叫谢尔基神甫,他那头黑发已经花白,由此看来已经五十开外,但是他的步态和整个动作举止却麻利轻快,像一个二十岁的青年:脸干枯,没有油脂,但也很年轻;一双褐色的眼睛略有些近视,经常眯缝着,好像是在笑,这是一种难以抑制的,调皮的,多少有些狡黠的笑;好像是他知道了一件别人不知道的愉快的事,只要他一说出来,大家都会很愉快。可是与此同时,这种愉快中却有一种恬静,这是当他祈祷时吉洪在他的脸上所见到的。

他俩走到陡峭的悬崖底下。已经倾斜的破旧篱笆后面是菜畦。悬崖的一道裂口就是一个天然的净室：三面的墙壁是石头的；第四面是用木桩搭的，上面有一个小窗和门；悬崖上面坐落着瓦拉阿姆显灵者圣谢尔基和盖尔曼修道院，房盖是用桦树皮搭的，抹了泥，上面长满青苔，竖着一个木制八角十字架。山谷的出口通向湖滨，一条小溪沿着山谷流淌，在这里汇入湖中，把带来的泥沙淤积在山谷的尽头。湖岸的木桩上晾晒着渔网。这里有另一个长老，身穿打着补丁的原色粗呢袈裟，赤脚站在没膝深的水里，他长得很敦实，膀大腰粗，脸被风吹得很粗糙，秃头顶的周围残留着一些白发。"好一个渔夫彼得。"吉洪想道，只见他正在修船，在翻过来的船底上涂焦油，散发着刨花、鱼腥和焦油的气味。

"拉里翁努什卡！"谢尔基神甫呼唤他。

老人回头看了看，立即放下手中的活计，向他们走过来，默默地向吉洪行了一个跪拜礼。

"孩子，"谢尔基神甫安慰惶恐不安的吉洪说，露出调皮的微笑，"他不仅对你一个人，对所有的人，甚至对小孩子，都行这种跪拜礼。就是这么温顺！拉里翁努什卡，准备饭吧，招待这位上帝的旅人。"

伊拉里翁站起来，看了看吉洪，目光温顺而又严峻。"**爱所有的人，也要躲避所有的人。**"这目光中显示出费瓦伊德的大隐士至圣的阿尔先尼神父的这句名言。

净室由两部分组成——一间没有烟囱的小茅舍和一个

崖壁上的岩洞，墙上挂的圣像都跟谢尔基神甫本人一样，乐哈哈的——有"兴奋的圣母""仁慈的圣母""芳香的花""幸福的肚子""赋予生命者""意外的欢乐"。谢尔基神甫尤其喜欢最后一个。前面点着神灯。岩洞里黑暗而又狭窄，犹如在坟墓里一样，放着两具棺材，头上放着石头。两位长老睡觉就在这两具棺材里。

他们坐下来进餐——坐在长满苔藓的木墩上，上面垫着光木板。伊拉里翁神甫拿来面包和盐，用木碗盛的酸卷心菜、蘑菇粥和用林中野菜做的汤。

谢尔基神甫和吉洪都默默无言地吃着。伊拉里翁神甫则念诵诗篇：

"万民都举目仰望你随时给他们食物。"

饭后，伊拉里翁神甫又修船去了。而谢尔基神甫则和吉洪坐到净室入口处的石头台阶上。他们眼前是开阔的湖，还是那么平静，浅蓝色水面上映着大块的圆形白云——仿佛是下面还有另一个天空，跟上面的一模一样。

"你是根据誓言在流浪吗，孩子？"谢尔基神甫问道。

吉洪看着他，他想要说出全部实情。

"是根据誓言，神父：我寻找真正的教会……"

他向他讲了自己的一生，从初次害怕反基督而逃跑开始讲起，他讲完以后，谢尔基神甫很久没有作声，双手捂着脸；后来站起来，把一只手放到吉洪的肩上，说道：

"主说：**凡是到我这来的人，我就不会丢开他们。**到主那里去吧,孩子。亲爱的,你能到教会里,能到教会里,到真正的教会里!"

谢尔基神甫的话里有一种神圣的力量和权威,好像他不是代表自己说的。

"你宽厚吧,神父!"吉洪惊叫道,一头扑倒在他的脚下,"接受我为你效力吧,让我和你一起住在荒野里吧!"

"住下吧,孩子,和上帝一起住下吧!"谢尔基神甫拥抱和亲吻了他,"吉申卡——安静的人不会破坏我们的生活。"他又补充了一句,露出他常有的欢快的笑容。

吉洪就这样留在荒野里了,和两个长老一起生活起来。

伊拉里翁神甫是个严格的守斋者。有时一连好几个星期不吃面包。剥下松树的树皮,晒干以后在臼里捣碎,和上面粉烤熟,就吃这种东西,而喝水故意喝臭水坑里热乎乎的铁锈色的水。冬天站在没膝的雪里祈祷。夏天赤身裸体地站在沼泽地里,把整个身体露着让蚊子叮咬。从来不洗澡,援引至圣者以赛亚·西林的话说:"切莫露出你的阴茎,要是因为发痒而需要搔搔,要用汗衫或者一块布把你的手包裹起来,那时再搔——任何时候也不得让你的手摩擦赤裸的身体,切莫看那见不得人的阴茎,否则就要溃烂。"伊拉里翁神甫向吉洪讲了自己从前的师傅,他是基里尔-别洛焦尔斯基修道院的修士,名叫特里丰神甫,绰号:"下流坯"——"因为通过下流才能有幸洞悉未来"。"这位特里丰一生中头上和脚上没有沾过水,可是没有生虱子,他为此而大哭着说,等到来世我身上的虱子像老鼠那么大。特里丰不分白天黑夜不断祈祷，祈祷成为习惯，他的嘴随时随地都抑制不住，由于画十字，前额肿胀发青而溃烂；不管是念日课经，还是做晨祷和晚祷，都放声大哭，由于过分啜泣而常常休克。临死前躺了七天七夜，非常痛苦，但一声都没呻吟过，也没有要水喝，要是有人来探望他，问道：'师傅，你能好吗？'他回答说：'一切都很好'。"有一次，伊拉里翁神甫悄悄地走到他身边，不让他听见，只见他吧嗒着嘴，轻轻地说："喝个饱吧！""师傅，你想喝水吗？"伊拉里翁神甫问，而特里丰神甫却说："不，不想。"伊拉里翁神甫根据这个情况明白了，特里丰神甫非常渴，可是却忍着——最后还要严格守斋。

从伊拉里翁神甫的话中可以看出，一个人虽然严格守斋，付出了艰苦，建立了功勋，但仍然不能得救。根据一位圣徒显灵显示，三万个死人中只有两个人进入天堂，其余的都进了地狱。

"魔鬼强而有力，噢，太强大了！"他有时叹息说，非常伤心，好像是还不清楚，上帝和魔鬼，谁比谁更有力量，谁能战胜谁？

吉洪有时也觉得，假如伊拉里翁神甫把自己的想法彻底发挥出来，他就会得出跟红死的导师们相同的结论。

谢尔基神甫在各个方面都跟伊拉里翁神甫相反。他说："无度的不合理的自我控制，会带来很大害处，比吃得过饱危害还大。食品的量，应该让每个人自己规定。任何好的东西，即使是甜的，都要吃上一点点，因为什么东西都是纯洁的，上帝创造的一切都是好的，什么都不该遗弃。"

他不把拯救灵魂的途径寄托在肉体的外在功勋上，而寄托在内在的"精神集中地默诵耶稣的祈祷词上"。他每天夜间都站在石头上祈祷，站着一动不动，像是一尊雕像。但是吉洪却觉得，这种一动不动却是一种飞翔，比鞭身派的疯狂舞蹈更急剧。

"应该如何祈祷？"他有一天问谢尔基神甫。

"排除一切杂念，"他回答道，"注视自己的心灵深处，说：**主哇，耶稣基督，神子，宽恕我吧！**不管是站着，坐着或躺着，都这样祈祷，把心灵的大门关闭起来，尽可能屏住呼吸，或者不经常呼吸。起初你会在自己身上发现一片黑暗，在外在的祈祷中认识到在你和上帝之间有一种障碍，犹如一堵铜墙。可是你不要伤心，而要更加勤奋地祈祷，那堵铜墙就会倒塌。你会在心里看到难以言表的光明。于是话就没有了，祈祷，呼吸，下跪，由衷的祈求和最甜蜜的叫喊声等，也都停止了。那时只有一片寂静。那时只有狂暴。人也就知道了，他是在躯体里，还是离开了躯体。那时就会看见上帝。那时人和上帝合为一体。那时就实现了先知的预言：**上帝和上帝连在一起，相互理解**。那才是聪明的祈祷哩，孩子！"

吉洪发现谢尔基神甫说这话的时候，两只眼睛醉了，像"神的孩子"那样：只不过是"神的孩子"是短暂的，剧烈的，而他的醉则是永久的，安静的，仿佛是清醒的。

伊拉里翁神甫和谢尔基神甫的精神完全不同，他俩似乎是不能取得一致的意见，然而往往却是一致的。

"谢尔基神甫是个超众的家什！"伊拉里翁神甫说，"上帝挑选了他是为了派个圣洁的用场，可是我只配下等用场；他的骨头是白的，而我的骨头则是黑的；他做什么事都能得到原谅，而我却要受到怪罪；他是一只雄鹰，在天上翱翔，而我是一只蚂蚁，在地上乱爬。他的灵魂将得救，这已确定无疑，而我是否能得救，只有上帝才知道。可是，我要是毁灭，如能拽住谢尔基神甫的衣襟，他就能把我拖出地狱！"

"伊拉里翁神甫是块坚实的石头，是东正教的支柱，是一面牢不可破的墙壁，"谢尔基神甫说，"而我则是被风吹得不断摇晃的叶子。要是没有他，我早就完了，早就背离了祖传的遗训。我只有靠着他才得以坚持住。我在他的荫庇下才得安宁，犹如在基督的怀里！"

关于跟吉洪的第一次谈话，谢尔基神甫对伊拉里翁神甫只字未提，可是伊拉里翁神甫却好像猜到了一切，嗅出了异教徒的气味，犹如羊嗅到了狼的气味一样。有一天，吉洪无意之中听到了他跟谢尔基神甫的谈话：

"忍耐吧，拉里翁努什卡！"谢尔基神甫祈求道，"看在上帝的面上，忍着他吧！和睦相处，给予爱……"

"跟异教徒怎能和睦！"伊拉里翁反驳说，"得跟他斗个你死我活，不能屈服于他这个堕落者。要爱自己的敌人，却不能爱上帝的敌人!要远远离开异教徒,不能跟他讲什么正义,只能往他脸上吐唾沫。异教徒比猪狗还坏!让他受到诅咒。让他入地狱!"

"忍耐吧,拉里翁努什卡!……"谢尔基神甫重复说,苦苦地哀求,但这哀求是软弱无力的,好像他自己暗地里也怀疑自己是否正确。

吉洪走开了。他突然明白了,不能指望谢尔基神甫的帮助,这位伟大的圣徒在主面前是强有力的,如同天使,可是在人面前却软弱无力,如同孩子。

过了几天,吉洪又和谢尔基神甫一起坐在净室入口处的石头台阶上,就跟第一天一样。只有他们二人。伊拉里翁神甫划船捕鱼去了。

这是一个炎热的白夜,但天上布满大雷雨的乌云,因此很黑暗。近几天来一直要有大雷雨,可是始终没有降落。地上死一般的寂静。可是天上却是乱云飞渡,风驰电掣,但也寂静无声——仿佛是一批不会说话的巨人奔向战场。偶尔传来远方的沉闷雷声,仿佛是来自地下,好像是睡意蒙眬的野兽的吼叫。闪电的苍白光亮不停地闪动,仿佛是夜由于惊恐而颤抖。每一次闪光中,岛子的整个轮廓,直到云杉尖顶上最后一根枝杈,全都清晰地显现出来,同时也倒映在水里,仿佛是下面也有一个岛屿,跟上面的一模一样,只是颠倒过来了,这两个岛屿孤悬在两重天际中间。闪电的光亮熄灭了,一切又都陷入黑暗之中,寂静无声,只能听到睡意蒙眬的野

兽在吼叫。吉洪沉默不语,而谢尔基神甫望着黑黝黝的远方,唱着耶稣的颂歌。低声的祈祷与隆隆的雷声融为一体了:

> 耶稣哇,你的力量不可战胜。
> 耶稣哇,你的仁慈无边无沿。
> 耶稣哇,你的美至高无上。
> 耶稣哇,你的爱难以言表。
> 耶稣哇,你是活着的神子。
> 耶稣哇,宽恕我这个罪人吧。

吉洪感觉到,谢尔基神甫想要对他说什么,可是却犹疑不决。吉洪在黑暗中看不清他的脸,可是当他借助于短暂的闪电光亮看他时,觉得他从来也没有像现在这么忧伤。

"神父,"吉洪终于首先开口了,"我很快就要离开你们……"

"你要到哪儿去,孩子?"

"不知道,神父。没关系。走到哪儿,算哪儿……"

谢尔基神甫抓住他的手,吉洪听到他亲切地小声说,觉得他的声音在颤抖:

"回去吧,回去吧,孩子!……"

"回到哪儿去?"吉洪问道,他突然感到恐怖起来,自己也不知为什么。

"回到教会去,教会!"谢尔基神甫小声说,更亲切了,声音更颤抖了。

"到什么教会去，神父？"

"噢，诱惑，诱惑！"谢尔基神甫叹了一口气，最后强调说：

"只有一个使徒的神圣教会……"

但是这番话却流露出死一般的沉重和因循守旧，好像不是他自愿说的，而是另外一个人逼着他说的。

"可是这个教会在哪里呢？"吉洪说，感到无法形容的痛苦。

"噢，可怜的人，可怜的人！怎么可以离开教会呢？……"谢尔基神甫又小声说，也流露出同样的痛苦，吉洪感觉到他明白了一切。

又是一道闪电——他看见了老人的脸、颤抖着的嘴唇、凄楚的微笑、满含泪水的睁着的双眼——他明白了为什么如此可怕：这张可怜的面孔让人害怕。

吉洪向谢尔基神甫跪下，向他伸出双手，心里怀着最后的希望，同时也怀着最后的绝望。

"救救吧，帮帮吧，维护吧！难道你没看见吗？教会在毁灭，信仰在毁灭，整个基督教在毁灭！处处无法无天，圣地已经一片荒凉，反基督已经要来了。神父，你去建立伟大的功勋吧，到世上去跟反基督战斗吧！……"

"你说什么，你说什么，孩子？我这个罪人能有什么用？……"谢尔基神甫小声说，既温顺又惊恐。

吉洪明白了，他的一切哀求全都白费了，谢尔基神甫永远离开了世界，犹如死人离开了活人。"**爱所有的人，也要躲避所有的人。**"吉洪想起了这句可怕的话。"既然是这样，那又将如何？"他想，感到死亡一般的痛苦。"脱离尘世的上帝，没有上帝的尘世——如果必须二者选一，那么选择哪一个呢？"

他趴到地上，趴了很久，一动不动，长老抱着他安慰他，他没有听到。

等他清醒过来以后，谢尔基神甫已经离开他，大概是到山上做祈祷去了。

吉洪站起来，走进净室，穿上旅行的衣服，挎上背包，戴上神智索菲娅的圣像，拿起棍子，画了十字，便向树林走去，要继续永远流浪下去。

他本想不辞而别，因为觉得告别对于他俩来说都会很沉重。

可是却想要最后从远处看谢尔基神甫一眼，便向山上走去。

长老在那里，像平时一样，在林中空地中央的石头上祈祷。

吉洪找到悬崖上的那个岩洞，他第一天曾在这个好像是由绵软的苔藓铺成的卧榻上过夜，便在这里躺下，看着那个祈祷者一动不动的黑色身影，看着闪电的耀眼白光和飞驰的无言的乌云，看了很久。

他最后睡着了，就像主的门徒在睡觉而主却在石头上祈祷，后来主来到门徒们那里，发现他们**悲伤得睡着了。**

等他睡醒时，太阳已经出来，谢尔基神甫也不在石头上了。吉洪走到石头跟前，亲吻长老站过的那个地方。然后，他下了山，顺着荒僻的小径穿过林莽，向瓦拉阿姆修道院走去。

这一觉睡得很死，他醒来后觉得浑身瘫软无力，好像休克过一样。仿佛是仍然在睡梦中，想要醒来，却不能醒过来。他感到一种可怕的痛苦，每逢癫痫发作的前夕都是这样。头很晕，思想混乱。遥远回忆的片断一个接一个地出现在头脑里。忽而是格留克牧师重复着牛顿关于世界末日的话："彗星陨落到太阳上，由于这一陨落，太阳的温度就要升高到这种程度，地球上的一切都烧焦！我不想编造假说！"他兴奋地重复着牛顿的伟大名言；忽而是入棺派的那支凄凉的歌：

棺材呀，我的橡树独木棺，
你们是人人永久的住宅。

忽而又是燃烧着的木房，垂死者们在里面最后的号叫："看哪，新郎半夜到来！"忽而是疯狂舞蹈的白色旋风和刺耳的尖叫声：

"艾瓦-艾沃！艾瓦-艾沃！"

伊万努什卡那只无罪的羔羊在阿维尔扬卡·别斯帕雷的刀下无力的哭声。斯宾诺莎讲到的"对上帝的理性的爱":"人能够爱上帝,可是上帝却不能够爱人。"《宗教管理条例》的誓言把俄国专制君主当成主基督。伊拉里翁神甫那种严峻的温顺:**"爱所有的人,也要躲避所有的人!"** 谢尔基神甫亲切的低语:"到教会去吧,到教会去,孩子!"

他清醒了片刻。环视一下四周。发现迷路了。

小径在凋谢的帚石南中间消失不见了,他寻找了很久。最后完全迷失了,只好碰运气了。

大雷雨又过去了,乌云散开了,太阳灼热。口渴难熬。可是在这个荒无人烟的针叶树林里,处处是花岗岩,找不到一滴水——地上只有灰色的干苔藓、地衣、石芯,细弱的小松树也覆盖着苔藓,好像是挂满蜘蛛网,树干过细,常常折断,向上伸去,好像是病人瘦弱不堪的四肢,皮肤红肿,化脓,一块一块地剥落了。空气由于炎热而不再流动,只是在发抖。头上是无情的天空,像是一块烧得发白的铜板。死一般的沉寂。这阳光刺眼的寂静无声的中午令人无限恐惧。

他又环视一下四周,认出了他时常来的这个地方,今天早晨还来过。一条很长的林间通道可能是当年瑞典人开辟的,但早已遗弃,长满帚石南,通道的尽头,湖水粼粼。这个地方离开谢尔基神甫的净室不远。大概是他迷路时绕了一个圈子,又回到原来出发的地点。他感到疲惫不堪,好像是走了一千里的路程，还没有走完，还要永远走下去。他想，往何处走，为何而去？到未知的奥邦国去，还是到隐形城基捷日去？可是他如今自己也不相信了。

他无力地坐到一棵干枯的松树根部，这棵树孤零零地耸立在矮小的灌木丛中。反正是已无处可去了。就这样躺着吧，闭上眼睛，一动不动，直到死亡来临。

他想起了反教堂派的一位导师对他说的话："没有教堂，没有圣地，没有神赐，没有神秘——全都到天上去了。"什么都没有，什么都不曾有过，将来也什么都不会有，吉洪想。"没有上帝，没有世界。一切都毁了，一切都完结了。甚至连终结也没有。只有无限的渺小。"

他昏迷地躺了很久。突然清醒了，睁开眼睛，只见一片巨大的乌云从东方涌来，已经遮住了半边天，乌云上面有许多白色斑点，好像是浮肿的躯体上化脓的疮口。这片乌云像是一只巨大的蜘蛛，垂着肥大的肚子，张牙舞爪地向太阳爬去，向太阳伸出一只爪子——太阳颤抖了，吓呆了。一些蜘蛛的灰色影子在地面上迅跑，空气浑浊了，像蜘蛛网一样黏糊糊的。扑来一股令人气闷的热气，好像是从野兽的大嘴里喷出来的。

吉洪喘息起来，血液涌到太阳穴上，眼里一阵发黑。他疲惫不堪，感到恶心，出了一身冷汗。他想要站起来，准备挣扎着爬到谢尔基神甫的净室去，死在他眼前，可是没有力气；想要叫喊，可是叫不出声音。

突然间，很远很远的地方，林中通道的尽头，蓝黑色的云彩上，有个东西闪着白光，飞了起来，好像是一只被太阳所照亮的白鸽。只见他越来越大，越飞越近。吉洪目不转睛地看着，终于看见了这原来是一个白衣的小老头疾行在林中通道上，好像是在空中飞翔——直接朝他而来。

走到了，挨着他坐到树根上。吉洪觉得以前见到过他，只是记不起来是在什么地方和什么时候。小老头很平常，好像是常见的那种云游者，他们手捧圣像走遍城市和乡村，走遍教堂和修道院，化缘修建新的庙宇。

"你高兴吧，吉申卡，高兴吧！"他微笑着说，他的声音很轻，如蜜蜂的嗡嗡声或者远处的祝福声。

"你是什么人？"吉洪问道。

"我是伊万努什卡，伊万努什卡。没有认出来？主派我到你这里来，他很快也随我而来。"小老头把手放到吉洪的头上，他感到很安详，好像是在母亲的怀里。

"累了，可怜的人？我那里有许多你们这样的人，都是孩子。你们在世上游荡，乞讨，孤苦伶仃，挨饿受冻，遭受委屈和疯狂的迫害。可是别害怕，亲爱的。等一等，我会把你们召集到一起，送进就要降临的主的新教堂。曾经有过古老的彼得教堂，将要出现雷子约翰的新教堂。雷击石头，将流出活命水。第一部《旧约》是圣父的王国，第二部《新约》是圣子的王国，第三部，也就是最后一部约法，是圣灵的王国。一是三，三是一。主是守信誉的，允诺了，他昔在今在，以后定会来！"

老人的脸突然变得年轻了，永恒了。吉洪认出了雷子约翰。

白衣老人把双手举向黑色的天空，大声高呼：

"圣灵和新娘都说：来吧！听见的人也说：来吧！证明这件事的也说：是的，我很快就来！阿门。是的，来吧，吾主耶稣！"

"是的，来吧，主哇！"吉洪重复着，也把双手向天上举起，他欣喜若狂。

黑色的天空上，打了一个白色的闪电——天仿佛是裂开了。

吉洪看见了人子。他的头发全是白的，如白色波浪，如白雪；他的眼睛如火焰；脚好像炉中炼得发白的铜；他的脸如金光万道的太阳。

七个雷声说：

"圣洁，主是昔在今在以后永在的万能的主宰。"

雷声停息了，开始一片寂静，在这寂静中响起一个更加寂静的声音：

"我是阿尔法和奥麦加，是开端和结束，是第一和最后。是活的，曾经是死的。看哪，现在活着，也将活着，直到永远永远。阿门。"

"阿门！"雷子约翰重复道。

"阿门！"吉洪重复道，他是雷的教会的第一个儿子。

他趴到地上,像是死了,永远失语了……

谢尔基神甫在自己的净室里醒来。

长老一整天都在思念吉洪,担心他发生什么不测,被这种预感所折磨着。他不时地走出净室,在树林里游荡,寻找着,呼唤着:"吉申卡!吉申卡!"可是大雷雨前一片寂静,回答他的只有响彻荒野的回声。

当乌云涌来的时候,净室里一片黑暗,如在夜间。岩洞的深处,燃着神灯,两位长老在祈祷。

伊拉里翁神甫在念诵诗篇:

"**主的声音在水上,荣耀的上帝在打雷,主在大水上也在打雷。**

"**主的声音强而有力,主的声音充满威严。**"

突然间,耀眼的白光充满净室,响起震耳欲聋的霹雳声,好像是净室的花岗岩墙壁马上就要倒塌。

两个长老跑了出去,只见那棵高耸在路边小灌木林中的干枯松树在燃烧,犹如一支蜡烛,在黑色天空的背景上,火光尤为明亮——可能是受到雷击而起火的。

谢尔基神甫跑了起来,高声喊着:"吉申卡!吉申卡!"伊拉里翁神甫紧随谢尔基神甫之后。

他们跑到那棵松树下,找到了吉洪,只见他躺在燃烧着的大树下面,失去了知觉。他们把他架起来,抬回净室。没有床,便把他放进一具自己睡觉的棺材里。他们起初以为

他已被雷击毙。伊拉里翁神甫想要念倒头经。可是谢尔基神甫没有让他念,而念起了福音书。他念了下面这段话:

"我实实在在地告诉你们:时候要到了并且已经到了,躺在棺材里的人要是听见神子的声音,听见之后定会复活。"

吉洪苏醒了,睁开了眼睛。伊拉里翁神甫惊奇得倒在地上:他觉得,谢尔基神甫竟让死人复活了。

吉洪很快就完全清醒了,爬起来,坐到长凳上。他认出了谢尔基神甫和伊拉里翁神甫,明白他们对他说的话,但自己却不会说话,只能打手势来回答。最后,他俩总算明白了,他成了哑巴——可能是由于惊吓而失去了语言能力。可是他的脸却容光焕发,只是在这种容光焕发中有一种叫人害怕的东西,也许他真的是死而复生的。

大家坐下来吃饭。吉洪又是吃,又是喝。饭后开始祈祷。伊拉里翁神甫第一次和吉洪一起祈祷,好像是忘了他是异教徒,看来是对他产生了好感,尽管这里面掺杂着恐惧。

然后就寝,两个长老跟平时一样,躺到岩洞的棺材里,而吉洪则睡在茅屋炉子顶上的吊铺上。大雷雨疯狂肆虐,狂风呼啸,大雨如注,湖上狂涛怒吼,闪电雷鸣,一刻也不停歇,小窗里连续不断的闪电白光与神灯的红色火苗汇合在一起,照亮了岩洞深处的"意外的欢乐"圣像。可是吉洪觉得,这不是闪电,而是那个白衣老人向他俯下身来,向他讲雷子约翰的教堂,在爱抚他。他在大雷雨声中睡着了,好像是听着母亲的摇篮曲。

他醒得很早,太阳还没有出来。他急忙穿好衣服,准备上路,前来向谢尔基神甫辞行,可是他还睡在自己的棺材里,于是吉洪便像伊拉里翁神甫那样,双腿跪倒,为了不闹醒睡觉的人,轻轻地吻了他的前额。谢尔基神甫突然睁开眼睛,抬起头,说道:"吉申卡!"可是立即又把头枕到棺材头的石头上,合上眼睛,睡得更深了。

吉洪走出净室。

大雷雨过去了。又是一片寂静。只有从湿淋淋的枝头上往下滴着水滴。散发着针叶树的树脂味。黑黝黝的云杉尖顶的上空,金红色的天空上残存着一弯新月。

吉洪精神饱满,轻快地走着,好像是长上了翅膀,他心情愉快而又恐惧,他知道,他将永远这样无言地走下去,直至走遍世上所有的道路,走进约翰教堂,向就要降临的主高呼:"奥莎那!"

为了不至于像昨天那样迷路,他走在高高的石岗上,从那上面可以看到湖和湖岸。远处天边上,雷雨的乌云仍然还是又黑又蓝,叫人害怕,遮住初升的太阳。突然一缕阳光如利剑,把乌云穿透,乌云里燃起大火,溅出鲜血,好像是天上那场最后的战斗已经结束,世界末日就要随之到来:"**米迦勒和他的使者们在与龙争战,龙也和它的使者们同他们争战,但是并没有取胜,天上不再有他们的地方了。这头巨龙,也就是古蛇,被摔到地上。**"

太阳从乌云后面出来了,光芒四射,力量无边,荣耀非凡,好像是就要降临的主的圣容。

天空、大地和万物向初升的太阳唱着无言的歌:

"奥莎那!光明必定战胜黑暗!"

吉洪正在下山,好像是在迎着太阳飞翔,他自己就是一切,在这永远的无言中为就要降临的主唱着永远的歌:

"奥莎那!基督必定战胜反基督。"